女机长

冰可人 著

SPM 南方传媒 | 花城出版社

中国·广州

图书在版编目（CIP）数据

女机长 / 冰可人著. -- 广州：花城出版社，2022.10
　　ISBN 978-7-5360-9555-7

　　Ⅰ．①女… Ⅱ．①冰… Ⅲ．①长篇小说－中国－当代 Ⅳ．①I247.5

中国版本图书馆CIP数据核字(2022)第193084号

出 版 人：张　懿
责任编辑：梁宝星　陈诗泳
技术编辑：凌春梅
装帧设计：迟迟工作室

书　　名	女机长 NÜJIZHANG
出版发行	花城出版社 （广州市环市东路水荫路 11 号）
经　　销	全国新华书店
印　　刷	广东鹏腾宇文化创新有限公司 （广东省珠海市高新区唐家湾镇科技九路 88 号 10 栋）
开　　本	880 毫米 ×1230 毫米　32 开
印　　张	14.375　1 插页
字　　数	448,000 字
版　　次	2022 年 10 月第 1 版　2022 年 10 月第 1 次印刷
定　　价	58.00 元

如发现印装质量问题，请直接与印刷厂联系调换。
购书热线：020-37604658　37602954
花城出版社网站：http://www.fcph.com.cn

本书入围：
中国作家协会中国梦主题创作扶持项目
广东省作家协会现实题材网络文学精品项目
深圳市作家协会第八批重点文学作品扶持项目

目 录

第 一 章　初次相见 / 001
第 二 章　正式飞行 / 015
第 三 章　原来是你 / 029
第 四 章　你哭了 / 041
第 五 章　不想跟我飞？/ 058
第 六 章　职场性别歧视 / 069
第 七 章　何蔓被网暴 / 080
第 八 章　我认出你了 / 095
第 九 章　春运期间的民航人 / 115
第 十 章　何蔓停飞 / 125
第十一章　何蔓复飞 / 144
第十二章　海陆空全能师父 / 170
第十三章　改装330 / 192
第十四章　运输活体器官 / 214
第十五章　生日快乐，我的女孩 / 231
第十六章　双飞情侣 / 244

第十七章　我们分手吧 / 265

第十八章　当年的事 / 291

第十九章　我一直都喜欢你 / 310

第二十章　停飞的真相 / 328

第二十一章　我回来了 / 348

第二十二章　对不起，我错了 / 356

第二十三章　突发脑溢血 / 367

第二十四章　不予通过F2考试 / 387

第二十五章　飞行员的责任 / 398

第二十六章　民航辙侨 / 412

第二十七章　大结局 / 424

后　记 / 451

第一章　初次相见

2010年夏天，17岁的何蔓在阳错阴差之下，通过中国发航的招飞，成了一名飞行学员。

2014年的9月，何蔓带着行李来到了北京航空航天大学正式开始了她的飞行学习生涯。到了学校，何蔓才发现，她这一届女飞行学员也就五个人。

在这个管理极严的飞行学院，五个女生没有任何优待，跟这些男生一样开始了军事化的飞行学习生涯。

经历了四年的学习时间，2014年7月，22岁的何蔓顺利拿到了飞行执照，并从北京航空航天大学毕业，于2014年8月10日正式到东胜航空公司深圳分公司报到入职。

何蔓是东胜航空公司为数不多的女飞行员之一，在任何工作当中，女性，尤其是漂亮的女性都占有极大优势，但是在飞行员这个职业，没有男女之分，女生甚至要比男生多付出百倍的努力。

故事就是从何蔓正式进入东胜航空公司那天开始的。

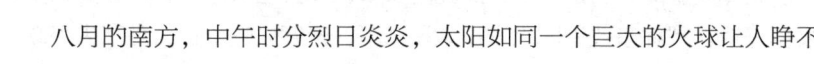

八月的南方，中午时分烈日炎炎，太阳如同一个巨大的火球让人睁不开眼睛，阳光照射在身上，烤得皮肤发烫。

东胜航空公司大门左右两边是开得正灿烂的九里香，香气袭人，绿叶环绕，白色的花瓣娇嫩鲜艳。广场上，一排穿着白色衬衣的年轻人站在烈日之下，所有人都是清一色的装扮。何蔓和许璐，一个梳着马尾，一个梳着齐耳的短发，站在一群男人当中，青春洋溢，格外显眼。

蛤蟆镜挡住了何蔓的半张脸，但依旧掩饰不住溢出的魅力，肩章在阳光的照射下熠熠生辉。两个中年男人虽然上了年纪，但身姿挺拔如松，身材丝毫不比年轻人差，目光扫视过来让人望而生畏，那是东胜深圳分公司的谢总和飞行部的领导乔庭远教员。

乔庭远看了一眼这批新飞行学员的状态，满意地点了点头："大家好，我是飞行部经理乔庭远，我旁边这位是东胜航空公司深圳分公司的谢总，跟我一样，也是空军飞行员出身。大家以后就是同一家公司的人了，大家可以叫我乔教员，我代表东胜航空公司深圳分公司欢迎大家的到来。"

随着他的声音落下，广场上响起了热烈的掌声。

人群中的何蔓好奇地打量着两位领导，据说这两位都是空转民，是飞行员当中的技术流，两人在一起更是黄金搭档，他们不知道一起执行了多少特殊航班，是许多飞行员的偶像。

"相信大家在进入航校的第一天便知道我们民航人的三个敬畏，敬畏规章、敬畏生命、敬畏职责。心存敬畏，行之高远，我希望并要求你们在接下来的飞行中践行我们民航人的三个敬畏，落实到日常工作中……"

如同乔教员所言，敬畏规章、敬畏生命、敬畏职责，是踏入航校那一天便被老师不断提及的，是民航人工作的内核和基石。

乔教员目光锐利地扫视了一圈："我就说这么多，接下来也不耽误大家的时间，都回去好好休息，明天开始正式上课，散会。"

回到酒店房间，何蔓脱掉了制服，换上睡衣，刚准备休息就听到有人在敲门，她拉开门笑着问："璐璐，怎么了？"

许璐跟何蔓是大学同学，不过她是在上了大学后招飞进来的，比何蔓大两岁，两个人性格相投，又进了同一家公司，关系极好。

脱掉制服的许璐是个十分漂亮的女孩，一身连衣裙更将她完美的身材展露无遗："林东飞说叫大家出来聚一下，一起去吃个饭，完了去唱歌，大家好互相认识一下，你去不去？"

"当然去。"

"你等我一下，我换个衣服。"

何蔓换了一身简单的T恤和牛仔裤和许璐一起来到酒店大堂，林东飞等人已经在大堂等着，看着许璐和何蔓两个人下楼。林东飞吹了一声口哨说："真不愧是我们飞行部的两朵金花，太美了。"

"那是。"

许璐与何蔓还有林东飞都是同学，大家都很熟悉了。另外的两个人走过来问："林东飞，不是你组的局吗，人都到齐了吧，还不赶紧带路？"

林东飞是典型的东北爷们儿,一口东北腔调十分地道,人很是幽默,跟谁都能打成一片:"齐活了,走吧走吧!"

一群人刚出来,就碰到一个男人拉着箱子走进大堂,何蔓看了一眼那箱子,是公司飞行部的箱子,再仔细看看那个男人,她挑了挑眉头,心想,这不是那天撞见的那个男人吗?

她还记得刚来深圳报到的那天,当时她带了两个大箱子,其中一个箱子的轮子还坏了,下了出租车拖着两个大箱子的她早就累得筋疲力尽,快到公司门口的时候撞到一个拉着飞行箱匆忙赶路的人。

她当时差一点摔倒在地,就想用脚倚靠在行李箱上,谁知道竟一脚踩在那个男人的飞行箱上了。那男人顺手一拉箱子,她当场劈了个叉,一屁股摔到了地上。要不是她柔韧性好,非得拉伤不可。

当时可把她气得不行,那男人穿着制服,她认出来是同一家公司的,又觉得这男的看着有几分面熟。没想到这一打量,倒被那男人的模样给吸引住了,以她一米七的身高站在他面前可以笃定他身高绝对有一米八五,宽肩窄腰,再加上一身制服,丝毫不比电视中的那些明星差。

她寻思着这么帅的男人若是见过不可能不记得,所以就想问问,可还没有来得及开口,就听见那男人说:"道歉。"

"道……道歉?"何蔓一下子回过神来,看着那男人冷峻的面孔,彻底清醒了,"道什么歉,不是你害我摔倒的吗?"

男人冷冷地瞥了她一眼,薄唇微抿:"第一,是你自己不看路撞过来的;第二,你踩了我的飞行箱我拉过来理所当然,所以不存在我害你摔倒,该道歉的人自然是你。"

"你说我不看路,那你看路了吗?你要看路了能让我撞上来!况且现在是你害我摔了一跤,我都没有计较,你还让我道歉,脑子不是进水了吧?"

男人一副臭不要脸的样子:"怎么,难道不是为了引起我注意而摔倒的吗?"

何蔓愣了一下,简直气笑了:"你……我见过不要脸的,可没有见过像你这么不要脸的,我至于为了引起你的注意摔倒在你面前吗?"

男人讽刺一笑:"那是谁刚刚盯着我看了半天?"

何蔓回过神来反击:"你不盯着我看,怎么知道我盯着你看?"

男人被何蔓的话给问住了，微愣了一下，又打量了她一眼，那目光越发冰冷。何蔓正想着跟他在公司门口吵上一架的时候，那男人拉着飞行箱扭过头就进入了公司。

何蔓再一次见到这个男人，一直想弄清楚这么自以为是的人叫什么。

林东飞突然跑上去打招呼："盛哥，你怎么过来了？"

"复训。你们这是去干吗？"

"我们准备出去吃饭，待会儿要去唱歌，想着大家彼此熟悉一下，你要不要一起来？"

"好，去哪儿？"

原本只想客气一下的林东飞愣了一下，忙笑了起来说："我待会儿发信息给你。"

男人瞥了一眼人群当中的何蔓，随后拉着箱子准备离开。

何蔓觉得那男人认出她来了，可还是一副若无其事的样子，甚至看她的时候眼神带着一抹讥讽，一股无名怒火冲上她的脑门："你站住！"

林东飞看着何蔓气势汹汹的样子，忙拉住她："你认识盛哥？"

"什么胜哥，不认识。"何蔓推开了林东飞的手臂，像是想起什么似的，又扭过头问林东飞，"他全名叫什么？"

"谢盛。"

听到何蔓的话已经停下脚步侧过头来的谢盛看着何蔓说："你叫我？"

"我不叫你叫谁？"何蔓一下子心虚了，可一想着那天的事，她又生气，扬了扬下巴，"你刚才分明就认出我来了，现在又装作不认识，那天的事情你还没有道歉呢。"

谢盛说："请问你叫什么名字，我为什么要跟你道歉？还有，你在这里大吵大闹成什么样子，要学飞行，先学做人，端正自己的态度，从进入公司起就应该注意自己的言谈举止，时刻记住自己代表的不单单是个人，要注意公司的形象，这里不是只有我们公司的飞行员在复训，还有其他航空公司的飞行员。"

何蔓被劈头盖脸训了一顿，还没来得及发火就看到了乔庭远穿着一身制服走了过来，她本能地闭上嘴巴。乔教员是深圳本地人，以前是空军，后来转民航飞行员，飞行技术超群，是何蔓的偶像，她不想在乔教员面前留下不好的印象。

乔教员跟众人打了个招呼,又看向谢盛:"谢盛,你过来复训了?"

谢盛看向乔教员时,那眸底的冷意收敛起来,微微点头:"是啊,乔教员,我这一次的检查员是你。"

乔庭远点了点头,想到他刚才远远就瞧见了谢盛与何蔓针尖对麦芒的模样,略有些好奇:"不过你们这是怎么了,你在和何蔓说什么?"

何蔓一见乔教员亲自过问,满腹的怒气也只能压下去,笑道:"没什么,我有些问题想请教一下谢先生。"

乔教员是一个聪明人,瞧这气氛哪里像是请教?

不过他也没有说破,只是笑呵呵地道:"他叫谢盛,以后叫他谢教员就好了。"

何蔓十分震惊:"他已经是教员了?"

乔庭远说:"是啊,他是我们东胜航空公司最年轻的教员,技术、理论都是一流,以后有什么不懂的可以多问问他,他可以教你们好多东西。"

何蔓狐疑地看着谢盛,乔教员不可能说谎,可谢盛这么年轻,怎么可能是教员?谢盛拿她当空气一样,欠揍的模样让她气不打一处来,可乔教员站在这里,她只能忍住:"原来是这样,谢教员,以后多多指教。"

谢盛冷淡地丢下一句话:"看你资质如何。"然后扭过头看着乔庭远:"乔教员,你们先聊,我去办理入住手续。"

何蔓目瞪口呆地看着谢盛的背影,脑子里还是没有反应过来他说的"看你资质如何"是什么意思。乔庭远看着何蔓那模样,笑了笑说:"你别跟他计较,他这人就这样,虽然脾气不好,但人还是不错的。"他看了一眼其他人说:"行了,你们好好聚聚吧,我先走了。"

何蔓看着林东飞和许璐问:"刚才那个谢盛说看你资质如何,是什么意思?"

"字面上的意思就是资质不行的他也不指教。"许璐敲了一下她的头,"不过你怎么就直接冲上去叫他道歉了,他怎么得罪你了?"

何蔓没好气地说:"我刚进公司的时候不是跟你们说过了吗,我在公司的门口遇见了一个神经病。"

林东飞说:"那个人,不会就是盛哥吧?"

"不是他还能有谁？"何蔓越想越气，"我还没有找他算账呢，他太把自己当回事了。"

林东飞一听，毫不客气地笑了起来："他还真有资格把自己当回事，盛哥可是我们整个东胜航空公司最年轻的飞行教员，不光技术过硬，更重要的是理论超级厉害。"

何蔓不信："他真这么厉害？"

林东飞说："你还别不信，听说盛哥爸爸也是公司的老教员，传说中的'飞二代'加'富二代'，更重要的是，他还单身呢！"

何蔓一愣："单身，他多大？"

林东飞想了想说："好像不到三十吧！"

何蔓冷哼了一声："是吗？那还长得挺着急的，我都以为五十了。"

林东飞十分崇拜谢盛，说："你瞧盛哥那样子哪里长得着急了？"

何蔓瞥了一眼林东飞："林东飞，不知道的人看你这样还以为你看上了他呢，你该不是性取向不正常吧？虽然航校里没什么女生，但你也是有对象的人。"

"你别说，我要真是一个女的，我肯定追他。"

一个清瘦的男孩走了过来，也是她和林东飞的同学，名叫宋青扬，他说："就算是追，那你也得排队，听说追盛哥的人从深圳排到北京了。"

何蔓看着这两个平时关系好点的男生对谢盛一脸崇拜的模样，不禁蹙了蹙眉头：他真这么厉害？

林东飞嬉皮笑脸道："排着队能追到也行呀。"

何蔓白了他一眼："你不怕叶微安撕了你啊？"

叶微安是林东飞的女朋友，一个从小被宠到大的小公主。

宋青扬则忍不住笑了："那不得把他皮给扒了？"

林东飞赶紧求饶："大哥、大姐，我错了，我不追了还不成吗？"

许璐则是在一旁笑道："行了行了，我们赶紧走吧，你不是还喊了其他人吗，别让人家等太久了。"

何蔓说："就是，回来我们还得看书呢。"

何蔓这才把谢盛甩到脑后，在这个行业里，她一直都十分努力，无论是学习理论还是学习飞行，别人用十分的努力她就要用二十分的努力，她所做的一切就是为了证明女飞行员不会比男飞行员差。所以在航校的时候,无论是理论考试还是飞行训练,她的成绩都是最好的那个。但她知道,在航校的时候成绩再好,也不过是学习,如今进入公司正式工作,这才是新的开始。

一路上听到林东飞和几个同事在议论谢盛时一脸崇拜的样子,何蔓拧着眉头,她也算是见过不少前辈,那些前辈一个个都谦虚有礼,从来没有见过像谢盛这么狂妄自大的。

在KTV房间里,林东飞领着谢盛和何宁远一起从外面进来,打断了正在唱歌的宋青扬,他看了一眼何蔓和许璐,提醒她们道:"盛哥跟远哥来了。"

何蔓一抬头,就迎上了谢盛那幽深冰冷的眸子,她扭过头又看向了他身边的另外一个男人,一下子就僵在了那里。

他怎么也来了?

林东飞还没有发现她的异样,跟大家伙一一介绍:"这位是谢盛,这位是何宁远,都是咱们公司理论技术一流的机长,跟我们一样,是北航出来的,以后大家有什么不懂的可以向两位师兄请教……"

何蔓盯着何宁远看,只觉得脑袋嗡嗡作响,她打断了林东飞的话:"你们玩,我先回去了。"

"怎么了,何蔓?"

林东飞像是想到什么,把何蔓拉到一边低声说:"怎么了,你还因为前几天的事情怪盛哥呢,当时估计盛哥也不是故意的,他……"

许璐看了一眼何宁远,明白何蔓想走的原因,站起来挽着何蔓的手臂:"是我有点不舒服,蔓蔓陪我回去,你们先玩吧。"

许璐这么说了,林东飞自然是挽留不住了。两个人正准备出去,被谢盛挡住了去路。何蔓抬起头来,只见谢盛双手插在口袋站在她的面前正慵懒清冷地望着她,这目光让她情绪稍微稳了下来,她轻声问道:"谢教员有何指教?"

谢盛瞥了她一眼:"我来了,你就要走?"

何蔓平静地道:"璐璐不舒服,我陪她回去休息。"

"是吗?"

"是。"

谢盛眉头拧成一团,何宁远上前一步道:"谢盛,两位小姑娘既然不舒服就让她们先回去休息吧。"

何宁远把谢盛拉到一边，何蔓和许璐立马拉开KTV包间的大门离开，留下其他人面面相觑。何蔓和许璐上了出租车便直接回去，许璐看着她有些担心："蔓蔓，你没事吧？"

何蔓看向窗外摇头："没事。"

许璐握着她的手说："你进公司也有一段时间了，你还没有跟你哥见过面，对吗？"

何蔓摇头："一直没空。"

许璐说："蔓蔓，其实，你也是一个飞行员了，而且是我们同级所有飞行员中最优秀的，以后，我们也会参加机长考试的。"

"我知道。"

何蔓侧过头来轻声一笑："璐璐，你说的我都明白。"她握紧了许璐的手，有些事情，终究需要时间。

转眼，何蔓等人进入公司也有三个月的时间了。

这三个月，他们被分配了机型，何蔓、许璐还有林东飞、宋青扬等人都分到了空客320机队。他们在珠海进行了新雇员培训和模拟机考试，何蔓等人也顺利地通过了考试，且成绩十分优秀，一行人从珠海回到了深圳，并开始等待本场考试。

每一个新飞行员进公司的培训，公司都格外重视，尤其今年还多了两个女飞，公司自然是重点关注。何蔓和许璐也不负众望，两个人的努力和成绩让乔庭远点头称赞，在对这一批新进来的飞行员做评估的时候，他给予了她们高度的评价，尤其是何蔓，理论成绩排在所有飞行员中的第一名。

在飞行部每周日常大会前，乔庭远来到了谢震东的办公室，谢盛在一旁。谢震东问："新进的飞行员表现如何？"

乔庭远满意地点头："都还不错。"

"那就好。"

谢震东知道乔庭远要求高，他说不错，那就是真的不错，他又问：

"那两个女飞,叫什么来着?一个叫何蔓,一个叫许璐,对吧?"

乔庭远点头:"对,是的。"

想到两人在新雇员培训上的表现和成绩,他说:"我还真的很少见有女孩子对飞行手册如此认真,每次理论考试这两个小姑娘都是第一、第二。所以我看啊,这两个小姑娘潜力不错,好好培养,将来技术不会比男的差。"

一直坐在旁边没有说话的谢盛拿过资料看了看,想到复训的时候看到何蔓那一副张牙舞爪的模样,再看着手中她模拟机还有一些理论考试的成绩单,倒是有几分诧异,看不出来她成绩这么好。

谢震东看谢盛还在发呆,把他手中的资料拿了过来:"先出去吧,这件事大会上大家一起讨论讨论。"

飞行部每周都有例行的大会,每周的例行大会都在说一些上一周飞行时所遇到的问题,无论大小,包括其他航空公司发生的事情,随时保持对飞行的敬畏。

何蔓等人刚刚进入公司还没有正式飞自然是要来参加会议的,会议由乔庭远主持,跟往常一样,将一些常规的内容都说了一遍。最后,乔庭远看向谢盛:"谢盛,你来把关于昨天3850航班飞机上有乘客说有炸弹的事情跟大家说一下,听听大家的想法和建议。"

3850的航班是谢盛飞的,航班上发生的事他比较清楚,后面的调查他也全程参与其中,今天的大会主要讲的也是这个。他走到台上说道:"3850航班大家也都听说了,具体事件就是有乘客声称飞机上有炸弹,现在已经调查清楚了:是乘客造谣,因为与女友吵架,女友要跟他分手,他为留下女友所以才说了谎。这个造谣乘客现在已经被拘留起来了。"

谢盛声音刚落,台下议论声响了起来:"怎么会有这样的人?"

"那人怎么能这样胡说八道?"

"就是啊!也不知道这样说会给我们带来多大的麻烦和损失,这些损失怎么算?"

"还不是公司怕事?"不知道是谁小声嘀咕了几句,"公司也不跟乘客计较,什么错都让我们一线员工承担,你看那些机场被打的工作人员,还有飞机上被骂的空姐,公司什么时候替我们出头过?"

"是啊,之前不是还有人在飞机上扇了一个空姐一耳光,在网上闹得沸沸扬扬，也不见有什么处理结果。"

谢震东眉头一蹙，对这种事情让人头疼，他问谢盛："现在决定怎么办？"

"人已经被警察带走了，乘客也都重新安排好航班了，还需要怎么做？"

"又是这样？"

谢盛看一眼下面略带着一些不满的同事，说："人已经进了警察局，也算是知道错了，还能怎样？"

"进了警察局那是因为他犯了法，可是航空公司的损失算谁的？"

谢盛想了想，看了一眼台下还在议论的同事，忽然之间看着何蔓和许璐两个人交头接耳不知道在说什么，他开口说："听听其他同事的意见吧！"

台下的议论声这才渐渐地小了，大家你看看我、我看看你，还真想不出来有什么好办法，毕竟该制定的规定也都制定了，上飞机前也都会一一跟乘客说明什么能带，什么不能带。不同的是，对于服务行业，总有一些人以为花了钱就是大爷，甚至可以对规章制度不管不顾，任性妄为。

谢震东鼓励大家说："大家有什么想法可以放心大胆地说，我们只是讨论讨论，也是为了避免再有类似的事件发生。"看着何蔓跟许璐交头接耳，谢震东说："何蔓，你来说说，你有什么好的想法？"

刚还在跟许璐说悄悄话的何蔓一下子有些愣在那里，她想了想，干脆豁出去，说："我个人觉得公司可以起诉这位乘客让他赔偿。"

话音刚落，全场一片哗然，起诉乘客？这在国内还从未有过先例啊，还没有航空公司起诉乘客这种事情发生，向来都是航空公司赔偿乘客的损失，没有听说过有乘客赔偿航空公司的损失的。

大家议论纷纷，就连谢震东都有些诧异。谢盛听她这样子说，十分满意，没想到他们想到了一块儿。谢盛面色上依旧是云淡风轻："哦，怎么说？"

何蔓已经说出口了，就鼓着勇气继续说下去："因为他一个愚蠢的做法，给公司带来了巨大的经济损失，所以才要起诉造成这一起事件的乘客。此举不单是为了惩罚，同时也是为了让大家对航空知识有更清楚的认知，让他们为自己的言行负责，更要让社会大众知道，任何违法行为，法律不会姑息，航空公司绝不迁就。"

谢震东下意识反对："可是他已经进了警察局了，为什么还要起诉他？"

何蔓一看是谢震东，犹豫着要不要再继续回话，谢震东像是看出她的想法，挥了挥手说："没关系，你继续说下去，我想听听你的想法。"

何蔓这才继续说下去："我认为虽然他现在已经被拘留，可十多天后就会被放出来，这样的事情不止一例。所以我觉得唯有起诉才能让他们真正重视。"

"可是哪有航空公司起诉乘客的？"

"就是因为没有，所以才要有个开始。"

回话的不是何蔓，而是谢盛，他扭过头对谢震东说："我认同何蔓的想法和建议。"

谢震东说："这想法好是好，但目前国内还没有这样的先例，我们公司也不能开这样的先河去起诉乘客，如此一来对我们公司的形象也不好！"

"正因为如此，我们才要这么做，国外早就有航空公司这样做了。况且这样未必对公司的形象不好，我们可以让乘客知道这样做是为了所有乘客的安全，避免再有此类事情发生。

"而且我们也可以将起诉乘客赔偿的金额和相关数据公布出来，让乘客心里明白这样做是为了大家的安全着想；公司也可以将这一笔钱拿去做公益，我相信非但不会损害公司的形象，反而是一次很好的形象宣传。"

谢震东说："这件事情我会和公司其他领导讨论的，起诉乘客事关重大，我们商量之后再做决定！"

坐下来的何蔓看了一眼谢盛，没想到他竟然跟她想法相同，不过瞧着谢盛跟谢震东说话的态度，丝毫没有畏惧，她忍不住低头与许璐又开始嘀咕："谢盛怎么敢这样跟谢总说话，谢总可是我们的大BOSS！"

许璐瞥了她一眼："那是人家爸，人家怎么不敢这样说话，况且人家也有这样说话的实力。"

何蔓不禁张大了嘴巴："这怎么可能？"

许璐说："之前林东飞不是说过吗？"

何蔓这才想起来："还真是。"想到她跟谢盛之间的恩怨，她抬头看了一眼谢盛,此时他眼神带着一抹不屑。何蔓倒不质疑谢盛的技术,飞行没有捷径可以走。谢盛能当教员,必然是凭借他自己的实力。

会议结束了之后,何蔓和许璐就回到了公寓,接下来她们要飞本场,飞完本场也就代表她们即将会有正式飞航线的资格,所以她们对即将要去飞的本场格外看重。因为公司新进飞行员较多,她和许璐不在同一个机场考试,不过在同一个时间段,都是明天出发。

收拾好东西后,何蔓准备翻书再好好看看资料,便收到了一条微信,又是她哥哥何宁远发来的:"蔓蔓,晚上过来吃饭吧。"

何蔓看了微信,没有回话,许璐在旁边说:"飞本场竟然没有跟你飞同一个地方,我一个人肯定好无聊。"许璐没有听见何蔓的回话,伸手在她的面前晃了晃:"发什么呆呢?"

何蔓回过神来:"没有啊,你刚在说什么呢?"

"就说我们要飞本场的事,不过你这是怎么了?"许璐跟何蔓同吃同住,关系好得如同亲姐妹似的,自然察觉到她的异样,看着她握着手中的电话,想到刚刚的微信响声,她问,"谁的微信?"

何蔓深吸了一口气:"我哥的!"

许璐一听是何宁远,坐了过来:"叫你干吗?"

何蔓如实道:"叫我去他家吃饭。"

许璐一听,催她道:"那赶紧回信息说去啊,反正你晚上也没什么事。"

何蔓不愿意去:"还要收拾行李呢,算了,下次吧。"

"什么下次?"许璐一把抢过她手中的衣服,"先吃饭,走走走,刚好我们晚上也没想好吃什么,我们就去你哥家蹭饭。"

何宁远住的地方离她们的公寓并不远,打车半个小时就到了。何宁远把饭菜做好,看着何蔓和许璐一起过来,他面露惊喜,说:"许璐也来了,赶紧进来吧。"此时的何宁远围着围裙,一副居家好男人的样子,他说,"你们赶紧洗手,可以吃饭了。"

许璐笑着点了点头道:"好,谢谢师兄。"

何蔓看了一眼这个房子,这是她哥在深圳房价还没有上涨的时候买的,这是她第二次来,刚分配到深圳来的时候她哥就打电话让她住家里,被她拒绝了。洗完手她看着客厅电视机上面的照片,微微一怔,那是他们一家四口的照片，她、爸爸、妈妈，还有哥哥。

只是如今，爸爸不在了。

何蔓望着照片中的男人，记忆回到了几年前的飞机上，那是在三万英尺高的飞机上，整个机舱严肃又慌乱，她跪在头等舱地板上牢牢抓着旁边的桌椅，空姐正努力抢救平躺着的爸爸，她哭了出声音："哥，快救救爸爸，你快落地啊，哥……"

她想到那紧闭着的驾驶舱的大门，看着照片中的爸爸，眼眶微微湿润。何宁远从厨房出来，正好看见这一幕，心里针扎似的，随即收起所有的情绪，如同什么事情都没发生一样："蔓蔓、许璐，赶紧过来吃饭。"

何蔓回过神来时脸上已经湿了一片，她赶紧擦了擦眼角。许璐则是扭过头在餐桌上坐下来，看着一桌子饭菜惊叹道："爆炒牛肉、水煮鱼，蔓蔓，你哥可真疼你，都是你喜欢吃的。"

何蔓平复一下心情，笑了笑道："果然是我最喜欢吃的，谢谢哥。"

何宁远听到这一声"哥"，鼻子酸酸的，然后微微松了一口气，格外感激地看了一眼许璐，因为许璐的存在，何蔓和何宁远的关系拉近了许多。两个人明天一大清早分别要去珠海和南宁，所以吃完饭何蔓和许璐就准备回去了。

何宁远叫住了两个人："我送你们回去。"

何蔓刚想拒绝，许璐却叫道："好啊！"

何蔓看了一眼许璐：莫不是看上哥了？

何宁远拿了车钥匙，刚拉开门准备接送何蔓和许璐回去，他看着电梯里面出来的人愣住了："谢盛，你怎么来了？"

谢盛看了一眼何蔓，说："有个师兄在这边过夜，打电话说一起聚聚，我打你电话你半天没接，就过来看看你在做什么。"

谢盛跟何宁远同一个航校，只是他刚进航校时何宁远马上要毕业了，但他跟师兄关系都很好，所以到彼此基地过夜的时候都会聚聚。

何宁远这才想起他的手机，说："对了，我的手机还在厨房呢，刚才没有听见，是胡孟军那小子过来了啊？听说他刚刚当了教员，那肯定是要聚聚的，他什么时候落地？"

"十点落地，我跟他说了去机场接他，你回头找个地，我接上他直接过去，还有两个师兄也一起来。"

何蔓看了一眼许璐，许璐也示意赶紧走，她就立马道："那个既然你们还有事，我和许璐就先走了。"

何宁远看着时间还早，赶紧叫住何蔓和许璐："等会儿，蔓蔓，许璐，时间还早，我送你们回去。"

"不用了。"

何蔓挥了挥手，刚好电梯到，她直接进了电梯就走了。

何蔓压根没有想过她跟她哥哥之间的关系让谢盛给误会了，她一心准备着她的本场考试，一个月后，考试顺利通过。

她通过的时候，许璐、林东飞和宋青扬已经通过了，她是最后一个通过的，通过的时候，她整个人兴奋得跳了起来。只是，何蔓的好心情回到深圳没两天，就变得郁闷了，因为她的带飞师父安排下来了，正是跟她八字不合的谢盛，据说这是谢盛刚当教员，第一次带徒弟。

一想到这里，她有几分头疼。进公司这么久，她对谢盛自然是了解了一些，在飞行技术上，他很厉害，若没有过硬的技术，不会让这么多人提起他就夸奖，他还执行过许多特殊航班，年纪轻轻就当了教员，许多跟他飞过的副驾驶都喜欢跟他的航班，说是能学到不少东西。

所以说他虽然是第一次带徒弟，但并不比那些老教员差，她若是能跟着他学习，可以学到很多东西。只是一想到谢盛那副嘴脸，她就担心以后能不能跟他好好相处，毕竟跟师父都没有办法好好相处，未来还怎么单飞？

何蔓一整天唉声叹气，林东飞有些奇怪，问道："何蔓，你这是怎么了，你师父可是我们心心念念的师父，怎么你倒是愁眉苦脸的？"

"心心念念的师父？"何蔓呵呵一声，道，"我跟你换，你换吗？"

"换。"林东飞立马激动地说。

一旁的宋青扬笑了起来道："你又不是不知道，何蔓跟盛哥气场不合，她肯定头疼。"

林东飞挥了挥手："能在盛哥手下学习，就算是被他骂也心甘情愿啊。"

"这倒是。"宋青扬也点了点头,看着何蔓道,"何蔓,你这样一想是不是心情好很多了?"

想到谢盛那技术,她倒是不得不服,能成为他的徒弟,她真的很"幸运"。

许璐笑道:"好了,想想我们即将可以正式飞了,开不开心?"

何蔓一下子坐了起来:"开心!"

多年学习,不就是为了能成为一名真正的飞行员吗?

第二章 正式飞行

凌晨四点半,闹钟在响第一声的时候,何蔓就噌地一下从床上爬了起来,她看了一眼手机,迅速地翻身起床,刷牙换制服,准备好所有的一切,已经四点五十分。机组车五点经过楼下,十分钟刚好可以下楼。

何蔓拉着飞行箱站在全身镜前,望着镜中的自己,深吸了一口气,多年的学习,终于在这一刻踏上了真正的飞行之路。随后,她拉着飞行箱从公寓里面离开,到楼下的时候,同航班的机组成员都到了,没有一个她认识的,但在昨天看到航班任务的时候她已经知道了所有人的名字和长相。

一个跟着她同样穿着飞行员制服的男生看到她主动打招呼:"你就是何蔓吧,我是今天的副驾驶许文博。"

何蔓打了一个招呼:"许师兄,你好。"

"别紧张。"

许文博笑了笑:"机长自己开车去,我们也赶紧出发吧。"

何蔓点了点头,一行人很快到了机场,报到之后又分别测试了一下酒精含量,最后到飞行准备室做飞行前的准备。她们进来的时候,谢盛已经坐在那里,何蔓也赶紧在许文博的身边坐了下来,谢盛扔了一份资料到她面前:"这是航行资料,好好看看,记下来,有什么看不明白的地方就问。"

何蔓赶紧接过资料仔细地看着:"是,师父。"

这些资料是关于每次航班前的航班任务、安全通告以及航行通告等,包括要飞的是什么机型,机组人员的信息,航班飞行的起始地、时间等,需要飞行员了解的还有关于近期的一些安全事件的通告，起降机场的具体信息，途经的管制区的资料，以及天气、航线图，等等。

这些何蔓早就知晓，也心里有底，她一一细细查看，那模样像是要参加考试的学生一样，落在谢盛的眼底。他唇角不自觉地弯起一丝弧度，不知怎地，想到他第一次飞行的时候，似乎也跟她一样紧张。

飞行不存在任何侥幸，唯有认真严肃地对待，才是对自己负责，也是对每一位乘客负责。许文博看了看资料："机长，上海那边的天气不大好。"

"嗯，不是什么问题。"谢盛说完，又跟乘务组核对了一下资料，确定无误后道，"行了，走吧。"

航前准备做完，机组就上了车，十分钟后来到飞机下面，上飞机后，乘务组准备飞行前的检查。何蔓便和许文博还有谢盛进了驾驶舱，她还没有上座的资格，所以她的位置在许文博后面，刚搁好她的飞行箱，就听到谢盛声音在她身后响起："你跟我一起来检查飞机。"

"是，师父。"

何蔓紧张的样子让谢盛眉头拧了拧，随后直接走出驾驶舱，倒是旁边的许文博笑出了声音："我瞧你这样，是打算行军礼了？"

何蔓脸色微微有些发烫："这不是第一次嘛？"

许文博明白这种感受，安慰着她："别紧张，都会有第一次的，以后就好了。"

起飞前绕飞机检查，是飞行员每次在飞机飞行前的必要工作，何蔓不是第一次检查飞机，但检查带着乘客的飞机是第一次，且严格意义上来说不是她检查，是她师父谢盛在检查，她跟在后头看着。

谢盛一一跟她解释每个部件的作用，并随手指出来飞机上那突出来的东西道："这是什么？"

何蔓回答："空速管。"

"作用。"

"冲压空气得到的实际飞行空速。"

谢盛又问了几个问题，知晓她的理论知识扎实，绕飞机检查结束后，他又扭过头看着何蔓说："你来说说要检查些什么？"

"油箱、旋翼、尾翼、着陆灯、航行灯，还有一些关键的部位，像皮托管套（空速管）、发动机进气口、起落架……"何蔓像背课本一样把要检查的项目一一说出来。

"那你再去检查一遍。"

"好。"

何蔓赶紧绕着飞机检查了一圈，没有放过任何一个部位，检查到起落架的时候，她不经意间抬眸，只见谢盛穿着一身制服，戴着墨镜站在飞机下面，那墨镜之下高挺着鼻子，双手插在口袋里，英姿飒爽。何蔓一下子恍了神。她老实地绕机检查结束之后，跟着谢盛回到了驾驶舱，许文博已经做好驾驶舱的内部检查，内部检查主要是检查每个开关是否符合飞机起飞前状态，通过飞行管理（CDU）输入所飞的航路，然后输入相关的飞行数据。

许文博下飞机进行第二遍绕机检查，谢盛对何蔓说："我来验收许文博刚刚所做的准备，你好好看着，程序是死的，人是活的，在一旁看清楚，以后上座的时候要懂得操作。"

"是，师父。"

何蔓在一旁认真看着谢盛验收许文博所准备的东西，一切准备就绪。许文博也上了飞机，他刚准备拿起耳机调整频率跟管制要放行许可，谢盛说："让她来。"

何蔓深吸一口气，戴上耳机调整频率按她之前所学的通信知识跟管制沟通，要放行指令："深圳放行早上好，东胜8543，停机位12号桥，请示放行到上海，通播B已抄收。"

"东胜8543，深圳放行，许可放行到上海，跑道02L，龙门一号C离场，起使高度数1500米，离场联系119.7，应答机6535。"

"可以放行到上海，跑道02L，龙门一号C离场，起使高度数1500米，离场联系119.7，应答机6535，东胜8543。"

……

沟通完后，何蔓轻松了许多，乘客上齐、关闭机舱门后，又联系地面机务用推车推到滑行道上，随后启动发动机。

全程由何蔓自己跟管制沟通："深圳放行，东胜8543，准备好了。"

"东胜8543，联系地面1121.85再见。"

"1121.85再见，东胜8543。"

随后又调整频率:"深圳地面,东胜8543,准备好,请示推开。"

"东胜8543,深圳地面,可以推出开车。"

谢盛联系地面机务,得到消息:"机务,刹车松,可以推。"

何蔓在一旁边认真学习一边跟管制继续联系:"深圳地面,东胜8543,请示滑行。"

"东胜8543,深圳地面,可以沿Yellow(黄色)8滑行至02L左跑道。"

"沿Yellow8滑行至02L左跑道,东胜8543。"

飞行开始进入滑行阶段,地面管制联系何蔓:"东胜8543,联系塔台再见。"

"塔台118.1,再见。"

此时何蔓已经进入状态,又调整频率联系塔台:"深圳塔台早上好,东胜8543,02L跑道外等待。"

"东胜8543,可以进02L跑道起飞。"

"可以进02L跑道起飞,东胜8543。"

而此时,谢盛拉起侧杆,飞机开始缓缓地往上爬行。许文博扭头看着何蔓,对她竖起大拇指,第一班第一次跟管制沟通便如此顺利,没有半点差错。

何蔓看着飞机舷窗外城市渐渐远离,而云层近在咫尺,她嘴角上扬,这份工作最大的好处就是可以看到许多寻常人无论如何也见不到的美景,如同此时,清晨的朝阳,绚烂温暖。

她迎着朝阳忍不住地感叹道:"真美。"

许文博已经飞了有两年了,他侧过头笑了笑:"我第一次看到的时候也觉得很美,不过看多了也就那样。"

何蔓一笑:"但大自然高空之中所赐予的美景,不是寻常人可以看得到的,所以,做我们这一份工作很幸福。"

"那是。"

许文博虽然飞了两年了,见多了这般的朝阳,但如同何蔓所说,大自然所赐予以万里高空之中的美景,除了他们,极少人能有机会见到。

虽然飞多了会很枯燥乏味,且考试繁多,可每每看到了寻常人见不到的美景,仿佛所有的一切都是值得的。

谢盛侧眼看了一眼何蔓，朝阳打在她的侧脸之上，衬得她脸蛋更白了，那种白，是白里透红，整个人也显得青春洋溢，朝气蓬勃，如同六月暖阳般让人印在心头。

何蔓和许文博还在时不时地闲聊着，谢盛的声音突然响起："我们飞到上海，要经过几个管制区域？"

许文博一愣，赶紧回答："要经过……"

"我问你了吗？"谢盛瞥了他一眼。

许文博："……"

也对啊，他都飞了两年，谢教员怎么会问他这么简单的问题，何蔓是他的徒弟，肯定是问何蔓的啊。

许文博尴尬地笑了笑，何蔓反应过来谢盛这是在考她，赶紧道："两个，分别是上海跟深圳。"

"那如果我们现在通信失效怎么办？"

"查询手册通信失效程序，按上面程序飞行。"

谢盛一连问了好几个问题，一个比一个刁钻，何蔓全都老实地回答了出来，许文博在一旁悄悄地扭过头来看向了窗外，假装自己不存在。

谢教员的刁钻和严谨他算是见识到了，何蔓好歹也是第一次飞好不好，谢教员有些问题问得也未免太刁钻了吧？

有些问题甚至是连飞了半年的人都答不上来，但何蔓却能立马答上来，理论知识果然扎实。

许文博在一旁庆幸，还好，他当初刚开始飞的时候师父不是谢教员，否则他铁定会有心理阴影，突然谢盛的声音在他耳边响起："许文博，你来说，如果落地的时候起落架放不下来怎么办？"

许文博："……"

何蔓在一旁垂下眼眸忍不住地低笑，看着谢盛在那里刁难许文博，她刚刚紧张的心情一下子也就放轻松了许多。

有谢盛在一旁刁难，从深圳飞到上海的两个小时很快就要到了，在落地前的半小时，谢盛便收起了刁难的姿态，看着前方的天气实况眉头微蹙着，许文博也发现天气不大好，不知道降落有没有问题。

何蔓自然也发现了，她赶紧联系进近管制："上海进近早上好，东胜8543，高度8000米，听你指挥。"

"东胜8543，上海雷雨覆盖，本场不接受起降。"

"东胜8543收到。"

何蔓得到消息惊呆了，显然，这对话谢盛和许文博也都听到了，她抬眸的时候，只见许文博扭过头意味深长地看了她一眼，她有些不大好，不会要备降吧？

不要啊！

她人生中第一次正式的飞行，难不成要备降？

而谢盛则看了看气象雷达，那好看的眉宇微蹙着，随即抬眸决定："上海雷雨覆盖面积比较大，时间也比较久，我们还是先备降杭州。"

"啊……"何蔓惊呼出声，脸色有些不大好。

"啊什么啊？"谢盛清冷地看了她一眼，看着许文博道："备降的通信比较复杂，你来。"

"是。"许文博稳了稳心神，然后接过了通信。

谢盛瞥了一眼何蔓那脸色，一时间略显得安静的驾驶舱响起来他那清冷的声音："在一旁好好看着备降怎么操作。"

何蔓回过神来，呆呆地道："是。"

半个小时，原本飞上海，备降杭州。

何蔓趴在副驾驶的靠背之上，看着驾驶舱外的杭州两个字出现在她的视野，她有些欲哭无泪，放眼所有飞行员，第一次正式飞行就备降的，她何蔓是第一个吧。

一想到这里，她低声叹了口气，早上那种正式飞行的兴奋早就消失得干干净净了，完蛋了，只怕整个公司的人都知道，她何蔓第一次飞行就备降的消息吧，这运气，这以后谁还敢跟她飞啊。

许文博扭过头看着何蔓那模样，也忍不住地笑了起来："我今年第一次备降可是给了你啊！"

"许师兄！"何蔓欲哭无泪。

谢盛的声音则清冷地响起："怎么，飞这么久了，你没备降过？"

"备……备降过。"

许文博赶紧正襟危坐，心底吐槽：他跟何蔓聊聊天还不行啊？

想到刚刚在空中谢教员的折磨他记忆犹新呢，一个比一个问题刁钻，好几个问题他都差一点答不上来。

以前他也跟谢教员飞过，只觉得谢教员不爱说话，人冷冰冰的，很是严厉，可从未曾为难过他，但不知怎的，这一次飞的时候总感觉谢教员严肃许多，是不是因为带着徒弟的缘故？

想到何蔓以后的日子，许文博忍不住有些为她默哀，谢教员的高要求、高标准他也总算是体会到了！

而飞机在杭州备降了两个小时后，得到上海那边雷雨消散的消息，飞机这才起飞前往上海，落地时航班已经晚点三个小时了，后续的航班自然也都陆续晚点，好在上海的天气确实是糟糕，乘客大多都能体谅。

不过何蔓的情绪依旧有些低，毕竟，任谁第一次飞行就备降心情都不会很好。

结束飞行时已经是半夜十二点半了，许文博看着何蔓那模样于心不忍："别想太多了，这天气不好备降是常有的事，你第一次飞行运气不好备降这也很正常。"

何蔓唉声叹气："我知道，只是第一次飞行就备降，我这运气也是没谁了。"

"确实，第一次飞就备降的，你倒是头一个。"许文博认真一想，道，"不过，这又不怪你，是天气原因，谁也不能避免的。"

许文博的声音刚落，谢盛手中的笔重重地落到了面前的小桌板上，扭过头来的时候那棱角分明的五官冷傲孤清，盛气逼人地道："心理承受能力这么差，备降都不能接受，你以后还飞什么飞，不如回家去算了。"

何蔓下意识地解释："师父，我没有，我……"

她只是觉得比较倒霉，还不能抱怨几句了？

可谢盛却看都没有看她一眼，直接就下了飞机上了机组车。

许文博回过神来，赶紧拎着箱子看着何蔓道："走吧，走吧。"

只是何蔓被谢盛那么一凶，就更郁闷了，上了机组车看着坐在前面的谢盛，她杵在那里想要解释什么，可谢盛紧闭着眼睛，英挺剑眉微蹙着，露出来一副请勿打扰的样子。

何蔓想了想，不甘心让谢盛这样误会，毕竟他是她师父，于是下了机组车她快步跟上了谢盛道："师父，刚刚的事情我想解释一下，我并不是接受不了备降，只是我觉得第一次飞遇上这样的事情比较倒霉罢了……"

谢盛陡然之间停下脚步扭过头冷厉道："所以你就一直唉声叹气，要旁人安慰你的情绪？"

　　何蔓跟得比较紧，没注意到谢盛突然停下脚步扭过头来，就一头撞到他的怀里，那胸口如同铜墙铁壁般坚硬，撞得她整个人重心不稳，一下子直直地又往后要倒下去。

　　谢盛下意识地伸出手来一下揽住了她那纤细的腰间，将她拉了回来，一下子又撞进了他的怀里。

　　倒是何蔓，这一连撞了两回，撞得眼睛一片金星，下意识地蹙着眉头抱怨道："你胸口是石头做的吗，怎么那么硬？"

　　温香软玉入怀，谢盛面不改色，倒是听到她的话，那眉眼微蹙着，如此莽撞，看来她虽理论知识很扎实，可性子还是需要好好地磨炼一番。

　　谢盛手臂落在她那纤细的腰间，想收回时，本能地感觉她这小腰可真细，他一只手臂就能将她环抱住，不知怎地他突然在想，这么细的腰，也不知这制服合不合她的身。

　　而何蔓揉了揉额头，这才发现她整个人被圈在师父的怀里，本能地抬头，发现一米七的她站在师父的跟前也仅到其下巴，抬头的时候刚好能看到他那高挺的鼻子，厚薄适中的红唇此时轻抿着，垂着那幽深而又深邃的黑眸望着她。

　　而许文博除了拉着箱子还有资料袋也在他的手上，走得略慢，跟过来的时候自然也看到这一幕，忍不住地停下了脚步，好一对金童玉女。

　　这视线落在谢盛身上，他立马松开了何蔓："8543的备降说明，你给我好好写。"

　　何蔓一愣，回过神来只见谢盛说完扭过头大步流星地往前走，再想到刚刚那一幕，脸颊微微发烫。

　　许文博拉着箱子和资料袋走了上前来嘿嘿一笑："怎么样，被自己师父抱在怀里是什么样的感觉？"

　　"抱什么抱？"何蔓庆幸此时已经很晚了，瞪了一眼许文博，"没看见我刚刚差一点被撞得摔倒了啊。"

　　许文博也不敢开谢盛的玩笑："所以啊，还是你师父好，看着冷冰冰，不好说话，但还救了你不是？"

　　"那是他撞我的好不好？"

　　只是想到备降情况，何蔓就欲哭无泪，谁会想到第一次飞行就备降？

可谁知道第二天飞行的时候，她的飞机又出了问题，虽然是小问题，但也要修啊，而且因为这个原因航班被迫晚点，这下子整个机组的人看着她的眼神都意味深长的。

原本以为这就算了，谁知道第三天的时候她的航班又开始晚点，她当时脸都绿了，有了第一次飞行航班备降，第二次飞机出问题，第三次航班直接就晚点，接二连三的意外发生，只怕，她何蔓大名传得就更快了。

何蔓想到这些，看着洗手间的镜子揉了揉自己的脑袋，老天，她为什么这么倒霉，飞行也是看天吃饭的啊！！

她刚准备出来，便听到外面有声音响起："哎，你说这个何蔓怎么这么邪门，她前两天先是备降，又是飞机坏，今天出来明明天气挺好的，现在又突然下大暴雨，跟她飞也太倒霉了吧？"

"这关人家何蔓什么事，备降、飞机坏、天气差还能是她的错？"

"咱们也是看天吃饭的啊，运气也很重要啊！"

"对啊，你们说何蔓刚一飞就先是备降，再是飞机坏，现在又晚点，她是不是跟飞行犯冲？"

……

听到外面的那些话，何蔓面色僵在那里，她能怎么办，她也很绝望，难不成她真的跟飞行犯冲？

突然之间外面响起来一个清冷的声音，是谢盛的声音："怎么，乘务组这么闲，客舱里面没事做？"

"机长……"

"机长……"

外面响起了两个空姐惊慌的声音，紧接着又听到一个乘务长的声音响起："机长，这是怎么了？"

显然，乘务长是刚刚过来的。

"好好管管乘务组的人。"谢盛一张俊脸清冷，伸手朝洗手间叩门，"你还准备杵在洗手间多久？"

何蔓赶紧从洗手间里面出来："师父，不好意思，我刚刚肚子不舒服，我现在就回驾驶舱。"说完，她赶紧溜进了驾驶舱。

而空姐一、二、三号脸色僵在那里，这么说，她们的话她全都听到了？

何蔓刚坐下来，看着驾驶舱外大雨滂沱，微叹了一口气，运气差成了这样，这也怪不得人家议论，不过想到谢盛刚刚的话，她心底突然有一丝的异样，怎么感觉师父刚刚那样暖，像是在护着她呢？

驾驶舱门打开，师父从外面走了过来，她下意识地看了一眼，只见师父依旧是不苟言笑的样子，面色如往常般清寒冰冷，冷冷朝她看了过来："发什么呆，还不联系地面有没有起飞时间？"

何蔓赶紧点头，忍不住在心底暗自吐槽，她怕不是瞎了，这个钢铁直男怎么可能会护着她？

在晚点两个小时后，地面终于给了起飞时间，差不多跟着排队等再有两小时就可以起飞了。

有时间等，总比没有时间等要强。

第一轮飞行在第三天结束之后，终于可以休息了，只是这三天跟她一起飞的无论是师兄还是空姐，都无不暗自吐槽这几天的班比之前一周的班都累。

何蔓特别尴尬，她知道这一切还没有结束，毕竟第一天备降，第二天飞机出现故障，第三天航班晚点的事情的新小飞还是少见的，所以她的大名很快就传遍了整个公司。

按理说备降、飞机故障、航班晚点，都是再正常不过的事情，可被一个刚飞行的小小副驾驶全都在第一轮给遇上，这在所有的航空公司都是难得一见的。

一大清早何蔓看着微信上噌噌地跳出来"关心"的消息，一头埋进了被窝里面，问什么问，有什么好问的？

她刚钻进被窝，电话响了起来，她直接就给挂断了，电话那头又响了起来，她噌地一下坐了起来，看着来电显示林东飞，她没好气地接通了电话："林东飞，我告诉你，你打电话过来最好不是问我备降和飞机坏了的事！"

林东飞强压着笑意："不是，不是，师兄说你第一次写备降情况可能不大会写，说中午一起吃饭聚聚，他告诉你怎么写。"

"哪个师兄？"

"就是跟你飞的许文博许师兄啊，他跟我们一个学校毕业的。"

"行，在哪里，什么时候？"何蔓一下子爬了起来，她正为这个事情头疼呢，毕竟学校学的跟实战经验不一样。

何蔓爬了起来决定出去透透气，她不能因为初次备降这种事情影响心情。

以后这漫长飞行之路，这种事情是避免不了的，若因为这些事情影响了心情，她以后还如何飞行？

不知怎地，何蔓想起了一张温润如玉的脸，声音如脉脉春风却又格外严厉："何蔓，你性子太过于急躁，这样下去是不行的，你要知道，飞行是一件严肃而又认真的事情，飞行之中会出现各种意外，你不能因为出现意外就开始焦躁，焦躁会让你丧失理智，失去思考和分析的能力，你必须克服这种情绪。"

"我知道了，师父，我以后会学会克制自己的心情和情绪，不让意外影响到自己的判断。"

"这就对了，去跑五公里。"

"师父……"

"六公里。"

想起这件事情，不知怎的，何蔓突然之间像是想到什么，脸色多了一抹讽刺之意，只觉得更加烦躁。

何蔓换了一身休闲运动服直接就从宿舍出来了。公司是在郊区距离机场不远的地方，她们的宿舍距离机场也不远，占地很广，随便一圈下来就有五公里，平日里但凡早晚有空的时候，她都会在这里跑步。

何蔓做完跑步前的热身，就开始跑了起来，在航校里锻炼了她的体能，所以跑十公里对她来说也就是一个小时的事。

不过这一路上跑下来遇见了不少同事，大抵初次飞行就备降给不少人留下了很深的印象，都纷纷跟她打着招呼。何蔓有些尴尬，干脆换了一个位置继续跑，这个位置距离机场的跑道很近，人倒不是很多。

只是没想到的是刚跑到一半在前面就看到了一个人也在跑步，她看了一眼眉头微微一蹙，怎么觉得这么像她师父谢盛？

不对啊，谢盛不是住在市中心吗？

何蔓觉得自己可能是想多了，认错人了，所以继续往前跑，并下意识地超过了他，想要扭过头来看看是不是自己认错了，刚一扭过头，就看着谢盛正盯着她。

"师……师父？"何蔓看着还真是谢盛，下意识地扭过头就想跑。

据说她也刷新了师父飞行这么多年来意外最多的一轮班，这一轮班航班晚点、备降、坏飞机，几乎是每天都撞上事情了，不少人都去关心她师父了。

她还没有刚跑起来，谢盛那略显得清冷的声音响起来："跑什么跑？"

"没……没有啊。"何蔓只得停下来，望着谢盛尴尬一笑，眼珠子转动着想要找一个借口溜掉。

谢盛瞥了她一眼："你当我瞎？"

"没有。"何蔓矢口否认，她哪敢当他瞎！

何蔓心底慌乱，觉得对不起师父，又怕他继续追问，赶紧转移话题："师父，师父怎么会在这里？"

"昨天落地太晚，我在公司开了一个房间。"谢盛清冷地道。

谢盛又道："你还没有告诉我，你跑什么跑？"

何蔓低头："这边空气好。"

"空气好？"谢盛像是看傻子一样看着她。

何蔓微叹了一口气："这边人少。"

"所以你不想撞见公司里面的人？"谢盛直接问道。

何蔓："……是。"

"为什么？"谢盛又问。

何蔓看着谢盛那清冷的脸色，没有一丝温度，像是在生气的样子，她以为谢盛是在怪她因为航班接二连三出意外的事情，可这又不关她的事。

可运气倒霉成这样，也是史上第一人吧？

于是她深吸了一口气："对不起。"

谢盛眉头一蹙："你做了什么对不起我的事？"

"害师父飞行这么不顺利。"何蔓语气生硬地道："对不起。"

谢盛的眉头蹙得更厉害了："什么？"

何蔓听着谢盛的话，更是生气，生硬地道歉："对不起，害师父备降，害师父的飞机坏了，害师父晚点。"

他脸色一沉："你还有这本事？"

何蔓下意识解释："我当然没这本事了。"

谢盛冷冷地问:"那你在道什么歉?"

"那还不是因为你在生气。"

何蔓生气地驳了回来,按捺不住自己的脾气地道:"又不是我想备降、坏飞机、晚点的,你冲我发什么脾气?"

"我什么时候冲你发脾气了?"

何蔓一脸怒气地道:"就刚刚。"

"那是因为你见到我在跑,我什么时候因为航班一事生气了?"

谢盛闻言解释完后脸色沉得更加厉害,声音越来越冷:"倒是你,因为这件事情道什么歉,躲什么躲?"

她不可思议地望着谢盛:"我道歉,我跑,我躲还有错了?"

谢盛冷声地道:"心理承受能力这么差,一点点意外就让你又想逃避又想躲的,如今还意识不到自己的错误,强词夺理,你就是这么对待飞行的?"

她不过就是不想听到那些议论之声,怎么到了他的口中成了这么大的问题,还说什么心理承受能力差了?

她忍不住地解释,可谢盛却是冷冷地看了她一眼,扭过头便走离开了。

可她哪里是能受得了气的人,冲了过来想要让谢盛解释清楚,谁知道竟然遇到了乔教员,何蔓一下子就厌了,赶紧打着招呼:"乔教员好。"

乔庭远望着何蔓笑呵呵地道:"何蔓呀,你也来跑步啊?"

何蔓点头:"是啊。"

乔庭远自然也是听说了这事,关心地问:"听说你第一次飞行就备降呀,怎么样,感觉如何?"

何蔓尴尬一笑,乔庭远安慰她:"别放在心上,我当年放单的时候,飞机起落架没有放起来,可没有把我吓死。"

她连忙点头:"乔教员放心,我不会放在心上的。"

她哪能跟乔教员比,乔教员是空军转民航飞行员的,技术好不说,而且还是公司里面少有几个可以飞320和330的飞行员,让人十分敬佩,也是她在这个行业的偶像。

何蔓生怕乔教员再继续"关心":"那乔教员,我先跑步了。"

乔庭远挥了挥手:"赶紧去吧,年轻人多动动好。"

"好嘞。"

随后何蔓赶紧一溜烟地跑开了,乔庭远看了一眼何蔓的背影,又看着谢盛:"刚刚怎么了,在教训人家小姑娘呢?"

谢盛矢口否认:"没有。"

"真没有吗?"

乔庭远显然不信:"这新进公司的两个女飞公司打算重点培养,所以你好好带,别整天那么凶。"

"就因为公司的重视,所以我才对她格外严格。"

"那也不能那么凶,人家毕竟是个小姑娘。"

"这行业哪里分男女?"

"这倒也是,但带徒弟的方法有千万种。"

乔庭远望着他说:"又跟你爸吵架了?"

谢盛一愣,随即有几分无奈地道:"乔叔叔知道了?"

"嗯,早上遇到你爸了,说你两天都没有回家了。"乔庭远直言道,"他说昨天去你家也不见你人影。"

谢盛隐约有些头疼地道:"让乔叔叔见笑了。"

乔庭远自然是知道他们父子吵架的原因:"见什么笑,倒是你,阿盛,其实你爸爸才五十多岁,身体还不错,正值壮年,他想再婚这也很正常,你是年轻人,应该更能理解才是。"

谢盛想到他那亲爸,讽刺一笑:"他想再婚就再婚,何必问我意见?"

"你毕竟是他和素娟唯一的……"乔庭远想要劝说,看着谢盛那脸上神色时,他又微叹了一口气,"阿盛,你妈妈毕竟去世快二十年了,你爸爸他……"

"乔叔叔!"谢盛神色冰冷地打断了他的话,道,"我妈是怎么死的,你可是知道的。"

乔庭远想到当年之事:"你该知道的,那不怪你爸。"

谢盛神色越发清冷:"我从来没怪他。他想再婚,我也不怪他,那是他自己的选择,何必问我的意见?"

乔庭远想了想他爸爸再婚的对象,也不好再多说什么,只得挥手道:"也罢,我也就不多说了,我就先跑步去了。"

"乔叔叔,再见。"

谢盛想到他爸的事情，脸上多了一抹冷笑，想再婚就再婚，自己又不会阻止，何必问他的意见？

更何况，不怪他，那他妈就该死吗？

想到这里，不知怎的，突然之间记忆深处仿佛有一个尖锐的声音在他的耳边响起。

我爸就该死吗？

谢盛突然之间想到数年前他还是副驾驶，也就是何宁远机长考试的那天，那医院长长的走廊上有一个哭到崩溃的少女也是如此问他，我爸就该死吗？

我爸就该死吗？

想到这里，他陡然间脚步停了下来，那个少女渐渐与前面跑步离开的何蔓重合在一起，那个少女，何宁远的妹妹也叫何蔓……

这么一想，他就明白了，难怪他第一次见到她觉得很是熟悉，好像在哪里见过，难怪她当时会盯着他一直看着，难怪何宁远听说她在就要去林东飞组的KTV的局，难怪何宁远会做饭给她吃。

原来，她就是当年那个小姑娘！

原来，她是何宁远的妹妹！

原来，她也成了一名飞行员！

可是，经历了当年那种事情，那个少女是要有多强大，才能一步步地通过前期所有考试成为一名飞行员？

想到他对她的那些几近苛刻的要求，就微叹了一口气，他第一次亲自带徒弟，他这个师父也并不合格。

第三章　原来是你

而此时，何蔓十公里跑完后便直接回了宿舍，心情也舒畅很多，只是想到谢盛所说的话，她脸色有几分难看，这大清早的他是吃了火药了吗？

她懒得理会谢盛，洗完澡收拾收拾，提前半个小时来到与林东飞中午约好一起吃饭的地方。过来的时候林东飞已经到了，他身边还有一个身材高挑纤瘦的女子，何蔓一眼就认了出来。

那是林东飞的女朋友叶微安，何蔓上前笑着打着招呼："微安也来了，你们在门口干吗，怎么不进去呢？"

林东飞赶紧道："你先进去吧，我与微安还有些事要说。"

何蔓早就发现了两个人的异样，不过她也没有多问，直接就进去了，只是人还没有进去，就听到叶微安讽刺一笑："林东飞，你说的你中午有事就是跟何蔓吃饭啊？"

何蔓脚步顿了一下，侧过头来看了一眼，只见林东飞一把拉住了她道："叶微安，你说话能不能小声一些？"

"我小声什么？"

叶微安一把甩开了林东飞，指着何蔓道："在大学里面你就天天和她厮混，这工作了你还跟她寸步不离，林东飞，你搞清楚一些，到底我是你女朋友还是她是你女朋友？"

林东飞眉头一蹙，扭过头看着何蔓打量的眼神，他尴尬一笑，拉着叶微安赔着笑脸地道："何蔓，微安不是那个意思。"

何蔓黑眸冰冷地看了一眼叶微安，没有理会他们两个，直接就进去了，真的是！大清早先是被谢盛骂，再被这林东飞的女朋友骂，这是今天出门没看皇历吗？

不过她刚坐下来没一会儿，林东飞便回来了，她看了一眼问："怎么这么快过来了，叶微安呢？"

林东飞有些苦笑："刚气得打个车走了。"

何蔓问："那你还不追过去？"

林东飞是极为喜欢飞行的，但凡能有学习的机会，他都不想错过："这都工作了，哪还能像在学校的时候有那么多时间哄着她？"

何蔓想了想人家小情侣的事情也懒得多问多管，只是道："行了，以后咱们两个还是少见面吧，免得叶微安不高兴，还冲我发脾气。"

其实因为她学习工作多是男生的缘故，所以她自己也知道分寸，平日里私下从来不单独与所有有对象的同学朋友见面的，自然与林东飞也没有私下单独聚过。

每一次都是因为有一堆同学朋友什么的，大多数时候大家都会带着对象一起来，偏叶微安对她敌意这么深。

"对不起啊，何蔓，今天这事怪我，微安她……"

林东飞还想解释什么，许文博已经过来了。许文博是带着他对象一起来的，是公司里面的一个空姐，刚巧何蔓飞机坏的那天也一起飞过，叫徐真真，性格极好，看着她笑了笑道："何蔓，你这几天心理压力不小吧？"

"还行，早就有心理准备。"

"那就好，不过刚开始飞就遇到这么多状况，肯定心里不大好受。"

"是不是你们乘务组很多都在说以后不想跟我飞了？"

"那也不至于。"

几个人闲聊着，宋青扬也很快赶了过来，许文博看着人都齐了，便开始告诉他们备降情况说明怎么写，林东飞与宋青扬虽然还没有经历过，但也听得极为认真。

备降情况说明并不难写，主要就是把备降的原因过程以及处理结果写个清楚，何蔓、林东飞、宋青扬都是聪明人，很快就能明白过来。

林东飞笑了笑说："得，我跟青扬也算是提前学习了。"

何蔓白了他一眼，刚想说什么，迎面仿佛是有人气冲冲地走了过来，她下意识地抬头，只见去而复返的叶微安手里面拿着一大杯水直直地朝她泼了过来，躲都没有地躲，就这么硬生生地洒到了她的脸上，连身边坐着的徐真真都难以幸免。

徐真真惊呼了一声："啊，你是谁啊？"

林东飞更是震惊："微安……"

只见叶微安一脸扭曲阴冷地道："刚刚不是还理直气壮地说是对林东飞没有兴趣吗，这会儿倒是说得这么眉飞色舞的？"

"何蔓，大学的时候我就看不习惯你，整天混在男生堆中，跟别人勾肩搭背的，你贱不贱啊！做了婊子就不要立牌坊，你们公司的风气就是这样的吗，随便勾引别人的男朋友？"

"我今天非好好教训教训她。"

说完，叶微安冲上前来就要撕扯着何蔓，只是冲过来的时候，被挡在何蔓面前的宋青扬拦住了，在宋青扬手臂抓出一道道的血印子，看起来格外的瘆人。

林东飞长腿往前一伸，一把拉住了叶微安，将她用力拉住后退了一步："叶微安，你到底在发什么疯？"

叶微安被林东飞这会儿不护着她反而还把她往后推，彻底失去了理智："林东飞，你竟然要为了何蔓这个女人打我？"

边说边伸手就要抓着林东飞的脸，她的指甲又长，此时又在气头上，伸手抓过来的时候林东飞用手一挡，手臂顿时出现一道道的血印子。

这一幕看得许文博目瞪口呆，眼看着叶微安还要往林东飞身上抓过来，他直接上前了一步拉住了叶微安："叶小姐，你消消气，有什么话好好说。其中是不是有什么误会？我们这一大堆同事在这里呢，我女朋友也在这里，都只是聊工作上的事情。"

叶微安被抓住，气得脸色通红，此时稍冷静了一下，咬牙切齿地道："我知道了，你放开我。"

许文博这才松开了她，解释道："叶小姐，你是不是有什么误会？我们这一堆同事在这里聊的都是工作上的事。"

叶微安一听，气又涌了上来："你是不是当我瞎，这两个人谈天说地笑得好不开心，你还说我这是误会？"

何蔓和徐真真已经清理干净脸上、身上的水迹，听到叶微安的话，徐真真忍不住问："林东飞，这到底是怎么回事？"

林东飞深吸了一口气，拉着叶微安的手臂道："叶微安，有什么事情我们出去说，我们今天说清楚。"

"干什么呀，当着你同事的面说清楚啊。"叶微安一把甩开了他的手，看着徐真真，又指着许文博说，"这是你男朋友吧？我跟你说，你可要看好你的男朋友，这个何蔓可会勾引别人的男朋友。"

林东飞忍无可忍："够了！你……"

话还没有说完，叶微安一听他那一声怒吼，又发疯："你凶我，你凶我？"

"林东飞，你到现在还不肯承认你的错，你是不是不爱我了？你不爱我了我们就分手。"

林东飞目光越来越冷，直接就同意了："好啊，我刚好也累了，既然你说分手，那我们就分手吧。"

叶微安顿时大叫："林东飞，你竟然真的为了这个贱人跟我分手？"

徐真真和许文博嘴角一抽，这网上传闻的作女，现实中还真的有啊，再瞧宋青扬和何蔓的样子，显然早就习惯了。

何蔓压根懒得理会叶微安，只是看着宋青扬手上的抓痕，有几分担心："青扬，你没事吧？"

宋青扬不以为然地摇头，看着何蔓衣服上湿了一大片："倒是你，没事吧？"

"没事。"

何蔓稍稍放心，刚要说什么，叶微安已经扭过头来指着她："何蔓，你现在满意了，我们分手了，你是不是很开心？"

何蔓深吸了一口气："叶微安，要是我没有耳聋的话，你跟林东飞分手不是你刚刚提出来的吗？"

叶微安凌厉地道："那还不是因为你？"

何蔓冷地一笑："好，就算是这一次是因为我，那叶微安，你告诉我，之前呢，之前几次你甩林东飞也是因为我？"

叶微安被何蔓说得心虚："那关你什么事情？"

何蔓上前了一步，讽刺地道："那你凭什么说这一次怪我？还是按你的逻辑林东飞就不该有女性朋友？

"当然，如果你还不放心，为了让你安心，以后但凡有林东飞的局我都不参加，这样你应该满意了吧？"

叶微安勃然大怒，扬起手来就要朝何蔓狠狠地一巴掌打过来。

这一巴掌来得十分快，让何蔓脸色一沉，这个叶微安真的是一个疯子。

只是那一巴掌没有落下来，只见谢盛握住了叶微安的手腕，幽深的黑眸如寒潭般冰冷地望向了她，随即松开了她的手，似嫌弃般又拿着纸巾擦了擦手。

叶微安脸色铁青，刚想说什么，只见林东飞脸色有些不大好地上前打着招呼道："盛哥，你怎么也在这里？"

谢盛冷冷地看向了林东飞："我跟你师父在这里吃饭。"

林东飞一抬头，果然前面靠窗的位置上还坐着一个中年男人，正眉头微蹙地看向了他这边，显然这一幕都进入了他的眼底。

谢盛清冷地说道："林东飞，你自己感情上的事情处理好，这里是公众场合，身为公司的飞行员，要注意形象。"

"是，盛哥。"林东飞面色格外难看。

叶微安瞬间就明白过来了这盛哥是谁，一下子就冷静下来，再看着林东飞的时候，她格外心虚不安。

谢盛看着何蔓，眸光中暗波涌动："你没事吧？"

何蔓摇头："没事。"

谢盛轻声地道："没事就走吧，备降说明我告诉你怎么写。"

她还没有反应过来，谢盛就拉着她离开，手掌握着她手腕的时候，不禁让她想起前几天撞到他胸口的事情，莫名地脸色滚烫。

"师父，等等。"

谢盛停下来脚步，只见何蔓扭过头来，在众人还没有反应过来的时候，她拿起桌子上的水直接朝叶微安泼了过去："我想了想，为了证明我与林东飞之间是清清白白的，这一杯水我有必要还回去。"

叶微安气得浑身颤抖："你！"

何蔓泼完水却看都没有看她一眼，而是扭过头看向了宋青扬、许文博和徐真真："实在不好意思，今天让你们受连累了，改天请你们吃饭赔罪。"

许文博、徐真真和宋青扬纷纷道："这跟你又没有关系。"

徐真真拉着许文博："我们也回去吧。"

许文博点头，一脸同情地向了林东飞："东飞，我们先走了。"

宋青扬叹了一口气，也是拍了拍林东飞的肩膀说："我也先走了。"随后他看着何蔓，说，"要不一起回去？"

何蔓刚说好，想跟宋青扬一起回去，就谢盛将她拉了回来："她还需要学习备降情况说明。"

谢盛则是扭过头看着林东飞："饭店的损失记得赔。"

林东飞点头："我知道。"

谢盛这才把何蔓给拉走。

何蔓想着跟林东飞毕竟同学一场，担心今天的事情会影响他在他师父面前的印象，想替他解释了一下，被谢盛给阻止了，等林东飞师父离开后，何蔓扭过头来看着谢盛："你干吗不让我替林东飞解释？"

谢盛说："林东飞理论技术都不错，脑子又转得快，人也聪明，嘴巴又甜，张教员很喜欢他。只要他不因为感情上的事情影响工作，他师父不会怪他的，你还是操心你自己吧。"

谢盛的解释让何蔓越发诧异，甚至带着一丝怀疑的眼神盯着谢盛了，眼前这个人真的是师父吗？

早上不是还骂她骂得挺起劲的吗？

不会是吃错药了吧？

何蔓那眼神看得谢盛眉宇间多了一抹清冷之意，蹙着眉头瞥了她一眼："你又在看什么？"

"师父，你没吃错药吧？"何蔓情不自禁地道。

何蔓意识到自己说了什么，赶紧解释："我不是那个意思，只是师父上午还在骂我，现在又对我这么好，我……我觉得有些不大像师父。"

他只是想着当年那么一小姑娘经历了那样的事情，以后还是对她不要太严格，可如今看来，没有必要了。

谢盛轻声地道："这么说来，是要多骂你，你才能习惯。"

何蔓果断摇头："师父还是对我温柔一点好。"

谢盛瞧着她那模样，嘴角微微上扬，浮现一抹浅浅的笑意，何蔓有些不可思议惊喜叫道："天呀，师父，你竟然笑了？"

谢盛那好看的眉宇之间微蹙着，何蔓说："师父，你长得这么帅，就应该多笑笑呀，你多笑笑我才不怕你。"

谢盛眸底的笑意更甚："我也没有看出来你怕我。"

"哪有，我真的很怕师父的，你看我在师父面前多乖？"

"你以为我看不出来你是阳奉阴违？"

"哪有，我是真心实意的。"

谢盛看着她举起来的小手，目光清冷，那眼神看得何蔓举起来的小手下意识地缩了回来，忍不住地微微嘬嘴："我也没有阳奉阴违，只是，只是……"

何蔓想了想最近飞的几天谢盛的态度，咬着牙齿，索性直接说了："我只是觉得我明明很努力了，理论知识也很好，虽然技术上现在还不太熟，但我一定会认真学的。可是我总觉得师父是在挑我的刺，仿佛是故意跟我过不去似的，我都怀疑是不是师父在报第一天踩了你飞行箱的仇了？"

谢盛："你值得我记仇那么久？"。

何蔓摇头："不值得。"

谢盛清冷地问:"既然不值得,那还不知道自己错在哪里?"

何蔓实在是想不明白:"不知道,请师父指点。"

其实跟着师父飞过几次,她大概了解,师父真的不是故意为难人的人,可她也实在是不知道她自己的问题在哪里。

谢盛眉头蹙得更深:"你在航校学习的时候,没有老师说过你的性格问题?"

何蔓一愣,"性格问题?"

不知怎地,她突然之间想起了一个人,想起来他曾经说过:"蔓蔓,你聪明,好强,学习能力快,但同时你也好胜、敏感,又太在意别人的看法,旁人的议论极为容易影响到你的情绪,这于飞行之中其实是大忌,你必须记住飞行要认真严谨,旁人的建议要听,旁人的议论要忽略,只有内心强大,你才能承担得起飞行的责任。"

想到这些,何蔓有些恍惚,只听到谢盛说:"你聪明,好强,学习能力快,但你太容易受旁人的影响,不过就是第一次飞的时候备降,能让你一直耿耿于怀,公司里面的议论,就会让你连跑步的时候都要避开他们,怎么,你难道想因为这些事情辞职不飞了不成?"

"怎么可能?"

何蔓下意识否认,可让她更没有想到的是,师父竟然是说了跟他一样的话。

"那你为何要躲,为何要逃避,又为何要跟我道歉?"

谢盛目光严厉地望着她:"难不成,你以为备降、飞机出现故障、晚点,这些是你的问题?"

何蔓恍惚明白了什么,只见谢盛说:"以后你还要飞十年、二十年、三十年,甚至你这辈子都会在飞行行业上,如果你连这些都克服不了,以后,你若是遇到其他的意外,你要如何面对?"

何蔓哥哥就是因为心理不够强大,在几年前放了机长之后,再也没有办法进行下一步的考试和升级了。

当年,他太年轻,还只是一个小小的副驾驶,如今,他妹妹既然成了谢盛的徒弟,那么,谢盛希望她能更强大一些,若是可以,有朝一日若是能帮她哥哥走出当年的心理阴影那是再好不过的了。

何蔓蓦然清醒:"师父,我明白你的意思了,我会改,我会克服。以后我也不会再遇到议论就逃避不敢面对了。"

谢盛知道她聪明，一点就通，语气微微缓和许多："我知道你聪明，意识问题也很快，但性格问题不是一朝一夕能改变的，需要时间才能改过来，我告诉你这些，就是想告诉你，飞行的路上，前辈的建议要听得进去，但旁人的议论就不用当回事。

"飞行要认真严谨，任何时候，都要谨记安全大过一切，身为操纵飞机的飞行员，更需要有强大的心理素质方能让你的乘客信任于你。"

何蔓乖乖地点头："我知道了，师父。"

"不过你刚飞就遇上这样的事，难免有些心理压力大，以后晚点备降多了，估计你也就能坦然面对了。"谢盛说。

在跟师父聊过并知晓了自己的问题所在之后，何蔓心态坦然了许多。一个月后，她便通过了通信检查，正式上座了。

正式上座，何蔓还是很是激动的，这就代表她可以真正操控飞机了。

这一个月的学习，她早就心痒想上座了，只是每一次都被师父毫不客气地给驳了回来，于是她只能是默默地继续坐在后面观察学习。

这次上座还是跟师父一起飞，还有一个已经进公司飞了两年的师兄，她之前跟他飞过一次，叫陈佳伟，他看到何蔓笑了起来："何蔓，今天是第一次上座吧？"

何蔓有些兴奋地点头："是啊。"

"我们飞三亚呢，听说三亚的天气不大好。"

陈佳伟说完，想到她第一次的备降，朝她挤眉弄眼地道："第一次上机备降了，第一次上座，不会也备降吧？"

只见谢盛从驾驶舱外面走进来，啪的一声，将手中的资料扔在了桌面上："你这么想备降？"

陈佳伟赶紧摇头："没有，没有。"

谢盛冷冷地道："那还不去检查飞机？"

"我这就去检查。"

陈佳伟赶紧趁机溜出了驾驶舱。

谢盛又看向了何蔓："驾驶舱内部检查。"

何蔓回过神来赶紧点头，虽然师父的要求甚是严格，对她很是严厉，批评的时候从来不顾她的颜面，但护着她的时候，也从来都是真心的。

今天是她第一次上座,所以检查得格外仔细——飞机顶板的仪表检查、前仪表检查、操作台检查等,以及检查驾驶舱内部的每个开关是否符合飞机飞行前状态;做完所有的检查后,又在飞行管理(CDU)输入所飞的航路和相关的飞行数据。

这些她之前虽然没有资格亲自动手操作,但是对每个开关的位置还有操作流程早就倒背如流,所以虽然是第一次操作,但她还是很快地检查完,不过因为是第一次正式操作,她又反复仔细地检查,确认无误之后,谢盛来验收,何蔓则从驾驶舱出来进行绕机检查。

她下来的时候陈佳伟还在飞机下面站着检查,看到她上前来解释:"何蔓,不好意思啊,第一次飞备降对新人来说压力是很大,我还拿这个开玩笑,抱歉抱歉。"

"多大点事!师父也是担心我,你别放在心上。"

"我知道,不过没想到盛哥这么宠徒弟,我们都还挺怵他的。"

"我也怵他。"

"这我可得替盛哥抱不平了,这盛哥不是挺护着你吗,你还怵他?而且虽然盛哥这是第一次带徒弟,但技术在公司里面是出了名的好,就是那种天生为飞行而生的人,跟他飞过的人也都说他要求严格,嘴巴还毒,不过说真的,我们都挺想跟他飞的。"

"你们这是有受虐倾向啊?"

两个人在飞机下面正聊着呢,谢盛站在机舱外面的楼梯处看着两个人:"你们聊得倒是挺开心的,这是要检查到乘客上飞机?"

何蔓和陈佳伟异口同声地说:"我们马上上来。"

进了驾驶舱后,气压明显有些低,陈佳伟不敢说话,何蔓跟谢盛飞了这么久倒是知道如何顺毛了,她扭过头看着谢盛主动请教道:"师父,目前看天气状态还好,不像是会晚点的样子,我们应该会很顺利。"

谢盛:"我看得懂雷达。"

何蔓锲而不舍:"我师父就是厉害。"

谢盛瞅了一眼何蔓,紧闭着的薄唇嘴角微微上扬一丝弧度,浮起一抹不易察觉的笑意,这让原本狭小的驾驶舱里那紧绷的气息一下子缓和了许多。

陈佳伟坐在何蔓的后面,看向谢盛的时候,刚好发现他上扬的嘴角,似乎有些不敢相信,谢教员这是在笑吗?公司里面盛传那个不苟言笑、一张脸如同万年不化的冰山的谢教员,刚刚竟然因为何蔓的彩虹屁笑了?

陈佳传正在好奇地猜测着,只见谢盛微微侧目,刚好对上他的眼神,嘴角的笑意敛收,冷冷地问:"怎么,你没事做?"

陈佳伟赶紧收回来眼神:"没……没有。"

何蔓乖乖地目不斜视地看着面前的手册,谁让陈师兄的目光太过于赤裸裸,连她都发现他盯着师父看了半天,难怪要被师父骂。

乘务长从外面传来消息乘客正准备登机,谢盛则道:"今天你第一班,你来主飞,我来配合。"

"好,我主飞。"

何蔓点头,深吸了一口气,然后拿起无线电耳机调整频率跟管制要放行许可。如今跟管制沟通,她已经越发熟练了。

"深圳放行早上好,东胜8646,停机位8号桥,请示放行到三亚,通播B已抄收。"

"东胜8646,深圳放行,许可放行到三亚,跑道02L,龙门一号C离场,起使高度数1500米,离场联系117.5,应答机6568。"

"可以放行到三亚,跑道02L,龙门一号C离场,起使高度数1500米,离场联系117.5,应答机6568,东胜8646。"

"……"

何蔓跟地面管制沟通完,飞机已经在她的操作下滑向跑道,谢盛清冷的声音响起:"别紧张,放轻松些,你来操纵。"

何蔓:"我操纵。"

谢盛控制油门,而何蔓则负责主操纵,她控制好滑跑方向,伴随参数越来越高,滑跑的速度也越来越快。

"80.V1。"

伴随着飞机滑跑速度越来越快,谢盛把手从油门杆离开:"抬轮。"

何蔓双手握住驾驶杆,缓缓地往上拉,将飞机一点点地拉离地面,谢盛的声音再一次响起:"飞机正上升。"

何蔓冷静地下达了人生第一次收轮口令:"收轮。"

随后,她一步步地参照仪表盘,完成了她的整个起飞动作,直到飞机上升至一万英尺,平稳飞行后,这才接通了自动驾驶。

陈佳伟笑了笑:"怎么样,不紧张吧?"

"嗯,真正操作的时候,不紧张。"何蔓笑了笑,扭过头看着谢盛,说,"师父,我操作得怎么样?"

谢盛瞥了她一眼,没有说话。

她扭过头望着陈佳伟:"师兄,师兄,你说呢,我起飞得怎么样?"

陈佳伟:"比我第一次上座的时候好多了。"

刚说完谢盛清冷的声音传来,毫不客气地道:"比你第一次上座的时候好多了,你还有脸提?"

何蔓看不下去了:"师父,你就不能说一句好话?"

谢盛瞥了一眼问:"我的话不好听?"

何蔓叹了:"好听,好听。"

何蔓微叹了一口气,低头认真地看着面前仪表盘上的参数,谢盛看着何蔓这般模样,扭过头来看着舷窗外,心底有一种莫名的愉悦之感。

从深圳飞三亚两个多小时,吃了一点东西之后,差不多就要落地了,在落地前半个小时,要开始准备落地前的工作,依旧是她来主飞,师父配合。

何蔓深吸了一口气,随后与谢盛一起做下降前的准备,设定三亚的频率和航道,设定完后,何蔓做进近简令:"320进近检查完成,下降检查单。"

"下降检查单。"

谢盛将该项目一一检查完后并说了一遍,何蔓核对没有问题后,下降检查单就完成了,随后根据三亚进控空管的交通指令开始下降。

谢盛戴上无线麦克风,三亚空管:"东胜8646,现在下降高度到5400米。"

谢盛:"东胜8646,现在下降高度到5400米。"

何蔓开始调整飞机设置下降高度到5400米,飞机逐渐一步步地按照进近管制的指令下降到接近五边的区域,进近管制让谢盛联系三亚塔台,谢盛切换频率联系三亚塔台:"三亚塔台,东胜8646,建立航道08。"

"东胜8646,可以盲降08落地。"

"可以盲降08落地,东胜8646。"随后谢盛看着何蔓:"可以落地了。"

"好的,师父。"何蔓下达口令,"放轮,襟翼。"

一步步地,何蔓完成了着陆构型的建立,随后深吸了一口气,不禁又有些紧张了起来,谢盛轻声地道:"放松一些。"

"是,师父。"

何蔓深吸气,将自动驾驶切换到人工操作,然后看着仪表盘,根据仪表盘上的数据参照指令完成人工操作落地。

谢盛:"minimums。"

何蔓下达着陆口令:"着陆。"

随后对准跑道,飞机成功地落到了跑道上,顺利完成落地,在跑道滑跑之时,自动刹车。

当飞机脱离跑道跟随着引导车一步步滑入停机位停下来时,何蔓原本紧绷的心彻底放松了下来,她人生的第一次飞行,终于顺利落地了。

她看着谢盛笑得灿烂,忘记了他那张毒舌,难得像个小女孩一样开心地说:"师父,我完成了我第一次正式上座。"

"还不错。"

谢盛难得没有骂她:"不过这才刚开始,以后飞的时候也都必须严谨认真,别给我丢人。"

"是,师父。"

谢盛看着她这般模样,那薄唇微微上扬,带着一抹不易察觉的笑意,扭过头来收拾着自己的东西。

何蔓又扭过头来兴奋地跟陈佳伟说起她第一次上座的感受,谢盛在一旁听着,不知怎地,看着她这般兴奋的样子,突然之间想起来,他第一次上座落地之后,似乎也是如此开心。

只是,飞行之路漫漫,以后的日子还长着呢。

第四章　你哭了

何蔓自然也知晓这只是刚开始,且飞三亚这只是第一段,待乘客下完飞机后,清洁组上来打扫,半个小时后,飞机又从三亚起飞前往郑州,然后又从郑州返回三亚,他们机组在下午四点落地之后,在三亚过夜。

这是何蔓第一次过夜,没想到会是在一个海边城市。

她自小在中原城市长大,读书的时候在北方,所以倒是极少去海边,虽然深圳、珠海也有海,但是她刚进公司,要学习的太多太多了,所以一直也没有机会去。如今公司过夜的酒店距离海边也不远,所以在酒店安顿好后,她便跟师父发了一个微信请假说不在酒店吃饭,就独自一个人溜达来海边了。

这个点刚好夕阳西下,在海边看着红了半边天的晚霞,倒映在海里,如同朵朵盛开的红莲娇艳似火,明艳灿烂,姹紫嫣红。

换了一袭白色吊带连衣裙的何蔓穿着一双平底的夹趾拖鞋,玩心大起,伸出脚来踢着时不时上涨的潮水。

一时间没有注意迎面走过来的人,脚的力道有些大,水直接就踢到了对面人的身上,惊得那女子惊叫了起来:"啊,你干什么呀?"

何蔓回过神来发现对面不知道何时走过一男一女,她赶紧道歉:"对不起,不好意思,不好意思,我不是故意的,你没事吧?"

这一抬头,只见那一张侧脸,让她一下子呆在了那里。

何蔓有些不大敢相信地盯着这男人看了起来,瞧他那动作,那语气,那身形,都让她看得分外的熟悉,是他吗,不可能吧?

直到那男人扭过头来看着她,清楚地看到那男人的五官,她这才是一脸的震惊,叶南城!

显然,对面的叶南城看到她的时候,也很震惊:"蔓蔓?"

叶南城盯着何蔓,满脸惊讶之色:"蔓蔓,真的是你,你怎么会在这里?"

何蔓只感觉到耳边嗡嗡作响,扭过头就想走,怎么会在这里遇到他了,他不是在澳大利亚吗?

哦,不对,他不在。

她还在澳大利亚的时候他就不在了,他为了躲她,连工作都不要就逃走了。

而她当时还愚蠢地四处打听,担心他出事,可却没有想到他最后竟然去了美国。为了躲她,他去了美国。

何蔓心底慌张,乱成了一团,扭过头就走,可还没有走两步,就被叶南城直接给抓住了:"蔓蔓,是我,我是南城,你不认得我了吗?"

"你放开我！"何蔓用力地甩开了他的手，然后后退了几步。

"蔓蔓……"

叶南城目光深邃地望着她，意欲上前，被何蔓给阻止了："你站住。"

他停下脚步，眉宇间似有几分急切："蔓蔓，你不认得我了吗？"

何蔓深吸气，让自己平静下来，那一张白皙的脸蛋上神色淡淡地望着他："叶教员，我怎么会不认得你？"

何蔓那一声"叶教员"让叶南城全身僵在了那里："蔓蔓，你是不是在怪我当初不辞而别，我……"

叶南城的话还没有说完，何蔓的电话响了起来，在响第一声的时候，她立马就接通了，电话那头传来谢盛清冷疏离的声音："你在哪里？"

"师父……"何蔓听出了谢盛的声音，一下子仿佛有几分委屈似的，声音带着浓厚的鼻音，软软糯糯的。

这带着浓厚鼻音的声音传来，让在酒店里面的谢盛浓眉微微一蹙，幽深的眸子泛着微冷的光芒："我问你在哪里？"

"我，我在海边。"何蔓听着这清冷的声音，嘴巴微微一嘟有几分委屈的样子，"我刚发微信跟你说了。"

谢盛仿佛没有听见她后面那一句话似的说："在那儿等着。"

何蔓愣了一下，刚想问清楚，电话那头谢盛已经挂断了，她蹙着眉头望着自己的电话，什么等着？

这一系列举动落在叶南城眼底，本能地质问："你男朋友？"

何蔓抬头看着叶南城，再看着他身后的女孩，讽刺地笑了笑："这似乎不关叶教员的事吧？"

突然之间如同刺猬般针锋相对的何蔓让叶南城眉头蹙得更深："蔓蔓，我只是关心关心你。"

何蔓清冷地道："那多谢叶教员了。不过，我就不劳烦叶教员的关心了，我还有事，就先走了。"

说完便干脆利落地扭头离开，步伐又快又稳，毫不留恋。

叶南城下意识地追了过来："蔓蔓，你等等，蔓蔓……"

可他还没有追过去，身边的女孩叫住了他："叶南城，你别跑那么快，等等我呀。"

叶南城这才是想起来她，停下脚步赶紧扭过头来，女孩已经快步跟了过来，推着他边走边道："走呀，走呀，快追呀。"

叶南城抬头看着，何蔓已经快步离开了沙滩，他苦涩一笑，停下脚步摇头道："算了。"

女孩好奇地问："干吗又算了？"

叶南城神色恢复如常："听说她进了东胜。"

女孩惊呼了一声："所以这才是你要进东胜的原因？"

叶南城没有说话，只是望着何蔓离开的方向，想到她刚刚那清冷的态度，他心底微微刺痛，想起她刚刚那个电话，她当真是有男朋友了？

何蔓从海边匆匆离开后，不知道走了多久才停下来，像是想到什么，她扭过头来，在她身后除了行色匆匆的路人，空无一人。

看到这一幕，她讽刺一笑：何蔓，你在想什么呢，你还以为是言情小说或者是拍电视剧呢，他还真的会追你而来？

当初，为了躲你，他连工作都不肯要了，如今你怎么还会自作多情？

恍惚中，何蔓想起了在澳大利亚那个夜晚，她说："叶南城，我喜欢你。"

而他说："蔓蔓，你喝多了。"

何蔓讽刺一笑，手中的电话再一次响起，她低头看着手机，看着来电显示师父的名字，她瞬间清醒了过来："喂，师父。"

谢盛清冷的声音在电话那端响了起来："你在哪里？"

"我在……"

何蔓一抬头，这才发现她不知道走到了哪里，这是什么鬼地方，她不是往回酒店的方向走的吗？

谢盛不耐烦的声音再一次响起："我问你人在哪里？"

"我不知道，师父，你等等，我看看。"

何蔓四处张望，想要找一个明显的标志，谢盛的声音再一次响起，越发冷了："你不在海边了？"

"是啊，我刚刚走了，准备回酒店，我……"

何蔓话还没有说完，想起了刚刚谢盛说让她在那里等他，她脸色一变："师父，你不会到海边找我了吧？"

"你说呢？"谢盛的声音又低了几度，隔着电话都能感觉到那声音的寒冷。

"啊，对不起，师父，我……"

何蔓道歉的话还没有说完，电话嘀的一声响了起来，这才发现她手机竟然没电关机了。

这个时候手机没电了，师父又去海边找她了，她还直接忘记这事走掉了，想到师父那脾气，她吓得赶紧摇了摇头，还是快些找到师父再说吧！

可万一叶南城还在呢？

一想到师父那狗脾气，她果断地摇头，还是师父最重要。

刚准备往海边走，远远地就看见了陈佳伟，她赶紧挥了挥手道："师兄，你怎么在这里？"

陈佳伟看到何蔓赶紧跑了过来："总算找到你了，你的手机怎么关机了？"

何蔓愣了一下："我的手机没电了，师兄找我干什么？"

"机长让我出来找你的啊，说你不见了，你都不知道联系不上你机长有多担心，我还没问什么呢就把我骂了一通。不行，找到你了我得赶紧给机长回个电话。"

说完，陈佳伟赶紧拿出手机给谢盛打电话："机长，我找到了何蔓了，她在我身边呢，你等等。"

陈佳伟把电话递了过来，说："机长要跟你说话。"

何蔓接过电话："师父……"

谢盛的声音冷冷传来："为什么电话关机？"

何蔓赶紧解释："我手机刚刚没电直接关机了，不过我正准备回沙滩找师父呢，我……"

她的话还没有说完，谢盛冷厉地打断了她的话："马上跟陈佳伟回酒店。"

说完，电话那一端响起来嘟嘟的声音，何蔓有些尴尬地笑了笑，看着陈佳伟说："师父说让我们回酒店。"

陈佳伟道："这个你要谢你师父，我刚在睡觉，都不知道你出来了，还是你师父打电话给我的,瞧他样子是真的很担心你,吓得我都还以为你出了什么事情。"

何蔓:"……"

回到酒店谢盛正穿着一身制服坐在酒店大堂的休息处等着,何蔓乖乖地走了过来,远远地看着酒店大堂内明亮的灯光洒落在他的身上,衬得他整个人清冷而又疏离,多了一抹微寒之气,让她下意识地停下了脚步。

只见谢盛那白色衬衫袖口的扣子松散着,袖子随意地往上卷了卷,双手撑在修长的双腿之上,身子微微往前,那向来整理得一丝不苟的发型此时显得有些凌乱,额前还有几根碎发像是因为被汗水浸而透松散地垂到额前来,衬得他桀骜不驯。

尤其是棱角分明的五官下,薄唇紧抿,整个人浑身上下散发着一股凌厉森冷的气息,神色严肃而又冷厉,让人不敢靠近。

陈佳伟自然也发现了,看着何蔓道:"你师父应该是在等你,那个你快过去,我先上去了。"

说完,果断溜了。

何蔓:"……"

正当她进退两难,只见谢盛抬起头正好发现了她,那幽深的目光清冷看向了她:"过来!"

何蔓深吸了一口气,认命地一步步朝谢盛的方向挪了过去,在距离谢盛还有一米的位置停了下来,像个做错事的小学生一样低下了头道:"师父!"

"去海边干什么?"

"好久没有看到海了,想去看看。"

"那我让你在那儿等我,为何又走了?"

"遇见了一个老朋友。"

谢盛眉头蹙了几分,侧过头来看着她,声音多了一丝的冷意:"所以你哭是因为那个朋友?"

何蔓说:"我没哭啊。"

谢盛那深邃清冷的眸子似有一抹讽刺之意:"没哭?"

何蔓果断地否认:"没哭啊!"

她只是看着叶南城一副仿佛当初什么事情都没有发生的样子有些委屈

罢了，她怎么会哭呢？

谢盛看着何蔓瞪着黑白的眼睛，无辜而又委屈的样子，看得他那幽冷的眸子掠过一抹寒芒，清冷而又讽刺。

随即噌地一下站了起来，修长的双腿径直往电梯处走了过去，刚好有人从电梯里面出来，他直接就进了电梯。

何蔓没有回过神来，就看着那电梯直接上去了，想到刚刚谢盛那模样，她脸色有些不大好，师父是不是生气了？

她赶紧拿出手机，这才想起手机没有电了，回到了房间，给手机充上电开了机之后，只见她手机里面有两个未接的语音电话，都是师父打过来的，还有师父和陈佳伟的两个未接来电。

何蔓给陈佳伟发了一个道谢信息之后，又赶紧给谢盛发了一个信息："师父，今天谢谢你这么担心我，一直在找我啊，我当时忘记了师父说要过去就走了，对不起，师父。"

发了几分钟，谢盛并没有回微信。

于是她又打开微信对话框："师父，你刚刚是不是生我的气了？"

谢盛依旧没有回信息，何蔓又发："师父，你干吗不回我？"

"……"

谢盛还是没回。

何蔓在床上翻来覆去的，握着手机握了半天，还是没有等到师父的微信，最后微叹了一口气，看来师父是真的生气了啊！

算了，明天还是好好地哄哄师父吧。

反正哄师父她有经验。

翌日，何蔓一大清早特意亲自想要叫师父起床，她们大清早的航班，所以四点多就起床了，可是电话响了半天没有人接，下楼的时候，才发现谢盛已经在楼下大堂在等机组车了。

看来师父起得比她还早。

上了机组车后，她特意坐到了谢盛的后面，想要说几句好话，谁知道谢盛上了车便戴上耳机闭上了眼睛，显然不想搭理她。

何蔓："……"

这么难哄的吗？

一大清早从上飞机，何蔓服了几次软都碰了一鼻子灰之后，依旧不泄气,她就不相信了,工作上的事他还能不理她?

何蔓看了一眼飞行管理(CDU):"师父,你看我的数据输入得对不对?"

谢盛终于侧过头看了她一眼,目光冷淡,似乎她是在问一个什么愚蠢的问题一样,陈佳伟看不过去:"这些机长后面都会检查。"

"我知道,谁要你提醒了。"何蔓瞪了一眼陈佳伟,然后看着谢盛笑得一脸灿烂地继续问,"那师父,我们飞回的油量是十吨吗?"

谢盛冷冷地看了她一眼,"你自己没长眼睛看吗?"

何蔓:"……"

从三亚飞到深圳,直到起飞,两个多小时,除了飞行工作之事,谢盛如同传闻中那般,冷冰冰的,像个冰疙瘩一样。

要么一言不发,要么一张口就能骂死个人。

何蔓有些坐不住了,飞机平稳飞行之后,她直接寻了一个理由去了洗手间,刚从洗手间出来,朝客舱看了一眼,只见客舱内一阵阵骚动,而此时乘务长显然也发现了异样,已经赶了过去问道:"怎么回事?"

空姐道:"这位女士突然之间腹痛不止,她自己也不知道怎么回事。"

乘务长明白过来,立马吩咐道:"快,将人挪到前面头等舱。然后你去广播寻找同机可有医生。你去通知机长,你来安抚其他乘客。"

"好。"

何蔓回过神来,赶紧过来跟着空姐一起扶着那位女士挪到前面头等舱,其中一个空姐正在广播寻找医生。

此时驾驶舱也得知消息,陈佳伟也从驾驶舱内出来,而何蔓则站在一旁看着那位女士,此时她已经面色惨白,疼痛难忍,按压着腹部,嘴里发出来痛苦之声,痛不欲生。

这一幕看得她心底莫名地一紧,只觉得熟悉而又陌生,想要帮忙,却又不知道从何下手。

陈佳伟问:"怎么回事?"

空姐一脸担忧地道:"暂时还不知道,乘客只是说肚子疼,也不知道是何原因,乘务长正在找原因。"

陈佳伟:"飞机上可有医生?"

"正在找,不知道有没有医生。"

空姐的话刚说完,只见客舱内有一位坐在靠走道处的中年妇女听到广播站了起来,举起来手往前走了过来,说:"我是医生。"

"太好了,这位女士请问贵姓,你是哪个医院的医生,请赶紧跟我过来。"

"我是深圳市南山人民医院妇科的医生,你们叫我赵医生就好。"

乘务长赶紧侧身让了一个位置道:"太好了,赵医生,劳烦您来看看这位乘客是什么情况。"

赵医生点点头:"好。"

乘务长又吩咐空姐道:"你赶紧准备热水和毯子过来,快!"

"好。"

乘务长抬头看着陈佳伟,说:"机长怎么说?"

"机长已经联系地面了。"陈佳伟说,"我先进去跟机长说大概情况。"

"好。"

陈佳伟刚准备进驾驶舱,看着何蔓在一旁神色似乎有些害怕的样子,赶紧把她给拉进了驾驶舱。陈佳伟刚进去,谢盛则望着他道:"情况如何了?"

"已经找到了一位医生正在替那位女士检查。"

谢盛微微放心:"我出去看看,你在驾驶舱内待着。"

"是。"陈佳伟点了点头。

何蔓噌地一下站了起来,看着谢盛的时候,眼神带着一抹乞求之色:"师父,我也想去看看。"

谢盛看了她一眼,没有说话,扭过头就出了驾驶舱,何蔓赶紧跟着谢盛一起从驾驶舱内出来了。

此时乘务长刚好准备进来报告情况:"机长,飞机里有一位赵医生,说这位刘女士极有可能是阑尾炎犯了所以才腹痛不止,而且情况比较严重,所以这个时候不能吃止疼药,怕是需要尽快动手术才行。"

谢盛点点头:"我知道了。赵医生,就麻烦你与空姐一起照顾好这位乘客。"

"机长请放心,这是我们医生的责任。"

谢盛微微点头感激，扭过头看着何蔓，清冷地道："进来。"

何蔓看了一眼那位乘客，手中的拳头微微攥紧，深吸了一口气，扭过头跟着谢盛一起回到了驾驶舱。

而谢盛回到驾驶舱便直接从陈佳伟手中接管了飞机，并检查一下了航路，眉头微微一蹙，只见陈佳伟在一旁说："机长，我刚看了一下，也联系了一下地面，发现落地湛江比较近，但是湛江因为雷雨覆盖，无法确定能降落，所以只能按原计划落地深圳比较好，但是不知道那位乘客能不能坚持那么久。"

何蔓突然出声："看雷达湛江的雷雨不是还没有到吗？"

陈佳伟回："但是看雷达显示雷暴半个小时内正往湛江移动，且目前湛江已经在下雨了，我们不能冒险。"

何蔓说："可是飞机上的乘客也不能冒险，而且湛江现在还有飞机降落。"

谢盛抬头冷冷地看向了何蔓："那是因为那些飞机现在已经到了，我们飞到湛江最少还需要20分钟，天气每半个小时都会转变，且雷达显示已经预警，湛江机场现在也不接受飞机降落，如何落地？"

何蔓面色苍白："可是那位乘客只怕也等不了那么久，她疼得那么厉害。"

"她疼得厉害我们也很担心，但飞机上还有数百名乘客，且目前看来飞往深圳也就只有四十多分钟，不差这二十分钟。"

谢盛解释，可话还没有说完，何蔓突然之间情绪似乎是有些激动地打断了他的话："可是别说是二十分钟，就算是十分钟、五分钟，生命也往往就在这一瞬间，人的性命哪里等得起？"

陈佳伟愣了一下，她这是怎么了？

只见谢盛神色一沉，冷声凌厉地道："没错，生命往往就是那么一瞬间，那飞机上的其他乘客呢，飞机上其他二百多人的性命呢，都不是性命了吗？"

何蔓面色一下子苍白。是啊，飞机上其他的乘客呢，其他二百多人的性命呢，难道他们的性命就不是性命吗？

可是，可是那一个人的性命也是性命啊！

陈佳伟有些懵，不过想着她才飞不久就遇上这样的事情，便在一旁提醒：“其实，何蔓，你不用如此担心的，如今在飞机上找到了医生，有医生和乘务组照顾着那位女士，我们及时跟地面取得联系告知情况，地面会优先让我们的航班走近路尽快落地，其间地面会通知医院准备好救护车在飞机下待命，我们一落地那位女士就可以得到抢救，同时地面也会联系让其他飞机给我们让路，差不多半个小时左右，甚至不到半个小时我们就能到深圳，跟湛江这种情况落地没有什么差别的，而且深圳的医疗条件设备更好，那位女士一定会没事的。”

何蔓瞬间清醒了过来，想到刚刚所说的话，她面色格外难看，是啊，师父和师兄都说得没错，这么明显的情况，她怎么没有看明白？

她在害怕什么？

谢盛只是清冷地看了她一眼，然后接过了通信设备跟地面联系：“深圳区调，东胜8648，机上有乘客不适，需要立即抢救，申请优先进近落地。”

"东胜8648，这里是深圳区调，可以优先进近落地，另外请问需要医疗服务吗？"

"需要！"

"好的，稍等。"

而陈佳伟趁空隙看着坐在身后的何蔓的脸色有些不大对劲："何蔓，你这是怎么了，你没事吧？"

"我没事，我刚刚……"

何蔓一想到她刚刚的话，面色就格外难看，抬头道："对不起，师父！对不起，师兄！我……我刚刚……我刚刚太不冷静了。"

"没事，你才飞就遇到这样的情况，难免害怕慌了神。"陈佳伟安慰着她，刚想说什么，谢盛冷冷地道："慌了神也没脑子了吗？"

何蔓面色难看地道："对不起，师父。"

谢盛却没有理她，收到了深圳管制的消息："东胜8648，我们已经安排救护车在停机坪等候。"

"东胜8648，收到。"

跟地面取得联系之后，谢盛又看着陈佳伟道："地面已经安排好了，去告知乘务长和医生地面的情况，并查看病人的情况是否严重，能否坚持。"

"好的。"

谢盛又扭过头来,那双清冷的眸子冷冷地看向了何蔓:"你也跟着出去看看,另外再看看飞机其他的乘客!"

陈佳伟明白谢盛的意思,确实,这种情况之下需要理智冷静面对,何蔓虽是刚飞,但以后保不齐还会遇到这样的事情,总需要面对。

不过,终究还只是一个刚飞的小女孩,以后飞多了可能就冷静了,可他话还没有到嘴边,只见何蔓道:"好的。"

随后打开了驾驶舱的门走了出来,告知了乘务长和赵医生地面准备的情况以及飞机最快落地时间,医生也给予了一个大概的情况,她这才跟陈佳伟回到驾驶舱,刚坐下就听见谢盛冷声地道:"落地让何蔓来。"

何蔓诧异地看向了谢盛:"师父……"

谢盛那清冷疏离的眸子瞥了她一眼:"你来主飞,我来配合。"

情绪不好不是一名飞行员工作上该遇到的问题,一名飞行员该做的是纵使面对这样的情况,也要冷静理智地将飞机平稳安全地落到地面上,保障飞机上所有乘客的性命安全。

何蔓明白反应过来:"是,师父。"

原本回程是陈佳伟在飞的,陈佳伟明白谢盛的意思,他则坐回了后面,拍了拍何蔓的肩膀:"放松一些。"

何蔓一脸感激地看着陈佳伟,然后坐上副驾驶的位置,与谢盛一起完成了下降前的准备:"320进近检查完成,下降检查单。"

"下降检查单。"

检查完所有的项目之后,何蔓接通了无线电麦克风,深圳空管联系上何蔓:"东胜8648,现在下降高度到5800米。"

"东胜8648,现在下降高度到5800米。"

……

何蔓正式操控飞机落地时,越来越冷静理智,直到飞机完成着陆构型的建立,稳稳地落在跑道之上。

她看着飞机外面,早早就备好的救护车正在停机坪处等候,深圳地面也第一时间准备好接应,那位乘客顺利地上了救护车。看着救护车离开,谢盛仿佛在多年前也曾经看见过这一幕,只是当时的她是坐在救护车上,而当时的医生,也无法保证她爸爸的生命安全。

她就这样，跟着救护车到了医院，然后，她就那么在抢救室外等着，就这样，她再也没有能等到爸爸从抢救室里面出来。

谢盛看着她那双肩一抖一抖地，幽深的眼眸掠过一抹心疼之色，他想到了数年前他刚飞没多久的时候，那个时候他是副驾驶。

当时飞机刚落地，他还有太多太多的事情要处理，所以他跟着那个扎着高高马尾辫的少女一起来到了医院，从上救护车，他就看她一直在哭。

可是，却又仿佛是怕她爸爸担心似的，甚至是连声音都不敢哭出来，直到看着她爸爸进了抢救室，她就那么缩在了墙角，头埋在双腿之间，一直维持着那个姿势，直到抢救室的大门打开，医生告诉她尽力了。

她这才彻底地崩溃大哭，那哭声在深夜医院长长的走廊之上，如同钻到人的心底，让人格外疼痛，就如同数年前，有一个小男孩也是如此一般，在医院那长长的走廊之上哭喊着要自己的妈妈。

想到这些，谢盛上前了一步，从口袋里面拿出纸巾递了过来，他在想，他是不是对她过分严格了？

可是，他若是不对她严格，她以后如何能独当一面？

谢盛想要说什么的时候，何蔓接过纸巾擦了擦自己的眼泪："谢谢师父。"随后扭过头直接就上了飞机。

收拾好飞行箱后，再下来的时候戴上了墨镜，那墨镜把一张脸的大半都给遮挡住，看不出来情绪的异样。不过戴上墨镜之后，她穿着一身制服衬得整个人英姿飒爽，分外引人注目。

谢盛也收拾了自己的飞行箱，他上机组车的时候，看了一眼，只见何蔓独自一个人坐在最后一排的角落去了。

他微微蹙着眉头，把飞行箱放好之后，便在何蔓前面的位置坐了下来。

机组车是从机场接她们回到公司的，公司就机场旁边，所以很快就到。

而他们每次飞完之后，都要回公司交接资料，交接完就可以回家了。何蔓交接完刚回到公寓，电话就响了起来，来电显示"哥哥"，不知怎地，想起了今天8648航班上遇到的事情，再看着哥哥电话的时候，她竟然有一种仿佛这些年来都是她格外不懂事的愧疚感一样。

可是，可是她明明也没有怪他啊！

她只是，她只是太想念爸爸了而已。

……

谢盛从公司里面出来，远远地就看到何宁远过来了，他微挑了眉头："宁远，你怎么过来了？"

何宁远看到是谢盛，赶紧问："今天8648航班是你跟何蔓一起飞的吧，她怎么样，情况如何？"

"挺好的，没事。"谢盛回过神来，看来何宁远也知道了8648航班上发生的事情了。

何宁远问："那她人呢？"

谢盛说："应该回宿舍了吧，你打她电话问问。"

何宁远苦涩一笑："我打了两次，她没接。"

谢盛蹙着眉头："那就去她宿舍找她。"

何宁远想了想他与何蔓的关系还没有人知道，便摇头道："我一个大男人，去她一个女生宿舍像什么样子？"

谢盛道："你是她哥哥，怕什么？"

何宁远刚想说什么，陡然间抬头看向了谢盛，有些震惊地道："谢盛，你怎么知道蔓蔓是我妹妹？"

"你忘记了？当年你放机长的时候，我是你的副驾驶。"谢盛微叹了一口气，提醒着他道，"我还跟她一起去了医院。"

"我之前也没有想起何蔓是你妹妹，不过后来我带她的时候，就想起来了，原来她就是当年那个小丫头，你的妹妹。"

何宁远自嘲一笑："是啊，蔓蔓是我的妹妹。"

谢盛："那你为何不说，公司也没有几个人知道你们是兄妹？"

"蔓蔓不想说，我就答应了她不说。"

"这种事情能隐瞒得住的吗？"

"只是让想蔓蔓开心一些罢了。"

谢盛闻声，看了一眼何宁远，他说："你到底是想让她开心一些，还是想让自己多补偿她一些？"

何宁远抬头："谢盛……"

"当年之事，我也在飞机上，我在一旁看得清楚，你什么都没有做错，你所做的一切完全是按放机长程序操作的，你没有做错任何事。"

"我知道我当年所做的没有任何问题，我对得起我机长这个身份，也对得起这一份工作。可是，谢盛，这并不代表我对得起我的家人。"

谢盛双手插在口袋看向不远处的跑道："宁远，我相信如果叔叔还在的话，一定不会怪你的。至于何蔓，她当年经历这个事情的时候还太小，如今她已经长大了，也成了一名飞行员，她迟早是会理解你的，你又何必一直把自己困在其中？"

何宁远讽刺一笑："可是谢盛，有时候能明白、能理解是一回事，可真正能做到，又是另外一回事。"

"那毕竟是我的爸爸。"

谢盛还想说什么，何宁远阻止了他："谢盛，麻烦你去帮我看看蔓蔓，好好劝劝她，别把今天8648航班上的事当一回事。"

谢盛盯着他道："宁远，我是可以劝她。只是，你呢，你还要把当年的事情一直怪到自己的身上吗？

"我到现在还记得你是整个公司副驾驶中放机长最快也是最年轻的一位机长，是同期很多人羡慕的对象。如果没有当年的事情，你也必定会是最年轻的教员，如今早就该是领导层了。

"可因为当年之事，你一直再也无法参加任何考试。

"宁远，你不能一味地沉溺于过去的痛苦当中，不敢面对。你是一个优秀的机长，以你的资质和能力，你应该为民航培养更多优秀的飞行员出来。"

谢盛的话，一字一句如同刻进了何宁远的心底，让他手中的拳头微微紧握，面色上却没有任何的变化："我哪有你说的那么优秀，我若是真的如此优秀，如你所说，就不会走不出当年之事了。"

他现在每半年都还会接受一些心理测试呢，尽管每一次测试结果都没有问题，但是，他还是主动要求每半年进行一次心理测评。

何宁远望着他："行了，你说的我都放在心上了，我会好好想想的，蔓蔓就劳你多费费心了。"

说完，抬头看向了何蔓公寓的方向："我就先回去了。"

"行。"

谢盛望着何宁远离开的方向，眉头微蹙着，宁远还是在钻牛角尖，不过，如今他竟然愿意谈起当年之事，这倒是一个极好的现象。

或许，何蔓是一个突破口。

想到这里，谢盛刚想跟何蔓打个电话，就看到何蔓正往这边过来，他挑了挑眉头，开着车直接就挡在了她的面前："找什么呢？"

何蔓一看是师父，摇头道："没找什么。"

谢盛轻声地道："那陪我去吃午饭。"

何蔓还在四处地张望着，谢盛看了她一眼："是在找何宁远吗？"

何蔓看向了谢盛："师父怎么知道的？"

谢盛说："行了，别找了，他已经走了，你先上车。"

在师父那不容拒绝的眼神之下，她只得老实地上了车，系好安全带后，她侧过头来看着谢盛："师父是不是有什么话要对我说？"

谢盛瞥了她一眼，没有搭理她，车子开了没多久就停了下来："下车。"

何蔓愣了好一会儿，低头忍不住地嘀咕，不过十分钟能走到的地方，上什么车？

显然这家店老板跟谢盛很熟悉，熟门熟路地给他们带到了窗边上靠角落的位置坐了下来，点完菜刚坐下来后，便听到谢盛问："现在来告诉我，今天8648航班上的事情，你有什么想说的？"

何蔓看着谢盛那模样，坐直了身子道："对不起，师父，我不该那么情绪化地说话。"

"刚飞的时候遇到这样的事情会如此情绪化这很正常。"谢盛眉头微蹙，不过却依旧耐着性子轻声道，"所以，我并没有因为你情绪化地说话而责怪你，而是在问你，以后遇到这样的事情你会怎么办，能不能冷静下来？"

何蔓微愣："我不知道我会不会依旧如此情绪化。但是，当我操控飞机的时候，我知道我会冷静下来，我也能冷静下来。"

谢盛满意地点头："那如果飞机上犯病的人是你的家人呢？"

何蔓浑身下意识地僵硬："什么？"

谢盛说："我是说，如果你正在飞行，你正在驾驶舱内，那飞机上突然之间犯病的人是你的家人，你会怎么做，能不能冷静下来？"

谢盛的话突然直击何蔓的心底一直不敢面对也不愿意面对的事实，让她噌地一下站了起来，有些无法控制自己的情绪："对不起，师父，我没有办法陪你一起吃饭，我先走了，你一个人吃。"

说完她刚要走，就被谢盛一把拉住："坐下。"

何蔓走不掉，气得委屈的眼泪在眼眶里面打转，瞪着谢盛。

瞧着眼前女孩那委屈的模样，让他觉得自己好像是一个混账似的，主动解释道："我这么问你，不是在逼你，而是想告诉你一个故事。"

何蔓气呼呼地扭过头道："我不想听故事。"

"那由不得你。"

谢盛看着她那委屈的模样，语气放缓了许多，道："你是我带出来的徒弟，如今你可以上座，以后不会一直跟我飞，所以有些事情，我必须告诉你，这也是为了避免你以后再跟其他人飞的时候会犯错误，明白吗？"

何蔓还是觉得委屈，可明白谢盛是为她好，便吧嗒着嘴巴："我知道。"

谢盛望着她："所以我说的你好好听着。

"今天的事情我知道你是担心乘客，这是人之常情，但是你必须时刻牢记，你飞机上不只有那生病的乘客，还有其他乘客，还有一整架飞机，任何时候，你都必须冷静下来。"

何蔓冷静了下来，她低下头道："师父，我都知道的。"

谢盛望着她："那愿意听我说故事了？"

何蔓喝了一口茶，点头道："你说。"

谢盛直接开门见山："其实也不是故事，就是公司里面的一个机长，以前也遇到过这样的事情，比你更不幸的是，他飞机上的那一位突然发病的乘客是他的父亲。"

何蔓脸色一变："师父想说的是不是何宁远？"

谢盛望着她："我知道他是你哥。"

何蔓情不自禁地讽刺地笑了一声，果真是如此，她几乎是控制不住地问道："是不是何宁远跟你说了什么？"

"我刚在宿舍的时候，何宁远打我电话我没有接，许璐告诉我在公司遇到了他，说他在找我，我下来找他的时候，他又已经走了，然后师父就把我拉到这里来说让我陪师父吃饭。

"怎么，何宁远是把我们家里的事情告诉了师父，让师父来告诉我当年的事情跟他没有关系吗？"

谢盛："何蔓，你哥只是担心你，所以过来看你。"

何蔓声音陡然之间提高了音量："那你告诉我，你一个外人是怎么知道我家里的事情的？"

谢盛眉头蹙得更深，显然，她还是压根没有认出来他就是当年那个在医院长廊陪伴她的那个人。

想到这里，他低声地叹了一口气，想要解释当年他在现场，何蔓却冷冷地望着他："如今何宁远在我也遇到这样的事情后来找我，然后师父又来劝我。怎么，你就是想告诉我，当年的事情跟何宁远没有关系，让我不要怪他是吗？

"那我现在就可以告诉师父，让他大可以放心，从我决定读航校、进入这一行业起的时候，我就没有再怪过他，他是一名合格的飞行员，一个合格的机长。师父也大可不必来替何宁远来当这个说客，他也可以自己安心。"

说完，她站起来扭过头就走了。谢盛压根反应不及，追出来的时候，何蔓已经拦上一辆出租车直接离开了。

谢盛看着远去的出租车，想到今天发生的事情，微叹了一口气，他不应该在这个时候提及此事的。

她是一个聪明善良的女孩，今日之事她已经知道错了，他相信她也想到了当年之事，给她时间，不需要他来说，她也一定能理解她哥哥的。毕竟，她都能去她哥哥家吃饭了，他还担心什么？

他在这个时候提及，只会适得其反。

想到这里，他揉了揉眉心，他向来考虑周全，怎么遇到这丫头的事情，会乱了方寸，犯这样的错误呢？

第五章 不想跟我飞？

而此时，何蔓坐上出租车之后，眼泪再也控制不住地流了下来，她深吸了一口气，扭过头看向了窗外。

她知道当年的事情跟她哥哥没有关系，在她决定进入航校之时，她就知道当年的事情跟她哥哥没有关系。

她也一直在劝自己，所以她尽量控制着自己不再逃避，可是每当她见到哥哥，就会想起爸爸是怎么死的，她能怎么办，她也不想的。

尤其是师父,他什么都不知道,他凭什么?

可何蔓不知道,谢盛什么都知道,甚至,知道的远远比她还要多。

不过所幸,她如今已经有了上座的资格,不需要每班都跟着谢盛一起飞,这一轮除了一天跟师父飞之外,她其他的航班都是跟其他教员飞。

何蔓跟其他教员飞的时候,明显轻松许多,航班仿佛也顺利了,飞了一个多月的时间,除了偶尔的小延误,没有任何问题,她的水平理论各方面综合情况,让跟她飞的教员无一不对她赞赏有加。

而跟她同期一起飞的几个分到深圳分公司的同学也都陆陆续续开始飞了,再能聚到一起的时间太难了,好不容易到了宋青扬的生日,他组了一个局一个个地打电话,总算是把人给聚齐了,何蔓落地有些晚,但在落地后第一时间赶过来了。

进来的时候,并没有发现前面不远处的洗手间门口谢盛正在站那里抽烟,KTV内宋青扬已经被几个师兄给灌得差不多了,不过让她有些诧异的是林东飞跟宋青扬关系这么好竟然没有来。

何蔓侧过头来问许璐:"林东飞呢?"

许璐附在她的耳边说:"听说跟叶微安又吵架了。"

何蔓愣了愣:"上一次不是说分了吗?"

"听说叶微安不同意,反正又和好了,按我说啊,这两人再这么闹下去,迟早还是得分。"

两个人正聊着,宋青扬走了过来:"何蔓,你怎么来这么晚?"

"我落地都八点多了,能不晚吗?"

何蔓看着宋青扬终于从师兄当中钻出来,她拿出准备好的礼物:"少年,生日快乐啊。"

"谢谢。"

宋青扬接过礼物,咧开嘴巴一笑,看着何蔓的时候,那目光热烈,仿佛有些紧张似的说:"那个,何蔓,我,我有些话想对你说。"

"什么话你说?"

何蔓扭过头来看了一眼宋青扬那面红耳赤的样子,还有身上的酒气,她眉头一蹙:"不过你这是喝了多少酒,你不是向来不能喝酒的吗,跟着他们这一群能喝酒的人喝这么多酒干什么?"

许璐在一旁仿佛是早就看明白宋青扬想干吗一样,笑道:"酒壮怂人胆嘛，指不定是有什么话想跟你说不敢说呢。"

何蔓略有几分诧异地看着宋青扬："同学这么多年，有啥话你还不敢说的，我怎么没有看出来你这么胆小？"

许璐挤眉弄眼地道："你先听他说嘛。"

何蔓没发现异样："行，你说。"

宋青扬看着何蔓那黑白分明的眼眸望着他，那一副不知情的样子，突然之间有些紧张，不知道是因为酒精还是紧张的缘故，就连耳根子都红了起来："何蔓，我想告诉你，我……我……"

话还没说出来，只见那KTV的门突然之间被打开了，林东飞嬉皮笑脸地出现："宋青扬，生日快乐啊。"

宋青扬仿佛突然解放了一样："你不是说你来不了吗？"

"你生日我怎么能不来？"林东飞一笑，随后侧了一下身子，拉过来了一个人，"你看，我还把谁带来了？"

宋青扬扭过头一看，这才发现跟着林东飞的竟然是谢盛，赶紧放下手中的麦克风："盛哥，你怎么也来了？"

谢盛看了一眼坐在角落的何蔓，移开了眼神："遇到了林东飞，他说你们在这里唱歌，喊我来的。"

"不好意思，我忘记喊盛哥了，盛哥赶紧过来坐。"宋青扬再也顾不得他想说的话，赶紧叫来服务员又点了一些东西，"盛哥喝什么？"

不过，他跟谢盛也不熟悉，他生日要是真喊他也很奇怪啊！

谢盛轻声一笑："明天还要飞，我就喝水就行了。"

宋青扬一听说要飞，也就没有再说要加酒，看着林东飞说："你喝什么你自己喊啊。"

"好嘞，你放心，我可不会跟你客气。"

林东飞像是想到什么，又拽着宋青扬说："对了，你刚刚是不是要对何蔓说什么来的，我刚在门口听见了，要说什么？"刚说完，陡然之间反应过来，一把勾住了宋青扬的脖子到一边，低声问道，"你小子是不是想对何蔓表白？"

"行了，你就闭嘴吧你。"

宋青扬被林东飞给拉了过来，看着谢盛正在跟其他的几个师兄聊天，他这才瞪了他一眼，低声地道："你怎么会把盛哥给喊过来的？"

林东飞赶紧低声解释:"我过来的时候瞧见盛哥正在外面抽烟,我就打了个招呼,他问我来这儿干吗,我说了一下,就顺嘴问盛哥要不要过来喝一杯,他就来了。"

谢盛仿佛是没有察觉到什么似的,板板正正地坐在那里。

而何蔓从看到谢盛过来,到他坐在那里,就愣在那里,盯着他看了起来,师父怎么会在这儿?

兴许是盯得太明显,谢盛突然之间扭过头来望着她:"一直盯着我干什么?"

"没,没有。"

何蔓赶紧收回眼神,其实她有一个多月没有见到师父了。虽然大家都是一个公司的,但若是没有排班排到一起,想要见到也难,更何况师父也不住在公司的员工宿舍,哪能轻易见到?

所以在宋青扬生日场合突然见到,她还是愣了一下,不知怎地,就想起了一个月前跟他飞的时候发生的事情,原本以为师父会找到机会再继续对她说教,可没有想到这一个多月以来师父也没有找过她,更没有发过微信。

有时候她甚至怀疑是不是师父把她微信给删了,还反复地点开师父的朋友圈,可朋友圈除了几条公司的广告,没有任何东西。

她摇了摇头,为了避免被师父影响,她干脆去点了一首歌,这是一首极老的歌,是她在上大学的时候看一个电影的时候喜欢上的,是The Journeymen的《500 miles》。

点的时候看下面还有好几首才轮得到她,可不知道是谁把她的歌直接就给切到了最前面来,等她发现的时候,只听到一个低沉沙哑的声音在房间内响起,唱的正是她点的歌。

她抬头一看,发现唱歌的竟然是师父。

那声音低沉浑厚,富有磁性,说是原唱,也不为过,所以他一开口就让大家安静了下来。

何蔓听着突然之间不敢再开口了,只觉得坐在那里唱歌的师父有着说不出来的迷人,尤其是此时昏暗的灯光之下,耳畔又皆是他的声音,有点低哑的,却带着说不出魅惑,令人目眩。

这等画面,让她不忍破坏。

突然谢盛扭过头来将手中的麦克风递了过来:"你的歌。"

"还是师父唱吧。"

师父您都唱成了这样,还让我如何开口?

"不会唱?"

"会,会啊。"

"那为什么不唱?"

估计她要是不说出一个原因,只怕师父能一直问下去,直到得到他满意的答案,既然如此,索性倒不如直接唱算了。

其实她唱歌也不差,张口找到感觉之后很快就进入了状态,唱到那一句"You can hear the whistle blow a hundred miles"的时候,谢盛的声音再一次响了起来。

她微怔了一下,边唱边扭过头来,正好对上师父那幽暗深邃的眼眸,昏暗的灯光下,那双眼眸如同深海似的,牢牢吸引着人,让人眩晕。

一时间,整个KTV玩游戏的都停了下来,抬头朝两个人看了过来,这一幕,竟让人觉得格外的美好。

所谓郎才女貌,也不过如此。

这个念头自然也掠过宋青扬的心底,让他陡然一惊,突然想起了盛哥好像也单身。对,盛哥也单身,没有女朋友!

他突然之间有些不大好了,面色也有些微沉,两个人合唱了一曲后,KTV响起雷鸣般的掌声,他本能地跟着也拍了几下巴掌,可那巴掌却是如同手灌了铅似的拍得格外艰难。

毕竟,毕竟何蔓那么聪明,那么优秀,那么光彩夺目,盛哥会喜欢上她不稀奇。

只是何蔓呢?

宋青扬心底如同百爪挠心似的,怎么也没有办法平静下来,一旁的林东飞向来是一个人精,又跟宋青扬是多年至交好友,自然察觉到宋青扬的不对劲,他看了一眼时间,朝大家道:"十一点了,我明天中午的航班,得先撤了,你们继续玩啊。"

这么一提醒,大家也都反应过来时间不早了,也都站了起来说:"哎,都十一点了,我们也回去吧。"

"是啊,我们也散了吧。"

宋青扬面色恢复如常："行，我们也都回去吧。"

何蔓和许璐也都站了起来准备回去，有些人叫了车到得早就提前走了，出来的时候就只有宋青扬还有林东飞和谢盛了。

她刚准备走过去，远远地看到了乔教员从里面走了出来，何蔓上前打了一个招呼："乔教员，还真的是你啊，你也来这里唱歌吗？"

"是啊。"

乔教员看着何蔓和许璐笑了笑，又瞧见前面站着的谢盛，跟着何蔓和许璐一起走了过来："对了，谢盛，你不是说你有事吗，怎么还在这里？"

谢盛面不改色地道："宋青扬生日，林东飞喊我过来他们这里玩一会儿，我看也都是同事，就过来凑凑热闹。"

"原来青扬生日啊，生日快乐啊。"

宋青扬赶紧道："谢谢乔教员。"

只是看着谢盛的时候，他心底更不是滋味。原来谢盛跟乔教员一个局，乔教员他们的局肯定都是领导，这么重要的一个局，那为什么还要跑过来参加他们的局？

想到刚刚KTV何蔓与他合唱那一首歌时候的样子，他心底沉得更厉害了，男人的直觉让他感觉谢盛只怕对何蔓也一往情深。

乔教员打了一个招呼倒很快就离开了，而谢盛看了一眼其他人："你们先走吧，我送何蔓。"

何蔓愣了一下，赶紧道："不用了，师父，我们都住公司宿舍，我们刚好一起打车回去。"

谢盛轻声地道："林东飞开了车过来，他会送他们的，我刚查了班，你明天和我一起飞，我今天晚上也住公司那边。"

"我明天不是跟张教员飞吗？"

"张教员孩子生病了，请了假让我替他飞。"

何蔓："……"

只见谢盛望着她，目光幽深看着她："怎么，不想跟我飞？"

何蔓果断摇头，一副无比真诚的样子："没有，跟师父飞，我求之不得。"

谢盛嘴角噙着一抹笑意："当真？"

何蔓赶紧用力地点头，生怕谢盛不相信似的："当真。"

谢盛那微抿的唇忍不住地上扬了一丝弧度，语气放缓了许多："走吧，我还要回家拿箱子。"

"哦，好的。"

何蔓点了点头，扭过头跟宋青扬等人挥了挥手道："那我先走了，你们赶紧回去吧，路上小心。"

何蔓就这么扭过头跟着谢盛走了，直到上了车，她这才反应了过来："哎，不对啊，师父，明天下午才飞，你没有必要住公司啊。"

一般只有飞大清早的航班的人才住公司的，这下午的航班住啥公司？而且公司给住吗，公司不给住吧？

谢盛轻声地解释："明天上午还要开个会。"

下午飞，上午还让人开会，公司这么不厚道的吗？

何蔓表示怀疑，但也没有多问，毕竟，公司领导是人家爸。

谢盛家与她哥买的房子在同一个小区，所以到了小区门口，为了避免遇见她哥，她想在车里面等，可谢盛一眼就看透了她的想法："你哥还没有回来，我收拾东西也还需要一会儿。"

何蔓一听，微张着嘴巴望着谢盛，似乎是不明白他的意思，只见谢盛下了车，随后绕过来拉开了她这边车门："下来。"

"去哪儿？"

"我家。"

何蔓瞪大了眼睛，去他家？

不大好吧？

只见谢盛眉头微蹙，头一下伸进了车内仿佛要撞在了她的怀里，混合着烟草的气息扑面而来，让她全身紧绷了起来，惊呼了一声："师父……"

这个动作，像极了是想要吻她。

谢盛上半身停在她的面前，深邃的眼眸微微侧过头来望着她，带着富有磁性的嘶哑嗓音问道："怎么？"

谢盛在说话的时候，那灼热的气息吹在她的脸上，将她包裹其中。她大气都不敢出，有些受到惊吓地问："你……你干吗？"

她话声刚落，就听到一声微响，只见身上的安全带松开了，而谢盛那修长的手指落在安全带锁扣处,只见面前的男人眸底似乎泛着一抹幽深:"你以为我要干吗?"

何蔓只感觉到心跳加速,脸上发烫,莫名地紧张了起来,看起来仿佛受到了惊吓的样子。

谢盛看着眼前的女孩仿佛耳根子都红了起来似的,那深邃的眼底透着一抹不易察觉的愉悦,随后站直了身子:"下来吧。"

何蔓反应过来,飞快下车:"好。"

谢盛唇角的笑意越来越大,扭过头漫不经心地道:"走吧。"

何蔓赶紧跟着谢盛往前走。深夜的微风袭过,她这才稍稍清醒冷静了一些,只是想到刚刚车内那暧昧的一幕,她依旧感觉到脸上仍然有些发烫。

突然,谢盛的声音响起:"进来。"

何蔓抬头一看,这才发现已经到了师父的家里。跟着进来后,一眼看过去,是一面大大的落地窗,一眼能看到窗外的景色,将整个深圳的夜景尽收眼底。

而屋内干净整洁,一尘不染的,如同酒店似的,装修风格则以黑白灰为主,典型的性冷淡风格,就跟师父一样,浑身上下散发着禁欲的气息。

谢盛从旁边拿出一双棉麻拖鞋给了她:"冰箱在那边,里面有喝的,自己拿,我先去收拾东西。"

何蔓回过神来赶紧点头:"好。"

随后谢盛就回到了房间,她深吸了一口气,从冰箱里面拿出一瓶水咕嘟嘟地连喝了几口这才冷静下来。

很快,她就被落地窗前的一个驾驶舱图给吸引住了,没有想到师父都是教员了,家里面竟然还会备着驾驶舱图,而在那驾驶舱图下面的则是一张桌子,上面有一些飞行手册,都是关于他们所飞机型的手册。

何蔓在旁边的凳子上坐了下来,拿起飞行手册看了起来,不得不说,这个位置真的太适合看书了,看累了还能看看窗外风景。

谢盛从房间内走出来,就看着何蔓坐在那里手里抱着飞行手册看着窗外的风景,那安静的模样,仿佛是给这冷淡的家里平白增加了一丝温度似的,让他莫名地有了一种家的温暖。

何蔓像是察觉到他的眼神似的,扭过头看他拉着的飞行箱,她露出笑容:"师父,你收拾好了?"

"嗯,收拾好了,我们走吧。"

"嗯,好的。"

何蔓赶紧站了起来,刚一站起来,忘记怀里面的手册,从她的腿上滑了下来,砸到了她的脚上,那飞行手册双重又厚,砸得她惊呼了一声,疼得又坐了起来;岂料这凳子是有滑轮的,她站起来的时候凳子因为惯性后退了几步,导致她一屁股坐到地上去了,头一下子就撞到了落地窗上。

这一次是真的疼得她眼泪都要掉了出来:"啊……"

谢盛脸色一变,大步迈了过来,直接就蹲下来拦腰将她抱起来,放在沙发上坐了下来,她愣了一下,只见谢盛扭过头来打开了电视柜下面的一个抽屉,拿出一个医药箱走了过来,回过神来的何蔓赶紧道:"师父,我没事的,不过就是撞了一下。"

谢盛拿过来医药箱,这才发现她的脚上只是红了一片,微微松了一口气,又眉头微蹙地道:"头呢?"

何蔓揉了揉脑袋:"好像也不怎么疼了。"

"我看看。"

谢盛不放心,站了起来微侧过身子盯着她的后脑勺检查了起来,这个姿势像极了将她抱在了怀里。

何蔓顿时大气不敢出一下,怎么又来了?

很快,就只感觉到后脑勺有一只温热的大掌正在轻轻地按压着,而谢盛那低沉又略带着一丝担忧的声音响了起来:"还疼吗,要不要去医院看看?"

何蔓赶紧摇头:"不,不疼了,不用去医院,也撞得不是很厉害。"

"你还想撞得多厉害。"谢盛的声音冷了几分。

何蔓微嘬着嘴解释:"我也不是故意的。"

谢盛瞧着她那嘬嘴委屈的模样,忍不住勾了勾唇角,低头望着她那白嫩的脚趾:"脚还疼吗,能走吗?"

何蔓摇头,乖乖地道:"能走,不疼了。"

谢盛笑道:"那我们走吧。"

何蔓松了一口气,赶紧跟着谢盛站了起来,不知道是因为太紧张还是什么缘故,她竟然直直地朝谢盛的方向又摔了过来,连带着他一起扑倒在沙发上。

　　温香软玉入怀，他顿时只感觉到全身如同触电般地僵硬了起来，只感觉到那薄唇上印上了一个温热湿润的唇。

　　那软唇冰冰凉凉的，还有一丝甜腻的感觉，让他下意识地吻上了她的唇，想要索取那唇上的甜蜜。

　　何蔓压根没有想到她站起来还能再摔一跤，甚至是直直摔到了师父的身上，她还来不及惊呼出声，就这么直直地朝师父亲了过来，吻上了师父的唇。

　　看着眼前师父那一张俊雅无双的脸，她瞪大了眼睛，还没反应过来，就感觉到那唇上温柔的试探之意，她微愣了一下，一双眼睛如同受了惊吓的小兔子似的，立马推开了谢盛。

　　谢盛没有想到她反应这么快，想到刚刚唇上的味道，他唇角上扬，随后慢条斯理地站了起来，看着对面受到了惊吓的女孩，他像是什么事情都没有发生一样，整理着自己的衣衫，不紧不慢地道："现在站稳了？"

　　何蔓一脸惊恐的样子："站……站稳了。"

　　谢盛眸底深深地看着她那一脸防备的样子，不敢吓到她，收回来了眼神，神色如常地道："那走吧。"

　　"好。"

　　这一次何蔓跑得比兔子还快。

　　谢盛忍俊不禁，没关系，来日方长。

　　收拾完东西回到了宿舍，已经是凌晨一点了，何蔓独自一人走在宿舍的楼下，想到那个吻，她下意识地伸手触碰着自己的唇。

　　何蔓摇了摇头，刚到宿舍楼底下，身后车灯亮了起来，她侧过头来看着哥哥那辆车停在那里。随后，她又看到许璐从那车上下来，就愣了一下：这两个人怎么会凑在一块儿？

　　何蔓站在那里，看着许璐跟她哥挥手道别了，然后就进了宿舍，而她哥哥的车子也很快就离开了。

　　她站在电梯口双手环抱在胸前挑着眉头地望着许璐："好巧啊。"

　　"蔓蔓？"许璐进来看到何蔓，下意识地扭过头看了一眼。

　　何蔓瞧着她那欲盖弥彰的样子："我看到是我哥送你回来的。"

　　许璐赶紧解释："那个，刚刚在KTV，你哥也跟乔教员他们一起在唱歌，林东飞和宋青扬两个人还想再喝一点，我就蹭你哥的车回来了。"

"那怎么这么晚才回来呀？"何蔓望着许璐，她们散场可差不多有两个小时了，那KTV回来，最多十多分钟。

"我没吃晚饭，KTV也没吃多少东西，所以又和你哥去吃了一点东西。"许璐看着何蔓老实地交代。

何蔓笑得更深："我可记得你向来不吃夜宵的。"

"这不是肚子饿了嘛。"许璐说完，上前了一步挽住了何蔓，转移开话题说，"你还没有说你跟你师父怎么搞了这么久呢？"

何蔓一听提起来她师父，赶紧道："他不是说了嘛，他还要回去收拾东西。"

许璐追问："收拾这么久？那你去你师父家了？"

"是啊，不然我还在车里等吗？"

何蔓生怕许璐再问，再一次赶紧转移了话题："对了，你说宋青扬和林东飞又去喝酒了。我记得宋青扬好像已经喝了不少，还有林东飞明天不是还要飞吗，怎么这两个人都还在喝呢？"

"林东飞的班取消了，宋青扬明天又不飞，所以两个人就又去喝了。"许璐也赶紧顺着何蔓的话聊了下来，两个人都默契地不再提谢盛和何宁远。

何蔓眉头一拧："怎么了，还是林东飞又跟他那女朋友吵架了？"

许璐看了一眼何蔓："好像是宋青扬想喝。"

何蔓不解地问："宋青扬？他咋了？"

许璐看着何蔓那一脸不解的样子，再想到宋青扬那痛苦的样子，她微叹了一口气，其实也不怪宋青扬不表白，是这些年来蔓蔓真的只是把他当朋友，怕是宋青扬自己也知道，所以每一次都想等，想等机会更适合的时候。

可是如今看来，就算他觉得机会是最适合的时候，蔓蔓对他也没有感觉，更何况，蔓蔓也从来没有给过他机会，更没有过给他造成任何误会。

许璐想了想，索性不告诉何蔓了，免得她有心理负担："谁知道呢！行了，我们赶紧回宿舍吧。"

"嗯。"

第六章　职场性别歧视

何蔓回到宿舍后，一觉睡到了第二天的中午，醒过来的时候，还是师父打过来的电话吵醒她的。她揉了揉眼睛接通了电话道："师父……"

"还没起床？"

"嗯。"

何蔓刚醒的声音软软糯糯的，谢盛听着心底发痒，莫名地心情愉悦："三点的航班，赶紧起来吃点东西收，收拾收拾准备出发了。"

"我还想再睡半个小时。"

"那我让人送去你宿舍？"

何蔓一下子惊醒了过来："我起来。"

谢盛甚是满意地挂断了电话。何蔓爬了起来，头发还乱糟糟的，想着师父的电话，她只觉得有些惊恐，师父这是在干吗？

何蔓摇了摇头，飞快地爬起来收拾东西，然后去食堂吃了一些东西随后就赶紧去飞了。这次飞西安，又是一个新城市。

飞机停的是一个比较远的停机位，乘客需坐摆渡车，乘客上完飞机后，何蔓突然有些内急，想了想这会儿乘客也都上完飞机了，便从驾驶舱出来上了个厕所就回去。

刚一出来，看到一个大爷正急匆匆地上了飞机。刚好撞见了她，何蔓看了一眼，微微点了点头，她刚在驾驶舱听说了，还有一个乘客没有到，原本是想减员的，但是乘客已经是到了登机口，便决定等一会儿。

何蔓正准备进去，只见那大爷盯着她鬼鬼祟祟地看了起来，眼神甚是奇怪，看着她忍不住又扭过头，有些狐疑地看着那个大爷。

乘务长也觉得那个大爷有些奇怪，上前了一步微笑地伸手道："您好，先生，欢迎登机，我带您去您的座位上吧？"

"等等。"那大爷一把抓住了乘务长，指着何蔓不敢相信地问，"她是不是机长？"

"是，她是我们本次航班的副驾驶。"

那大爷一听，立马抱住了那机舱的大门大叫道："不行不行，我不坐女人开的飞机，我不上女人开的飞机。"

何蔓脸都黑了下来，什么意思，什么叫不上女人开的飞机？

乘务长不过愣了一瞬间，随后温柔地道："您好，先生，我们飞机上还有一位机长，不是副驾驶一个人单独操作的飞机，您可以放心，我们的飞机很安全，我……"

"不行不行，反正我不坐女人开的飞机。你们快换个人来，快些换个人来。"大爷死死地抱着机舱门不肯撒手。

何蔓深吸了一口气，面带着微笑："先生，您好，我是本次航班的副驾驶，您放心，我可以保证您的安全，平安顺利地送您抵达目的地，您……"

"我不相信你，你一个女人怎么能开这么大的飞机？"

那大爷果断地摇头："不行不行，你们给我换个男人上来开飞机，我反正不坐她的飞机。"

乘务长安抚着道："先生，我们的航班马上就要起飞了，现在更换飞行员是不可能的，而且……"

大爷大叫："我不管，反正我不坐女人开的飞机，你们快点给我换个人过来。"

机舱门口的动静很快引起了其他乘客还有驾驶舱内谢盛的注意。那大爷的声音不小，大家都知道发生了什么事情，一时间议论纷纷，看向何蔓也带着怀疑的眼神："是啊，怎么能让一个女孩来开飞机呢？"

"就是，女人能干什么？"

"拜托，这都2012年了，竟然还有人觉得女人能干什么，女人什么不能干？"

"就是，女人开飞机怎么了？"

……

各种不一的议论之声传来，乘务长再一次耐心地劝大爷登机，可大爷死活不肯登机，死活要换一个男的来开飞机。

何蔓的脸色有些不大好了，只见驾驶舱大门打开的声音，她扭过头看着站在驾驶舱门口的谢盛，微叹了一口气，她是不是跟她师父八字相克？

何蔓上前了一步解释道："先生，您好，我也是参加过中国民航总局组织的APTL（Airline Pilot Transportation Licence）实飞考试的，并且顺利通过拿到的航线驾驶员运输执照且同时也通过模拟机训练考核的飞行员,您可以放心,我绝对可以保证您的安全,而且我们的航班配备了两名飞行员,并非只有我一名飞行员,还有一位机长,您完全可以放心。"

大爷不耐烦地挥手:"你不要跟我说这些,我也听不懂,我也不想听,总之我就是不坐女人开的飞机,万一出了什么事情可怎么办?"

谢盛走了过来说:"先生,您看我开的飞机,您放心吗?"

"我是一个已经安全飞行将近一万小时的成熟机长,曾经执飞过不少特殊航班,可以绝对保障飞行安全。"

"小伙子,你开飞机我自然是放心的了。"

那大爷说完看着何蔓,摇头说:"但是她不行,她一个小姑娘,我怎么能放心坐她开的飞机呢,我跟你讲,我肯定不坐她开的飞机,你们快点再换个男的来。"

谢盛解释:"可是先生,我们的航班马上就要到达起飞时间了,更换飞行员是来不及的,也没有因为这个理由就更换飞行员的先例。而且她是我一手带出来的徒弟,您相信我,应该也能相信她,更何况还有我在她身边呢,您看你是不是可以放心了?"

"不行不行,我肯定不放心,你年纪轻轻的怎么可能带出来她?你们不换人,我肯定是不上飞机的。"

"既然如此,那只能麻烦您改签一下航班了。"

谢盛眉头微微一蹙,不再多说什么,扭过头看着门口的地面工作人员轻声道:"看看他有没有托运的行李,找出来,带他去改签。"

"什么,小伙子,你怎么能这样?"大爷一听,十分愤怒,"我可是赶着要去西安的,你怎么能让我改签呢,你凭什么让我改签,你算是什么东西?"

谢盛:"先生,我们的航班是三点零五分起飞,如今已经到时间,而我们的飞机上还有二百多位乘客,我们不能因为您一个人的无理要求继续耽误其他乘客的行程,所以只能请你下机改签。"

大爷愤怒不已:"我不改签,我凭什么改签!我花钱买了机票,你凭什么让我改签,你算是什么玩意儿?"

何蔓看着那大爷在机舱门口激动的样子,这会儿风大,生怕他会出事,刚想要扶住她劝说道:"先生,您……"

可何蔓还没有伸出手来扶住那大爷,就被他反推一把,差一点给推到了登机梯摔下去，谢盛赶紧拉住了她，这才不至于摔倒，只是腰狠狠地撞到了旁边的护栏之上。

那大爷还在一旁怒声大叫："你什么你，你一个小丫头在这里开什么飞机，你有什么本事！啊，你还敢让我改签，我告诉你，我可是花了钱买的机票，我可不是坐免费飞机的，你们竟然还拿一个小丫头来开飞机，这压根不把我们乘客的性命当一回事，我告诉你，我要是出了什么事情，我做鬼也不会放过你们………"

谢盛扶住了何蔓，脸色彻底地沉了下来，冷冷地看着旁边的工作人员道："通知机场警察过来，有人闹事。"

"你说什么？谁闹事，我哪有闹事！我只是不坐一个小丫头开的飞机，怎么能叫闹事，你这机长怎么当的，你……"

那大爷一听，抓着谢盛想要问清楚，此时飞机上的安保人员已经过来，一把拉住了那大爷，将他彻底地控制住。

那大爷又叫又闹了起来，惹得客舱内很多人转头望了起来，甚至还有不少人拿出手机录着视频，其他空姐赶紧一一安抚着乘客，但依旧挡不住那些人的议论之声。

"女人开飞机确实不安全啊。"

"什么屁话，女人开飞机为什么不安全？"

各种议论之声自然是传到了何蔓的耳中，她脸色越来越难看，可是她知道此时说什么也没有用，只是看着机场警察将那大爷给带走，此时航班因为那大爷已经晚点二十分钟。

飞机起飞后，何蔓想到刚刚那大爷大闹登机口的事情，坐在那里一言不发，她从来没有想过竟然还有人因为女人开飞机不敢坐的。

何蔓有些讽刺地笑了笑，女人开飞机怎么了，她明明付出了比旁人多百倍千倍万倍的努力，她明明比旁人更优秀，为什么因为性别就被歧视了？

何蔓坐在那里垂着脑袋，有些委屈，谢盛看着她那安静的模样："还在想刚刚的事情？"

何蔓点了点头道："嗯。"

"想什么？"

何蔓抬头看着机舱外，有些讽刺地道："就是感觉很可笑，没想到这个世界对女性有这么多恶意。"

"这很正常，在世人眼底，一向认为开飞机是男人的工作，而且不单单是飞行行业，还有很多工作本来就对女性不公平，所以女性往往要付出更多的努力。"

"师父，我已经付出很多努力了。"

"既然如此，那你如今应该做的是让大家相信女性也能独当一面，也能开起一架飞机，而不是在这里为那些不可理喻之人伤心。"

谢盛扭过头来望着她："今后的飞行之路，你遇到的各种各样的问题可能会更多，所以遇到问题你要想办法解决，而不是自己委屈。"

"是，师父，我知道了。"

"行了，要下降了，你来落地，我配合你。"

"好。"

飞机抵达了西安，一个小时后，飞机又起飞回到深圳。等落地的时候，已经是凌晨了，何蔓早就累瘫了，回到宿舍就睡了。

第二天，她是被师父的电话给吵醒的。她微愣了一下，这么大清早的，师父怎么就起来了，他不是跟她一起很晚才落地吗？

谢盛的声音从电话那头传来："来公司开紧急会议。"

"怎么了？"

"昨天在飞机上那个大爷的事情被人传上了微博，你上了热搜。"

"什么？"

开什么玩笑，就那点事情还上了微博热搜？

何蔓挂断了电话之后，像是想到什么，拿起手机打开了微博，这才发现，她不但上了热搜，就连她的微博都被扒出来了。

此时她的微博彻底地炸了，各种评论、点赞、圈她的，竟达到了数万条，而微博的热搜上则挂着"女飞行员疑技术不佳逼乘客改签"。

连同她公司东胜航班一起也上了热搜，甚至连她师父谢盛也被扒了出来，直接就被网友给扒了一个底朝天。

何蔓震惊在那里，赶紧把手机刷了起来，各种评论不一，对她师父的倒全是正面的评价，但是对她的评价却是褒贬不一，尤其是她当时站在那里眉头微蹙不说话的样子，被网友无限放大。

其中最刺眼的评论就是："瞧她那一副委屈的样子，怎么了，她这是还委屈了吗,工作能力不行,还不许人质疑吗?"

"就是,女人这么情绪化,怎么开飞机?"

"长得这么漂亮,谁知道怎么当上飞行员的?"

"女人不在家好好带孩子,还想当飞行员,这是想上天呢?"

……

这些评论,一个比一个扎眼,甚至是有些人微博私信她骂了起来,说她不把人的性命当一回事,没事开什么飞机。

看到这些,何蔓再坚强,此时眼泪也忍不住一涌而出,她所有的努力在这些人全都没有看到吗?

她越想越觉得委屈,眼泪控制不住地往外涌,门外一阵阵敲门声让她微微回过神来,她抬头一看,拿起纸巾擦着眼泪打开了门。

只见谢盛喘着气眉头微蹙地看着门外,那模样明显是奔跑过来的,额前还有汗珠滑落了下来。

何蔓愣了一下,一下子觉得更委屈,眼圈泛红。

谢盛看着此时的何蔓,头发乱成一团,眼睛哭得红肿,鼻子也因为擤鼻涕捏得红通通的,就这样抬头怔怔地看着他,一副委屈极了的样子,看着他眸底有着丝毫不加掩饰的心疼:"你在哭什么?"

何蔓仿佛所有的委屈一下子找到了发泄口似的,眼泪再也止不住地涌了出来,委屈得像个孩子一样,哇的一声哭了出来。

谢盛伸手将她往屋内一拉,又随手把门给关上,看着她那哭的模样,心疼地将她拉到了怀里:"好了好了,多大点事,至于哭得这么惨吗?"

何蔓委屈地道:"还不大吗,莫名其妙被骂上了热搜?"

谢盛寻思着这事对普通人确实是挺难以接受的,索性道:"好好好,惨惨惨,你想哭就哭吧!"

这么一安慰,何蔓哭得更大声了。

谢盛听着那号啕大哭的声音,脸色有些不大好,却下意识地收紧双手将她牢牢地抱在怀里,拍着她的背像是哄孩子似的。

好一会儿,哭声渐止,不过因为哭得太久,还时不时断断续续地抽噎着,谢盛瞧着她那小可怜的样子,伸手揉了揉她的脑袋,又心疼又觉得好笑:"有什么好哭的?"

何蔓抽噎地道:"好多人骂我。"

谢盛微叹了一口气:"那你没有看到很多人夸你厉害,说你巾帼不让须眉,看着英姿飒爽吗?"

何蔓抬头红肿着眼睛:"有吗?"

"当然有。"

谢盛拿出手机,翻开了微博:"你看,很多网友夸你厉害,在学飞的时候不输任何男飞,他们还扒出来了你大学的成绩,你的成绩就是你最好的证明,很多网友都很羡慕你,也想来做女飞,说是你女性的骄傲,你看看。"

何蔓接过来手机一看,这才发现,夸她的真的很多,还有羡慕她的,在那些评论的人当中竟占了一大部分。

"你再看看骂你的,现在都被很多网友喷回去了,还是有很多网友明事理、替你说话的。"

"还真是。"

何蔓看着那些替她说话的网友,又哭了很长的时间,仿佛是心底的憋屈一下子哭了出来;又忍不住地笑了笑,这些网友可真可爱,有些骂人都不带脏字的。

"现在心情好多了吧?"

谢盛望着她这么快心情就好转了,忍不住伸手又揉了揉她的头,只觉得越发可爱,明明受了这么大的委屈,怎么就这么好哄呢?

何蔓抬头,这才发现谢盛的衣服湿了一大片,有些窘迫地指着谢盛面前:"师父,这不是我哭的吧?"

"你以为呢?"谢盛低头一看,轻声地道,"我差点以为你要把这宿舍给哭塌了呢?"

"哪有那么夸张?"何蔓有些不好意思地低头道。

谢盛也不忍再逗她,望着她说:"行了,收拾好了心情就赶紧跟我去开会,领导都在公司里面等着你呢。"

何蔓反应过来,赶紧跑到洗手间收拾着自己,是啊,这件事情本身责任就不在于她,她又何必如此担心?

如今新闻既然已出,该想办法解决,而不是在这里哭。

何蔓深吸了一口气,在洗手间收拾好出来之后,突然之间发现她的房间整洁得有些不太像话,她微愣了一下,再看着正在旁边将她沙发上的衣服都往脏衣篓里面丢的师父，她有些震惊："师父，这都是你收拾的？"

谢盛一脸嫌弃地说："一个女孩子，房间怎么能乱成了这样？"

何蔓："……"

师父是什么神仙男孩，突然之间很想娶回家有没有？

莫名地，她又想到了前天在师父家里面的那一个吻，下意识地脸上有些发烫，赶紧摇了摇头甩开了那个念头。

她最近对师父可是越来越不敬了。

何蔓在那里发呆又摇头的，看着谢盛眉头微蹙："又在想什么呢你？"

"没，没什么。"何蔓果断地摇头，回过神来看着师父说，"师父，我收拾好了，我们赶紧去开会吧。"

出门的时候，何蔓看了一眼依旧红肿的眼睛，她有些不好意思，顺手拿着帽子戴在了头上，遮挡住了那红肿的眼睛。

来到了公司会议室，公关部、飞行部，还有其他相关领导全都在这里了，何蔓赶紧坐了下来，谢盛在她的旁边坐了下来，顺手把她的帽子直接就给摘了，她想拦都拦不住，就这样一双红肿的眼睛出现在大家的眼里，仿佛大家都看到了她的委屈。

主持会议的是谢盛的父亲谢震东，他轻咳了一声："何蔓，你也不要有心理负担，这事跟你没有关系，如今已经发生了，就想办法解决，这也不是什么大事。"

"是，谢总。"

"我们刚刚和公关部就8936次航班事件商议了一个方案，你和谢盛也来听听看看怎么样，如果没有意见，我们就按这个方案来处理。"谢震东说完，看着对面的乔庭远说："庭远，你来说。"

乔庭远点了点头，看着何蔓与谢盛："其实这一次8936次航班事件虽然在网上闹得很大，但对我们公司影响并不是很大，尤其是何蔓在学校的成绩被网友查出来，那分数都是有目共睹的。所以网友对何蔓的态度也是褒大于贬。

"就网上的风向和言论，公司和公关部就商议让何蔓来跟我飞一班，然后联系电视台和媒体对我们飞的航班全程进行拍摄和直面的采访，同时邀请8936次航班事件的乘客赵先生乘坐我们的航班，全程监督，如此一来，不但能让社会大众肯定你的能力，同时也能替公司好好宣传一番。"

乔庭远说完，看着谢盛和何蔓："何蔓、谢盛，你们是8936次航班事件的机长和副驾驶，这个解决方案你们觉得如何？如果可以的话，公司就准备发微博正式回应这件事情，并尽快安排媒体和电视台来进行跟踪拍摄和采访。"

何蔓想到那位大爷："那赵先生愿意吗？"

她在宿舍看微博的时候知道了那位大爷姓赵，来自西安，因为乘坐滑翔伞差一点出事，导致从那之后极度害怕坐飞机。这一次正是因为他来深圳看同学，原本准备乘坐高铁回去，可是他老伴突然之间病重，而当天的高铁票又买不到了，所以这才没有办法必须乘坐飞机回去。

但又因为极为害怕，所以一直想要知道开飞机的机长到底是什么人，想了解清楚，却不料发现竟然是何蔓一个女孩子开飞机，这才有了那一幕。

"公关部已经联系他并说服了他，毕竟这一次事件，他在网上受到的网络暴力远远比你和谢盛还有公司的要更多，他也想解释清楚这件事情。"

"那他不害怕坐我一个女孩子开的飞机了吗？"

"他还是怕，一开始的时候死活不敢坐，但是听说是我跟着一起飞，又曾经是空军飞行员，安全飞行数万小时，执行过多次特殊航班，便对我极为信任，相信以我的能力能带好你，所以就答应了下来。

"同时公司也承诺让他通过电视台的设备全程在飞机上看到你的飞行过程，公司也会安排飞行员告诉他所有的设备和仪表，让他明白我们公司能带给他安全舒适的飞行之旅，完全可以信任飞机，信任我们的飞行员，还有你。"

怀疑，是来源于不信任，但若是能甩出来证明自己水平足够的证据，那这种不信任就不会存在。

"若是赵先生答应下来，我是没有问题的，我都听公司安排。"

"那行，那就让公关部先回应微博，然后再来安排接下来的事情。至于你呢，就先回去好好休息，也别有心理压力，不要想太多，这件事情其实仔细想想也未必是坏事，指不定你还能替以后的女飞行员正名呢！"

现在社会大众提起女飞行员来，总还是有些人抱着怀疑的态度，这种性别的歧视需要改过来，任何行业、任何工作，不分男女，只有水平能力的问题。"

"是，乔教员。"

何蔓笑了笑，只是双手微微攥紧，答应下来她才想到电视台和媒体都会全程参与飞行并且还会跟拍，这种情况下她当真能做到万无一失吗？

从会议室里面出来，何蔓原本想直接回宿舍，却被谢盛叫出来吃饭了。只是想到谢总和乔教员所说的话，她难免有些紧张，就连谢盛叫她几声她都没有听见。

谢盛一下子就猜中了她的担心："在担心电视台和媒体的跟拍之下飞不好？"

何蔓老实地点头："是。"

"考试你都不担心，还担心有人盯着你？"

谢盛轻声地道："你就当作一场考试，况且，你不是也想证明你不比那些男飞行员差，想让所有的乘客坐你开的飞机的时候能信任你吗？

"如今这于你而言是一次最好的机会，你就当作正常飞行，按我平日里教你的来飞就可以了。"

何蔓点了点头道："我知道了，师父，我会的。"

说完想到乔教员，她道："不过我从来没有跟乔教员飞过，听说乔教员以前是空军，技术非常厉害，还是民航的功勋飞行员，要求也很严格。"

谢盛挑了挑眉头："这意思我要求不严格？"

何蔓摇头："怎么会？"

她跟同期的几个同学聊过，就没有比她师父要求更严格的了，跟他们的师父对比，她这师父简直是吹毛求疵。

"那你担心什么，我就是乔教员带出来的，我的技术，还有严格的要求，都是跟他学的。"

"师父是乔教员带出来的？"

谢盛点头，安慰着何蔓放松："况且，以后你总会排到跟乔教员一起飞的，就当提前练习。"

"那倒也是啊。"

谢盛想到网络上的暴力，再看着她此时这么快就能走出来的模样，眼底微不可察地柔软了几分,伸手揉了揉她的头发,带着一分宠溺。

正午斑驳的阳光洒落下来,落在了两个人的身上,美好得让路过的行人忍不住纷纷回头,这一幕,自然也就落入不远处的何宁远眼中,他似乎以为自己看错了:"蔓蔓,谢盛?"

何宁远的声音让谢盛一惊,不留痕迹地收回手来。只见何宁远不知何时出现在这里,谢盛面色如常地道:"宁远,你怎么来了?"

何蔓看着何宁远也愣了愣:"哥?"

"微博上的热搜我看到了。蔓蔓,你怎么样,你没事吧?"

何蔓看着何宁远的关心,不禁鼻子有些犯酸,摇头道:"没事。"

自从师父和许璐同时跟她来劝说她爸爸的事情之后,她心底一直很乱,她知道她不应该怪哥哥,可是她一想到死去的爸爸,她就没有办法无动于衷。

可是哥哥还是依旧如此关心她。

相比之下,她是不是真的很自私?

"没事就好。"

何宁远松了一口气:"我看了公司微博的回应,说是要让你和乔教员飞一班,让电视台和媒体全程跟踪拍摄和采访,同时还要邀请那位闹事的大爷乘坐你开的飞机,公司这样安排挺好的。如此一来,也能让那些不相信你的人可以看到你的能力。"

"你向来要强,又向来聪明,在飞行上付出的努力远超常人,他们不应该因为性别而质疑你的努力。"

何蔓心底越发酸楚:"谢谢哥哥。"

"傻丫头……"何宁远看着何蔓这般模样,忍不住地伸手揉了揉她的脑袋,原本以为何蔓还会像以往一样躲开,可没有想到她并没有躲。

看着这一幕,他心底格外激动,想说什么,最终还是把想说的话给压了下来。她承受的压力已经够大了,至于他们兄妹之间的事,不急于一时。

何宁远这样一想,微微勾了勾唇。看着一旁的谢盛时,他突然想到刚刚好像看见谢盛也是摸着蔓蔓的脑袋,与他的不同,谢盛的举动,仿佛更加亲昵,甚至是明白增添了一丝情愫在里面。

情愫?

何宁远蹙着眉头望着谢盛,不经意间将何蔓挡在了身后,看着谢盛轻咳了一声:"吃饭的点要到了,一起吃个饭吧。"

何蔓说:"行,师父说他请客呢!!"

何宁远微松了一口气,脸上忍不住地露出来一丝喜色,不过何蔓昨天晚上落地晚,今天早上又起来得早,所以吃饱了就有些犯困要回宿舍休息。

何宁远想抓着谢盛聊聊刚才看到的事情,可不等何宁远开口,谢盛说:"8936次航班事件还有事,我先过去了,等回头再请师兄喝酒。"

何宁远挑了眉头:"你难得叫我一声师兄。"

谢盛颇有几分深意地看着何宁远:"以后指不定还会换称呼呢。"

何宁远急了:"哎,你小子什么意思?谢盛,你等等。"

可话还没有说完,谢盛就已经走开了,何宁远刚想上前抓住,可一想着又是在公司门口索性停了下来,得,一个公司的,这小子还能跑了不成?

不过谢盛那句话是什么意思,真的想打他妹妹的主意?

第七章 何蔓被网暴

何蔓回到宿舍就睡下了,这一觉睡到了第二天早上,公司的速度很快,她与乔教员所飞的航班安排在明天上午从深圳飞往北京。一大清早她到公司与领导开了一个会之后,已然是彻底地放松了下来。

回到宿舍之后,公司已经在微博上公布了航班与机组人员的安排包括电视台还有媒体的安排,全都公布在微博之上。

而她再打开微博的时候,热搜已经降了下来许多。但她的微博上还是引来不少人的关注,再看着留言的人,鼓励她的占了多数,甚至有不少人在她的微博下面留言,特意买了她与乔教员所飞的这一趟航班来鼓励支持她。

何蔓轻松了许多,如同师父所说,就当作正常航班来飞就好,平日里飞航班,她也没有出现失误,又何必担心摄像机和媒体?

早上五点半闹钟还没有响她就醒了,收拾、准备好后她就来到了公司。她知道，从她要进入公司大门起，电视台跟拍她就要开始了。

而此时，乔庭远也开着车到达了公司，从车上拉下飞行箱看着站在公司门口的何蔓，他拉着箱子走了过来："何蔓，这么早来了？"

何蔓看着乔庭远打了一个招呼："是啊，乔教员，早。"

乔庭远微笑从容地望着她："早，怎么了，是紧张了吗？"

何蔓没有否认："有点。"

乔庭远温和地问："紧张什么？"

何蔓老实地道："就是想着那些摄像机要跟着便有些紧张。"

乔庭远说："原来是这样，我记得我第一次被电视台跟拍的时候也是这样，生怕自己做不好，到时候丢了人。"

"乔教员也被电视台跟拍过？"

何蔓刚问完，恨不得收回来自己的话——她问的什么傻话，乔教员不知执行了多少次特殊航班，很多特殊航班都会有电视台全程跟拍的，怎么可能会没有被电话台跟拍过？她这问的是什么蠢话？

乔庭远倒不以为然地笑了笑："对啊，不过我第一次被电视台跟拍的时候，我还没有退伍下来，还在部队。那个时候是珠海航展前的训练，那些训练可比在民航要严肃得多。"

"乔教员也参加过珠海航展啊？"何蔓闻声，惊喜问，"我一直特别佩服那些参加珠海航展的空军飞行员，真的太厉害、太让人震撼了。"

乔庭远侧过头来看了一眼何蔓："你也看过珠海航展？"

"是啊，我高一的时候我爸带我去看的，到现在回想起来还历历在目，简直是帅到无法形容。"

"那是，珠海航展是非常值得一看的。"

"是啊，其实我去看珠海航展的时候还小，压根看不懂，但是看着那一架架飞机出现在我眼前飞行的时候，就有一种难以名状的感觉，仿佛是在撞击着自己的内心，当时就对那些在中国航空工业背后默默贡献者有着崇高的敬意。"

何蔓想到曾经看过的珠海航展，还是震撼不已，她说："我也就是那个时候下定决心，长大以后也开飞机，我也要当一名飞行员。"

"不错不错。"

乔庭远满意一笑："中国民航还在发展，需要更多的飞行员，年轻人需要多看看一些有意义的事情，这些事情不但可以熏陶一个人的文化修养，还有爱国素养和保护国家的意识，甚至是未来的职业方向，而你们还年轻，以后中国民航的发展还需要你们来推动。"

"少年强则国强啊！"

何蔓听着乔庭远这么一说，莫名地有一种强烈的荣誉感撞击她的内心深处，顿起深深的敬意："是。"

说完，她的彩虹屁张口就来："不过乔教员还这么年轻，可是我们所有人的偶像，我们还都需要乔教员多多指点呢。"

乔庭远看何蔓能开玩笑："怎么，不紧张了？"

何蔓嘿嘿一笑："好像不那么紧张了。"

乔庭远道："那就好，记得就当那些摄像机就跟飞机上的开关按钮一样；把那些媒体当成普通的乘客，就像跟平时飞行一样。"

把那些摄像机当飞机上的开关按钮，把那些媒体就当成普通的乘客？

这么一想，何蔓心底所有的紧张彻底地消散："嗯，我知道。"

随后她跟着乔庭远一起进入了公司，此时电视台所有人都已经准备齐全，公司的领导也都出现在现场，只见乔教员上前了一步跟领导一一打着招呼，何蔓也跟着乔教员后面一一打着招呼。

谢震东也过来了，他拍了拍乔庭远的肩膀，说："今天就交给你了。"

"放心。"

乔庭远自信从容，看了一眼何蔓："走吧。"

"是。"

何蔓跟着乔庭远进了飞行准备室，此时飞行准备室已经架起了摄像机，从她和乔教员进来之后，电视台的跟拍就开始了。从飞行前的准备，到上飞机，电视台的摄像机全程跟着她。

最开始的时候，何蔓还有些紧张，可当正式开始飞行前准备时，她就彻底地忘记了摄像机的存在，如同师父和乔教员所言，就当作正常的飞行就好。

上了飞机后，何蔓刚准备进驾驶舱，一眼就看到了头等舱内坐着的是前几天8936次航班事件的那位大爷，那位大爷看到她的时候也陡然之间站了起来，明显是有些害怕紧张。

乔庭远上前了一步笑呵呵地道:"赵先生不必担心,我们的航班都会配备两名飞行员,今天是我跟她一起飞,而且何蔓也参加过中国民航总局组织的APTL实飞考试的,并且顺利通过且拿到的航线驾驶员运输执照的飞行员,而且在她进入公司之后,又通过模拟机训练,各种层层考核合格之后方可以上座的飞行员,您完全可以放心。"

赵大爷面色有些尴尬地道:"我,我也不是不放心。我只是怕死,又想着这么大的一架飞机,她一个小丫头怎么能开得起来呢?"

"这个你今天可以亲眼来看我们是怎么开起来的。"乔庭远指着旁边的摄像机:"你虽然不能进驾驶舱,但我们驾驶舱今天有摄像机,你在外面也能看得到里面的情况,到时候我们如何开飞机,你都能用肉眼看到。"

"我知道了。"

赵大爷有些不自在的样子,显然,他也没有想到事情会闹得这么大,更没有想到会闹到网上,瞧他那憔悴的模样,明显这些天都没有睡好。

"赵先生也不必紧张,人都有害怕的心理,这很正常,不过我们东胜航空公司也愿意在社会大众的监督下,给大家一个安全舒适的飞行之旅。"

乔庭远说完,又看着何蔓,道:"同时,也为我们的女飞行员正名,告诉社会大众,女人也能开飞机。"

"我不是看不起女人,我只是……我只是……"赵大爷想解释什么,可话到了嘴边却又觉得怎么解释都不对,他的害怕,就是缘于何蔓是一名女飞行员,说不是看不起女人,又如何解释得清?

何蔓上前了一步替他解围道:"我知道赵先生只是紧张,不过相信赵先生今天看了我们如何飞行之后,兴许以后就不会那么紧张了。"

"嗯。"

何蔓和乔庭远也没有再多说什么,随后就进了驾驶舱,放下飞行箱之后,她便开始熟练地进行驾驶舱内部检查,在她的背后有一架摄像机,她神色如往常飞行一般,对飞机顶板的信表、前仪表、操作台以及驾驶舱内部的每个开关等相关地方进行检查其是否符合飞行前的状态。

检查完毕后,她又通过飞行管理输入了今天所飞航班的航路,同时输入了相关数据,做完驾驶舱内的一系列检查之后,她又扭过头来看着刚从飞机下上来的乔庭员："乔教员，我去做绕机检查了。"

"嗯。"乔庭远点点头。

何蔓从飞机上下来，那些摄像机依旧跟着她，而她则是开始一一检查油箱，还有旋翼、尾翼以及着陆灯、航行灯等关键的部位。

检查完后，何蔓便上了飞机，刚上来又在赵大爷身边发现了一个熟人，她下意识地叫道："师父？"

谢盛此时穿着一身简单的便装，坐在那里，他修长的大腿叠加着正低头看着杂志，听到何蔓的声音，他微微抬头示意："我有事去北京。"

何蔓："……"

有什么事去北京？

而且，她记得师父好像今天飞吧？

何蔓看了一眼谢盛，然后扭过头进了驾驶舱，想到客舱内的师父，她心底在想，师父是不是特意来陪她的，所以这才加机组跟她一起去北京？

这么一想，她心底觉得格外温暖，是这样的吧，一定是这样的，师父一定是担心她，所以特意来陪她的！

想到这里，何蔓一笑，那张白皙的脸蛋越发冷静自若，从深圳去北京的航班，全程她主飞，乔教员配合，已经飞了三个多月的何蔓如同往常飞行一般，没有任何紧张，仿佛这些工作她已经做过无数遍的。

而客舱内，赵大爷全程死死地系着安全带，面色惨白，那模样是真的害怕，乘务长在一旁安抚着她的情绪。

谢盛在一旁轻声地提醒道："赵先生，您若是害怕，可以看着屏幕，看看我们的飞行员是如何飞行的。"

谢盛的提醒，让赵大爷回过神来，扭过头来看着屏幕，眼睛眨都不眨，全程再也没有从屏幕上移开。

不过如此一来，他紧绷的情绪倒是缓解了许多，还格外的好奇，拉着谢盛一一问了起来驾驶舱内的设备，谢盛在一旁认真地一一解答。

随着谢盛的解答，还有飞机的平稳飞行，赵大爷彻底地放松了下来，再也没有刚坐飞机时的那种恐惧害怕和不安，甚至变得好奇不已。

飞机平稳地落地北京之后，整个机舱内响起了雷鸣般的掌声，再也没有任何人质疑何蔓的能力。何蔓和乔教员也从驾驶舱内走了出来接受媒体的采访，这一次主要是跟拍何蔓，所以采访也基本上以何蔓为主。

谢盛坐在飞机上，看着站在飞机下面人群之中的何蔓，英姿飒爽，自信飞扬的样子，他微微一笑，只见那赵大爷上前了一步："对不起，何小姐，是我个人以狭隘的心思来无端否认你的能力和付出，请你接受我的道歉。"

"赵先生千万别这么说。我刚刚工作不久，且又年轻，第一次面对这样的情况，也没有很好地跟赵先生解释清楚，我也有错，不过请赵先生相信我，相信我们女飞行员也能承担并给予社会大众一个平安的空中飞行之旅。"

"我刚刚在飞机全程看到了你是如何飞行的，我现在已经彻底相信了你的能力。"

"多谢赵先生。"

何蔓微微一笑，与赵先生和解之后，她看着摄像机说："我们东胜航空公司再次承诺，愿意在社会大众的监督下，给大家一个安全舒适的飞行之旅，同时也请社会大众相信我们女飞行员也能承担并给予社会大众一个安全的空中飞行之旅。"

接受完采访以及所有的跟拍之后，何蔓回到了飞机上，微微松了一口气，扭过头的时候，她看到了在头等舱内坐着休息的师父。

想到她之前的猜测，忍不住凑了过来问："师父，你是不是特意来陪我的？"

谢盛瞥了她一眼，看着还在下面进行拍摄的记者，提醒着她道："记者都在呢。"

"他们还在下面呢，而且回程他们又不拍，采访也结束了。"

何蔓可没有忘记她刚刚的猜测，赶紧问道："是不是，是不是？师父，你是不是特意赶来陪我的？"

"公司让我来替赵先生做解答。"

"你之前还说你有事去北京呢？"

"替赵先生多做解答就是我的事。"

何蔓："……"

得，师父是个什么人她还不知道吗？不过师父能来陪她，她真的很高兴，想到这里，她看着谢盛，脸上的笑容灿烂而又明亮："谢谢师父。"

谢盛侧过头来看了她一眼，伸手揉了揉她的脑袋："傻瓜。"

何蔓噘嘴:"我哪里傻?"

谢盛低声一笑,提醒着她:"你该进去准备了。"

何蔓回过神来,这才进了驾驶舱。

电视台的跟拍和采访效果极好,当天飞完,第二天公司就发到了微博上,瞬间就引起了一大批网友的好评,还有的女孩因为何蔓而改变了自己的志向,想要像何蔓一样学习飞行,成为一名飞行员。

何蔓也算是因此替公司做了一次宣传,无论是个人的形象,还是公司的形象,还有飞行员整个群体的形象,都得到了极大的提升。

不过于何蔓而言,最重要的是她的能力得到了肯定。

这也是她最大的骄傲。

网上的热度来得快,去得也快,尤其是在这件事情顺利解决之后,何蔓也恢复了正常的平静生活,正常飞行。

让何蔓万万没有想到的是,这个时候公司内部论坛和微博上出现一个帖子,大抵内容就是她的技术能力虽然得到了肯定,但人品却有问题,自称Y小姐的网友绘声绘色地描写了何蔓如何抢走了她的男朋友之事,那个帖子写得绘声绘色,如同何蔓就是一个专门抢人男朋友的小三一样。

何蔓还是在飞的时候听到有空姐议论才知道,等她落地看到新闻的时候整个人都不大好了,再打开她的手机翻看微博,这才发现她的微博下面都有人来骂她。

何蔓气得脸色铁青,她原本以为只是有人在胡说八道,直到许璐发给她有新闻的链接,这才发现这件事情越闹越大,甚至有记者还特意采访了那个Y小姐。

许璐在一旁看着何蔓的脸色,就一把抢过来她的手机:"先别看了,这些人都是统一的言论,一看就是水军。"

何蔓回过神来,自嘲地笑了笑:"别担心我,经历了上一次的事情,我可没那么脆弱,我只是觉得有些搞笑,这Y小姐又是谁,还有她男朋友是谁?"

许璐倒是格外冷静:"我估摸着十有八九是我们身边认识的人。"

何蔓心思一动,她手机响了起来,许璐拿起她手机一看,打电话过来的是林东飞,二人相视地看了一眼,一个人影同时出现在两个人的脑海当中:叶微安?

电话那头传来林东飞急切的声音："何蔓，那个新闻我看见了，还有公司内部论坛上的帖子，我也看见了。对不起，何蔓，这新闻估摸着是叶微安发的。"

林东飞很是愧疚，将所有的事情一一道来："对不起，何蔓，上一次青扬生日的时候她又跟我闹，我就跟她说了分手，可她不同意，完了后面还不知道从哪里知道我分手后去了青扬生日局，你也在，她就把这事推到了你的身上，我原本以为她只是跟我闹，没想到她竟然会找记者媒体瞎写，还找人发到了我们公司网站上。"

何蔓听完事情的始末，简直是给气笑了："我说你们两个到底在搞什么鬼，进公司后，我连见到你人都很少了，能不能别把我牵扯其中？"

她要真跟林东飞有个什么这罪名她也受了，可是天地良心，她知道叶微安是什么人，连林东飞都少见了，怎么还能扯到她的身上来？

"对不起，何蔓，对不起，我……"

林东飞还在道歉，何蔓气得直接就把电话给挂了，这都是什么事！

许璐也是微揉了眉心，这林东飞的女朋友实在是有些奇葩，蔓蔓从未曾跟林东飞私底下单独见过，可她总是把蔓蔓当成了假想敌，如今跟林东飞分手，还能牵扯到蔓蔓的身上，蔓蔓何其无辜啊！

她有些心疼地看着何蔓："好了，蔓蔓，别生气了，叶微安那女人就是一个疯子，你别搭理她，直接找个律师吧，让律师来解决！"

何蔓说："我倒是想，可是如果真的闹到找律师、走法律程序的话，只怕到时候林东飞可能会被停飞的。"

同学一场，她并不想看到事情闹成这样。

只是想到网上的言论，她自嘲地讽刺一笑，这件事情虽然没有闹到8936次航班事件这么大，但她的微博也从最开始的几百条评论到了过千了，再这样子下去，只怕事情会越闹越大。

何蔓正在头疼呢，宋青扬发来一条微信，是一条截图，她打开一看，是林东飞在公司论坛上的声明，还有在微博上的声明，同时还圈了她。

那声明当中大概简单解释了一下事情的始末和原因以及他跟叶微安之间的感情，宋青扬说："东飞觉得对不起你，让我跟你说一声对不起，他跟公司请假了，说他自己去找叶微安解决这件事情。

"你在微博上转发一下，这件事情你本身就是受害者，你也不用担心东飞，他能解决好的。至于其他的事情，我们就不要插手了。"

"好。"

何蔓深吸了一口气，然后上了微博转发了林东飞的微博，除此之外什么也没有说，这种事情，解释多了反而说不清。

她原本以为这只是小事，可因为8936次航班事件，她最近在公司算得上是风云人物，所以关于她的事情稍稍有点风吹草动的就能传遍整个公司。

她落地后刚交完资料准备回宿舍，便听到有几个乘务员正在那里议论此事："何蔓跟林东飞的事情是真是假的？"

"十有八九吧，无风不起浪，而且这两个人还是同学，据说大学的时候关系就还一直不错。"

"这何蔓，人家有女朋友了，还不知道避嫌，她在想什么呢？"

宋青扬刚好也落地听到了这些人的议论之声，看到前面不远处的何蔓，他脸色一沉，可是看着一堆乘务员又都是女的，只能是扬声道："何蔓……"

宋青扬的声音让那些乘务员一惊，立马扭过头来看着何蔓，随后赶紧闭上了嘴巴——散开。

何蔓看着这些乘务员，面无表情地拉着箱子从她们面前走过，宋青扬迎了上来，担心地道："何蔓，你没事吧？"

"没事，行了，我先回宿舍了。"

说完她挥了挥手拉着箱子，扭过头就回了宿舍。在网上比这难听的话她都看到了，又何必在意这些议论之声？

回到宿舍，宋青扬又发来微信："要不要一起出来吃点东西，刚好东飞跟我说了一些关于叶微安的事情，我告诉你一下，你也好有个心理准备？"

何蔓眉头微蹙，回了信息："什么事情？"

宋青扬："见面说吧？"

何蔓："好。"

两个人来到公司附近的一家烧烤店，环境虽然一般，但其实东西不错，这个点还没有到吃夜宵的点，所以人并不多。

何蔓和宋青扬在外面找了一个位置坐了下来，然后又点了一些吃的，她则望着宋青扬问:"叶微安还做了什么?"

宋青扬揉了揉眉心:"林东飞说叶微安在网上雇了一些水军,你微博上的那些骂你的都是她请来的水军,那个新闻稿也是她花钱请人写的,包括公司里面的网站,也都是她花钱请人搞的。"

那叶微安家里有钱,又算是半个小网红,对这种事情熟门熟路。

何蔓讽刺一笑:"她倒是有钱。"

"是啊,林东飞说其实上一次我们一起吃饭他遇上像以前叶微安大闹的时候,他就很认真地跟叶微安提分手了。只是叶微安还以为他像是这前那么闹的时候那样哄着她,很快就能和好,可林东飞铁了心要分,叶微安就不甘心了,所以这才闹了这么一出。"

何蔓讽刺一笑:"叶微安性子这样,还不都是他惯出来的?"

宋青扬点头:"我也是这样说的,林东飞也没有想到叶微安会这么疯狂,他跟我说这件事情他会解决好,不过最近公司肯定还有人议论,你怕是还要做好心理准备。"

"我早就做好心理准备了。"

何蔓说到这里,长叹了一口气,说:"你说,我不过就是想好好工作、好好飞,怎么尽遇上这些破事了呢?"

宋青扬安慰着她:"别想了,这些事跟你都没有关系,遇上了也没有办法。"

说完,他眼眸暗了暗,有些话卡在喉咙之处,想说可是又不知道如何开口,一连喝了好几口酒,仿佛这才稍稍有了一丝勇气:"不过,何蔓,最近发生了这么多事,你要不要休个疗养假,休息一段时间,咱们出去转转?"

何蔓摇头:"算了,我没这个心情。"

两个人吃完便绕路绕到了公司后面的一条道路走回来,那是公司内部道路,靠近跑道,在这里可以看到飞机起起落落,是寻常人不知道的一处看飞机的好地方。

何蔓双手撑在道路护栏之上迎风而站,宋青扬在一旁看着,心思微动,深吸了一口气:"何蔓,我有话跟你说。"

"什么话?你说。"

何蔓扭过头来看着宋青扬,那漆黑的眼睛太过清明,乌黑发亮的眸子盯着他的时候，让他莫名地有一种仿佛他要说什么她都知道一样的感觉，本能地就想要逃避。

可像是想到什么，他手中的拳头又紧了紧，盯着何蔓鼓起了勇气说："何蔓，我喜欢你。"

何蔓一下子愣在那里，倒是宋青扬说出那一句话之后仿佛是顺畅了许多似的，继续说："何蔓，我喜欢你，从进大学的第一天我见到你的时候我就喜欢你，只是你太优秀，我又太普通，所以这四年多来我一直在犹豫不决、不敢表白，我就想着等我顺利拿到航线驾驶员运输执照，进入公司成为一名真正的飞行员再跟你表白。进入公司后，原本我计划着在我生日那天对你表白的，可是没有想到盛哥突然出现，就把我表白的事情给耽误了。如今你进入公司遇到这么多的事情都是独自面对，我想我再不表白就不知道要等到什么时候了，所以我不想再等了。

"何蔓，我喜欢你，请你做我的女朋友，好吗？"

何蔓不过愣了一下，很快就反应过来，对于宋青扬的表白似乎她并不意外，她直接拒绝："青扬，我对你从来没有任何男女之间的感情，对不起，我不能跟你在一起。"

林东飞的事情出了之后，让她有了一个警醒，她当时就想到了宋青扬，她并不愚蠢，宋青扬喜欢她，她不是不知道。

可是宋青扬从未曾做过让她觉得为难之事，他更没有表明过他的态度，她想直接拒绝都不知道如何拒绝。今天他借着林东飞和叶微安的事情喊她出来吃饭，没想到他会表白，既然如此，那索性跟他彻底地说清楚——

何蔓说："青扬，我以为大三那一年我告诉你我有喜欢的人了你会明白，可是我没有想到你还没有放弃。对不起，这是我的错，我应该在当时就跟你说清楚。"

何蔓的道歉，更如同一巴掌落在了宋青扬的脸上，让他脸色又尴尬又难看："何蔓，你……你别这么说，其实……其实你不喜欢我，我早就知道，我只是……我只是不甘心以为自己会有机会，我……"

"青扬，你……"

何蔓原本想说"你人很好"，可是又觉得这话很虚伪，只能道："对不起，青扬，我应该早些告诉你的，对不起。"

她从来不想伤害宋青扬，可她更不能这么自私地耽误他。

拒绝了宋青扬后，何蔓第二天就向公司提交了请假单，请了一个星期的假直接回了老家，她不想伤害宋青扬，可最终还是伤害了他，她不想招惹那么多是非，可是进公司却接二连三地发生了这么多事情。

所以，她决定请假回去休息一个星期，想好好理理这段时间发生的事情，也想让自己能彻底地冷静下来。

何蔓突然之间请假回去知道的人极少，谢盛前一段时间在珠海，等他回来才知道何蔓请假了，怎么会突然请假？

谢盛拿出手机，这才发现这一个星期的时间他没有找她，她也没有找他，他直接找到了许璐的电话，刚想打电话给许璐问问何蔓为何请假，便听到了几个办公室的人员正在议论着什么，仿佛还提到了何蔓。

他脚步放缓，只听办公室里面那些中年妇女道："何蔓这小姑娘长得挺漂亮的，能力也行，怎么能干出这种事情呢？"

"仗着是同事又是同学的关系就这么欺负人家小姑娘啊！"

"谁说不是呢，我可听好几个男的都对她有好感，看不出来她一个小姑娘私生活乱成了这样。"

议论之声越来越不堪入耳，谢盛的眸子沉了下来，将手中的资料重重地砸向了桌面，吓得在办公室正在议论的那几个人停了下来，微微侧过头来。

这里是公司的管理飞行员理论考试的部门，所以很多人是认识谢盛的，刚好部门经理从外面走了进来："谢教员，这是怎么了？"

谢盛清冷地问："你们部门的人这么闲？"

那部门经理道："没，没有啊。"

"那在这里议论起来旁人说得有鼻子有眼的，怎么，这一个个的是上班都亲眼看到了还是何蔓抢了你们的老公吗？"

谢盛的话毫不客气，目光凌厉地扫视了一眼那些人，莫名地带着一种强大的压迫感，让那些女人下意识地闭上了嘴巴。

"什么？"

那部门经理也是愣了一下，很快反应过来，冷声地道："我说你们一个个是不是闲的，你们也都是有女儿的人，这样议论一个刚毕业工作的女孩适合吗？况且这件事情林东飞不是解释了吗，就是他那前女友闹出来的事情……"

谢盛突然想到了上一次朝何蔓泼水的那个女人,好像就林东飞当时的女朋友,这又发生了什么事情,怎么还能扯到她的身上来?

他急切地想要知道发生了什么事情,从办公室里面离开就拨通了许璐的电话:"许璐,你今天有没有飞,在哪里,我有事找你。"

"没飞,怎么了,谢教员?"

"问何蔓的事,你在哪里,我来找你。"

"我刚从公司出来,在一楼大厅。"

谢盛刚好也在公司,听她这么一说就朝一楼大厅这边过来,远远看见许璐,他直接开门见山地问:"何蔓怎么请假回去了,发生了什么事情?"

许璐说:"谢教员,你不知道最近发生的事情?"

谢盛想到刚刚那经理所说的话,心底微沉:"发生了什么事?"

许璐想着这些事也不是秘密,就将最近发生的事情一一告诉了谢盛:"其实何蔓请假回去休息休息也挺好的,她最近遇到太多事了,再这样撑下去,我怕她哪一天会坚持不了,倒不如回家好好休息休息。"

谢盛蹙着眉头:"她这个时候请假回去不就此地无银三百两吗?"

许璐反问:"可她能怎么办,林东飞是我们的同学,叶微安是他的前女友,难不成何蔓还真能告她不成?"

许璐看了谢盛一眼:"谢教员,其实何蔓在飞行上一直付出的努力远远比旁人多得多,身为朋友有时候看着她这么拼还招来这么多是非我都心疼。

"其实她这个人很简单,就是好强,她一心只想做好飞行,可自从进公司之后,接二连三的事情发生一大堆,谢教员对她的要求也格外严格,其实她压力挺大的,所以我觉得她休息休息挺好的。"

"我对她很严格?"

许璐问:"难道不严格吗?

"我知道谢教员是乔教员带出来的,技术能力都是我们新飞的偶像,也是学习的榜样,但你不能否认,何蔓学习能力非常强,其实她做得很好了,就是有时候新飞在面对各种问题上反应还是不够成熟,但她还是一个刚刚才正式上座半年时间不到的飞行员。据我所知,谢教员恨不得她能立马变成一个成熟可以独当一面的飞行员，甚至是一个成熟的机长。

"可是就连谢教员也是一步步成长起来的，为什么不能让何蔓也一步步地成长起来，非要拔苗助长给她这么大的压力？"

谢盛紧抿着唇，没有解释，确实有时候他对何蔓的要求有些过分严格，那是因为看得出来她是真的喜欢飞行，所以他才要求格外严格。

可是仔细想想，许璐说得没错，何蔓毕竟是一名才飞半年不到的飞行员，任何人的成长都是需要过程的。

而且，而且他最近跟她飞得少，对她要求没有那么严格了啊！

谢盛突然间想到了那天晚上在他家里面的那个吻，原本想解释什么，最后什么也没有说，只是点了点头道："我知道了。"

说完，他扭过头就走了。

许璐看着谢盛的背影，她眉头微蹙，谢教员是怎么了，一方面对何蔓要求这么严格，一方面她怎么又觉得他很担心她？

尤其是刚刚那般模样，像是极为担心何蔓一样……

正想着，她手里面的手机响了起来，她低头一看来电显示，忍不住地微微上扬着唇角，接通了电话："宁远哥，你等会儿，我马上就到。"

……

而谢盛跟许璐分开后就拨通了林东飞的电话，林东飞也请了几天假在处理他跟叶微安的事情，谢盛打电话的时候他正跟叶微安在一起。

谢盛问清楚地址后，直接就开着车往欢乐海岸这边过来，这个时候不塞车，他到得很快，过来的时候林东飞与叶微安正在一家喝下午茶的店里面坐着，像是在商议什么。林东飞十分烦躁的样子，而对面的叶微安双手环抱着胸，一脸倨傲的样子看着他，仿佛是在等着他来哄。

谢盛直接在他们对面坐了下来，林东飞看到突然坐在旁边的谢盛，吓了一大跳："盛哥，你这么快？"

叶微安看着谢盛，眉头微蹙地望着林东飞："他怎么来了？"

林东飞刚想解释什么，谢盛把手机放在了桌面上，看着对面的叶微安："我怎么来了你不必问他，是我要见你。

"来的路上我打电话查了一下，给你报道何蔓抢你男朋友的那个记者是你的高中同学，你给了他一万块钱让他写出来这么一篇文章；然后你又找了我们公司的一个空姐，是你一个所谓的闺密，又送了她一个香奈儿的钱包,她就在公司内部网站上发了这么一个东西。"

谢盛直接开门见山地将所有的事情一一道来:"那空姐我也联系了,人已经承认了下来,我也录了音,她也答应需要的时候做证,还有那个记者,他领导找他谈过,他也都承认了下来,也都做了录音。"

叶微安听到这里,脸色终于变了变道:"你说这些是什么意思?"

谢盛望着她的时候眸子结为冰霜,声音没有一丝的温度:"我说这些是想告诉你,你污蔑何蔓的事情,我给你一天的时间上微博解释并澄清,如果做不到的话,我就代何蔓告诉你,直接走法律程序来解决。"

叶微安面色微白,有些慌张地道:"你,你少吓唬我,我……"

谢盛清冷地道:"我不是吓唬你,我是来告诉你一个事实。

"我跟林东飞不是同学,没有必要顾着林东飞的颜面,更何况你如今是林东飞的前女友,虽然闹出来有些难堪,但是想来这种事情女孩子闹起来会更难看。至于何蔓,你也不用担心,有了这些人的证词,相信就算是你花再多钱请再多水军也没什么用。"

叶微安脸色青白交加,扭过头看着林东飞:"林东飞,你就这么看着你们公司的人欺负我?"

林东飞一脸烦躁地道:"上一次我说得很清楚了,我们是真的分了,你还当真以为全世界的人都惯着你?"

叶微安脸上终于有一丝丝的害怕,谢盛轻敲着桌面冷声地提醒着她,说:"叶小姐,你也不用以为我是开玩笑,律师我已经联系好了。对了,看在何蔓的面子上,我托朋友通知了一下你家里面。"

"谢盛,你别太过分了!"

叶微安面色铁青,刚想说什么,她的手机响了起来,她看了一眼来电显示,赶紧接了起来道:"爸……"

电话那头不知道说了什么,叶微安委屈地边解释边走开了几步。林东飞微叹了一口气,烦躁地揉了揉头发,扭过头来看着谢盛有些不好意思地道:"盛哥……"

谢盛冷冷地望着他:"林东飞,你们之间感情的事情本是外人管不着,也无权插手,但是何蔓也很无辜,她看在同学一场的分上不愿意跟你计较,但不是来替你背锅的。而且,你与叶小姐在一起几年的时间,如今不管你与叶小姐是想分还是想合,身为一个男人你都要把这件事情解决好，而不是让她把气撒到旁人的身上，朋友对你的包容不是来替你收拾烂摊子的。"

说完，他没有在这里逗留，直接就离开了。

这件事情倒不是什么事，只是想到何蔓这个时候回了老家，他再也按捺不住，直接就打开了何蔓的微信给她发了一条信息："你在哪里？"

谢盛这一条微信发出去直到半夜，何蔓也没有回。

他躺在床上握着手机看着聊天窗口，打开了她的朋友圈，显然，回去几天她也没有发任何朋友圈。

……

第八章　我认出你了

何蔓回到老家之后，每天都是早睡早起跑十公里、陪妈妈，手机基本上不看，秦吟秋见女儿难得回来一趟，也格外开心，两个人每天一块儿买菜做饭，走亲戚。何蔓仿佛回到了还在学校时候放寒暑假回家时候的状态，别提有多舒服了。

在家陪了秦吟秋几天，何蔓便独自开着车来爬鸡公山了，她老家是河南信阳的，鸡公山也是河南信阳的名胜景区，是中国四大避暑胜地之一，这里也是每一次她心情不好或者郁闷的时候必来的地方。

秦吟秋也没有阻止，她懂得上网，况且儿子女儿都在一家公司，对于东胜航空的新闻她关注得更多，所以自然知道之前网上发生的事情。

秦吟秋送走何蔓之后，电话响了起来，是儿子何宁远打回来的："宁远……"

何宁远的声音从电话那头传了过来："妈，蔓蔓这几天在家还好吧？"

"挺好的。"

秦吟秋边说边扭过头往回走，道："还跟以前一样，不高兴的时候就要去爬鸡公山，刚刚自己开车去了。"

何宁远说："让她去散散心，释放一下压力也好。"

秦吟秋点点头："嗯，不过宁远，你跟蔓蔓……"

何宁远认真地解释道："妈，你别操心这个，蔓蔓其实现在挺懂事的，在公司也没有避开我。"

秦吟秋微叹了一口气："要真是如此，你们俩怎么没有一起回来？"

何宁远笑道："妈，蔓蔓发生了这么多的事情，心情不好，又是临时请假回去的，哪能凑到一起？"

秦吟秋握着电话："那你自己呢？宁远，你都放机长五六年了，还不打算参加教员考试吗？"

"妈，飞行教员不是那么容易当的。"何宁远面色如常地解释。

秦吟秋还想再说什么，可话到了嘴边最终还是什么都没说，只是笑了笑道："也是，飞行教员哪有那么容易当？"

何宁远又问："对了，妈，蔓蔓晚上在鸡公山顶上住一晚吗？"

秦吟秋说："嗯，对的，宁远，她说跟几个朋友去，什么朋友我也不认识，你问问看看；而且这天都这么冷了，那山顶上只怕更冷。"

何宁远说："好，你放心吧。"

"那行，那你先忙。"

秦吟秋挂断了电话之后，回到了家中，看着家里面挂着的那张全家福，看着在她身边站着的男人，她伸手出来抚摸着照片中男人的脸，自从几年前他去世了之后，家里面再也不像以前那般热闹欢乐了。

她的两个孩子，尽管在她的面前都还是一副关系极好的样子，可是她是他们的妈妈，又岂会看不出来这两个孩子自从他们爸爸去世之后，再也没有办法像之前那般亲密无间地打打闹闹了呢？

宁远心底的结，还有蔓蔓心底的结……

尽管两个人都装着若无其事的样子，不想让她担心，可是她又岂会看不出来？

秦吟秋望着照片中的男人，若有若无地叹了一口气，这都过去五六年了，这两个孩子到底要多久才能放下？

……

鸡公山顶上，当何蔓一脚踏上山顶之后，整个人直接就是累得躺到了地上，此时，天色已经彻底地暗了下来，她下午到达鸡公山脚下后，一路上走走转转，到达山顶的时候，天已经黑了。

她躺在那里给妈妈报一个平安之后，就去办理入住，鸡公山顶上有一些酒店可以住，供爬上顶的人早上起来看云海日出，她之前住过，环境还可以，她正准备办理入住的时候，就被前面一个高大的男人给吸引住了。

那男人看起来最起是有一米八五，宽肩细腰，站在那里等着办理入住的时候格外吸引着别人的目光，不过这背影为什么看起来这么熟悉？

熟悉到她甚至有些不敢相信！

只见男人从口袋里面拿出手机，像是察觉到什么，扭过头来，一眼就看到了穿着黄色冲锋衣的何蔓站在那里正睁大着眼睛望着他。

男人黑眸中掠过一抹不易察觉的愉悦之色，目光深深地望着她。

何蔓整个人也震惊得张大了嘴巴，只见谢盛依旧还是站在那里，她有些不敢相信地走了过来："师父？"

谢盛穿着红色的冲锋衣，背了一个简单的背包："嗯，是我。"

"我的天啊，还真的是师父。"何蔓一听这声音，再看着谢盛，像是不敢相信似的，她还伸手揉了揉他的脸。

谢盛眉头一蹙，看着在他脸上揉来揉去的小手，依旧维持着刚刚的姿势，好整以暇地望着她："揉好了吗？"

"揉好了，揉好了。"

何蔓反应过来立马缩回了自己的手，看着眼前的谢盛，她还是很震惊："天啊，师父，还真的是你？怎么会这么巧？你怎么会在鸡公山？你不是在珠海吗？你怎么会来这里？"

这世间所有的巧合，不过都是蓄谋已久，徐徐图之。

谢盛双手插在口袋里，一一解释："珠海的工作完成了，就回深圳了，至于为何会在这里，"他停顿了片刻，盯着何蔓低声缓缓地说，"那是因为我让你哥问了你妈妈你在哪里，特意过来找你的。"

何蔓看着谢盛望着她的眼神，她心底突地一跳，莫名的紧张了起来，师父，师父这话是什么意思？

谢盛眉头微挑："不问问我为什么要问你哥你在哪里？"

何蔓下意识问："为……为什么？"

谢盛则瞥了她一眼："还不是因为我收了一个没出息的徒弟？"

谢盛看着她那模样，想到她最近受到的流言蜚语，微叹了一口气，揉了揉她的脑袋，伸出手来道："身份证拿来。"

"干吗？"

"办入住。"

"我订了房间。"

"我知道。"

何蔓微张着嘴巴,那还要她身份证干吗,难不成是?

不过何蔓也不敢问,也不敢说,只得乖乖地把身份证掏了出来,只见谢盛把他的身份证也拿了出来放在酒店前台:"两个房间挨在一块儿。"

"好的,先生稍等。"随后前台工作人员抬头道,"抱歉,先生,没有挨在一起的房间了。"

谢盛又问:"那对门呢?"

"那还有的。"

"那就要对门的。"

何蔓在一旁听到这里,这才明白过来,脸上微微有些发烫,她刚刚在想什么呢,师父怎么会是那种人呢?

办理好入住,何蔓跟着谢盛回到了房间,这才发现这酒店环境已经达到快捷酒店的标准了,虽然很简陋,但很干净,在山顶上能有这么一个房间已经很不错了。

她刚把东西放下,就响起了敲门声,她赶紧打开了门,只见谢盛站在门口双手插在口袋里望着她说:"东西搁下了就出去吃点东西吧。"

"好。"何蔓拿起外套就跟着谢盛出来了。

山上吃饭的地方也不多,两个人就在入住的酒店里面吃的,说是酒店,更像是一个山顶大排档,因为房间都拿来做酒店用了。

而这个季节北方已经挺冷了,这山顶自然更冷,不过好在她爬过几次鸡公山,有了经验,所以准备的衣服很足,且身上还贴了暖宝宝,倒并不冷。

谢盛看着她那模样,倒是放心了不少,点完菜后好整以暇地望着对面的何蔓道:"说吧,为何要请假回来?"

何蔓顿时有些不自在:"就想请假回来休息休息。"

谢盛挑着眉头,拿出手机打开了微博放在了她的面前:"那个叶微安已经在微博上解释清楚了,公司里面林东飞也解释了,你不用再担心了。"

"其实我倒没有担心这个。"

何蔓听到谢盛这么一说，她摇了摇头，其实她一点都不在意这些，清者自清，时间久了，大家自然能看得清楚。

"那你说说，为什么请假回来休息？"谢盛显然不打算放过她。

何蔓抬头看了一眼谢盛，低头喝了一口热水："我就是觉得，进了公司跟学校完全不一样，我原本以为身为一名飞行员，好好学习，努力学好理论知识和技术就好，就跟在学校一样努力就行，可是我没想到进入公司会接二连三发生了这么多的事情，这些完全是在我意料之外的事情。"

说完她有些自嘲地一笑："师父是不是又想骂我心理承受能力不行？"

谢盛想到了许璐的话，他语气放缓："我不是骂你心理承受能力不行，而是认为你遇事喜欢逃避，不敢面对，这一点不行。"

"你遇事看似积极在解决，但实则你从来没有理性认真地思考过遇到问题该怎么解决，我们就不说其他的，单说8936次航班事件，这件事表虽然如今解决了，但你是不是还觉得委屈？"

何蔓没有说话，却点了点头，她本来就委屈。

谢盛又道："趁这个时候，林东飞和叶微安的事情也牵扯到你的头上，你嘴上说不在意，不愿意解释，但实际上你还觉得委屈，甚至会因为这个影响到你的工作，所以你才请假想要休息，是不是？"

何蔓微叹了一口气："其实，师父，工作上的事情我能面对，可其他的事情，我不知道怎么面对。我总觉得我是一名飞行员，只要好好飞就行，为什么还会有这么多的事情呢？"

谢盛看着何蔓那趴在桌子上叹气的模样："你知道为什么每个副驾驶都要配一个机长，你们在成为一个成熟的副驾驶之前，都必须只有教员才能带飞吗？

"因为副驾驶飞得少，还不成熟，而培养成熟的教员有带飞的职责和义务，还有均衡驾驶舱资源？

"除了这些原因之外，还有就是因为机长教员飞行多年，积累起来各种丰富经验，而飞机就像身体的一部分，可以在飞行之中做出种种预判，从而在遇到问题的时候可以从容不迫应对各类特殊情况，这些问题和特殊情况就包括8936次航班事件，还有叶微安在公司和网上污蔑你名声的问题。

"我刚飞一个月的时候就曾遇到在巡航期间增压系统故障，当时氧气面罩全都释放出来了,飞机就近备降,那会儿我刚飞,也是一样很担心,不过跟现在不同的是,那会儿微博还没有这么火,倒不用担心随时有舆论压力。"

"我告诉你这个,就是想告诉你,我们的工作不单单是飞行,还有飞行当中可能会遇到的各种问题和特殊情况,而我们在飞行之时就要凭借着我们累积的经验做出种种预判,保障飞机和乘客的安全,所以,我们更需要冷静和理智,这也是为何飞行员在放机长前会有层层考核。"

何蔓微怔了一下,垂下头道:"其实,师父,你说的这些我都知道,但我总感觉做起来很难。"

"你刚飞不到半年的时间,需要时间一点点成长,觉得很难这很正常。我告诉你这些,只是让你以后面对这些事情的时候不必逞强,但也不能再逃避,是你的责任你就认,不是你的问题就说清楚,明白吗?"

何蔓下意识地点了点头道:"明白了。"

谢盛看了她一眼,指着桌面上的菜说:"行了,明白了就吃东西。"

何蔓听他这么一说,突然之间觉得一直憋在胸口的那一口气仿佛散开了似的,她刚准备吃饭,突然像是想到什么,惊喜地抬头:"哎,对了,师父,我突然之间发现你这一次竟然没有骂我!"

"你很想我骂你?"

"没有,没有。"

谢盛看着她又恢复了跟他飞的时候那种狡黠,唇角上扬一丝弧度,刚想说什么,只见盯着她的何蔓突然之间叫道:"哇,师父,你又笑了!"

谢盛眉头一蹙,只见何蔓赶紧道:"别蹙眉头,别蹙眉头,师父,你长得这么好看,就应该多笑笑呀。"

"怎么,这是不怕我了?"

"不怕,师父对我这么好,我怎么会怕师父?"

"还算是有点良心,也不枉费我这么大老远地来找你了。"

何蔓想到谢盛说起他是怎么来的,她心底莫名地觉得格外柔软:"师父,这鸡公山这么大,你就不怕找不到我,或者我住到了山脚下?"

谢盛回答:"你哥说过,你很喜欢鸡公山的日出,每一次心情不好的时候都喜欢来看鸡公山的日出,如果来鸡公山,必然会住山顶上,按你妈说你的出发时间,我估摸着我们前后脚上山顶,而这山顶酒店又不多,你要住酒店肯定就能碰得着。"

何蔓看着对面的谢盛,她一直以为师父是一个严肃刻板又毒舌的男人,可却从未曾想到他竟还有如此心思缜密的时候。

想到这里,她突然之间想到了那天师父带着她去他的家里,想到师父那干净整洁的家,她突然之间发现,并不是她想不到,而是她从来没有真正地了解过师父。

实际上,她的师父是这个世界上最细心、最温暖的男人。

想到刚刚在山顶看到他的那一瞬间,她心底涌过来一丝丝的甜意:"师父,谢谢你!"

谢盛好整以暇地望着她:"谢什么?"

"谢谢你是我的师父,也谢谢你出现在这里,还有谢谢你如此耐心地教导我。"何蔓一连说了好几个谢谢,最后盯着他道,"总之,很开心能遇到、认识师父,也很幸运能成为师父的徒弟。"

谢盛脸上多了一丝笑容,格外明朗:"可我怎么记得刚开始你还想跟林东飞换师父来着?"

何蔓矢口否认:"什么,怎么可能?"

谢盛看着她那狡黠的样子,笑了笑道:"赶紧吃完我们也好在山顶转转,好不容易来一趟鸡公山,可以好好地放个假放松一下。"

"好嘞。"

两个人吃完饭,就走了出来。鸡公山山顶已经开发得很成熟了,装了不少照明,危险的地方都被拦了起来,天黑下来之后不能去的地方也都被封了起来,所以可以逛的地方并不多,但能逛的地方都是风景。

不过就是真的很冷,好在两个人都裹得很严实,又贴了暖宝宝,所以在走累了后,找了一块石头坐了下来,这个角度刚好可以看到下面的帐篷区,那算是山顶最大的一块空地,是给那些想在山顶住帐篷的人用的。

何蔓看着那个方向,对谢盛说:"师父,我中考的时候,我爸带我们一家人来爬鸡公山,当时这上面还没有这么完善,我们一家人也住的是帐篷,而且那个时候是夏天,住在帐篷里面特别舒服。"

谢盛顺着她的目光看了过去,微笑着道:"这个我问宁远你在哪儿的时候,他跟我说过,他说他刚工作,还是在副驾驶的时候,正在飞。当时你们还拍了好多照片没有他,他羡慕得不得了。"

何蔓听到谢盛提起她哥哥，她微微一怔，其实想到从事情发生到现在她哥哥一直有发微信安慰她，甚至是想要替她出面解释，可都被她拒绝了，如今想起来，她对哥哥是不是太冷淡了？

谢盛看了她一眼："何蔓，其实，你哥挺关心你的。还有，你们家里面的事情，不是你哥告诉我的。"

何蔓一愣："那师父是怎么知道的？"

谢盛叹了一口气："五年前你哥放机长的航班上，我也在，后面我陪你去的医院，你不记得了吗？"

他长得让人这么没有印象？

"什么？"

何蔓听他这么一说，瞪大了眼睛看着谢盛，再看着他的模样，仿佛与记忆深处当中那个高大帅气的男子渐渐地重合在一起，只是，她当时太过于伤心，完全不记得那男人长得什么样，只记得很高很帅。

此时谢盛这么一提醒，她彻底地想了起来，再想到初次见面，难怪，她觉得他格外眼熟，原来他竟然就是当年在医院陪她的那个人。

她惊呼出声："原来那个大哥哥竟然是师父？"

谢盛眉梢微挑："怎么，我长得这么让你记不住？"

何蔓摇头："我只是没有是想到当年那个大哥哥竟然是师父。"

说到这里的时候，她像是想到什么："难怪，我第一次见到师父的时候就觉得师父格外面熟，我当时还以为是我犯花痴呢。"

谢盛想到第一次见面，轻笑："那个时候我也没有认出你来，也是觉得你面熟，这才导致你当时摔了一跤。"

何蔓立马扬了扬下巴："师父，你现在承认我摔了一跤也有你的责任了吧？"

谢盛反问："但若不是你走路不看路，又何至于会摔倒？"

何蔓低头噘嘴："好嘛！"

谢盛看着她这模样，眸底有着一抹不易察觉的笑意，伸手揉了揉她的脑袋："那何蔓，你现在愿意听我说说你哥当年放机长之事吗？"

何蔓浑身一怔，没想到师父还没有忘记这个，想到哥哥，她深吸了一口气说："师父，你说。"

谢盛知晓她不愿意听，安抚着她："我知道，有些事情你还是不愿意听,我说这些也不是想表达什么,只是当年有些事情你也应该听听旁观者的想法。

"何蔓,你如今也是一名飞行员了,有些事情不需要我解释,你也知道你哥完全是按照所有程序规定以及飞行多年的预判所做出的正确的决定,是吗?"

何蔓一想到当年之事,攥紧手中的拳头:"是。"

谢盛说:"所以你看,其实你什么都知道,你也知道你哥很无辜,但是,因为去世的人是你的爸爸,而且因为你与你爸爸还是特意为了你哥放机长坐的那一趟航班,结果你没有想到,你会永远失去了你的爸爸。

"所以,哪怕是你明明知道你哥很无辜,当年的事情,换一个机长也可能如此,可是你还是没有办法原谅你哥哥,是吗?"

何蔓忍不住解释:"我也没有不原谅他。"

"何蔓,这就是我在吃饭的时候跟你说的问题。"谢盛直接就打断了她的话,"无论是你哥哥当年的事情,还是8936次航班事件,还是叶微安败坏你名声之事,你嘴巴上虽然说不介意,但其实在你的心底,还是有怨气的,你埋怨8936次航班事件的赵先生为何要因为自己的恐惧怪到你的身上,你埋怨叶微安与林东飞的感情问题为何一直怪到你的身上,包括当年你哥哥的事情,你埋怨你哥哥为什么要这么大义凛然,为什么不能第一时间先想到的你们的爸爸。

"你看似爽朗大方,什么事情都不计较,但实际上你觉得你很委屈,你觉得这些事情跟你没有关系,你没有做错什么,凭什么他们说一句对不起你就要说一声没关系,你并不想原谅。但你又不想让别人介意,所以你选择了表面原谅和不介意。"

谢盛的话,一针见血,何蔓眼眶微微泛红,怎么,她这么想错了吗?

她就非得那么大义凛然吗?

谢盛仿佛知晓她的任何想法似的说:"其实你这样的想法没有错,可我要告诉你的是,我们生活在这个世界上,总会遇到各种各样的恶意,尤其是服务行业,我们遇到的恶意更多,我们可以装着很大度。但是,何蔓,你哥哥不同,你们是兄妹,如果你放不下,那难道要这辈子都与你哥哥用这样的方式来相处吗?

"我和你哥认识的时间也将近十年了,我时常听到他谈起你,说小时候基本上都是他带着你,他说你是这个世界上最好的妹妹,但是因为你爸爸去世的事情之后,你们之间再没有之前那种亲密无间了。

"你哥说其实有时候宁愿你狠狠地骂他一顿或者像刚出事的时候那样打他都行,他都不希望看到你这样假装成熟跟他和解。"

谢盛的话,字字句句戳中了她心底真正的想法,让她低下头的时候眼睛微微泛酸,她吸了吸鼻子:"师父,你说的我都知道,我也想跟哥哥和解,可是我只要一想到我原谅了哥哥,就对不起爸爸。"

谢盛盯着她,一字一句地说:"但是你有没有想过,你爸爸是最希望你跟你哥哥和解的那个人。

"我想如果他知道因为他的死,而使你们兄妹二人不和,他只怕会后悔当时为什么要特意买了那一趟航班的机票还要带上你?"

谢盛清冷的声音清楚又直接地落到了她的心底,让她一下子呆在了那里,不禁地想到了爸爸还在的时候她和哥哥嬉笑怒骂的样子,想到爸爸得知哥哥要当机长时的兴奋,想到爸爸曾说起他年轻时最大的梦想就是成为一名飞行员,想到爸爸说起哥哥时的骄傲,她眼泪一涌而出。

是啊,哥哥是爸爸的骄傲,如果爸爸还在,一定不希望她和哥哥变成这样,一定不希望的。

她痛苦地闭了眼睛:"师父,所有的道理我都懂,但有时候想要做到,真的太难太难了,我也不知道该怎么放下。"

谢盛心疼地看着她:"没关系,我知道这很难,没有必要一下子就做到,如今你能坐在这里听我说这些,就证明你已经在学着真正放下和原谅了。"

何蔓抬头,眼神当中有掩饰不住的痛苦:"真的吗?"

谢盛盯着她,认真地点头:"真的!你看,你已经能听完我替你哥说的话了,之前你都不愿意听的,所以是不是很厉害?"

何蔓仔细一想还真是,不知怎地,仿佛是一直压在心底的石头轻了许多,她深吸了一口气:"师父,我会努力的。"

谢盛揉了揉她的脑袋:"乖。"

"时间不早了,我们早些回去休息吧,明天还要日出呢!"

何蔓点了点头,只是回到房间在床上躺着翻来覆去怎么也睡不着,直到凌晨四点,她索性就直接起床。

推开门的时候,刚好看见谢盛也从对面推开了门,她微愣了一下,师父怎么也醒得这么早,而且脸色看起来也不好,这也是整晚没睡?

"师父,你怎么这么早?"

"睡不着,就起来了,倒是你,怎么脸色这么差?"

"我也睡不着。"

谢盛瞧着她那模样,眸底掠过一抹心疼之色,这房间隔音效果并不好,他半夜起来抽烟的时候听到她房间翻来覆去的动静了。

看来,昨天晚上不止他没有睡好。

他说:"行了,先吃点东西吧,日出差不多要开始了。"

山顶上的日出四五点就开始了,所以要提前起来,才不会错过日出。两个人随便吃一点就从酒店出来了,她们出来的时候,很多昨天晚上留在山顶上的人也都往看日出最好的方向过来了。

谢盛和何蔓找了一个刚好可以瞧见太阳升起的位置,抬头眺望着远远的东方,只见那火红的太阳一点点地升起,许多人拿出来手机和相机一一拍了起来。

何蔓看着这一幕,深吸了一口气,清晨的阳光和空气都格外新鲜,她望着东方升起来的太阳,恍惚之间想起当年她来这里的时候爸爸帮她拍照的模样,想到爸爸提起哥哥时的骄傲,想起师父所说的话,她仿佛一下子就释然了,师父说得没错,爸爸的死,哥哥没错,她也没错,这么多年过去了,她应该学会放下了!

至于要怎么放下,她不知道,但她会尽量学着放下。

谢盛一直担心她,此时看着她脸上终于出现一抹笑容,微凝着的眉头放松了一些,语调轻快地问:"笑什么呢?"

何蔓扭过头来看着谢盛:"我在想,师父说得没错,当年的事情,我应该学会放下,虽然我还不知道怎么放下,但我会努力学着放下。"

这样一说,她仿佛将一直压在心底的那一块大石终于移开了一样,整个人都变得轻松了起来。

原来,长期以来是她自己不肯放过自己,是她自己跟自己过不去。

担心了她一夜的谢盛听到这里,看着她那黑白分明的眼眸,那双黑眸终于露出了笑意,伸手揉了揉她的脑袋:"乖。"

何蔓望着谢盛的笑容,有一瞬间愣住了,师父,还真是好看呀!

她忍不住地道:"师父,你可真好看啊!"

何蔓那花痴的模样取悦了他,心情极好,声线撩人地问:"那是我好看,还是日出好看?"

何蔓看着那火红的太阳彻底地出现在东方的天际,散发着光芒,为远方的层层云海镶上了金边,镀了一层金辉,衬得站在那里的师父耀眼夺目,让她忍不住勾唇一笑:"师父好看。"

谢盛很是满意,又揉了揉她的脑袋,亲昵而又随意:"乖。"

何蔓撅着嘴巴,仿佛又觉得突然之间跟师父的关系拉近了不少,心底变得格外愉悦欢快了起来,随着太阳的上升,让原本清冷的山顶多了一丝丝暖意,原本围观着看日出的人也渐渐地散开,两个人在山顶四处逛了逛。

清晨的鸡公山,伴随着云海,连绵起伏,气势雄伟,那雪白的云海更仿佛给这鸡公山笼罩了一层薄纱,美不胜收。

到中午的时候,山顶的人渐渐多了起来,两个人就下山了,在山脚下吃了一点东西,何蔓就准备回家,只是看着身边的谢盛,想到昨天在山顶看到的师父,他那话中的意思,分明是来寻她的。

可她明天才回深圳,所以今天肯定还要回家,那师父去哪儿?

何蔓想了想,主动问:"师父,你准备去哪儿?"

"还没想好,你呢?"

"我准备回家,我明天才回深圳。"

何蔓心底纠结,不假思索地道:"要不师父跟我回家?"

谢盛一口答应了下来:"行。"他像压根没有觉得什么不妥一样,看着眼前的车,伸手说,"拿来。"

何蔓没回过神来:"什么?"

"车钥匙,我来开。"

眼看着下山之后车子往家的方向开着,她这才意识到她师父是真的要跟她回家,天啊,怎么办,回到家她要怎么解释?

她爬个鸡公山就带个男人回去怎么解释?

何蔓在那里坐着想了半天也没有想到一个很好的理由和借口,倒是很快睡着了,等她醒过来的时候,人已经到了她家所住的小区楼下那一栋。

何蔓有些震惊了,她侧过头来看着谢盛:"师父,你怎么知道我家在哪里？"

"问了你哥。"谢盛轻声地道。

想到从昨天鸡公山突然之间出现的师父，还有之前在他家里面的那一个吻，她心思一怔，突然之间有一个念头浮现在她的脑海当中：师父，莫不是喜欢她？公司里面那么多喜欢师父的，他怎么可能会喜欢她？可要不是喜欢她，那又为什么会来鸡公山，还有在他家里面的那一个吻又是怎么回事？

何蔓在一旁快纠结死了，时不时地摇头，那模样落在谢盛的眼底，唇角的笑意几乎掩饰不住："怎么，你这是在想什么呢？"

何蔓下意识地摇头："没想……"

她的话还没有说完，突然一个敲车窗的声音惊醒了她，她扭过头一愣，只见妈妈提着菜站在副驾驶的位置外面，正诧异地盯着她看着，似乎是刚认出她来似的。

谢盛也看到了，摇下了车窗，只见秦吟秋一脸惊讶："蔓蔓，还真的是你，我说刚看到这车是咱们家的，你几点回来的，怎么也没有说一声？"

"妈……"

何蔓刚叫了一声，秦吟秋显然早就发现了开车的谢盛："蔓蔓，这位是谁啊，是你一起爬鸡公山的朋友吗？叫什么名字啊？"

何蔓看了一眼谢盛，赶紧解开了安全带，正想着如何解释，只见谢盛已经解开了安全带，从车内走了下来，看着秦吟秋从容地打着招呼："阿姨好，我叫谢盛，是何蔓和宁远的同事，阿姨叫我谢盛就好。"

秦吟秋一听谢盛的解释，再看着谢盛那高大帅气又有礼貌的样子，那张脸上立马堆满了笑容："原来是小盛啊，那你昨天是跟蔓蔓一起爬的鸡公山吗？"

谢盛礼貌而又认真地回答："是，刚好我也休假就过来找她了，明天我们假期结束一起回公司。"

"原来是这样。"

秦吟秋明白过来，赶紧点了点头，越发满意地说："她一个人走我还不放心呢，刚好，现在有小盛在，阿姨就放心了。"

谢盛温和地道："阿姨放心，我会照顾好何蔓的。"

"那就好，有小盛在阿姨就放心了。"

秦吟秋越发热情，又赶紧道："小盛跟蔓蔓从鸡公山回来，明天又和蔓蔓一起走，那今天晚上就住阿姨家里面了，阿姨给你做我们信阳菜。阿姨别的本事没有，做饭还是不错的，你来尝尝阿姨的手艺怎么样？"

"好的，谢谢阿姨，我一直听宁远说阿姨做饭好吃，早就想尝尝了。"

"今天阿姨就把拿手好菜都做给你吃。"秦吟秋被谢盛给哄得笑得越发灿烂，恨不得给他做一桌满汉全席，边说边道："来来来，小盛，这大中午的咱们先回家，回家说。"

何蔓坐在车上看着发懵，等等，这两个人怎么回事，怎么突然之间聊得这么欢乐、这么熟络了，她还在车上呢！

是不是忘记她了？

她从车上下来，看着妈妈拉着谢盛就要往屋内走，脸都黑了，赶紧叫道："等等，妈，你等等。"

"你自己赶紧下车，快点。"秦吟秋头也没有扭地就拉着谢盛往楼下电梯口的方向走过去，根本看都没有看一眼何蔓。

在电梯即将要关门的时候何蔓终于跟了过来，只见妈妈看着谢盛的时候，一脸崇拜："天啊，小盛，你年纪轻轻的就已经是教员了，还是蔓蔓的师父？"

谢盛站在那里微笑着道："严格上来说，何蔓是我带的第一个徒弟，所以要求得严格一些。"

"严格好啊，严格好啊，你们工作的责任那么大，怎么能不要求严格一点呢。"

"真的是辛苦你带蔓蔓了，这蔓蔓平时不懂事，又好强，又嘴硬，典型的吃软不吃硬的，你带着她肯定很辛苦吧。"

"何蔓挺聪明的，学东西挺快的。"

"这孩子也就这点好，像她爸。"秦吟秋闻声倒是笑了笑，又说，"但是蔓蔓这脾气也倔得很，嘴又硬，平时她要是不听话你就直接骂。"

何蔓在一旁实在是听不下去了："妈，我哪有不听话？？"

秦吟秋白了一眼何蔓："你哪里听话？"

秦吟秋理直气壮地道："而且人家小盛年纪轻轻的就已经是教员，又是你师父，你就要多跟师父学习学习，况且，这当师父的不教谁教呀？"

谢盛在一旁听到这里,忍不住笑了笑,道:"阿姨,其实何蔓还算是听话的,虽然好强,但对的事她还是能听得进去的。"

"那就好,那就好。"

秦吟秋看看谢盛的时候则是脸上堆满了笑容,刚说完电梯就到了,她说:"来来来,小盛,到家了。"

"谢谢阿姨。"谢盛跟着从电梯里面出来。

秦吟秋打开了家门后,又拿出一双拖鞋:"这是我给宁远买的新拖鞋,但是他大半年没有回家了,所以一直没有穿上。小盛,你来看看你穿着适合不?"

谢盛笑了笑:"适合,谢谢阿姨。"

"老谢什么啊,就当自己家一样。"

秦吟秋说完,又看着何蔓说:"赶紧地,带小盛看看家里面,然后把你哥的房间收拾收拾,晚上给小盛住。"

秦吟秋又扭过头看着谢盛说:"小盛,你先跟蔓蔓在这里坐一会儿,阿姨去洗一点水果准备着做饭了。"

"好的,谢谢阿姨。"谢盛赶紧道。

秦吟秋还想说什么,何蔓已经受不了了,伸手推着秦吟秋道:"行了行了,妈,我会照顾好师父的,你该干啥干啥去。"

"你这孩子!那里有茶叶,给小盛泡点茶喝。"

"我知道,快去洗樱桃吧,我想吃樱桃。"

秦吟秋这才笑了笑,进了厨房。何蔓微微松了一口气,扭过头看着谢盛赶紧道:"师父,不好意思啊,我妈这个人就是太热情。"

"热情好啊。"

谢盛双手插在口袋里,听到她这么一说,扭过头来挑着眉头地望着她:"怎么,你不想阿姨对我太热情?"

何蔓还没说话,秦吟秋从厨房里面端着洗好的水果出来,听到谢盛那话,扭过头来瞪了一眼何蔓,道:"怎么了,小盛这么优秀的人,对他热情不是很正常吗,你在妈妈背后说什么呢你?"

秦吟秋又扭过头来看着谢盛:"小盛,蔓蔓这孩子就是不大会说话,你别跟她计较一般见识。"

"阿姨放心,我带她也有一段时间了,了解她说话的方式,不会跟她计较的。"

"那就好。"

秦吟秋这才放心,瞪了一眼何蔓:"赶紧地,招待好小盛。"

何蔓无奈地叹了一口气:"行行行,我知道了,你赶紧去做饭吧。"

秦吟秋做饭后,何蔓扭过头来瞪着谢盛,说:"师父,你不要这么腹黑好不好?"

谢盛手环抱在胸前似笑非笑地望着她:"那你为什么要替你妈的热情道歉,我挺喜欢阿姨的热情啊!"

何蔓深吸气,说:"那你晚上真打算住我家吗?"

"是啊,你哥也说可以睡他房间。"

谢盛说完,侧过头看了她一眼:"怎么,你不欢迎?"

"没,没有。"何蔓赶紧否认。

"那就行,阿姨不是说让你替我收拾你哥的房间吗?"谢盛仿佛在自己的家一样,四处看了一眼,说,"哪个是你哥的房间?"

何蔓乖乖地带着谢盛来到了何宁远的房间,并替他收拾着何宁远的房间,两个人收拾好后,秦吟秋的饭也坐好了。

何蔓和谢盛上了桌,看着满桌上八九个菜,她惊呼出声:"妈,我回来这么多天也没见你做这么多菜啊?"

秦吟秋瞪了一眼何蔓:"咱两个你吃得了这么多吗?"

何蔓解释:"那咱们三个也吃不了这么多啊。"

"小盛是个大男人,肯定吃得多,你知道什么。"秦吟秋虚拍了一下何蔓的手道,"行了,赶紧去把碗筷拿过来。"

秦吟秋看着何蔓那模样,微微松了一口气,何蔓回来几天的时间,虽然乖巧听话懂事,什么都不说,但她不是不知道何蔓公司里面发生的事情,尤其是她儿子和女儿都在同一家公司,现在网络信息又如此发达,她一查就能明白发生什么事了。

原本想跟何蔓聊聊,但宁远打电话回来让何蔓一个人好好地放松放松。想想宁远说得对,秦吟秋就什么也没有说。

她正担心着女儿从鸡公山回来是不是还心情不好呢,可没有想到从鸡公山女儿跟小盛一起回来,倒看着好像一下子将所有的事情都放下了一样。

看来，这小盛应该是起了不小的作用，所以秦吟秋再看着谢盛的时候越看越满意："小盛，有什么想喝的？"

"我喝阿姨煲的汤就好，阿姨煲的汤一看就好喝。"

"有眼光。"

秦吟秋听着这话，有一种丈母娘看女婿越看越满意——嘴巴也甜，长得也帅，能力也不错，还能开导蔓蔓，真的不错。

何蔓把碗筷拿出刚入座吃饭，只见妈妈把排骨推到了谢盛的面前："来，小盛，尝尝阿姨做的酱排骨，阿姨做的这个酱排骨最好吃了，蔓蔓和宁远都喜欢吃。"

"不是，妈，你知道我喜欢吃，干吗推到了师父的面前？"

"我前两天不是给你做了吗？当时你自己不吃来的。"

何蔓这才想起回来的时候妈妈把所有的拿手好菜都做了一遍，只是她当时心情不好，什么也不想吃。

想到这里，她心底有些愧疚，夹了一块："我现在想吃了嘛。"

"这么大一盘，还非要跟小盛抢。"

"阿姨，她这是看阿姨对我这么好，她吃醋了呢！"

"我哪有！"

有谢盛时不时地在中间说着话，这一顿饭吃得倒格外欢乐，秦吟秋看着何蔓那开心的样子，彻底地放心了下来。

吃完之后，何蔓主动要求洗碗，秦吟秋倒也没有拒绝，拿着水果跟着谢盛一起坐在客厅里面问："小盛想喝些什么？"

谢盛说："阿姨，我喝茶就好。"

"喝茶好，喝茶养生。"

秦吟秋笑着道："她爸爸以前在世的时候也喜欢喝茶，家里面还有很多茶叶，都是我们信阳的毛尖，我平时也喝得少，明天要不要给你带一些？"

"不用了，阿姨。"

谢盛摇头说："平时飞得比较忙，能静下心来喝茶的机会也不多，这喝茶还是要讲究静下心来。"

"这倒是。看得出来小盛性子沉稳，蔓蔓性子急，有你这么一个师父看着她，我倒是放心许多。"

"其实何蔓她很聪明,她虽然性子急,好强,但她还是有很强的自律自控能力的,能把握好自己的尺度。"

秦吟秋微叹了一口气:"正是因为她有很强的自律自控能力,能把控好自己的尺度,我才担心啊。"

谢盛微微一怔,只见秦吟秋望着他说:"蔓蔓那孩子就是太聪明了,凡事不让我操心,什么事情都憋在心底,我担心她这样不说出来,迟早会憋坏的。"

"就拿这一次她回家来说,她虽然不说但我都知道了,她表面上装着什么事情都没有发生一样,但我知道,其实她心底一直难受着呢,否则也不至于回到家来。"

谢盛安慰着她说:"阿姨别担心,现在何蔓都想开了。"

秦吟秋说:"是啊,我也是看她跟你一起从鸡公山回来整个人放开了许多,不像前几天回来,虽然懂事,但什么事情都憋着,搞得我不敢问,也不敢说;她还要去爬鸡公山,要不是宁远跟我说她有一个朋友跟她一起,我都不相信呢。没想到这个朋友就是你。"

说到这里,她看着谢盛满意地笑了笑:"这个阿姨可真得谢谢你,要不是你陪着蔓蔓,还不知道这孩子心底有多难受呢。"

何蔓洗完了碗刚准备出来,就听到了妈妈正拉着师父说的话,听完之后心底更加愧疚,上前了一步叫道:"妈……"

秦吟秋看到何蔓,有一瞬间的慌乱,赶紧道:"蔓蔓,你洗完碗了?"

"嗯。"何蔓走了过来,坐在了秦吟秋的身边,抱住了她的手臂。

"你这孩子,你这是在干什么呢?"

秦吟秋微松了一口气,笑道:"小盛还在这里呢,人家可是你师父,你也不怕你师父看笑话。"

"师父不会的。"

何蔓说完,看着秦吟秋道:"对不起,妈,前几天让你担心了。"

秦吟秋眼眶微酸,握着她的手笑了笑道:"傻孩子,这说的是什么胡话呢。你这刚飞就遇到这么多的事,这是你受了委屈。"

"妈,其实都没事了,都解决了,是我自己钻牛角尖,想不通。"何蔓说完,有些不好意思地道,"所以这才没有出息地跑了回来。"

"怎么能没出息地跑回来呢？"秦吟秋笑道，"工作累了，想要休息休息，这不是很正常的吗？"

谢盛在一旁出声："阿姨说的没错，发生了这么多的事情，任谁都会累的，想要休息休息，这很正常。"

何蔓忍不住还嘴："那师父你还骂我？"

秦吟秋拍了一下何蔓的手："人家骂你那是为你好，况且小盛还是你师父，骂你肯定是你犯了错。"

何蔓不服地说："妈，他骂我就是因为我请假回家了。"

秦吟秋道："那是你没有告诉小盛直接就跑回来了。"

谢盛看着这一幕，忍不住地嘴角上扬，又与何蔓一起陪着秦吟秋看了一会儿电视，这一幕格外温馨，温暖得让他有了一种跟家人在一起的错觉。

昨天夜里两个人在鸡公山顶上都没有怎么睡，所以看到了九点就去睡了，何蔓洗完澡则直接爬到了秦吟秋的床上，跟她聊了好半天才入睡。

第二天大清早两个人在家里面吃完早餐后，就赶往了机场，今天从信阳回深圳的航班是何宁远飞的，他特意跟人换了航班。

他做完飞行前的准备，就看到了何蔓和谢盛，谢盛先上了飞机，他看着谢盛微挑了眉头："怎么，我的床睡得怎么样？"

"不错，阿姨做的饭也不错，九个菜呢。"

何宁远想到大清早吃的机组餐，再看着谢盛那模样，顿时心底就不舒服了："怎么，你这是臭显摆呢？"

谢盛承认了下来："那是。"

何宁远宣告着主权："那可是我妈。"

谢盛想了想，一本正经地说："以后指不定我也会叫一声妈呢。"

何宁远眼前一亮，钩住了他的肩膀："等等，谢盛，你这句话是什么意思？怎么，你还真对我妹有兴趣，你……"

何宁远刚想说什么，何蔓从外面也走了进来，看着两个人这样她眉头一蹙，一脸的嫌弃："你们俩这是在干什么？"

"没干什么。"

何蔓白了两人一眼，找了位置坐了下来，提醒着两个人说："乘客可是马上就要上飞机了哟！"

何宁远和谢盛这才一脸嫌弃地松开了彼此，然后坐到了何蔓的身边来，有些试探又担心地问道："怎么样，现在心情好点没有？"

"好多了。"

何蔓笑了笑，看着何宁远那略带着试探又怕她会生气的样子，她心底一酸，扬了扬手中提的东西："给，这是妈妈做的酱排骨，妈妈知道你喜欢吃，特意让我帮你带了，还是热的，你忙完可以吃。"

何宁远微怔了一下，心底有激动的酸楚，接了过来说："待会儿一起吃。"

何蔓直接点了点头："好呀。"

乘务长走了过来，道："机长，乘客准备登机了。"

何宁远回过神来，看了一眼何蔓这才回到了驾驶舱，乘客开始一一登机，谢盛坐到了何蔓身边，看了一眼何蔓，嘴角微微上扬。

何蔓侧过头来的时候刚好看见，忍不住问："师父，你在笑什么？"

谢盛唇角的弧度依旧不减："笑你长大了。"

何蔓噘嘴："人家早就长大了。"

谢盛没有说什么，只是笑了笑，何蔓又小声道："其实，好像也没有那么难。"

谢盛说："那肯定的，毕竟是从小带着你长大的哥哥。"

何蔓听到这里，仿佛原本的不自在微微散开，是啊，那毕竟是从小带着她长大的哥哥，能有什么难的？

想到这里，她侧过头来看着谢盛，看着那一张侧脸，五官棱角分明，衬得他英俊得无可挑剔。想到他千里迢迢从深圳来到鸡公山陪伴着自己，还有从认识以来的所发生的点点滴滴，让她又一次忍不住地在想，师父是不是真的喜欢她？

她又想起了在他家里的那个吻，下意识地伸手捂了捂自己微微有些发烫的脸，师父是不是真的喜欢她呀？

谢盛突然之间扭过头来问："你捂着自己的脸干什么？"

何蔓抬头看着谢盛那清明的眸子，她微叹了一口气，她在胡思乱想什么，瞧师父那样子像是喜欢她的吗？

谢盛扭过头来嘴角有着难以掩饰的愉悦之感，眼角都带着笑意，身上那一股向来拒人于千里之外的冷淡之意都消散了许多。

……

第九章　春运期间的民航人

从老家回到深圳之后，何蔓发现关于她的传言少了许多。至于叶微安的事情，在她亲自道歉之后，网上关于何蔓的言论也少了。

况且，新话题那么多，她这个事情不算什么。

至于林东飞与叶微安的事情是怎么解决的，她也不想知道，如今她只想好好工作，好好飞行。

春运马上就要到了，乘客的数量日益增加，且因为入冬的缘故，北方的天气还有雾霾以及大雪是时常有的现象，所以航班临时调整和增加都成了常态。

何蔓也是第一次真正地体会到了春运，尤其是临近春节，更是经常临时接到公司的安排和通知，她和哥哥都在深圳，就在春节前把秦吟秋也接来了深圳一起过年，为了跟妈妈多待一些时间，何蔓便在春节期间都住在了哥哥家里面。

不过哥哥的运气比较好，在大年二十九飞完之后，刚好大年三十和初一都休息，而她的运气就没那么好了，刚好在大年三十、大年初一那都被排了班，秦吟秋查到了何蔓的班，忍不住地蹙着眉："你这除夕、初一都要飞啊？"

"是啊。"何蔓早就查了航班，倒是早做就好了心理准备。

秦吟秋心疼自己的女儿："你这才刚飞，就让你大年三十飞，初一也飞，你们公司未免也太不人性化了吧？"

何蔓说："之前哥哥刚飞的时候不也是大年三十、初一都在飞吗？"

秦吟秋说："你哥那是男孩子，你是女孩子，不一样的。"

何蔓一笑，抱着秦吟秋说："这个职业分什么男女！况且你看，我明天就是单班北京来回，两点就落地回来了，还能一起吃年夜饭呢。"

"可是这几天北京都在下雪，你看你哥哥飞郑州，原本六点就应该到家的，这都快十点了，还没有回来呢。"

"我刚查了，哥哥的航班已经起飞了，估计着十二点能到家。妈，你就别担心了，我哥都飞了那么多年了，你不早就该习惯了吗？"

"习惯是习惯了，可还是担心啊。"

"好了好了，妈，你就早些睡吧。"何蔓说完，打了一个哈欠，她说，"我也得睡了，我明天五点就得起床，我要先睡了。"

"这倒是，你赶紧去睡。"

何蔓刚准备去睡，秦吟秋像是想到什么，说："对了，你喊小盛落地之后来咱们家吃饭。"

何蔓一听，稍稍清醒了一些，道："妈，师父他是本地人，人家肯定是要跟家人一起过年的。"

"这倒也是，那初一吧，他要不要飞的？"

"我不知道，初一我不跟他飞。"

"那你明天问问他，不飞的话喊他来家里吃饭。"

何蔓嘴角一抽，摇头拒绝："我初一要飞，我不喊，你要喊他让我哥喊，我哥初一不飞。"

秦吟秋说："你这孩子，你邀请一下怎么了，他可是你师父。"

"所以我才更不喊。"

何蔓生怕秦吟秋再说什么，说："行了行了，妈，我先不跟你说了，我要睡觉了。"

说完她直接关上了房门，这才松了一口气，想到了妈妈说的喊师父来家里吃饭，她眉头一拧，从她老家回来之后，也有近两个月的时间了，她跟师父别说是一块儿飞，就连见面的机会都极少，至于平时私底下，更是极少联系。

何蔓躺在床上准备睡觉，谁知道手机微信响了起来，她看了一眼竟是师父发的微信，一时间有些心虚，师父是不是知道她在骂他，这就发来微信了？

只见师父发来微信："明天早上五点十五分在停车场出口等我，一起去公司。"

一起去公司？

何蔓想着她之前的自作多情，赶紧回微信："我可以自己坐机组车去。"

谢盛很快回微信："从小区走到机组车停车点要十五分钟，五点十五分，别忘记了。"

何蔓："嗯。"

翌日，何蔓从家里面出门来到车库出口的时候，谢盛的车已经停在那里，他看着何蔓，抬了抬手表："你迟到了五分钟。"

何蔓立马乖巧地递过早餐："我妈大清早地给我做了早餐，让我给你带的。"

吃人嘴软，谢盛接过早餐就闭上了嘴巴。

到了公司，谢盛在车上吃完秦吟秋准备的早餐，便和何蔓一起到了公司，这个季节的深圳虽然是湿冷湿冷的，但天气不错。可是，这几天北方一直下大雪，北京更是连下了好几天。

何蔓看了一眼北京的天气实况："师父，北京的雪停了。"

谢盛轻声地道："不过昨天受大雪影响，很多航班延误了，旅客滞留的情况很严重。"说完，他指着雷达道，"而且看情况，北京今天还会下雪，所以要时刻注意北京天气实况。"

"是，师父。"何蔓正了正色。

谢盛看了一眼天气实况，抬头看着何蔓道："今天还是你来飞，我配合你。"

何蔓很珍惜每一次主飞的机会，主飞才能有更多飞行操纵的机会，这样她才能更快地熟悉并了解正常飞行和通信程序、机载设备的操作、飞行资料的应用等。

而且只要跟师父一起飞，师父都会把主飞的机会让给她，这让她多了不少学习的机会，这一点她十分感激。

飞机平稳飞行、进入自动驾驶模式之后，谢盛看了一眼何蔓，如今她无论是在理论上还是技术上是越发成熟，在她同期进公司的飞行员中算是不错的，确实是很不错，他问："你的飞行经历和起飞落地的小时数应该差不多可以参加FO1（第一副驾驶）考试了吧？"

何蔓点了点头："我准备年后就申请第一副驾驶FO1考试了。"她扭过头来看着谢盛，忍不住地问，"师父，我们好久没有飞了，你觉得我如今飞得怎么样？"

谢盛轻声道："还行。"

飞机在快要落地北京的时候，天又要下大雪了，好在他们的飞机赶在下大雪之前落地了，落地之后，大雪越下越大，航班从八点开始，都陆陆续续地出现延误了，而后面的航班有些航空公司已经取消了飞行。

何蔓也很快从管制那里得到消息，航班大面积延误，而他们原定十点起飞回深圳的航班也延误了，起飞时间待定。机组被接到酒店休息了。

显然，旅客也都看到了天气不好，所以得到这消息并没有说什么，随着四小时去了，大雪也渐渐地停了下来，可航班还没有登机的消息，正值农历大年三十，有些人赶着回家想要跟家人吃年夜饭，可这航班还没有消息，有些旅客渐渐地按捺不住开始着急了起来，抓着登机口的工作人员问了起来："我瞧这雪也小了，怎么还不登机啊？"

"就是啊，这是怎么回事啊，我刚看有些飞机都走了。"

"是啊，我们什么时候能走？"

……

何蔓等机组成员从酒店休息好回到了飞机上，地面工作人员见状就赶紧联系机组成员。

谢盛和何蔓等人刚上飞机，得到地面工作人员的消息，她查了一下，她们前面有不少航班延误，刚刚走的几架飞机是前面延误的航班，可是看着天气实况，这雪只是暂时停一下而已，待会儿还会下，且差不多要下到晚上了。

如此一来，她们的航班只怕还会接着延误了。

何蔓扭过头来看着谢盛："师父，瞧这样子我们的航班差不多还要延误到晚上了，这可怎么办，要不取消航班算了？"

谢盛说："下午的航班差不多都取消了，着急回家的基本上都改签到我们这一趟航班上来了，公司通知我们去酒店休息，就证明我们的航班不可能取消。"

"而且这些乘客都是着急回家的，若是连我们的航班都取消了，只怕这些乘客肯定不乐意。"

"你继续跟管制联系，确定一下看看还要等多久。"

"好。"何蔓拿起无线麦克风道："北京放行下午好，东胜8830，请示还要多久能够起飞？"

"东胜8830，起飞时间待定。"

"北京放行,地面工作人员已经安抚不了乘客了,需要一个大概的起飞时间。"

"东胜8830,暂时看来,起飞时间要到晚上八点后。"

何蔓:"……"

何蔓看着谢盛说:"师父,那这怎么办,地面工作人员说安抚不了,要见我们机组的人,让我们机组的人去安抚一下。"

谢盛说:"让乘务组先去解释看看。"

半个小时后,乘务长匆匆地回到了飞机上:"不行!机长,我们乘务组安抚不住,那些乘客马上要闹起来了,非要上飞机,非要见到机长不可。"

何蔓站了起来:"师父,要不我去解释吧?"

谢盛眉头一蹙,却还是点了点头:"也行,我再跟管制沟通一下。"

已经马上就要晚点五小时了,别说是乘客,饶是他们也等得有些着急了,想到这里,他看着何蔓:"沟通的时候注意安全还有方式,这会儿乘客的情绪可能很暴躁了,有可能会失去理智,注意安全。"

何蔓点了点头,跟着乘务长来到了登机口,此时有一些乘客对着乘务员正在拍桌子了:"你们东胜是什么意思,大过年的是不想让我们回家好好地过了年了,是不是?"

"老是跟我们说空中管制,天气原因无法起飞,这不也有飞机起飞吗,怎么就你们东胜走不了?"

"他们机长出来了,机长出来了……"

"机长,机长,你说说,还要多久能起久,难不成真的要让我们在机场过年吗?"

……

何蔓蹙着眉头,正了正色地大声道:"各位乘客,安静一下听我的解释,听我来说说航班的情况。"

何蔓的声音让大家立马安静了下来,扭过来纷纷看着她,只见她看着众人:"大家好,我是本次航班的副驾驶何蔓,首先对天气原因造成的航班延误跟大家道个歉,今天北京天气不好,一直……"

"行了,北京天气不好我们看到了,晚点我们也接受了,也都一直在等,可你们这是不是晚点太久了?"

"而且明明都有航班走的,我们怎么就不能走了,你们是不是不想走？"

何蔓看着乘客解释道:"怎么可能是我们不想走呢,如果按准点落地,这个点也该下班回到家跟家人一起吃年夜饭了,我们比谁都想回家,但是这天气不好,我们也没有办法,任何时候,我们都必须保证在航班安全的情况下送乘客回家,而不是为了回家而不顾航班的安全。"

"你说得这么好听,那你告诉我,其他的航班怎么走了,我刚刚可是在APP上查过,有些航班已经飞走了。"

"对啊,刚刚飞杭州的已经走了。"

……

何蔓望着他们道:"那你们知道那几个起飞的都是几点钟的航班吗？"

说完,她四下看了一眼,没有人回答,说:"那些航班都是早上十点前的航班,都是趁着能起飞的时候排队起飞的,我们前面还有几十架飞机,都是要从北京出发飞往各地回家过年的,我们的航班是在十点五十五分起飞的,总需要排队的。"

"那你是告诉我还有一个小时就能起飞了,我们就能走了,是吧？"

何蔓摇头解释道:"不是这个意思,而且现在天气还不大好,不可能会像准点一样那么顺利一个小时就能排到的。我们……"

她话还没有说完,人群当中顿时就有些人恼怒了:"那你在说什么废话,这大年三十的,你见这个点还有几个人在机场这么惨地晚点等飞机的,你们别太过分了！"

"不行,我们要上飞机,我们要回家。"

……

突然之间,不知道是谁带的头,有人开始往前冲,想要冲过登机口登机,何蔓正好站在登机口的位置上,被人一冲,直接就撞到了登机口的桌子上,她后退了一步,落到了一个人的怀里。

她扭过头来,只见谢盛从飞机上出来刚好扶住她,而那些乘客听到何蔓的惊叫,一个个地也止住了脚步,下意识地后退了起来。

谢盛深吸了一口气,抬头用深邃清寒的目光扫视了一眼,最后目光落到了安全员和两个男乘务员的身上:"闹成这样,你们还杵在这里干什么,还不快去叫警察来？"

"哎，你叫什么警察，我们也不是故意的。"

"是啊，你们航班晚点成了这样，你们还有理了？"

……

谢盛扭过头来凌厉地道："航班晚点，是天气原因，而且是你们肉眼可以看得到的，这是不可抗力的因素，是谁也不想的。但这并不是你们伤害我们机组成员的理由，我身为本次航班的机长，有责任保护我的机组成员。"

"那你是本次航班的机长，你刚刚为什么不出来解释，让一个姑娘出来解释？"

"那是因为我在跟管制沟通，争取得到送你们回深圳的时间，我已经安排了我的机组成员来跟你们沟通解释。而且，这并不是你们能推伤工作人员的理由。"

谢盛这么一说，那些乘客面色微微一紧，只见谢盛清冷地看向了安全员，道："还杵在这里做什么，还不……"

何蔓在一旁揉了揉自己的腰间，上前了一步拉住了他："师父，我没有多大的事情，这大过年的，算了。"

那些乘客一听谢盛说到叫警察的时候，脸色微微一变："大过年的，叫什么警察啊？我们……我们也只是着急回家而已。"

谢盛正色扫视了一眼众人："我们早上五点钟起床，飞到现在，大过年的，我们也着急回家。"

"那这是你们的工作啊。"

谢盛脸色一沉，忍耐到了极限，何蔓拉住了他，看着那些乘客："你们说得没错，这确实是我们的工作。但是飞机延误我们跟你们同样着急，而且我们是在小小的驾驶舱内等，还要随时跟地面管制沟通，以便有最新的起飞时间可以随时通知到大家。更何况，我们是从飞机推出的那一刻我们才有工资的，所以在这延误的时间，我们是没有工资的，我们怎么可能不着急？"

她这么一说，那些乘客面色微微有几分尴尬，有些人忍不住地道："那也可以让我们在飞机上等啊，何必在这里等，让我们着急呢？"

"你们真的想上飞机上等吗？"

何蔓反问："上飞机上等，机舱内就只有那么大，座位也就只有那么大,如果不能起飞,你们就这么坐着不难受吗?相反,如果是在候机楼等,这里位置宽敞,等累了还能活动活动,想上洗手间也不至于在飞机上要排队那么久,相比之下,难道不是候机楼里面等会更舒服吗?"

这么一说,大家仔细一想,还真是这个道理,一时间有些人泄气了,只是还有些人不甘心地道:"可是我们到底要什么时候能起飞啊?"

何蔓看到大家的态度软化了不少,松了一口气:"我知道大家有各种原因才拖到了大年三十才能赶回家过年,我也一样。可是大家都是成年人,应该也都看到了这天气是有多差,我们不能因为着急回家就置安全于不顾。"

何蔓这么动之以情、晓之以理地说着,这些乘客倒是渐渐安静了下来,有些人蹙着眉头地道:"那我们今天还能不能回家啊?"

只见谢盛道:"我刚看过天气时况,应该八点过后雪就会停了。机场工作人员也在清理跑道,大雪一停,我们的航班就可以恢复正常,在此我也跟大家保证,无论晚点到几点,我们的航班都不会取消。"

这么一说,大家终于不再多说什么,毕竟大雪延误,大家也都看在眼里,一个个地回到了位置上坐了下来,而那前面几个推着想上飞机的乘客则是面色有些紧张地看着何蔓,其中一个主动出声道:"机长,不好意思啊,刚刚我,我真的不是故意的,我只是想着大过年的,着急回家。所以,不好意思。"

这些人的道歉和关心让何蔓忍不住地笑了笑:"没事,大家不用担心,刚刚机场通知,给今天因为大雪而造成航班晚点的乘客准备了丰富的晚餐。今天因天气原因而被困在机场的无论是乘客、工作人员还是我们机组成员,我们就当是一家人一起开开心心地度过这个春节,等航班能起飞时,再回家陪自己的家人,如何?"

谢盛跟签派联系完后的半小时,终于从管制那里得到了一个具体的起飞时间,也就是说他们的飞机在六点半就可以起飞了!

六点半起飞,也就是说到时候还能跟家人一起跨年,所有乘客欢呼鼓舞,格外兴奋,用完晚餐之后,立马开始排队陆陆续续地登机。

而此时,偌大个机场,还有不少工作人员正在地面上匆匆地忙碌着,扫雪车、化雪车、除冰车,认真而又着急地忙碌着。

显然,大年三十,别人都在一家团圆,而他们还要保障乘客和飞机的安全,正在积极地做好保障工作,一时间,乘客看到这里,为自己刚刚失去理智的行为感觉到一丝丝的愧疚,大过年的,谁不想在家过年呢?

虽然做每一份工作都有自己的工资,节假日更有三倍的工资,但是比起来这些,谁都会更想陪伴着自己的家人一起过春节,如同他们一样。

大概是看到了这一幕,回程的航班格外顺利。

九点半,飞机平稳地落在深圳的时候,机上广播再一次响了起来:"女士们,先生们,你们好,我是本次航班的副驾驶何蔓,我们的飞机已经安全降落深圳宝安国际机场,本地时间九点十分,外面温度八摄氏度,由于天气原因造成本次航班的延误,耽误了您的宝贵时间,我代表全体机组成员向您表示歉意。今天是大年三十,也是阖家团圆的除夕夜,我代表全体机组成员祝您春节快乐,阖家幸福!现在飞机已经停稳,您可以从客舱的前门下飞机,下飞机时请您检查是否已经带齐所有随身行李,非常感谢您今天选乘东胜航空公司的班机,我们下次旅途再会,谢谢。"

这广播大家听得出来是刚刚那个女机长何蔓的,她的声音一落,机舱内响起了雷鸣般的掌声,乘务组的人见状,忍不住地笑了笑,那一瞬间,仿佛是所有的疲惫、晚点,还有不能与家人团聚的糟糕心情都彻底地消散。

乘客下机之后,谢盛和何蔓从驾驶舱出来,只见谢盛手中拿出几个红包,递给所有的机组成员:"今天大家辛苦了,春节快乐。"

机组成员拿到红包惊喜不已:"谢谢机长,春节快乐。"

何蔓也拿到了红包,她笑得眼睛都眯了起来:"我第一年飞的大年三十跟大家一起度过,我们一起来拍个大合影。"

谢盛看着大家开心的样子,也很配合,大家一起拍了一张大合影,然后才拿起飞行箱下了飞机。

从公司里面出来,何蔓坐着谢盛的车子一起回家,在车上她P完了照片发了一个朋友圈,配文道:"第一年飞,第一次大年三十在飞机上度过,意义非凡。"

然后,何蔓的手机响了起来,她接起了电话道:"喂,妈,我还有十多分钟就能到家了。"

秦吟秋放下心来:"那就好,对了,你喊小盛一起来家里吃年夜饭。"

何蔓握紧手机道:"妈,我都说了,人家是本地人,肯定家里面有人等了。"

秦吟秋道:"什么家里面有人等?你哥说小盛家里就只有他和他爸爸。他和他爸爸又不住在一起,而且你哥说他爸爸春节期间还去了国外,现在他家里就只有他一个人,怎么会有人等他?你赶紧把他给我叫过来。"

何蔓微微一愣,扭过头来看着谢盛,秦吟秋的声音再一次响起:"听到没有,把小盛给我带过来。"

"知道了知道了。"何蔓回过神来挂断了电话。

正在开车的谢盛察觉到她的眼神,便侧过头来道:"又看我干吗,有什么话想说?"

何蔓扭过头来看着车窗外面有些不自在地道:"就是我妈喊你一起去我哥家吃年夜饭。"

谢盛轻声地道:"先去我家,我把箱子搁回家换个衣服。"

刚到了谢盛家门口,何蔓莫名地又想到了上一次的那个吻,她下意识地站在了门口,道:"我在这里等师父吧。"

谢盛看了她一眼:"我还要换衣服,冰箱里面有酒,是我之前去加拿大带回来的,拿两瓶去你哥家。"

"不用了,我明天还要飞……"何蔓刚说完,顿时想起了明天的航班,她惊呼了一声,"天啊,我忘记做准备了,完蛋了,完蛋了。"

谢盛边脱掉制服外套边瞥了她一眼,看着她那着急忙慌的样子没有说话,而是直接进了房间内换了一身衣服。而何蔓拿出手机飞快地想要做飞行前的准备,谁知道一打开,她才发现她明天的航班竟然取消了。

何蔓愣在那里,看着从房间内出来的师父,惊喜地叫道:"师父,师父,我明天的航班取消了。"

"今天的航班延误成这样,取消不是很正常吗?"

"对啊,如此看来,晚点倒还是不错的嘛。"

谢盛看着她那嘚瑟的样子,眉梢微微上扬,随后扭过头从冰箱拿了两瓶酒,刚准备说去她哥家的时候,只见何蔓站在他那大大的落地窗前,惊喜地出声:"哇,师父,你看,烟花……"

谢盛抬头看着窗外的烟花,璀璨夺目,光彩照人,最后目光落到了那个穿着制服站在那大大的落地窗前仰头望着窗外烟花的女孩,看着她那因为惊喜而笑得灿烂的模样，想到今天在北京机场她那动之以情、晓之以理的小大人模样，又瞧着她此时这般天真的样子，他忍不住地唇角上扬。

对于航空公司的工作人员来，从来没有什么节假日，很难回一趟家，更别说想能在节假日的时候陪伴家人了。

因为往往在节假日的时候，他们都会比平时更加忙碌，但似乎航空公司这一职业的工作人员已经习惯了，不但是习惯，更重要的是因为热爱。

第十章 何蔓停飞

春节过后，何蔓也顺利地参加了FO1的理论考试，与她同期进入公司的飞行员也都陆续参加了FO1的考试，而她在理论考试结束并顺利通过之后，也就迎来了航线考试。

她今天的检查员是乔教员，她曾经跟乔教员飞过三次，一次就是之前电视台跟拍，另外两次是正常排班。

乔教员这个人看似什么情都不计较，但实际要求很严格，师父曾经说过，他的要求都是跟乔教员学习的。

好在有过跟乔教员飞的经验，且她飞完每一班，都会积极地请教员来讲评，认真地记录下自己的问题，还有每个教员的特点和值得学习的地方。可是她记得乔教员的讲评除了夸她的，好像也没有其他的。

何蔓想了想，趁乔教员下飞机绕机检查的时候，又翻开她飞行箱中随身所携带的一个记录本，是她自己习惯性记录的一个记录本，打开一看对乔教员的记录竟然是除了稳还是稳，看着她这个记录本，她有些尴尬，她当时怎么想的，怎么不记录一点关于乔教员专业上的东西？

突然乔教员的声音在她的身后响了起来："除了稳还是稳？"

何蔓吓了一大跳，扭过头来一看，是乔教员站在她的身后，她赶紧打着招呼："乔教员好。"

"给我看看。"乔教员对她手上的记录本倒是颇为好奇。

何蔓有些尴尬，还是乖乖地把记录本交了过来，乔教员接过她的记录本在左座上坐了下来，打开一看，忍不住笑了起来："原来是跟每个教员飞都记录下了他们的优点和习惯。"

何蔓点了点头:"教员都是飞行多年的前辈,他们身上有很多值得我学习的地方,所以我就都记录了下来。"

"你才刚飞不久,能有现在这样的水平已经很不错了,所以你不用担心,给你时间让你好好飞,肯定很快就能成为一个成熟的副驾驶。如今你要做的就是摆正心态,好好学习。"

"是,乔教员。"何蔓立马点了点头。

"以前国外教员有一句话:With great job comes great responsibility。"乔教员说完,看着何蔓,"伟大的工作,带来巨大的责任。也就是说,我们承担着多少荣耀也就要承担多少责任,所以我们在任何时候,飞行安全意识必须在头脑中建立起来,也就是'飞行必须安全'的观念。有了安全意识,才能决定我们在工作中的行为,所以要牢记在心底,要从过去发生的不安全事件中吸取教训,有所反思,让自己日常飞行当中有所进步,一步步提高自己的飞行水平和强大自己的心态,任何时候都能沉着冷静与飞机融为一体,掌控飞机。"

何蔓听着乔教员的话,原本紧张不安的心渐渐地平静了下来,神色也越发地认真:"我明白,乔教员,我不会辜负你的指导。"

"行了,好好飞吧。"乔教员笑了笑。

大概是因为有了乔教员的指导和安慰,她这一班飞得格外稳,所以转为第一副驾驶的考试一次性顺利通过了。

也就是说,接下来她无论是跟教员还是普通机长,她都有了飞行的资格了,何蔓看着乔教员给她的检查通过的单据,她别提有多开心了。

乔教员望着她那开心的样子,语重心长地道:"何蔓,如今你也算是一个成熟的副驾驶了,任何时候得记住,不要自以为是,但也不要妄自菲薄。在加强理论还有技术知识学习的同时,还有要加强自信,要做到胆大心细,对于飞行当中所存在的不足之处多思考,尽量避免在以后的飞行当中出现同样的问题,要知道,细节决定成败。"

"是,乔教员。"

"行了,我回家了。"

乔教员朝她挥了挥手,就从公司回家了。

只是,让何蔓想不到的是,她刚可以跟普通机长飞的第一班竟然跟她哥哥一起飞,查到任务的时候,她愣了好一会儿,随后深吸了一口气稳住了心神,她在想什么呢,不都决定以后不再去想爸爸的事情,而且春节期间她在哥哥家住的时候和哥哥不也是挺好的吗?

她和哥哥在同一家公司,又是一个机型,会一起飞这很正常啊!

何蔓正想着明天的航班,许璐敲着她的门进来了,她在一周前也通过了FO1的考试,得知何蔓通过了,飞过一个大过夜之后就过来找她了:"恭喜你啊,也通过了FO1的考试了。"

何蔓长叹了一口气:"可是我第一班跟我哥飞。"

许璐一愣,顿时反应了过来,说:"怎么了,我记得春节期间你跟你哥挺好的嘛。"

"就是挺好的,我才不想跟他飞呢。"何蔓眉头微蹙地道,"而且,我还没有做好心理准备跟他飞。"

许璐想了想:"明天我也飞,要不我跟你换班?"

何蔓噌地一下跳了起来:"你真的跟我换?"

许璐一想到跟何宁远一起飞,嘴角有着一抹不易察觉的笑意她点了点头,却面色如常地道:"当然了,反正对我来说,我跟谁飞也没有什么区别。"

"那倒是,而且我哥还帅,最重要的是还单身。"何蔓说完,像是想到什么,看着许璐道,"哎,我突然想起来你也单身。璐璐,你要是不嫌弃我哥老的话,要不我把我哥介绍给你得了?"

"行了你,想什么呢。"许璐赶紧拒绝。

"怎么了,你这是真的嫌弃我哥老啊?"

何蔓道:"璐璐,我跟你说,这老男人吃香;而且我哥又体贴又温柔还会做饭,老好了,你可别嫌弃我哥老,他……"

"哎,想什么呢,我哪有嫌弃你哥老?"

何蔓惊喜地道:"那你就是愿意了?"

许璐说不过何蔓,双手叉着腰地道:"你还要不要跟我换班了,再拿我打趣,我就不跟你换了。"

何蔓赶紧抱住了许璐的手臂:"好璐璐,我错了,我不拿你打趣了。"

"换就赶紧的,跟你哥说一声,我也跟我飞的机长说一声。"许璐生怕何蔓再抓着话题不放,赶紧转移开话题。

何蔓赶紧点了点头,像是想到什么,她说:"不过换班你机长会不会不高兴啊?"

"不会吧,而且我跟张教员说过,他人挺好的。"许璐说,"而且我的航班是在下午,你的航班是在上午,我可以说我下午有事,这样就行了。"

何蔓笑了笑:"那我跟我哥说一声。"

此时,何宁远与谢盛一起吃饭呢,收到何蔓的微信,他眉头微微一蹙,把手机扣在了桌面上,没有回微信。

而谢盛看着他那眉头微蹙的样子,问:"怎么了,你明天跟何蔓一起飞,她还没有联系你吗?"

"联系了。"

何宁远正在想着要不要跟谢盛说起蔓蔓跟许璐换班的事情,只见谢盛的手机也响了起来,他拿起手机一看,脸上微微冷了几分。

何宁远看着他的脸色,问:"怎么了?"

"我刚不是跟你说张教员的孩子又病了我答应替他飞吗?刚张教员发来微信跟我说,他同班的副驾驶许璐跟何蔓换了班。"

在何蔓宿舍,许璐跟何蔓一直趴在何蔓的床上,摇晃着两条跷起来的腿。许璐说道:"怎么样,你哥回你信了吗?"

何蔓摇头:"没有,你呢?"

"没有。"

许璐刚说完,就收到了原计划跟她一起飞的张教员的微信:"收到,我家中明天有事,明天的航班任务由谢盛教员替我执飞,有任何事情请联系谢盛教员。"

许璐一下子就僵在那里,只见何蔓问道:"是不是张教员回了你的信息,张教员怎么说的?"

许璐有些不忍直视地把手机直接就递了过来:"你自己看吧。"

何蔓看到了信息上的内容,她脸色立马僵在那里,有些不敢相信地道:"你航班的机长换成了我师父?"

许璐点了点头:"对,对啊。"

她手机微信响了起来,是她哥哥发过来的微信:"不行。"

与此同时,许璐的微信也响了起来,是谢盛发过来的:"明天航班按原计划进行。"

……

翌日,何蔓跟她哥哥何宁远的航班是从深圳飞往杭州的,早上九点的航班,其实算是一个不错的班,只是想到昨天晚上之举,她多多少少有些心虚,尤其是还连累了许璐,不知道师父会怎么折磨许璐。

何蔓从进入公司后签到,吹个酒测,又去签派那里拿放行资料,在她进入飞行准备室之前,她见到了哥哥,远远地,何宁远也看到了她,略显严肃。

她下意识地低下了头,她还是极少见到哥哥这般模样,她赶紧把签派拿到的放行资料还有资料包等东西一一拿过来给他核实,自己则是坐在那里乖乖地填写准备卡,准备卡通常是填写航班号、多少人飞、油量等什么的。

她刚填完,只见何宁远突然之间眉头微蹙,抬头望着她问道:"今天的机场有没有特殊航行通道?"

何蔓下意识地摇头:"好像没有。"

何宁远直接就将手中的资料扔了过来,道:"你再给我仔细看看。"

何蔓神色一僵,接过资料仔细一看,只见航行通道列举了很多东西,而跑道上分明写着在上午九点到十二点由于机场内部施工原因关闭了起飞通道18L。

何蔓顿时浑身冷汗:"不好意思,机长,是我没有看仔细,对不起。"

"对不起有什么用?"何宁远一脸的冷厉,道,"还不重新仔细看一遍?"

何蔓赶紧重新仔细检查着资料:"是是是。"

而乘务组与安全员则赶紧低下了头,他们当中很多人都跟何机长飞过,对他的脾气知晓一二,他向来脾气温和,从来不会与人为难,饶是有人犯了小错,也只会耐心指点,怎么突然之间跟何蔓发了这么大的脾气?

乘务长则跟何宁远核对协同单,核对完后也到了发车时间,何宁远扭过头清冷地望着何蔓:"这一次看仔细了没有?"

何蔓赶紧点头:"看仔细了,看仔细了。"

何宁远还想再说什么,可是看着何蔓那模样,他蹙着眉,不再多说什么,只是冷冷地扭过头一言不发地往外面走。

到了飞机下面后,机组人员一一上了飞机,何蔓进入驾驶舱准备,而何宁远穿着反光背心则去检查飞机加油并回来确定油量签字。

何蔓看到何宁远出去后,用力地拍了一下自己的脸颊,暗骂着自己:在想什么呢,怎么能犯那么低级的错误,连那么明显的特殊航行通道都没有发现,万一出了错可怎么办?

她深吸了一口气,稳住了心神,随后看了一眼机窗外,只见哥哥正穿着反光背心下飞机做机外检查,这些检查主要看飞机的外表有无异常,她看了一眼,开始进行驾驶舱内部的基本设施检查。

做完准备工作,何宁远便上了飞机并核对她所做的所有检查以及飞行计划,她则下飞机进行机外检查。

一切准备就绪,旅客开始登机,何蔓刚上飞机,何宁远说:"今天杭州的天气不错,你来飞,我来配合你。"

"没问题。"何蔓赶紧摇头,看着何宁远的时候,她稳住了心神深吸气道,"谢谢哥哥。"

何宁远侧过头看了她一眼:"我还以为在公司你就不认我这个哥了呢。"

"怎么会?"

"行了,快跟塔台申请放行许可。"

何宁远紧抿的唇终于微微舒展了一些,轻声说道:"以后看资料的时候要细心,任何细节都不能错过,知道吗?"

"我知道了,哥。"

"还有,我们俩飞同一个机型,以后一起飞的时候可能多了去了,所以别再想着逃避问题,有些事情,不是逃避能解决的。"

何宁远说完,微微侧过头来:"公司不是我们家开的,航班也不是我们自己排的,遇事就逃避,你有没有想过,人家也可能会有事,就算是跟你关系好可以换班,但也要尊重排班的,也要尊重机长,哪怕是我。"

"我没有不尊重排班的,也没有不尊重你。"何蔓忍不住解释,说,"你明明知道我为什么不想跟你飞。"

何宁远轻声地道:"但是你跟我在同一家公司,如今又飞同一个机型,你以为不想跟我飞就能逃得了吗?"

"我知道,我只是需要时间……"何蔓又解释道。

"时间？"

何宁远望着她："那你需要多久的时间，谁会给你时间？排班的吗？还是公司，谁给你的特权？"

"哥！"

何蔓蹙着眉头，何宁远望着她："我说这些话不是作为你哥跟你说的，而是作为你的当班机长跟你说的，有些问题不是逃避就能解决的。"

何蔓心底有些按捺不住的冲动："你说我倒是说得好听，有些问题不是逃避能解决的，那你自己呢？你自己不也一样一直在逃避，不敢去考教员，还因为这个知道当年所有事情的人都把责任都怪到我身上来了？"

何宁远顿时脸色沉了下来："谁把责任怪到你的身上了？"

何蔓望着他，道："无论是师父、璐璐，还是咱妈，都在劝我放下当年的事情，以为是我放不下，可分明就是你自己放不下，你自己在逃避……"

"够了！"

何宁远脸色极为难看，凌厉地打断了她的话，随后又变得极为冷静："现在是上班时间，不要说这些私事。"

何蔓想到了她刚刚所说的话，有些后悔："哥……"

何宁远面色恢复冷静："旅客马上就要登机完了，赶紧跟塔台申请放行许可。"

"是。"

何蔓稳住了心神，拿起无线麦克风联系塔台，飞机推出，启动完发动机申请滑行，按照塔台给的滑行路线滑行到跑道外等待后又根据塔台给的许可进入跑道，随后得到起飞许可后开始爬行。

何蔓参照仪表盘，完成了她的整个起飞动作，直到飞机上升至平稳飞行后，她这才接通了自动驾驶，想到她之前每一次飞的时候操作完后都会请机长讲评一下，所以也想请他讲评一下。

可看着何宁远那清冷的脸色，她想到她刚刚所说的话，还有之前所犯的错，有些心虚。不管她和哥哥私下怎么样，但哥哥是今天的当班机长，她刚刚那么说话都不大对。

她是不是应该道个歉？

何蔓正想着呢，只见何宁远站了起来："我去个洗手间。"

"哦，好的。"何蔓赶紧点头。

何宁远出去之后，她微微松了一口气，扭过头来看着仪表盘，无线麦克风响起了管制的声音，让她上升高度，何蔓回过神来回复了管制之后，赶紧调整高度。

刚调整完，飞机开始爬升，何宁远就从洗手间回来了，看了一眼，本能地发现了高度有变化："高度调了？"

"嗯。"何蔓点了点头。

"管制让我们调到多高？"何宁远问。

"8100。"何蔓回答。

"8100？"何宁远眉头微蹙，"跟管制核实一下。"

何蔓一愣，拿起无线麦克风："深圳，东胜8520，核实一下高度调到8100。"

"东胜8520，高度错了，高度调到7500。"

"什么？"

何蔓脸色微变，看了一眼高度，此时飞机刚好爬升到了7400，何宁远立马调整高度，在7500高度的时候，飞机保持着飞行。

看着这一幕，她脸色惨白不已，只见何宁远调整好高度之后扭过头来一脸冷寒之气地望着她："你刚才在想什么，连高度都能听错，万一要是这8100有一架飞机正好在我们头顶上，你也敢上去，你疯了不成？"

何蔓也是惊出了一身汗，而何宁远直接接管过飞机，盯着她厉声地道："你告诉我，你脑子刚刚到底在想什么？"

"对不起，对不起，我……"何蔓除了道歉找不到其他的理由。

何宁远直接就打断了她的话："你现在说对不起有什么用，要不是我刚好从洗手间回来发现了高度不对劲，你有没有想过这会有什么后果！我们头顶上还有一架飞机呢，你怎么会连这愚蠢的错误都会犯？"

何蔓面色苍白："对不起，对不起……"

这么愚蠢的错误她还能有什么理由解释？

何宁远看着她那认错的模样，有一丝心疼，可一想到这可能会造成的后果，他脸色顿时就变得冷沉："你最好老实交代，你刚刚到底在想什么，为什么会听错高度？"

若不是杭州这一条航线他极为熟悉，早就熟悉到每一个高度、每一个步骤、每一个指令，否则今日之事，后果不堪设想。

何蔓想到她调错的高度，依旧面色惨白，抬头看着何宁远的时候，她有些害怕，却还是不敢再逃避："我……我在想我刚刚在地面上不该跟你那么说话，然后……然后管制就让我上升高度，我就听差了，以为是……以为是我昨天飞的调整的高度。"

何宁远脸色僵在那里，想到了刚刚在地面上发生的事情，面色变得格外的复杂，若不是他想要让她别逃避，她也不会那么说，更不至于会在跟管制沟通的时候走神。

如此说来，他也有责任。

可是他能这么理解，但并不代表旁人会这么理解，公司会这么理解。

于是，何宁远脸色微沉地望着她："你现在这么解释我能理解，但是公司不可能会理解，旁人不可能会理解，这件事情落地之后就会传到公司里面。所以你最好做好心理准备，好好反思，为什么要在飞行中走神，这是走神思考其他事情的时候吗？"

他说了半天，可看着何蔓的样子，最后只能停了下来："你还是好好地给我看飞行手册吧。"

这件事情落地之后传到公司，定会引起来轩然大波，这可不是她之前所遇到的那种流言蜚语、别人质疑的小问题，这发生的事情可是关于她的专业问题，会让人怀疑她的专业度。

想到这里，他不禁蹙着眉头有些担心，更有些后悔他刚刚为什么非要跟她提逃避之事。她本来就心思重，给她时间她总会克服的，为什么他要这么着急？

何宁远明白，何蔓自己也清楚明白今天她的失误会有什么后果，更会有什么样子的影响。

想到这里，她坐在那里双手紧握在一起心底七上八下的，脸色也格外难看，第一次她在怀疑自己的专业性和能力。

从杭州回到深圳之后，如同何蔓和何宁远所料，她在飞行途中听错管制的高度之事立马传到了领导的耳中，何宁远也在第一时间上交了资料

8520航班上所发生的事情,尽管没有发生任何事情,可是他把任何可能性还是事无巨细全都写得清清楚楚。

公司领导得知这件事情,也在第一时间针对8520航班上何蔓发生的问题成立了调查小组进行讨论,谢盛落地后也很快就知道了这件事情。

而公司领导一直特别重视谢盛,一直想将320机队交到了何蔓的手中,所以蔓出了这事,自然把谢盛也找来了。

谢盛过来的时候,320机队的几个领导都在这里,他刚坐下来,旁边飞行部的领导乔庭远了就是乔教员看着谢盛道:"何蔓是你带的,你觉得这事要怎么处理,刚刚我们几个领导商议想着停飞一周呢。"

谢盛想到他听到的事情,眸光冷沉:"停飞一个月,扣一个月工资。"

乔庭远抬头看着谢盛:"这太久了吧,半个月应该差不多吧,而且宁远反应的速度快,也第一时间察觉到不对劲,也算是没发生什么事情,这……"

谢盛抬头,语气越来越发冷:"这要是发生了什么事情了呢,要是发生了什么事情,谁能承担这个后果?"

"你这说的倒也是。"

乔庭远说完,看着谢盛,道:"不过,宁远跟我说了一下具体情况,这事说到底,也不单单怪她一个人,宁远也有问题,不该在这个时候跟她聊这些的。

"何蔓我也带着飞过几次,还算是有了解的,她对飞行的热情极高,对飞行的态度也是极为认真,她并非一个不负责任的飞行员,她虽然心理承受能力差,但是我记得当初你最开始飞的时候心理承受能力也没有如此强大。飞行虽然是一个严谨的问题,但也是一个学习的过程,这也是我们航班为何会配备机长和副驾驶的原因,就是需要成熟的机长来指点副驾驶,同时掌控把握飞机,也是机长为何会在一架飞机上权力最大的原因。所以我不认为何蔓是真的不把飞行当一回事。"

乔庭远的话让谢盛微微一怔,只见乔庭远拍了拍他的肩膀:"谢盛,你是我带出来的,也是我带出来最骄傲的徒弟,我也知道你带人跟我一个模式,要求极为严格,可是有时候你对何蔓是不是有些过分严格了?毕竟,她现在才飞了不到一年的时间,你让她像一个成熟的机长一样,这怎么可能!况且,她是你一手带出来的,她是不是真的不是一个合格的飞行员，或许旁人不了解，难道你还不了解吗？"

"乔教员说的是。"

谢盛如当头一棒，赫然清醒了过来，是啊，何蔓是不是一个合格的飞行员，他难道不是最清楚的吗？

想到这里，他心底的愤怒如同泄了气的皮球一样，揉了揉眉心，只是大概是因为他带的第一个徒弟，所以他的要求总是会格外地严格。

可更多的是，因为他知道何蔓所发生的点点滴滴，所以才对她格外严格，就是想要磨炼她的性子。

因为女飞行员要承受的压力远远大于男飞，所以他给她的压力，也正是因为她能尽快面对和克服这些压力。

可是他在想是不是他太过于急切，就像乔教员所说的，他在拔苗助长。

"不过停飞一个月也是可以的。"乔庭远坐了过来，说，"虽然这8520航班上没有发生任何问题，但是任何潜在的问题也必须严格对待，所以停飞一个月让她自己好好冷静一下，好好学习一下飞行手册，然后再去珠海通过模拟机考试再决定能不能复飞吧！"

"好的。"

谢盛想到她犯的错，眸光微微犯冷，点了点头道："这段时间就让她在地面好好上行政班吧。"

乔庭远点了点头，抬头看着谢盛说："对了，你要不要跟她去谈一谈？"

谢盛此时稍稍冷静了一下，也没有那么生气，他摇头："算了，我这个时候跟她谈只怕她压力会更大，而且我怕我说不出什么好听的话来。"

乔庭远仔细一想，说："那就由我来告诉她这个消息，然后我再跟她谈谈吧。"

谢盛没有再多说什么，何蔓向来崇拜乔教员，或许让乔教员跟她聊聊也能让她端正自己的心态，且如同乔教员所说，何蔓是真心热爱飞行的，她没有不把飞行当一回事。

飞行安全大过一切，没有任何的侥幸。

犯了错就是犯了错，犯了错必须接受惩罚。

何蔓此时正一个人坐在办公室里面等待公司的处理结果,她坐在那里看着眼前的飞行手册发着呆,她从来没有想过她竟然会犯如此愚蠢的错误,尽管没有造成任何后果,可是,这愚蠢的错误她还是犯了!

何蔓手中的拳头牢牢地攥紧,恨不得狠狠地抽自己几个巴掌让自己清醒一些,她第一次在怀疑自己是不是适合飞行。

一阵阵敲门声惊醒了她,只见乔教员从外面走了进来,她赶紧站了起来,有些不敢直视他的眼睛,乔教员一定是对她失望到了极点。

别说是乔教员对她失望,她对自己也很失望。

一旦发生什么事情,她真的是想都不敢想,想到这里,何蔓声音带着歉意地道:"乔教员……"

"嗯,坐下说。"

乔庭远直接开门见山:"公司决定,针对你在8520航班上所犯的错给予停飞一个月的处罚。一个月之后重新参加模拟机训练,到时候何宁远也会在你身边,模拟一切可能会发生的事情,看你的处理和应变能力,你可有什么异议?"

"没,没有。"

"没有就好,那这一个月你就在地面好好上班,然后好好地学习飞行手册,并准备一个月之后的复训还有模拟机训练。"

"是。"

停飞一个月,何蔓没有任何怨言,也没有任何异议,她知道,是她太情绪化导致差一点犯了一个弥天大错,一旦发生什么,那后果就不堪设想。

乔庭远看着何蔓此时愧疚的模样,语气放缓了许多:"既然你的处理结果出来了,那如今我们就来针对你在8520航班上所犯的错来聊聊。"

"乔教员……"何蔓微微一怔,随即抬起头来看着乔庭远。

乔庭远说:"也是宁远把8520航班上所发的事情都上报公司之后又单独找我聊了聊,我这才想起来你们两个人是兄妹。"

何蔓不禁紧握着双手:"对不起,乔教员,我不是故意隐瞒的。"

"谈不上故意隐瞒不隐瞒,你资料上有写你家里的人际关系,你哥的资料上也有写,我们都知道,所以说到底,你也不算是隐瞒。"

乔庭远挥了挥手:"当年何宁远航班上你们爸爸去世,你又在飞机上,其实我是知道的,我当时是飞机上的检查员。"

何蔓微愣了一下:"乔教员也在飞机上?"

乔庭远点了点头:"我作为一个飞了几十年的老飞行员来说,你哥哥当时的处理没有任何问题。"

何蔓下意识地垂下头,她道:"我知道,我一直都知道哥哥当时的处置是没有任何问题。"

"只是在情感上你放不下,是吧?"

"是。"

乔庭远倒是很能理解:"其实放不下也是对的,那毕竟是你爸爸,当时开飞机的又是你哥哥,换个人也不会轻易能放得下的。"

何蔓说:"其实乔教员,我也不是放不下,只是当时哥哥说我逃避,我就想到他这些年来早就有资格考教员,但他也是一直没有参加教员考试,所以就争了起来。后来又觉得不应该那么说话,然后,然后……"

"然后就发生了8520航班上的错误是吗?"乔庭远接过了她的话。

"没错。"

乔庭远望着何蔓:"但是何蔓,你知道吗?你哥哥后来能重新飞,是因为不但过了心理测试测验,还有各种模拟机训练,这才能重新飞。"

何蔓微愣了一下,这些事情她自然听妈妈说起过,只是当时她一直没真正地原谅哥哥,从未曾放在心上。

乔庭远道:"其实,你哥哥更多的是一种赎罪的心态,所以不肯放过的是自己。但是,何蔓,你要知道,你哥哥在面对飞行上,始终有自己心里的底线和红线,就算是天大的事情,在飞行上,他都可以游刃有余地控制好飞机。

"一个你哥,一个谢盛,是我带出来最优秀的两名飞行员,我也想着等我退休之后把飞行部交给他们两个人,但是我没有想到你哥的心思那么重,会一直走不出来。但你不用替他操心,你更不用在意他的逃避,他的逃避是自我惩罚,是对他自己的惩罚,但他始终记得'飞行必须安全'这几个字,我相信他,公司也相信他。

"但是何蔓,你的逃避,却不是自我惩罚,而是为了让自己舒适,所以，你这才发生8520航班上的错误。"

何蔓愣在那里，她的逃避是为了让自己舒适？

是啊，她的逃避是为了让自己舒服，师父也这么说过。

其实说到底，她是自私的。

听到乔教员这么一针见血地分析，她垂下头来道："是啊，乔教员说得没错，我的逃避是为了让自己舒服。"

乔教员语重心长地说："其实让自己舒服也没有什么错。但是何蔓，我们的工作非同一般，无论是让自己舒服，还是逃避，我们都必须有自己心里的底线和红线，谨记'飞行必须安全'这几个字。"

飞行不比其他，何蔓很优秀，他不希望她一直陷在沼泽中走不出来。

何蔓低下头来低声道："对不起，乔教员，我知道我错了。我不该犯这么愚蠢的错误，对不起。"

"好了，不用道歉。"

乔教员看着何蔓的样子就知道她真的知道错了，但这并不重要，重要的是以后，她以后的路还长着。

他说："我跟你飞过几次，了解你的性格，想来事情发生的时候你就知道错了，所以呢，我跟你说这些，不是责怪你，而是想让你明白以后无论发生任何事情，都必须学会保障飞行的安全。"

何蔓深吸了一口气："乔教员，我保证，以后不会再犯这样的错。"

乔教员一笑："保证是没用的，我向来只看你实际做的。而且你可别忘记了，一个月后，你复训还包括了这一次事件的模拟机训练，到时候你若是还有什么问题，那就不是停飞一个月这么简单的事了。"

行动上的认错，比言语上的认错更能让人看得出来知错的诚意。

何蔓知道乔教员的意思："我不会让乔教员失望的。"

乔庭远认真地说："那就好。"

"我之前说过，未来是属于你们年轻人的，无论是民航的发展还是未来国家的发展，都需要年轻人，所以需要你们负担起自己的社会责任，代代相传，这样才不会辜负国家对我们的培训与信任。"

何蔓点了点头："嗯，谢谢乔教员。"

而她停飞一个月的消息很快就传遍了公司，自然也有很多人知道了8520航班上她所犯的错，一时间跟她关系好的人纷纷发过来信息安慰着她。

此事跟她之前发生的任何事情都不一样，怕是她会接受不了。

许璐更是一落地直接就奔到了何蔓的房间。她过来的时候，何蔓正在看飞行手册，看不出来任何颓废的样子。看着何蔓这模样，许璐拧着眉头有些担心，却欲言又止，不知如何开口。

何蔓望着她那欲言又止的样子，微微一笑："如果是担心我停飞的事情，就不用问了，这一天我已经收到太多关心的消息了。"

"这倒也是。"许璐一听她这么一说，倒是放心了不少，道，"不过看着你这样子，我倒是放心了好多。"

何蔓只是笑了笑，说："放心吧，我犯的错，我会自己承担。"

"蔓蔓……"

许璐一听，十分心疼，刚想说什么，何蔓朝她一笑："行了，别说了，你也刚落地，赶紧回去休息吧。"

许璐看着何蔓的脸色，有些不放心，想了想话到了嘴边又转移开了话题："也行，那我先回去休息了。"

她了解蔓蔓，这个时候倒不如让她一个人静下心来好好冷静，独自一个人待着，因为这个时候的关心只会让她更崩溃。

回到了宿舍，想到何蔓这一次身上发生的事情，她自然想到了何宁远，蔓蔓是宁远哥的妹妹，自己亲妹妹在旁边因为他犯了这么大的错，只怕他的心理压力不比蔓蔓小。

何蔓送走许璐后她的手机又响了起来，是宋青扬发过来的微信，想到回家前宋青扬的表白，她微怔了一下，看着宋青扬关心的话，她直接就关掉了手机，她不喜欢宋青扬，就不要再给他任何希望。

更何况，眼下她更需要好好地沉淀自己，况且，她跟乔教员聊过之后，心态已经放平和了许多，上行政班也能让她学习到很多的东西。

不过，在地面上班之后，何蔓才知道原本公司是计划停飞她半个月的时间，停飞一个月的时间是师父谢盛提议的。

得知这个消息的时候，想到师父的性子，她并没有多大的意外，师父要求向来严格,她犯了这么愚蠢的错误,师父一定很失望吧?

不然,怎么会在她停飞一个月的时间都没有来见她?

公司里面,但凡一起飞过的同事,基本上都会来关心地问一句,可是唯独师父没有,这一个月,他就仿佛消失了一样。

但是她知道,师父还在正常地飞,就在深圳,就在公司,但就是没有见她,想来师父,一定是对她失望透顶了!

何蔓正想着,便听到一阵阵敲桌子的声响,她微愣了一下,抬头只见谢盛双手插在口袋里站在她的面前正望着她。

她吓了一大跳:"师父?"

"到点下班了吧?"谢盛抬起手腕上的手表看了一眼时间,不紧不慢地开口,"收拾一下,一起去吃饭。"何蔓听到这句话,愣了一下,只见谢盛望着她,说:"晚上有约了?"

"没,没有。"

"那收拾一下,一起吃个饭,我在门口等你。"

何蔓看着谢盛的背影,一想到她在8520航班所犯的错,她下意识有些紧张了起来,师父过来是骂她的吗?

可就算是师父骂她那又怎么样,他是她师父,带她这么久,指点了她这么多,她如今却犯了这样愚蠢的错误,骂她不是很正常的事情吗?

她之前不还一直还在纠结为什么师父不来骂她吗?

……

半小时后,两个人驱车来到了之前一起吃过的一家台湾菜馆,推门而入的时候,店里面正在放着《Wayward one》。

老板还是将之前的老位置给空了出来,两个人入座点好菜之后,谢盛问:"明天要去珠海复训还有模拟机训练了,准备得如何?还有心理压力吗?"

何蔓老实地承认:"还有,但是我记住乔教员的教导了,任何时候心里都要有自己的红线和底线,飞行安全大过一切。"

"能明白这个就好。"谢盛倒是满意一笑,看着桌子上的菜,他指了指道,"行了,先吃饭吧。"

何蔓愣了一下,赶紧吃饭,只是边吃边蹙着眉头抬起头来看了一眼谢盛:师父今天这是怎么了,不骂她,怎么看起来这么好说话?

她低头往嘴里面不停地扒着饭,一碗卤肉饭基本上全都进了她肚子里面,只是旁边的卤肉她都还没有拌开。

谢盛伸手敲了敲桌面:"你在想什么呢,这吃的是什么饭?"

何蔓低头就看到了旁边的卤肉,尴尬地笑了笑:"白米饭也挺好吃的。"

谢盛身子微微斜靠在背后,好整以暇地望着她:"上一次你不是还挺喜欢吃卤肉的吗?"

何蔓:"……"

谢盛则双手环抱在胸前望着她,不紧不慢地道:"行了,吃得也差不多了,说说你在想什么吧。"

她抬起头来正好迎上他的目光,心底突地跳了一下,忍不住如实道来:"就是在想,在想师父怎么,怎么……"

谢盛接过她的话:"在想我这一个月为什么没来找你,为什么没有骂你,为什么会在这个时候来找你?"

何蔓尴尬一笑:"是啊。"说完,她深吸了一口气,这一次直视着谢盛的眼睛,有些忐忑:"师父,你是不是对我很失望?师父要求向来严格,可是我这一次犯了这么大的错误,师父也没有找我谈谈,更没有骂我,我想,师父一定是对我失望透顶了。"

"我是很失望。"

谢盛瞧着她那模样,不知怎地,心底原本还有一丝丝的气此时彻底地消散了,只是神色依旧很淡。

何蔓低下头来:"对不起,师父,我让你失望了。"

"我失不失望很重要?"谢盛突然之间反问。

谢盛望着对面的女孩,突然之间眉梢不易察觉地微微上扬了一丝,看似不经意般地问道:"为什么?"

何蔓认真地道:"因为你是我师父,我是你带出来的第一个徒弟,你要求向来严格,我却还是犯了这么愚蠢的错误,师父一定很失望。"

谢盛瞧着她这模样,又想到她这一个月来在地面上上班的表现,他收敛了一抹神色,轻声地道:"我是挺失望的,不过从这一个月看来,你是真的知道错了,所以你自己真的知道错就好。"

谢盛揉了揉眉心:"行了,我知道你在想什么,你出事之后我也没来找你是因为我在反思,我是不是对你要求太过于严格了。"

乔教员说得没错,换班不是多大的事情,她毕竟刚飞没多久的时间,很多事情她也需要时间才能一点点地来接受。

况且他冷静下来之后仔细想了想,以她的性子,犯了这么大的错,肯定只怕内疚得要死。他若是再骂她,只怕她的心理承认压力会更大,他也不能因为一次错误就否认她的努力还有她的付出。

"没有,师父严格是好事。"

何蔓有些惊恐,师父竟然还会反思。师父怎么会反思,师父这样的人怎么可能会犯错,师父永远没错的啊!

"怎么,看样子是真的想开了,以后也都知道怎么做了。"谢盛瞧着她这样子,神色微微放缓了一些,"那就先吃东西吧。"

何蔓虽然不习惯师父这么好说话,但还是乖乖地低头吃着饭,饭后她原本打算直接回宿舍收拾东西的,谢盛说:"先在公司附近走走。"

两个人就直接往公司后面靠近跑道的这一条路走过来,刚好落地了一架全日空航空的飞机,耳边伴随着的是飞机落地时的轰鸣声,在飞机声音渐渐减小时,她侧过头来看着谢盛,认真地问:"师父,你是有什么话要对我说吗?"

谢盛靠在护栏之外,望着与跑道相反方向的桥下如流水般车流,语调听不出来有任何情绪地问:"就是想知道这一次去珠海训练有没有信心?"

"有。"何蔓深吸了一口气,笃定地道。

"这么自信?"谢盛望着她。

"这一次的犯错,已经让我终生难忘。"

何蔓想到这一次的犯错,她垂下眼眸低声但语气坚定地道:"我不会让自己再犯同样的错。"

谢盛侧过头来看了她一眼,轻声地问:"那这一次的事情,有没有怪师父?"

何蔓愣了愣:"怪师父什么?"

"你知道你要跟你哥一起飞的时候,要跟许璐换班这件事是我阻止的。"

谢盛望着桥下的车流,眸光微凉地道:"若你当时跟许璐换班了,可能就不会有这样的事情发生了。"

何蔓仿佛明白了什么,她也换了一个跟谢盛一样的姿势,扭过头来背靠着护栏望着桥下车流:"或许吧,但是我哥有一句话说得不假,我跟他飞一个机型,又是同一家公司的,排班的人不可能为了照顾我的情绪每次都把我跟我哥分开。所以,我迟早是会跟我哥撞上,师父不让我换班也是为了我好,是我自己不争气,辜负了师父。"

谢盛听到她这么一说,想到刚知道她在航班上犯的错曾经说出的话,微叹了一口气,忍不住地伸手揉了揉她的头:"傻丫头……"

何蔓侧过头来看着师父亲昵地揉着她的脑袋,呆在了那里,只见谢盛说:"我只是在想,当时若是同意你换班,给你一点时间,或许,你不会犯这样的错。"

何蔓回过神来:"但这也只是或许,而且我知道师父是为我好。"

谢盛不自觉地笑了笑,这一个月,她在反思,他又何尝不是在反思,有时候,是不是他矫枉过正了?

何蔓望着谢盛那一张侧脸:"倒是师父,真的没有对我失望吗?"

"说实话,刚一听说你犯这么愚蠢的错,我确实是很失望。

"但是后来,我被乔教员给骂醒了。而且我毕竟带了你这么久,你跟着我飞得也最多,那么多次,我又岂会不知道你有多热爱飞行,对飞行的态度有多认真多执着?"

何蔓鼻头有些酸酸的,她没有想到最了解她的竟然会是师父,她更没有想到原来在师父的心底她并非那么糟糕。

"你出事我没有第一时间来找你,是因为我当时真的很生气,我担心我会说出来什么难听的话来,更担心我的话会让你的心理压力更大,所以,我就什么也没有说。而且,你这一次出事,也让我自己冷静地想了想,我带徒弟的方式,是不是有什么问题。"

"师父没有问题,师父严格是好事的。"何蔓立马道。

"话虽然这样说,严格是好事,但是,我却没有真正学到乔教员教育徒弟的方法。乔教员是在飞行技术理论上严格要求,但是平日里在心态和态度上却是循循善诱的,而我,无论在什么时候,都是只一味地要求严格,却忘记了每个人遇到的事和情况不一样,很多事情是需要时间的。

"其实,我也是第一次做别人师父,真正地带徒弟,我也还是在学习当中。"说完,他扭过头来看着何蔓,认真地说,"我这个师父有什么做得不好的地方,你也多多提点,包容一二。"

何蔓吓尿了,赶紧摇头:"师父是最好的师父。"

谢盛闻声一笑:"是吗,你之前不是挺怕我的吗?"

何蔓认真地道:"那是不了解师父,了解师父了之后,就知道其实师父是一个挺温暖的师父。"

谢盛闻声,忍不住地勾唇笑了笑,何蔓看着他笑了,终于放下心来:"那师父,我真的没有让你失望吗?"

"那要看你这一次能不能顺利通过模拟机训练。"谢盛如深海般的眸子含着笑意地望着她。

"我一定会通过的。"何蔓举起小手保证道。

谢盛瞧着她那认真的样子,看着她那一张侧脸认真的模样,他那深邃的眼眸多了一抹幽光,嘴角的笑意更深,她这一次的犯错,何尝不是给他一个警醒?

第十一章 何蔓复飞

第二天,何蔓一大清早就到了珠海,她这一次的复训时间比较长,除了正常的复训之外,还有就是要模拟之前她跟她哥哥飞的时候所犯的错误,以及各种意外特殊状态下的考核,如果不能通过,她还是要继续停飞。

她知道问题之严重,所以一直认真准备着。

转眼就到了模拟机考核的时候,她哥哥也提早一天从深圳赶了过来,她过来的时候,亲自检查她的乔教员还有要配合她飞的哥哥是否都已经到了模拟机这边。

这一次的考核不单单是普通的模拟机训练考核,还有她跟她哥实地搭配的考核,而且这一次她要考核和训练的航线选得比她上一次跟她哥哥一起飞的要复杂得多,不单单是起飞机场的天气不好,途中的天气也不好,落地的环境也很复杂。

何蔓深吸气,只听见她哥哥的声音在她耳边响起:"你来主飞,我配合你。"

"是。"何蔓点了点头。

随后按正常的飞行流程开始检查飞机内部仪表盘等相关设施,检查完后,何宁远核查,神色格外严肃,并刻意挑刺,语气冰冷得就像故意找麻烦似的。

这一次,何蔓格外冷静,一步步地,按照操作程序在复杂的航线上将飞机顺利地着陆落地。

当乔教员说通过的时候,她这才真正地彻底地松了一口气,经历了一个月的停飞,尽管她一是在劝自己放宽心,这一次是自己活该,可是谁又知道她心理的压力有多大?

她怕辜负了乔教员的教诲,怕辜负了师父的教导,怕辜负了哥哥长期以来的隐忍和自我赎罪方式的补偿,更害怕辜负了当年好不容易鼓起的进航校的勇气。

她依旧清楚地记得她当年阴差阳错地通过了飞行员招飞时的情景,其实,当时她已经察觉到是飞行员的招飞了,毕竟哥哥当年参加了招飞体验,哥哥曾经说过全过程,她当时想扭过头就走,是妈妈阻止了她。

妈妈说这是爸爸的梦想,她是爸爸最疼爱的女儿,如果她有朝一日也能替爸爸实现梦想,爸爸在天上一定会很高兴的。

后来顺利地通过了招飞体检,进入航校,就这样,她也走上了飞行员的路。

她知道自己心底的怨气还有对哥哥的怨言,所以一路上为了飞行,为了证明她可以独当一面,她付出了比旁人多十倍、百倍、千倍的努力。

如今,又怎么能轻易放弃?

从模拟机里面出来的时候,她看着在她身边的何宁远那松了一口气的样子,想到他这一个月想安慰又不敢安慰她的样子,想到了爸爸,想到了最初的梦想,忍不住地上前了一步,伸手抱住了他:"哥,对不起,有我这么不懂事的妹妹,你一定很辛苦吧?"

何宁远微怔了一下,看着抱着自己的何蔓,他伸手揉了揉她的脑袋:"怎么了,通过了还不开心吗?"

"开心,当然开心。"何蔓说完,抬头盯着何宁远,一字一句地道,"哥,你去申请参加教员考试吧!"

乔庭远从模拟机里面出来，听到何蔓这么一说，微笑了起来，何蔓果然是比一般人更聪明，看似固执，不懂圆滑，但一旦她想开，所有的问题就都不是问题，至于重感情嘛，这不是坏事，只要她知道自己的底线和原则在哪里就好。

何宁远低头看着何蔓，似乎以为自己听错了似的，只见何蔓说："哥，你是一个优秀的飞行员，不应该只做一个普通的机长，你应该做教员，甚至是检查员，带出来更多优秀的飞行员。"

何宁远心底有些酸楚，甚至是有些激动地问："蔓蔓，你当真认为哥哥是一个优秀的飞行员吗？"

"当然是。"

何蔓用力地点了点头，说完她深吸了一口气："对不起，哥，其实我知道，当年爸爸的死跟你没有任何关系，当时的你也无能为力，就像我一样无能为力，我这些年来不应该一直把爸爸的死怪到你的身上。"

何宁远伸手把何蔓给抱在了怀里："蔓蔓，哥哥从来没有怪过你，是哥哥没有保护好你，没有照顾好爸爸，是哥哥不应该告诉爸爸我考机长的航班。"

何蔓摇头打断了何宁远的话："哥，我们谁也不想这样的事情发生，爸爸不想，哥哥不想，我也不想的。"

乔庭远则上前了一步道："你们两兄妹就别想那么多了。我也是一个父亲，我相信你们爸爸如果知道会发生这样的事情，也希望你们兄妹二人可以好好地飞行，实现自己的梦想，而不是因为他的去世让自己活在痛苦之中。身为父母，无论任何时候都希望子女好好的，更何况，多想想你们妈妈，她应该比你们更痛苦。"

何蔓和何宁远一怔，是啊，爸爸去世多年，他们兄妹二人面和心不和，一心沉溺于爸爸去世的痛苦之中，可在这个世界上最痛苦的那个人，应该是妈妈才对。

"好了，别想那么多了，以后好好地补偿就是，懊恼后悔是没有用的，你们要做的是看向未来，而不是沉浸于自己的痛苦之中。"

何蔓和何宁远清醒过来："乔教员说的是。"

乔庭远看着何宁远："不过，刚刚你妹妹说的话，你考虑得怎么样？"

何宁远笑了笑："乔教员放心，我会好好考虑的。"

乔庭远摇头:"得准备起来。"

何宁远此时仿佛长期以来压在心底的那一块大石头终于是放下了似的,他轻声地笑了笑,道:"我会好好准备的。"

乔庭远这才真正地放心,如此看来,何蔓犯了一次错,并不算是没有收获,最起码,让他们兄妹二人解开了心结,以后,又多了两名优秀的飞行员。

模拟机考核结束之后,何蔓便收拾着行李准备跟何宁远一起从珠海回到深圳,她哥哥是开车过来的,所以她跟乔教员一起跟着哥哥的车子回了深圳。

刚在酒店楼下大堂的时候,只见酒店大堂外面有一个穿着白色制服、拉着飞行箱走进来的男人,面带淡漠而又疏离的笑意,衬得整个人绅士而又温柔。

何蔓一下子脚步顿在那里,有些不敢相信地朝着那男人看了过来——叶南城?他怎么会在这里?

显然,叶南城也发现了她,站在那里望着她的时候,那张俊雅的脸上挂着让人如沐春风般的温柔笑意,如同在航校时那般温柔而又熟悉,仿佛他就是这个世界上的光。

只见乔庭远看到叶南城之后,笑了起来道:"南城,你来了?"

叶南城看向了乔庭远,长腿大步流星地走了过来:"乔教员,你怎么也在珠海?"

"刚好过来检查几个新学员。"

乔庭远笑了笑道:"你什么时候到公司的?"

叶南城也是面带微笑:"一周前就报到了,今天来这边训练。"

乔庭远连连点头:"不错不错,公司这个时候正是缺机长的时候,如今有你这样在航校教飞行学员的经验,又有在国外航空公司飞行的经验教员加入我们,那可是我们飞行部的荣幸啊。"

叶南城摇头道:"乔教员可千万别这么说,您在部队的时候就是国家一级飞行员,不知道是多少飞行员的偶像呢,我需要向乔教员学习的地方还有很多。"

乔庭远说:"南城可别客气,我可是听说你在澳大利亚的航空公司差不多能当检查员了。我在你这么大的时候可没有放检查员的资格,公司决定等你教员改装之后就准备提你为检查员呢。"

"这不是还没有吗？"叶南城笑了笑，道，"而且，我不懂的地方还有太多，需要乔教员多多指点。"

何蔓听着他与乔教员的对话，愣了愣，乔教员和叶南城这话都分别是什么意思，叶南城进他们公司了？

旁边的何宁远像是看出来她的疑惑似的，在她的耳边道："这位叫叶南城，是以前澳大利亚航校的飞行教员，听说同时还在澳大利亚的航空公司飞行，年纪轻轻的就成了教员。年初的时候又从澳大利亚的那家航空公司辞职回国想进国内的航空公司，谢总得知后，便力邀他进入我们东胜航空公司。"

何蔓愣了一下，下意识地问："澳大利亚的航空公司？"

他没有从澳大利亚那航空公司离职吗？

"是啊。"何宁远点点头。

何蔓回过神来，为了避免引起哥哥的怀疑，她又垂下眼眸道："那他为什么要从澳大利亚那边的航空公司辞职？"

何宁远摇了摇头："不知道，反正据说飞行技术一流，教了不少飞行学员，又有在航空公司工作的经验，且年纪轻轻就成了教员。公司向来最欢迎这样的机长，不用培养，招进来就能用。"

何蔓愣在那里，只见乔庭远带着叶南城上前了一步，道："来来来，我跟你介绍一下，这位是何宁远，也是咱们公司的机长，这位叫何蔓，是公司去年新招的女飞之一，何蔓以前好像也是在澳大利亚学飞的呢。"

叶南城神色淡淡的，目光温柔地望向了何蔓："没错，她和林东飞还有宋青扬他们几个，以前我教过几个月。"

乔庭远一听，有些诧异地看着何蔓："哦，是吗，何蔓？"

何蔓回过神来，看着对面的叶南城，轻声地道："是，乔教员，叶教员以前带过我们半年的时间。"

何宁远微愣了一下，侧过头来看着何蔓："不是说你以前在澳大利亚的教练是一个加拿大人吗？"

"叶教员离开了航校之后，航校又换了一个加拿大籍的教员来带我们。"何蔓面色如常地道。

"原来是这样。"何宁远想到之前跟蔓蔓的关系并不是那么亲密，有些事情她不说也很正常。

乔庭远笑了笑道:"如此看来都是熟人了?"

"是啊。"

叶南城微笑地望着何蔓,扭过头来看着乔庭远,道:"乔教员待会儿有事吗,没事的话,一起吃个午饭?"

"吃饭就等你训练完之后我们回到公司再吃吧,我们待会儿还得赶回深圳呢。"乔庭远笑了笑。

"那行。"

叶南城也不多说什么,道:"那回公司再吃吧。"

乔庭远扭过头看着何宁远和何蔓:"那我们赶紧走吧。"

"好的。"

何宁远看着何蔓:"蔓蔓,我们回去吧。"

何蔓这才回过神来,点了点头,侧过头来下意识地看了一眼叶南城,只见叶南城依旧眸光微闪地望着她:"等我训练完,回公司到时候跟你们几个聚聚。"

"哦,好的。"何蔓下意识地点了点,随后像是想到了什么似的,扭过头就跟何宁远离开了。

回去的路上,何宁远看着后排坐着的何蔓,又看着副驾驶位的乔教员,什么话也没有说,而是专注地开着车。

何蔓坐在后排,仿佛是疲惫不已,闭上了眼睛,只是头脑格外清楚,记忆也一下子被拉回了在澳大利亚的时光。

那个时候,她刚到澳大利亚,人生地不熟,但是第一次出国,新鲜且又新奇,所以在出去玩的时候,遇到了几个流浪的黑人,原本她好心给他们买了吃的,却不料他们心怀不轨,抢钱还想要对她图谋不轨。

很俗气的套路,叶南城出现了,英雄救美。

那个时候,她求助无门,而高大帅气的叶南城的出现,仿佛是异国他乡带给她的一丝温暖和安全感。

不过其实,那并不是她第一次见到叶南城,在她大一的时候,在她刚到北京的时候,她就在学校里面见过叶南城。

那个时候,她刚进学校不久,又是军事化的训练,恰逢她爸爸忌日,她想念爸爸,躲起来哭,没有想到会在那个角落里面遇到了叶南城。当时她又羞又恼,说了一些难听的话,可他却丝毫不介意,相反耐着性子地安慰着她。

也就是从那个时候起,她就对这个脾气温和的男子有了好感,说是一见钟情也不为过,她一直以为是同学,在学校里面想尽一切的办法打听着他的下落,可是从那之后却再也没有见过他。

直到到了澳大利亚,她这才再一次见到。

她知道了他是澳大利亚一家航空公司的机长,也得知他是她们航校的飞行教员,刚好,他成了她的教员。

她到现在还清楚地记得,当时叶南城的细心教导和温和嘱咐,还有他对她的照顾。

渐渐地,她记忆深处一直压抑的感情一下子涌了出来,她想要表白,可没有想到竟然被叶南城毫不犹豫地拒绝,甚至,他还很快地从航校里面离职。当时不明就里的她还担心他出事了,从航校找到了他的公司,最后,得到的消息是他并没有出事,他还好好的,只是,他去了美国。

为了躲她,他去了美国。

何蔓想到这些,忍不住地低头讽刺地一笑,可纵使是这样,她依旧时刻谨记他的教导,毕竟就算是他不喜欢她,可她不能否认,所有他带出来的学员都格外优秀,他也是她在飞行路上的第一个师父。

只是,原本以为他离开了澳大利亚,他跟她再也不会相见。

可没有想到去年在三亚见到了一次之后,今年竟然会在同一家公司遇见,而且,按乔教员的说法,他以后可能也还会是公司的机长教员。

何蔓想到这里,手中的拳头微微攥紧,她说过,不会再因为任何情绪影响工作,所以就算是他,也影响不了她。

只是,她还是忍不住地问:"对了,乔教员,那叶教员准备改什么机型啊?"

东胜公司很大,有320机队、330机队,还有波音的737、777、787等好几个机队,他也未必会跟她飞同一个机型。

"空客吧,据说他以前在澳大利亚飞的也是空客,不过飞320还是330还不知道。"乔教员说完,侧过头望着她笑道,"以后你在公司又多了一个师父了。"

"是啊。"何蔓闻声,尴尬一笑。

回到宿舍之后，何蔓想到叶南城，随即讽刺地笑，他这样的天才，又极为爱惜羽毛，与她本来就是两条平行线上的人，她自不量力地喜欢上他，人家不想与她有牵扯和瓜葛，又有什么错？

况且，如今何蔓可不是考虑这个事情的时候，她停飞了一个月，需要学习的东西还多着呢！

这一个月的停飞也让她进行了真正的自省，所以自珠海回来复飞之后，她在飞行上再没有出现任何错误，与此同时，公司担心她依旧有心理障碍，所以特意排了几班她与她哥哥何宁远飞行时是否能默契配合，同时还安排了检查员，好在没有出现任何问题。

在她顺利复飞了三个月后，林东飞组了一个局，也就是他们当初一批进入公司的飞行员一起聚聚，何蔓也好久没有跟大家一起聚了，而且因为之前她停飞的事情，大家都很关心她，所以她就去了。

此时，林东飞已经彻底地与叶微安分手了，何蔓这才稍稍放心，她真的是怕了那个叶微安了。

到了吃饭的地方，何蔓在门口遇见了宋青扬，她怔了一下，多多少少有几分不自在，从老家回来之后，她基本上再也没有见过宋青扬和林东飞，两个都是为了避嫌，只是对宋青扬她更多的是歉意。

她与林东飞之间没有任何感情瓜葛，纯属被误伤，但宋青扬实实在在地喜欢过她，她多多少少心底还是有些愧疚的。

尤其是听说宋青扬准备要去改330了，想到这里，她眉头微蹙，望着宋青扬的时候忍不住问："你准备去改330了吗？"

"嗯。"宋青扬点了点头。

"怎么会想着改330？"何蔓按捺不住问。

宋青扬抬头看了一眼何蔓，他说："330飞国际的比较多，我想趁着年轻的时候有机会可以多看看。"

这一点倒是确实不错，大飞机通常都是飞国际航线，可以去很多地方，也可以见到不同的风土人情，这也是很多飞行员想去飞大飞机的想法，如果真的是这样，跟她没有任何关系，那再好不过了。

何蔓刚想说什么的时候，只见他身后走进来了一个女孩，上前了一步走到了他跟前来道："青扬，不好意思，我迟到了十分钟。"

宋青扬看着那女孩一笑："没事，还有很多同事没到呢。"

随后像是想到什么，看着女孩道："来，我给你介绍一下，这位是叫何蔓，我们是大学同学，现在又是同事。何蔓，她叫杨柳，是我高中同学。"

那名唤杨柳的女孩立马扭过头来看着何蔓，露出灿烂的笑容道："何蔓，你好，我叫杨柳。"

何蔓看着宋青扬身边的女孩，愣了一下，再看着那女孩看着宋青扬的时候眼底放着光的样子，她一下子笑了起来，打从心底替宋青扬高兴，直接伸出手来道："我叫何蔓，很高兴认识你。"

杨柳显然很开心，笑的时候露出来两个深深的梨涡："真的吗，我也很高兴认识你。何蔓，你真的太厉害了，你还是我认识的第一个女飞行员呢。"

何蔓看着宋青扬说："青扬也是呢。"

"男飞行员多普通呀，哪有女飞帅气？"杨柳笑着道。

宋青扬看着这一幕，仿佛突然之间放下了什么似的，走前一步笑着道："行了，我们赶紧进去吧，好像就差我们了。"

杨柳在一旁有些紧张地道："那个，青扬，里面都是你同事，我一个外人，都不认识，会不会尴尬啊？"

何蔓在一旁笑道："不会，也有很多同事会带女朋友过来，而且以后大家多在一起玩就认识了，别担心。"

杨柳一听，有些羞涩地道："我跟青扬只是高中同学。"

宋青扬轻咳了一声："我们还是先进去吧。"

"对，赶紧进去吧。"何蔓笑了笑，望着杨柳还是一副很紧张的样子，主动挽着她的手说，"别紧张，你现在不是还认识我吗？"

"对啊。"宋青扬也扭过头来看着杨柳，"况且，还有我呢？"

宋青扬和何蔓的话，让杨柳鼓起了勇气，她露出甜美的笑容，用力地点了点头道："嗯。"

何蔓笑了笑，若这个女孩能跟宋青扬在一起也不错，至于宋青扬改330，或许他是真的想飞大飞机，她没有必要担心。

刚推门进入包厢，何蔓一抬头就看到那包厢正中间坐着的叶南城正跟林东飞还有几个同学谈笑风生呢！

她脚步一下子顿住，抬头看着坐在中间的叶南城，她眸光微微冷沉了几分。叶南城,他也来了?

包厢内的人一个个立马笑了起来打着招呼,有些不知情的人立马起哄道:"何蔓,你来了,快来看看看,是谁来了?"

只见叶南城信步走上前来,看着何蔓伸出手来:"何蔓,又见到了。"

何蔓望着叶南城,黑白分明的眸子多了一丝丝凉气,没有说话,就这么静静地盯着叶南城。

一时间,包厢里面的气氛有些凝固,盯着两个人看了起来,林东飞和宋青扬在大学的时候跟何蔓的关系最好,看着这一幕,林东飞轻咳了一声,打破僵局,突然包厢的大门被推开,许文博和谢盛从外面走进来。

何蔓扭过头来,只见林东飞一脸好奇地问道:"师兄、盛哥,你们怎么也来了?"

"叶教员也教过我啊。"许文博看了一眼林东飞,笑道,"今天既然是叶教员在,那我怎么也得过来啊。"

林东飞反应过来,又看向了谢盛:"盛哥怎么也过来了?"

"许文博跟我一起飞,落地的时候他说晚上有局,我看刚好在我家附近,就跟着过来了。"谢盛双手插在口袋里面,一脸淡然地道。

林东飞看着许文博那眼神,不知怎地,怎么感觉这一幕有些熟悉?

而谢盛进来的时候,刚好看着所有的人目光都集中在何蔓和她对面的男人的身上,她对面的男人,若是他记得没错,就是从澳大利亚航空公司回来的叶南城吧?

何蔓回过神来,走到了谢盛的身边道:"师父……"

谢盛点了点头,目光扫视了一眼,只见叶南城伸出手来道:"谢教员是吧,我是叶南城,新进公司的。"

谢盛伸手轻声地道:"叶教员,幸会。"

叶南城说:"我刚进公司,除了以前的学生,也不认识几个人,以后请谢教员多多指教。"

"原来是叶教员的学生聚会。"谢盛仿佛是恍然大悟一般,他道,"既然如此,那我就不打扰了。"

"怎么会?"

叶南城有一种反客为主的味道:"都是老朋友聚会而已。"

林东飞回过神来,赶紧拉着谢盛道:"对啊,盛哥,都是老朋友而已。"

"盛哥教过何蔓，这叶教员也教过何蔓，说来都算得上是何蔓的师父，应该会有很多的话题。"有不知情的同学笑道。

谢盛微微挑了挑眉头，侧过头来看着何蔓："叶教员也教过你？"

何蔓点了点头："以前在航校的时候，叶教员带过我们半年左右。"

谢盛没有说话，说到这个叶南城，也是一个传奇的飞行员，22岁在澳大利亚航校毕业之后，留在了澳大利亚的航空公司，在当上机长后，同时兼任了航校的飞行教员。

据说是因为澳大利亚航校那边中国的飞行教员太少，导致有些飞行学员在澳大利亚航校受到不公的待遇，所以最后学校那边聘请了同在澳大利亚航空公司的叶南城，可以说国内不少航空公司的飞行员都是他教出来的。

这于一名飞行员而言，是一个极大的荣耀。

这样的人回国进入航空公司，无论是哪个航空公司都会抢着要的，只是没有想到他竟然会进入他们公司，更没有想到会来到深圳分公司。

他们公司的待遇可并不是所有航空公司当中最好的，而且据说，叶南城可是个地地道道的北京人！

东胜在北京也是有分公司的，他为何会来深圳？

林东飞则是在一旁赶紧道："来来来，大家赶紧入座吃饭吧。"

林东飞在其中插科打诨的，原本有些不自在的气氛一下子变得放松了许多，大家则纷纷入座。

好在今天来的人不少，除了以前的同学，大部分的同学都带了女朋友或者另外一半过来，所以倒也没有什么异样。

何蔓就一直在一旁跟杨柳聊着天，而谢盛则安静地坐在那里吃着菜，其他大部分人都在聊以前在澳大利亚的趣事。

饭局刚开始没多久，大家一起举杯，明天要飞的就以茶代酒，何蔓也换上了茶，许文博忍不住道："何蔓，你明天又不飞，喝点红酒吧？"

"不行。"叶南城和谢盛异口同声地道，"她酒精过敏。"

两个人说完，互相看了一眼，一时间大家纷纷看了过来，林东飞看着这一幕愣了一下，赶紧道："对啊，师兄，何蔓一直酒精过敏，喝不了酒。"

许文博有些不好意思地道:"对不起啊,何蔓,我不知道。"

何蔓回过神来:"没事,我喝茶就好。"

"对对对,喝茶也行。"

林东飞在旁边道:"来来来,不飞的第一杯喝起啊。"

林东飞最擅长搞起飞,在一旁起哄,气氛倒是很快缓和了下来。谢盛坐了下来,瞥了一眼何蔓,只见何蔓坐在那里神色坦然地低头扒着饭,仿佛什么都没有发生一样,他眉头一蹙,只见叶南城望着她说:"何蔓,别又是只吃饭,吃点菜吧?"

何蔓听着叶南城那温柔的声音,实在是有些烦躁地道:"叶教员,麻烦不要在别人吃饭的时候一直说话好吗?"

说这些话时何蔓几乎是控制不住,说完之后这才发现她的语气的不对劲,一下子就让正在聊天的几个人微微侧过头来,看得何蔓有些尴尬,她揉了揉眉心:"不好意思,我有点不舒服,去一下洗手间。"

随后她直接就站了起来出了包厢,包厢其他有些不知情的微怔着,只见叶南城站了起来:"你们先吃,我去看看她。"

叶南城也出去了之后,包厢里面那些不知情的人总算是反应了过来,道:"这叶教员和何蔓是怎么了?"

"说到这个,我突然之间想起来我们以前刚到澳大利亚的时候,你们还记不记得叶教员好像对何蔓很关心的样子?"

"难不成叶教员喜欢何蔓?"

"喜欢何蔓也不意外啊。何蔓又年轻又漂亮又聪明的,而这叶教员还单身呢,而且一直没有听说谈过女朋友……"

有些以前的同学七嘴八舌地讨论了起来,林东飞看了一眼谢盛,轻咳了一声:"行了行了,我说你们可别这么八卦了,菜和酒都堵不住你们的嘴……"

而谢盛在一旁坐在那里面色淡然地吃着菜,神色看不出来一丝的变化,云淡风轻的样子,只是莫名地让人感觉到一丝清冷的疏离感。

何蔓从洗手间出来之后,深吸了一口气,平息了一下自己的气息,看着镜子中的自己,她有些不大明白叶南城为什么还能用最开始一样的语气跟她说话,就仿佛什么事情都没有发生一样?

不过,本来就什么事也没有发生,她在多想什么呢?

想到这里,她轻嘲了一声,刚擦了擦手上的水,抬起头调整一下自己的状态准备再去吃饭的时候,只见镜子当中多了一道身影。

她眉头一蹙:"叶教员?"

叶南城望着她的时候,那温柔的眼眸里有着丝毫不加掩饰的关心之色:"何蔓,你怎么了,没事吧?"

何蔓听着他的话,只觉得心底隐约有些不耐烦,只是教养让她按捺住了心底的脾气,扭过头冷淡地道:"没事,多谢叶教员关心。"

说完她准备回包厢,手臂被叶南城拉住了,她眉宇蹙成了一团,冷声地道:"叶教员还有事?"

声音一落,远远地看到谢盛从包厢里面出来,何蔓心头一慌,仿佛有一种做什么坏事被当场抓住的感觉一样,立马甩开了叶南城的手,快步走到了谢盛的跟前来道:"师父,你怎么也出来了?"

"出来抽根烟。"

谢盛神色淡然,不紧不慢地掏出一支烟,刚想点火的时候,看见了叶南城,他又看了一眼何蔓:"你们有话说?"

说完,不等两个人回答,他一副并不准备打扰的样子:"那我出去抽。"

何蔓赶紧拉住了他:"没有啊,没话说。"又赶紧解释道,"就是刚刚从洗手间出来碰到了叶教员。师父,你要抽烟是吧,我陪你出去抽,刚好人有些多,我也想出去透透气。"

何蔓的话成功地取悦了谢盛,让他眉梢之间多了一抹笑意,看着何蔓的时候目光格外温柔。

"走走走。"何蔓拉着谢盛头也不回地就出来了。

叶南城看着这一幕,愣在那里,连句话都没有来得及说,第一次发现,他仿佛是多余的……

叶南城脸上的笑意微微收敛,不知怎地,那个谢盛,让他莫名地感觉有一丝的危机感。可想到何蔓,他又摇了摇头,何蔓这个人向来防备心极重,她不过进公司才区区一年半还不到的时间,充其量跟谢盛认识一年的时间,能有什么威胁?

他敬佩他的飞行技术，可不代表在何蔓的心底也是如此。

何蔓与谢盛一起从饭店里面走出来，在旁边台阶之上坐了下来，看着一旁的谢盛将拿出的烟又收了起来："师父不是说抽烟吗？"

谢盛将烟装回烟盒里面："又不想抽了。"

"是不是人太多，让师父觉得有些烦了？"何蔓侧过头问。

"也还好。"谢盛说完，道，"不过，确实是没有想到这么多人，看来，你们师父的学员挺多的。"

"他不算是我师父。"

何蔓赶紧摇头，顺便拍了一个马屁："师父才是真正的师父。"

谢盛嘴角带着笑意地瞥了她一眼："飞行路上，一日为师，终身为师，更何况还是你们航校的师父。"

说完像是想到什么，他把玩着手中的烟盒，状似有些不经意地问："不过，你似乎对他，有挺多怨气的？"

从进入包厢，他就察觉到何蔓跟那个叶南城之间有些不对劲，尤其是在说到酒精过敏的时候，让他更加笃定了他的想法。

何蔓心底一紧，下意识摇头，道："没，没有吧？"

谢盛没有说话，只是微微侧过头朝何蔓看了过来，那幽深的眼眸如深海般一眼见不到底，带着一抹淡漠之意地朝她瞧了过来，微挑着眉头显然是对她的话并不相信。

何蔓下意识地移开了眼眸，看向了前面街边耀眼的霓虹灯，她微微清醒："师父怎么会这么想？"

谢盛看着何蔓那明眸笑靥，那清冷的目光从她那张干净的脸上移开，微微沉了下来，随后站了起来，身形仿佛陡然之间如同一座大山压下来似的，莫名地给人一种压迫感。

只见谢盛双手随意地插在口袋里面："行了，我先回去了。"

何蔓赶紧伸手拉住了谢盛："啊，师父就走了？他们还在等着师父呢！"

谢盛声音格外冷淡："我出来的时候就跟许文博说了，十五分钟我若是没有回去,就告诉大家我有事先走了。"

"那我跟师父一起走吧?"何蔓也不想回去了。

毕竟,很多以前的朋友,还有知道她跟叶南城的事情的人,叶南城也在那里,她不想再回去吃这个饭了。

"跟我一起走?"

谢盛脚步一顿,侧过头来,那眼眸沉得如同深不见底的海,似笑非笑地问:"你跟他们说了要走了吗?"

"我……"何蔓这才想起来她什么都没说。

谢盛瞥了她一眼,带着轻嘲的笑意,把手臂从她的手中抽了出来,就头也不回地往前走。

何蔓就这样子站在那里,微怔了许久,师父似乎是生气了?

可是师父为什么生气,她飞行上又没有犯什么错,而且自从她转为FO1之后,师父就极少会再跟她生气了。相反地担心她压力太大,还安慰着她来的,可这会儿是因为什么生气?

隐约之间,她仿佛明白谢盛为什么生气,可却又不愿意承认。

她就这么盯着师父的背影,看着他的背影渐渐地汇入了人群当中,然后一点点地消失在她的眼前,她的心底仿佛有什么东西跟随着师父一起离开似的。

突然间,她电话响了起来,是林东飞打过来的:"何蔓,你人跑哪儿去了呢,怎么还不进来?"

何蔓看着刚好停在饭店门口的出租车,她直接就上了出租车:"我还有事,我先走了,你们先吃吧。"

说完不等林东飞说什么就把电话直接给挂了,随后微叹了一口气,靠在出租车的玻璃窗前,看着窗外街道上的霓虹灯飞闪而过,思绪被拉得很长很远,最后,想到了刚刚那个汇入人群当中的背影,她不禁握紧了手机,想解释什么,可是打开了微信对话框半天,最终,什么话也没说。

✈

第二天何蔓还是休息,最近太累也飞得太多,原本她打算好好睡一天的,可是一大清早就被敲门声给吵醒了。

她只感觉到额前突突地跳着，按捺不住起床气打开门刚准备埋怨，谁知道叶南城正站在她的门外。

只见叶南城穿着一身运动装，一身休闲的装扮衬得他整个人格外阳光，看着何蔓笑着打招呼："早上好。"

何蔓拧着眉头："你怎么会在这里？"

"我刚来深圳，还没有住的地方，就住在公司的员工宿舍。"叶南城解释完，手指了指楼上道，"所以我暂时住在八楼。"

何蔓深吸了一口气："那你大清早这是在干什么？"

"喊你起来跑步。"叶南城坦然地道。

何蔓被吵醒的怒气还没有消散，又听到叶南城这么一说，她眉头紧蹙了一团，愣在那里。

叶南城说："怎么，在航校的时候，我给你们建立的习惯都忘记了吗？每天早上五公里，况且你昨天晚上回来那么早，也差不多睡够了。"

"可是我这几天飞得都很晚。"何蔓深吸了一口气，强忍着不耐烦地说，"叶教员，你去跑吧，我还要再睡一会儿。"

说完，她就想要关上门，只见叶南城手一下子顶住了她的门，望着她的时候眼神有着不容拒绝之意，她不耐烦地道："叶教员，你还要干什么？"

"换上衣服起来跑步吧。"叶南城目光深深地盯着她，不容拒绝地道，"我有话跟你说。"

何蔓逼着自己忍了下来说："行，我十分钟下楼。"

说完她噌地一下将门给关上，想到叶南城，她揉了揉眉心，她太了解叶南城了，虽然看似温和，但实则说一不二，她若是不同意，只怕她今天早上别想再睡了，尤其是左右都是公司的人，若是让人瞧见叶南城在她房间门口，指不定会传出来什么闲言碎语。

想到这里，她只得飞快地洗漱、换好衣服，这也是在航校养成的习惯，航校都是军事化训练，她早就养成了十分钟内收拾好的习惯。

她下楼来的时候，叶南城正在旁边拉伸，活动着筋骨，看着何蔓过来的时候，道："赶紧过来拉伸一下。"

何蔓神色淡淡地道："叶教员到底有什么话要说？"

"跑完步再说。"叶南城望着她。

"叶教员还是先说吧。"何蔓望着他,目光平静又带着一丝冷淡之色气地说,"我今天不打算跑步,我待会儿还想再回去睡一会儿,所以叶教员有话还是先说,若是没有,我就先回去了。"

"行吧。"叶南城似有一抹无奈之意道,"昨天晚上,为什么提前走?"

他追出来的时候,刚好看着她独自一个人上了出租车离开,而谢盛不见了身影,不然,他会以为她是跟着谢盛一起离开的。

"叶教员喊我下来就是为了问这个?"何蔓闻声,眉头蹙得更深。

"是。"叶南城点了点头。

何蔓觉得有几分讽刺:"我为什么走,想来这不关叶教员的事吧?"

叶南城看着何蔓那像是气到了极点的样子,微叹了一口气:"蔓蔓,你是不是还在生气,气我当初不辞而别?"

何蔓清澈的目光当中冷意丝毫不减:"叶教员,你是不是想太多了?况且,叶教员是航校教员,我不过就是一个飞行学员,教员要辞职,跟我有什么关系,叶教员又何必要跟我解释什么。"

"蔓蔓!"

叶南城眉头微蹙,还没有说什么,何蔓已经提高了音量道:"叶教员,我们的关系没有那么亲密,请你不要这么叫。"

叶南城知道她固执,却不知道她也能心狠如此,他望着她那一脸的冷意,他举起来双手似投降状道:"好,我不叫你蔓蔓,那就何蔓吧。"他看着她说:"只是你能不能听我把话说完?"

何蔓那张清冷的脸上没有一丝温度道:"行,你说。"

"我知道那个时候突然之间离开澳大利亚是我不对,但那是因为……"

叶南城还没有说完,就被何蔓给打断:"如果叶教员是想说这个,那我觉得叶教员有必要跟我解释什么,我并不想听。"

叶南城叹气:"行,我不解释澳大利亚的事情了。但何蔓,如今我也进入东胜跟你是同事了,以后抬头不见低头见,你非要跟我这么说话吗?"

何蔓讽刺一笑:"东胜大着呢,而且机队也多,就算是同事,我们都在飞,以后想要见到怕是也难了,哪有什么抬头不见低头见?"

"公司让我飞空客,我以前在澳大利亚的时候国际飞多了,所以我打算选择小飞机飞320。"

说完，他盯着她道："何蔓，我以后应该跟你是飞一个机型了。"

何蔓愣了一下："等等，你在澳大利亚的时候不是飞的330吗？"

他这么一个熟悉飞大飞机的人，如今公司330机队又缺机长教员，怎么可能会让他这么一个人才去改飞小飞机？

"330都是国际航线，我以前在澳大利亚的时候基本都飞国际，对国内的航线倒不是很了解，所以改320飞国内的航线。"

叶南城说完，目光似有一抹愉悦之色地道："所以何蔓，你是躲不掉的，我们以后不但是有可能会抬头不见低头见，甚至还有可能会飞同一个航班。"他嘴角挂着淡淡的笑意，"你还记得以前在航校时候你说过的话吗，你说等你拿到飞行执照之后，想跟我搭档，想坐在我的左座之上，如今……"

何蔓问："所以你是故意的？你是故意想来320机队？"

大概因为十月的深圳清晨格外舒适，不似北方这个时候已经有些冷飕飕的，让叶南城还没有发现何蔓情绪的变化，只是以为她还是像刚刚那般生气，所以回忆起当初的时光，他忍不住面带着笑意地道："也可以这么说，毕竟你也在320机队。"

何蔓听到这里，按捺不住讽刺地笑出了声音，道："也是，你是一个成熟的机长教员，自然是有选择机队的权利。"随后，她盯着了叶南城，冷冰冰地道，"那你有没有问过我，愿不愿意跟你飞同一个机型？"

沉浸于过去的叶南城听到何蔓这么一说，回过神来看着她的眼神，他心头微沉，只见何蔓目光清冷锋利地道："不过既然叶教员要飞320，那我就改330好了。"

叶南城这下彻底地清醒过来，他脸色微沉地道："何蔓，你别胡说，我飞320也不单是因为你，也是因为公司的安排。"

"公司的安排？"何蔓语气云淡风轻，却毫不掩饰其中的讽刺之意，"你刚刚可不是这么说的。"

"我以为你会高兴，可哪想到你会这么生气？"叶南城赶紧解释，"行了，你不高兴我就不这么说了，但是飞什么机型，这肯定是公司安排，你也是一个成熟的飞行员了，应该明白。况且，我以前虽然是飞大飞机的，但320也是空客，而且320机队也缺教员，所以我就来飞320。"

何蔓嘴角勾起一抹清冷的弧度,她说:"但是330更缺教员。"

"所以我就必须飞330?"叶南城眉头微蹙地看着何蔓,"还是你就这么不想跟我待在一个机队?"

"是!"何蔓毫不犹豫地承认。

叶南城脸色顿时沉了下来,眸光微微冷了几分:"你怎么还这么感情用事?"

"我是要告诉叶教员不要感情用事。"

何蔓侧过头来望着叶南城,冷冷地说:"我知道叶教员优秀,公司聘请叶教员,自然会尊重叶教员的选择,叶教员想飞什么机型,自然都可以。但是叶教员别忘记了,公司现在正缺330的副驾驶,一直欢迎空客320的副驾驶改装。"

叶南城没有说话,站在那里望着何蔓的时候眸光变得幽深,他一直以为当初那个任性地喜欢感情用事的女孩还没有长大。原来,她已经长大了。

不但长大了,而且还能有理有据堵住他的话了。

没错,是他主动向公司提出想飞320,而且,他也不能否认,他想飞320是因为她,可他没有想到她竟然反对得如此强烈。

叶南城敛着眸子,眉头微蹙着,突然他的电话响了起来,是公司的来电:"南城,我是谢震东,我现在刚好在公司,公司有事要跟你商议,你有空过来一趟吗?"

"好的,我马上到。"

叶南城挂断了电话之后,他看着何蔓,揉了揉眉心道:"我先去一趟公司,你想回去休息就回去休息吧,回头我再找你。"

何蔓却直接毫不客气地拒绝:"想来我跟叶教员也不会有什么牵扯,叶教员也不必再找我了。"

说完,她头也不回地就扭过头走了。

叶南城望着何蔓那没有半点留恋的决绝的背影,他心底沉落谷底。他忘记何蔓这个人向来敢爱敢恨,在感情上从不拖泥带水,他当初不辞而别,只怕是彻底地伤了她的心。

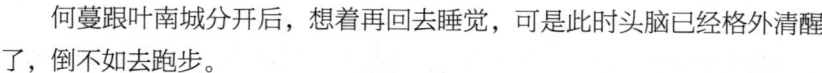

何蔓跟叶南城分开后,想着再回去睡觉,可是此时头脑已经格外清醒了,倒不如去跑步。

突然看到前面有一辆车子很是熟悉,她仔细看了一眼,只见是谢盛穿着制服坐在车子里面正朝着一个方向盯着,她顺着他的眼神看过去,好像是她刚刚跟叶南城的方向,师父刚刚看到她跟叶南城了?

何蔓小跑着过来,在谢盛的车子前停下问:"师父,你怎么会在这里?"

谢盛在何蔓跑过来的时候就看到了她,那清冷的眸光微微缓和了一些,不过却依旧很是冷淡:"十一点的航班。"

"师父今天还飞啊?"何蔓看了一眼时间道,"不过这才八点半,师父怎么来这么早,什么时候到的?"

谢盛那清冷的眸子缓缓地落在她的身上,不紧不慢地道:"八点。"

何蔓微微一怔,她记得她下楼来的时间也是八点,再看着师父的眼神,她心思一动,问:"那师父看到我跟叶教员了?"

谢盛淡漠地点头,像是随意地问道:"大清早的,聊什么呢?"

"没,没聊什么啊。"何蔓下意识地否认。

谢盛似有讥讽一笑:"又没什么?"

她顿时就想起了昨天晚上师父问她的话,心底一下子紧张了起来,昨天晚上她说没什么,师父好像就生气了,再说没什么师父怎么会信?尤其是大清早的她跟叶南城在这里聊天,还被师父给亲自抓了现行!何蔓眼眸一转:"就是我想改330的,以前叶教员是飞330的,我咨询一下。"

谢盛转过身子来望着她,眸光一下子变得微冷:"为什么想改330?"

何蔓看着谢盛那打量的目光,一下子有些心虚:"就是330飞国际的多嘛,我想趁年轻的时候多看看。"

谢盛深邃的目光越来越冷,莫名地给人一种压迫的感觉:"那刚转FO1的时候为什么不申请,现在突然之间想转330?"何蔓眼珠子转动着,正寻思着找什么理由呢,只见谢盛一字一句反问:"还是,因为叶教员?"说完他语气冰冷地道,"听说叶教员以前是飞330的,现在改装了320,你在这个时候提出来想要改330,怎么,是想跟他一起飞,还是不想跟他一起飞？"

何蔓没有想到师父竟然这么聪明，不过就是凭着她一句话，就能猜到跟叶南城有关系，察觉到师父的怒气，她恨不得想要打烂自己的嘴，为什么好端端地提起来改装330的事情，她尴尬一笑道："我不过就是随便一说，有这个想法而已。"

谢盛声音越来越冷："什么时候有的这个想法？"谢盛看何蔓都不说话，冷地一笑，"那你大可以不必改，他都改了320了，飞320差不多定下来了，他接下来也就要当检查员了，以后跟他一起飞的机会多着呢！"

谢盛说出这句话的时候浑身带着森冷的寒气，也根本没有注意到他说出这句话的时候那醋意是有多重。

也大抵是因为谢盛这句话太过于凌厉，何蔓立马否认道："我就是不想跟他一起飞，所以这才想改330的。"

谢盛愣了一下，莫名地仿佛被他这句话给取悦了似的，身上的怒气一下子消散了很多，他稍稍敛收了一下神色："那你为什么不想跟叶教员一起飞？"

何蔓愣了一下，此时后悔极了，为什么要跟师父提起来有想改330的念头，她这真的是挖了一个坑给自己跳。

谢盛说："叶教员有多年带飞行学员的经验，又有在航空公司飞行的经验，是飞行上的天才，跟着他飞能学到了不少的东西，他又在澳大利亚航校的时候教了你半年，你为什么不想跟他一起飞？"

谢盛的话有理有据，何蔓站在那里却回答不上来，她不知道如何回答，她知道师父向来聪明，无论是她找什么理由和借口，都说服不了师父。

谢盛看着何蔓一句话也回答不上来，脸色冷沉得更加厉害，如鹰般的目光凌厉地盯着她，声音没有一丝温度地问："回答不上来？"何蔓看着谢盛的眼神，吓得咽了咽口水，只见他冷冷地说，"你敢改330试试。"

她抬头的时候，谢盛的车子已经到了公司的楼下，然后看着他从车上下来拿着飞行箱直直地往公司的方向而去。

远远地她都能清楚地感觉得到他身边散发出来的那一股强大的压迫感，看着这一幕，何蔓几乎能预感到今天跟师父飞的副驾驶会有多惨。

叶南城到了公司直接就到了飞行部谢震东的办公室，他进来的时候，乔庭远也正在谢震东的办公室。

叶南城一一打着招呼："谢总好，乔经理好。"

谢震东伸手示意他在对面坐了下来："来，小叶过来了，快来坐。"

叶南城在谢震东的右边坐了下来："多谢谢总。"

谢震东替叶南城倒了一杯茶，说："来，喝茶。"

叶南城点了点头："谢总和乔经理过来找我有什么事？"

谢震东笑了笑，又替乔庭远倒了一杯茶："庭远，你来说。"

乔庭远喝了一口茶，看着叶南城道："是这样子的，南城，公司商议了一下，觉得你还是飞330比较好。空客呢，这边何宁远打算考教员了，还有几个新机长也都不错，当教员也不过就是这几年的事情，所以320这边倒是暂时不着急。但是330一时半会儿公司想要再培养出来更多优秀的教员却还是需要时间，所以330还是最缺教员的，想着你既然以前是飞330的，又有教员资质，等改装完了时候公司评估检查也就能当检查员了。所以倒不如还是让你来飞330，这样330的机队有你这么优秀的教员检查员谢总也好放心。"

叶南城一怔："可是我320已经改装完了。"

"改装完了可以再改330嘛。"

乔庭远想到叶南城之前提出来想改320的想法，他又道："还是，你不想飞330，就想飞320？"

"倒也没有。"

叶南城摇了摇头，想到了刚刚跟何蔓提到他会飞320时她那刺激性的反应，他微叹了一口气。他带何蔓的时间虽然不长，但是又岂会不了解何蔓的性子？

若是在这种情况上他跟她一起飞320，她到时候极有可能会受到影响。而且，听说她不久前才停飞过，若是再出了什么岔子，只怕以她性子，指不定会受什么打击。

想到这里，他抬头一笑："那我就再改330吧！"

谢震东满意地笑了笑："辛苦你了，公司准备再从空客买两架330的飞机回来,以后330需要的机长也就越来越多了,所以得从现在开始好好培养,这个责任就得交给你和庭远了。"

"谢总太客气了,我还有很多需要向乔经理学习的地方。"叶南城一笑,他道,"我也会好好带副驾驶的,请谢总放心。"

谢总哈哈大笑道:"放心放心,飞行部有你们,我肯定放心。"

"不过谢总,我接下来要回澳大利亚一段时间,我在澳大利亚那边还有一些手续没有办完,大概需要几个月的时间。"

叶南城与谢总还有乔教员谈过之后,便前往珠海,而这一切,何蔓都不知道,她还以为叶南城当真是要很快就来飞320了。

经历了与哥哥飞的事情所犯的错之后,她明白自己的弱点在哪里,所以整日里有些担心,想着为了不影响工作,还是改330算了。

何蔓坐在副驾驶的位置上坐着正在这么想着,突然之间谢盛那清冷的声音在她的耳边响了起来,冷冷地道:"发什么呆呢你?"

何蔓一下子清醒过来,不敢再走神,一周前师父的威胁还历历在目。所以从昨天查到跟师父飞的时候就一直提心吊胆的,正如她所料,从深圳飞成都,师父那沉着的一张脸,仿佛是她欠了他几百万似的。

她知道是因为她提出改330惹师父生气了,所以跟师父飞的时候更是不敢有半点差池,可是越是不想,就越是没有办法把这件事情抛到脑后。看着师父那张冷冷的脸,她下意识摇头:"没想什么。"

谢盛在右座坐下:"从早上跟我飞到现在,你就一直不对劲,怎么,做了什么对不起我的事?"

"怎么会!"何蔓不假思索地道。

"那你一直在紧张什么?"

谢盛说完,侧过头来那眸子带着一抹清寒的冷意地问:"还是你还在想着改330的事情?"

何蔓眉头一跳地下意识地否认:"没,没有啊。"

她这一声否认倒还不如直接承认下来,这让向来了解她的谢盛脸色一沉:"怎么,你还真的在想继续改330的事情?"

何蔓感觉谢盛太聪明了,她在他面前根本就别想隐瞒什么,她垂下头忍不住地道:"我也只是想想。"

谢盛讥讽一笑:"这么说,并不是真心想改330?"

"不想改330,却又因为叶南城要来320机队,又想改330。叶南城是做了什么,让你这么想要逃避他,为了不想跟他飞,不惜换机型?"

何蔓眉头一蹙,原本是想找借口的,可是想到师父的聪明,她觉得自己的那些小聪明在他的面前根本就没用,可看他这般咄咄逼人的样子,忍不住来气,扭过头道:"我不想说。"

说完她在一旁坐着越想越气,控制不住地道:"师父,我工作又没有出错,不至于什么事情都要跟师父交代吧?"

谢盛讽刺一笑,浑身上下散发着清寒的冷意:"说得没错。"随后,他扭过头来,眼观鼻、鼻观心的,再也没有多说什么,只是那浑身上下散发着没事勿扰的气息,莫名地让人背脊发寒。

何蔓在说完那一句话之后就后悔了,扭过头来看着谢盛,想说什么的时候,只见他坐在那里闭目养神,压根连侧过头看她的兴趣都没有。

好在她向来敢做敢当也敢道歉,所以赶紧乖乖地认错:"对不起,师父,我错了。"

谢盛戴上了墨镜,一副生人勿扰的样子,清冷地道:"到了起飞赶时间喊我,现在不要吵我。"

何蔓盯着谢盛看了半天,可师父压根看她一眼的意思都没有,最后,她只微叹了一口气,低头看着iPad上的手册。

谢盛靠在那里微眯着眼睛,听到旁边女孩那一声叹息,眉梢之上不易察觉地微微上挑了几分,只是面色依旧清冷严肃。

而何蔓时不时地侧过头来看着谢盛,压根没有搭理她的打算,也罢,她就不信乘客上飞机了师父还不理她。

可显然,她低估了谢盛的脾气,这飞航班的时候,师父虽然跟她配合得天衣无缝,格外完美,但也只要是想道歉,师父的脸色立马就沉了下来,直到下飞机,谢盛都没有给她一个正眼。

最后何蔓实在是忍不住了,在交完资料的时候看着师父正准备开着车子离开公司,她直接就噌地一下挡在了车子的面前。

谢盛刚准备踩油门呢,看着突然之间跳出来的女孩,吓得他脸色一白,一脚踩死了刹车,再看着前面的何蔓,他好不容易压下来的怒气顿时噌噌地又上来了,直接就拉起了手刹,打开了车门,一把将她给拉到了一边,脸色冷沉地问道:"你在干什么,你疯了吗,干什么挡在车前面,找死吗？"

何蔓看着谢盛下车那怒气冲冲的样子，不知怎地，悬着的一颗心终于放了下来，仰头露出来灿烂的笑脸："才没有呢，我相信师父的车技。"

谢盛看着那一张灿烂的笑脸，实在是气不起来，只是想到她刚刚冲过来的样子，他深吸一口气道："行，那你告诉我，你挡在车前干什么？"

"师父还在生我的气，没有哄好当然不能让师父走了。"何蔓站在他的面前，扬了扬头道。

"你还知道我在生气？"谢盛听她那话，简直是气笑了。

"知道。"何蔓乖巧得如同学生似的点了点头。

谢盛瞥了她一眼，此时心底的怒气早就消散了："行了，上车说话。"

何蔓赶紧上了车，把飞行箱与谢盛的一起并排放在他的后座上，然后坐到了副驾驶上，说："师父，去哪里？"

"就在车上坐着。"谢盛道，"改330的事情，你还没有给我一个让我满意的答案呢？"

何蔓眉头一蹙，没想到师父还没有忘记这事，只见谢盛道："你之前跟我说你不想跟叶南城飞，所以这才想转的330，那你来告诉我，你为什么不想跟叶南城飞？"

何蔓微怔了一下，低下头道："师父，我可不可以不说？"

"为什么不想说？"谢盛眉头微蹙地道。

何蔓不知是想起什么，脸色微微泛白，扭过头来的时候双手交握在一起，那发白的脸色似有一抹自嘲之色。

谢盛看着何蔓这般神色痛楚的模样，愣在了那里，他还从来没有见过何蔓因为一个男人而露出来这般痛苦纠结的模样，想到她这般模样竟然是因为跟叶南城有关，那双眸掠过一抹幽暗又危险的光，心底不自觉沉了沉，掠过一抹似乎连他自己都不熟悉的妒意，看着何蔓的时候不禁心底心软："行吧，你不想说就不说。"

"谢谢师父。"何蔓闻声，如释重负。

谢盛看着她这松了一口气的模样，微怔了一下，那平静的眸子底下如暗流涌动，莫名地车内多了一丝凉气。

何蔓莫名地打了一个寒战，稍稍清醒了一些，下意识地抱住了双肩，谢盛像是察觉到什么，侧过头来神色淡淡地道："有话说？"

"没，没有。"何蔓忙摇头。

谢盛讥讽一笑，眸底的暗流渐渐地归于平静："虽然你不想说，但是，有些话我还是要告诉你。何蔓，你要改330可以，理由可以说是330飞国际多，可以四处看看，也可以说是公司安排，更可以说是你喜欢飞大飞机，你可以有很多的理由，但唯一不能是的理由就是因为逃避一个人而想去改330。

"因为以叶南城的飞行资质，很快就会当检查员，你才刚飞，以后需要检查的多了去了，跟他迟早会撞上。何蔓，你该知道，逃避不是解决问题的办法，除非你想做一辈子的副驾驶。"

何蔓蓦然清醒，是啊，逃避不是解决问题的办法，她跟叶南城如今已经处在同一家公司了，她逃避就能躲得开他吗？

更何况，他很快就会当检查员，迟早会检查到她的头上来，难不成到时候她还真的做一辈子副驾驶，不参加机长考试不成？

这显然不可能。

谢盛的话，如同晴天霹雳一般，让何蔓顿时清醒过来，羞愧不已："对不起，师父，我不该因为叶教员的缘故就想改330。"

"师父请放心，以后我不会因为任何人、任何原因逃避任何航班，也不会再提改330的事情了。"

何蔓那一本正经保证的样子，让谢盛忍不住地唇角上扬："行了，虽然我不知道你跟叶南城之间发生了什么事情，但我知道经历了你跟你哥的事情之后，你也不会再轻易被任何事情影响。所以也可能是他刚进公司又或者是说了什么影响到你才让你说出改330这样的话来，不过，330现在缺副驾驶，你真想改330也行。"

何蔓摇了摇头："等我想好了我会跟师父说的，但是我跟师父保证，不会因为什么人或者逃避什么事情而去改机型。"

"这还差不多。"谢盛闻声，嘴角上扬，忍不住伸手揉了揉她的脑袋。

何蔓看着谢盛那上扬的嘴角，也忍不住地笑了笑，然后小心翼翼地说："那师父不会再生我的气了吧？"

谢盛看着她那模样，彻底地被取悦，笑出声来："那要看你以后会不会再做出什么糊涂的事情来。"

"我保证不会。"何蔓举手保证。

谢盛心情大好,像是想到什么,脸上的笑意微微收敛,侧过头来看着何蔓,状似漫不经心地道:"对了,叶南城一周前回澳大利亚了,听说要回去几个月,估计你接下来也见不到他了。"

"真的?"何蔓立马惊喜地道。

谢盛看着何蔓那惊喜的样子,意味深长地问:"他回澳大利亚了,你就这么开心?"

"当然。"何蔓点了点头,"见不到最好。"

谢盛闻声,非但没有开心的念头,相反眉头蹙了蹙,不过神色上却是一副漫不经心的样子:"怎么,你们这是有什么天大的仇?"他瞥了一眼何蔓,眸光微微沉了沉,脸上的笑意彻底地收敛,按了车子解锁键,冷淡地道,"行了,你回宿舍休息吧。"

何蔓回过神来看着谢盛,便知道师父又不高兴了:"师父……"

谢盛看着她那模样,不自觉地心软,清冷的脸色放缓了许多:"回去休息吧,我明天还是一个大早班。"

"好。"何蔓这才放下心来,从车上下来,又拿下自己的飞行箱后,朝谢盛挥了挥手道,"那师父,再见。"

谢盛笑了笑,随即开着车离开了。

何蔓这才扭过头回了宿舍,只是想到刚刚师父所说的,叶南城又回澳大利亚了,他回澳大利亚做什么?

何蔓想到了叶南城当年在澳大利亚的不辞而别,随后讽刺一笑,瞧,又是不辞而别,所以,他当年去了哪里,又关她什么事,如今回澳大利亚又关她什么事?

第十二章　海陆空全能师父

转眼,距离她通过FO1考试也快一年的时间了,何蔓看了一下,她的飞行经历还有落地都达到了资质,于是就报名参加了FO2的考试。

与她同批进入公司有几个已经通过了FO2的考试,而她因为转FO1之后停飞了一个月,所以自然也就慢了一些,不过刚好赶上跟宋青扬一起考FO2,宋青扬如今转330,考试的速度自然要比其他的人慢一些。

不过,让她怎么也没有想到面试她的竟然是叶南城。

何蔓站在考试室门前,看着坐在正前面讲台的位置上的叶南城,怔了在那里,他什么时候回来的,他不是回澳大利亚了吗?

宋青扬在她的耳边低声道:"据说叶教员如今是检查员了。"

何蔓侧过头来看着宋青扬,下意识地问:"他不是回澳大利亚了吗?"

宋青扬如今已经跟杨柳正式交往了,两个人在一起的时候还特意请她吃了一个饭。

宋青扬说:"这都半年的时间了,肯定早就回来了啊。而且叶教员一回来就第一时间改装,然后后面又紧接着准备检查员的面试,公司领导和局方的领导都来了,如今已经通过面试,现在是检查员了。"

"所以他才耽误了这么久的时间,到现在都没有飞航线,今天也是他作为检查员第一批检查我们考试。"

"可是理论考试不是还不需要检查员来的吗?那飞行管理部门的那个特别讨人嫌的李如负责的吗,她怎么可能把折磨我们的机会让出来?"

"叶教员自己提出来的要求,她就算是想折磨我们,也不敢啊。"

何蔓眉头一蹙:"他闲的吗?"

"什么闲的,叶教员说他刚通过检查员考试,想来亲自监考一下,走一下所有的流程,以后应该就不会了。"

"你怎么知道的?"

宋青扬笑了笑:"这不是要考试了吗?"

"我想着叶教员向来厉害,刚好一周前叶教员回了深圳,我就请他吃了一个饭,问了一些问题,就聊到的。叶教员还说让我不要跟你说,怕你有心理压力。"

两个人在门口低声絮絮叨叨,叶南城正在前面坐着检查着手中的理论笔试的卷子,一抬头自然就看到何蔓,他微怔了一下,最后看到了她身边的宋青扬,他敲了敲桌面:"杵在那儿做什么,不参加考试了吗?"

宋青扬赶紧应了一声道:"马上进来。"

何蔓抬头看了一眼正前方坐着的叶南城,心底格外复杂,没想到再一次见到他的时候,他竟然直接就提升为了检查员了,一个公司说小不小,但说大也不算大啊,她竟然从来没有撞见过叶南城?

不过想着他又要改装,又要升检查员,程序繁多,甚是复杂,只怕待在深圳的机会也不多,这见不到倒也很正常。

她向来都知道叶南城在飞行上的天赋,在澳大利亚航空公司的时候,他进入航空公司四年就成功当了机长,两年之后就转为教员,同时还要兼职航校飞行教员。

何蔓正走神呢,只见一个三十岁出头的女人从外面走了进来,看着叶南城,立马脸上堆满了笑容:"叶教员已经过来了?"

宋青扬看到那女人,低声道:"李如怎么也来了?"

"不知道。"

何蔓也愣了一下,只见李如扬了扬声道:"大家赶紧把iPad还有手机都收起来,放到前面来,还有十分钟就要考试了,快点。"

何蔓和宋青扬还来不及反应,只见李如道:"何蔓、宋青扬,你们两个干什么呢,还带着手机和iPad,是想作弊吗?"

两个人深吸一口气,忍了下来,把手机和iPad给交上去了。

李如是某个机长的前妻,公司照顾飞行员家属,在同等条件招人的情况下会优先考虑家属,她跟那位机长还没有离婚之前进入公司的飞行管理部门,主要职责就是负责飞行员的理论考试。

但是因为跟那位机长离婚之后,一直对她们飞行部的横挑鼻子竖挑眼的,后面据有些同事八卦,原来她当初在那位机长还有女朋友的情况下倒追了那位机长,那机长让她意外怀孕就只能结婚。

可两个人结婚不过几年的光景就离了,且听说还与初恋女友再一次复合并已经结婚。所以自那之后,她便对飞行部的考试处处为难,但却不敢刁难机长或者教员,所以他们这些副驾驶员就倒霉了,时不时要来恶心他们一下。

李如又道:"还有,何蔓、宋青扬,你们两个分开坐,坐那么近干什么,还想考试互相交流不成?快点分开坐。"

何蔓眉头一蹙,看着跟她有着一米远距离的宋青扬说:"李老师,我们这隔着一米远呢,我想我们就算是视力再好,也看不见对方的答案吧。"

李如脸色一沉,讽刺地道:"谁知道呢,之前不还停飞了吗?"

叶南城轻敲着桌面:"行了,马上就考试了!"

理论考试是在电脑上机考的,时间一到,大家一一打开了电脑,进入了考试的界面。

叶南城漫不经心地看了一眼下面考试的副驾驶员,最后目光落到了何蔓的身上,只见何蔓一脸冷意,显然李如的话影响到了她。

他站了起来在考试室里面绕了一圈,边走边道:"考试的时候大家要细心,多想想平时看的手册上的内容,仔细反复读题,别粗心大意,也别因为其他事情或者旁人的话影响到自己发挥,知道吗?"

宋青扬等人回过神来点了点头道:"知道了,叶教员。"

而叶南城走到何蔓的身边停了下来,看着她依旧垂着头,像是什么也没有听进去,他伸手轻敲了一下她的桌面:"何蔓?"

何蔓被这敲桌子的声音惊了一下,一抬头看着叶南城,她愣在了那里,只见叶南城望着她道:"我刚刚说的话你都听见了吗?"

何蔓一怔:"什么话?"

叶南城说:"考试的时候要细心,多想想平时手册上的内容,仔细反复读题,别粗心大意,别意气用事,不要让其他任何事情影响到你的发挥。"

何蔓微微一阵恍惚之色,想到了刚到澳大利亚的时候的第一场考试,那是叶南城刚刚接管他们所设下的一次理论考试,可那天恰逢是爸爸的忌日,她因为这个没有通过被点名批评,那是她第一次理论考试没有通过,虽然不计入毕业成绩,只是在叶南城设下的考试,在她当时心中的英雄面前没有通过,她还是觉得丢脸。

细心体贴的叶南城在两年前见到她的那一次,她也是情绪不对劲,还躲起来哭,她也是在那个时候才知道叶南城原来一直都记得她。

那个时候叶南城就是这么安慰着她的,就跟现在一样,永远是那么的温柔细心,体贴周到,她极力想要忘记澳大利亚的点点滴滴,可此时却因为他的这句话变得格外清楚,那所有的一切历历在目。

直到回忆起她跑到他的航空公司寻找他的下落,最后却被航空公司告知,他去了美国,他并不在澳大利亚。那一幕,如同一巴掌,狠狠地落到了她的脸上,方寸大乱,心乱如麻。

最后的结果,她自然是没有通过理论考试!

这是她入公司以来第一次理论考试没有通过。

何蔓看着结果的时候，如同当头一棒，只见叶南城看着她的试卷，眉头紧锁地道："你在想什么，怎么这道题也能错？"

说完，他看了一眼宋青扬等人，原本想说的话又吞回肚子，对其他副驾驶道："恭喜你们通过了FO2的理论考试，接下来好好准备航线的考试，知道了吗？"

"知道了，叶教员。"一个个的立马异口同声地道。

叶南城笑了笑，看了一眼何蔓还有另外两个理论考试没有通过的副驾驶员，他道："你们三个没有通过的呢，也不要灰心，好好准备，下个月再考，回去之后好好看手册，反复地做题。"

"谢谢叶教员。"

没有通过的几个显然情绪有些不大高。

叶南城看了一眼何蔓，又看着其他人，道："都回去好好休息休息，该准备的准备。"

宋青扬等人立马点了点头，一一跟叶南城告辞，何蔓也准备出去，叶南城则出声叫住了她："何蔓留下来。"

何蔓看到其他人出去了之后，整个教室里面就只剩她跟叶南城，她莫名地紧张了起来，这种感觉就仿佛是他第一次设下的考试她没有通过的时候一样紧张，一样感觉到丢脸。

可是这一次，却莫名地多了一股怒气，理论考试明明不需要他监考，他为什么要过来监考，若不是他来监考，她也不至于考试不通过。可这种念头不过一闪而过，随后她又自嘲地一笑：你看，何蔓，你又是这样，遇到事情你又会怪到别人，明明是因为你自己的缘故，你若是内心足够强大，又怎么会受旁人的影响？

叶南城看着站在那里咬着唇的何蔓，他心底莫名地心疼，微叹了一口气："刚刚不是都跟你说了吗，让你不要受李老师的影响，怎么还会受她的影响呢，你看你，这些题你明明都会的。"

何蔓陡然之间抬起头来看着叶南城，目光有几分拒人于千里之外的清冷寒气："多谢叶教员的关心，但是我想这不关叶教员的事吧？"

他已经不是她的师父，她考得好与坏，都跟他没有关系，而且，她也不需要他的安慰和担心，还有劝解。

叶南城看着何蔓那冰冷的样子，愣了一下，只见何蔓冷淡地道："叶教员若是没有什么事情，那我就先走了。"

说完她刚准备出教室，叶南城反应过来，眉头微蹙叫住了她："何蔓，你是不是又忘记我教你的了，飞行上比你先飞的都是你的前辈，对你的老师、你的师父，你要时刻保持着谦卑学习的态度……"

"我没有忘记。"

何蔓打断了他的话，随后反问："倒是叶教员，自己能不能做到像所有的前辈一样，一视同仁，而不是让其他副驾驶先离开，独留下我一个人？我不比叶教员，我在公司里面的流言蜚语已经够多了，若是传出去什么，我可承担不起。"

叶南城的脸色格外难看，想到他的举动，他叹了一声："对不起，何蔓，是我考虑得不周全。不过你不用担心，如果真的有什么传言，我会解释的。"

何蔓冷冷地说："不好意思，我很担心，而且我非常不想有这样的传言出来，所以叶教员如果没有什么事情，我现在可以走了吗？"

叶南城看着何蔓那冷冰冰的样子，终于再也一句话说不出来，他微微后退了一步，何蔓头也不回地就离开了。

何蔓复习了一个星期之后，她又准备申请FO2的理论考试，刚填好申请表，准备去公司的时候，在她的宿舍楼下遇到了双手插在兜里的谢盛来来回回地走着。

她愣了一下："师父，你怎么会在这里？"

"来找你的。"谢盛说完，瞧到了她手上的表格，"准备又申请FO2的理论考试？"

"嗯。"何蔓点了点头，想到第一次考试没过，她有些不自在地后退了一步，手中也攥紧了那一张申请表。

谢盛看了她一眼，提醒着她说："最近飞行员所有的理论考试，叶南城应该都会监考。"

何蔓脸色微变，不假思索地道："他不是就监考一场吗？"

谢盛轻声地解释："叶教员刚荣升为检查员，可能是想更熟悉所有要考试的飞行员，所以他没事就会去看看。"

何蔓不禁握紧了手中的纸，她移开了眼眸："那也不关我的事。"

谢盛则讽刺一笑："上一次没考过不是因为他？"

"怎么可能？"何蔓下意识否认。

谢盛并未曾说话，只是望着她的那双眸子让她莫名地心虚，正当她以为谢盛又要骂她的时候，却听到他说："你今年的疗养假还有一次吧？"

何蔓愣了愣，随即点头："对，还有一次。"

"那就没问题。"谢盛则点点头，"我刚交疗养假的单子的时候，替你也一起交了。"

"啊，干吗？"

"我月底去菲律宾潜水，到时候一起去。"

就这样，何蔓被迫请了一周的疗养假。

随后她拿着手中的申请单回到了宿舍，在回宿舍的电梯口，她又遇到了叶南城，如今他来到深圳也有几个月的时间了，但却一直住在员工宿舍。两人同住在一栋大楼里面，说是抬头不见低头见，可再这么频繁地"偶遇"下去，她觉得她也可以考虑搬出宿舍了。

叶南城仿佛并不知道何蔓在这里似的，看到她的时候有些诧异："何蔓，这么巧，你今天不飞吗？"

何蔓回过神来，那双黑白分明的眸子望着叶南城："每次我师父过来找我，总会偶遇到叶教员，这怎么能说是巧？"

师父其实来找她的次数也不多，有时候是一起飞送到她宿舍楼下，有时候是顺便带着她一起去她哥哥家吃饭，可是基本上每一次都能好巧不巧地遇上叶南城。

"你注意得这么细致？"叶南城一怔，随即笑了笑，便好奇地问，"谢教员过来找你做什么？"

何蔓抬头看着叶南城那试探的眼神，她将手中的申请表折叠一下，放进了口袋，一脸淡然地道："叶教员，我们谈谈吧。"

她不可能会再因为他影响到自己的任何考试，但是也不想让他再这样一直关注着她。叶南城显然是等了许久，爽快地答应了下来："在哪里谈？"他一直想跟何蔓谈谈，但是何蔓那一副拒人于千里之外的样子，让他着实不知道怎么开口，没想到她会主动提及。

"就在公司楼下的咖啡厅吧。"

何蔓看了他一眼，扭过头往咖啡厅的方向走过来，叶南城跟了过来，与她肩并肩一起走,想到他刚看到的申请表,他问:"准备又申请FO2的理论考试吗?"

何蔓轻声地道:"对。"

叶南城见何蔓终于肯好好地说话,心底一喜,立马问道:"那准备什么时候考呢,定下来时间没有?"

"下周。"

"下周几?"何蔓侧过头来看了一眼叶南城,叶南城赶紧道,"我问只是想说到时候知道就好,我就不去盯着你考试了。"

"为什么不去?"何蔓似有不解地反问。

叶南城看着何蔓此时并没有生气,微微松了一口气,温柔体贴地道:"这不是怕到时候会影响你吗?"

何蔓瞥了他一眼,没有说话,而是直接推门进了咖啡厅,点了两杯咖啡之后,便找了一个靠窗的位置坐了下来后,抬头望着叶南城,似笑非笑地问道:"叶教员怎么会这么说?"

叶南城一愣,没有想到何蔓竟然会这么问,抬头看着她那似笑非笑的眼神当中透露着一抹讽刺之色,他原本喜悦的心微微一沉,还没有说话,只见何蔓问:"叶教员这是在担心我会因为澳大利亚的事情会影响到我?"

"蔓蔓……"叶南城望着何蔓,手微微攥紧,下意识地唤起了曾经亲昵的称呼,想要让她回忆起曾经的点点滴滴。

何蔓眉头微微一蹙,却不像是之前那么反应强烈,只是态度格外冷漠:"还请叶教员叫我何蔓,否则,我们没有办法好好谈下去。"叶南城的心沉入谷底,只见何蔓道:"刚刚叶教员的担心,说实话,其实第一次理论考试的时候确实是影响到我了,但影响我的,并不是因为我还对叶教员有感情。影响到我的是,我以为叶教员当年不辞而别我们之间就已经结束了,叶教员可以一视同仁,却不知叶教员还当作什么事情没有发生一样,说着跟当年同样的话,让我觉得诧异,甚至是生气,所以,这才是影响到我考试的原因。不过叶教员可以放心,我想,下一次考试,我应该可以调整好心态,不会再犯这么愚蠢的错误了。"

叶南城听到她说起当年他的不辞而别,下意识地想要解释了起来,他着急地说:"当年我不是不辞而别,我只是……"

"叶教员当年为何离开，如今已经不重要了。"

何蔓直接打断了他的话，目光清澈地盯着他，没有半点的不舍和犹豫不决之色，她冷淡地道："重要的是，事情过去那么久了，说实话，我对过去的事情早就忘记了。所以，也希望叶教员以后不要再打扰我的生活和工作。"

叶南城听到这里，幽深的目光泛红，手中的拳头牢牢攥紧，最后，又缓缓松开："如今我们已经在同一家公司，如何才能算得上不打扰你的工作和生活，难不成，你希望我辞职不成？"

"叶教员想多了。"何蔓倒是轻声讽刺一笑，最后，盯着叶南城说，"只要，叶教员能做到一视同仁就好。"

叶南城轻声一笑："可以，但是，何蔓，你是我曾经的学生，若是说做到对你与其他副驾驶一视同仁，怕我还是做不到。不过，你放心，我不会再打扰你的工作了。"

与叶南城谈过之后，何蔓便继续认真地飞行，一周后，她跟着谢盛一起踏上了前往菲律宾的飞机。

真正踏上菲律宾飞机，何蔓才清醒了一些，甚至是有些不大敢相信，她竟然真的跟师父一起单独出来，出来旅行？

何蔓望着谢盛那张侧脸，或许是她的目光太过于专注，只见谢盛微微侧过头来，突然睁开了眼睛低沉地道："看什么呢？"

何蔓正盯着眼睛眨都不眨地，看着师父那睁开的眼睛，吓了她一跳，赶紧移开了眼睛，有些慌乱地道："没……没想什么。"

谢盛看着她那慌乱的样子，嘴角上扬起一丝弧度："出来玩就好好放松放松，别想那么多，先好好休息一会儿。"

何蔓赶紧点了点头，把头靠在了机窗前，看着窗外的蓝天白云，她唇角上扬起一丝的弧度。

从深圳到马尼拉不过三个小时，何蔓与谢盛到了马尼拉之后，然后又转航班到黎牙实比，黎牙实比机场极小，还没有下飞机就能从机舱窗户中看到一座火山，无比清晰，近在眼前，很是壮观。

何蔓是第一次来，却并不紧张，因为有谢盛在，下了飞机之后，师父打了一辆出租车到了一个叫董索的地方。

董索只是个小渔村，并不繁华，但却很有特色，而且来这里的人目的都只有一个,那就是为了看世界上最大的鲨鱼——鲸鲨。

鲸鲨这种动物在董索附近海域特别活跃,不过这些年来也因鱼翅的捕猎而越来越少了,但在董索这个地方每年的三到五月还是很容易看到鲸鲨活动,不过在这个季节想看到怕是有些难。

而且何蔓对这一次出行并不了解,只知道他是来潜水的,而菲律宾向来是潜水胜地,很多热爱潜水的都会来这里潜水,所以但凡热门一点的地方都有很多人,但是何蔓没有想到谢盛带她来这里。

这个地方可是有些偏冷门,甚至是不在网上查都不知道这个地方。看着眼前的小渔村,何蔓略有些好奇地看着往前走的师父,忍不住小跑着跟了上来问:"师父,我们去哪里?"

"缇考岛。"

"缇考岛?"何蔓显然不知道这是什么地方,董索已经很小众了,缇考岛又是什么地方?

谢盛边走边跟她解释说:"缇考岛是一个比较小众的潜水胜地,从这里过去差不多要一个小时的船程。"

何蔓跟着谢盛的脚步说:"还要坐船?"

谢盛点了点头,随后进了一家店铺,何蔓跟了进来听了一下,大概明白过来师父是要租游艇。她就这么跟着谢盛,直到看着谢盛租完了游艇,工作人员离开之后,就只有她跟师父的时候:"师父,就我们两个人去缇考岛吗?"

"嗯。"谢盛点点头。

何蔓愣了一下,指着海边停靠的游艇道:"那你会开游艇?"

"会开,放心吧。"谢盛说完,上了游艇,然后扭过头伸手拉着她说,"上来。"

何蔓上了游艇之后,像是想到什么,她又扭过头看着谢盛,一脸震惊地道:"不是吧,师父,你竟然会开游艇?"

"我喜欢潜水,经常出海,所以就自己学了。"谢盛轻声地道。

何蔓像是想到什么,望着谢盛道:"等等,师父,我们不是潜水吗,我不会潜水怎么办?"

"我会。"谢盛说完,望着她说,"我有潜水教练证。"谢盛走到了游艇驾驶舱内坐下,道,"我们先去缇考岛,晚上在岛上休息,明天再出海潜水，你现在可以先在里面好好休息一会儿，我们现在得出发过去了，不然晚点就开始涨潮了。"

"好。"何蔓乖乖地点头。

"座椅下面有潜水设备，还有一些潜水需要注意的事项，你先看看，明天我再教你。"

何蔓又点头，她从座椅下面拿出潜水的资料后，谢盛便启动游艇往缇考岛的方向过去了。何蔓看着前面正在开着游艇的谢盛，突然之间觉得师父怎么这么厉害？不对，师父一直都很厉害。只是，让她没有想到的是，师父不但开飞机厉害，还会开车、开游艇，还会潜水，这不是海陆空全能吗？

何蔓侧过头来看着游艇外面的海岸线，此起彼伏的海水，在游艇的快速前行下，波涛汹涌，却丝毫影响不到这海面上的美。

蓝天，白云，大海……

何蔓闭上了眼睛，从早上深圳赶飞机到现在，原本所有的疲惫彻底地消散，只觉得全身上下都放松了下来。

大概不到两小时，他们就到了缇考岛。

何蔓在路上也对这个缇考岛稍稍进行了了解，原来这缇考岛虽然是一个很小众的潜水胜地，但是这些年来也渐渐被人知晓，所以到了缇考岛上可以看到这里的开发虽然不如一些热门的地方完善，但其实什么东西都有，可人却并不很多，可以说是非常适合散心的一个地方。

两个人到达缇考岛的时候刚好是五点，谢盛提早早就订好了酒店，是一个类似马代的那种茅草别墅，里面有三个房间，空调热水器什么相关设施一应俱全，房间装修得也格外有异域风情。

何蔓到了这个地方就格外喜欢，看着房间里面的那个吊床，忍不住地直接就扑了上去："师父，找到了一个这么好的地方！"若不是师父带她来，她压根都不知道菲律宾竟然还有这么一个地方。

"之前听一个潜水的朋友说的，我跟他来过一次，想着你应该会喜欢。"

"喜欢，当然喜欢，非常喜欢。"

"喜欢就好，把东西收拾一下，待会儿我们去吃点东西。"

"好。"

谢盛出去之后，何蔓飞快地爬起来洗了一个澡，换上了一身白色的裙子，这是她特意为了来海边买的网红裙子。

何蔓满意一笑，又搭配了一个帽子，拎了一个小包包出来了，谢盛也换了一身白色的T恤和一条沙滩裤，正坐在客厅里面等着她呢。

看着何蔓从屋内出来，他那幽深的目光当中掠过一抹惊艳之色，随即笑了笑："收拾好了？"

何蔓走了过来问："师父，那我们晚上吃什么？"

"这边的海鲜不错。"谢盛站了起来，道，"我们去尝尝。"

"好嘞。"何蔓心情大好，跟着谢盛一起出了房间。

此时已经七点多了，天色渐暗了下来，何蔓跟着谢盛来到了一家饭店坐了下来。缇考岛跟所有的海岛一样，到处都是椰子树。

在饭店最前面有一个露天的酒吧，沙滩上放着音乐，还有人时不时地上前唱着歌，还有一些热情的异国他乡的人围在一起跳舞。

何蔓看着远处的那些人，深吸了一口新鲜的空气，忍不住地道："好舒服啊。"

谢盛打开了要的饮料递给何蔓一杯，看了一眼沙滩："带你来没错吧？"

"没有没有。"何蔓接过饮料，像是想到什么，道，"对了，师父，这酒店花了多少钱，你到时候告诉我一声，我把钱转给你。"

何蔓刚说完，只见对面心情还不错的谢盛眉头微微一蹙，脸色沉了下来，显然听到她这句话有些不悦。

何蔓自然是察觉到了，想到她刚刚所说的话，她恨不得咬破了自己的舌头，真的是，这么好的气氛，这么开心的时候，提什么钱！

何蔓正在想着怎么挽救自己刚刚问的愚蠢的问题，只见谢盛淡淡地道："待会儿吃饭你来买单就好。"

何蔓赶紧点头，偷偷地看了一眼谢盛的脸色，还是很冷淡，她想了想，还是解释了一下自己刚刚的行为，她道："师父，刚刚我不是想跟你分得这么清，毕竟师父带我出来玩我就很开心了。只是想着我跟师父除了只是师徒关系，也没有其他的关系，也不能老花师父的钱啊，师父的钱也不是大风刮来的。"

谢盛眉头稍一挑，突然之间抬头："那你还想有什么关系？"

"啊?"何蔓一愣。

谢盛侧过头来盯着她,目光幽深:"我是问,你是想除了师徒关系,还想有什么其他的关系?"

何蔓一下子紧张了起来,低头喝了一口饮料,有些慌乱地道:"没想有什么关系啊,没有,没有想。"

谢盛瞧着她那模样,突然之间不悦仿佛消散了许多似的,似笑非笑地盯着她看了起来。看得何蔓心底紧张得心跳有些加速的时候,只见谢盛敲了敲桌面,道:"行了,一整天没怎么吃东西了,赶紧吃饭吧。"

何蔓赶紧拿起了餐具,像是紧张似的,手中的叉子还掉到了地上。

谢盛看着她那紧张的模样,满意极了,然后叫来了服务员又送来了一副餐具,状似不在意地吃着自己的。

何蔓也不敢再多说什么,乖乖地吃着自己的饭,只是想着师父的话,她忍不住微微蹙着眉头,师父那么问是什么意思?

公司里面一直说师父是黄金单身汉,她也从来没有见到师父跟哪个女人走得比较近,更没有听师父说过有女朋友的事情,所以,师父应该是没有女朋友的吧?

那师父对她这么好……

想到之前在他家里的那一个吻,还有他特意跑去她老家鸡公山时候的样子,不知怎地,想到这里,她心底莫名地有些开心,低头忍不住地偷笑了起来。

谢盛不知道她想到什么突然之间笑了起来,蹙着眉头问:"笑什么呢?"

"没笑什么。"

何蔓果断摇头,看着谢盛那打量的眼神,生怕会被师父看透了心思似的,她立马站了起来道:"那师父,我去买单了。"

何蔓噌地一下跳了起来,进了店内把账给结了,然后出来看着谢盛:"师父,刚刚老板说那边的鸡尾酒调得不错,我们去喝一点吧,反正明天才潜水呢。"

"你不是酒精过敏吗?"谢盛望着她。

"我可以喝果汁呀,老板说很多现榨的果汁,都很好喝的。"何蔓说完,指着那边很兴奋地道,"而且老板说那个角度,可以看到萤火虫。"

谢盛看着她那张兴奋的脸，忍不住嘴角上扬，点了点头道："嗯。"

随后两个人往靠近岛上树林多一些的露天酒吧过来，这边没有刚刚那边的露天酒吧热闹，很是安静，背后是比较茂密的树林，前面是在深夜一眼望不见边际的大海；吧台四周都挂着彩灯，坐在这里听着安静的海风声，喝着这边调的鸡尾酒和果汁，有说不出来的舒爽。

不过可惜的是今天晚上并没有看到萤火虫，两个人在海边喝完东西回到房间的时候，已经是十点了，明天早上九点还要出海，基本上一天都是在海上度过，所以两个人早早就睡了。

翌日，一大清早，两个人醒过来吃完了早餐之后，就直接上了游艇，游艇上有谢盛准备的吃的、喝的和一些潜水的设备。

何蔓很聪明，昨天在快艇上就了解了潜水的要领和注意事项，基本上算是理论上的都懂了，只是，实际上还没有操作过。

所以换好一身装备之后，看着在水里的谢盛，她坐在游艇的甲板之下，看着水面，一下子就害怕了。

谢盛漂在水里，望着她道："设备我检查过了，我又在你身边，怕什么？"

说完，他伸手道："下来。"

何蔓深吸了一口气，抓住了谢盛的手，仿佛在那一瞬间，所有的不安瞬间消失，随即一笑，背上器材跟着谢盛一起进入海水中。

谢盛说："你第一次潜，不能潜得太深，要随时观察水压计，把握自己所处的深度，全程不要紧张，不要怕，放松，就跟飞行一样，冷静下来，多想想我刚来的路上教你的，明白吗？"

"明白。"

谢盛侧过头望着她道："随时注意我的手势，我也会一直在你身边。"

何蔓听到那一句"我也会一直在你身边"，原本紧张的心情彻底地消失不见，她勾唇一笑，用力地点了点头道："嗯。"

"空中的美景看多了，也可以好好地看看海底的美景。"谢盛低沉略带着一丝磁性的声音在她的耳边再次响起，"好好欣赏。"

有了谢盛的安慰和陪伴，何蔓彻底地放松下来，在谢盛的带领之下，一步步地进入了水下。谢盛拉着何蔓四处游水，为了减少体力的消耗，开始有规律地摆动脚蹼，一点点地下潜。

潜入了海底，何蔓看着此时湛蓝的海底，格外惊喜，也格外冷静，仔细地想着谢盛教的她点点滴滴还有注意事项，跟随着他一起，看着色彩斑斓的海底，有时不时游过的各种小鱼，各种奇异的贝类、海星、水母以及各种颜色的海草，简直美不胜收。

何蔓看着这一幅美丽的画卷，熠熠生辉，奇幻莫测，让她惊讶不已，甚至是不敢相信在海底能看到这么美的画卷。

难怪！难怪师父会这么喜欢潜水！

这么美的海底，谁看一眼会不爱上？

何蔓在海底四处地游动，但因为她是第一次潜水，不能潜得太深，所以潜到六米左右的时候，就上来了。

上来之后，何蔓没有任何的不适，相反有些意犹未尽，她看着在海面上的谢盛，有些兴奋地道："师父，我还想潜！"

"你今天第一次潜，慢慢来，慢慢习惯，明天我再带你来潜。"谢盛道，"你就先在游艇上好好休息休息，我再下去一趟。"

何蔓自然是明白第一次潜不能潜得太深，也需要慢慢习惯熟练设备，还有海底的手势和配合的方式，所以虽然意犹未尽，也没有继续缠着再要潜。

何蔓与谢盛在缇考岛待了五天的时间，到结束的时候，何蔓不但直接把潜水证给拿了下来，还能下潜到十多米了。

何蔓看着手中的潜水证，兴奋得扭过头来朝谢盛挥了挥手道："师父，你看，我也拿到潜水证了！"

"五天才拿到，还是初级的，我当初四天就拿到了！"

何蔓："……"

什么钢铁直男？

夸她一句不会吗？

不过看着手中的潜水证，她还是很兴奋，狠狠地亲了一口自己的潜水证，挥了挥手笑道："我哪能跟师父比？"

谢盛忍不住一笑，揉了揉她的脑袋："连潜了四天水了，明天就要走了，这缇考岛上还有很多可以玩的，下午还有时间，我们去转转。"

"好。"

这缇考岛上还有骑马、水上摩托车等一些其他好玩的东西，下午的时候,刚好可以把这些都玩一下。

何蔓和谢盛两个人玩到了天黑,累得精疲力竭,这才找了一家饭店坐了下来。酒足饭饱之后,何蔓和谢盛又来到了第一天晚上来坐着的露天酒吧坐了起来。

想到这几天的开心,想到谢盛的陪伴,她扭过头来看着谢盛,格外真诚地说了一句,道:"师父,谢谢你。"

"谢什么?"谢盛随意问。

"谢谢师父带我出来散心,谢谢师父陪我玩,谢谢师父这几天的照顾。"何蔓说完,一脸真诚地道,"真的,很感谢师父,这几天我真的很开心。"

谢盛闻声,抬头看着对面的何蔓,他转动着面前的饮料,轻声地问道:"真的很开心吗?"

"开心,开心。"

"那现在要不要好好聊聊?"

何蔓一愣,很快想到他们来菲律宾的目的,师父是想让她放松放松,这才带她出来旅行散心的。

想到这里,她点了点头道:"可以,师父想问什么?"

"不是我想问什么,是你自己有什么想说的。"

谢盛说完,望着她道:"明天回去休息休息,又要开始飞了,回去之后,你有什么打算,准备FO2考试吗?"

"嗯。"何蔓点了点头。

"有信心了吗?"谢盛说完,把手中的杯子放下,道,"或者说,我要问你,还会不会受叶南城的影响了?叶南城是一名优秀的飞行员,同理,当了检查员,也想做一个优秀的检查员,所以,他最近经常会去看所有的飞行员的理论考试,看他们是否真的有那个能力,这是他对他工作的负责。"谢盛看了她一眼继续说,"所以说虽然理论考试不归他负责,但是,他想看还是可以随时看的,也就是说,你考试还是有可能会碰到他的,而且飞行之路漫漫,还有无数场考试在等着你,他检查你的机会太多了。

"何蔓,你这个人,聪明好学,但同时也好强、要面子,且又重感情,容易情绪化,尤其是遇到你在意的人,更容易受其影响。"

"比如说你哥，比如说，如今的叶南城。"

"他不是我在意的人。"何蔓下意识否认。

谢盛微挑着眉头，讽刺一笑："若不是，以你平时的努力还有理论水平，FO2的理论考试又怎么会难得倒你？"

说到这里，他再也按捺不住地问："你跟叶南城之间到底发生了什么事情？"

这个问题他很早就想问了。

何蔓抬头："师父真的想知道？"

谢盛没有回答，而是抬头用眼神告诉了她答案。

于是，她深吸了一口气："其实，我跟叶南城认识比在航校的时候还早，那是在我刚进大学的第一年，军事化训练，又恰巧到了爸爸的忌日，那天我认识了他。"

何蔓缓缓地将跟叶南城认识的事情大概讲了一下，说完她垂下眼眸，有些自嘲地讽刺一笑："他是我第一个喜欢的人，我也不知道当时是我的表白吓到了他，还是怎么了，不到一周的时间，他就从航校离职，然后又从澳大利亚离开，在他的公司我都找不到他。后来，我各种打听，才知道他去了美国。"

谢盛看着何蔓愣了好半天，他早就猜到何蔓跟叶南城之间可能会有什么感情上的纠缠和瓜葛，但他怎么也没有想到竟然会是何蔓喜欢上了他，还跟他表白了。

而何蔓仿佛没有察觉到谢盛的眼神似的，说到这里，喝了一口冰饮，冷静了一些，又继续说："可笑吧，他为了逃避我，竟然从航校和航空公司都辞了职去了美国，就只是为了逃避我，原本我也忘记这件事情了，可是我没有想到他如今竟然进了我们公司，还装着一副什么事情都没有发生的样子。跟以前一样跟我说话指导教我，我看到他那样，就觉得很生气，所以，所以这才考试没过。"

谢盛听完这些话，那幽深的眼眸暗潮涌动，只感觉到有一股嫉妒的情绪堵在了心底，让他心底如同火烧似的，脸上却依旧是格外平静，不紧不慢地开口问："这么说来，他是你的初恋？"

叶南城的资料他查看过，澳大利亚学飞的，然后进入了澳大利亚的航空公司，四年之后当了机长，随后很快当了教员，后来在航校的邀请之下，兼职成了航校的教员，也就是何蔓在澳大利亚学飞的那个航校。

年纪轻轻当了教员，又是航校里面的飞行教员，这么好的条件他怎么会选择回国呢，而且他回国之后，明明国内有其他航空公司开出更好的条件，明明他是北京人，可他偏偏选择了深圳东胜。

再想到何蔓说起他当初在澳大利亚的不辞而别，他瞬间就明白了，包括明白叶南城当初为何会从澳大利亚去了美国。

这件事情他爸跟叶南城聊过，后来他爸回家的时候跟他大概提过，说叶南城去美国的航校，是在澳大利亚航校提出来辞职的时候，领导提出来的要求。

刚好美国的航校需要飞行教员，拜托他带一段时间，他跟领导的关系极为不错，就答应了下来，在领导的帮助之下，他在航空公司办理了停职手续前往美国。

从美国回来之后，他就从航校办理了离职手续，同时从澳大利亚航空公司离职，然后，这才进入了东胜。

何蔓这么一说，所有的事情他立马理顺了！

如今看来，无论是叶南城当年的不辞而别，还是如今进入东胜，这所有的一切竟然是为了她！

何蔓一听初恋两字，赶紧摇了摇头："不是不是，就是，就是第一个喜欢过的人吧，根本没有谈过，所以算不上初恋。"

"第一个喜欢上的人？"

谢盛盯着眼前的鸡尾酒，微微晃着动，眸光微微泛着冷光，想到了何蔓所说的叶南城当年的不辞而别，他看了一眼对面的女孩，男人对男人之间的感觉是最敏感的，他可不相信叶南城对何蔓无情。

想来，那不辞而别，怕也是因为怕何蔓的名声受到影响，所以，这才选择从航校离职的吧！

"其实也不算啦。"

何蔓听到谢盛这么一说，又下意识地否认，她说："就是那个时候年纪小，不懂事，所以，所以就，就有好感了。"

谢盛想到叶南城为何蔓所做的，心底的嫉妒如同火烧一般，忍不住讽刺一笑："有好感了，就还能让你这么多年念念不忘，到如今还能影响到你的考试，你这好感的影响可真是深哪。"

"师父……"何蔓眉头微蹙地看着谢盛,还不是他要问的,她现在说了他还在这里讽刺她?

何蔓的不乐意让谢盛回过神来,移开了眼睛,有些不自在地说:"我没有其他的意思。就是在想这么多年还能影响到你的工作,怕不单单是你说的好感那么简单的事。"

何蔓抬头看着谢盛道:"师父,我知道你在担心什么,但是你放心,这一次我一定不会受他影响了。"

谢盛看着她那一本正经的模样,生怕自己再问出来什么问题,就直接仰头喝了一大口鸡尾酒,面不改色地道:"是吗?那回去看你表现。"

何蔓立马乖巧地点头:"师父可以放心。"

谢盛看了一眼对面的女孩那乖巧的样子,想到自己猜到叶南城的意图,他垂下眼睑。出于男人的私心,他却并没有告诉何蔓。

因为这个女孩,他也想要。

谢盛又喝了一口鸡尾酒,抬头看着对面的女孩,像是漫不经心地问道:"那你现在呢?还喜欢叶南城吗?"

何蔓摇得像个拨浪鼓似的:"不喜欢了,不喜欢了,早就不喜欢了。"

说完,又像是生怕谢盛误会似的说:"其实当年我也没有那么喜欢,可能就是年轻,又没有遇到过什么喜欢的人,又恰好遇上我爸爸的忌日,他那么一安慰,就有了一丝好感,但若说喜欢,也谈不上。"

谢盛听到这里,则笑出声来,望着她道:"有好感就敢表白?"

何蔓面色一僵,想到自己刚刚说过对叶南城表白过,她垂下头,真嘴欠,哪壶不开提哪壶啊!

突然之间,不知道是谁突然之间惊喜地叫了起来:"Wow,fireflies……"

何蔓一听,立马扭过头来,只见身后那树林当中有着忽闪忽闪的萤火虫出现,她惊呼了一声:"哇,还真的是萤火虫。"

第一天到的时候,晚上饭店的老板就告诉她这边的海边晚上会有萤火虫,但是当天晚上并没有看见,再加上第二天着急出海,所以并没有看到。

这几天她又迷上潜水,天天缠着师父陪她潜水,回来就累得只想休息,所以也没有怎么来这里看过,没有想到在离开前的这一晚,竟然真的发现了萤火虫。

何蔓惊喜不已,只见伴随着那几只萤火虫的出现,有大片大片的萤火虫出现在那片树林当中,忽闪忽闪地,格外漂亮。

老板自然也发现了,他笑了笑,随后关掉了彩灯,在没有彩灯的照亮下,那萤火虫更加耀眼也更多了起来,有些甚至大胆地朝他们这边飞了过来。

何蔓忍不住地伸出手来,一只萤火虫落在了她的掌心,忽闪忽闪地,耀眼夺目,不得不说,这缇考岛是一个神奇的地方,按理说萤火虫是不能在海边生存的,可是没有想到在这缇考岛上,竟然有大片大片的萤火虫,实在神奇。

这一幕落在了谢盛的眼底,他忍不住地拿出了手机,拍下了这一幕,看着手机相册中的女孩,天真而不世故的样子,他嘴角上扬,想到叶南城,他眉头微挑,不管她有没有忘记他,但三年前他们错过了,那就是错过了。

如今,她是他的!

从她在公司门口撞上他开始,她就是他的了。

何蔓此时全部的注意力都在萤火虫身上,压根就没有注意到谢盛的眼光,看着前面大片大片的萤火虫,她站了起来,往那大片萤火虫中间走了过去。

谢盛坐在那里倚靠在椅背上望着她,看着何蔓追着萤火虫往海边而去,只见她手中抓了几只萤火虫,装在了从店家借来的瓶子里面,蹲在海边上,将瓶口放地面上,拿出手机准备拍照,那模样如同一个孩子一般。

谢盛低头一笑,手机突然之间响了起来,他看了一眼何蔓,低头看着来电显示,那张俊逸的脸上多了一丝丝冷沉之意,原本不想接,可想了想,最终还是接起了电话,声音清冷:"喂……"

电话那头传来谢震东的声音,像是极为诧异地问:"阿盛,你去了哪里,你怎么请了疗养假?"

"我疗养假都快结束了,你才知道吗?"谢盛听到这里,讽刺一笑,从他提交疗养假单子到现在,怎么也有大半个月了,可他爹竟然现在才发现,而且他们还在同一家公司。

虽说谢震东是领导,平时事情比较多,也很忙,这飞行员的疗养假归不到他管,但是他儿子这出门也快一周了吧。

谢震东解释:"我前一段时间太忙了,今天去你那里找你,发现你不在家,这才发现你请了疗养假。你怎么请了疗养假,去了哪里?"

谢盛则是压根没有听到他后面的话似的,而是冰冷一笑道:"请问你在忙什么,我记得你最近不是在深圳吗,还是,在忙着想要给我娶回来一个小后妈?"

谢震东眉头一蹙:"阿盛,你见见你严姨再说吧?"

谢盛忍不住地讥讽地笑出了声:"叫一个比我大不了十岁的人阿姨,我可喊不出来。"

说完,只听到有尖叫之声响了起来,他下意识地抬头,只见不远处的海边一个巨大的海浪扑了过来,而一些还在海面上玩水的人吓得尖叫了起来,赶紧连连往岸边退了过来。

而何蔓还蹲在那里拍着萤火虫,谢盛就这样子眼睁睁地看着一个浪直接将她淹没了,他惊叫了一声:"何蔓……"

随后他将手机一扔,直接奔到了海边上来,此时海边的风声渐大,那海浪一浪高过一浪,何蔓被那浪直接给打翻到了地上,还没有反应过来,又一个浪扑了过来,她整个人直接就呛了一口海水。

此时海浪来得特别急,导致她根本就站不稳身子,身子摇摇晃晃快要被海浪拖到海里了,她莫名地恐惧,不会要被海水给冲走了吧?

突然有一只大手掌将她用力一拉,她整个人站了起来,立马大口大口地呼吸着,看着旁边的谢盛,她哇的一声哭了出来,伸出来双手牢牢地抱住了谢盛:"师父……"

谢盛看着她从水底钻出来后狼狈不堪的样子,格外心疼,伸手抱住了她,想到刚刚惊心动魄的一面,他惊魂未定地拍了拍她的背道:"我们先回到岸上去。"

何蔓站起来之后,依旧能感觉到海浪迎面打过来那种冲击,赶紧擦了擦眼泪道:"好。"

两个人这样子手牵着手,回到了岸边后就直接回到了酒店,在房间里看着海面的时候,她还下意识地抓紧了谢盛的手臂。

谢盛侧过头来看着她,握住了她的手:"别怕,没事了。"

何蔓抬头看着谢盛,想到刚刚那惊险的一幕,想到是师父救了她,她抓着他的手臂更紧,仿佛唯有这样用力地抓着,才能冷静下来:"师父,刚刚,真的太谢谢你了,要不是你,我只怕要被这海水给冲走了。"

谢盛侧过头来望着她,原本是想说谁让你在那里拍萤火虫的,可看着她那害怕的样子,他不自觉地低声问:"那我,这算不算是救了你一命?"

"当然算。"

"那这救命之恩,你该如何还?"

"啊……"

"怎么,救命之恩不打算还的?"

"还,肯定还。"

"那要怎么还?"谢盛提醒,"想不到,可以参考古人。"

古语有云:救命之恩,当以身相许。

何蔓愣了好半天,还是没有想明白谢盛那一句话是什么意思,什么叫想不到,可以参考古人?

而谢盛打开了房间的门,侧过头看了一眼何蔓,微微一笑:"行了,赶紧洗洗早些睡,明天一大清早就得出发了。"

何蔓本能地点头,只是洗完澡后还是没有想明白"参考古人"是什么意思,不过想到刚刚师父不顾一切地救了她,那差一点卷入大海的恐惧早就消失殆尽,此时竟莫名地多了一丝的甜蜜。

带着这样的甜蜜,何蔓很快就进入了梦乡。

而谢盛看着隔壁房间的灯关上了,他这才微微松了一口气,拿过来手机这才发现他爸连给他打了十几通电话,微信里也全是他爸发过来的:"阿盛,你怎么了?"

"谢盛,你的电话怎么关机了?"

"阿盛,你发生了什么事情?"

"……"

谢盛微怔了一下,手机又响了起来,他看了来电显示,直接就把电话给挂了,然后回了一个微信:"没事。"

第十三章　改装330

翌日，一大清早，两个人八点钟就退了房，然后谢盛开着游艇回到了董索，下午五点，两个人踏上了回深圳的飞机。

何蔓看着舷窗外那渐渐近在眼前的熟悉的夜空，她知道深圳到了。

想到这几天的放松，她扭过头来看着谢盛，若不是师父，只怕她还没有机会能享受这么放松的时候。何德何能，她能成为师父的徒弟！

其实，很多教员在带飞第二副驾驶成为第一副驾驶之后，基本上就不会再管了，因为公司还有更多新副驾驶需要教导，可是师父在任何也需要帮助的时候，任何她出错的时候，都会出现在她的身边，指点她，教育她。以前，她还觉得烦，现在，她只觉得格外幸运。

谢盛侧过头来道："又盯着我看？"

何蔓笑得灿烂地道："师父帅嘛。"

谢盛瞥了她一眼："少跟我在这里贫嘴，回去之后有什么打算？"

何蔓认真地道："继续考试，不过师父放心，这一次我理论考试一定没有问题。"

两个人落地回到了深圳后，已经是晚上八九点了，谢盛把她送回了宿舍就回去了。何蔓站在那里看着谢盛的车子远去，想到这几天在缇考岛所发生的一切，她忍不住一笑，突然间有一个人在背后拍了一下她的肩膀："蔓蔓……"

何蔓吓了一大跳，扭过头来一看，只见许璐拉着飞行箱出现在门口，她拍了拍胸口道："璐璐，是你啊，吓死我了，你怎么会在这里？"

"我刚落地回来啊。"

许璐说完，若有所思地顺着她刚刚的眼神看了过去，道："我寻思着刚刚那辆车，应该是谢教员的吧？"

何蔓赶紧否认："没有没有，你看错了……"

"什么我看错了。"许璐白了她一眼，道，"我这刚刚都在你后面老半天了，看着人家谢教员走的呢！"

何蔓面色一红道："你站老半天了怎么不叫我？"

"哪敢打扰你跟谢教员啊。"

许璐说完,嘿嘿一笑,道:"不过我没想到谢教员都走老半天了你还盯着看,没有发现我呢?"

何蔓有些不自在地道:"璐璐!"

许璐笑了起来,拉着她往电梯的方向走道:"怎么样,这几天在菲律宾玩得开心吗,好玩吗?"

"好玩。"何蔓一听,立马点了点头。

许璐道:"真的吗?那你跟我说说,我刚好今天飞成都,买了很多好吃的,还有你喜欢吃的兔头。"

"太好了,我饿着呢。"

两个人回到何蔓的房间,边吃兔头边聊在菲律宾的事情,说到最后,她抓着许璐说:"我跟你说,璐璐,你也一定要去一趟缇考岛。"

许璐盯着何蔓道:"这么说来,谢教员这是海陆空全能啊,不但能开飞机,能开车,还能开游艇呢,有这么厉害的一个师父是不是很骄傲?"

"是有点。"何蔓嘿嘿一笑。

许璐看着何蔓那模样,凑了过来道:"怎么,瞧你这样子,是喜欢上你师父了吗,还是已经跟你师父在一起了?"

"说什么呢?"何蔓脸色一红,立马摇头道,"那可是我师父。"

"师父又怎么了?"许璐白了她一眼,"我跟你说,人家谢教员后面也带了两个徒弟啊,也没有谢教员对哪个徒弟像对你这么好的啊。"

"有吗?"何蔓仔细想了想,师父在她之后确实是又带了两个徒弟,后面带着的两个师弟,好像,确实是没有她这待遇。

"蔓蔓,你可不能没良心啊。"许璐说,"人家谢教员可是真的对你好。"

何蔓被许璐说得有些心跳加速的,噌地一下站了起来,说:"不跟你说了。"

"回回回。"许璐知道何蔓脸皮薄,也没有再继续打趣,说,"不过我过来也不是跟你闲聊的,而是告诉你叶南城以后主飞330了,你不用担心了。你之前不是不想见到他,想改330吗,我听说他改了330,正式开始飞了,你可以放心飞320了。"

何蔓回过神来,扭过头看着许璐一笑:"他就算不改330,我也不怕面对他了。"

许璐一愣，随即反应过来，笑道："那就好。"

许璐离开后何蔓想到许璐所说的师父喜欢她的话，她脸有些发烫，其实，很早之前，她就在猜师父是不是喜欢她。

只是，没有听到师父亲口说，她总是不大敢相信。

何蔓正式上班后的第二天，就申请了FO2的理论考试，一周之后，她以满分的成绩通过了FO2的理论考试。半个月后，她迎来了航线考试，只是让何蔓怎么也没有想到，检查员竟然又是叶南城。

何蔓直接把手机给扔到了一边，这个配置是不是想特意考验她？突然之间，她的手机微信响了起来，她拿起手机一看，只见谢盛发过来微信："明天的班查了没有？"

何蔓愣了一下，没想到师父会在这个时候发来微信，她赶紧回了微信："查了，怎么了，师父？"

谢盛回："我刚遇见叶队。"

何蔓很快反应过来："那师父知道我明天的检查员是叶队了吗？"

谢盛回："好好飞。"

何蔓撇了撇嘴："师父放心，我会好好飞的。"

谢盛又发来微信："明天通过了考试我带你去庆祝，吃你最喜欢的火锅。"

何蔓看着这微信，忍不住地嘴角上扬："好。"

第二天一大清早，她在六点钟起床了，今天的航班是从深圳飞海口，再从海口飞郑州，再从郑州飞海口，最后回深圳的连续四段航班，这几个地方她都飞过，航线很熟悉了。

去签派那里拿完放行资料后遇到了何宁远，何蔓有些欣喜地上前了一步："哥，你怎么也在这里？"

"我飞哈尔滨，今天晚上在哈尔滨过夜。"何宁远看着何蔓笑了笑，边走过来边道。

"对哦，8650也是这个点。"何蔓笑了笑，如今公司里面已经有不少人知道他们是兄妹关系了，所以在公司里面也没有像之前那样避嫌，她望着何宁远道："那哥哥你的教员考试怎么样了？"

何宁远说："理论已经过了，要准备航线考试了。倒是你，今天FO2的航线考试，准备得怎么样？"

"还可以，就是检查员……"何蔓想到何宁远还不知道她跟叶南城的事情，又赶紧摇了摇头道，"应该没有什么问题吧。"

"你跟叶教员的事谢盛跟我大概说了一些。"何宁远看着何蔓的欲言又止，望着她直接道，"谢盛有一句话说得没错，把叶教员当成我就好了。"

何蔓有些尴尬地道："哥……"

"你是我妹妹，没有什么事是我不能知道的，之前是哥哥的问题，对你关心不够，让你一个人在澳大利亚吃了那么多的苦。"何宁远看得出来她的尴尬，揉了揉她的脑袋，微叹了一口气，有些愧疚地道。

何蔓回过神来一笑："我在澳大利亚过得挺好的。"

"那就好。"

何宁远也不多说什么，只是笑着望着她："今天的考试也不用担心，如果有心理压力，就想想之前跟我飞的时候曾经犯过的错，想想我们之间曾经的隔阂，你都能克服。"

何蔓深吸气地道："我知道了，哥，你放心吧。"

两个人正说着，叶南城很快也过来了。

自从他在澳大利亚航校离开之后，她还从未曾再见到过他穿着制服，如今一身制服穿在他的身上，那挺拔的身姿是衬得他整个人器宇轩昂。

她轻声地打了一个招呼，道："叶队好。"

叶南城如今负责飞行部330一大队，是一大队的队长，也可以说是整个东胜深圳分公司最年轻的飞行部领导。

叶南城朝何宁远微微点了点头，目光移到了何蔓的身上："行了，进来开会。"

进去了准备室后，何蔓将拿到了放行资料一一给叶南城核实着，她则在一旁填写准备卡。

叶南城在一旁检查着："今天要飞的机场有没有特殊航行通道？"

何蔓格外笃定地道："没有。"

叶南城点了点头，伸手道："继续。"

何蔓便继续查看着今天的飞行资料，跟叶南城还有乘务组一起做着飞行前的准备，十五分钟后，机组车到了公司门口，何蔓等人一一上了机组车然后进入机场。

他们的飞机停靠在12号廊桥,到了廊桥底下,何蔓等人便上飞机。按照正常的流程,何蔓开始做驾驶舱的内部检查,而叶南城则先下去做绕机检查。

何蔓看了一眼叶南城,继续检查驾驶舱内的所有设备设施。做完所有一系列的检查之后,叶南城上了飞机,她则下去进行绕机检查。

在乘客上飞机前,她检查完上了飞机。叶南城正在核对她所做的所有检查,核对完后,她跟地面管制沟通,要放行指令,一大清早的航班很是顺利,并没有半点的延误,他们的飞机准点起飞。

三万英尺的高空之上,飞机接入自动驾驶之后,突然听到叶南城出声问:"因燃油量不足,需要飞行员宣布紧急状态属于什么情况?"

何蔓早就做好了心理准备,稳住了心神道:"严重事故征候。"

叶南城又继续问:"上周上海C航飞行员驾驶波音737从青岛到海口落地的时候冲出跑道这个件事情你知道吗?"

"知道。"何蔓点了点头。

这种事情在圈内不算是秘密,据说那位飞行员姓邓,是因为他个人私生活的事导致飞行时出了问题,目前已经接受停飞调查。

"那你怎么看?"叶南城侧过头来问她。

何蔓知道叶南城这是考验她来了,冷静地道:"据我所知,当天海口下着大雨,且当时侧风速有些大,C航要落地的那位飞行员我猜测应该是心态不稳,性子急,所以在跑道滑行脱离的时候速度太快,以至于在拐弯的时候轮胎打滑,没有控制好飞机,这才导致飞机冲出跑道。"

"那我们脱离速度是多少?"

"30节。"

叶南城突然之间话锋一转:"那万一哪一天你飞的时候遇到这种情况,飞机轮子打滑的时候,你该怎么办,如何操作?"

"越是遇到这种情况时,越是要冷静,用力踩刹车减速并同时调整角度,减小转弯角速度,避免上海C航事件再次发生。"

一路上,叶南城会时不时地突然之间想起一个问题考何蔓,何蔓早就做足了准备,所以无论叶南城如何突击提问和刁难,她都能轻松应对。

第一段落地的时候,叶南城满意一笑:"不错。"

何蔓:"多谢叶队。"

叶南城没有再多说什么，今天四段的地方天气都不错，所以航班格外顺利，准点出发，准点落地。

晚上八点准点落到深圳之后，叶南城望着对面的何蔓："恭喜你，顺利通过航线的考试。"

何蔓松了一口气，语气也没有那么冷淡："多谢叶队。"

叶南城望着她说："要谢谢你自己，毕竟考试的是你自己。"

何蔓难得在叶南城面前笑了笑，只是神色依旧格外淡漠："是，不过叶队，我还有事，我就先走了。"

"等等。"叶南城叫住了她，双手插在口袋里面笑着望着她道，"通过了要不要一起吃个饭庆祝一下？"

"我师父说了今天等我通过了给我庆祝。"何蔓看了一眼叶南城说，"我师父在等我，我先过去了。"

这一次叶南城脸色微沉了一下，直接伸手拉住了她。

何蔓蹙着眉头扭了过来，道："叶队？"

"你说的师父，是谢盛？"叶南城眉宇之间多了一抹冷意地问。

何蔓莫名地涌起来一抹不耐烦："有什么问题？"

叶南城深吸气，语气尽量平和："没有什么问题，只是，我也算得上是你师父，你只跟谢教员庆祝，不跟我这个师父庆祝，是不是有些不大公平？"

何蔓侧过头来看着叶南城，刚想说什么，突然之间听到一个声音响起："叶队，何蔓，你们这是怎么了？"

她扭过头来，一眼就看到了谢盛的车子停在旁边，而他将副驾驶位置的车窗摇了下来，正诧异地盯着他们看着。

何蔓惊喜不已，直接挥开叶南城的手臂："师父,你来了？"

谢盛点点头，将车子停了下来，随后拉起手刹下了车。

"谢教员怎么过来了？"叶南城看着谢盛，神色越来越冷。

"过来接她。"谢盛看了一眼叶南城，又扭过头看着何蔓说，"可以走了吧？"

"可以了，可以了。"何蔓赶紧点点头。

谢盛唇角微微上扬，拎起何蔓的飞行箱放到了后排，然后拉开了副驾驶的门："上车。"

"好嘞。"何蔓笑着噌地一下上了车。

谢盛扭过头来看着叶南城道:"那我们就不打扰叶队了,我们走了。"

叶南城就这样眼睁睁地看着谢盛从他的面前把何蔓给带走了,这一幕让他那一双向来温文尔雅的眸子迸射出来一抹冷寒之光,双手的拳头也死死地攥紧。

何蔓换了一身衣服跟着谢盛来到了她一直想吃的一家鱼火锅店,想到刚刚在公司门口的一幕,她抬头道:"哎,对了,师父,你怎么来得这么巧?"

谢盛瞥了她一眼:"我查了你的班。"

何蔓这才回过神来:"对哟,师父的账号可以查到我们的班。"

谢盛说:"你以后要是想查谁的班也可以用我的账号。"

"多谢师父。"何蔓立马笑了起来,她说,"不过幸好师父来了,不然,我都不知道怎么甩开叶队。"

谢盛轻声地道:"叶队是一个很有风度、很绅士的人。"

何蔓有些诧异地望着谢盛:"师父,你干吗替叶队讲话?"

谢盛轻咳了一声,道:"行了,吃饭。"

何蔓嘞嘴,想到考试顺利通过,她立马面露出来欣喜之色:"对了,师父,我通过了哟,检查员还是叶队,我是不是很厉害?"

谢盛看了她一眼,眉梢微微上扬道:"厉害。"

何蔓很是开心,随后想到谢盛之前为了让她心态稳定,特意阻止她再考FO2而带她去潜水放松心情,她举起手中的饮料,一脸感激地道:"师父,我能通过FO2,你功不可没,要不是你当时阻止我,只怕我第二次理论考试未必能过,这航线考试也未必能一次过。师父,谢谢你,我敬你一杯!"

谢盛看着她那一本正经的样子,并未端起手中的茶,而是淡淡地望着她道:"就打算敬一杯来感谢我?"

何蔓想了想,道:"那这一顿要不我请?"

谢盛眉头微挑:"我缺你这一顿饭?"

何蔓索性放下了杯子,道:"那师父想着我怎么来感谢?"

谢盛没有回答,而是问:"之前在菲律宾救了你一命,你说要报我的救命之恩的,可想到了法子?"

何蔓一愣,有些尴尬地摇头,道:"没有。"

"那我提议的呢?"谢盛又问。

何蔓愣了愣:"师父提议了什么?"

谢盛眉头跳了跳,不紧不慢地提醒着她他在菲律宾所说的话:"想不到,可以参考古人。"

何蔓纠结得不得了,直接问:"师父直接告诉我不行吗?"

谢盛额前突突地跳着:"不行。"

何蔓看着谢盛那脸色有些不大对劲,不再多问什么,不过,她回宿舍之后,认认真真地开始查了起来。

她特意在网上搜:古代的救命之恩如何报答?

网上第一条热心网友的回答——如果被救之人为女,救人者为男,那铁定少不了一句:公子大恩大德无以为报,唯有以身相许,此为一种报答方法。

何蔓盯着网上的回答,整个人不大好了,师父这是什么意思,难不成真的是想要让她以身相许?

她用力地摇了摇头,不敢再胡思乱想,只是这个念头一出现在脑海当中,她翻来覆去地怎么也睡不着,直到凌晨三四点,这才沉沉地入睡。

何蔓顺利通过FO2的考试之后,悬着的心也算是放了下来,她也算是一个成熟的飞行员了。

叶南城检查完她后也进入了330的机队正式开始飞行了,她与他之间再见面的次数也就少了许多,只是没想到公司又购入了三架330飞机,而330机队的副驾驶就更不够了,需要从副驾驶充足的320机队当中调,公司提出想法让她改330。

何蔓得到消息的时候愣了一下,赶紧问道:"乔教员,为什么希望我去330机队,不是最近从各大机队调了很多副驾驶吗?"

乔庭远点点头："是这样没错。但公司希望能培养一个330机队特别有代表性的女飞，而现阶段我们深圳除了你和许璐还有新进公司的两个女飞之外，就没有适合的女飞了，新进的两个女飞刚进公司肯定不行。公司问过许璐的意见，她明确拒绝了，所以我现在想问问你的意见。何蔓，你跟许璐表现都不错，公司想从你和许璐当中挑一个出来飞330，许璐已拒绝了，所以公司这边就希望你来330机队。"乔庭远说完，语重心长地道，"你就回去好好考虑一下，尽快给公司一个答复，不是你就是许璐。"

何蔓算是听明白了，公司一定会选择一个女飞进330机队，如果她和许璐都拒绝，那公司会从她们中间挑一个人的。

乔庭远离开后，何蔓也从公司出来了，如今她也在哥哥的小区里面租了一个小两房的房子，也是为了方便妈妈过来的时候好一起住，自己则买了一辆车方便上下班。许璐也搬出去了，跟她一样为了方便上下班也买了一辆车。

不过两个人住的地方并不是很远，过了马路就是许璐的小区，尽管住得这么近，自从两个人从公司宿舍搬出去，想再一见面也不是那么容易的事情。

何蔓看着对面许璐的小区，正寻思着要不要找她，突然之间看到了两个熟悉的身影，她愣了一下，那不是她哥和许璐吗？只见何宁远扭过头就往小区里面走，而许璐则是站在那里怔怔地望着她哥的背影。

不知怎地，许璐盯着何宁远的背影的时候竟然哭了起来，不敢再过去。她赶紧打通了许璐的电话："喂，璐璐，你在哪儿呢？"

许璐拿纸巾擦拭了一下眼角，随即像深深吸了一口气，语调正常地道："蔓蔓，你怎么会打电话给我？"

"那个，乔教员今天找了我。"何蔓眼珠子一转，找了一个合适的理由，道，"我想找你聊聊。"

许璐像是明白过来什么似的，她点了点头道："那你今天飞吗？要是不飞的话，晚上一起吃个饭？"

"不飞。"

何蔓看了一眼前面不远处的许璐，道："我刚从公司出来，就在回家的路上呢，你在哪儿呢，我顺路去找你？"

"我在家呢。"许璐一听,扭过头往马路对面走了过去,她说,"你大概多久到?"

"差不多十分钟吧。"

何蔓看得出来许璐并不想让她知道刚刚那一幕,便也没有戳穿:"你在楼下等我。"

随后她把车子停在路边看着许璐,生怕她会发现她,十分钟后,她直接打了一个方向盘调头转到了许璐的小区门口,接上了她:"想吃什么?"

"吃点辣的?"许璐侧过头问道。

何蔓想了想:"要不,文和友?"

许璐一笑:"没问题,刚好我想吃小龙虾了。"

何蔓带着许璐就过来了,两个人要了一个靠窗的位置坐了下来。

许璐看着对面的何蔓,道:"你刚说乔教员找你了?"

何蔓点头:"嗯。"

许璐一脸歉意地道:"对不起,蔓蔓,我知道你不想去330机队,可是我还是直接拒绝了飞330,一定是让你为难了吧?"

何蔓笑了笑,看着许璐道:"倒不至于,不过我记得你之前不是还羡慕青扬飞330,也想去330机队飞两年的吗?"

"是啊。"许璐说完,垂下眼眸,道,"但是,我现在不想了。"

"为什么?"何蔓忍不住好奇地问。

何蔓的声音一落,许璐微微一怔,随即把手中的碗放了下来,带着一抹轻嘲的笑意,似有些悲凉之意。

这样的许璐是何蔓从来没有见到过的,让她想到了在她小区门口跟她哥哥分开时她的样子,让她有些心疼:"怎么了,璐璐?"

许璐突然之间抬头,转移开了话题道:"你哥的教员考试没有过,你知道吗?"

何蔓脸色微微一变:"我不知道。"

说到这里,她有些尴尬:"我哥没说,我也就没问,我也不知道他教员考试进行到哪一步了。"

许璐鼓足了勇气似的问:"那蔓蔓,你知道,你哥哥之前的女朋友吗?"

何蔓一愣，想到了小区门口的许璐，她心思一怔："我知道我哥应该是谈过一个，应该就只谈过一个。"

许璐望着何蔓有几分祈求地道："能跟我聊聊她吗？"

何蔓一怔，随后点点头："那是我哥的高中同学，两个人大学在一起的，在一起十年了。后来，我爸去世之后他们不知道是什么原因分手了，分手之后，我哥应该再也没有谈过了。"

许璐有些悲凉地一笑："难怪呢。"

何蔓望着许璐这模样，下意识问："难怪什么？"

许璐抬起头来看着何蔓："蔓蔓，我喜欢你哥，所以，我只想跟他飞一个机型，我不想去330机队，对不起，蔓蔓。"

何蔓愣了一下，随后赶紧打断了她的话，像哄小孩似的哄着她道："哎，你不想飞330就不飞是了，我也没有不能跟叶南城飞，上一次他检查我我都还顺利通过了呢。所以你有啥好对不起的，别多想啊，你可没有对不起我。"

何蔓坐在她的身边，帮她剥了一个小龙虾，喂到了她嘴里道："来，吃个小龙虾，心情有没有好一点？"

许璐笑了笑，推着她到另外一边坐了下来，道："行了行了，赶紧吃你的，别管我了，我自己会动手的。"

"这还差不多。"何蔓微微放心。

许璐看着何蔓，一脸的感激，剥着几个小龙虾给她递了过来道："那蔓蔓，你能多跟我说一些关于那个女孩的事吗？"

"其实我也不大了解。"何蔓看着对面的许璐，"她跟我哥分手之后我也就没有她的消息了。"

许璐垂着眼睛剥着小龙虾，一连剥了好几个都没有要吃的意思，看着何蔓微叹了一口气。何蔓低声问道："璐璐，你是什么时候喜欢上我哥的？"

许璐微微侧过头，盯着店外来来往往的人群，低声地道："大概，是在大学的时候就喜欢上了吧？"

何蔓一愣："大学的时候你见过我哥？"

许璐盯着她一笑："对啊，说到这个，还要感谢你呢。"

"我？"何蔓一脸的不解。

"还记得大学的时候,我参加体能训练把脚给崴了吗?"许璐望着何蔓,"当时,我说是有一个校外的人送我回学校的。"

何蔓心思一动:"那个人是我哥?"

她记得这件事情,当时她哥来找她,她不愿意见,正在宿舍里面生闷气,许璐一瘸一拐地回到了宿舍,跟她说起了这事。

"是。"

许璐垂下眼睑:"后来,我知道那是你哥,他来学校找你,你不愿意见他,这才碰上了我,把我送到了宿舍楼下。"

"难怪,你总在我面前说起我哥的好话,还时不时地推着我去见我哥。"何蔓恍然大悟,一下子明白过来了。

许璐自嘲地笑:"可惜了,他并不喜欢我。"

何蔓赶紧安慰她道:"这倒也未必,我哥那个人就是老实嘴笨不会说话,但是我可以跟你保证,他身边没有任何女生,跟他前女友也没有联系。"

"没有联系,不代表忘记了。"许璐突然之间抬头,望着她道,"更何况十年,你哥这个人向来重情重义,十年,他不可能会忘记。"

何蔓想了想问:"你怎么知道的?"

"你哥教员航线检查没有过,我今天去找你哥想安慰他来着,可是,他说……"许璐说到这里,垂着眼睑,声音有些哽咽地道:"他说,以后除了工作上的事情,让我没事别再找他了。"

何蔓没想到哥哥竟然还会说出这么残忍的话来,赶紧道:"可能是没有考过心情不好呢,更何况我爸的事情你也知道,他的心理压力大,所以心情不好呢?"

"若单单如此,他大可以让我回去,又何必说出以后都不要再去找他的话来?"许璐说完,格外委屈。

"他,他就是浑蛋,你别理一个浑蛋,他……"

何蔓不知道怎么安慰人,只能是骂起了她哥,还没有骂两句呢,许璐抬头一脸委屈地道:"他不是浑蛋!"

"好好好,他不是浑蛋,他不是。"

何蔓跟许璐吃完饭后,陪着许璐聊了很久,然后才把她送回家。何蔓把车子停下后,想到了许璐所说的话,原本准备回家的她直接就来到了她哥哥家。

　　她有哥哥家的密码，所以敲了半天的门没有开之后，她直接打开了门，顿时屋子里的酒气扑面而来，她眉头一蹙，赶紧打开了灯，这才发现沙发上躺着她哥，茶几上有好几瓶没有喝完的酒。她倒吸了一口凉气，她记得哥哥的酒量向来是极差的，怎么会喝这么多？

　　随后她赶紧走了过来收拾了一下桌面上的东西，看着沙发上的何宁远，她坐在茶几上叫道："哥，哥，醒醒，醒醒……"一连叫了好几声，躺在那里的何宁远还是熟睡着，一身的酒气，何蔓一脸嫌弃地推了他一把："何宁远，快醒醒，快些醒醒……"

　　这么一推，何宁远倒是有些醒过来的迹象，只是干呕了一声，仿佛要吐出来似的，何蔓赶紧拿垃圾桶来，生怕他吐到了地上，然后又倒了一杯蜂蜜水喂他喝下，何宁远仿佛这才舒服了一些。

　　只是眉宇之间紧紧地蹙着，有一抹痛苦之色，喃喃地道："对不起，对不起……"

　　何蔓凑了过来，好奇地问："哥，你在说什么？"

　　何蔓刚说完，她的手突然之间被何宁远给抓住了，只听到何宁远道："璐璐，对不起，对不起……"

　　何蔓心思一怔，望着何宁远，他这是心底还是有璐璐的？还没有回过神来，又听到何宁远仿佛是想到什么，更加痛不欲生："乔乔，对不起，对不起，对不起……"

　　何蔓眉头蹙了蹙，哥哥这是什么意思，心底有璐璐还是没有忘记乔乔姐？何蔓被何宁远这醉话给气得不轻，直接抽回自己的手，刚想站起来，只听见何宁远痛苦地说："乔乔，对不起，你到底在哪里？你在哪里？我好想你，乔乔……"

　　看到这里，何蔓又微叹了一口气，扶着他道："行了，璐璐不在，乔乔姐也不在，你还是给我清醒一点，去床上躺着。"

　　刚想站起来，这才发现她不但没扶何宁远站起来，还把何宁远给拉到了地上，而她自己也一屁股跌倒在了地上。何蔓有些欲哭无泪，电话在这个时候响了起来，她一看来电显示，如同看到了救星似的，赶紧接了起来道："师父，你在不在家？"

　　"刚到家，怎么了？"

"我在我哥家，我哥自己喝得烂醉如泥，我拉不动他，你能不能过来帮我把他抬到床上去？"

"我知道了，马上到。"

十分钟后，谢盛就到了，有了他的帮忙，倒很快就把何宁远给扶到床上，何蔓揉了揉眉心："算了，瞧他这个样子，我今天晚上还是在我哥家睡吧。"

谢盛看了一眼何蔓替何宁远擦拭着脸上，又倒了一杯温蜂蜜水放在床头："你还挺关心你哥的。"

"没办法，谁让他是我哥？"何蔓拉了拉被子，一脸嫌弃地道，"也不知道是多大的事，就喝成了这样。"

"考教员没过，你哥只怕心底不好受。"谢盛在一旁道。

"什么原因没过你知道吗？"

何蔓扭过头来看着谢盛，她说："我听说之前的理论考试、口试、模拟都过了，怎么会在航线检查的时候没过？"

航线检查基本上就是技术性上的东西了，乔教员说过，哥哥的技术没有任何问题，而且他清楚他的底线和原则在哪里。

"乔教员在考试的时候，问了你哥一些问题，不是技术性的问题，而是决策性的问题，乔教员问起来的是关于当年你爸出事的时候航班上的问题，乔教员说你哥知道怎么回答，但是你哥故意没有回答，故而没有通过。"谢盛说到这里，眉头微蹙，"乔教员说，你哥应该是为了惩罚自己，才是故意没有通过，乔教员为此勃然大怒，估计要停飞你哥一个月。"

何宁远的心思和负罪感远远要比何蔓的重得多，而且他对自己要求还极为严格。何蔓脸色微微一变："还要停飞？"

"乔教员对你哥抱的希望很大，你哥却始终无法原谅自己，还非要整一次不通过，肯定会惹恼了乔教员。"谢盛望着何蔓道，"行了，先不说你哥的事情了，说说你吧？"

何蔓有些不解地问："我怎么了？"

谢盛眉头微抬地道："公司让你进330机队的事，你怎么想的？"

何蔓叹了一口气："我不大想去。"

谢盛望着她："因为叶南城？"

"也可以这么说,也不能这么说。"何蔓没有逃避,她道,"不过虽然我如今可以跟叶南城飞,但是我实在是不想见到他。"

谢盛说:"如果不怕跟他飞,那就改吧。"

"我问过了,许璐不愿意改330,如果你也不改,到时候公司就会从你们两个人当中抽调,无论抽调谁,对你们两个的感情都不大好。而且,你之前也说过,想飞330到处看看,这是一个机会。"说完,他看着何蔓道,"何蔓,我不希望你因为任何人不想飞任何机型,我希望你做任何的选择,都遵从你的内心。如果只是因为不想见到叶南城,那我还是会支持你改330的,毕竟,他在公司,又是检查员,你必须习惯他的存在。"

谢盛的话落在何蔓的心底,如同一石激起千层浪,让她微怔地望着谢盛,只见谢盛继续道:"虽说人都有七情六欲,是情感动物。但是,宁远的事情让我还是认为,你必须变得心理强大起来,无论任何时候,在飞行当中,面对任何人任何事,都能冷静下来,而不是被情感左右。何蔓,你比你哥要坚强得多,你哥只是看似坚强,其实,他心底装了很多的事情,我们都安慰不了他。"

"我会好好劝我哥的。"何蔓知道,哥哥之所以这样,其中也有她的责任,若不是她,她哥哥也不至于这些年来如此煎熬。

"所以其实他喝多了,发泄一下,也是好的。"谢盛看着房间内熟睡的何宁远,微叹了一口气,他一直这样憋着,痛苦的只会是他自己,所以他能喝醉一次发泄出来,也未尝不是好事。

哥哥还以为他真的自制力那么强,没有想要发泄的时候呢?

原来,不飞的时候,他也是一个普通人啊!

何蔓明白谢盛的意思,如今看来,装在哥哥心底难以逾越的坎,不单单是爸爸的死,还有,他谈了十年的前女友,乔乔姐……

当年,哥哥与乔乔姐之间到底发生了什么事情,两个人有十年的感情,乔乔姐又是那么温柔的一个人,两个人都到了谈婚论嫁的地步,又是怎么分的手?

此时,何蔓才发现她对哥哥这些年的事情一无所知。

谢盛扭过头望着她,说:"对了,我刚跟你说的事,你自己好好考虑清楚,不要因为330机队有叶南城就要逃避,明白吗?"

何蔓回过神来,想到要进330机队的事,她抬头看着谢盛,忍不住地嘱嘴，小声嘀咕道："可是如果飞330了，就不能跟师父在一起飞了。"

尽管何蔓声音很小，谢盛还是听见了，这句话成功地取悦了他，让他忍不住地嘴角上扬了一丝弧度："这么想跟我飞？"

何蔓看着谢盛那深邃的眸子，下意识目光有些闪躲地垂下头来，低声道："人家说的这是大实话嘛！"

谢盛看着她那样子，心思一动："要不，我也改330得了？"

何蔓赶紧摇头："师父，我可没有这个意思。"

谢盛看着她这样子，轻敲了一下她的脑袋："我你就不用操心了，你还是好好想想你自己吧。"

不过，他如果这个时候说改330，乔教员再好的脾气估计都得暴躁吧？之前让他改330，还说把330机队交给他呢，被他一口给回绝了，还把叶南城给推了出来，如今他再说改330，乔教员肯定会被气死！想到这里，谢盛摸了摸鼻子，说真的，他可许久没有见过乔教员发脾气了，还真有点想见见！

"知道啦。"何蔓撇撇嘴，不知怎的，想到了之前师父所说的，救命之恩，若不知如何回报，可参考古人。而她记得她在网上查到的答案是：救命之恩，当以身相许。

谢盛瞥了一眼何蔓："想什么呢？"

何蔓听到这里，想了想，随后轻咳了一声说："那个，师父上一次说的，救命之恩可以参考古人的事，我在网上查了。"

谢盛闻声，眉头微挑："网上查到的怎么说？"

"救命之恩，无以为报，只愿结草衔环，以死相报。"何蔓扭过头来，把在网上查到的另外一个说法说了出来。

"谁让你死了？"

何蔓嘟嘴："师父不是让我参考古人说的话嘛。我在网上查到就这么说的嘛。"

谢盛微微侧身往前，何蔓一个不备，惊呼了一声，一下子跌到了沙发上，只见谢盛双手撑了过来，黑眸望着她，声音低沉地道："既然，你在网上查了，那难道，就查到这么一句？"

何蔓整个躺在沙发上，全身紧绷着道："还……还有一句。"

"什么？"谢盛那幽深的双眸深深地盯着她，不紧不慢地开口。

何蔓就这么瞪着谢盛的眼睛，不假思索地道："救……救命之恩，当……当以身相许。"

谢盛低声一笑："我还以为，就只有那一句呢！"

"师……师父……"何蔓看着这样的谢盛，她突然之间心怦怦地跳着，莫名地多了一丝丝的紧张。

"那么，你是要以身相许吗？"谢盛问。

何蔓闻声，脑子轰地一下，仿佛是炸开了似的，她整个人呆呆地看着谢盛："那，那师父是要我以身相许吗？"

"不然，你以为呢？"谢盛瞧着她那紧张的样子，声音越来越低，如猫往人心底钻似的地道，"我还真要你性命吗？"

何蔓顿时满脸通红地望着谢盛，师父，师父这还当真是想要让她以身相许不成？

谢盛声音压得再低了几分："考虑得怎么样，要不要，以身相许？"

"我，我……"

何蔓正想着说什么的时候，突然之间砰的一声巨响，顿时玻璃碎了的声音传过来，惊得两个人一愣，皆立马坐了起来，扭过头进了房间，只见何宁远正伸手要拿水喝，刚好把床头上的杯子给推倒在地上。

何蔓微微松了一口气，扭过头的时候看着谢盛，她面色一红，赶紧给何宁远倒了一杯水，又看着谢盛道："那个，师父，时间不早了，你先回去吧。"

说完，她就想要送谢盛，可还没有走两步，谢盛长臂一伸，挡住了她的路，微微侧过头来问："我刚刚的问题，你还没有回答呢？"

"师父……"何蔓僵在那里，有些紧张地看着谢盛，不知该如何回答。

谢盛本来倒是极有耐心的，可看到何蔓的犹豫不决，他眸光微微收敛，揉了揉她的脑袋："不着急，我给你时间，好好考虑。我先回去，要是有什么事情随时打我的电话。"

何蔓还没有回答，谢盛就离开了，直到听到关门之声，她才微微清醒过来。

翌日，何蔓醒过来的时候是被一阵阵饭香给唤醒的，她起来之后才发现是何宁远在做饭："哥，你酒醒了？"

何宁远侧过头来道："醒了，不过你昨天晚上怎么会过来？"

何蔓愣了一下，她看了一眼何宁远："我昨天晚上跟许璐一起吃的晚饭。"

何宁远怔了一下，"哦"了一声，扭过头来继续炒着自己的菜说："起来了赶紧洗脸刷牙，准备吃饭吧。"

何蔓看了一眼何宁远，洗漱完后，她边擦着头发边问："哥哥不问问我昨天晚上为什么要跟许璐一起吃饭？"

"你们两个是同学，一起吃饭不是很正常的吗？"何宁远将炒好的菜端了过来，然后又替他跟何蔓各盛了一碗饭。

何蔓拉着凳子坐了下来，道："璐璐什么都跟我说了。而且，我昨天晚上过来看你的时候，你喝多了，拉着我的手一直在说什么璐璐对不起。"

何宁远听到这里，眉头微微一蹙，只见何蔓直接开口问道："哥，你跟璐璐到底是怎么了？"

"没怎么，就是朋友关系。"何宁远回过神来看着她，显然是不大想聊这件事情，说，"行了你，赶紧吃饭。"

"行，你不想聊璐璐，那我们说说你考教员的事情。"何蔓自己感情的事情还没有整明白，也不大想瞎出主意，便索性放弃了，她刚想问什么。何宁远蹙着眉头说："就是没有考过，有什么好说的。"

何蔓盯着何宁远道："少来了，我可是听我师父说了，他说乔教员说考试的时候，你是自己不想过的。"

何宁远心思一怔，手微微僵在了那里，只见何蔓盯着他说："哥，你不是答应过我，要好好准备教员考试的吗，为什么又临阵退缩了？"

何宁远不过愣了一下，就露出来一脸笑意地道："下一次不会了。"

何蔓看着何宁远这样，莫名地心疼，她伸手抓着何宁远的手，道："哥，之前是我的错，是我不懂事，让你一直承受着这么大的心理压力。但是如今我已经长大了，懂事了，我可以跟你一起好好地分担了，所以哥，你有什么事情不要憋在心里，跟我说一说好不好？"

何宁远看着何蔓这模样，他低头一笑："你放心，下一次真的不会了，至于这一次，就当是我自己心里的一个结，我想要把这个结彻底解开。"他低声道，"毕竟，当年在飞机上，我做到了像一个机长一样，但是，我却没有做到像一个儿子一样，这是我欠咱爸的。"

何蔓仿佛是明白了什么，她眼睛一酸，打了一下何宁远的手背道："你在胡说什么呢，你没有考过爸爸知道才会不开心呢，爸爸才不希望我们两个一直把他的死堵在心里放不下去呢。"

"我知道，可是蔓蔓，这是哥哥心底的一个结。"何宁远自嘲地一笑，道，"其实，说到底，我是自私，想用赎罪的方式，让自己过得轻松一些。"

"你这哪里过得轻松了？"

何蔓微微提高了音量："你若是轻松了，昨天晚上又怎么会喝那么多酒，你就是要把自己过得人不人、鬼不鬼的，想让我内疚吗？"

"但是蔓蔓，经历了这么一遭，哥哥好像才真的能放下。"何宁远抬起头来盯着她，说完，他自嘲地一笑，道，"所以，哥哥是不是很自私，很阴暗？"

何蔓一下子就明白了何宁远话中的意思，她垂下头来眼眶微微湿润，哥哥的意思她明白了，他是说他只有自我折磨、自我赎罪了，受到了惩罚，他方能真正地放下。

"行了行了，只要你真的想通了就不说这个了。"何蔓深吸一口气，望着何宁远道，"那你要答应我，下一次考教员要好好地考，不能再不过了，你要是再不过我就再也不理你了。"

"放心吧。"何宁远像是想到什么，眉头一蹙，道，"不过，乔教员肯定是被我气死了。"

何蔓瞪了他一眼："你还知道呢，谢盛说乔教员想让你停飞一个月。"

何宁远嘴角一抽："我又没犯什么错。"

"你自己跟乔教员解释去吧。"何蔓懒得搭理他。

何宁远想到这一次考试没通过，他微叹了一口气，他终究是自私的，昨天没有通过之后，他反而如释重负，整个人清醒了许多。

只是越是清醒，当年对不起的人让他想起得越多，尤其是那个陪伴在他身边十年的女孩,在乔教员告诉他没有通过,痛骂他的时候,他想起了那个女孩,当年的她,一心一意地陪伴在他的身边,他却因为自己的痛苦,一步步逼走了她。

何蔓吃完把碗洗了之后,出来看到何宁远坐在那里发呆,想到了昨天晚上哥哥口中的乔乔姐,她有些不放心地上前一步问:"哥,你在想什么呢?"

"没想什么。"

何宁远回过神来,神色敛收地问:"你刚说乔教员很生气是谢盛告诉你的,我昨天晚上迷迷糊糊当中记得好像谢盛也来咱们家了,是吧?"

"啊,是啊。"

何蔓一听何宁远提起谢盛来,想到昨天晚上的事情,她面色一下子有些尴尬,忘记了乔乔姐的事情,不自在地解释道:"我扶不动你,就叫来师父帮忙。"

何宁远望着何蔓:"你是不是跟谢盛在一起了?"

何蔓立马否认:"没有,我怎么可能会跟我师父在一起?"

何宁远眸子一眯,显然不大相信,道:"是吗,我可没有见过谢盛对哪个女孩这么好过,更没有见你对哪个男的这么好过。"

"你怎么知道?"何蔓白了他一眼,"大学几年你又没有见过!"

"行了。"何宁远一笑,说,"下午我准备去找找乔教员,你是回你租的房子还是就在家待着?"

"我先回去吧。"何蔓刚准备走,看着此时已经完全看不出来任何异样的何宁远,她说,"对了,哥,昨天你不只叫了璐璐的名字,还叫了乔乔姐的名字。"

她虽然心疼哥哥,后悔自己当年所做的决定,但是有一点现在最清楚不过,那就是璐璐才是最无辜的。

何宁远身子僵在那里,只见何蔓道:"我知道乔乔姐是一个好女孩,但哥,璐璐也是一个重感情的好女孩,所以,你要是没有忘记乔乔姐,就不要再招惹璐璐,她真的很喜欢你。"

何宁远背对着她,身体微微有些僵硬:"我知道,昨天,我已经跟许璐说清楚了,我跟她之间,还是最好做同事,你也好好劝劝她。"

何蔓听到这里,再想到许璐昨天的反应,微叹了一口气,不再多说什么，算了，她自己感情的事还没想明白呢，哪有资格操心她哥？不过公司定了会挑一名330的女飞，许璐又不愿意飞330，那只能她去了。

第二天，何蔓就告诉公司她的决定，飞完这一轮之后，正式准备改装330，她们这一批改装330的副驾驶加上她一起有五个，因为330的机型与320的机型不同，需要学习一下两个机型的差异培训，而让何蔓怎么也没有想到，公司派来给他们上差异培训的竟然是叶南城！

她心底一沉，却也很快明白过来，叶南城320、330的机型都改装过，也都可以飞，他自然是最熟悉两个飞机的，且他又有航校教员的经验，派他来给他们培训，再正常、再适合不过了。

而叶南城在台上看了一眼此次改装330的副驾驶，他道："这个培训过后，我们到时候会有一个考试，所以大家这几天好好地看看手中的资料。"

下面的副驾驶一一应了一声："好，多谢叶队。"

"行了，今天就到这里结束。"叶南城笑了笑，"大家回去休息。"

"好。"

何蔓也收拾着东西准备离开，只是刚收拾完，叶南城过来了，他道："何蔓，晚上一起吃个饭吧？"

"我还要看资料。"

"不着急这一时半会儿，而且不懂的可以问我，我可以跟你讲解。"

何蔓抬头看着叶南城："那叶队也会跟其他的副驾驶这么私下讲解吗？"

叶南城微微一怔："如果他们需要，我自然可以。"

何蔓轻轻一笑，望着他道："那叶队是不是也应该问一下我需不需要？"

叶南城叹了一口气："那我们老朋友之间吃个饭可以吗？"

"不好意思，我没空。"

何蔓直接拒绝，站起来就要走，只是还没有离开，叶南城伸手拦住了她："何蔓，你如今就连跟我吃一顿饭都不愿意吗？"

何蔓直接道："没错。"

叶南城心底沉了沉，如同有把刀子扎在他的心底似的，低沉地道："蔓蔓，你是不是还在生我的生气，当年我……"

何蔓脸色一沉:"叶队这样子,是想要逼我从330的机队离开吗?

"如今不是我不愿意待在330机队,不是不愿意跟叶队飞,可叶队非要借工作之便如此的话,我只能离开330机队。"

"何蔓……"

叶南城望着何蔓,刚想说什么,何蔓望着他:"怎么,叶队还是想说我想逃避吗?叶队可别忘记了,如今是叶队自己拎不清。"

何蔓的话,让叶南城终于松开了她,只见她头也不回地扭过头离开了,叶南城看着这决绝的一幕,仿佛是有什么东西要失去一样,让他极力地想要抓住什么,却又不知道该如何来抓住。

何蔓回到房间,揉了揉眉心,没想到叶南城如此固执。

她正头疼着呢,手机微信响了起来,她打开一看,是谢盛发来的:"要不要一起吃一点东西?"

何蔓愣了一下,回:"师父,我在珠海呢。"

很快,谢盛发了一个定位过来,何蔓看了一眼那个定位,噌地一下爬了起来,立马回信息:"师父,你也到了珠海?"

谢盛回答:"嗯,那我在楼下等你?"

何蔓:"好,马上来。"

而此时,谢盛正坐在酒店大堂那里,修长的双腿叠加在一起,随意地靠在那里,带着慵懒的气息。

看着何蔓回过来的信息,眉梢微微上扬,看向了电梯口,刚好看见了叶南城,他脸上的笑意微微收敛,只见叶南城走了过来:"谢教员这是真的准备来改330了?"

谢盛并没有否认:"请叶队多多指教。"

叶南城:"指教谈不上,不过,谢教员怎么会来改330?"

谢盛:"多熟悉几个机型,总归是好的。"

叶南城盯着他:"可是,我记得当初公司明明是想调谢教员来负责330机队的,当时,谢教员不是拒绝了吗?"

谢盛似笑非笑地望着他道:"这如今,不是后悔了吗?"

叶南城讽刺一笑:"难道不是为了何蔓吗?"

"这么说,倒也不是不行。"谢盛像是同意地点了点头道:"毕竟是我的徒弟,放她一个人在330机队,我也不大放心。"

"这个怕就不劳谢教员担心了。"叶南城听到这里,神色微冷地道,"330机队有的是好的教员和机长。"

谢盛没有否认:"那是,毕竟,叶队就是最优秀的。"

叶南城眸光微微冷沉了几分,刚想说什么,只听到何蔓欢快叫道:"师父……"

他微微侧过头来,只见何蔓小跑着冲了过来,只是跑到了一半发现了他,脚步微微一顿,脸色上的笑意收敛,冷淡地打了一个招呼:"叶队。"

而谢盛看着女孩小跑着冲过来的样子,嘴角上扬:"怎么这么快下来了?"

何蔓看着谢盛,顿时灿烂一笑:"怕师父等急了。"

谢盛显然心情很是愉悦,抬头看着叶南城轻声道:"叶队,那我们就先走了,改天有空再聊。"

何蔓点了点头,跟着谢盛一起出去了。

叶南城就这样站在那里,看着刚刚那一幕,他那向来温润的双眸多了一抹冷意,双手的拳头用力攥紧,死死地盯着两个人的背影。蔓蔓,当真是跟他在一起了吗?

第十四章　运输活体器官

而何蔓与谢盛从酒店出来,直接就来到了酒店旁边一家小龙虾做得还不错的店里来坐了下来,这是每一次他们来珠海复训必吃的小龙虾,这家做得不但味好,而且量足,特别好吃。

两个人点了三斤小龙虾,又点了一些其他的东西,谢盛这才开口:"这几天差异培训如何?"

何蔓听谢盛提起这个来,一下子就想到了叶南城,微叹了一口气,还没有说什么,谢盛像是看出来什么问:"有问题?"

"也没有啦。"何蔓回过神来摇头,"就是没想到培训的教员会是叶南城。"

"叶队320改装过,又是330的队长,又有航校教学的经验,是所有

320副驾驶改装330的最好的培训教员。"谢盛道。

"师父对他倒是评价挺高的。"何蔓撇嘴。

"若是叶队不够优秀,公司也不会让他来担任330机队的队长。"

谢盛说到这里,望着何蔓,缓缓地道:"而且,如果他不够优秀,当年你又怎么会喜欢他?"

"师父!"何蔓闻声,抬头瞪了一眼谢盛。

"我说起这个,不是为了打趣你。"谢盛则是直言道,"我说这个,是想肯定叶队的优秀,他也是最适合的教员,你不能因为过去的事情,对他怀有偏见。"

"师父说得有道理。"何蔓不知该怎么说叶南城对她特殊的关心,只能是微叹了一口气。

谢盛看着何蔓这模样,想到叶南城那昭然若揭的心思,他心底微沉,像是不经意般地问:"发生了什么事情吗?"

"没有。"何蔓不想聊叶南城,便抬头看着谢盛好奇地道,"师父,你怎么会来珠海,你不是才复训吗?"

谢盛看得出来何蔓不愿意说,也没有再继续这个话题,而是拿起一个小龙虾剥了起来:"我过来学习。"

何蔓实在是很好奇:"学习什么?"

谢盛看了她一眼,不紧不慢地开口:"改装330!"

何蔓闻声,扑哧一声,刚喝下的一口茶直接就喷了出来,呛得咳了起来,谢盛一脸嫌弃地侧了侧身子,又拿过来纸巾道:"你这是在干什么呢,喝个东西也能呛到?"

何蔓赶紧接过了纸巾擦了擦喷出来的水,有些不敢相信地道:"刚刚师父说什么,过来学习什么,改装330?"

"有问题?"谢盛瞥了她一眼。

"没,没有问题。"

何蔓赶紧摇了摇头,随后道:"可是师父,你为什么要改330?"

"想改就改了,哪有这么多理由?"谢盛轻声地道。

不知怎的,何蔓突然之间想到半个月前在哥哥家里面的时候,当时师父似乎是说过,要不,他也改330得了?

这个念头闪过,何蔓就下意识问起来道:"师父不是为了我来改330

的吧?"

谢盛闻声,没有说话,只是盯着她时,暗潮涌动,看得她心底突地一跳,莫名地移开了眼睛,正当她在想是不是自己自作多情的时候,却突然之间听到了谢盛的回答:"嗯。"

想到他跟乔教员说起这事的时候,他理直气壮的样子终于多了一丝对不起乔教员的内疚。不过,既然公司是想着把他往领导的方向培养,那他多飞一些机型,也没有毛病啊,这么说也很有道理是不是?

何蔓一听,整个人呆呆地抬起头来看着谢盛,想到他的话,脸上不禁发热起来,师父,师父还当真是为了她来改的330?

只见,谢盛望着她说:"发什么呆呢?"

何蔓赶紧慌张地移开了眼睛,像是想到什么,低声地道:"可是师父不是说,不要因为任何一个人去飞什么机型,不飞什么机型吗?"

"那是我没有不能飞的机型。"谢盛说完,望着她看了一眼,道,"况且,你一个人在330,我怎么能放心?"

何蔓低声道:"其实330很多同事我也都认识的,还有我同学呢!"

"这么说来,不想我改330?"谢盛挑着眉头。

"没有没有。"何蔓果断地摇头。

谢盛瞧着她那模样,轻声一笑,心情显然格外好,两个人吃完了小龙虾,已经是十点多了,这里距离酒店不远,何蔓吃得有些多,两个人便决定走回去。

六月的南方,白天已经是很热了,但是晚上的夜风还是很舒适,何蔓与谢盛肩并肩走着,想到师父刚刚所说的话,她忍不住地抿唇一笑,突然之间,耳边响起了谢盛低沉的声音:"对了,上一次在你哥家说的话,考虑得如何了?"

何蔓愣在了那里,想起来他当时在哥哥家里时所说的"以身相许",她一时间心底格外紧张,有些慌乱地道:"我,我不知道。"

"还没想好啊……"谢盛闻声,声音有一抹低沉之意,似乎有些失望的样子,何蔓听着,心底莫名地紧张,想到师父都为了她来改330了,她竟然还没有想好,下意识想要否认:"没有,我想好了,想好了。"

"嗯?"谢盛闻声,微微侧过头来看着她,那深邃的眸子如一眼见不到底的泉水似的,将她牢牢地吸引其中,不禁越发紧张,她要怎么说,难不成说她想好了，愿意以身相许不成？

谢盛看何蔓半天不说话很纠结的样子，以为她还没有想好，微叹了一口气，揉了揉她的脑袋，低声道："没有想好就算了，不着急的。"谢盛压根没有看懂何蔓的纠结，并不介意地道，"走吧，我们回去吧。"

回到了房间，谢盛想到刚刚的事情，那好看的眉头蹙成了一团，奇怪，他明明感觉何蔓也是喜欢他的，为什么不愿意呢？

正纠结着呢，何宁远打来了电话，震惊地问："我说你，还当真是去改330了？"

谢盛把电话开了外放，坐在了旁边的沙发上，伸了一个懒腰，懒散地道："我人都来了，还能有假？"

"你可没把乔教员给气死！"何宁远则忍不住地笑道。

谢盛耸了耸肩膀："得了，320不是还有你吗？"

"行行行，我知道了。"何宁远说完，好奇地问，"不过，你为什么改330，是不是因为我妹妹？"

"你怎么这么八卦？"

谢盛眉头一蹙，刚想挂断电话，何宁远的声音从电话那头传过来，道："我跟你说，谢盛，你要是真为了我妹妹，我以后可是你的大舅子，你敢挂我电话试试！"何宁远没有听到挂电话的声音，证实了自己的猜测，满意一笑，"这么看来，你还真是喜欢我妹妹啊？"

谢盛揉了揉眉心，索性也没有否认："你现在才发现？"

"早就有所怀疑，只是这之前你不是死不承认吗？"何宁远听到谢盛这么一说，顿时格外开心，道，"等等，你还真的喜欢蔓蔓啊？"

"你这不废话吗？"谢盛没好气地道。

"咋的了？"何宁远听这语气，道，"你这不是到了珠海吗，脾气这么冲，怎么，这是我妹给你脸色看了？"

"她敢！"谢盛则冷哼了一声。

"谢盛，我跟你说，你要是这态度对我妹，你可别想追到我妹。"何宁远一听这态度，不乐意了，"我妹从小在家里面是被宠着长大的，又向来吃软不吃硬，且好面子，你要是这样，只怕你就算是改了330也追不上我妹妹。"

谢盛想了想，说："那你的建议？"

"我的建议？"何宁远听到这里，问道，"谢盛，你是认真的吗？"

"你见过我对哪个女孩上过心吗？"谢盛反问，他若不是喜欢，又何必如此费尽心思！

不过这是他第一次喜欢上一个女孩，还真不知道该怎么追求她。

何宁远仔细想了想，摇了摇头："这倒没有。"

"那你还不放心吗？"谢盛问。

"不是我放不放心的问题，而是蔓蔓喜欢不喜欢你的问题。"

何宁远说完，像是想到什么，道："不过蔓蔓要是不喜欢你，也不可能会跟你出去旅行，还这么听你的话。"

"什么意思？"谢盛一听，立马问道，"你是说何蔓也是喜欢我的？"

何宁远忍不住地翻了一个白眼："这不废话，要不喜欢你，以蔓蔓的性子，又怎么可能会跟你一起出去旅行？"

"那奇怪了！"谢盛自言自语地道，"那她为什么不愿意做我女朋友？"

"等等？"何宁远着急地问，"你表白了？"

谢盛索性把之前所说的以身相许的事情告诉了一下何宁远，不过将在海边的事情说得极小。何蔓怕何宁远和她妈妈担心，这件事情让他帮忙保密，所以并没有说。

何宁远一脸的无奈："谢盛，你的情商被狗吃了？你让一个女孩告诉你，她愿意对你以身相许？哪个女孩能张得了这样的口？更何况那是我妹妹。"

谢盛愣了愣，突然之间手机微信响了起来，他看了一眼，发现是何蔓的微信，他点开一看，只见她道："师父，我愿意。"

看到这里，谢盛心情有着难以掩饰的愉悦，握着电话说："那可说不定。"

说完就直接把电话给挂断了，此时心底格外开心，他飞快地回着何蔓的微信："真的考虑好了？"

不过，何宁远的话，却给他提了一个醒，这种事情怎么能让女生开口呢？他不能让他的女孩羡慕别的女孩。

何蔓回微信："嗯。"

谢盛嘴角的弧度越来越大："乖，这还差不多，早些睡吧。"

而此时，何蔓收到谢盛的微信，噌地一下从床上爬了起来，抱着手机盯着微信看了起来，等等，她纠结了这么半天，终于把她考虑好了这一句话给发了出去，怎么师父回这么一句？

何蔓呆呆地看着手机，对话框里面打了好几个问号，想要发出去，可是纠结了半天，还是没有发出去。

最后整个人一头扎进了被窝里面，真的是太讨厌了，她都说了愿意了，师父现在这样，到底是什么意思嘛！

何蔓纠结了半天，迷迷糊糊地终于睡着了，只是这一夜基本上没怎么睡着，第二天一大清早起来的时候，顶了一个大大的黑眼圈，刚好门铃响了起来，她按捺不住火气，拉开了门不耐烦地道："谁啊，一大清门还要不要让人睡觉了？"

刚说完，看清楚外面的人，她微愣了一下："师父？"

谢盛手中提着早餐，神色很是愉悦："怎么这么大火气，脸色怎么这么差？"

何蔓看着谢盛那若无其事的样子，深吸了一口气，说："师父怎么来了？"

"早上给你买了早餐。"谢盛提着手中的早餐。

"哦，多谢师父。"

何蔓气呼呼地抢过来早餐说："那我继续睡了。"

说完她就要关上门，只是还没有关上，就被谢盛给挡住了，然后跟着进来，瞅了一眼她的房间，一脸嫌弃地道："怎么乱成了这样？"

何蔓窝在了一旁的沙发上气呼呼地说："嫌乱别看啊。"

谢盛忍不住地侧过头来望着她："我这是怎么得罪你了？"

何蔓看着谢盛那一脸不知情的样子，她气不打一处来，不假思索地道："师父还在这里装傻，要不是师父昨天晚上的话，我至于睡不好吗？"

说完，她就后悔了。

而谢盛像是反应过来什么似的，轻声一笑："我怎么没看出来你还是个急性子？"

"师父……"何蔓气呼呼地道。

"着什么急？"谢盛宠溺一笑，"我还能跑了不成？"

何蔓一听，不知怎的，满腹的怨气突然之间就消失了，相反还有一丝丝的不自在，像是自己无理取闹得到了满足一样。

只见谢盛像是哄小孩一样哄着她说："赶紧吃饭，吃完饭，我们还要去上课呢，这可是我第一次跟你上课。"

何蔓乖乖地吃了早饭，这可是师父亲自送过来的。随后收拾了一下跟着谢盛准备下楼，刚一出房间，就遇见了叶南城。叶南城远远看到何蔓和谢盛一起从房间里面出来，他脸色微微一沉，带着一抹冷沉之气，控制不住地上前了一步直接问："你们两个人住一个房间？"

谢盛微冷的眸光多了一抹寒气："叶队还请慎言。"

叶南城一大清早看着这一幕，别提冲击有多大了，说起话来格外冷厉："难道不是谢教员该注意自己言行吗？"

谢盛神色微微一沉，何蔓已经把他拉到了身后，格外护短的样子："我都不介意，叶队是不是管得太宽了？"

"何蔓……"叶南城脸色微微一变。

"我们走。"何蔓拉着谢盛扭过头就进了电梯。

谢盛看着何蔓那气呼呼的样子，伸手揉了揉她的脑袋，低声道："别生气了，是我考虑得不周全，不该进你房间的。"

"那也不关他的事。"何蔓气呼呼地道。

谢盛没有说话，想到昨天晚上何蔓聊起来叶南城一副不愿意聊的样子，他那幽深的眸子微微一沉，叶南城的心思他身为男人一直都知道，只是他不知道叶南城已经如此迫不及待了，而以何蔓的性子，必然十分厌烦，必然会影响到她学习的。

想到这里，谢盛收敛了神色，望着何蔓道："行了，别烦了，接下来还有我跟你一起改装呢。"

"嗯。"何蔓看着谢盛，忍不住一笑。

谢盛把何蔓送进了学习的教室之后，便拿着手机出来了，远远地看到了叶南城，他把手机又揣回了口袋："中午一起吃个饭？"

叶南城看了一眼谢盛，眉宇一挑："好。"

中午下课之后，何蔓没有睡好，所以吃完饭就回去补觉了，谢盛则和叶南城来到酒店一楼的咖啡厅坐了下来。

叶南城看了一眼菜单："喝什么？"

"喝什么就不必了。"谢盛坐在那里,看着叶南城直接开门见山地道,"我来找叶队,是因为何蔓。"

叶南城闻声,则合上了菜单,微挑着眉头:"谢教员想说什么?"

"希望叶队以后对何蔓不要过分关心。"谢盛冷淡地道。

叶南城听到这里,则轻嘲地一笑:"谢教员以什么身份来跟我说这些话?"

谢盛望着叶南城,道:"何蔓的男朋友。"

叶南城眸光陡然变得冷沉:"你们在一起了?"

"还没有明确地在一起。"谢盛说完,像是想到什么,眉梢微微上扬,"不过,想来也是迟早的事了。"

叶南城微微松了一口气,带着讽刺之意地道:"谢教员未免太自以为是。"

"叶队这么以为也行。"谢盛并不想过多地跟叶南城解释他与何蔓之间的关系,他说,"我知道叶队对何蔓的心思,但是,还请叶队尊重何蔓的想法。"叶南城脸色瞬间一沉,只见谢盛又道:"我知道叶队也教过何蔓,想来对何蔓的性子多多少少有些了解,但凡在她不情愿的情况下带着情感因素对她所做的事情,对她无论是学习还是工作,都会造成影响。所以,叶队若真的是希望何蔓好,还请尊重何蔓的想法,我言尽于此,叶队是一个聪明人,应该自己能明白。"

说完,他起身离开了,留下叶南城一个人坐在那里。

叶南城就这么维持着刚刚那个姿势,一动不动,全身僵硬着,脸色阴霾,给人一种从未曾有过的森寒之气,让人不敢靠近。

叶南城心底很愤怒,可是他知道,若是他再做什么,只怕他跟何蔓连普通的朋友也没有办法再当了。

而何蔓并不知道谢盛与叶南城之间聊过,只是觉得仿佛自师父来了之后,她跟叶南城的相处也比之前自在得多。

一个月后,她顺利改装了330,同时参加并顺利地通过了ICAO考试,ICAO是所有飞行员必须通过的考试,她之前在航校的时候就考过了,但如今转了330，以后要飞大飞机，国际航线更多，所以正式飞之前也需要再重新参加一次ICAO考试。

改装完并通过了所有考试的何蔓正式开始了330机型的飞行，而她330的第一班，则是中午十二点从深圳飞往北京，当班机长则是叶南城。

何蔓嘴角一抽，这刚到330机队，就排到了叶南城？

谢盛刚把车子停下来，看着副驾驶正在拿手机查航班的何蔓，他微挑了眉头："怎么了，明天没有排班吗？"

何蔓道："排了。"

"那干吗这个表情？"谢盛说完，像是想到什么，道，"跟谁飞？"

何蔓一脸怨念地道："叶南城。"

谢盛看着何蔓则是一笑："怎么，之前在珠海的时候不是说好了吗？以后在公司里面遇见就把他当成普通朋友，当成领导，私下不想理不理就行了。"

何蔓点点头："我知道了，师父，放心吧。"

谢盛笑了笑："我还没有排班，明天我送你去机场。"

"不用啦。"何蔓摇了摇头，"我九点就得起床出发呢。"

谢盛揉了揉她的脑袋："我送你过去。"

何蔓想了想，她勾唇笑了笑说，"好。"

谢盛下了车，拉开了车门，道："那行，赶紧回去休息。"

"好。"

何蔓从车上下来，看着谢盛朝她挥了挥手，她也挥了挥手，一步步地挪动着脚，挪了半天，下意识地扭过头来，只见师父的身影已经不见了。奇怪了，明明每次师父送她回来都会送她进电梯口的，怎么今天不但没有送，还这么快跑得就不见人影了？更重要的是，后天是她的生日啊！

不知怎地，何蔓想到这一个多月的时间，自从一个多月前她回师父说她愿意以身相许之后，师父就什么话也没有说，她后面还纠结了好几天，可是因为要改装330，她也就忘记这事了。

可此时想起来，她又在想师父是不是并不喜欢她，这所有的一切只是她在自作多情啊？这个念头一闪而过，何蔓脸色有些不大好了，呆站在那里，只见谢盛突然之间从车子后排钻了出来，看到她的时候，愣了一下："何蔓，你怎么还没回去？"

何蔓正胡思乱想着,看着谢盛从车子里面钻了出来,吓了一大跳:"师父怎么还在车上,你不是回去了吗?"

"哦,之前有个东西落在车上了。"谢盛突然之间有些不自在地道,"我正在找,正在找。"

"什么东西啊?"何蔓好奇地问。

"银行卡,对,银行卡。"谢盛生怕何蔓再继续问,道,"你明天不是还飞吗?快些回去,快点。"

何蔓被谢盛这么一打岔,一下子就忘记了刚刚在想什么,只是看着师父并没有丢下她一个人走,心情突然之间变得好了起来。

翌日,一大清早,她闹钟还没有响,突然之间就接到了公司的电话,让她提前一个小时到公司,说今天的航班有特殊任务。

何蔓一听特殊任务,飞快收拾了一下,自己开着车往公司赶,到了公司她这才想到师父昨天说送她来上班,她又赶紧发了一个微信给师父说公司通知今天航班有特殊任务,提早来公司了,不用他送了。

随后何蔓便进公司签了到,她过来的时候,叶南城也过来了,乘务组安保组的人也都到了,同时过来的还有谢总和乔教员、签派、地服、指挥中心等人。

何蔓看到这阵仗,心底一紧,这是什么特殊航班?

只见乔庭远道:"八点的时候,公司客服接到了深圳第一人民医院打来的电话,说将有一颗活体心脏需要搭乘当天我们东胜航空中午十二点整起飞的8860次航班前往北京,等待进行移植手术的是一位来自四川的男性病患。因患有扩张性心肌病,其心脏已坏死,病情危急,目前只能靠人工心脏维持起搏,所以深圳第一人民医院决定派医疗团队从深圳乘坐8860次航班将活体心脏送往北京。"

说完之后,他看了一眼众人:"而捐献心脏的是红十字会人体捐献管理中心一名患者,医院打来电话,目前正在进行手术摘下心脏,十一点十分可到达机场,但由于活体心脏离体后的存活时间仅6小时,路上一小时,落地北京之后前往医院一小时,分秒必争,稍有延误,病人的性命便极有可能会危在旦夕。所以无论是地面还是机组，务必保证航班的顺利，大家现在起立马准备绿色通道，拿到放行所需的文件，并跟民航局等相关管理部门联系。"

"是。"

乔庭远的话声一落，何蔓瞬间就明白过来了，原来是运输活体器官。她在航校的时候，就经常看到航空公司运输活体器官的新闻，没有想到她有朝一日也会飞上运输活体器官的航班。

运输的活体心脏，可以救一个人的性命，想到这里她不禁神色格外郑重，有着强烈的荣誉和责任感，更清楚地明白，运输活体器官是一次生命与时间的赛跑，容不得半点拖延。

所以，乔庭远粗略地说完事情的经过之后，何蔓和所有的机组成员还有地服工作人员立马一一下去准备。

时间不等人，众人也很快忙碌了起来。

其实，这并不是公司第一次运输活体器官，也并不是第一次运输活体器官保障开绿色通道的个例，作为对需要生命高度负责的行业，整个民航系统早就有了一整套非常完整的流程，各大航空公司都有自己的一套完整的《人体捐献器官运输程序》，随时为生命开辟绿色通道，保障生命安全。

地服部第一时间按照公司制定的活体器官保障流程联系安检，拿到绿色通道，同时通知现场各保障部门做好协调保障措施，协调机场安检部门对器官免于安检，做好活体心脏到达机前场的所有准备工作。

而何蔓等人开完会之后，则迅速地做好飞行前的准备，检查所有的设备，确保没有任何的问题，并第一时间跟空管部门联系。

显然，空管部门也在第一时间得到了消息，原本今日深圳有雨，已经造成不少航班延误，管制员第一时间调整航班，尽可能优先保障该航班的起飞时间。

抢救生命，就是在跟时间赛跑。

一切准备就绪之后，乘务长进来驾驶舱通知："机长，医生已经带着活体心脏到达机场，半个小时内可登机。"

"好，我知道了。"叶南城侧过头看着何蔓："联系空管。"

"是。"

何蔓正了正色，随后拿起无线麦克风，道："深圳放行上午好，东胜8860，停机位22号桥，请示放行到北京，通播B已抄收。"

"东胜8860，深圳放行，许可放行到北京，跑道02L，龙门一号C离场，起使高度数1500米，离场联系115.9，应答机6538。"

"可以放行到北京，跑道02L，龙门一号C离场，起使高度数1500米，离场联系115.9，应答机6538，东胜8860。"

……

随着何蔓跟管制沟通完后，医生已经带着活体心脏上了飞机，此时其他乘客已经提前半个小时登机，所有的乘客知道今天将有一颗活体心脏乘坐8860航班前往北京，一个个的也格外配合。

待医生携带活体心脏上了飞机关闭机舱门后，第一时间联系地面机务用推车将飞机推到滑行道。

何蔓则熟练地跟管制沟通："深圳放行，东胜8860，准备好了。"

"东胜8860，联系地面135.5，再见，祝一路平安。"

"135.5再见，东胜8860。"

公司已经和空中交通管制单位联系，所以航班没有一丝丝的延误，顺利起飞，何蔓微微松了一口气。

其实今天是她飞330机型的第一班，她还需要作为第二副驾驶跟飞一段时间，也就是说她需要像刚飞320时，坐在后面观察并配合，暂时还不能上座，但她仍然有一种强烈的荣誉感和紧张感。

她也清楚地感觉到民航对生命和运送活体器官的责任与使命感，一路上沿途各个保障单位为他们航班开辟空中绿色通道，减少航班在航路上的飞行限制，尽可能直飞，不需要盘旋避让，节省了飞行时间。

最后，在各保障单位的通力合作下，他们这个载有活体器官的航班原本应三点半落地于北京，最后在三点钟顺利抵达北京。

此时机场在公司和机组的协调下，急救车驶入机场停机坪，医生携带活体心脏第一个走下飞机，上车直接奔向了医院。

何蔓看着救护车离开，第一次觉得她的工作格外神圣，格外让她骄傲。

落地之后，他们机组也到达了北京的酒店休息，他们的航班第二天早上回去，所以晚上要在北京过夜。

何蔓看着时间还早，就独自一个人打车来到了学校，这是她下定决心的地方，也是她梦想起飞的地方。

她依稀记得当年来到学校之初的迷茫，还有军事化训练的辛苦。当初的她，若不是因为有爸爸的梦想和她对梦想的坚持，只怕，她也不会走到今天，更不会理解飞行的意义，如今算来，她进入公司正式飞行已经有两年多的时间了。

何蔓看着校园里的那些学弟学妹，微微一笑，来到了飞行学院，明显就能看到这边男女的差别了，走过来半天基本上没有看到几个女生，还是一如既往的男多女少！

真希望有一天，能在飞行学院看到男生女生一样多，这就证明中国的女飞也将会更多，女人能顶半边天。

不知不觉，她来到了飞行学院后面的一个湖边上，看到前面不远处角落里休息的长凳，不知怎地，一瞬间有些恍惚，仿佛看到了那个大一刚刚入校没有多久因为思念爸爸又觉得对不起爸爸的女孩。

她记得，当时她正伤心着呢，有人拍了拍她的肩膀，她扭过头来，就看到穿着白色衬衫的叶南城。

灿烂的阳光之下，他穿着干净的白衬衫，带着温暖而又担心的笑容问她："同学，你怎么了？"

那一天，那一张脸，那个笑容，干净得让她记忆犹新，以至于到现在，她都不曾想起，她的记忆当中还有谁的笑容能如此干净明亮，也是让她念念不忘的一张脸。

只是想到后来，她讽刺一笑，正准备离开，抬头却看到了站在她对面的叶南城，一如那天一样，穿着干净的白衬衫。

傍晚的阳光斜射下来，照在他那张温润如玉的脸上，露出干净明亮的笑容，望着她惊喜地道："蔓蔓，这么巧，你也回学校看看了？"

何蔓冷静下来："你怎么会在这里？"

"想着难得飞一趟北京，就过来看看。"

"叶队是北京人，经常回家，想来看这儿不是随时的事吗？"

"可这不是到了深圳吗，回来得就少了。"

"既然如此，那我就先走了。"何蔓神色很淡，并不相信他的话，因为她不相信会有这么巧的事情，既然他不打算说，那她只好离开。

叶南城伸手挡住了她："等等。"

何蔓神色微冷："叶队？"

叶南城说："明天是你的生日，要不今天晚上一起吃个饭，提前替你庆祝一下，还是明天回深圳落地之后一起庆祝？"

"多谢叶队，不过不用了。"何蔓直接拒绝，她说，"时间不早了，我就先回酒店了。"

"何蔓……"叶南城眉宇一蹙，说，"这马上就到饭点了，一起吃个饭吧。"

何蔓则扭过头来看着叶南城，道："我记得叶队家离学校并不是很远，想吃饭，完全可以回家，我也并不想陪叶队吃饭。而且，叶队不会当真以为我会相信你这么凑巧与我在这里相遇吧？"

叶南城微怔了一下，知晓何蔓的聪明，他无奈一笑，道："既然如此，那何蔓，我们能不能聊聊？"

何蔓深吸了一口气："行，叶队，你有什么想说的，就直接说吧。"

"何蔓，我想解释当年的不辞而别。"叶南城站在她的面前说。

何蔓知道他就是想说这个："你说。"

她知道，以他的性子，绝对不会轻易放弃，既然如此，那且不如好好听听他的解释。

叶南城看着她这冷静的模样，莫名地害怕，却又不得不解释："何蔓，当年我不是不辞而别，我是因为向航校提出离职，但是合同没有到期，需要赔偿巨额的赔偿金，最后，领导给我提出来一个折中的要求，让我前往美国航校，两年之后，我就可以离开航校，自主选择。我当时想着，两年之后，你也就毕业了，那这两年的时间刚刚好，我从航校离职后，就可以找你了。"

何蔓愣了一下，原来他当年只是调到了美国航校吗？想到这里，她眉头微蹙，抬头看着叶南城，格外不解地问了起来："那你为什么非要从航校离职？"

叶南城侧过头来盯着她，那深邃的眸子带着浓厚如深海般的深情，一字一句地说："因为我也喜欢你。"

何蔓愣了一下，却没有一丝的感动，只是轻嘲了一声："喜欢我？叶南城，你是不是还以为我像当年那样傻？"

"我知道你不会相信。"叶南城仿佛早就知道何蔓会不相信,他侧过头来道,"但是,何蔓,不管你信与不信,我真的喜欢你。你不知道,当年我看到你的表白,我是有多高兴,可是何蔓,我当时不能答应你,更何况,表白这种事情,是男人来做的,怎么能让女孩子来做呢?"

"怎么,我也没有听到你的表白啊。"何蔓听到他提起当年的表白,只觉得格外讽刺,他哪儿来的脸提起来?

她盯着叶南城,说:"相反,你倒是跑得挺快的啊!"

"何蔓,对不起,对不起……"叶南城想到他当年之举,他垂下头来道歉,"但是何蔓,不管你信与不信,当年无论是我的拒绝,还是我后面想要从航校离职,我这么做都是为了你。何蔓,我是为了不影响到你,所以,我这才拒绝了你,这才从航校离职。"

何蔓带着讽刺之意:"影响到我什么?"

"当年你还是一个学生,我是你的老师,如果我跟你在一起,那就是师生恋。在航校这种地方,一个航校教员跟自己的学生谈恋爱,这不单单会对你的学习会产生压力,就连你的飞行也会受到影响,就连我当时也不知道会受到什么样的处分。"叶南城看着何蔓那模样,着急地解释。

何蔓神色越发讽刺:"所以你是要告诉我,你当年的拒绝,还有不辞而别,都是为了我,你是喜欢我,为了我好,才从航校离职的?

"叶南城,你不觉得你说出的这些话很可笑吗?你说得冠冕堂皇,倒不如说是为了怕牵扯到自己,你怕我的喜欢会影响到你,影响到你的名声,所以,你这才拒绝的吧?"

叶南城脸色一变:"怎么可能,何蔓,不,不是这样子的。我是担心会影响到你,影响到你的学习和飞行……"

何蔓打断了他的话:"瞧您这话,航校的飞行学员还不许谈恋爱了,我怎么不知道还有这个规定呢?

"再说了,你别忘记了,你航校教员只是你的兼职,航空公司才是你的工作,如今告诉我你说是担心会影响到我,不觉得可笑吗?"

叶南城掌心紧握:"当年,当年我没有考虑到那么多。何蔓,不管你信不信,当年我是真的喜欢你,我真的是因为喜欢你、担心你、害怕师生恋会影响到你,所以我这才会拒绝,对不起,何蔓,对不起。"

何蔓瞧着他这自欺欺人的说法,深吸了一口气:"我姑且相信你当年并非想不辞而别,但是,我不明白,你为什么不能跟我说一声?"何蔓讽刺地笑了笑,"所以你看,叶南城,你所做的一切是为了怕影响到我,说到底,你还是怕会影响到你自己。

"叶南城,这么多年过去了,当年,或许我对你还不算了解,可是如今,我可以说对你算是有几分了解。你这个人,极其爱惜羽毛,你说你担心会影响到我,可是,其实你更担心会因为我当年对你的喜欢会影响到你自己的名声。"

叶南城面色苍白,想要解释,可话到了嘴边却又不知如何解释,他只能望着何蔓,说:"可是何蔓,我当年,只是想给你最好的我,我不想,我真的不想让你我受到旁人的议论,会影响到你的学习和飞行。

"我只是想用最好的方式跟你在一起,我想着等你毕业了之后,等你不再是我的学生之后,我就来找你。所以,我在从美国航校回来之后,就第一时间从公司里面递交了辞职,并进入了东胜,我只是想要用最好的方式,不想让你我背负任何议论地在一起。我想我们能光明正大地在一起。"

何蔓原本还想讽刺,可想到如今对他再也没有一丝的感情,便冷淡地道:"叶南城,我相信你所说的话,相信你当初的拒绝,还有后面的离开,都是为了我好。可是叶南城,不是谁都会一直站在原地等你的,我也不会。"

何蔓站了起来,目光清冷而又疏离地说:"叶南城,我不喜欢你了,在知道你当初不辞而别的时候,我就决定放下这一份喜欢,尽管,如今你解释说你当年不是不辞而别,你这么做都是为了我,我也相信你所说的这么做都是为了我。但是叶南城,我已经不喜欢你了,你如今对我而言,是领导,是前辈,是曾经的教员,除此之外,再无其他任何关系。"

是的,她已经不喜欢他了。

想到了这个,她仿佛瞬间就想通了,她不喜欢他了,所以,无论他当年做什么选择,她都不会生气。

相反,她要感谢他的解释。

若不是他的解释,只怕,她的心底还有那一道坎,而且,她突然间想起来了,他似乎有女朋友了。

三亚的时候,那是她回国之后初次跟他相遇,她记得,他是有女朋友的。

何蔓的冷静,让叶南城觉得格外慌乱和害怕,他下意识地摇头:"何蔓,这不可能,我不相信,蔓蔓……"

何蔓听着那一声亲昵的蔓蔓,眉头蹙了一下,打断了他的话:"我刚刚的话叶队没有听明白吗?

"况且,叶队也有女朋友了,如今我也听了叶队的解释,所以就请叶队以后不要再用蔓蔓这么亲昵的称呼叫我。"

叶南城怔了一下,赶紧摇头:"我没有女朋友啊。"

何蔓一看他还在这里装傻,提醒他了:"在三亚的时候,我记得那个女孩很漂亮。"

叶南城一愣,很快就恍然大悟,想到何蔓的误会,他的心情有所好转,赶紧解释道:"三亚的时候,原来你说萌萌啊,她是我……"

"她是什么人,我并没有兴趣。"何蔓看得出来他的开心,不愿意给他一丝希望,直接就打断了他的话,"而且,叶队,我也有喜欢的人了。"

叶南城原本愉悦的心情一下子变得阴沉:"你是说谢盛吗?"

"那他呢,他也喜欢你吗?他心里有你吗?你知道他是什么样的人吗?他了解你吗?他……"

何蔓听着他的质问,冷声地道:"他心里有没有我并不重要,我只知道,如今,我并不喜欢你。叶南城,我已经不喜欢你了。"

说完,她没有一丝丝的留恋就这么直接离开这里。回到了酒店后,她想到了叶南城的解释,其实,她不怀疑叶南城的解释,叶南城这个人太骄傲,做事太过于完美,他不屑于编这样的谎言。可想到他跟她之间,不也正是因为他做事太过于追求完美,爱惜羽毛,所以,她跟他之间才会错过了!

更何况,她的心底已经有了另外一个人了。

想到这里,何蔓就忘记了叶南城,一心全都在谢盛的身上,她拿出手机,还是早上的时候她告诉师父不用来送她的微信,师父就回了一个OK的手势。

看得她忍不住来气,直接就把手机给扔到了一边去了,什么人啊,也别来接她得了,反正她自己开了车!

第十五章　生日快乐，我的女孩

翌日，何蔓大清早从北京先回大连，再从大连回深圳，落地的时候已经晚上了，何蔓收拾着东西刚准备从公司离开，叶南城站在她的面前："何蔓，祝你生日快乐。"说完，他拿出了一份早就准备好的礼物，"这是送你的生日礼物。"

"祝福我收下了。"何蔓微微一怔，看了一眼他准备的生日礼物，轻声地拒绝道，"至于礼物，就算了。"

而何蔓从公司出来就准备开车回家，可来到自己停车的地方，才发现她的车竟然不见了，突然，一辆黑色的沃尔沃停在了她的面前，她看了一眼就认了出来，这是她师父的车子。

谢盛侧过头来望着她，道："找什么呢？"

"我的车不见了。"何蔓下意识地道。

谢盛道："你哥前天飞的时候没有开车，我刚把你之前搁我这儿的车钥匙给你哥让他把你车给开回去了。"

何蔓一听，急了："你让我哥把我车开回去，那我怎么回去啊？"

谢盛指着自己："我昨天不是说了吗，今天来接你。"

"你？"

谢盛仿佛没看到何蔓的不高兴似的："快把箱子搁后备厢里去。"

她从凌晨过后一直到现在都在期待着能收到谢盛的微信或者电话，可是直到现在，他连一句生日快乐都没有，而且瞧他那模样仿佛压根就不知道她的生日一样，好不容易压下来的怒气噌噌噌地上涨，瞪着谢盛好半天，可他仿佛还没有发现一样催着她说："看什么呢，后备厢我开了，赶紧放过去。"

于是她气呼呼地拉着箱子往后备厢的方向过去，谁知道这车的后备厢竟然还没有自动打开，气得她没好气地道："后备厢没打开！"

谢盛此时已经下了车，双手插在兜里，像是有些紧张又有些随意地道："自动的坏了，按一下那个车标可以手动打开。"

何蔓看着谢盛站在那里丝毫没有过来帮忙的意思，脸上写满问号，师父今天这是怎么回事?

她没有办法,乖乖地打开了后备厢,这刚一打开,只见后备厢有光线溢了出来,她微愣了一下,只见那缓缓打开的后备厢当中铺上了满满的大红色的玫瑰花。

而那后备厢盖子上则是用一根彩灯连了起来,上面挂着几张纸,上面清楚地写着"Happy birthday",在玫瑰花边上还有几个大小不一的礼品盒。

这一幕看着何蔓下意识地惊呼了一声,几乎是不敢相信眼前看到的这个画面,这是师父给她准备的?

她正呆在了那里,只见谢盛走了过来,望着她的时候,微微上扬的嘴角透着一抹认真:"何蔓,生日快乐。"

何蔓扭过头来,满脸的不可思议:"师父,这些,这些是你给我准备的?"

"嗯。"谢盛说完,像是担心什么似的,又说,"那个,我其实是第一次准备这种东西,也不知道该怎么准备,所以就在网上搜了搜,网上说女孩子都很期待这样的惊喜,我就准备了这个,也不知道你喜欢不喜欢。"

何蔓听到这样子的解释,心底所有的郁闷憋屈在此时全都彻底地消散,只有满满的惊喜,扭过头来扑到了谢盛的怀里,欢喜不已地叫道:"喜欢喜欢,我太喜欢了,谢谢师父,谢谢师父。"

谢盛看着突然之间扑到了怀里的女孩,原本一直紧张的心终于放了下来,他嘴角上扬,伸手抱住了怀里的女孩,那略带着磁性的声音在女孩的耳边低低响起:"那,你愿不愿意做我的女朋友?"

何蔓正兴奋得不得了,突然之间听到谢盛的表白,靠在他的怀里愣了好一会儿,随后有些不敢相信地抬头看着谢盛,呆呆地道:"师……师父,你,你说什么?"

谢盛那幽深的眼眸牢牢地紧盯着她,眸子中蕴含着浓厚的深情,声音低沉又格外认真地道:"我在问你何蔓,愿不愿意做我的女朋友?"

这一次,谢盛的话清楚无比地传到了她的耳中,让她呆在了那里,傻傻地盯着谢盛看了起来,师父在说什么?

师父是在问她,愿不愿意做她女朋友吗?

她愿意，她当然愿意了。

在珠海的时候，她就回答过她愿意，她怎么会不愿意？

何蔓没有说话，让谢盛一下子心底变得格外紧张："怎么，你不愿意吗？"

何蔓闻声，清醒过来赶紧摇了摇头："不，不是，我，我之前不是在珠海的时候就答应了师父的吗？"

"珠海的时候？"谢盛愣了愣。

"对。"

何蔓看着这样的谢盛，想到珠海的事情，按捺不住心底的好奇，问："珠海的时候，师父问我愿不愿意以身相许，我说我愿意，可是，可是师父就什么话也没有说了，我还以为，还以为师父……"

谢盛很快明白过来，揉了揉她的脑袋："珠海的时候是我不好，是我太冲动，没有给你一个正式的仪式，还让你一个女孩来说以身相许这样的话。后来，我想明白了，所以，就想着在你生日的时候给你一个正式的仪式。"

何蔓听到这里，心底一下子涌起来甜蜜，几乎是不敢相信她刚刚听到的话是师父说的，她仰头看着谢盛，黑白分明的眸子亮晶晶的："师父，师父说的是真的吗？"

"当然是真的。"

谢盛望着那一双黑白分明的眸子，嘴角上扬，低声问："不过，你还没有回答愿不愿意做我女朋友呢？"

何蔓立马欢喜地点头："当然愿意了。"

谢盛听着这一声愿意，悬着的心终于放了下来，笑了起来，只见何蔓看着他说："师父都不知道我这一个月是有多纠结。"

谢盛问："纠结什么？"

"当然是在纠结师父明明问了我要不要以身相许，我也回答了愿意，可师父最后什么话也没有说啊。"

何蔓想到这件事情，噘着嘴道："搞得我一直不知道我跟师父到底算是什么关系，是不是师父的女朋友。"

谢盛听到她说起这些话，心底有些愧疚："对不起，是我的错，我一心只想给你一个别的女孩该有的仪式感，没有考虑那么周全，对不起。"

何蔓听到这一声"对不起",惊呆在了那里,她看着谢盛觉得有些不可思议,这还是她那个专横霸道不讲道理的师父吗?

谢盛看着何蔓那呆呆的样子,有些担心:"还在不高兴?"

何蔓下意识地摇头,然后有些不敢相信地伸手在谢盛面前晃了晃道:"只是,师父还是师父吗?"

"什么?"谢盛愣了一下。

"我还是第一次听师父说对不起。"何蔓说完后笑了笑,仔细地打量着谢盛,"所以,我在看跟我表白的这个人是不是师父?"

谢盛一愣,随即眉梢一挑,道:"看来,以后我在你面前还是要凶一点?"

何蔓果断地摇头:"男朋友是不能凶女朋友的。"

谢盛一听那一声"男朋友",嘴角笑意越来越大,拎起她的飞行箱放在了后排,然后揉了揉她的脑袋:"既然如此,那我们走吧?"

"去哪里?"何蔓愣了一下问。

"今天可是我们在一起的第一天,又是你的生日。"谢盛侧过头看着她说,"所以自然是带你去庆祝了。"

何蔓平时再冷静再成熟,可终究是一个小女孩的性子,一听谢盛这么一说,立马欢喜地叫了起来道:"好嘞。"

谢盛带着何蔓回去换了一身衣服,就带着她来附近吃饭了。刚一进饭店,谢盛便拉住了何蔓的手,道:"把眼睛闭上。"

何蔓侧过头来看着谢盛:"师父?"

谢盛低声道:"乖,听话,快闭上。"

何蔓愣了一下:"好。"

随后,闭上了眼睛,把自己交给了谢盛,任由着谢盛拉着她,然后一路走来,直到进了一个房间,随后谢盛低声道:"睁开眼睛。"

何蔓还没有睁开眼睛便听到一声声齐声道:"生日快乐。"

她惊呼了一声,睁开眼睛映入她眼帘的是她哥哥、许璐、林东飞、宋青扬,还有宋青扬的女朋友杨柳,以及她之前飞的一些师兄,而房间最前面挂着"Happy birthday"的气球,满足了一个女孩心底所有的期待。

何蔓看着这一幕,彻底地呆在了那里,只见何宁远上前了一步,看着何蔓的时候温柔地道:"蔓蔓,生日快乐。"

其他的人也凑了过来，道："何蔓，生日快乐。"

"生日快乐啊，何蔓……"

一声声的祝福传了过来，何蔓感动得笑哭了，谢盛站在她的身边低声温柔地问："哭什么呢？"

何蔓扭过头来看着谢盛，感动不已，她知道，这些肯定是师父准备的，她还在怀疑师父是不是真心喜欢她。

若不是真心，以师父的性子，又怎么会做出这些事情来？

只见谢盛拉着她的手，轻咳了一声，打断了大家的嬉笑声，道："虽然大家都认识了，但是，我还是要这里正式地跟大家介绍一下。"谢盛扭过头来看着何蔓，那如星辰大海的眸光望着她，一字一句认真地道，"这是我女朋友，何蔓。"

谢盛声音一落，周围愣了一下，随即欢呼出声："谢教员，厉害啊，你是什么时候把我们班上的女神给追走的？"

"是啊是啊，谢教员，你把我们飞行部的两朵金花之一给追走了，今天可不能就这么轻易地放过你啊。"

周围的欢呼起哄声不断，何蔓仿佛是完全没有听到似的，就这样怔怔地盯着谢盛，眼眶湿润，谁说师父不懂得浪漫？她以为师父不懂浪漫，没有情商，是一个钢铁直男，可如今看来，哪有什么不懂得浪漫的直男，哪有没有情商的直男？只要，他把你放在心上，再钢铁的直男，他也会想办法把这世间最好的一切给你，让你有足够的安全感。

何蔓感动不已，看着谢盛欢喜地道："师父，谢谢你。"

谢盛说："我想跟你光明正大好好地在一起，自然，是应该让我们身边的朋友都知道我们在一起了。"

谢盛揉了揉她的脑袋，扭过头看着众人起哄的样子，笑道："今天晚上大家随便吃，随便喝，全都算在我的头上。"

……

谢盛请了这么多公司的人，又这么招摇，所以，何蔓跟他在一起的消息不出一周的时间，基本上传遍了公司的所有角落。

叶南城听到消息的时候，已经是一周之后了。

巡航的时候，他正在洗手间里面，只听到外面几个空姐正在小声地道："听说何蔓和谢教员在一起了啊？"

"这两个人倒是郎才女貌,而且谢盛还是何蔓的师父,真的是般配。"

"不过这双飞家庭以后可就惨了,谁来照顾家庭啊?"

……

叶南城正准备从洗手间出来,听到这些对话,他眉头微微一蹙,这些传言他之前就有所耳闻,他怎么也不敢相信,可如今听到那几个空姐说得有鼻子有眼,他脸色微微一沉,回到了驾驶舱,看着右座的宋青扬,想到那些空姐的议论,他侧过头来看着宋青扬道:"青扬,你最近有见到何蔓吗?"

"何蔓……"宋青扬摇了摇头,"没有啊。"

"她生日那天呢?"叶南城又继续问。

宋青扬微微一怔,像是想到什么,抬头看着叶南城,只见叶南城问:"何蔓,真的是跟谢盛在一起了吗?"

宋青扬不知该如回答,谢教员跟何蔓在一起之后,他们那些知道叶队与何蔓当年之事的同学有意隐瞒了叶队,也都没有发朋友圈,可没有想到叶队还是知道了。

"都在同一家公司,我迟早会知道的。"叶南城说完,侧过头来看着宋青扬,"你只管告诉我,是与不是。"

宋青扬点点头道:"是。"

叶南城轻嘲了一声:"呵,还真在一起了?"

宋青扬有些担心地看着叶南城,他们谁都看得出来叶队心底是有何蔓的,虽然当年不知道他为何突然之间从航校离开。

叶南城坐在了那里,看着机舱之外的浩瀚星空,万千星辰仿佛触手可及,美得让人震撼,恍惚之间,他想到在澳大利亚的时候,她心情不好、觉得自己不适合当一名飞行员时,他在夜晚租借了一架飞机带她看这世间寻常人看不到的夜景。

那一晚,那空中的夜空,也是这么美,那浩瀚星空,繁星点点,一颗颗的好似钻石般镶嵌在天幕下,亮晶晶的。

他还记得,何蔓看着这美景时的震撼,还有她那伸手想要触摸时的傻样,那一瞬间仿佛所有的语言都无法形容这星空之美。

他问她:"还不想当飞行员吗?"

她笑得灿烂地摇头:"不,我想当飞行员,我想好好地飞。终有一天，我能自己亲自开着飞机看这一片片浩瀚星空。"

她说："谢谢你，叶教员，谢谢你，叶南城。"

他还记得，那个女孩的感激，也还记得那个女孩的感动，他更记得那个女孩的开心，那一张笑脸，是他发誓想要守护一生的东西。

那一晚的夜空，也是这么美，如同她的笑脸一样，只是，如今，如今那个女孩，她怎么成了别人的？

可不管叶南城如何不甘心，何蔓都跟谢盛在一起了。

只是双飞情侣就如同所有民航人了解的一样，平时有机会见上一面极难，尤其是何蔓与谢盛两个人现在都飞330的机型了。

不过好在何蔓的护照签证还没有办下来，所以虽然说谢盛已经正式开始飞330了，但何蔓现在主要飞的还是国内，所以两个人还是有机会见面的。

只是这一个月也就见那么两三次，有一次还是匆匆地在机场见上一面。

何蔓刚刚从上海回来，公司这边通知她，她的签证办下来了，也就是说，她接下来也要正式开始飞国际航线了！

她拿着这个护照时，已没有最开始办护照时的兴奋了，相反有些纠结，这要是飞起国际航线来，再想要见到师父，怕是更不容易了。

想到这里，她长叹了一口气，算了，这不是早就知道的事情吗？而且师父的航班还有半个小时就落地了，接下来她跟师父都休息，有两天的时间可以好好地在一起呢。

这么一想，她心底舒服多了，把飞行箱搁在了车上，远远地看到了叶南城带着一个女孩来到了公司。她看了一眼那个女孩，一眼就认出来那是在三亚的时候她见到的那个女孩。

想到师父，如今的她没有任何怨气，相反很是祝福，她希望叶南城也能幸福，希望叶南城跟这个女孩能好好地在一起。

何蔓正做上车准备，只见叶南城与那个女孩过来了，她看着她立马笑了起来道："你是何蔓吗？"

何蔓眉头微挑："我是。"

那个叫萌萌的女孩扭过头来看着何蔓，朝她伸出手来一笑，道："我叫叶萌萌，叶南城的妹妹，很高兴认识你。"

"叶队的妹妹?"

何蔓愣了一下,看了看叶南城,又看着叶萌萌,这两个人是兄妹?

她记得他不是独生子吗?

"对。"

叶萌萌笑着灿烂地点了点头:"我从今天起也进东胜了,以后我们就是同事了。不过我是乘务组,你是飞行部,想来我们以后应该会有机会一起飞。"

何蔓下意识地问:"叶队不是没有妹妹吗?"

"我们不同一个妈呀。"

叶萌萌笑嘻嘻地道:"我哥自小跟着阿姨,我跟我爸妈一起生活,再加上哥哥之前不喜欢我,所以……"

叶南城的脸色有些不大好:"萌萌,别胡说。"

"我哪有胡说,你之前明明就不喜欢我,也不想理爸爸。"

叶萌萌白了他一眼,显然并不怕他,然后扭过头看着何蔓说:"不过我哥现在对我挺好的,像个亲哥了。"

何蔓算是大概听明白了什么,原来是叶南城同父异母的妹妹。

叶萌萌看着她说:"何蔓,你有事吗?你要是没事的话,咱们能不能聊聊呀?"

叶南城嘴角一抽,他知道他这个妹妹虎,但是不知道这么虎,他才跟她说了一个大概的事情呢,她看到何蔓就要抓着她聊,吓得他赶紧拉住了她:"萌萌,你别闹,人家可能有事呢。"

叶萌萌笑了笑,推着他道:"要是何蔓有事我肯定不打扰她的呀,你就别操心了,你一边去。"

何蔓看着叶萌萌,淡淡地一笑:"我现在没有什么事情。"

"太好了,那没有什么事情我们聊聊。"叶萌萌开心一笑,"我听我哥说公司楼下有一个咖啡厅,要不咱们去那儿聊聊?"

"可以。"何蔓点点头。

叶南城有些不大好了,只见叶萌萌挥了挥手推着他道:"行了,哥,这里没你什么事了,等我跟何蔓谈完我再来找你。"

说完,扭过头看着何蔓说:"那我们走吧。"

"好。"

何蔓跟着叶萌萌来到了咖啡厅，刚想要点两杯咖啡，叶萌萌已经飞快地把钱给付了，何蔓看了一眼，这个女孩真的是既热情又聪明，让人好感噌噌地上升。

两个人找了一个靠窗的位置坐了下来，何蔓看对面的女孩，直言道："不知道叶小姐找我有什么事，想聊什么？"

"哎呀，你就别喊我叶小姐了，喊我萌萌吧？"叶萌萌笑嘻嘻地道。

"行，萌萌。"何蔓倒也是爽快地改了口。

"这还差不多。"叶萌萌一笑，看着何蔓倒也没有绕圈子，直接说，"不过，你这么聪明，肯定知道我找你是为了我哥，是不是？"

何蔓有些诧异叶萌萌的开门见山，不过却很喜欢跟这样的姑娘聊天，她点头："没错，想来你跟我也不熟悉，应该不至于跟我有什么话想说。"

"这个你倒说错了。"叶萌萌笑着望着何蔓，"我对你很熟悉，不过，是从我哥哥那里熟悉的。"

何蔓："……"

叶萌萌直接道："在美国的时候，我住在我哥家的时候知道的。"

何蔓没有说话，叶萌萌就继续道："当年我在国内学习不好，考不上好大学，我爸就直接把我扔到了美国，刚好我哥在美国，我爸就托他照顾我。你知道我哥这个人，就算他当时不喜欢我，也不会不管我，他那个时候一心想回澳大利亚，没有心思管我，结果我刚好闯了祸，进了警察局，还差一点被遣返回国，最后他被我的事情折腾得没有办法，只得留在美国看着我，我也就是那个时候在我哥家里面发现了很多你的照片和视频。"

"照片和视频？"何蔓眉头微蹙。

"没错，有些是我哥在航校的同事发过来的，有些是以前的。"

叶萌萌说起这些往事的时候，脸上带着笑意："我是从警察局里面回来后的那天晚上看到我哥难得对我大发脾气，然后把自己给喝得烂醉如泥的时候发现的，也就是从那个时候，我开始留心观察关于你的一切，发现我哥时不时地就会盯着你的照片和视频看着，我也是在那个时候对你熟悉起来的，也是从那个时候知道在澳大利亚有一个女孩是我哥心尖上的女孩。"

何蔓眉头微蹙，她并不知道叶南城去了美国之后所发生的事情，也并不知道在美国叶南城是怎么过的，可既然做了选择，那再说这一切也没有什么意义。

她说："那你跟我说这些是什么意思？"

叶萌萌说："何蔓，我知道你有男朋友了，也知道你不喜欢我哥了。但是有些事情，我哥不愿告诉你，我觉得应该让你知道，或许，他当年的方式不对，导致他失去了你。但是，他真的是很喜欢你。"

何蔓并不怀疑叶南城的真心："我相信叶南城是很喜欢我，但是有些事情，错过了，就是错过了。"

"是啊。"

叶萌萌叹了一口气，随后像是有些懊恼地说："我当年就不应该闯祸让他直接回澳大利亚就行了。"

"萌萌，这不关你的事情，他若是想回来，当年早就回来了。"

何蔓轻声地道："他不想回来，是因为他有自己的考量，他太爱惜羽毛，不想任何事情有一丝瑕疵，包括爱情。"

"这说得倒没错，我当年也是这么骂他的。"叶萌萌叹气，道，"我后面知道这些事情之后，听说你快毕业了，就一直催着他回来的，可是他总是有很多要考虑的事情，还说什么不着急。"

"萌萌，你没有必要跟我说这些。"何蔓听到这里，神色依旧很是冷淡，她说，"而且我如今已经有了男朋友了，我喜欢他，他也很喜欢我，我并不想因为谁再来影响我们之间的感情，其中包括你哥哥。"

叶萌萌有些愧疚地看了一眼何蔓："不好意思，何蔓，我说这些并不是想给你压力，我只是觉得这些事情应该让你知道。"

何蔓看了一眼咖啡厅外不远处大堂坐着的叶南城："可有时候，人与人之间错过了，就是错过了。"

"对啊。"叶萌萌叹气，像是想到什么，望着何蔓说，"实不相瞒，我之所以非想要解释这些，就是听我哥说你误会我是他的女朋友了，所以我想着，解释清楚，你和我哥会不会可能还有一丝的机会。"

何蔓摇头，冷静地道："我和你哥，早就没有机会了。"

叶萌萌有些心疼地看了一眼叶南城："刚听你这么一说，我就知道，我哥彻底地玩脱了，没有半点机会了。"

何蔓轻声一笑，刚想说什么，她的手机响了起来，是谢盛打过来的，她立马笑着接了起来道:"师父……"

谢盛问:"机组车马上到公司了,你在哪儿?"

何蔓立马张望了起来,看到了一辆机组车停了下来,只见谢盛边打着电话边下了车,她立马挥了挥手:"师父,我就在公司楼下的咖啡厅等你呢。"

谢盛侧过头看了过来,朝她点头示意,道:"你跟谁在那里?"

"见面跟你说。"何蔓站了起来,看着对面的叶萌萌说:"萌萌,我还有事,我先走了,有机会再一起吃饭。"

叶萌萌侧过头看了一眼,远远地只见一个丝毫不比她哥逊色的男人站在那里,她微叹了一口气,点点头道:"好的,再见。"

她也帮不了她哥哥了。

何蔓小跑着来到了谢盛的身边,笑着道:"师父……"

谢盛看了一眼前面的叶南城,又看着那个咖啡厅的女孩,像是漫不经心地问:"你在跟谁喝东西呢?"

何蔓说:"一个新进入公司的空姐,叫叶萌萌。"

"叶萌萌?"谢盛看着那个女孩走到了叶南城的身边,眉头就蹙得更深了,"那个女孩怎么会跟叶南城认识?"

何蔓扭过头看了一眼:"她是叶南城的妹妹。"

谢盛停下了脚步,说:"那她过来找你做什么?"

何蔓抬头看着谢盛那模样,忍不住一笑:"她过来就是找我聊聊。"

"莫名其妙,她找你聊什么?"谢盛显然不信,"叶南城还守在外面。"

何蔓瞧着谢盛这模样,忍不住道:"师父之前不是挺欣赏叶南城的吗?"

"我欣赏的是他的飞行技术。"谢盛说完,冷淡地道,"可并不欣赏他对别人的女朋友还念念不忘。"

何蔓扑哧一下笑出了声音,道:"师父,跟我一起喝咖啡的是他的妹妹,并不是他啦。"

说真的,真的是跟师父谈了恋爱之后才发现师父是有多喜欢吃醋,尤其是吃叶南城的醋。可是她都说得很清楚了,偏师父还是不放心。

谢盛轻声地道:"谁知道他是不是派他妹妹来做间谍的?"

何蔓忍不住地仔细一想，侧过头道："好像这么说也没有错。"

何蔓这句话算是让醋坛子打翻了，只见谢盛那幽深的眸光盯着她说："老实说，他妹妹找你说什么？"

何蔓忍不住地笑得更开心，抱住了谢盛的手臂，挂在他的身上问："师父这真的是在吃醋了吗？"

何蔓这模样，取悦了谢盛，只是面色依旧冷淡："要不要如实交代？"

"交代交代。"何蔓赶紧乖乖地道，"之前我不是在三亚遇见了叶南城与一个女孩吗？我之前一直以为那个女孩是叶南城的女朋友，不过今天才知道那个女孩竟然是他妹妹……"

"等等。"谢盛打断了她的话，停下脚步问，"当初，在三亚我跟你打电话，你快要哭出来后面差一点走丢，告诉我是遇见了一个老朋友。原来那个老朋友就是叶南城？"

她看了一眼谢盛，尴尬一笑，不敢否认："是，是啊。"说完，又赶紧道，"不过我当时真的没有哭。"

谢盛眉头微挑："没哭？"

何蔓一脸的肯定："嗯，我只是当时看到他的时候，太过于惊讶，正好师父打电话过来，我很感动，所以忍不住跟师父撒了一个娇。"

谢盛闻声，轻嘲地笑了笑，倒也没有揭穿她，只是那一声轻笑，笑得何蔓心底抖了抖，赶紧抱住了谢盛的手臂，伸着脑袋望着他道："师父，你生气了？"

"你说呢？"谢盛瞥了她一眼。

何蔓看不透谢盛在想什么，撒娇道："当时人家只是没有心理准备嘛，而且我也没有想到他会出现在三亚，所以就吓到了，我……"

何蔓正解释着，谢盛突然之间打断了她的话，说："如果，当时你不误会那女孩是叶南城的女朋友，是不是还会跟他在一起？"

何蔓愣了一下，随即果断摇头："不，不会了。"

谢盛嘴角上扬："这么笃定？"

何蔓一脸的肯定："当然，早在他当初不辞而别的时候，我跟他之间就不可能，永远不可能在一起了。"

"不辞而别……"谢盛听到何蔓这么一说，眸子微微收紧，他并不知道叶南城已经跟何蔓解释过了他当初的不辞而别,只是想到他看到的叶南城的资料,大概猜到他当年的不辞而别并非真的想不辞而别。

当时的叶南城此举,怕也只是一心替何蔓考虑,那如果何蔓知道他当初为何不辞而别,是不是就不会这么笃定,又或者说,不会这么生气?

出于男人的私心,他不愿意告诉何蔓叶南城当初为何会这么做,但也是出于男人的敏锐,他知道叶南城是不会轻易放弃何蔓,而且,迟早何蔓会知道的。

谢盛想到这些脸上的神色变得晦暗,眉头微微蹙着,眸光幽深,而一旁的何蔓听到他这么一说,则点了点头道:"对啊。虽然他后面跟我解释了他当初为什么不辞而别,但是我觉得他能做出那个决定就证明他并不了解我,而且我相信……"

谢盛正在寻思着要不要告诉何蔓叶南城不辞而别的原因,听到何蔓这么一说,他愣了一下:"你说什么?叶南城跟你解释了他不辞职而别的原因?"

"对,对啊。"何蔓看着谢盛突然之间打断了她的话,抬头看着谢盛那有些震惊的模样,她愣了愣,"怎么了?"

谢盛很快反应过来,看着何蔓那眸光微微收敛,轻咳了一声,状似漫不经心地问:"他什么时候跟你解释的?"

何蔓没有发现他的异样:"就是之前飞北京运输心脏的那个特殊航班,我不是跟你说了我回了一趟我们学校吗?在那里遇见了叶南城,他告诉我的。"

谢盛看着何蔓那仿佛是看透了他的模样,轻咳了一声,索性理直气壮地问:"当时你怎么没告诉我?"

"那你也没问啊?"

何蔓看着谢盛难得吃瘪的模样,开心地抱着他的手臂:"不过,我跟叶南城说清楚了,不管他当年不辞而别是什么原因,我跟他都不可能了。我也是到如今才发现,当年我并没有想象中那么了解他,当年的我,也只是喜欢上了想象中的那个人。"

谢盛听着这个解释,那微蹙着的眉梢终于舒展开来,侧过头来看着何蔓:"所以,纵使知道他是为了你不辞而别,你也不喜欢他了?"

"那是当然了。"何蔓点了点头,说,"况且我如今可是师父的女朋友,我当然只喜欢师父一个人了。"

何蔓那娇俏的声音此时在他的耳边响起,让他微微一怔,仿佛心底那一抹不安瞬间变得格外笃定,心情也一下子变得格外愉悦,伸手揉了揉她的脑袋:"乖,这还差不多。"

"那是,我可一直很乖。"何蔓说完,伸头问,"不过,师父是怎么知道叶南城当年不辞而别的原因的?"

"看他的资料。"谢盛眼底泛起层层涟漪,低声道,"还有男人的直觉。"

何蔓愣了一下,她说:"就这么知道了?"

"嗯。"谢盛点点头。

"这么说来,我是不是很笨?"何蔓问。

"是有点。"谢盛此时心情大好,瞧她这模样,轻声一笑,"不过,笨点好。"

"我才不笨。"何蔓噘嘴。

何蔓还想要解释她的聪明,谢盛低声说:"我从荷兰给你带了礼物。"

何蔓的注意力顿时被移转,惊喜道:"什么礼物?"

谢盛道:"回家给你看。"

何蔓欢喜地叫道:"那我们回家。"

谢盛瞧着何蔓那模样,握着她的手更紧,眉梢也不自觉地上扬。

何蔓知道,师父已经彻底不介意叶南城了。不过,纵使如此,她平日里除了工作排班排到了,极少会跟叶南城私下接触。

好在叶南城知道她跟谢盛正式在一起之后,也识趣很多了,平日里排班仿佛都极少会再排到,这让何蔓松了一口气。

第十六章 双飞情侣

转眼,何蔓进入330机队也有好几个月的时间了,也开始了飞国际航线,虽然与谢盛见面的次数不多,但伴随着飞行时间越长,她如今越发能独当一面。

春运过后，何蔓飞纽约的时候，谢盛刚好从珠海复训回来接她，见到何蔓的时候想起最近公司发生的一件事："跟你说一件事情，林东飞被停飞了。"

何蔓脸色微微一变："什么，停飞？什么时候停飞的？"

"我问了一下，应该是一周前就停飞了。"谢盛说完，看着何蔓道，"停飞的原因，我问了一下，好像是林东飞女朋友怀孕了要结婚，但是林东飞不愿意结婚，闹到了公司里面去了。"

何蔓愣了一下："他不是与叶微安分手之后没有再谈了吗，哪来的女朋友？"

"好像没分。"谢盛道。

何蔓脸都黑了，想到叶微安对她的敌意，她索性也不想这么多，毕竟这是林东飞的私事。

不过在休息的第二天的时候，宋青扬约她一起去看望林东飞，她还是一起去了，看着他跟没事人一样，这才放心，三个人一起吃完了饭，她这才回来。

只是刚回小区，她远远地就看到了一个熟悉的身影，那不是谢总吗？自从她跟谢盛在一起之后，就尽量避免碰见谢总，毕竟谢总还不知道两个人在一起的事情，而且谢盛似乎跟谢总关系并不大好，没想到今天会在小区里面遇到了谢总，他过来做什么？

何蔓正寻思着要不要打个招呼，只见谢总身边还有一个年轻的女孩，那女孩穿着牛仔裤，上身穿着一个薄款的毛衣，整个人显得身材高挑。

在傍晚昏暗的光线下看不清楚长得是什么样子，但从那侧脸可以看得出来那女孩五官精致，是一个十足的美人。只听到那女孩叫道："谢叔叔，这就是阿盛所住的地方？"

谢震东点点头："对啊，那孩子放机长后就搬出来自己住了，大部分时间他一个人就住在这边。"

"那太好了，那回头我要是跟医院谈好了留在深圳，我到时候就也在这个小区租一个房子。"

"可以的，回头我让人帮你租好房子，你们两个人在一起也好互相有个照应，这样我对你爸妈也好有一个交代。"

"多谢谢叔叔。"那女孩笑着说完，抬头看了一眼，"不知道阿盛在不在家?"

谢震东说:"应该在家,我查了一下,他明天大清早的航班。"

"那我们过去给他一个惊喜。"那女孩笑着说。

"阿盛看到你出现,肯定会很开心。"谢震东道。

两个人往谢盛那一栋的楼下走过去,何蔓看着两人的背影,她眉头蹙了蹙,那个女孩是谁?

阿盛……

何蔓想这个亲密的称呼,那黑白分明的眸子涌动着一丝莫名的情绪,随后又深吸了一口气,先别想那么多,有什么事情到时候师父一定会告诉她的。

于是,何蔓扭过头便来到了她哥哥家,她过来的时候何宁远正在做饭,看到她一个人过来问:"谢盛呢,怎么没有跟你一起过来?"

何蔓想到谢总和那个女孩:"他应该来不了。"

何宁远边擦着手边问:"怎么来不了了?"

"我刚在楼下看到了他爸爸。"何蔓说。

何宁远愣了一下:"谢总过来干什么?"

何蔓自己也是瞎猜谢盛来不了的,再加上看到了那个女孩跟谢总还有谢盛仿佛都很熟络的样子,她莫名地有些烦躁:"这我哪儿知道?"

何宁远瞧着她那模样,笑着道:"怎么了,跟谢盛吵架了?"

"没有。"何蔓回过神来摇了摇头,话刚说完,她的电话响了起来,是谢盛打过来的,她心情一下子好转:"师父?"

"蔓蔓,我爸过来了,我晚上不过去你哥那里吃饭了,你跟你哥说一声。"谢盛的声音从电话那头传了过来。

何蔓手微微紧握,怎么,就只有他爸爸没有其他人吗?

她面不改色地道:"好的。"

何宁远在一旁瞧着,微愣了一下,仿佛是明白了什么,问:"谢盛没有提前跟你说他爸过来了?"

"没有,不过想来他也不知道。"

"那你为啥不高兴?"

"我哪有不高兴?"何蔓噘嘴,说,"行了,吃饭了,我快饿死了。"

何宁远还以为谢盛临时不来何蔓不高兴呢，想着以为她就只是任性撒娇而已，也就没有多说什么，毕竟情侣俩的事情他当哥哥的也不好插手。

何蔓吃完饭很快就回去了，躺在床上不知怎的，就想到那个女孩，她翻来覆去地睡不着，不知怎地，女人的直觉让她觉得这个女孩跟谢盛之间好像有什么似的，可是有什么她一时半会儿又说不上来。

何蔓想着等谢盛主动跟她解释清楚，可是等了半个月，也没有等到谢盛的解释，而且这半个月两个人的班一直错开，连见面的机会都没有，平时也就只能依靠微信电话视频来联系了。

好不容易排到两个人都休息的时候，已经是半个月后了，她跟谢盛有一天共同休息的时候，回到深圳还有半天，这就是有一天半一起休息的时候了，对于双飞情侣来说，这是极为难得的。

而且何蔓还查到下一轮她跟谢盛一起飞，要知道她自从飞330后，还真的从来没有跟师父排到一起飞过，这都飞半年多的时间了，两个人也没有排上一班，她都怀疑这排班的是不是故意的。

如今能排上一班，她这段时间因为那个女孩心底的不大舒服彻底地消失，别提有多开心了。

显然，谢盛也查到了，她进场前谢盛就发来微信说：查了班没有，下一轮飞罗马，我们一起飞。

何蔓很是兴奋：查到了，太好了，我们终于可以一起飞了。

谢盛回微信：傻瓜，明天中午你到了我来接你，到时候查一下到了罗马你想去哪里，我带你去。

何蔓回：好的。

她自从飞330，还是第一次飞罗马呢，所以格外期待。

只是，在落地之后，何蔓没有等来谢盛，只收到他的微信："对不起，蔓蔓，我有事不能来接你了，明天咱们再一起吃饭、看电影。"

何蔓眉头一蹙，这临时有什么事？

不过她一心想着两个人可以一起飞罗马，还能有两天可以四处转转，倒也丝毫不介意，直接就拉着飞行箱到了地下车库，反正她也是开车来的。

她刚准备进电梯，刚好听到几个飞行管理部的办公室人员正在讨论说："你们上午看到来找谢盛的那个女孩没有，还挺漂亮的啊。"

"听谢总话中的意思,好像还是一个医生呢,这飞行员跟医生,可算是般配了。"

"胡说什么呀,谢盛不是跟何蔓在一起了吗?"

"在一起了又怎么样,还没有结婚。"

何蔓听到这里,那原本还带着笑意的脸僵在那里,这么说来,谢盛所说的有事是陪那个女孩去了?

原本被她压在心底对那个女孩的不舒服又涌上了心头,可从半个多月前到现在,谢盛似乎一直没有提起过那个女孩,她寻思着可能就是普通朋友,可想到她跟谢总很熟悉,还有刚刚那些办公室人员的讨论,这绝不像是普通朋友的样子。

那个女孩到底是谁?

想到这里,何蔓沉着脸,扭过头进了地下停车场,回到家后,谢盛打来了电话,她想到她曾经亲眼见到过谢总带着那个女孩去了他家,如今他又什么都不说,便将电话给挂断了,把手机扔到了一边去。

换了一身睡衣后,何蔓发现电话还在那里响,便有些不耐烦地接起了电话:"你有完没完,你不是有事吗,你……"

宋青扬的声音急切地从电话那一头传了过来,直接就打断了她的话:"何蔓,是我,我是宋青扬。"

何蔓一愣,赶紧问道:"青扬,怎么了?"

宋青扬着急地说:"叶微安在林东飞家里闹自杀,我和林东飞好不容易把人给拉住了,但是抢叶微安手中的刀的时候,林东飞的手臂划伤了,现在在医院里面。"

"什么?"何蔓呆在了那里,她回过神来赶紧问,"你们在哪个医院,我来看看,等见面之后再说。"

何蔓得到地址之后,拿着车钥匙和包包就出门了,刚下了车库,她的手机又响了起来,她眉头一蹙,看了一眼来电显示是"师父",便任由着电话响着。

电话响了两遍后,就没有再响了。何蔓瞥了一眼,直接就到了医院,这才知道原来林东飞约叶微安过来谈谈,叶微安非要来林东飞家里,林东飞没有办法,只得答应下来。过来之后叶微安还是跟之前一样的态度,要么复合,要么他也别想好过。

林东飞把态度摆得很明显，宁愿一直停飞也不会跟她在一起，叶微安被林东飞逼得没有办法，就闹着要跳楼自杀，吓得林东飞赶紧抱住了她，然后摔下来的时候腿摔伤了。叶微安还是又哭又闹的，跳楼不成了就跑到厨房拿刀子要自杀。

正巧这个时候宋青扬过去找林东飞，这也是因为林东飞提前给宋青扬发了微信，过来的时候宋青扬就看到叶微安正举着刀子呢。

叶微安发了疯一样又哭又闹的，林东飞便不顾一切直接就上前抢刀子，就伤到了自己的手臂。

当时那鲜血流得哗啦啦的，把叶微安给吓得不轻，宋青扬吓得赶紧又要打120，又要报警，但被林东飞给阻止了。

何蔓听完所有的事情都震惊了，看着躺在那里的林东飞，最后也不知道说什么才好，只得指着叶萌萌道："那叶萌萌怎么会在？"

"我也住在这小区，之前跟宋青扬一起飞过，看他过来神色匆匆的样子，以为有什么急事，我就跟着过来看看了。"叶萌萌解释，显然也是被吓到了，说，"没想到……就没想到会看到这一幕。"

"今天真的多亏了你在，要不是你打120，还指不定事情会闹成什么样子呢。"宋青扬感激地看着叶萌萌。

"没有，举手之劳而已。"

叶萌萌挥了挥手，看着眼前的情况，她轻咳了一声道："那个，何蔓也来了，要是没有什么事情，要不，我就先走吧？"

"行。"

宋青扬点了点头，也没有多说什么，叶萌萌跟林东飞压根不熟悉，没有一起飞过，也不认识，所以自然也没有必要待在这里。

叶萌萌告辞了之后，乔庭远就过来了，身后还跟着公司的几个人，何、宋两个人皆愣了一下，赶紧走了过来："乔教员，你怎么在这里……"

话还没有说完，乔庭远直接就打断了两个人的话，脸色有些难看地问："林东飞呢，现在情况怎么样？"

何蔓和宋青扬不敢隐瞒，赶紧把林东飞的情况交代了，这种事情公司肯定要调查清楚，稍微处置不好，林东飞的飞行员生涯算是完蛋了。

不过好在，这事并不全是他的错。

何蔓第二天过来看林东飞的时候，人已经精神了很多，公司里面显然也有不少同事知道林东飞受伤的事，一一过来探望，再加上公司安排了护工，所以倒也不用担心。

不过她还是有些担心叶微安，让她诧异的是叶微安非但没有再过来，相反还通知了林东飞的爸妈他受伤了。

何蔓听到宋青扬这么说，愣了愣道："叶微安通知的？"

宋青扬点点头："林东飞说叶微安也发过来信息说不会再打扰他了，我寻思着这事应该算是过去了。"

"那就行。"何蔓这才放心，看着宋青扬身边的杨柳，她笑道，"这几天倒是要麻烦你了。"

"麻烦什么，这还不是我们的职责？"

穿着白色护士装的杨柳露出来甜甜的酒窝，抱着病历本说："你和青扬也就别担心了，我问过我们医生了，林东飞的伤不碍事的，再有两三天就能出院了，回家歇一个月，差不多就能康复，你们别担心。"

"那就好，他……"

何蔓笑了笑，话没有说完，远远地看见谢盛出现在了医院，何蔓愣了一下，他这么快就回来了？

宋青扬和杨柳愣了一下，顺着何蔓的目光看了过来，只见谢盛走了过来，宋青扬打了一个招呼道："盛哥你也过来看林东飞吗？"

"嗯，刚看他了。"谢盛微微点头。

宋青扬还想说什么，杨柳看出来谢盛和何蔓之间有些不大对劲，伸手拉住了宋青扬，笑着说："那何蔓，你和盛哥先聊，我和青扬就先走了。"

宋青扬和杨柳离开后，何蔓扭过头也准备走，还没有走两步，谢盛伸手拉住了她的手叫住了她："蔓蔓……"

何蔓甩着他的手冷声地道："干什么，放开我！"

谢盛牢牢地抓着她的手不肯松手："生气了？"

何蔓呵呵了一声，否认道："没有。"

"对不起，蔓蔓，我不该放你鸽子。"谢盛按住了她的肩膀道，"不过我是真的有事，所以这才没能来接你。"

何蔓想到办公室里面的讨论，她望着谢盛冷声地问："那行，那你告诉我，你有什么事情？"

"何蔓？"

谢盛第一次见何蔓这么咄咄逼人，眉头蹙了一下，何蔓则直接一把推开了他的手，扭过头就直接上了车。

谢盛愣了一下，怎么突然之间生这么大的气？他刚想要追上前，一个穿着米白色西装套装的女孩叫住了他："阿盛，原来你在这里啊，我还以为你还在你同事的病房呢。"

谢盛扭过头来看着身后身材高挑的女孩，回过神来道："陆琳，怎么样，爷爷的事情安排好了吗？"

陆琳点了点头道："都安排好了，这家医院想要让我进他们医院，所以安排得很周全，爷爷你不用担心，好好飞就是。"

谢盛担心着何蔓："那就行，我明天还得飞罗马，那就先回去准备了，爷爷有什么事情你随时通知我。"

"好的，你放心，我也看过了，爷爷没什么大事的。"陆琳笑道。

谢盛跟陆琳分开后，直接来到了何蔓家里，可是怎么敲门何蔓都不开门，他用密码打开门后这才发现何蔓并不在家。

奇怪了，蔓蔓为什么这么生气？不过就是放她鸽子，她平时也不是气性如此大的人啊？

谢盛怎么也想不明白，可想着放鸽子就是他不对，他寻思着还是好好哄哄她吧。反正这小东西好哄，而且明天还要一起飞罗马，她如今已经越发成熟冷静，总不能在飞机上不理他吧？

这样一想，他眼底多了一抹笃定的笑意，回去也收拾了一下东西，罗马的航班是第二天中午十一点起飞，但国际航班提前准备的时间更长，所以代表着机组需要提前更多的时间前往机场做准备，因此虽然是十一点起飞，但何蔓六点就起床了。

国际航班因为航行时间比较长，所以配套的基本上都是两套机组，机组成员加在一起有一二十人，两个航线机长，其中一个便是谢盛。

何蔓进来的时候，谢盛已经在这里了，她只是淡淡地瞥了一眼谢盛，随后面色如常，她已经领到了公务护照机组过关名单还有机组的海关申报单及飞行计划和飞行任务书，昨天晚上她已经再复习了一遍国际的航空图还有罗马机场的机场航图。

何蔓把这些资料一一分发了下去，拿到谢盛面前也是面不改色的样子，然后认真地跟大家讨论着飞行前的准备。

谢盛看着何蔓那公事公办的样子，他轻咳了一声："那个，何蔓，航线图和机场航图都看过了吗，熟悉了吗？"

"看过了，也复习过了。"何蔓轻声地回答。

谢盛寻思着还想再问什么问题，另外一个叫胡其的机长说："行了，谢盛，何蔓你女朋友，又是你带出来的，你还不放心吗？"

"放心，放心，怎么能不放心？"谢盛尴尬一笑，"那我们来分配一下，该怎么飞，这飞罗马十二个小时呢。"

胡其说："要不这样，去程你和何蔓来，前面四个小时你们飞，后面六个小时巡航我们来，然后落地前两个小时你们换来，等回程的航班起飞落地我们来？"

谢盛爽快地答应下来："行，没问题。"

她能不能跟胡机长飞？

何蔓虽然这样想着，但飞行了近三年，让她早就成熟了起来，根本不会问这样幼稚的问题，所以她继续做着飞行前的准备，跟大家沟通天气、起降巡航等问题，飞罗马将近十二小时的航程，前面六小时由她与谢盛来飞，后面六小时由另外一套来飞，这些已经配备好，但还是需要熟悉全程航班所有的流程。

沟通完后，他们出发前往候机楼过海关安检上飞机，另外一套机组则去了机组休息室收拾着床铺准备休息，何蔓和谢盛则直接就进了驾驶舱，并做飞行前的准备。

何蔓面不改色地做着驾驶舱内部检查，仿佛丝毫没有看着旁边的谢盛一样。谢盛脸色有几分尴尬，寻思着马上就要起飞了也没有说什么，穿着黄色背心做绕机检查。

做完这些检查之后，何蔓开始跟塔台沟通要放行指令："深圳放行早上好，东胜338，停机位24号桥，请示放行到罗马，通播B已抄收。"

"东胜338，深圳放行，许可放行到罗马，跑道02L，龙门一号C离场，起使高度数1500米，离场联系119.7，应答机2280。"

天气不错，所以飞往罗马的航班准点起飞，而从深圳到罗马要途经蒙古、俄罗斯、乌克兰、塞尔维亚、南斯拉夫、克罗地亚，最后再到罗马，全程十二小时，要经过几个国家的管制区。

飞机起飞后三个多小时后，正式离开了国内的管制区域，进入了蒙古国乌兰巴托的管制区域，飞机在进入乌兰巴托的管制区域，何蔓便联系上塔台了："Ulanbator control, good afternoon, Dongshen 338, flight level 380, squawk 2580."（乌兰巴托控制中心，下午好，东胜338，飞行高度38 000英尺，应答机2580。）

乌兰巴托的管制员："Dongshen 338, Ulanbator control, radar control contact."（东胜338，乌兰巴托控制中心，雷达控制触点。）

何蔓跟乌兰巴托控制中心联系上后，便继续保持着一个正常的巡航高度。此时正值下午，烈日当头，阳光格外刺眼，何蔓戴着墨镜看不出来任何情绪的变化。

谢盛坐在左座看着何蔓这样，看着她那除了工作压根不打算跟他闲聊的样子，他微叹了一口气，低声问："蔓蔓，你还在生气吗？"

"生什么气？"何蔓仿佛很诧异地问。

"昨天我打了你那么多电话你都没有接。"谢盛一听何蔓接话了，赶紧道，"那你这不是生气了，是……"

何蔓打断了他的话："谢机长，现在我们是飞行工作时间吧？"

谢盛一愣，点了点头道："是。"

"既然如此，那这些是不是不该工作的时候讨论？"何蔓清冷地问。

谢盛看着何蔓那清冷的模样，一时间语塞，一句话也说不上来，倒是何蔓，说完之后扭过头来，继续盯着面前的仪表盘。

何蔓那模样，让谢盛眉头微微一蹙，有些坐立不安地轻咳了一声："那行吧，那你把气象报文给我讲一下。"

何蔓倒是格外配合地点点头，从飞行管理计算机中申请打印了一个气象报文，并翻译道："罗马能见度大于5公里，云底高6000英尺……"

"那我们从深圳飞到罗马大概需要多少吨燃油？"谢盛继续问。

"大概需要160到170吨的燃油。"何蔓看了一眼谢盛，清冷疏离地道，"机长还有什么问题吗？"

谢盛终于闭嘴，一时间，整个驾驶舱寂静无声，仿佛连两个人的呼吸声都能听见似的，他眉头蹙成了一团。刚好乘务组进来送餐，驾驶舱的气氛这才稍稍有所好转，谢盛见状，又看着今天的餐食有何蔓最喜欢喝的酸奶，便赶紧趁机把酸奶递了过来："你喜欢喝的酸奶。"

"谢谢机长。"何蔓冷声地拒绝，"现在不喜欢了。"

何蔓这一声拒绝还有这话中的言下之意，让谢盛脸色微微一沉道："蔓蔓你这句话是什么意思？"

何蔓侧过头来："不喜欢喝了而已，能有什么意思？"

何蔓一副拒绝沟通的样子，让谢盛脸色有些不大好："何蔓，这是飞行的时候，你这是在干什么？"

何蔓扭过头来，盯着他说："那请问机长，我是没有配合机长的工作，我还是工作当中出了什么错？"

谢盛一愣，寻思着找什么问题，可仔细一想，才发现压根找不到任何问题，相反倒是他像无理取闹一样。

"倒是机长，是没有弄清楚自己在做什么吧？"何蔓盯着谢盛那仿佛依旧不知道她为什么生气的样子，冷声地讽刺一笑。

谢盛眉头拧成了一团，刚想说什么，只见另外一套机组从外面走了进来，胡其看着谢盛和何蔓："你们也飞了四个多小时了，接下来让我们飞吧，回头你们还得落地呢？"

谢盛回过神来，正了正色点头道："行，你们来接管飞机吧。"

何蔓也站了起来，把位置让了出来，率先走了出去，刚准备回机组休息室，只见谢盛快步走了过来，挡在了她的面前："蔓蔓，现在我们可以聊聊了吧？"

何蔓看着挡在她面前的谢盛，一张小脸清冷地道："让开。"

谢盛挡住了她："你不跟我聊，我今天就不会让开。"

"是吗？"何蔓勾唇讽刺一笑，盯着谢盛，"那你来告诉我，你前两天有事是有什么事情？"

谢盛眉头蹙成了一团，还没有说话，只见两个空姐走了过来，看着谢盛和何蔓的时候，愣了一下，笑道："机长，你们在这里干什么，还不休息呢？"

谢盛轻咳了一声："马上休息。"

何蔓没有说什么，趁机绕了过来，然后钻进了她休息的床上，顺手把窗帘一拉，就坐在那里开始铺床。

谢盛眉头微微一蹙，想要抓住她都来不及，那两个空姐见情况有些不大对劲，微怔了一下，赶紧手拉着手也回到了自己休息室内。

谢盛看着这一幕，长叹了一口气，虽然一伸手就能够得着，但是想着旁边还有其他人在休息，他最终还是作罢。也罢，到了罗马还有两天半的休息时间呢，他到时候再跟她好好解释一下就是。

何蔓铺好床调了一下闹钟，就躺了下来，想着刚刚谢盛，她翻了一个身继续睡下，只要一想到她曾经见过的那个女孩，她心底就格外不舒服，翻来覆去的，怎么也睡不着，就这么硬生生地睁着眼睛熬到了克罗地亚。

到了克罗地亚差不多就快到意大利了，何蔓看了一眼时间，最后两个小时她跟谢盛飞，索性坐了起来，去洗手间洗漱一下。

她收拾好后，谢盛也收拾好了，其他的乘务组也都收拾着准备换班，所以谢盛什么也没有说，而是和何蔓直接就来到了驾驶舱，与胡其和另外一个副驾驶换了班，让他们去休息，他们则正式接管飞机。

两个人坐下来，查了一下他们巡航期间的航路和航图，又查了一下气象雷达等相关信息资料，吃了一点东西，飞机很快便到了罗马境内。

她跟谢盛一起飞的时候，谢盛基本上都是让她来操作飞机的起飞和降落，这次也是如此，谢盛道："你来落地。"

"我来落地。"何蔓点点头，拿起无线麦克风调整频率并同时跟罗马进近管制联系上，"Roman approach, Dongshen 338, maintain flight level240."（罗马进近，东胜338，保持24 000英尺飞行。）

罗马管制："Roman approach, Dongshen 338, radar contact, descend flight level 150."（罗马进近，东深338，雷达联络，下降到15 000英尺。）

联系上罗马管制之后，何蔓熟练做着下降前的准备工作，并设定罗马的频率和航道，随后做进近简令："330进近检查完成，下降检查单。"

谢盛："下降检查单。"

谢盛将下降检查单一一检查完后并说口述了一遍，何蔓核对没有问题后便根据罗马空管的交通指令开始下降："Dongshen 338, descend 8000 feet."（东胜338，下降8000英尺。）

"Descend 8000 feet, Dongshen 338."（下降8000英尺，东胜338。）何蔓按管制员的操作调整下降的高度。

同时，罗马管制员给出新的指令："Dongshen 338, contact

Roman approach 124.55."（东胜338,联系罗马管制124.55。）

何蔓收到后便切换频率同时再次联系上管制："124.55, Dongshen 338."

管制员："Dongshen 338, 124.55."

何蔓："Roman approach, Dongshen 338, maintain 8000 feet."（罗马进近,东胜338,保持8000英尺。）

管制员："Dongshen 338, roman approach, descend 5000 feet."（东胜338,罗马进近,下降到5000英尺。）

何蔓："Decline 5000 feet, Dongshen 338."（下降到5000英尺,东胜338。）

何蔓再一次调整飞机设置下降高度到5000英尺,飞机逐渐一步步地按照进近管制的指令下降到接近五边的区域,与此同时,进近管制让谢盛联系罗马塔台,谢盛配合着何蔓,同时切换频率联系罗马塔台。

何蔓则根据指令一步步完成了着陆构型的建立,同时断开自动驾驶,并切换到人工操作,根据仪表盘上的数据参照指令完成人工操作落地。

飞国际航线跟飞国内航线没有什么大的差别,大同小异,再加上何蔓在330机队也待了大半年,早就熟练了飞330的机型,飞机很快顺利落地。

谢盛看着如今的何蔓越发成熟稳重冷静,满意地道："不错。"

"多谢机长。"

这一路上,她倒也不是不理他,可那种理真的是让他别扭极了,客气有礼,冷静大方,半点寻不出来错,可却没有了以往飞行的时候那种狡黠任性和娇俏。

想到这事的原因,他扭过头来揉了揉眉心,更百思不得其解,她到底为什么生气啊,他实在不明白!

想着之前何宁远说他这个妹妹的脾气不好,他还寻思着这哥哥是不是对她有意见,如今他总算是体会到了。

落地后,乘客开始陆陆续续地下飞机,何蔓等人也收拾着行李,乘客下完飞机后,机组也下了飞机,从候机楼出海关,出海关后,在机场外有公司的机组车正在等候,他们上了机组车,便来到了他们在罗马居住的酒店。

何蔓拿到了房卡直接就回了酒店,胡其看着这情况,眉头挑了挑,想到从深圳来罗马的一路上何蔓的不对劲,他上前了一步钩住了谢盛的肩膀:"怎么地,惹你媳妇生气了?"

胡其比谢盛年长几岁,一直在330机组,跟谢盛的关系不错,一听到胡其这么一问,赶紧忍不住地吐槽:"可我都不知她气在哪儿。"

"不能啊。"胡其说,"你若不知道她气在哪儿,怎么知道她生气了?"

"就是我原本说要接她,后来没去她就生气了。"谢盛说,"但我寻思她怎么反应这么大。"

胡其问:"那你为什么没有去接她?"

谢盛一愣:"临时有点事。"

"有啥事啊。"胡其说完,像是想到什么,拍了一下脑袋,"我想起来了,我听说前两天公司有一个美女来找你,是吧?"

谢盛说完,赶紧问:"等等,你怎么知道?"

"你们俩又没有躲起来,而且那女孩又那么漂亮,我怎么能不知道。"胡其说完,望着谢盛说,"不会那个美女来找你的时候你没去接何蔓吧?"胡其白了他一眼,"难怪人家何蔓生气呢,搁我我也生气。"

"怎么了?"谢盛百思不得其解地问。

胡其翻了一个白眼:"你是人家男朋友,说好了接人家,结果没有接不说,相反,为了一个女孩子放她的鸽子,你说她能高兴吗?"

谢盛愣了一下,赶紧解释道:"那是我妹妹。"

"你亲妹?"胡其愣了一下,又道,"不对啊,我还听到那女孩管你爸叫叔叔呢,怎么是你妹妹呢?"

"你听到的还挺多的啊。"谢盛白了他一眼,解释道,"不是亲妹,就是她妈跟我妈以前是闺中密友,关系极好,我妈去世之后,她妈妈极为照顾我。我小时候很多时候都是在她家待着,算是在她家长大的,她就像我妹妹一样。"

胡其若有所思地长"哦"了一声:"原来不是亲妹啊!"

谢盛被胡其那一声阴阳怪调给气得不行:"好好说话。"

胡其说:"好好说话的意思就是,没几个女人能受得了自己的男朋友跟不是同父同母、没有血缘关系的女孩子来往密切,尤其是你们从小一起长大、还长得这么漂亮的一个姑娘,说得好听呢是兄妹,说得不好听那可就是青梅竹马呢，哪个女人能受得了啊？"

"什么青梅竹马？"谢盛一下子跳了起来，"她真的只是妹妹。"

"行行行，是妹妹，是妹妹。"

胡其知道谢盛的脾气，他说是妹妹那铁定就是妹妹。胡其又说："那行，那你说，你这妹妹何蔓知道不知道？"

"我跟何蔓飞过两次，可是了解何蔓的脾气的，那小姑娘虽然好强，但也不是那种什么醋都吃的人。"

"我寻思着她生气，可能就是你没有说明白，又或者说，你压根没有告诉她这件事情？"

"我不知道怎么说。"谢盛说完，道，"等等，她都不知道这事，她怎么可能会是因为这个生气的？"

"拜托，你用脑子仔细好好想想行不行？"胡其忍不住地翻了一个大白眼，"你都说是放她鸽子了，她又是那种不可能会因为你放鸽子就生气的人，再说了，你平时在公司里面就是一个风云人物，突然来了一个长得这么漂亮的姑娘找你，还跟你爸这么熟悉，你说公司里面能不议论？她又是你女朋友，她能不知道？"

谢盛听到这里，恍然大悟："你是说，公司有人议论，她听到了，所以知道了陆琳来找我的事？"

"这不废话吗？"胡其道，"以我对何蔓的了解，再加上你说的这个情况，我估摸着十有八九。哦，不，她铁定是知道了，而且不但知道了，我估计公司传的你们俩关系还挺暧昧，所以她才生气了。"

"不是吧？"谢盛呆在了那里。

"什么不是吧！"胡其道，"这种事情哪个女人不生气，除非不把你当男朋友，心里一点都没有你，否则搁哪个女的不生气！"

谢盛："……"

"而且我跟你说，没有血缘关系的妹妹我寻思着你还是最好保持点距离，就算是你妈跟她妈再好，那也是上一辈的关系。"胡其说，"你跟她可没有半点血缘关系，况且我说得再暧昧一点，你俩这一块儿长大那就是青梅竹马，我跟你说，这种感情哪怕是再大方的女孩子，我估摸着也没几个女人能受得住，你可悠着点吧。"

胡其越说越八卦了，他又问道："更何况，就算我信你们是青梅竹马,那其他人会信吗?而且那个叫陆琳的姑娘,就那女孩,你又能确定那个女孩真的只是把你当哥哥吗?你……"

"当然是真的。"谢盛笃定地道,"你可别把我跟你想得一样。"

胡其不敢惹谢盛,这个人最爱较真,他道:"行行行,你这么说我相信,但何蔓信吗?"

谢盛:"……"

胡其知道谢盛情商极低,瞧着他此时这反应,满意一笑,估计是开窍了。不过想到谢盛所说的那个叫陆琳的姑娘,他心思一动,勾住了他的肩膀道:"对了,你说那姑娘你真当妹妹吗,我听说她还是医生来的,她是单身吗?她……"

"你可闭嘴吧。"谢盛一听胡其这话就明白他想干什么,一把推开了他,说,"行了,赶紧滚回房间休息去吧你。"

不过胡其这人虽然八卦,但在男女感情上却向来拎得清,所以经他这么一说,谢盛倒当真知道何蔓为什么生气了。

想着她之前在医院时候所说的话,再加上胡其这么一说,他估摸着何蔓铁定是知道了陆琳来公司找他的事了。

明白了何蔓为何生气,谢盛就放心多了,他回了房间就准备去找何蔓,刚收拾完换好衣服,这才发现她十分钟前在微信群里说:"我困死了,如果没有工作上的事情就别找我,我先睡一觉。"

其他人也都说困死了要睡觉。谢盛看了一眼时间,发现原来已经北京时间凌晨过了,罗马时间也是晚上了。

谢盛想了想,先好好睡一觉,第二天天一亮再找她。

罗马是一个浪漫的城市,而且最著名的是它的考古价值、艺术价值,以及它独特的传统的魅力,蔓蔓向来喜欢这样的城市。

谢盛这会儿正精神着,寻思着惹了何蔓生气,明天一大清早带她出去转转,于是开始做着罗马的攻略。

只是,谢盛第二天起来去找何蔓的时候,这才发现何蔓在群里发了一个消息说她出去了,谢盛赶紧给何蔓发微信:"你去了哪里?"

何蔓微信倒是回得很快:"有事?"

谢盛赶紧回:"没事,你在哪里,我去找你?"

何蔓:"没事我会天黑前回酒店的,谢谢。"

谢盛脸色有些不大好，赶紧给何蔓打电话，可显然，何蔓并没有接的意思。想到这里是异国他乡，她一个人跑了出去，谢盛便再也坐不住了，直接来到了胡其的房间，让胡其打个电话给何蔓，问清楚何蔓在哪里。

胡其打过去，何蔓倒是很快就接通了："胡教员，有什么事吗？"

胡其看着一旁的谢盛，轻咳了一声问："我刚在群里看到你说你一个人出去了，你去了哪里？"

何蔓说："我准备往斗兽场遗址那边去。"

胡其说："行吧，那你先看，不过在国外休息的时候，出去玩最好跟着机组的人或者约着伴一起，一个人还是少单独出门。"

何蔓点点头："胡教员放心，我知道的，我是看群里有些人想去西班牙广场那边买东西，我又不想去，所以就自己出来转转了。"

胡其说："你可以喊着我们啊，我们也挺想去看看的。"

何蔓愣了一下，道："那胡教员要不要来？"

谢盛看着胡其嘴上没把门的，再说下去何蔓可能会发现什么，踹了他一脚，胡其赶紧道："不用了，回头有空再一起吧。"

胡其为了表示是自己打的电话，又交代了几句这才挂断了电话，然后看着谢盛站起来就要走，他赶紧道："哎，你这人这么不厚道的，刚帮你问了地点就跑的，陪我吃个早饭啊！"

谢盛头也没回地道："自己去吃，或者找你的副驾驶陪你去。"

何蔓挂断了电话，看着来电显示是胡教员，想到他刚刚所说的话，她心思一怔，保证安全的前提下，胡教员向来对教员不会管得这么多的，能让胡教员打这么一通电话的，除了谢盛，没有旁人。

想到陆琳，她眉头微蹙，有些烦躁地把手放回了包包里面，看着眼前的斗兽场遗址，她深吸了一口气，买了门票直接就进来了。

罗马斗兽场建于公元72至82年间，遗址位于意大利首都罗马市中心，它在威尼斯广场的南面，古罗马市场附近，斗兽场成为世界上访客最多的历史遗址之一，何蔓喜欢这里，是因为她喜欢任何有历史感的地方，在这里能清楚地感受到古罗马的血腥屠杀。

斗兽场的对面是帕拉蒂尼山和古罗马广场，这些门票都包含在内，何蔓逛完后看了一眼群内的消息，发现很多人都到了西班牙广场那边，她打了个车准备去跟大家会合，谁知道遇上了一个热情的意大利司机，强烈给她推荐了罗马的幸福喷泉。

何蔓是知道这个地方的,她曾经在电影《甜蜜的生活》里看过这个地方,据说许愿极灵,这个电影还是她跟谢盛一起在他的家里看的,当时还认真讨论过这个地方,没想到如今竟然就在眼前。

想到这些,何蔓便听了司机的建议在中途下了车,来到了幸福喷泉这里,据说在这里许愿时要背对着喷泉,然后从肩上投出一枚硬币,如果能投进水中,就能梦想成真。

何蔓站在喷泉前,看着这个许愿池,不知怎地,突然之间想到了谢盛,她手中握着硬币,闭上眼睛许下愿望:如果谢盛出现在她的面前解释了那个女孩的事情,那就不会再跟他生气。

何蔓扔下硬币,随后深吸了一口气,一睁开眼睛,只见谢盛穿着黑色的风衣站在她的面前。

看着这一幕,她不可思议地道:"谢盛?"

"是我。"

谢盛双手插在兜里,那深邃的眼眸盯着她的时候长叹了一口气,伸出来一只手把她抱在了怀里,低声地道:"我总算是找到你了。"

何蔓靠在他的怀里,想到她刚刚许下的愿望,抬头看着眼前的谢盛,想到胡教员的电话,又想到她已经从斗兽场离开,她问:"你怎么找到我的?"

"我在斗兽场那边找了你一圈,没有发现你,想着你可能会去找机组其他人,我就打着车过来了,路过这里的时候,想起来我们曾经在家里一起看过的电影《甜蜜的生活》,想着你可能会在这里下车,所以我也就下了车。"谢盛说完,那幽深的眼眸暗潮涌动,如深海般盯着她道:"果然,你也在这里。"

何蔓听到这里,看着谢盛那眼神,心脏跳得极快,想到了陆琳,她扭动着身子从他的怀里挣扎开来,有些冷淡地道:"哦。"

谢盛拉着她的手,低声道:"还在生气?"

何蔓想到刚刚许下来的愿望,噘嘴道:"你说呢?"

谢盛察觉到何蔓的语气放缓,微松了一口气道:"对不起,我当时不应该放你鸽子,我……"

何蔓眉头一蹙,没想到他竟然还在因为这个反复地道歉,她按捺不住地说:"我哪里是因为这个生气!"

谢盛闻声,心思一动:"那你是不是听说了什么?"

何蔓呵呵了一声,原来什么都知道啊,她抬头清冷地看了他一眼:"怎么,我没有听说,你是打算一直不说吗?"

谢盛赶紧摇头:"我只是没有想到你会因为她生气。"

何蔓:"……"

"对不起。"谢盛看着何蔓那模样,直接道歉道,"是我没有跟你说清楚,我没有解释清楚让你心底不舒服,对不起。"

"我不要你的道歉。"何蔓蹙着眉头,将她心底的不舒服索性一一直接说了出来,"我是想知道那个女孩是谁,为什么会来公司找你,你们又是什么关系?还有,为什么会去你家里,还叫阿盛什么的?"

"去我家里?"谢盛愣了一下,"什么时候?"

何蔓眉头一蹙,知道谢盛是一个钢铁直男,可能压根不记得这件事情,她深吸了一口气提醒着他说:"差不多一个月前,去我哥家吃饭的时候,你后面没去,我当时在小区里面撞见谢总带着她去你家了。"

何蔓这么一说,谢盛顿时反应过来,他看着何蔓说:"难怪这段时间我就感觉你不对劲,原来你那个时候是因为她在生气啊。"

何蔓一听,瞪着他道:"你到底说不说?"

谢盛赶紧道:"那女孩叫陆琳,她的妈妈跟我的妈妈是闺中密友,就像你跟许璐的关系一样,还有他爸爸跟我爸爸还有乔教员以前又同是军人,是战友,我们两家是这样的关系,可以说是从小一起长大,她就像我的妹妹一样。她之前一直在新加坡,是一个医生,一月前受国内医院邀请回国,可能会在国内的医院任职。当时她刚回国不久,我还不知道,但我爸知道,所以就带她来我家给我一个惊喜。

"至于前几天她来找我,是她爷爷生病了,她爷爷以前对我爸和我一直不错,也可以说是我的爷爷,再加上老人家年纪大了,怕有个万一就走了,所以就想见见我和我爸爸,我就赶紧赶过去了。

"我当时真的没有想那么多,也没有想到你会生气,更不是不愿意解释我跟陆琳之间的关系。对不起,何蔓,是我太不顾及你的感受了。"

何蔓在一旁听着谢盛解释得这么仔细,又听说是老人生病了,她心底的气一下子就消了,毕竟老人身体最重要。

只是不知怎地，听到谢盛说起他和那个叫陆琳的两个人从小一起长大，两家的关系这么亲密，她莫名地怔了一下："所以你和那陆琳是从小一起长大？"

"算是吧。"谢盛点了点头，"她比我小一岁，所以我一直拿她当妹妹。"

何蔓想到那个女孩的惊艳，心底有些不是滋味："这么说来，是青梅竹马？"

谢盛一听何蔓说起青梅竹马，想到了胡其的话，赶紧解释道："什么青梅竹马！就真的只是妹妹，小时候我妈去世得早，那会儿我爸又因为我妈的去世顾不上我，所以有几年的时间，基本上是她妈妈在照顾我。"

何蔓愣了一下，抬头看着谢盛："你妈去世了？"

"是啊。"谢盛说到这个的时候，眼眸微微泛冷，"在我五岁的时候就去世了。"

何蔓看着谢盛说起这个时候的情绪转变，她这才发现她竟然从来都不了解谢盛，她只知道谢盛跟她是同一个公司的，是她的师父，父亲是东胜深圳分公司的老总，其他的什么都不知道，她跟谢盛在一起这么久竟然不知道谢盛的妈妈去世了，她说她怎么从来没有听谢盛提起过他妈妈呢！

想到这里，她心底格外愧疚，刚刚所有的不舒服彻底地消失，她伸手抱住了谢盛，低声道："对不起，谢盛，我什么都不知道，我还跟你闹脾气，对不起。"

"傻瓜，你已经是一个很体贴的女朋友了。"谢盛一怔，低声一笑，把她抱在了怀里，"是我不好，我第一次谈恋爱，不大懂，不知道该怎么哄女孩。"

何蔓一听，有些不可思议地望着谢盛："不是吧，师父，你第一次谈恋爱吗？"

谢盛轻咳了一声道："是啊。"

"那个，我脾气不大好，又不大懂哄女孩，有些女孩的心思又要猜，不像你这么懂事有什么话会直接说。"

"真的假的？"何蔓还是不相信，毕竟师父又高又帅，公司里面觊觎他的还那么多，他竟然一次恋爱都没有谈过？

谢盛看着何蔓那怀疑的眼神，叹了一口气道："当然是真的，不信问你哥。"

何蔓一听谢盛这么一解释,立马点了点头,想到师父竟然是第一次谈恋爱,她说:"这么说来,我还是赚了?"

"什么赚了?"

"就是我好歹还曾经喜欢过人啊。"

谢盛:"所以你这是在显摆?"

她果断地摇头:"没有没有,我也是第一次谈恋爱。那不算,什么都不算的,我和师父都是一样的。"

谢盛看着何蔓那求生欲,忍不住地嘴角上扬,将她抱在了怀里,低声道:"小傻瓜,你怎么这么好哄?"

"哼哼,知道我的好就好。"何蔓靠在谢盛的怀里,使坏地把冰凉的小手伸进了他风衣里面,搁在了他的胳肢窝下。

谢盛感觉到她手的冰凉,把脖子上系着的围巾围在了她的脖子上,握着她的手,用黑白分明的眼眸认真地盯着她道:"知道,我一直都知道你的好。对不起,何蔓,以后如果我惹你生气了,我又不知道的情况下,你一定要如实告诉我,我一定会改的。"

何蔓看着那认真而又笃定的眼眸,她勾唇一笑:"好。"

"乖。"谢盛把她的手握住插了口袋里面,低声道,"还有没有什么想去的地方,我陪你去逛逛?"

何蔓看着时间说:"这么晚了,要不去跟机组会合吧?"

"没事,有我呢。"谢盛低声道,"之前是你一个人,现在有我陪着你,你想玩多久,想去哪里,都可以,我都陪着你。"

何蔓说:"可惜我们后天晚上就回去了。"

"没事,还有一天半的时间,而且,你想来,我回头申请一下这个航班,再陪着你一起飞。"

两个人和好之后,有了谢盛的陪伴,接下来一天半的时间两个人又去了圣天使堡、卡皮托里尼博物馆,第二天的晚上两个人还来了西班牙广场,毕竟这里是到罗马必来的景点之一,而且是因为她的女神赫本而让世人铭记于心的地方。

从罗马回来,两个人还有三天一起休息的时间。两个人又去惠州泡了一个温泉。经此一事之后,何蔓明显感觉她与谢盛的感情更深了,她也更加了解谢盛了,两个人的关系也明显比之前更加亲密。

第十七章 我们分手吧

从惠州回来之后,谢盛排了纽约的班,这个班谢盛经常飞,又是熟悉的航线,所以无论是航线还是纽约这个城市,谢盛都很熟悉。

机组在这里过夜两天,所以其他的人就都出去玩了。谢盛懒得出去玩,吃完了晚饭,便换上了一身运动服出去跑了一圈,等跑完之后,已经是纽约时间晚上九点了。

谢盛正准备回去,突然之间听到了一声求救声:"Help, help……"

他眉头微微一蹙,下意识地走了过来,只见远远地看到了两个黑人正抢着一个女孩子的包,那女孩子显然是受到了惊吓,用中文大叫道:"救命啊,救命啊,有人抢劫,有人抢劫啊。"

谢盛看着这一幕,厉声地道:"Stop, what are you doing?"

那两个黑人扭过头看着谢盛,冷冷地道:"Where are the useless Asians? Mind your own business and get out of here!"

谢盛脸色一沉,上前了一步,一脚踹开了那两个黑人,一把拉过来那个女孩,冷厉地道:"Get out!"

"Act recklessly and blindly."那两个男人上前一步朝谢盛一拳打了过来。

谢盛神色冷寒无比,身子一撤,躲开了那一拳,随后狠狠地一脚踹了过来,一招过肩摔,狠狠地将其中一个摔倒在地上,随后扭过头刚想一拳挥过来,却感觉到左耳重重一拳落了下来。

那一拳让谢盛脸色变得森冷,直接一脚踹了过来,那两个男人重重地摔倒在地,看着这一幕,两个人仓皇逃走。

谢盛想着机组在纽约过夜,便没有追过去,扭过头来看着那个吓得面色惨白的女孩,道:"你怎么样,没事吧?"

"我没事,谢谢,真的谢谢。"那女孩说完,抬头看着谢盛的时候,眼底掠过一抹惊艳之色,立马道,"先生,你也是中国人吗?我是上海的。我叫江诗意,朋友都喊我诗意,你叫什么名字?"

"我姓谢。"

谢盛看着那姑娘热情的样子，说："你没事吧？"

那女孩道："没事，我在纽约这边读大学，没有想到会遇到有人抢劫，今天多亏了你，我们加一个微信吧？"

谢盛直接拒绝："不用了。"

女孩锲而不舍地道："为什么呀，你现在单身吗，有女朋友吗？"

谢盛轻声地道："有，我已经有女朋友了，即将要结婚了。"

谢盛将那个女孩送到热闹之地之后，便回到了酒店，刚准备洗洗睡的时候，想到左耳被打了一拳，他微微按压了一下，感觉不到一丝丝的异样，这才放下心来，进了浴室洗了个澡。

第二天从纽约回来的时候，谢盛与他这一套的副驾驶巡航，所以起飞落地的时候，都是在休息，只是在落地的时候，躺在床上的谢盛莫名地感觉到有些压耳，左耳感觉到一丝丝的刺痛。

他下意识地坐了起来，按住了耳朵，眉头紧蹙，再想要感觉一下，那一丝刺痛又消失了，只是普通的耳鸣的感觉，这样的感觉他倒是略觉得有几分熟悉，只需要好好休息就可以了，这也是正常的耳鸣。

落地之后，那种感觉早就消失不见了，但谢盛还是不放心，正准备想去医院看看呢，手机便响了起来，谢盛看了一眼，接起了电话，陆琳的声音从电话那一头传了过来："阿盛，你从纽约回来了吗，晚上要一起吃饭吗？"

谢盛摇头："不了，我要去一趟航医那边。"

陆琳一听，立马关切地问："怎么了？"

谢盛说："耳朵有些不舒服，想检查看看。"

陆琳道："那我陪你过去看看吧。"

谢盛摇头拒绝："不用了。"

挂断了电话，他直接就来到了航医这边，好在航医这边检查后说只是轻微的中耳炎，并没有发现什么异样，他这才放下心来，不过需要休息两天，就请了一轮班的假。

所以何蔓从德国回来的时候，发现谢盛竟然在休息，不知道是有多开心："怎么你又在休息？"

谢盛道："这个月我已经飞够八十二个小时了，所以连休了五天。"

"那可太好了。"何蔓兴奋地道。

双飞情侣，能凑在一起休息的时间实在是屈指可数，所以她格外开心。

谢盛："乖，我在公司门口等你。"

"好。"

何蔓收到微信，嘴角有掩饰不住的笑意，落地之后回到公司交完了资料，她便来到了谢盛常停车等她的地方过来了，远远地看到了谢盛正站在车前跟一个女孩子在聊什么，那女孩子格外开心的样子，笑容灿烂。

何蔓一眼就认了出来，那正是她之前曾在小区里面见到过的那个女孩，也就是谢盛曾经所说的陆琳，看着两个人聊得欢快的样子，她停下了脚步。

倒是谢盛很快就看到了她，看着身边的女孩不知道说了什么，那女孩愣了一下，扭过头来看着她，只见谢盛朝她走了过来自然地接过了她的飞行箱道："落地了？"

何蔓看着谢盛这自然而然的模样，心底的不舒服瞬间消散，那看着那个女孩想到谢盛之前的解释，小声地问："她就是陆琳？"

谢盛点点头，带着何蔓走了过来，看着陆琳道："陆琳，这是何蔓，我的女朋友，跟我一样，也是330机队的飞行员。"

说完，他又看着何蔓，揉了揉她的脑袋道："蔓蔓，她就是我跟你说过的陆琳，是一个医生。"

"你好。"

何蔓听到谢盛这么介绍，此时没有半点不舒服，笑着伸出手道："我是何蔓，很高兴认识你。"

陆琳看着何蔓这般落落大方的样子，很快也伸出手来："你好，我是陆琳，很高兴认识你。"

陆琳跟何蔓打完了招呼，扭过头来看着谢盛："那阿盛，既然你女朋友落地了，我就先走了。"

"一起吃个饭吧？"谢盛问。

"不用了，我过来就是告诉你不用担心爷爷，我也送他回老家了，你不用担心。"陆琳说完，扭过对来看着何蔓淡笑道，"那何蔓，回头咱们有空再一起吃饭。"

女人的直觉让何蔓察觉到陆琳的冷淡，于是也不挽留，淡笑道："好的，有机会一起吃饭。"

陆琳离开之后，她扭过头来看着谢盛，眉头微挑着："阿盛……"

"她们家里都这么叫我。"谢盛赶紧解释，"你不会又生气了吧？"

"怎么会？"何蔓白了一眼谢盛，"走啦。"

谢盛笑了笑，拎着何蔓的飞行箱这才上了车，何蔓上了车后看着谢盛说："不过师父，你这妹妹长得可真好看。"谢盛一只手按压着耳朵，一只手认真地开着车，何蔓扭过头来看着他："师父，你怎么不说话？"

谢盛仿佛压根没听到她说话一样，扭过头来答非所问："飞德国感觉怎么样？"

"挺好的。"何蔓看着谢盛没有正面回答她的话，还转移开话题，眉头一蹙地道，"师父，你还没有回答我的话呢？"

谢盛愣了一下："回答什么，你说了什么？"

话刚说完，他陡然间感觉到耳朵一阵刺痛，本能地一脚踩死了刹车，何蔓吓了一大跳，要不是系紧了安全带，她差一点撞到了前面。

谢盛察觉到那疼痛消失后，扭过头来道："怎么了？"

谢盛面色有几分难看，眉头也蹙成了一团，看着何蔓的时候他深吸了一口气，一脸担心地道："你怎么样，你没事吧？"

"我没事。"何蔓摇头，刚说完，听到了她们车后面狂按喇叭，谢盛依旧没有开车的意思，不知道是在想什么。

何蔓怔了怔，伸手拉着谢盛道："师父，走啊。"

谢盛回过神来，仿佛这才听到后面狂按喇叭的声音，何蔓不敢再跟谢盛说话，直到回到了车库，这才不放心地看着谢盛说："师父，你这是怎么了？"

"没事，应该是没有休息好。"谢盛摇了摇头。

何蔓此时也顾不得生气和不高兴，一脸不放心地道："那要不师父，你先回家休息，我们改天再去看电影？"

"行。"谢盛没有坚持，而是点了点头道，"那改天再去吧。"

谢盛把何蔓送回去了之后，按着自己的左耳，脸色微微有些难看，从小区里面走了出来打了一辆车，抬头看着前面的司机，道："去医院。"

何蔓回到家之后,寻思着谢盛刚刚的情况不大对劲,坐了一会儿有些不大放心,直接就来到了谢盛家里,这才发现谢盛并没有回家,她愣了一下,奇怪了,师父刚刚的状态明显有些不大好的样子,这人去了哪里?

何蔓发了一个微信,等了半天谢盛没有回,倒是在谢盛家里沙发上睡着了,傍晚醒过来的时候,她发现谢盛还没有回微信,就赶紧打了谢盛的电话,电话那头刚刚打通,是陆琳接起来的电话:"喂,何蔓吗?"

"陆琳?"

何蔓认出来是中午时见到的陆琳,她愣了一下:"是我,谢盛呢?"

"阿盛他在,在……"陆琳话说了一半,停了停道,"阿盛在他爸爸在这里呢。"

何蔓眉头微蹙,莫名地感觉到哪里不大对劲,想到谢盛下午时候的样子,她有些担心地道:"师父他没事吧?"

"没事。"陆琳一听,电话那头仿佛很不解的样子,问着何蔓道,"怎么了,阿盛发生了什么事情?"

何蔓手中的电话微微紧握,随后摇了摇头道:"没有,没有发生什么事。那既然你们在谢总那里,我就不打扰你们了,拜拜。"

只是想到刚刚接电话的陆琳,又想到谢盛,她脸色有些不大好,想到这两家的关系,她按了按眉心:陆琳晚上去了谢盛爸爸家里,谢盛也过去了呢。只是这样子想着,何蔓心底格外不是滋味,中午要一起吃饭的时候还说有事,这晚上两个人就又见了?

第二天早上起来看着谢盛发来的微信,何蔓看了一眼微信的内容,果然,他是去了他爸爸那里,那会儿正在帮他爸爸做饭,所以手机放在客厅陆琳接的。

他虽然这么解释了,可是何蔓一想到这个画面,就很烦躁,她索性不再多想,拿起飞行手册认真学习,接下来她要跟叶南城飞伦敦。如今她差不多也够资格可以改FO3的考试了,所以她还是专门准备着考试,至于其他的,她暂时不想考虑。

倒是飞伦敦前,谢盛给她发来了微信:"明天你和叶队一起飞伦敦啊？"

　　何蔓收到谢盛的微信，原本前几天还不大高兴的她此时还是忍不住地嘴角上扬："你又查我班？"

　　谢盛："好好飞，叶队技术不错，以前又多次飞过伦敦，有什么不懂的可以多问问他。"

　　何蔓笑了笑，收拾着东西就来到了机场，飞伦敦的航班是晚上十一点起飞的，这样落地伦敦的时候刚好是白天，也方便旅客出行。

　　如今她跟叶南城飞的时候，已然能保持心态的平和，叶南城也不像最开始那样纠缠不休，也偶尔能闲聊几句。

　　飞机接入自动驾驶之后，叶南城望着何蔓说："再有一个月，你也差不多可以申请FO3的考试了吧？"

　　何蔓点了点头："现在已经开始准备了。"

　　叶南城满意一笑，想到最开始见到的那个天真烂漫的少女何蔓，再看着如今越发成熟的何蔓，他不禁觉得有几分怅然若失，叹息道："如今，你也越发能成为一个独当一面的飞行员了。"

　　何蔓淡笑道："我需要学习的地方还有很多。"

　　"能有这样的心态不错。"叶南城说完，看着何蔓，心思一动，说，"落地之后要不要去伦敦吃个饭？"

　　何蔓摇头拒绝："不用了，我最近休息的时间都用来学习了。"

　　叶南城没有再多说什么，心思一怔，说："对了，谢教员最近这是怎么了？"

　　"师父？"何蔓愣了一下，侧过头来问，"什么怎么了？"

　　叶南城说："好像最近都没有飞。"

　　"之前月底的时候，他飞的时间够了，所以连休了好几天。"何蔓一下子明白过来，之前是月底他飞的小时数够了，就多休息了一天，如今这刚好新的一个月了，他已经开始排班了。何蔓说："不这过月初已经排班了，这会儿应该正从莫斯科往回飞的航班上了吧？"

　　"没有吧？"叶南城听到何蔓这么一说，眉头一蹙，则是摇了摇头说，"他没有飞莫斯科。"

　　何蔓道："不可能，前两天我查过了，他是要飞莫斯科来的，他也告诉我他是要飞莫斯科的。"

"之前是这样排的没错。"叶南城解释道,"但他前两天请假了,所以莫斯科没有飞,莫斯科的班已经换了另外一套机组了,你不知道吗?"

何蔓一愣:"不知道啊。"

随后她拿出手机查一下谢盛的班,如今330飞国际航班的机型都配备了Wi-Fi,所以在空中也能上网,这一查才发现原本该执飞莫斯科的谢盛并没有飞,相反,是在请假的状态。

叶南城看着何蔓的举动,说:"是请假了吧?"

何蔓有些心不在焉地点点头,没有说话,给谢盛发了一个微信说:"师父,你怎么请假了,没有飞莫斯科吗?"

微信发出去,谢盛并没有回,直到落地之后,何蔓这才收到了谢盛的回复:"家里有些事情,所以请假了。"

何蔓秒回微信:"发生了什么事情,严重吗?"

谢盛倒也回得很快:"没事,你别担心。"

何蔓看着这微信,眉头微蹙,想再继续问,可她看着微信这聊天时的语气,仿佛师父压根没有打算说的意思。她想了想,最后微叹了一口气,回:"那我知道了,有什么事情记得跟我说。"

她太了解师父了,如果师父愿意说的话,绝对会直接告诉她什么事情,他没有说,那就证明他不想说,她问了也没有用。

果不其然,何蔓微信刚发出去,谢盛回了一个字:"好。"

何蔓望着微信聊天对话窗口,心底微沉,家里有什么事情不方便跟她说吗?还是,发生了什么?何蔓顾不得生气,担心不已,可谢盛不说,她也不好问什么,在伦敦三天,谢盛就联系了她一次,说两句就没有再继续说什么了。

她越发担心,从伦敦回来,直接就来到了谢盛的家里,这才发现他家里没有人,她眉头蹙了蹙,正寻思着要不要给谢盛打个电话,许璐发过来微信说:"许文博和徐真真结婚请公司同事一起吃个饭,你要不要来?"

何蔓看着许璐的微信,她这才想起今天是许文博和徐真真结婚请公司同事聚餐的日子,许文博去年年底放了机长,上个月跟徐真真结了婚,因为结婚是在许文博老家武汉摆的酒,很多同事没有赶过去,所以回公司这两口子又宴请了公司的同事,都给她发了微信,她答应了要去的,差一点忘记了这事。

许璐说:"我刚好休息,我来接你吧。"

何蔓看了一眼时间,还有一个小时:"我回家换个衣服,半个小时后楼下见,来得及吗?"

许璐道:"来得及,你赶紧收拾吧。"

两个人过来的时候,算是踩着点来的,这两口子请客的地方是在离公司不远的一家粤菜酒楼里面,因为两个人都是同一个公司的,所以认识的人多了一些,就订了一个可以同时容纳四五桌吃饭的包厢。

何蔓到了之后才想起她还没有准备红包,许璐手中也没有多的,便将把她在路边一个银行放了下来,取了钱又买了一个红包这才到了酒店门口等着去停车的许璐,突然就看到前面洗手间出来的一个女人,那不是陆琳吗?

不知怎地,何蔓突然想到了谢盛,下意识地侧着身子躲了躲,只见陆琳进了一个A08的包厢。

她心思一动,假装来到了洗手间,路过的时候,那A08的门没有关严实,能清楚地看到里面坐了五六个人,其中一个背对着门口的男人背影,何蔓看了一眼,便认了出来,不是谢盛又是谁?

她在A08门口的靠墙站着,听着那里面的声音从那扇没有关严实的门里面传出来:"真的是好久没有见到小盛了,小盛都长这么大了。"

"他都三十多了,哪还是小孩子?"另外一个是谢总的声音,他说完道,"我都愁死了,这孩子就是不愿意结婚。"

"愁什么啊,这不是还有琳琳吗?琳琳不也还没有结婚,不着急的,而且这两个人在他们小时候我跟他妈可是定过娃娃亲的。"

"妈,你胡说什么呢?"

"什么胡说,你们两个小时候你妈跟他妈可就是定过娃娃亲的。"

"对的呀。按以前的老话就是有婚约的,我看小盛这些年也没有找对象,要不你跟小琳就先把婚给订了算了。"

"阿姨,我只是把琳琳当成妹妹。"

"对啊,妈,阿盛只是哥哥。"

"什么妹妹,你们两个可是没有血缘关系的。"

"没错,这医生和飞行员也是最配的。"

里面断断续续的声音传出来,大概能听得出来,这里面的人除了陆琳和谢盛之外，还有谢盛的父亲谢总和陆琳的父母，还有一个应该是陆琳家的亲戚，听陆琳叫她为姑妈。

也就是说，这是一个家庭的聚餐。

何蔓看着手机微信上她与谢盛的聊天对话框，还停留在前两天他说他家里面有事，所以请假了。

所以说，这就是家里有事？商量着他与陆琳的订婚？

里面还有断断续续的声音传出来，是陆琳的姑妈在开口："按我说呀，我嫂子与小盛的妈妈又是多年的闺中密友，两个人感情一直很好，如今这两个孩子还单身，现在赶紧把婚给订了正是适合的时候呢。"

大概是谢盛和陆琳都没有说话，陆琳的妈妈说："行了，先让这俩孩子自己发展吧，我们大人也不着急的。"

"哪能不着急呢，这两个孩子都这么大了，这些年来琳琳在国外也一直没找，小盛在国内也一直没找，如今琳琳回来了，还能不急啊……"

何蔓站在那里听着，自始至终没有听到谢盛说一句"我有女朋友了"的话，想到这里，她轻嘲地笑了一声，手机突然之间震动了起来，是许璐打过来的。

她深吸了一口气，没有打断里面的聊天，而是直接从这包厢门口离开，到了门口，只见许璐正在这里等着，门口站着的还有叶南城。

何蔓微怔了一下："叶队怎么也来了？"

"文博以前也是我的学生，如今结婚，我怎么也得过来。"叶南城看着何蔓走过来的方向，说，"你这是去了哪里？"

"是啊。"

许璐看着何蔓说："找了你半天了。"

"刚去了一趟洗手间。"

何蔓看着许璐，拿出了红包塞到了许璐的手中："许璐，我肚子不舒服，就先回家休息了，你帮我把红包带过去。"

叶南城一听，担心地问："怎么不舒服了，要不要看医生？"

"不过就是女孩子的问题。"何蔓脸色没有半点变化，"我就不上去了，你和叶队赶紧上去吧，帮我跟师兄和真真说声抱歉啊。"

叶南城一听，便不再多问什么："那要不要我送你回去？"

"不用。"何蔓挥了挥手，她说，"我叫个车就好，你和许璐赶紧过去吧,我看时间也差不多了,我先走了,拜拜。"

说完,她就扭过头就走了,许璐想叫都叫不住她,倒是叶南城见状,把他的红包飞快地塞到了许璐的手中说:"把我的也带上去,我去看看她。"

只见叶南城大步地跟上了何蔓,许璐叹了一口气,扭过头就上楼上去了,叶南城追了出来拉住了何蔓说:"我送你回去。"

"不用了。"何蔓一把抽回来自己的手臂,她看着叶南城,说,"叶队,你还是赶紧上前去吧。"

"何蔓?"叶南城眉头微蹙,随后深吸气,"那要不你让谢盛来接你,你这样子一个人我不放心。"

"不用了。"何蔓摇头拒绝,说完远远地看到了一辆黑色的车过来,她拉开了车门,边上车边挥手道,"行了,我走了。"

最后,叶南城微叹了一口气,扭过头就准备回包厢里面,刚进来,就看到那从洗手间方向走出了一群人,他自然认出了其中的谢总还有谢盛,还有其中一个身材高挑的女孩,那个女孩曾经去公司找过谢盛与谢总,他当时正在跟谢总还有乔教员开会,虽然只有一面之缘,但女孩高挑漂亮,他是有印象的。

他们怎么会在这里?想到刚刚离开的何蔓,又想到她刚刚过来的时候的方向,叶南城心底微沉,只见谢震东和谢盛显然是发现了他:"南城,你怎么会在这里?"

"谢总?"叶南城仿佛是很惊讶才发现似一样,他道,"320机队的那个许文博结婚,他以前是我学生,所以过来看看。"

"结婚啊,这可是好事,刚我们也还在讨论小盛与琳琳结婚的事情呢。"

"姑妈!"

陆琳扭过头来道:"都说了我和阿盛只是兄妹关系了,你就别胡说了,这可是阿盛公司的同事。"

陆琳的姑妈不满意地道:"你这孩子,你这些年来不是一直都在等小盛吗?"

陆琳脸色一沉,刚想说什么,叶南城听到这里,眼眸微微冷沉了几分,仿佛是有些诧异地看了一眼谢盛:"谢教员要结婚了吗?"

陆琳道:"没有,就是以前大人在我们小时候定过娃娃亲,我姑妈在开玩笑呢。"

"娃娃亲啊?"叶南城轻声一笑,"这也是好事,两家知根知底的。"

叶南城的话,让谢盛那黑眸掠过一抹凉气,抬头望着他冷冷地道:"叶队倒是挺关心我的事。"

"不是关心,只是没想到在这里会撞见谢教员。"叶南城闻声,似笑非笑地看了一眼谢盛,带着一抹讽刺之意,随后抬头看着谢震东道,"谢总,既然这样,那我就不打扰你们了,我先上去了。"

谢震东自然察觉到叶南城与谢盛之间有一种男人之间的不对劲,也没多问什么,只是点了点头道:"替我跟许文博说一声新婚快乐。"

"好的。"很快,叶南城就上去了。

想到刚刚的情况,他来到窗前看着楼下外面的情况,只见几个人——开车离开,他突然之间想到了之前飞莫斯科请假的谢盛,好像这一轮也请了事假。

再想到何蔓刚刚那模样,他脸色有几分难看,不禁担心了起来,跟许文博打了一个招呼很快就离开了。

只是来到了何蔓家楼下,他想说什么,想做什么,拿出手机久久不知道该如何做,他这个时候做什么都显得很卑鄙,更何况,蔓蔓未必会信他!

可是,想到在酒楼里遇见她,那个时候,瞧她那样子只怕是她什么都知道了,然而,纵使是如此,以何蔓的骄傲,也未必会希望他多管闲事。

……

而此时,何蔓回到家中,一直呆呆地坐在偌大的落地窗前,旁边搁着她的手机,从八点一直到凌晨,她一直维持着这个姿势不变,直到听到她的手机微信响了起来,她这才扭过头来看,发现是叶南城发过来的:"何蔓,你还好吗?"

何蔓看着微信,下面有七八条未读的信息,她仿佛没有看到一样,一直怔怔地盯着置顶的聊天窗口。

那是她与谢盛的聊天窗口,依旧没有发来任何的信息。

这是她与他在一起大半年时间,他第一次超过两天没有跟她联系,也没有任何的信息,更是遇到事情没有做任何的解释。

何蔓想到上一次在罗马的时候，师父曾经说过："何蔓，以后如果我惹你生气了，我又不知道的情况下，你一定要如实告诉我，我一定会改的。"想到这句话，她拿起手机，打开了对话窗："我今天晚上在迎风轩看见你了。"

信息发出去的时候午夜十二点，何蔓从午夜十二点，等到了凌晨两点，又等到她飞完墨尔本回来了，前前后后一个星期的时候，其间，她没有收到谢盛的任何消息，他整个人仿佛是凭空消失了一样。

落地回来深圳之后的何蔓彻底地冷静了下来，她看着手机的聊天窗口，还是一个星期之前的午夜十二点的消息。她拉着飞行箱，直接就来到了谢盛的家里。

从墨尔本落地回深圳，刚好是早上六点，现在是早上八点，她按了两遍门铃，没有打开的意思，她索性直接按密码打开门，只是密码刚刚输入准备进来，只见大门从里面推了出来，她微怔了一下，只见穿着浴袍的陆琳睡意蒙眬仿佛是有被吵醒的不悦似的："大清早的，谁啊？"

何蔓看着陆琳头发蓬松凌乱的样子，她脸色彻底地沉了下来，而陆琳仿佛这才看到了她一样愣了愣道："何蔓？"

陆琳的话还没有说完，何蔓一把推开了陆琳便想走进来，却被陆琳伸手给拦住了，何蔓冷冷地看向陆琳："让开。"

陆琳依旧挡着何蔓，轻声地道："阿盛在睡觉。"

何蔓硬生生地站在那里，目光冷寒无比地盯着陆琳，陆琳却是一副慵懒的姿态地看着何蔓，懒散地说："半个小时后，门口的咖啡厅聊聊？"

"好的。"

何蔓深吸了一口气，随后拉着飞行箱回了家，并飞快地换了一身衣服，想到陆琳刚刚那一副女主人的姿态，如同针扎在她的心底，让她几乎无法控制自己的愤怒和尴尬，却又按捺不住想要知道这两个人到底在干吗。

半个小时后，何蔓来到咖啡厅门口，陆琳已经过来了，她穿着一件军绿色丝质的长裙，腰间系着一根细细的腰带，勾勒出她那完美的腰线，一头黑发随意地披散在肩，衬得她整个人与初次相见时的不一样，风情万种，女人味十足。

看到何蔓的时候，她微微伸手，说："听阿盛说你喝咖啡会睡不着，所以给你点了一杯现榨的果汁。"

"多谢。"

何蔓坐了下来，望着陆琳直接开门见山地道："想聊什么？"

"就是让你别想太多，我只是暂时住在阿盛这里。"陆琳慵懒地靠在椅背上，望着何蔓轻声地道，"睡在客房。"

何蔓讽刺一笑："睡在一个有女朋友的男人的家里，陆小姐觉得适合？"

陆琳倒是摇了摇头："不大适合。"

何蔓冷笑："既然如此，那陆小姐要跟我聊什么？"

陆琳淡淡地道："就是不大适合，所以，想跟何小姐聊聊。"

何蔓眉头微挑："陆小姐有话直说。"

陆琳看了一眼何蔓，将手中的咖啡放在了桌面，盯着何蔓说："何小姐还是跟阿盛分手吧，你们并不适合。"

何蔓脸色彻底地沉了下来："陆小姐以什么资格来提出这种无理的要求？"

"确实无理，也确实是没资格。"陆琳微微点头，望着何蔓，说，"只是，如今我住在阿盛家里，阿盛又答应了我爸妈让我住在他家里，想来以何小姐的性子，迟早，也是会跟阿盛分手的吧？"

何蔓脸色微沉："你说谢盛答应了？"

陆琳耸了耸肩膀："他不答应，我怎么能住进来？"

何蔓目光清冷："所以，分手是他的意思？"

"我想着阿盛应该是有这个意思的，不然，以阿盛的性子，也不会有在女朋友的情况下答应让我住进来。"陆琳说完，望着何蔓，微微一笑，"又或者说，我回来了。"

何蔓愣了愣，一时间没有听明白："你回来了？"

"没错，我回来了。"

陆琳点头，望着何蔓一副居高临下的姿态："所以，之前陪着阿盛解闷的人，也应该退下了。"

何蔓听到这里，诧异了一下，随即轻嘲了一声："瞧陆小姐这话说的，仿佛我只是谢盛在你出国期间的一个替代品似的？"

陆琳眉宇微挑："何小姐难道不这样以为吗？"

"抱歉，还真不这样以为呢。"何蔓望着她，讽刺地道，"据我所知，陆小姐与谢盛从小一起长大，虽然大学的时候出国读书了，但是一年总还是会回来几趟的，与谢盛也会经常见面。所以说，若谢盛喜欢陆小姐，又怎么会有我的事呢？"

陆琳说："那是因为我之前不想回国。"

何蔓却嘲讽地一笑："陆小姐之前是在新加坡吧。那陆小姐可能不知道，谢盛是有机会可以进新加坡的航空公司的，他那个人，以他的性子，若是真的喜欢你，为了你去新加坡，也未尝不可。"

陆琳一愣，没想到何蔓竟知道这么多，只见何蔓冷冷地盯着她："所以，陆小姐说我是你出国期间陪伴在谢盛身边的一个替代品，不觉得很可笑吗？"

陆琳一笑："何小姐倒是聪明。"

"陆小姐，大家都是成年人，没有必要玩这些套路，耍这些手段。"何蔓清冷地道，"我了解谢盛是什么样子的人，你也没有必要这样挑拨离间，这样也不符合陆小姐的教养吧？"

陆琳看着何蔓，那一张略显得居高临下的脸终于多了一抹清冷之意："很好。既然何小姐了解阿盛，那应该明白阿盛既然在有女朋友的情况下还答应下来，他是什么意思吧？"

何蔓心底一沉，没有说话。

没错，以她对谢盛的了解，她明白谢盛的意思，谢盛不是那种有女朋友还会让其他的女人住进他家的人，饶是陆琳也不行。

如今他既然答应了，那就证明，他是想跟她分手？

想到这里，何蔓心底很乱，莫名地想要抓住什么，只见陆琳道："何小姐，我喜欢阿盛，我从很小的时候就喜欢上了阿盛，我知道阿盛之前只是把我当成了妹妹，可是，那应该是因为他不知道的我的心思。况且，我们两家毕竟是世交，而且我们的父母在我们还没有出生前就替我们订了婚……"

陆琳说到这里，望着何蔓说："对了，阿盛没有跟何小姐说过我跟他有过婚约的事情吧。不过，想来，何小姐应该是知道了。"

何蔓愣了一下："你那天在迎风轩看到我了？"

"没错。"

陆琳轻声一笑:"不然,我也不至于门都不关严实,是吧?"

何蔓讽刺一笑:"原来如此。"

"想来,何小姐也都听到了,也发了微信问了阿盛,阿盛也没有回信息,不是吗?"陆琳说完,盯着何蔓,说,"那何小姐应该能明白,如今阿盛也成熟了,所以自然明白谁才是最适合他的。"

何蔓抬起头来盯着陆琳清冷地道:"所以陆小姐是希望我与谢盛分手?"

陆琳丝毫不加掩饰自己的目的:"是。"

"你以什么身份,又凭什么来提这样的要求?"何蔓冷冷地问。

"以他下一任女朋友……"陆琳说完,抬头盯着蔓说,"又或者说,以阿盛未婚妻的身份。"

何蔓毫不掩饰地冷笑:"我们还没有分手,说得不好听一些,你就是一个见不得光的小三,你有什么资格?"

陆琳脸色一变:"何小姐……"

何蔓语气冰冷地道:"如果谢盛真的想分手,那陆小姐最好还是让他亲自来跟我说。否则,我不可能会跟他分手。"

陆琳一笑:"既然如此,那我也就没有什么好说的了。"说完她站了起来准备走,像是想到什么,又扭过头看着何蔓,"不过,何小姐当真了解阿盛吗?"

她说:"阿盛五岁的时候母亲就去世了,是在我们家寄养着长大的,他虽然看似乎骄傲专制,但实则最没有安全感的人就是他。我虽然与何小姐见面不多,了解不深,但对何小姐却偶有听闻,聪明漂亮且又争强好胜,爱飞行胜过一切。"

何蔓问:"你到底想说什么?"

陆琳说:"我说这些是很好奇你有认真地了解过阿盛,有认真地走进过他的内心世界吗,有了解过他脱掉制服之后是一个什么样的人吗?

"又或者说,当阿盛没有了他所拥有的一切光环,你还会喜欢他吗?"

何蔓望着陆琳:"陆小姐这些话可真是可笑,谢盛有什么光环,你是想说飞行的光环吗?这一切,不过就是你们外界自以为是的光环,于我们而言不过就是一份工作,任何时候,谢盛都是谢盛,不管他是不是飞行员,是不是机长,这一点,我比谁都明白。"

陆琳听到何蔓这么一说，她怔了一下，想说什么，话到了嘴边又道："但是，你有想过阿盛的心底是怎么想的吗？"

何蔓站了起来道："我还是那一句话，谢盛若是想分手，他亲自来跟我说。"

随后，她转身离开。

陆琳望着何蔓的背影，没有刚刚的盛气凌人，微叹了一口气，回到了谢盛的家里。谢盛正坐在那张驾驶舱图面前发呆，清晨的阳光斜射在他的身上，没有衬得他整个人更精神，反而看着倒是有些颓废。他就那样坐在那里，仿佛没有发现她进来，更没有听到开门的声音似的。

陆琳换了一双鞋，走到了谢盛的身边："阿盛，你还好吧？"

谢盛回过神来，面色微白，像是想到什么："你跟何蔓谈完了？"

陆琳点头，说："你当真要与何蔓分手？"

谢盛自嘲地一笑："我以后都不知道还能不能继续飞，也没有资格再教她了，所以，还是就不要再耽误她了。"

陆琳想到何蔓的态度："你跟她如实说，可能她未必会介意呢？"

"她不会介意。"

谢盛肯定地道："但是，陆琳，我介意。"

"阿盛，你又何必呢？"

陆琳眉头一蹙，安慰着他："耳膜穿孔破裂不是什么大问题，做完耳膜修复手术休养一段时间还是可以飞的。"

谢盛指着自己的左耳："但是，陆琳，我的左耳现在已经完全听不到了。"

何蔓跟陆琳分开之后，并没有回家，而是在小区楼下坐着，她看着陆琳回到了谢盛的家里，自嘲地笑了笑，手机上依旧没有谢盛的任何信息，仿佛是这个人就这么从她的世界当中消失了一样。

她蹲坐在石凳上，就这么坐着，一直坐到了中午。

刚刚飞完的何宁远从小区外面进来，看着坐在那里的何蔓，愣了一下："蔓蔓，你怎么在这里？"

何蔓抬头看着何宁远的时候，不知怎地，委屈得眼睛一酸："哥……"

何宁远向来疼爱他这个妹妹，看着她这样赶紧在她的身边坐了下来说：" 发生了什么事情？"

何蔓刚想说什么，远远地看着前面不远处的谢盛和陆琳从谢盛家里下来了，陆琳挽着谢盛的手臂，两个人有说有笑，极为亲密。

她就这么呆呆地看着这一幕，何宁远也扭过头来，不悦地叫住了他："谢盛？"

谢盛像是刚看到他们似的，下意识地把手臂从陆琳手中抽了回来："宁远，你怎么在这里？"

"刚飞完回来。"

何宁远看着他身边的女孩，想到之前公司里面传的风言风语，再看着蔓蔓的模样，他心往下沉了沉，看着谢盛身边的陆琳轻声问："这位是？"

他跟谢盛认识多年，所以纵使之前听说了那些闲言碎语，他也从未曾怀疑过谢盛，毕竟他跟她妹妹在一起了，而且他了解谢盛，他跟蔓蔓在一起是认真的，不可能会跟其他女人牵扯不清。

但如今看这两个人亲密的样子，他在想是不是他看错了谢盛，还是他误会什么了？

"她叫陆琳，是我妹妹。"谢盛介绍了一下，"陆琳，他叫何宁远，是何蔓的哥哥，也是我们公司的机长。"

陆琳微微一笑，上前了一步打着招呼："何先生好。"

何宁远只是看了一眼陆琳，又扭过头来盯着谢盛语气不善地问："你妹妹，怎么会姓陆，而且我记得你不是没有兄弟姐妹吗？？"

谢盛解释："两家是世交的关系，她比我小，所以一直当妹妹一样。"

何宁远一听并不是亲妹妹，还当成了妹妹，便忍不住讽刺地道，"我怎么不知道你谢盛还有认妹妹的癖好呢？"

谢盛眉头微蹙："我们两家世交，关系极好，所以陆琳真的是我妹妹。"

"行。"何宁远看着谢盛护着这女孩的样子，想着何蔓也在身边，索性不问那么多，便转移话题问，"那你们这是去哪里？"

谢盛说："到饭点了，陆琳想吃日料，我带她去吃饭。"

何宁远看着谢盛仿佛是没有看到他身边的何蔓似的，眉头蹙得更深，心底越发不悦，提醒他说："那蔓蔓呢？"

"何蔓？"谢盛仿佛这才想起来，问道，"那要一起吗？"

何宁远只感觉到眉心突突地跳着，心底不悦渐渐放大，他一把拉过来谢盛，拉到了一边气急地问道："谢盛，你什么意思，突然之间认了一个妹妹，还把我妹妹当成了空气一样，你这是想干什么，你跟我说清楚。"

谢盛微微侧过头道："宁远，你误会了，陆琳真的是我从小到大的妹妹，不是认的妹妹，我也没有认妹妹的兴趣。"

"我相信你没有认妹妹的兴趣，但你们两个到底是怎么回事？"

何宁远一看谢盛还不顾何蔓，便气到忍不住提高了音量，道："我妹妹还在这儿呢，你可是他男朋友。"

"宁远……"

谢盛还想说什么，何蔓则是上前了一步，拉了一把何宁远，黑白分明的眸子盯着谢盛，他说："谢盛，陆琳告诉我，你想分手，是吗？"

何宁远一下子呆在那里，不可思议地看着何蔓和谢盛，蔓蔓在说什么，谢盛想分手？

何宁远刚想说什么，何蔓阻止了他："哥，先让我跟谢盛说清楚。"

随后她扭过头来盯着谢盛，说："原本我想等你来告诉我，可我看如今的形势，你并没有打算告诉我的样子，你也知道我不是一个能忍得下事的人。所以，谢盛，你告诉我，陆琳说的是不是真的，你是不是想分手？"

陆琳并没有解释，也没有说什么，倒是一旁的何宁远，实在是按捺不住气愤地问了起来："谢盛，你什么意思，什么分手，你在搞什么鬼？"

谢盛没有回答何宁远的话，而是看着何蔓那黑白分明的眼眸，他的目光微微收紧，却又格外冷淡地道："是。"

何蔓听到这一声预料之内的"是"，她自嘲地笑了笑，一直极力隐忍的眼泪在眼眶里面打转："如此看来，陆琳的话说得没错，你还真的是想分手了？"

谢盛眸子敛收，低声道："对不起，何蔓。"

站在一旁的何宁远刚刚就被谢盛和陆琳的样子给气得不行，再看着何蔓那模样，还有听到谢盛所说的那些话，他便气得再也按捺不住，直接一把抓住了谢盛的衣领，冷厉地问了起来道："谢盛，你知不知道你在说什么？"

谢盛抬头，轻声地道："宁远，两个人谈恋爱，分手不是很正常的事情吗？"

"浑蛋！"

何宁远听谢盛还真的说分手，仿佛理所当然的样子，他忍不住厉声地道："两个人谈恋爱分手是很正常的事情，可是你在追我妹妹的时候我就说过，我妹妹这个人没有谈过恋爱，对感情认真，你要不是认真的最好不要招惹她，是你自己跟我保证你真心喜欢妹妹的，如今这才多久，你就要分手。而且分手就算了，你还跟其他的女人牵扯不清的情况下跟我妹妹分手？"

何宁远越说越生气，一拳挥了过去："你是不是当我妹妹好欺负？"

何宁远这一拳来得突然，打得陆琳惊呼了一声，直接扶住了谢盛，挡在了谢盛的面前："何先生，你疯了吗，你在干什么？"

"陆琳，让开！"谢盛并没任何闪躲地接下来这一拳，推开了陆琳，站直了身子，说，"这是我欠何蔓的。"

"谢盛，你还有脸说？"

何宁远看谢盛没有半点认错的意思，挥起手中的拳头，刚想要再一拳打下去，他的手臂被反应过来的何蔓一把抱住了，他愣了一下，扭过头只见何蔓一脸痛楚地望着他，痛苦地道："好了，哥，算了……"

何宁远看着何蔓那下唇咬出来的一排牙印，他心疼不已地道："蔓蔓……"

何蔓抱着他的手臂，不想再看谢盛与陆琳一眼，带着乞求地道："哥，我们回家，我们回家好不好？"

何宁远赶紧点了点头，扭过头拉着自己的飞行箱带着何蔓准备回家，刚走两步他极力地隐忍着又看向了谢盛："谢盛，我告诉你，你今天之举无论是什么原因，你跟我妹妹之间，以后就都不可能了。"

说完，他一手拉着何蔓一手拉着飞行箱就回去了。

回到家中，何蔓一直死死隐忍着的眼泪终于掉了下来，坐在那里哭了起来，何宁远怎么安慰也都没有用，噌地一下站了起来："不行，我得找谢盛问个清楚，看看他到底在搞什么鬼。"

何蔓赶紧抱住了他的手臂道："哥，你不要去，不要再去问他为什么了。"

"不是，蔓蔓，谢盛那个人哥多多少少也有些了解，他不像是这种会脚踩两只船、劈腿的人啊，他说是妹妹，那个叫陆琳他铁定只是当成了妹妹，他……"何宁远这会儿静下心来仔细想想，总觉得哪里有问题，忍不住地替谢盛解释了起来。

"我知道，我全都知道。"何蔓说完，抬头看着何宁远，"但是哥，那陆琳住进谢盛的家里了，她现在住谢盛的家里了。"

何宁远脸色一变，摇头："这不可能。"

"我亲眼看到的。"何蔓面色苍白地说，"我早上回来的时候，去找谢盛，看着陆琳住在了他家。"

何宁远震惊地道："什么？"

何蔓把她知道的一一说了出来，她说："他们两家是世交，两个人小时候双方父母定过娃娃亲的。"

何宁远脸色沉了下来："这都什么年代了，还娃娃亲？"

"但是，一周前，也就是许文博和徐真真结婚请客那天，我看到了他们双方父母见面，提起了当年的娃娃亲。"

何蔓说到这里，自嘲地一笑："自始至终，谢盛都没有解释过他有女朋友，我发微信问他他也没回，相反，我等了一周，等到了陆琳搬进了他家。"

何宁远这才知道原来自从那个叫陆琳的女孩回国之后，何蔓与谢盛就闹过一次矛盾了，只见何蔓说完所有的事情，仿佛明白了什么似的："或许，陆小姐说得没错，我真的是她在国外的时候，谢盛无聊时的一个陪伴罢了。"

何宁远立马反驳道："怎么可能？"

"新加坡跟深圳又不远，还有直飞的飞机，而且如果是陪伴，之前那么多年谢盛怎么不找，偏你进公司了就找，你不用听她在这里胡说八道。"

"可是哥，确实是她回国之后，我跟谢盛之间的关系就变了。"

何蔓想到所有的事情，她想到陆琳，她低声道："更何况，他们青梅竹马、两小无猜的关系，且还有婚约在身。"

何宁远冷静下来蹙着眉头地摇头说："这不对，以我对谢盛的了解，他是不可能会干出这样事情的人，其中肯定有什么我们不知道的事情。"

说完，他站了起来说："不行，我得找谢盛好好地谈谈。"

何蔓又抓住了何宁远，说："哥，求求你给我留一点自尊，什么都不要问，不要管了好不好？"

何宁远蹙着眉头，想说什么，只见何蔓一脸痛楚地道："而且，哥，就算他真的有什么不得已的原因，可我才是他的女朋友，可他如今有什么事情不告诉我，相反还让其他的女人住进了他家，想尽方法跟我分手，哥，你觉得，就算是有什么不得已的原因，又还有什么意义？"

何宁远一怔，是啊，就算是有什么事情，那有什么事情是不能告诉蔓蔓和他的，相反要找一个青梅竹马的女孩来逼着蔓蔓分手？

只是这是蔓蔓第一次谈恋爱，就遇到了这样的事情，如今失恋，那谢盛又是公司里的风云人物，想到这里，何宁远就格外担心，恨不得把谢盛拎过来再揍一顿。

可不等他找到谢盛再揍一顿，便听说了谢盛请假的消息，何宁远愣了愣，立马打谢盛的电话，可是怎么也打不通，微信更是联系不到。谢盛到底出了什么事情？

联系不上谢盛，何宁远刚好遇到了乔庭远，直接问了起来："乔教员，你知道谢盛为什么请假吗？"

乔庭远倒是听说了这事，他道："谢总直接帮他请的假，说是家里有事，具体是什么原因我也不知道。"

何宁远愣了一下，显然不信："乔教员也不知道？"

乔庭远说："当然，谢总直接请的假，这我哪知道？"

何宁远这几天落地回来就先来何蔓的家里，月底她的小时数到了，所以月底连要了四天的时间，刚好可以在家休息。

他过来的时候何蔓正窝在沙发上看飞行手册，这几天她都是这样的状态，学习得比谁都认真，只是想着两个人的分手，总感觉有些不大对劲，想到他停飞的事情，他轻咳了一声，还是将谢盛请假的事情告诉了何蔓。

他们分手的事情处处透露着古怪，谢盛那个人一定发生了什么事情，否则以他的性子应该干不出来脚踩两只船的事来。

"请假？"何蔓愣了一下，随即冷淡地道，"不关我的事。"

何宁远不敢抓着谢盛的事情一直说，他说："那你要不要把你那边的房子退了，搬过来哥哥这里住？"

"不用了,哥,你不用担心我,而且我今天晚上还要飞洛杉矶,待会儿还要收拾东西。"何蔓说完,看着何宁远道,"要不,你先回家?"

何宁远一屁股坐了下来,说:"你收拾你的,我玩我的,怎么了,还不欢迎我了,我还能帮你复习复习呢!"

何蔓白了他一眼,回到了房间收拾着东西,想到哥哥刚刚所说的话,她眉头一蹙,师父那个人她了解,没有天大的事情他是不会请假的,他这个时候怎么会突然请假?

随后何蔓讽刺一笑,摇了摇头,他请不请假关她什么事?

可她又实在是按捺不住好奇,想要知道他为什么请假。

于是她拿出手机,登录了他的账号和密码,想要看看是怎么回事,谁知道,输入了密码之后竟然显示密码错误。

密码错误?

她下意识地又输入了一次,这一次,清楚地显示着密码错误。

看着这一幕,何蔓呆坐在那里,随后又讽刺一笑,她怎么会这么天真,师父打定了主意要分手,想要跟她断得干干净净,怎么可能会连密码都不改?

只是,这才分手几天,他连密码都改了,她自嘲地一笑,她从来不知道师父竟然是一个如此冷漠绝情之人。

何蔓想到这里,原本忍了几天的眼泪再一次忍不住地一涌而出,她就这样子蹲在床尾边缘,双手抱着自己的双腿,将自己缩成了一团。

何宁远正在客厅里面看何蔓放在桌子上的手册,听着房间里面没有半点动静,他微微一怔,随后站了起来,来到了房间门口,看着蹲在那里默默流眼泪的何蔓,他赶紧走进来蹲了下来:"蔓蔓……"

何蔓抬起头来,泪眼蒙眬一脸委屈地叫道:"哥……"

"怎么了,怎么又哭了?"何宁远看着她一脸心疼,突然之间看到她手中握着的手机屏幕还亮着,他愣了一下,低头看了一眼,只见那账号正是谢盛的账号,而"密码错误"几个提示还显示在手机上面。

看到这里,何宁远仿佛是明白了什么:"你想查他为什么请假?"

何蔓抬头讥讽一笑:"可是,他把密码给改了。"

"蔓蔓……"何宁远心疼地道。

"哥,我是不是很傻?"

何蔓脸上还挂着泪水，自嘲地笑了笑，道："明明分手了，人家改密码也很正常的。我却还因人家改密码而伤心，我凭什么？"

何宁远接过了她的手机放到了一边上，说："这证明我妹妹重感情，是有些人不懂得珍惜，我们没有必要因为他伤心。"

话虽然是这样子说，可心底沉了下来，他太了解谢盛了，他不可能会因为感情的事情就请假，其中一定是发生了什么事情。

何宁远安慰完何蔓便从她家里离开了，随后联系着两个人共同的朋友还有好友，可是发现都联系不上谢盛，唯一能打听到消息的，也就只有乔教员那里，可是乔教员也不知道谢盛为什么请假。

何宁远眉头微蹙，想着谢总亲自请的假，谢盛不可能会有事，所以并没有多担心，他真正担心的是何蔓。

可显然他太小瞧他妹妹了，自从那一日过后，何蔓就仿佛没事人一样，认真工作，认真飞行，完全看不出来像是失恋了的样子。

但是掩饰得再好，谢盛突然之间请假，旁人不知道，身为330机队队长的叶南城却是知道的，不过因为是谢总直接请的假，所以叶南城也不知道请假的原因。

但他并不关心谢盛请假和请假的原因，他关心的是何蔓。

叶南城正在担心何蔓呢，只见宋青扬突然之间停下了脚步道："咦，那不是谢教员吗？"

叶南城一听这个名字，停了下了脚步："哪里？"

"那里。"

宋青扬指着跟他们有着一面透明玻璃墙之隔的国际登机口道："就那里，你看，叶队，那是谢教员吧？"

他们刚飞荷兰回来，准备前往海关出关回公司，这个方向刚好可以看到登机口的位置，叶南城顺着宋青扬手指着的方向看了过来，只见那登机口处坐着的还真的是谢盛，而在谢盛身边还坐着一个女孩。那个女孩不正是那天在酒楼里面遇见说跟谢盛有过婚约的女孩吗？

宋青扬没有见过陆琳，不过自然也看到了谢盛与陆琳正在时不时地聊着什么，他愣了一下问："谢教员身边的那个女孩是谁，他们这是去哪里？"

叶南城闻声，看了一眼那个登机口，又扭过头看了一眼，说："我们的飞机接下来飞新加坡,他们这应该是接我们的飞机去新加坡的航班。"

"不是,谢教员去新加坡干吗?"宋青扬好奇地问了起来。

叶南城摇头:"不知道。"

看着那个女孩,再想到何蔓,叶南城长期以来压抑的感情和心疼有些控制不住,如果谢盛跟这个女孩当真是有婚约关系还跟这个女孩牵扯不清,那他就不配跟何蔓在一起。想到这里,叶南城深吸了一口气,扭过头拉着飞行箱离开了。

而何蔓从柏林回来之后,刚交完资料准备回家,便在公司门口遇到了叶南城,她微愣了一下,随后淡淡地打了一个招呼便准备回家。

叶南城伸手拦住了她,说:"何蔓,一起吃个午饭吧,我有点事情跟你说。"

何蔓扭过头来看着叶南城,自从她跟谢盛在一起之后,叶南城从来没有叫过她一起吃饭或者喝东西,甚至连一起飞在国外的时候他喊机组人员吃饭她不想去,他也不介意,如今他突然之间喊她吃饭,怕是当真有事。

她想了想说:"那去公司食堂吃吧,我刚好也很久没有去食堂吃过饭了。"

叶南城也不强求,只要她能答应一起吃饭就好:"行。"

何蔓微松了一口气:"那你稍等一下,我把箱子搁在车上。"

十分钟后,何蔓便从地下车库上来了。两个人在食堂点了一些东西便找了一个靠窗位置坐了下来,何蔓直接开门见山地问:"你找我什么事?"

叶南城看着何蔓那憔悴的样子,说:"先吃点东西再说吧。"

何蔓眉头一蹙:"你还是直接说吧,你这样让我好奇得不得了。"

"其实也没有什么事情,就是……"叶南城想到昨天在机场看到的谢盛还有陆琳,他眉头蹙了蹙,会不会何蔓已知道?

何蔓瞧他那模样,催着道:"就是什么啊?"

叶南城深吸气道:"那个,谢盛请假的事情,你知道了吧?"

何蔓一愣:"怎么了?"

叶南城问:"你知道他为什么请假吗?"

何蔓心思一动,望着叶南城问:"你是330的队长,你不知道?"

叶南城摇头:"谢总亲自请的假,我哪敢问原因?"

"哦。"何蔓一脸淡然的样子。

叶南城想到昨天看到那一幕，试探性地问："你知道吗？"

何蔓眉头微微一蹙，道："你想说什么？"

叶南城想了想，说："那个，我昨天在机场看到谢盛了。"

何蔓愣了一下，刚想问看到什么的时候，话到了嘴边变成了"哦"，仿佛是一副并不关心的样子，面色如常。

何蔓不好奇，让叶南城愣了一下，可想到谢盛身边的陆琳，他实在是忍不住地问："那你知道他要去新加坡？"

何蔓这下子抬起头来诧异地问："去新加坡？"

"对啊。"叶南城点了点头。

何蔓脸色一变，呆在了那里，谢盛怎么会去了新加坡？据说陆琳的母亲在新加坡，这么说来，谢盛去新加坡是因为陆琳？那他请假也是因为陆琳？

叶南城看着何蔓不说话坐在那里发呆，他有些担心地道："何蔓，你没事吧？"

"我没事，没事。"何蔓回过神来，赶紧摇了摇头，喝了一口水掩饰着自己的情绪，"那你怎么知道的？"

"我昨天在机场遇到他了。"叶南城看着何蔓这模样，他道，"这么说来，你是不知道他去新加坡了吗？"何蔓面色格外难看，没有说话。叶南城微叹了一口气，低声说："看来你是真的不知道。"

何蔓微怔了一下，问："什么意思？"

叶南城想到陆琳与谢盛之间的关系，如今还一起去新加坡，他抬头看着何蔓的时候，眼眸当中有忍不住的心疼之色，随后深吸一口气道："蔓蔓，你跟谢盛分手吧？"

何蔓听到这里，眉头蹙了蹙，只见叶南城说："蔓蔓，我知道我这么说你不高兴，但是蔓蔓，你应该知道，如果谢盛是真心待你，真的对你好我是不会打扰你的，更不会说出这样的话来，可是如今看来，你跟谢盛在一起并不幸福，他对你并不是真心的。"

何蔓盯着他道："叶南城，你到底想说什么？"说完，她停顿了两秒，又道，"又或者说，叶南城，你在机场看到了什么，要让我跟谢盛分手？"

叶南城愣了一下，随后微叹了一口气说："我看到谢盛与陆琳一起去新加坡。"

何蔓愣了愣说："你认识陆琳？"

"谈不上认识，就是许文博和徐真真结婚那天，我看到他们家庭聚会了。"叶南城抬眸盯着何蔓，缓缓地道，"我记得那天，你从洗手间的方向出来，你当时脸色很不好，借口不舒服离开了。"

说完，他盯着何蔓问："你是不是听到了他们在商议谢盛与陆琳订婚的事情？"

何蔓脸色瞬间变得没有一丝血色，她知道叶南城聪明，但没有想到叶南城根据这些事情就能猜到了这么多，她死死地咬着下唇，没有说话。脑子里面全都是谢盛与陆琳一起去了新加坡这件事情。

她还在担心谢盛请假是不是出了什么事情，毕竟他突然之间跟她分手，然后又请假，难免会让人怀疑，可是如今他竟然去了新加坡。

他去新加坡干什么？

再想到在酒楼里面听到的话，她像是想到什么，脸色格外难看，难不成，难不成谢盛请假去新加坡是为了和陆琳结婚，所以，这才请假去了新加坡？

叶南城并不知道何蔓与谢盛已经分手，只是想到酒楼里面听到的还有昨天看到的，他看着何蔓眉头微蹙便继续道："看来你都知道了。即便如此，为什么还要跟这样的人在一起？他明明有婚约，明明有未婚妻……"

叶南城的话还没有说完，只听到何蔓突然之间出声："我们早就分手了。"

"什么？"

叶南城愣了一下，随后反应过来，愣了一下抬头道："等等，你说你们分手了，什么时候的事情？"

何蔓抬头看着叶南城的时候，一双黑白分明的眸子清冷无比说："什么时候，不关叶队的事情吧？"

叶南城一听这一声"叶队"，他心底一沉："何蔓……"

"叶队若是没有什么事情，那我就先走了。"何蔓说完，噌地一下站了起来，背脊挺直，一步步地往外面走。

叶南城下意识站起来，想要追过去，可是想到何蔓的性子，他最终停下了脚步,没有跟上前去,原来,他们已经分手了。

第十八章　当年的事

　　何蔓从公司食堂离开之后,只感觉到脑子嗡嗡作响,却极力地将手中的拳头紧握成团,让自己保持着冷静,一步步地走到了车库,直到上了车子上,她紧绷着的情绪仿佛才彻底地松懈,趴在了方向盘上痛哭了起来。

　　不知道哭了多久,何蔓终于冷静下来,她擦干了眼泪,便回家了。

　　好在近期刚好330的航班比较多,休息了两天,她又排到了飞新西兰,这样也好,就不会胡思乱想了。

　　新西兰是一个非常漂亮的城市,这个季节正是舒服的时候,所以机组到了新西兰便组织去玩,她借口肚子不舒服就没有去。

　　等机组的人都出去,她一个人到附近逛逛的时候,突然就接到了一个国内的陌生电话,何蔓接起了电话:"你好,哪位?"

　　电话那头传来了一个女子的声音:"你好,是何蔓小姐吗?我这里是信阳人民附属医院,请问秦吟秋是你的母亲吗?"

　　何蔓一听是医院,吓了一跳:"是我妈,怎么了,我妈怎么了?"

　　那女子道:"你妈妈在路边上被车撞了,晕倒在地,被人送来我们医院,现在正在我们医院医治,你们家人尽快赶过来一趟吧。"

　　"什么,被车撞了?"何蔓脸色立马变了,"我妈怎么了,怎么样,她没事吧?"

　　医生道:"何小姐不用担心,不过就是一些皮外伤,只是有些检查结果需要通知你们家人。"

　　何蔓听到这句话,心底微沉:"什么意思,我妈还有其他的病?"

　　医院那边安慰道:"没有什么大问题,不过老人家一个人在医院里面,你们家人还是尽快赶过来医院一趟吧。"

　　"好,我知道,我马上回家。"何蔓刚准备扭过头准备回家,突然之间想到她此时并不在国内,她人在新西兰呢!

　　一想到妈妈一个人在医院,她现在还赶不回去,急得火烧眉毛,很快就想到了何宁远,哥哥飞国内航线,回去方便。

想到这里，何蔓立马联系着何宁远，可谁知道一打，电话竟然关机，她脸色一下子变得格外难看，仿佛想到了什么，如果医院能联系到她哥哥，肯定不会打她的电话了。

何蔓想到这里，立马查了一下何宁远的班，这才发现她哥哥今天也是在飞，人正在从曼谷回深圳的飞机上，还有差不多大半个小时才落地。

她刚想给医院打电话，突然之间一个声音在她的身后响了起来："何蔓？"

何蔓一愣，扭过头来，只见叶南城出现在她的身后，330的机长不多，再加上班的时间长，所以她跟叶南城时常能排到。

这一次飞新西兰，他就跟她排到了一起，不过两套机组，她配套的机长并不是他，是另外一位机长，只是，他不是跟机组出去玩了吗？

何蔓愣了愣："你怎么在这里？"

"他们要去的地方我上一次去过了，刚好有一个同事让我帮忙带点东西，就出来看看，没有想到会在这里遇到你。"

叶南城面不改色地找了一个理由，看着她的时候略为关心地问："我刚远远地看到你很着急的样子，这是怎么了，发生了什么事情吗？"

何蔓不想跟他说，便摇头道："没事。"

"没事就好。"叶南城没有多问，道，"对了，你刚不是说肚子不舒服吗，现在好点了吗？"

何蔓担心妈妈，听到叶南城的关心眉宇间略有些不耐烦地道："没事了，你不要管我，我还有事。"

何蔓边说边扭过头继续打着她电话，谁知道刚一扭过头的时候手机没有拿稳，一下子摔到了地上，顿时就摔了一个粉碎。

叶南城上前了一步捡起了她的手机："到底发生了什么事情，你着急成了这样？"

何蔓此时有些控制不住怒气，提高了音量："关你什么事，你能不能离我远一点？"何蔓看着叶南城那无辜的样子，一下子清醒了过来，她揉了揉额头道，"不好意思，我不是想吼你，只是……"

说到这里，她微叹了一口气道："行吧，我告诉你，医院打来电话，说我妈在医院里面，我在新西兰回不去，我哥又还在飞，联系不上人，我现在担心我妈担心得要死。很抱歉，我不是故意吼你的。"

叶南城一下子明白了过来，立马安慰着她道："我没事的，你不用跟我道歉，倒是你妈妈，你别担心，你可以打电话给你老家的亲戚试试。"

"我这正准备打着，你就过来了。"何蔓捏着眉心道，"然后手机就这样了，算了，我去买个手机吧。"

"行了，你等等。"

叶南城拉住了她，然后把她的手机卡拿了出来，装在了他的手机上："你在这里给你亲戚打个电话，我去给你买个手机，你待会儿把钱转给我就成。"

何蔓一听，立马接过了手机道："那多谢了。"

叶南城知道这会儿何蔓很烦，便没有多说什么，指着旁边的咖啡厅道："在那里坐着等我，我现在可没有手机的。"

叶南城跑到旁边不远处的商场去买手机，而何蔓则立马给老家的亲戚打了一个电话，好在有一个叔叔很快接通了电话，得到消息第一时间往医院那边过去了，说是有什么消息随时会跟她联系，她这才稍稍心安。

挂断了电话之后，何蔓又给医院打了一个电话，这一次打电话的时候并没有人接，她知道医院里面很忙，没有人接也很正常。

可是一想到妈妈，她在那里坐立难安，神色格外难看，此时叶南城飞快地买了一个手机回来，看着何蔓那着急的样子，他安慰着她："你别担心，不是有亲戚去看你妈妈了吗？"

"你知道什么？"何蔓听着他这么站着说话不腰疼的样子，忍不住回撑，"我妈生病，她正在医院里面，我在新西兰赶不回去，我如何能不担心？"

叶南城望着她那模样，微叹了一口气："我外婆去世的时候，我都来不及见她最后一面呢。"

何蔓闻声一愣，抬头看了叶南城一眼："什么？"

"小的时候，我爸妈离婚，我妈要工作，没有时间带我，我自小是我外婆带大的。可她去世的时候，我还在澳大利亚的航空公司。"

叶南城神色凝重地道："当时，我还是副驾驶，请假都不好请，所以，她去世的时候，我都来不及见她最后一面。"何蔓面色微微一变，想到她刚刚所说的话，顿时就有些愧疚："不好意思，我……"

"没事。"叶南城望着她的时候，坦然一笑，"我知道你也是担心你妈妈，这是人之常情，我这么安慰你，不是站着说话不腰疼。而是医院见惯了生老病死，如果你妈妈有危险，医院打电话过来通知你时，一定会实话实说的，如果没有说危险，那我相信你妈妈一定会没事的，所以让你不要担心。"

"我知道。"

何蔓听到叶南城这么一说，微叹了一口气，正当她着急的时候，她哥哥的电话就打了过来：“喂，哥，你接到了医院的电话没有？"

何宁远说："我落地之后看到电话就第一时间打回去了，知道了咱妈的情况。我知道你现在在新西兰，肯定很着急，所以特意给你打个电话过来，你不用担心，我正在赶回家的路上，有什么情况我会第一时间跟你打电话。"

何蔓点点头："好，我知道了，你到了医院一定要第一时间通知我，而且我听医生说咱妈的情况可能不大好，你一定要问清楚。"

"你放心，我晚上就能到家，别担心。"

"好。"

何蔓联系上哥哥之后，总算是松了一口气，不管无论如何，妈妈在医院里面，她们兄妹二人总算是有一个人能陪在身边。

叶南城安慰着她说："好了，现在你哥也联系上了，明天晚上我们机组也就回去了，现在你也别想那么多，后天就能回去看你妈妈了。"

何蔓点了点头，虽然还是无法放下心来，却也知道没有办法："我知道了。对了，手机多少钱我转给你。"

叶南城看到何蔓这种公事公办的样子，微叹了一口气，却还是如实地报了一个数给她，他若是不说，她会自己再去买一个手机的。

何蔓把自己的卡装回手机上之后，她看着叶南城说："多谢了。"

叶南城轻声一笑："跟我还客气什么。"

何蔓站了起来看着叶南城说："那没事我就先回酒店了。"

叶南城一听，抬起手看了一下时间说："马上就到饭点了，吃个饭再回去吧。"

何蔓摇头："我不吃了，我先回去等消息。"

叶南城不敢强迫何蔓，便也跟着站了起来说："那我们一起回去吧，刚好我东西也买完了，也回去休息休息。"

何蔓没有拒绝，点了点头道："好。"

随后，何蔓像是想到什么，她说："我妈生病的事情不要告诉机组的人，我不想让其他人担心。"

叶南城点头："你放心，我知道。"

回到了酒店，何蔓便直接回到了房间，她躺在床上翻来覆去地，一直在等何宁远的消息。

新西兰时间凌晨的时候，何宁远打过电话来，何蔓飞快地接了："喂，哥，你回信阳了吗，见到咱妈了没有，她情况怎么样？"

"已经回来了，咱妈身上的伤势并不重要，至于其他的问题，医生说还需要做一个详细全面的检查，结果要后天才能出来，估计刚好你回来就知道了。"

何蔓立马着急地问："到底是怎么回事，医生有说吗？"

何宁远摇头："这没有结果，医生哪肯说。"

何蔓明白，她说："那咱妈呢，我视频通话，让我看看咱妈。"

"明天吧，她现在刚刚打完点滴正在休息。"何宁远看了一眼病房，他说，"倒是你，别再担心了，新西兰这会儿都凌晨过吧，明天你还得飞回来呢，快好好休息，等明天你醒过来我让咱妈跟你视频。"

何蔓这才挂断了电话："好的。"

挂断了电话之后，她躺在床上却怎么也没有办法入睡，她和哥哥已经没有爸爸了，不能再没有妈妈，可没有想到妈妈住院了，而她竟然还远在新西兰没有办法赶回去。

这是她第一次感觉到自己的无能为力。

可是她更明白，她现在已经在新西兰了，就算是想回去，也只能是明天才能回去，后天才能到。

她别无选择。

回到深圳后已经是深夜了。她买了第二天一大清早的航班的机票回了信阳，这才知道妈妈除了被撞伤之外，还确诊乳腺癌，只是还不知道是早中晚期。

何蔓脑子轰地一下作响，几乎不敢相信地道："怎么会这样，我妈怎么会得乳腺癌？"

何宁远脸色也格外难看："怎么会是乳腺癌？"

医生说:"何小姐,何先生,你们别担心,现在具体的检查结果没有出来,而且乳腺癌听起来虽然严重,但乳腺癌却是所有癌症中较容易治疗之一种,治愈率极高,你们完全不用担心。"

"你们是患者的女儿和儿子,这个时候一定要冷静下来,积极配合治疗才是,别在检查结果还没有出来的时候就自己吓自己。"

何蔓稍稍冷静了一下,看着医生道:"医生,真的太谢谢你了,太感谢了。"

医生摇了摇头:"没事,就这么一个情况,你们先去看看你们的妈妈吧,好好哄哄她,让她保持开心愉悦的心情。"

何蔓和何宁远互相看了一眼,点头道:"好。"

何蔓面色难看地正准备跟何宁远出来,只见何宁远像是想到什么,他又问:"对了,医生,你知道是谁送我妈来的医院吗?"

医生看了一眼何宁远:"不是你媳妇吗?我看带着一个孩子还叫你妈奶奶呢,那孩子跟你妈和你长得也有几分相似。"

何蔓愣在那里,赶紧道:"我哥还没有结婚呢。"

那医生有些诧异地说:"哦,对,要是你嫂子也就不用通知你了,不过那孩子跟你们家人还真的挺像的。"

何宁远下意识有几分好奇地问:"那你知道她叫什么吗?"

"不知道。"医生摇了摇头。

何宁远有些失望:"那好吧,多谢医生。"

从医生办公室里面出来之后,何蔓便过来看秦吟秋,刚好她醒过来了,她担心地问:"妈,你现在感觉怎么样,好点没有?"

秦吟秋诧异地看着何蔓:"好点了,你怎么来得这么早,我听你哥说你昨天晚上落地就十二点了,你这是几点回来的?"

何宁远在一旁道:"她坐的是早上六点的航班。"

秦吟秋立马炸开了似的道:"什么,你立马回去给我睡觉。"

"妈……"

何蔓一下子拉住了秦吟秋的手臂,还没有说完,就被秦吟秋直接打断,连催带吼地把她吼回家:"立马回去睡觉,没有商量的余地。"

何宁远也在一旁拉着何蔓说:"好了好了,你先回去好好地睡一觉,要是你也病倒了,我还得照顾你们两个?"

何蔓没有办法,最后只得拉着箱子回了家睡觉。

或许是回到了家,又或许是一夜基本上没怎么睡,又兴许是看着妈妈现在平安无事,何蔓回到家躺在床上十分钟就睡着了。

这一觉睡到了夜里八点多,醒过来的时候格外精神,便来到了医院跟她哥哥换了班,她来陪夜,让何宁远晚上回家睡,何宁远一连熬了两晚便答应了下来。

倒是何蔓,大概睡了一天,陪夜时晚上十二点多才睡着。不过,她还是睡到了早上九点多,醒过来的时候精神已经很好了。

她看了一眼妈妈还没有醒,就带着昨天收拾好的东西洗漱,收拾完正准备回病房,远远地看着病房门口有一个小朋友伸头朝里面望着。

何蔓愣了一下,走了过来看着那小朋友,那小朋友显然也发现了她,也抬头看着她,露出来那张圆圆的脸蛋,忽闪忽闪着的大眼睛,看着她的时候带着好奇之色。

何蔓看着这小朋友的模样,格外眼熟,下意识地心生好感,蹲了下来道:"小朋友,大清早的你怎么一个人在这里呀?"

小朋友奶声奶气地道:"我来看奶奶呀。"

何蔓心思一动:"奶奶?那前两天是你和你妈妈救了奶奶吗?"

小朋友点点头:"是的呀。"

"太好了。"何蔓心底忍不住地开心一笑,这么快就找到恩人了?

她说:"我是这位奶奶的女儿,你可以叫我姐姐,你叫什么名字呀?"

"你是奶奶的女儿呀?"小朋友显然很高兴,他道,"你好,我叫何艾尔。"

何蔓愣了一下,不知怎的,听到这个名字,她突然之间想起爸爸以前曾经说过,如果哥哥以后有孩子,无论男孩还是女孩,都叫何艾尔。

因为爸爸喜欢天空,所以他觉得艾尔、艾尔,就是Air嘛。当时她和哥哥听到爸爸这么说的时候,大笑不止,没有想到竟然还真的有小朋友叫何艾尔,还也姓何,真的是巧了!

何蔓看着这个小朋友,不禁越发喜欢:"那你妈妈呢,她在哪里?姐姐很想感谢她救了姐姐的妈妈。"

"妈妈呀……"

何艾尔的话还没有说完，便听到一个声音在清晨的医院响了起来，着急地叫道："艾尔，何艾尔，你跑去哪里了，快应妈妈一声。"

何艾尔听到这叫声，立马回道："妈咪，我在奶奶这里。"

何蔓顺着声音来源的方向看过去，只见走廊的拐角之处出现了一个穿着黑色阔腿裤、白色衬衣的女人正神色着急地往这边来。

看清楚那女人的模样，何蔓整个人呆在那里，几乎是以为自己认错了，不可思议盯着那个女人看着。

显然，那女人看到何蔓的时候也是愣了一下，脚步一下子停了下来，而何艾尔提着两个小腿飞快朝那个女人跑了过去道："妈咪，对不起，我不该乱跑的。"

何蔓看着那个女人，不可思议地叫道："乔乔姐？"

沈乔回过神来，像是努力掩饰着什么，一只手牵着何艾尔的手，一只手朝何蔓伸了过来，勾唇笑了笑道："蔓蔓，好久不见。"

"乔乔姐，还真的是你。"何蔓上前了一步握住了沈乔的手，像是想到什么，盯着何艾尔道，"艾尔是你的儿子？"

"是啊。"沈乔点了点头。

何蔓看着何艾尔，愣了一下道："那乔乔姐，你结婚了？"

沈乔微微一笑，说："是啊。"

何蔓看着旁边差不多四五岁的何艾尔，眉头微蹙。不对啊，她记得她和哥哥分手也才六年的时间，怎么可能这么快就结婚生子，还有了这么大一个儿子？

何蔓正好奇着呢，便听到何艾尔反驳道："妈咪没有结婚呀。"

沈乔脸色一变，赶紧拉住了何艾尔道："艾尔，别胡说。"

"什么胡说？"何艾尔一听，则不满意地大叫，"妈咪不是让艾尔不可以说谎吗？妈咪明明就没有结婚呀。"

沈乔显然一下子神色有些慌乱，想要赶紧捂住何艾尔的嘴巴道："艾尔，你乖一点，先不要说话，妈咪有事先跟何蔓姐姐说。"

而何蔓看到这里，则脸色微变，盯着何艾尔那一张酷似哥哥的脸，又想到了他的名字，她记得当年爸爸说起给哥哥以后孩子取名字的时候，还是哥哥带乔乔姐回家的时候说起来的。

爸爸很喜欢乔乔姐，还说他们以后有了孩子，不论男孩、女孩，都叫何艾尔,当时乔乔姐也在旁边,她和哥哥当时笑得不行。如今她的儿子又取名叫何艾尔,还有艾尔的年纪,一个念头几乎在何蔓的脑海呼之欲出。

沈乔神色有掩饰不住的慌张,着急地解释道:"蔓蔓,你别听孩子胡说,我们就先回去了。"说完,她拉着何艾尔道:"跟姐姐再见。"

何艾尔虽然不明白沈乔的意思,但显然还是很乖的,他朝何蔓立马挥了挥胖乎乎的小手道:"姐姐再见。"

何蔓叫住了沈乔:"等等。"

"蔓蔓?"沈乔扭过头来看着何蔓,明显有些紧张,蔓蔓向来聪明,艾尔的话不会是让她猜到了什么吧?

只见何蔓盯着她,一字一句地道:"乔乔姐,艾尔是哥哥的儿子吧?"

"当年,哥哥带你回家的时候,爸爸很喜欢你,说以后你们有了孩子,不管男孩、女孩都叫何艾尔。"

何蔓记性很好,她说出当年这一桩往事,说完她望着沈乔:"小艾尔看起来四五岁的样子,你和哥哥又分开六年的时间,所以,艾尔是哥哥的儿子,对不对?"

沈乔微怔了一下,牵紧了何艾尔的手,随后又深吸了一口气,低头看着何艾尔道:"艾尔,到前面去玩,不要离开妈妈的视线,妈妈单独与姐姐谈一点事情。"

"你当年与我哥分手的时候你就有了艾尔,那你们为什么还要分手,这到底是怎么回事?"

"蔓蔓,为什么分手已经不重要了。"沈乔看着前面不远处的何艾尔,轻声地道,"至于艾尔,蔓蔓,我希望你能帮我保守这个秘密。"

何蔓眉头一蹙:"艾尔这么大了,怎么可能保守得了这个秘密?"

沈乔扭过头来望着何蔓,带着一丝恳求之色道:"我知道很难,不过,蔓蔓,就算是你隐瞒不了,想要说,那也最起码等我离开之后再说吧。"

"离开?"何蔓一愣,"你要去哪里?"

"回加拿大。"

沈乔一字一句地道:"当年,我跟你哥分手之后就去了加拿大,这些年来也一直定居在加拿大,这一次我回国也是因为我奶奶去世,我带着艾尔回来奔丧,如今丧事办完了,我就准备带着艾尔回加拿大。只是没有想到会在路上遇到了你妈妈出了车祸,所以我就送她来到了医院。"

沈乔仿佛说着别人家的事情一样,十分平静,她看着何蔓:"蔓蔓,一周后我就回去了,所以不需要保密很久的。"

"那到时候我哥还是会知道的啊,这么大的事情,我也不可能会隐瞒我哥的。"何蔓摇了摇头,看着何艾尔,她脑子轰轰响,还是觉得很荒唐,"乔乔姐,这种事情隐瞒不住的!而且这到底是怎么回事,我哥当年到底干了什么不是人的事,让你怀着身孕还跟他分手?"

"这不怪你哥。"

沈乔看着何蔓这般模样,忍不住地一笑。这蔓蔓还是没有变,不管她跟宁远之间发生了什么事情,何蔓永远站在她这一边,想到这里,她神色越发温柔:"我也是在分手之后才知道我怀孕了,至于艾尔,也是我自己决定生下来的,跟他没有任何关系。"

何蔓愣了一下,更觉得不可思议,她百思不得其解地道:"那你和我哥怎么会分手?你们当年在一起十年,怎么就分手了?"

她当时跟哥哥的关系也不好,所以得知他跟乔乔姐分手也没有多问。想到这里,她立马再一次把事情推到了何宁远的身上,愤愤不平地道:"是不是我哥做了什么对不起你的事?"

沈乔忍不住一笑:"没有的事。"

看着何蔓护着她的样子,她唏嘘不已,那样的家庭氛围,那样的小姑子,那样的公公,那样的婆婆,是她梦寐以求的。

想到当年宁远的痛苦,她双手微微紧握:"至于我跟你哥当年是怎么分手的,我只能告诉你,你哥没有对不起我,我也没有对不起你哥。至于其他的,蔓蔓,为了我好,为了你哥好,也为了艾尔好,你就不要多问,更不要说,好不好?"

何蔓不大清楚两个人之间到底发生了什么事情,只是看着沈乔那恳求的样子,她忍不住说:"可是,乔乔姐,我哥这些年来一直是自己一个人,他没有再找过其他的人,也没有结婚。"

沈乔微怔了一下,何蔓见状,立马锲而不舍地道:"乔乔姐,我看得出来,你心底还是有我哥的,否则艾尔也不会叫艾尔,你更不会把我妈送来医院之后还出现在这里。所以乔乔姐,为什么不能再给我哥和你各自一个机会呢?"

不管怎么样，总要再给乔乔姐和她哥一个机会，且两个人还有一个孩子，更重要的是，瞧这样子，两个人分明都还是念念不忘对方。

　　不然，乔乔姐也不会救了她妈妈还要过来看望她妈妈的。

　　沈乔听着何蔓的话，手中的拳头微微收紧，眼眸中略带着几分痛楚地道："蔓蔓，你不懂，你……"

　　沈乔话还没有说完，只见正在前面玩的何艾尔自己在那里打圈圈，突然跟冲过来了一个男人撞到了一起，看得沈乔和何蔓惊呼了一声，顾不得其他的赶紧跑了过来："艾尔……"

　　而那个男人显然也发现撞到了孩子，下意识地伸手抱住了艾尔，这才不至于将何艾尔撞到了地上。

　　何蔓看到这里，松了一口气，这才看向了那个男人，随后眉头一挑，是她哥哥这个便宜爹。

　　显然，沈乔和何宁远也认出了彼此，两个人皆呆在了那里。

　　看着这一幕，何蔓轻咳了一声，朝何艾尔挥了挥手，笑嘻嘻地道："艾尔，过来，姑姑带你去找奶奶玩，好不好？"

　　何艾尔虽然是第一次见何蔓，但亲情血缘关系是断不掉的，格外亲切，立马朝何蔓跑了过来道："好。"

　　何宁远看着对面站在那里的女孩，几乎是觉得不可思议一样，愣了好久，才颤抖地开口："乔乔？"

　　沈乔看着眼前的这一张熟悉的面孔，依旧纤瘦高挑的男人，她忍不住地眼睛一酸，却上扬了嘴角，道："宁远，好久不见。"

　　何宁远听着她的声音，再也控制不住自己上前了一步，有些激动地将沈乔一把抱到了怀里，道："天啊，乔乔，真的是你，我不是在做梦吧？"

　　沈乔被何宁远抱在了怀里，眼泪在眼眶里打圈。而何宁远抱着她，想到了他当年曾经干过的那些混账的事情，再也掩饰不住心底的内疚，不断地道歉："对不起，乔乔，对不起，对不起。"

　　"对不起什么，那些都过去了。"沈乔微微一笑，已经掩饰好自己所有的情绪，她说，"你过来是来看阿姨的吧，要不先去看看阿姨吧？"

　　她的话刚刚说完，只见何蔓扶着秦吟秋快步地走了出来，看着沈乔的时候，她震惊不已："乔乔？"

沈乔一怔，随即上前了一步道："阿姨，是我。你怎么跑出来了？"

"天啊，真的是你啊，乔乔？"秦吟秋看着沈乔，脸上有掩饰不住的激动，直接上前了一步握住了她的手，"我刚听蔓蔓说救我的是你，我都不敢相信竟然真的是你。"

"我也是碰巧路过。"沈乔微微一笑，看着秦吟秋担心地道，"不过阿姨你这样太危险了，你平时就一个人在信阳吗？"

"对啊，不过没事的，这一次也只是意外。"秦吟秋说，"我一个人都生活习惯了，况且他们两个平时没事都会回来看我，要不我就会去深圳，哪会有什么事情？"说完，她看着沈乔的时候，心情格外激动，抓着她的手不肯松开地道："倒是乔乔，这些年来你在哪里？怎么都没有你的消息，你结婚了没有啊？"

何蔓在一旁轻咳了一声，道："妈，咱们先回病房再说吧。"

"对对对，回房间说。"秦吟秋赶紧点了点头，拉着沈乔的手不肯松手道："来来来，乔乔也一起来。"

"等一下。"何蔓又拦住了秦吟秋，说，"你让我哥跟乔乔姐好好说会儿话，我陪着你不行啊？"

秦吟秋这才反应过来，赶紧松开了沈乔的手，盯着何宁远道："宁远，跟乔乔好好聊聊，不用担心妈，快去快去。"

秦吟秋说完，一手拉着何蔓一手搭着何艾尔回到了病房，边进来边说道："没想到竟然是乔乔回来了，真的是太好了，太好了。"

"奶奶，你也认识我妈妈呀？"何艾尔一脸好奇地问。

秦吟秋一看何艾尔就格外喜欢，刚说完她像是想到什么，十分震惊地看着何艾尔那一张酷似何宁远小时候的脸，震惊无比地道："这么说来，这么说来，这孩子是你哥哥的孩子？"

何蔓看着妈妈那激动不已的样子，接过了她的话："是。"

秦吟秋捂着自己的嘴巴，有些不敢相信地道："天啊，这怎么可能？"

"奶奶，姑姑，你们在说什么？"何艾尔抬起头来，忽闪着大眼睛，模样天真，又带着一丝聪明地问。

秦吟秋看着艾尔的时候，激动的眼泪一涌而出。刚想说什么，何蔓按住了秦吟秋的手，望着何艾尔，笑着道："就是姑姑和奶奶发现了一个秘密，这个秘密你妈咪也知道，但是需要让你妈咪亲自来告诉你哟。"

"对对对，这种事情要让你妈咪来说，要让你妈咪来说。"秦吟秋赶紧点了点头，随后像是想到什么，又担心地望着何蔓："那乔乔会不会说啊？"

何蔓说："妈，乔乔姐是一个聪明人，她知道隐瞒不了的。"

何蔓刚说完，突然之间听到外面沈乔提高了音量带着哭意的声音急切地在说什么似的："好了，宁远，你现在不要再说这些了，你现在说这些还有什么用，我们早就分手了。"

何艾尔是一个敏感的孩子，一听沈乔的声音就赶紧小跑着出来了，秦吟秋和何蔓担心着艾尔也赶紧跟着跑了出来，只见何艾尔跑到了沈乔的面前，有些心疼地道："妈咪，你怎么哭了？"

何宁远愣了愣，下意识地道："你的孩子？"

不等沈乔说什么，何艾尔小鸡护母鸡似的，推了一把何宁远，大叫道："坏人，为什么要欺负我妈咪？"

"艾尔，不可以这样。"

沈乔赶紧拉住了何艾尔，抬头看着何宁远那看着孩子震惊不已的样子，又看着何蔓和秦吟秋，她心底乱成了一团，拉住了何艾尔的手慌乱地道："那个，我还有事，我和艾尔先走了。"

何宁远呆在了那里，秦吟秋见着，着急地跟上前就想要去拉住沈乔："哎，乔乔，乔乔……"

何蔓伸手拉住了秦吟秋，道："妈，你就算了吧。反正乔乔姐现在在信阳，她跟我哥又是高中同学，知道她家在哪里的，你就不用追了。"

何蔓推着秦吟秋，说："你先回病房里面好好休息，事情总要一步步来解决，再怎么样这也毕竟是我哥自己的事情。"

何宁远此时心底乱成了一团，看到沈乔的时候，他长期以来压抑着所有的情绪全都爆发了出来，他听到何蔓的话，下意识地问："什么我自己的事情？"

秦吟秋这会儿一心只想着自己的孙子，她看着何宁远没好气地说："你看看你自己干了什么混账的事情！我怎么生了你这么一个儿子？"

何宁远被骂得莫名其妙："我怎么了？"

秦吟秋一看何宁远那还什么都不知道的样子，气得按捺不住指着他的鼻子骂道:"你说你怎么了,你是傻了还是蠢了,难道你就看不出来艾尔是你的儿子啊?"

何宁远这下子彻底地呆在了那里,一脸震惊,不可思议地看着秦吟秋,道:"妈,你在说什么,什么我儿子?"

"你真的是要气死我了。"秦吟秋看着何宁远还是呆呆的样子,没好气地道,"你让蔓蔓跟你说。"

何宁远立马扭过头来看着何蔓,急切地问了起来:"蔓蔓,这是怎么回事,艾尔是我的儿子?"

何蔓看着何宁远那模样,叹了一口气,将刚刚跟沈乔所聊的事情全都告诉了何宁远,她问:"哥,你当初和乔乔姐到底发生了什么事情,为什么乔乔姐怀孕了还会跟你分开,而且,我记得你们两个当时不是都要结婚了吗?"

何宁远脑子嗡嗡作响,呆若木鸡站在那里,几乎不敢相信地看着何蔓:"蔓蔓,你说的这些,全都是真的吗?"

何蔓没好气地白了他一眼:"什么真的假的,你看着艾尔那样子,就是一个缩小版的你,还需要怀疑吗?"

"天啊,乔乔……"何宁远一听这里,再也顾不得其他,头也不回地跟着沈乔离开的方向追了出去。

第二天,何蔓一大清早又跑了一趟医生办公室,说结果还要等等,她只得又回来病房,回来的时候,刚好看到何宁远和沈乔两个人一起出现在医院。

何蔓眼前一亮,上前了一步道:"乔乔姐。"

这一天一夜不知道发生什么事情,沈乔再看着何蔓,没有昨天那样的抗拒:"对不起,蔓蔓,昨天上午突然之间跑了,还让宁远跑出去追,让你一个人照顾阿姨。"

"这算什么事,反正我也没事。"何蔓伸手亲昵地挽着沈乔的手臂说,"你是过来看望我妈的吧,我妈知道你过来一定会很开心的。"

沈乔点点头,想到何宁远所说的,她眉宇之间很是担心:"我听宁远说，医生说查出来阿姨得了乳腺癌？"

何蔓面色沉了沉："嗯，现在不知道是早期还是中晚期，前两天查的，我早上问过医生了，说要晚一点才能出结果。"

"这样？"沈乔看了一眼时间，说，"那我们先去看看阿姨吧。"

三个人便回到了病房，果然，秦吟秋一看到沈乔过来，立马伸出手来道："乔乔，你来了？"

沈乔伸出手来握住了秦吟秋的手，想到昨天上午的事情，她不好意思地道："对不起，阿姨，昨天我不该那么跑掉的。"

"哎，你这傻孩子，说的是什么话？"秦吟秋赶紧说，"是我儿子对不起你，尽干一些混账的事情，还让你，还让你一个女人……"

说到这里，她感觉没脸说下去了，心疼地握着沈乔的手，沈乔却很坦然："阿姨别这么说，当年事情也不单单是宁远一个人的错，也有我的问题。"

秦吟秋说："你能有什么问题，就是这浑小子的问题。这些年来一直让我操心就算了，还这么对你，我这是生的什么儿子！"

沈乔看着秦吟秋护着她的样子，心底觉得格外温暖："阿姨，宁远是您的儿子，您应该最知道他的，他不是那样的人。"

秦吟秋一听，试探性地问了起来说："那乔乔，你是不是跟宁远和好了？"

"妈……"

何宁远赶紧打断了秦吟秋，他是用了苦肉计，说出了妈妈的病情乔乔才愿意过来的，生怕这样乔乔又会离开。

"你可闭嘴吧。"秦吟秋瞪了一眼何宁远，这会儿哪儿哪儿看他都不顺眼，她扭过头看着沈乔说，"乔乔……"

"妈，你也别说了。"何蔓看着沈乔那为难的样子，她轻咳了一声，说，"你先好好休息，让我哥照顾你一会儿，我跟乔乔姐出来聊聊。"

秦吟秋微愣了一下，看着沈乔有些抱歉地道："对不起啊，乔乔，是阿姨不好，阿姨不该给你这么大的压力的。"

"没事的，阿姨。"

何蔓则扭过头看着沈乔："乔乔姐，我们出去聊聊吧？"

沈乔向来喜欢何蔓，所以点了点头道："也好。"

她明知道她过来阿姨会说什么，可还是过来了，因为她知道阿姨是真心喜欢她，更何况她也喜欢阿姨。阿姨既是艾尔的奶奶，如今又生病了，沈乔自然愿意过来。

医院后花园之处，何蔓和沈乔两个人坐在长凳之上，她看着微微松了一口气的沈乔，心底沉了沉，道："乔乔姐，你跟我哥，是不可能了吗？"

沈乔扭过头来看着何蔓："分开了六年，最艰难的时间我都一个人挺过来了，如今你觉得还可能吗？"

何蔓想到一个女人单独带一个孩子这么多年，也觉得没有资格替她哥哥说什么，便叹了一口气，好奇地问："那乔乔姐，你能告诉我当初你跟我哥为什么分手吗，是不是他对不起你？"

沈乔轻声一笑，摇了摇头："谈不上对不对得起，是我不好，不能排解他心底的痛苦。"

沈乔想到了当年的事情："你还记得叔叔病发宁远考机长的航班上的事情吗？"

何蔓心底咯噔了一下："记得，怎么了？"

沈乔想到当初的事情，她自嘲地讽刺笑道："当年，原本我和宁远商量，等他当了机长我们就结婚的，可没有想到，叔叔会在宁远的航班上病发，紧接着骤然离世，这个婚就结不成了。

"尽管，我们都知道跟宁远没有多大的关系，大家也都安慰他说这跟他没有任何的关系，所有人都告诉他这跟他没有任何的关系，可是，蔓蔓，你不知道，他崩溃了，他整个人彻底地崩溃了，也就是说他有了严重的心理创伤。"

何蔓脸色一变，手中的拳头微微紧握，这件事情她是知道的。只是她知道得并不详细，她跟哥哥关系缓和了之后也没有再提到过这事，只知道当年哥哥看了一年的心理医生，最后通过测试才能正式飞的。

"蔓蔓，当时你也很难受，所以你没有见过你哥当年的样子，叔叔去世之后，他便开始自我折磨，我想一直陪伴着他，可我越是对他好，他好像越是走不出来似的，他让我骂他，骂他对不起叔叔。可是我怎么舍得，我只能是抱着他哭，可越是这样，他越是痛苦，最后开始整夜整夜地睡不着觉，有时候我半夜醒过来就看着他坐在窗前发呆，我怎么劝怎么哄都不行,相反,如果我生气、骂他、跟他吵架,他反而会舒服一些似的,那种情况,就仿佛是在自虐。

"我去问心理医生,心理医生告诉我,宁远这种情况是对叔叔的自我赎罪式的自我折磨,所以,当我发现我对他的好是一种折磨之后,我就崩溃了,再后来,我就跟他分手了,后来的事你们也知道了,我在跟他分手之后,他看了两个月的心理医生,就恢复了正常。那个时候,我终于明白我离开他是正确的选择,所以,当我知道我怀了身孕,我也没有想过告诉他,而是选择了离开,只是为了能让他好过一些。"

何蔓想到了乔教员和谢盛曾经多次说过哥哥的自我救赎的心理,在听完沈乔的话,她浑身颤抖,后悔不已:"我从来不知道,原来我哥当年那么痛苦,对不起,乔乔姐,对不起,是我对不起你们。"

"你跟我道歉什么?"沈乔回过神来,轻声一笑。

"我怎么不要道歉?"

何蔓想到当年的事情,此时肠子都悔青了,她道:"当年,哥哥最需要家人的陪伴的时候,我没有陪伴在身边,我还一个劲地埋怨着他,强调是他害死了爸爸,所以他才认为是他自己害死了爸爸,才会那么对你,对不起,乔乔姐,对不起。"

沈乔闻声一怔,随后摇了摇头道:"这不关你的事,而且不光是你哥哥失去了爸爸,你也失去了爸爸,你怎么安慰他?更何况,你哥哥他长期以来心思都很重。"

"当然,或许也是我不好,没有真正地走进他的内心,所以才会让他那么痛苦。"

说完,她深吸了一口气,扭过头的时候就看到她身后不远处站着的何宁远还有秦吟秋,她微怔在那里,只见何宁远上前了一步,一把抱住了她:"对不起,对不起,乔乔,对不起,当年是我不好,是我自己的问题,才让你这么痛苦。"

何蔓在一旁摇头,她说:"不是的,不是的,都是因为我,若不是我把所有的事情全都推到哥哥的头上,哥哥也不会如此痛苦,更不会跟乔乔姐分开。"

秦吟秋看着这一幕,眼泪一涌而出:"你们三个都那么善良,替对方着想。可是,你们要知道,你爸爸的死跟你们任何人都没有关系。"

她说:"这也是我不好,当年是我一直沉湎于你们爸爸的死当中,顾不得你们几个,等后来我反应过来,发现你们分开的分开,有隔阂的有隔阂,这些年来,我又痛苦又自责,是我这个做妈妈的不好。"

秦吟秋的自责,让沈乔赶紧回过神来道:"阿姨千万别这么说,是我们做小辈的没有考虑到阿姨的感受。"

"好了,你们都是好孩子,也都很替对方着想。"秦吟秋握着三个人的手道,"我知道这些年来你们都因为当年的事情没有走出来,我一直希望你们都能像今天这样说出来,如今,终于把所有的话全都说出来了,我看着高兴。"

她想要的,就是这样,就是希望他们不要再把所有的事情全都憋在心底,能说出所有的事情就好了。

这也是她这些年来的心结。

何蔓和何宁远还有沈乔用力地点了点头,刚想说什么,只听到一个声音响起:"哎,秦吟秋的家属在这里啊,我找了你们半天,你们家属过来一下,有事单独跟你们聊。"

何蔓和何宁远立马点了点头,刚准备过去,秦吟秋拉住了他们,看着医生说:"医生,我知道我的胸部一直不大舒服,有问题,所以有什么问题你就直接说吧。"

何蔓和何宁远一听,震惊地看着秦吟秋:"妈⋯⋯"

沈乔也是一脸的担心:"阿姨,你⋯⋯"

"行了,不用担心我,我能承受得住。"秦吟秋笑了笑,说,"你们不知道,看到你们今天这样,我长期以来心底憋着的事终于放开了,别提是有多舒服了,所以什么事都能承受得住。"

医生说:"行,那我就直接说了,这检查结果出来了,乳腺癌中期,不算严重,但也必须立马手术了,我看了一下检查结果,切除掉后根据病理分期再决定是不是做化疗。不过我估摸着切除掉应该就差不多,也不用太过于担心。"

何蔓和何宁远微微松了一口气,立马安排了住院检查,沈乔为了能让秦吟秋开心一些,把何艾尔也给接到了医院里面,时不时地陪着秦吟秋,让秦吟秋的心情大悦。

晚上沈乔接走了何艾尔,秦吟秋拉过来何宁远:"我说宁远,你现在到底是怎么想的,想不想追回乔乔,有没有在求她原谅?"

"肯定是想的啊。"何宁远点头,说完他眉头一蹙,"可是乔乔还是决定回加拿大。"

秦吟秋毫不客气地骂道:"没用的东西!"

何宁远想到沈乔妈妈的态度,又想到沈乔坚决的样子,有些垂头丧气地道:"我知道我没用,可是我现在也无计可施。"

秦吟秋白了他一眼:"眼下不就有一计吗?"

何宁远一愣:"什么计?"

秦吟秋道:"苦肉计啊。"

"什么意思?"何宁远不解地问。

秦吟秋说:"我决定了,去深圳手术。"

只见秦吟秋说:"我的身体我问过医生了,去深圳没有问题,我也仔细想过了,你们两个也都还工作,不能陪我一直在家,我在家你们也不放心,倒不如跟你们去深圳,这样请个护工照顾我就可以了。然后你们飞完了之后也可以能看见我,也能放心一些。"

何蔓惊喜地道:"这太好了。

"而且刚好我在深圳还认识医院里面的人,我可以托她帮忙问问,不过妈妈,这跟你刚刚所说的苦肉计有什么关系?"

秦吟秋一脸自信地道:"你们很快就知道了。"

很快,何蔓知道她妈妈是如何搞定乔乔姐的了,只见她一脸心事重重的样子,握着沈乔的手道:"乔乔,我听宁远说你要回加拿大了,阿姨也不想阻止你回加拿大,只是,你能不能等阿姨手术完再走?阿姨想着看着艾尔会开心一些,这样身体动手术也好康复一些。"

此时,何艾尔正骑在何宁远的脖子上玩耍,何艾尔是个聪明的孩子,已经知道何宁远是他爸爸了。

再加上沈乔从未曾在何艾尔的面前诋毁过何宁远,何宁远又恨不得把能给的一切全都给何艾尔,这让何艾尔别提有多开心了,骑在何宁远的脖子上欢快地叫着。

沈乔一怔,扭过头的时候刚好看到了这一幕,只见秦吟秋继续道:"你看,乔乔,艾尔也很喜欢他爸爸,他们父子俩才相认,而且我见到艾尔也很开心,你能不能等我做完手术后再走?"

沈乔看着何艾尔那笑声，又看着秦吟秋那小心翼翼地恳求着她的样子，她忍不住心底一软："可以。"

"太好了。"秦吟秋一听，立马开心地道，"那你跟我们一起去深圳，好不好？"

沈乔愣了一下："我去深圳干吗？"

"蔓蔓和宁远都要飞，我不想耽误他们的工作，而且深圳的医疗条件也比这边好，所以我想去深圳做手术。"

秦吟秋说得合情合理，她握着沈乔的手道："我又舍不得你跟艾尔，而且你奶奶刚去世，待在这边你也触景伤情，不如你跟我们一起去深圳吧。"

沈乔想了想，最后决定开口道："那要不这样吧，让艾尔跟你们去深圳吧。"

"这样也可以。"秦吟秋说完，又道，"可是我这样子肯定照顾不了艾尔的，蔓蔓和宁远又要飞，这没有人照顾艾尔也不行啊。"

只见沈乔正在犹豫的时候，秦吟秋握住了她的手："乔乔，阿姨跟你保证，等阿姨做完手术康复了之后，你再离开阿姨绝对不会挽留你，好吗？"

果然，她妈妈这样一说完之后，沈乔便再也没有犹豫之色，下意识地点了点头："那好吧，就听阿姨的。"

何蔓看着这一幕，扭过头来看着她妈，忍不住地竖起了大拇指，她真的是太小瞧她妈妈了。

不过，沈乔能答应了下来，何蔓和何宁远别提有多高兴了，第一时间就安排了去深圳的事情。

第十九章　我一直都喜欢你

与此同时，何蔓托杨柳帮她也安排好了病房，所以她带着妈妈一回到了深圳，就立马住进了医院，医院做完全面检查之后，很快也就定下了手术的时间。

随后，何蔓和何宁远便带着沈乔和何艾尔回了家。刚一进来，沈乔明显情绪有些不大对劲,何蔓想起哥哥当初买这个房子的时候还没有跟乔乔姐分手,这房间装修也是两个人一起装修的,基本全都按乔乔姐的喜好来的。

她眼眸一转,悄悄地离开了。她刚从她哥家离开,电话响了起来,看着来电显示,她微怔了一下,抬头看了一眼她哥哥家,接起了电话:"喂,璐璐。"

"蔓蔓,你回来了?"许璐关心地问,"你妈妈安排好了没有,住进了医院没有,要不要帮忙的?"

何蔓说:"之前托宋青扬的女朋友杨柳都安排好了,现在我妈在医院呢,也找好了护工照顾她,不用担心。"

"那就好。"

许璐说完,想到从宋青扬那里听到的事情,她手中的电话微微紧握,说:"那蔓蔓,有空一起吃个饭吗,或者喝点东西也行?"

何蔓知道许璐想问什么,直接道:"没事,一起吃个饭吧,刚好我也没吃晚饭。"

许璐松了一口气地答道:"行。"

两个人约在小区门口的日料店。何蔓刚进来坐下不久,许璐便过来在她的对面坐了下来,说:"你妈妈没事吧,不严重吧?"

何蔓说:"没事,医生跟我们说基本问题不大。"

"那就好。"

许璐点了点头,然后像是想问什么,又不好意思问,端起了水杯喝了一大口水,仿佛想掩饰着什么。

何蔓看着许璐,微叹了一口气:"你是想问我哥与乔乔姐的事吧?"

许璐怔了一下:"乔乔姐?宁远哥的前女友?"

何蔓点了点头,并没有隐瞒:"嗯,她也来深圳了。"

许璐面色微微泛白,何蔓继续说出所有的事情:"璐璐,她和我哥还有了一个孩子,那个孩子已经五岁了。"

许璐面色一下子变得惨白,几乎有些不敢相信:"什么,孩子?"

何蔓叹了一口气:"没错,他们有一个儿子。"

许璐仿佛一下子变得格外慌乱,连忙地喝了两大口水,何蔓握住了她的手,心疼地道:"璐璐,都这么久了,你还没有放下吗?"

哥哥跟璐璐之间的事情她多多少少知道一些，更知道自从哥哥第一次教员考试没有考过之后，除了飞行的时候，再也没有跟璐璐之间有过任何的联系。

那个时候她还不知道乔乔姐和哥哥之间发生了什么，更不知道他们之间有个孩子，还想过撮合她哥与璐璐，直到发现了她哥心底从来没有忘记过乔乔姐，她就再也没有想过撮合他们两个人了。

只是，两年的时间过去了，璐璐一直没有再找一个，那么多追求她、喜欢她的，她都视若无睹。

许璐苦涩地一笑："我第一个喜欢的人，哪有这么容易放得下？"

"璐璐……"

何蔓不知道如何劝许璐，她是一个聪明的女孩，应该看得出来如今她跟哥哥是更不可能了。

许璐深吸了一口气："不过，你也不用担心我，我自己知道分寸，也明白了现实，我会放下的。"

何蔓忍不住地走了过来伸手抱着许璐的肩膀："你会遇到一个你喜欢他、他也喜欢你的男孩的。"

终有一天，她会遇到那个眼里只有她的男孩。

许璐笑容苦涩，何蔓十分心疼地抱着她，转移开话题："对了，我之前听说你FO3考过了？"

一提起来工作，许璐倒是打起了精神："对，三个月前考过的，你呢，你什么时候考，我记得你还没有考。"

说到这个，何蔓叹了一口气："大飞机比较麻烦，我之前改装耽误了一些时间，不过现在差不多了，明天我打算去申请。"

许璐点了点头："也差不多时间了，赶紧申请吧。"

"那你快跟我讲讲考FO3有什么要注意的，主要是考哪些？"何蔓立马抓着许璐问起来关于FO3的考试。

虽然她早就知道会考些什么，但这样子一聊，许璐确实是状态好转了许多，没有刚刚的伤心难过，但她知道，这件事情不会就这么轻易过去的。

何蔓揉了揉眉心，如今只希望所有的事情尽量回归原位，尽量能让乔乔姐和哥哥和好如初，也尽量让璐璐能早日忘记她哥哥。

秦吟秋来到了深圳之后，何蔓便恢复了飞行，哥哥向公司申请了尽量早排过夜的班，再加上也请了护工，还有乔乔姐和艾尔时不时地去看望妈妈。妈妈别提现在的心情和状态有多好了，就连医生都说，这样的状态最好了。

何蔓家里发生了这么多的事情，自然也传到了叶南城的耳中，他打听到是宋青扬女朋友工作的医院，便过来了。

刚好何蔓从墨尔本落地回来，看到叶南城出现在病房，她微愣了一下："叶队，你怎么过来了？"

叶南城黑眸之中有掩饰不住的担忧之色："之前飞新西兰的时候不是听说你妈妈生病了吗，我听青扬的女朋友说转来深圳医治了，所以就过来看看。"

秦吟秋拉着何蔓的手道："蔓蔓，这位是？"

不等何蔓解释，叶南城上前了一步，道："阿姨，你好，我是何蔓机队的队长，我叫叶南城，是她的领导。听说您生病了，特意来看看您。"

"原来叶队长啊。"

秦吟秋立马笑了笑道："谢谢您了，医生说我的状态好得很，检查结果出来之后，就可以动手术了。"

"那就好。"

叶南城点了点头："我有一个高中同学是这家医院的医生，若是有什么需要帮忙的，阿姨尽管说。"

"谢谢叶队长了。"秦吟秋笑道，"蔓蔓和宁远都安排好了。"

何蔓也在一旁回过神来，看着叶南城说："叶队放心吧，我妈没事的。"

"那就好。"

叶南城也没有多说什么，把带过来的水果和鲜花放了下来："那阿姨，您先好好地养身体，没有什么事情的话我就先走了。"

"好的好的。"秦吟秋赶紧点了点头。

"妈，我送送叶队。"

何蔓说完，送着叶南城出来说："其实你不用过来看我妈的。"

"其他同事都来了，我怎么能不来？"

叶南城则一脸的坦然："你也别想太多，我就是过来看看阿姨，你赶紧回去照顾你妈妈吧,我还有事就先走了。"

叶南城说完,就很快离开了,仿佛生怕何蔓会说什么一样。何蔓眉宇微蹙着,随后摇了摇头回了病房。

秦吟秋看着何蔓回来,想到刚刚过来探望她的叶南城,便赶紧叫过来了她说:"对了,蔓蔓,这些天我一直忘记了,小盛呢,我怎么一直没有看到小盛啊?"

何蔓跟谢盛在一起不久之后,正值春节,秦吟秋跟她们兄妹二人一起过来的时候就发现了她跟谢盛在一起了。

何蔓手中的拳头微微紧握,面色不变地道:"他家里最近出了一些事情,不在国内,所以你生病的事情我没有告诉他,你也别告诉他这些事情了。"

"我肯定不会说的。"秦吟秋立马道,"那他家里出了什么事情,你知道吗?"

"这我怎么知道,我们在一起才多久,我也不好问。"何蔓说,"估计他跟我一样的想法,不想让你知道这些事情。"

"这怎么行,两个人在一块儿有什么事情肯定是要说的。"秦吟秋眉头微蹙地道,"妈妈的事情可以不用说,但是小盛发生了什么事情你还是要问问的,你可是人家女朋友,你……"

秦吟秋正说着,何艾尔从外面蹦跳着跑了进来说:"奶奶……"

随后只见何艾尔小小的身影跑了进来,看着何蔓的时候,他露出一个大大的笑容:"姑姑,你回来了?"

何蔓看到何艾尔的时候,原本微蹙的眉头一下子就舒展开了,她蹲了下来揉了揉艾尔的脸蛋:"有没有乖乖听爸爸妈妈和奶奶的话?"

何艾尔扬了扬小下巴:"当然有很乖了。"

随着跟着走进来的是何宁远和沈乔,何蔓一看到哥哥过来了,便立马用要考试的借口离开了,生怕她妈妈再抓着她与谢盛的事情不放。

回到了家里,刚拿出手册想要看书,想到了医院里面妈妈所说的话,她微怔了一下,拿出手机点开了师父的微信。

聊天信息还是停留在一个月前,最后一句话还是她发出去的,问他最近到底是怎么了,可惜,他一句话也没有回。

这段时间,他整个人仿佛凭空消失了一样,身边的人几乎没有人见过他，也没有听说过他的消息，当然，他更没有回公司。

何蔓想到了他和陆琳，按捺不住地又点开他的微信朋友圈，朋友圈也停留在两个月前公司的一条广告，后面再也没有更新了。

看到这一幕，何蔓深吸了一口气，把手机扔到了一边，马上就要考试了，她还是需要好好打起精神来做准备，毕竟最近发生了这么多的事情。

大概是如今飞的时间久了，何蔓也越发成熟，饶是在发生了这么多事情的情况下，她的FO3考试无论是理论还是航线的考试，都一次性考过了。

FO3考试通过之后，秦吟秋的手术时间也定了下来，就是在何蔓考完试的第二天。何蔓在考完试之后，也就申请了休疗养假，刚好可以趁机好好照顾妈妈。

好在妈妈的手术很成功，而且癌细胞并没有转移，所以病灶切除了之后，便在渐渐地康复当中。只是毕竟经历了一场大手术，妈妈的身体还是格外虚弱，住院观察了半个月之后，这才出院，这半个月的时间，基本上都是沈乔与何蔓在照顾着她。

出院之后，何蔓又要开始飞了。何宁远担心沈乔太过于辛苦，又请了一个懂得医护的护工照顾着秦吟秋。

而经此一事，再加上秦吟秋一直有意撮合，何宁远跟儿子的关系也越发亲密，沈乔跟何宁远的关系越来越好了。

何蔓微微松了一口气，刚安顿好她妈妈准备回家，秦吟秋叫住了她："蔓蔓，你跟妈妈老实说，你跟小盛怎么了？"

秦吟秋很聪明，她来到深圳前前后后也有两个月了，可是谢盛都没有出现，而之前谢盛对蔓蔓的态度可不是这样，尤其是她还动了这么大的一个手术，以小盛的性子还有都是同一个公司的，他不可能不知道。

如今没有出现，肯定是和蔓蔓发生了什么。

何蔓看着秦吟秋那模样，寻思着她手术也做完了，便直接道："妈，我实话跟你说了吧，两个多月前我就跟谢盛分手了。"

"什么？"

秦吟秋一听到这里，脸色一下子变得格外难看，立马问道："怎么会分手的，你们两个怎么分手的？"

何蔓打断了秦吟秋的话："妈，你就别问了，好吗？"

秦吟秋一怔，抬头看着何蔓那模样，想到她刚跟小盛分手不久又遇到她生病的事情，难怪这短短三个月看着她憔悴成了这样，不禁格外心疼，点了点头道："行，妈就不问了。你这孩子，分手了怎么也不跟妈妈说？"

"没有多大的事情嘛，我们本来也在一起也没有多久。"

何蔓深吸了一口气，一脸无所谓的样子："妈，你也别担心我了，我不会有事的。倒是你，刚刚做完手术，出院还需要好好养着，心态放宽，别操心我的事，不然才是真正让我担心，明白吗？"

秦吟秋心底有许多话想说，可看着何蔓那疲倦的模样，想到最近发生的事情，她最终没有多问，只是说："行了，妈知道了，你赶紧回去吧，明天不是还要飞新加坡吗？"

何蔓点了点头："嗯，那我先回去了。"

从哥哥家中出来，想到这休息半个月排的第一班新加坡，她微怔了一下，陆琳不是以前一直都在新加坡吗？

之前，叶南城还说过，曾在机场见到过谢盛和陆琳一起前往新加坡。后来，她问过飞新加坡的那个机组，确实是发现了谢盛和一个女孩去了新加坡。

自此，她彻底地死心，她终于相信，师父原来并没有那么喜欢她，所有一切不过就是她的一厢情愿。

只是如今没有想到自己也会飞新加坡，其实新加坡这个航线她之前飞过，只是跟师父分手之后她还是第一次飞。

深圳到新加坡也就四个多小时，所以这一趟航班就排了一个机组，飞完之后他们在新加坡休息两天，然后再回深圳。

从深圳起飞的时间是早上九点，所以落地到新加坡的时间还早，这个航班的时间点和时间线都不错，何蔓在酒店办好入住之后便出来了。

医生说妈妈刚动完手术，需要补充大量的蛋白营养，新加坡这边的一些蛋白粉什么的都还不错，何蔓想过来给妈妈买了一些。

她从酒店出来，没想到在大堂里面撞见了叶南城，她微愣了一下，道："叶队，你没有回房间休息呢？"

"刚在飞机上你不是说要给阿姨买点营养品吗？"叶南城望着何蔓，说，"刚好我也需要给朋友的小孩带点东西，一起去吧？"

叶南城这么一说，何蔓愣了一下，倒是记得有一个机长让他帮忙带点东西，她只能是点了点头道："好。"

新加坡并不大，他们居住的酒店又刚好是在市中心，旁边医院、超市、商场什么的，应有尽有，格外方便。

去超市的时候刚好路过医院，何蔓看了一眼医院，突然之间看到了医院的大门口走出来的两个人，她微愣了愣，那不正是谢盛和陆琳吗？

何蔓呆站在那里，与谢盛分开也差不多有三个月的时间了，在这差不多三个月的时间里，她再也没有见到过谢盛，他也没有再飞过。

她一直很好奇，他与陆琳要结婚就结婚，为什么连飞都不飞了？

可是她没有权利也没有资格再问，更何况，她问了，他也不会回答，所以她从来没有问过，如今没有想到竟然会在新加坡的医院遇到他。

他为什么会出现在医院？何蔓不禁心揪了起来，格外担心，只见谢盛穿着白色的衬衫，戴着黑色的墨镜，头发有些凌乱的样子，不知怎的，整个人给人一种颓废的感觉。

显然，他也看到了何蔓，一下子愣在那里，下意识地摘下了墨镜，似乎觉得在这里相遇有些不可思议。

"阿盛，走了。"他身边的陆琳看着他站在那里，叫了一声，扭过头来伸手拉着他的手臂刚想说什么，看到了前面不远处的何蔓，她微微一愣，看着谢盛问，"要不要去打一个招呼？"

不等谢盛说什么，何蔓身边的叶南城也看到了谢盛，他眉宇一挑："谢教员，没想到会在这里遇到你。"

谢盛微微按压了一下耳朵上类似耳机的东西："叶队，你怎么会在这里？"

"公司有飞新加坡的航班你不记得了吗？"叶南城指着身后发呆的何蔓，说，"我和何蔓刚好飞新加坡。"

谢盛有些恍惚，仿佛这才想起来点了点头道："原来是这样。"

"谢教员这是发生了什么事情？"叶南城看着谢盛这模样，眉头微微一蹙，按捺不住地问了起来道，"怎么会请了这么久的假？"

按理说，飞行员是不可以请这么久的假的，怎么谢盛会请这么久的假？

正常飞行员这么久不飞，都是按停飞来处置的，可谢盛也没有犯过什么错，怎么就突然之间请假停飞这么久呢？

何蔓听到叶南城这么一问,也抬起头来,天知道她是有多好奇,就算是与陆琳结婚,这么久的时间也该差不多了,怎么还不回公司?

谢盛闻声,那黑眸之中暗潮涌动,似有一种痛楚却又掩饰得极好,一旁的陆琳则轻笑了一声道:"家里发生了一些事情,大概需要处理得久一些,所以阿盛暂时还回不了公司。"

叶南城则看向了陆琳,眉头微挑着:"我记得三个月前陆小姐家里说在商议与谢教员结婚的事情,是结婚的事情吗?"

叶南城的话音一落,谢盛立马全身沉了下来,整个周围的气氛都带着一丝的凉气,看得陆琳脸色微变,下意识地看向了谢盛。只见叶南城又道:"可就算是结婚,三个月绰绰有余了,蜜月也能度完了吧?"

叶南城的话还没有说完,只见谢盛眸光冷沉无比地望向了他:"这似乎不关叶队的事吧?"

叶南城没有半点退缩的样子,冷冷地道:"怎么不关我的事,谢教员莫不是忘记了,我是330机队的队长?"

谢盛闻声,脸色阴郁无比,身上有着几乎压抑不住的怒气,陆琳赶紧拉住了他的手臂,看着叶南城抱歉一笑道:"实在不好意思,叶队,这是我们家里的事情,还请叶队不要为难,如果叶队真不相信的话,可以去问乔经理。"

"陆小姐这话说的,我怎么会不相信呢?"

叶南城讽刺一笑,说:"不过,你们家的事情,如此看来,陆小姐和谢教员是真的回新加坡结婚了?"

谢盛几乎是控制不住浑身的怒气,冷声地问:"叶队到底想说什么?"

叶南城冷冷地盯着他:"我想说的是,谢教员既然有婚约,有未婚妻,又何必要招惹何蔓?"

谢盛脸色瞬间变得苍白,想要解释什么,可话到了嘴边却又不知道如何开口,只见叶南城继续道:"我一直欣赏谢教员,也佩服谢教员,认为谢教员是一个无论在飞行上,还是在感情上都光明磊落之人。可没有想到,谢教员倒是德不配位,飞行技术精湛,可在对待感情上却是如此三心二意,见异思迁。"

一旁的陆琳听不下去了,清冷的眸子盯着他道:"叶队,我与阿盛所谓的婚约,不过就是父母的玩笑之语,根本就当不得真的,所以阿盛与何小姐在一起的时候，从未曾三心二意，我与他的婚约更当不得真的。"

"那你们现在不还是结婚了？"叶南城闻声，冷冷地道，"如果你们的婚约不作数，那你们双方父母见面谈什么婚事，如今又怎么会结婚？"

"我们没有……"

陆琳眉头一蹙，想要解释什么，话到了嘴边被谢盛给拉住了，陆琳愣了愣，只见谢盛抬起头来看着叶南城，神色冰冷地道："叶队以什么身份来说这些话？"

叶南城看着谢盛这般模样，气不打一处来，刚想说什么，何蔓终于清醒过来，上前了一步扯住了叶南城的胳膊："好了，叶南城，我们走吧。"

从头到尾，谢盛仿佛都没有发现她似的，视她如空气；叶南城又在这里说什么，这些话只会让她更尴尬。

谢盛目光落在何蔓扯叶南城胳膊的手臂上，那插在口袋里的双手下意识牢牢地攥紧，青筋直暴，面色却依旧清冷淡然。

叶南城看着何蔓这模样，心疼不已，满腔的怒气压了下来，拉着她的手道："好，我们走。"

谢盛全身僵硬地站在那里，想要追上去，可双腿如同灌了铅似的，一步也移不动，只能站在那里看着叶南城带着何蔓离开，就如同曾经的他这样护着何蔓离开一样，也如同曾经何蔓受了委屈抓住他胳膊的样子。

如今，已经有别人来护着她了吗？

谢盛闭上了眼睛，第一次体会到那种撕心裂肺般的疼痛，也第一次让他怀疑他的选择是不是错的。

陆琳扭过头来看着谢盛，她像是想到什么，说："对了，听说何小姐的妈妈生病住院了。"

谢盛手中的拳头一下子牢牢地攥紧，青筋暴起，语气依旧淡然地道："我知道，听说已经在深圳医治了，没什么大碍。"

陆琳目光落到了谢盛紧握的手上，她微叹了一口气："你明明那么舍不得，明明那么关心，为什么要装作不关心的样子？"

谢盛自嘲地道："如今的我，还有什么资格关心？"

"那也没有必要让她误会啊。"陆琳望着他，说，"就像她误会我们结婚的事情，你为什么不解释清楚我们回新加坡不是结婚的呢？"

"那要怎么解释我们来新加坡的原因？"谢盛听到这里，那张俊雅的脸上多了一抹讽刺，"说我是来治耳朵，说我的耳朵听不见了吗？"

陆琳知道谢盛最担心什么，她看了一眼何蔓刚刚离开的方向，说："可是我看何蔓未必会在意。"

"可是我在意。"谢盛接过了话，他一脸痛楚地道，"陆琳，我在意。"

陆琳一听，抬头看着谢盛这般模样，心疼不已，不再劝说什么，只是无奈地道："算了，我们先回去吧，下周就能出检查结果了。"

谢盛没有说什么，只是默默地盯着何蔓与叶南城离开的方向。

叶南城与何蔓离开后来到了附近的鱼尾狮公园，他看着站在护栏边上看着湖水的何蔓，担心地问道："何蔓，你怎么样，你没事吧？"

何蔓冷静了许多，摇了摇头道："我没事，刚刚多谢了。"

她知道叶南城是为了她才会质问那些问题，但是，这跟他没有关系。

叶南城站在她身边，心思微微一动道："何蔓……"

"嗯？"何蔓侧过头来。

叶南城看着何蔓此时这般模样，原本想说的话到了嘴边，最后却只是一笑，摇头说："算了，我们去买东西吧？"

何蔓看了一眼叶南城，仿佛明白他想说什么一样，眉头微微一蹙，想着她如今虽然是单身一人，但也早已经对叶南城毫无任何男女之情，担心他有过多的心思，便出声道："叶队，我……"

"何蔓，赶紧走吧，晚上不是还约了机组一起吃饭？"叶南城则直接打断了她的话，"再不买东西时间就来不及了。"

何蔓看着距离她几步之远的叶南城，最后点了点头，来到了这附近的超市迅速地买了东西，只是刚从超市里面出来，就看到了迎面走进超市的谢盛和陆琳，两个人还是刚刚的打扮，显然是刚从医院那边过来的。

何蔓抬头看着，只见陆琳拉着谢盛的手臂道："哎呀，阿盛，你不要走这么快嘛，我都跟不上你，你……"

陆琳的话还没有说完，就看到了叶南城和何蔓推着推车从超市里面出来，她微愣了一下，手依旧抓在谢盛的手臂上，又遇到了，这还真是巧了。

何蔓面色微微有些难看，这新加坡虽然说不算大，但也不至于这么小吧，就这么一时半会儿的时间遇上了两次？

看着两个人挽着的手臂，何蔓面色微微泛白，咬着下唇，叶南城自然也是看到了这一幕，伸手握住了她的手，轻声地打着招呼："还真是巧了，这又遇到了？"

谢盛看着叶南城自然而然地牵起何蔓的手，想到何蔓刚刚抓住他胳膊的样子，他心沉落谷底，轻声地道："是啊，真是巧了。"

陆琳察觉到谢盛情绪的变化，看着两个人握在一起的手，她眉宇一挑："叶先生和何小姐，这是在一起了？"

何蔓下意识地想要抽回自己的手，只是像是想到什么，她又停了下来，抬头看着陆琳讽刺地道："这似乎不关陆小姐的事吧？"

原本想解释的叶南城听到这里，微怔了一下，站在那里并没有说话，只是一脸心疼地望着何蔓。

"确实不关我的事情。"陆琳一笑，"我也只是关心关心。"

何蔓冷笑："我与陆小姐不过就是认识而已，谈不上关心吧？"

陆琳脸色微微一变，何蔓却抬头盯着谢盛，黑白分明的眼睛透着凉气："还是，陆小姐这是在替自己的老公在关心？"

谢盛手中的拳头微微收紧，一双黑眸看着何蔓的时候看不出任何情绪的变化，声音冷淡疏离地道："你想多了。"

何蔓看着谢盛如同最开始认识那般清冷疏离的样子，她只感觉到仿佛是有一把刀子插在她的心底似的，让她声音都多了一丝颤抖："我想多了？"

谢盛神色依旧很是冷淡："不管怎么样，祝你幸福。"

"祝我幸福？"何蔓听着谢盛那一句"祝你幸福"，她讽刺地笑了起来，何蔓，你是有多愚蠢，还想着试探什么？

他从来都没有喜欢过你，你还不能清醒一点吗？

这些现实，让何蔓心底如同针扎似的，却也越发清醒，她抬头盯着谢盛，眸子一片冰凉："那多谢谢教员了。"

说完，她神色匆匆地径直往前走，直到撞到了一个人，她这才稍稍清醒了一些，停了下来，叶南城跟了过来扶住了她跟人道歉，然后扭过头来看着她一脸担心："何蔓，你没事吧？"

何蔓看到叶南城，有些恍惚，抬起头来看着来来往往的人群，她渐渐地清醒了过来，摇头道："我，我没事。"

是她太傻，是她太愚蠢，是她不甘心。

以后，她不会再犯傻了。

叶南城心疼不已地道："何蔓……"

"我没事。"

何蔓此时清醒过来，想到她刚刚还愚蠢地用叶南城来试探他，就觉得自己格外可笑，更觉得对不起叶南城，有些愧疚地道："刚刚对不起。"

叶南城听着她的道歉，心底沉了沉，却依旧笑道："没关系的。"

何蔓微微松了一口气，从他的手中接过她买的东西，说："我们回去吧。"

叶南城没有说什么，而是点头道："好。"

两个人回到了酒店，她便回了房间，晚上的时候也没有下来吃饭，叶南城知道她心情不好，便也没有让人叫她。

吃完饭后，叶南城跑出去给何蔓买了一点酸奶和水果准备让人送回她房间，刚回酒店就在一辆黑色的车子里面看到了一个熟悉的面孔，那不是谢盛吗？

他怎么在这里？

叶南城正想过来，显然谢盛发现了他，直接就开着车子离开了。看着这一幕，他愣在那里，谢盛到底在搞什么鬼，他还想做什么？

不知怎地，他总感觉到谢盛似乎并不是不爱何蔓才跟她分了手，更像是有什么难言之隐？

可是，又能有什么难言之隐会这样，还跟陆琳结了婚？

叶南城想到从得知谢盛请假到现在发生的所有的事情，他突然之间发现，似乎谢盛与陆琳结婚的事情，谢盛从来都没有说过。

想到这里，他抬头盯着谢盛离开的方向，那到底有什么不得已的原因会让他这么做？

可不管是什么原因，只怕若是何蔓知道了，那她跟谢盛复合也不过迟早的事情。

叶南城越想，脸色越发难看，接下来在新加坡过夜的两天，他发现每天都能看到了谢盛的车子出现在酒店外面。

谢盛此举，越发证明了他的猜测，可到底是什么原因，他却怎么也猜不明白，只是男人的自私，让他并没有告诉何蔓他的这个猜测。

相反，在新加坡的最后一夜，他借着请机组集体吃饭的机会把何蔓给叫了出来。何蔓过来的时候，看着只有叶南城一人，她微愣了一下："其他人呢？"

"就只有我们俩。"叶南城伸手示意她坐下，说，"我有话跟你说，但又担心你不想过来，所以就用了机组的名义。"

何蔓眉头微微一蹙，看了一眼眼前的这个环境，又看着对面的叶南城，想到自从她跟谢盛分手之后时不时出现的他，她心底一沉，却依旧坐了下来："有什么事？"

想到前两天下午遇到谢盛的事情，她暗自叹了一口气，是她不好，给了他错觉，她不该为了试探谢盛而利用他。

叶南城看着对面的何蔓，他深吸了一口气："何蔓，如今，谢盛已经与陆琳结婚了，他们两个人在一起了，你现在单身一个人。所以，可不可以再给我一个机会？"

何蔓眉头一蹙："叶南城……"

"何蔓，让我先把话说完。"

叶南城打断了她想要说的话，道："何蔓，当年是我不好，是我太过于自以为是，太过于爱惜羽毛，所以错过你了。但是何蔓，不管你相不相信，从在学校里面看到你第一眼的时候，我就喜欢上你了。

"可欢喜过后，我就考虑了很多的事情，考虑会对你影响不好，考虑会对我影响不好，考虑会影响你学飞，考虑了很多很多的事情，但是如你所说，我考虑的，最终还是害怕我自己的名声受损，我自以为是地考虑了很多的事情，却唯独没有考虑到你的感受，更忘记了你是一个性子多刚烈的人。等我回国之后，你的心底更是早就喜欢上了别人，我虽然痛苦、难受，但是我知道如果我再继续纠缠不休，可能我们连同事都做不成，更何况，当时的谢盛对你极好，我想着喜欢一个人、爱一个人不就是希望她好吗？所以我决定放弃，只要你幸福，我就不会再纠缠不休，我就可以放手。"

何蔓愣了愣，说真的，她从来不知道叶南城对她的感情是什么样子的，是得不到的那种，还是只是不甘心。可如今听来，她才真正地相信，当年，并非她一厢情愿。

只是，物是人非，事过境迁，她对他，早就没有了半点的男女之情，何蔓刚想说什么，叶南城望着她道："可是何蔓，如今时间证明，谢盛并没有那么喜欢你，他并没有那么爱你，他甚至是一而再、再而三地伤害你。

"何蔓，你不知道，我看着你每一次为他痛苦、为他哭的时候我是有多难受，那是我一直小心翼翼地捧在手掌心的女孩儿，我不忍心也不愿意看到你为他而伤心难过，所以，何蔓，你能不能再给我一次机会？"

何蔓心底感动，可却清楚地明白，那感动当中并无一丝丝的男女之情，她望着叶南城那诚恳的样子："对不起，叶南城，我很感激你的喜欢。但是叶南城，我们之间，早在你当年决定离开的时候，就再也不可能了。

"叶南城，我也很抱歉前两天利用你来试探谢盛是否还对我有感情，如果让你有什么误会，真的对不起，是我不好，我不该这么自私。"

"不，不是的。"叶南城面色惨白，下意识地摇头，"你能利用我，你不知道我有多开心。"

何蔓望着叶南城，说："我不该在明知道你对我还是很好，可能对我还有感情的情况下利用你，对不起。"

何蔓的每一声"对不起"，都让叶南城的脸色变得格外难看，没有一丝血色，她的每一声"对不起"，都是在告诉他，她不喜欢他了。

她真的只是把她当成了普通朋友，当成了普通的领导。何蔓站了起来："对不起，叶南城，我先回酒店了。这饭，我们还是有机会整个机组一起吃。"

她不能给叶南城任何的希望，她只有不给他任何的希望，他才能真正地去寻找属于他自己的幸福。

叶南城看着何蔓那决绝离开的背影中，他靠在了椅背之上，闭上了眼睛，其实，他早就知道他说出这一番话之后她会是什么反应。

可是他还是想说，不是想断了自己的后路，是他怕何蔓知道了谢盛可能有难言之隐后，他更不会再有任何的机会。

可如今看来，不管她知道不知道谢盛有没有难言之隐，他都没有任何的机会。

何蔓从新加坡回来之后,想到叶南城在新加坡之举,她眉头微蹙,正寻思着以后跟叶南城怎么再保持一段距离呢,许璐来找她说是想改330了。

何蔓愣在了那里:"你怎么会突然想改330,你之前不是不想改330吗?"

许璐自嘲地笑了笑:"我之前不想改330的原因,你不是知道吗?"

何蔓:"……"

对啊,她之前不想改330,是因为她哥,那如今她想改330……

何蔓想到了这个可能性,她一脸的心疼,立马抓住了许璐:"你不是因为我哥才想改330的吧?"

"可以这么说吧。"许璐点了点头。

何蔓眉头微蹙地道:"不是,璐璐,你这个时候改330,有没有想过可能会晚两三年才能当机长?"

大飞机当机长比小飞机慢,而且时间也长,许璐如今已经考完FO3了,只要不出任何差错,再过两年差不多能当机长了。

"我知道。"许璐点头道,"可是蔓蔓,如果这样的情况,我再飞320的话,对我也会产生影响。"

"你是想因为我哥而逃避一个机型?"何蔓面色微变,想到谢盛以前曾经说过,他说不希望她因为任何人而逃避飞一个机型。

同样,她不希望许璐如此。

"可以这么说,不过,也不能完全这么说。"许璐看着远处的大飞机,她说,"最主要的原因,也是我想放过我自己。"

何蔓一愣,有些不解地问:"什么意思?"

"因为我跟宁远哥同在一个机型,总是会经常排到一起飞,就算是我能控制自己的感情不影响工作,但是,只要是能见到,我就还是会带着期待,放不下自己的感情,甚至会越压抑越深。"

许璐说完,轻嘲地笑了笑道:"但是我又知道,宁远哥跟沈乔在一起十年，我不想让自己的感情影响到他，更不希望会破坏他好不容易得来的幸福，所以，我改机型，是最好的选择。"

何蔓不知道说什么好，心疼地道："璐璐，你没有必要为他做那么多的。"

许璐洒脱一笑："我没那么伟大，主要是想放过我自己，想逼着自己放下。所以，比起当机长，我更希望自己能先走出来。"

何蔓听许璐这么一说，格外心疼，但却也不想着再劝她了。如今哥哥和乔乔姐已经和好了，而且据她所知，哥哥已经在悄悄准备着求婚，到时候哥哥与乔乔姐结婚了，璐璐再见到哥哥，只怕是会更难受。

如果这样，倒不如改330，如她所说，放下这一份感情，放过自己。就如同她一样，也想放过自己，放下她与谢盛的感情，想到这里，何蔓许璐说："你这么说，我就不再劝你了。"说完，她顿了顿道，"不过，如你所说，我也准备改回320了。"

330不缺女飞，她也想改回320了。

一来是为了好好照顾她妈，二来是因为谢盛和叶南城都在330，如今她想要跟叶南城保持距离最好的办法是换机型。

她不是不愿意跟叶南城飞，只是不想让叶南城再把心思放在她身上。

更何况，谢盛虽然不知道请了多久的假，但他迟早会回来飞的，到时候也是在330，所以倒不如趁他休假还没有回来之前改回320。

"你要改回320？"许璐一怔，自然是想到了何蔓与谢盛的分手，她道，"是因为谢教员吗？"

何蔓说："其实也不单单是因为他，我妈的身体你也看到了，虽然如今没什么大事，但毕竟是经历了一场手术，所以我想能多一些时间陪着她。"

何蔓这么一说，许璐便明白过来了，更何况，趁谢教员请假还没有回来之前先改了机型，对何蔓也好。蔓蔓这个人的性子她了解，极看重感情，谢盛突然之间莫名其妙地与她分了手，且又消失不见，最近家里又发生了这么多的事情，别提她有多难过了，好在事情多一些也就忘记了伤心。

趁这个时候换个机型，再忙碌一些，兴许她能很快走出来。

何蔓和许璐决定换机型，很快就提交申请上去了。许璐说是想在当机长前也飞飞330,以后更好地知道自己适合飞什么机型,也想趁年轻多看看这个世界,理由冠冕堂皇,公司倒是很快批准了。

这消息很快就传到了何宁远的耳中,他得知消息的时候申请已经批下来了。也就是说,他今天跟她飞的这一班,是她在320的最后一班。

何宁远看着飞行准备室里面的许璐,他想到了认识她到现在的点点滴滴,心底升起了一丝丝的愧疚,如今她转330,是不是因为他?

当初,他明明一直没有忘记乔乔,却还是招惹了许璐,说到底,是他混账。

不过时间也这么久了,想来,她早就忘记了,跟他可能也没有关系,所以,他还是别多管闲事。

想到这些,他收敛了神色:"你来落地。"

不管许璐做什么决定,他都祝福她,她是一个比何蔓还成熟冷静的飞行员,她值得更好的。

"好的。"右座副驾驶位置上的许璐听到这里,微微点头,开始做下降前的准备工作,并核对下降检查单。

何宁远联系空中交通管制,许璐操作着飞机落地,看着前面机场候机楼上深圳两个字,在飞机停稳之后,她突然之间出声:"宁远哥,这是我在320最后一班了。"

何宁远面色不变:"我听说了,你要转330去?"

许璐看着那一张温润如玉的一张脸,她心底不舍,却点了点头:"对。"

何宁远并没有多问什么,只是道:"那祝你在330机队一切顺利。"

许璐听到他那像是什么事情都没发生的样子,按捺不住地讽刺地一笑:"宁远哥就不好奇我为什么会在FO3的时候转到330机队吗?"

何宁远侧过头来看着许璐那黑白分明的眼眸,他神色如常地道:"不管是什么原因,只要是你自己的决定,我都祝福你。"

许璐自嘲地笑了笑,随后,又仿佛像是想到什么似的道:"对了,我听蔓蔓说,你前女友回来了?"

何宁远并没有隐瞒,提起乔乔时,他嘴角有着无法掩饰的笑意:"嗯,不过,很快就能和好了,所以也不算是前女友了。"

许璐看着那一抹笑容,略感觉到一丝刺眼:"恭喜你啊,宁远哥。"

何宁远看着许璐这样,所有的话到了嘴边,只有一句:"谢谢。"

许璐深吸了一口气,扭过头来收拾着东西说:"好了,别让乘务组的人等我们,我们也赶紧下飞机吧。"

"嗯。"何宁远点了点头,不再多说什么。

许璐是一个聪明的女孩子,她知道自己想要什么,他不用担心的。而且,如今,他只想好好地弥补乔乔,余生,他只想好好地跟乔乔在一起。

第二十章　停飞的真相

许璐转330的事情很顺利,毕竟,她喜欢何宁远的事情,知道的人并不多,但何蔓就不一样了。何蔓跟谢盛是光明正大地在一起,很多人都知道这两个人在一起的,尤其是乔庭远,自然也知道何蔓与谢盛在一起的事情,当然,更知道这两个人现在分手了。

如今何蔓要改回320,乔庭远自然是想到了这件事情,看着对面的何蔓,他又低头看着她的申请说:"何蔓啊,怎么突然之间想改回320呢?"

何蔓道:"乔教员也知道我妈之前生了一场大病,又经历了一场大手术,如今这身体大不如从前,这330的过夜时间太长,飞出去就好多天不在家,我不想发生子欲不养而亲不待的事情,所以想转320能多一些时间照顾妈妈。"

从乔教员来找她,她就明白乔教员可能会说些什么,所以她早就做好了准备如何回答,她说:"而且我想着330的女飞如今也挺多的,也不缺少副驾驶,我转回320也不会影响到工作。"

乔庭远略感到欣慰,这个当初进公司遇到事情只会逃避或者委屈的小女孩如今当真能渐渐地独当一面,处理事情也越发成熟,包括她此时跟他所说的理由,合情合理,还考虑得格外周全。

但是乔庭远见多识广,又算是看着何蔓一路成长起来的,更何况知晓她跟谢盛的事情,所以这些理由并没有成功地说服他。

乔庭远微微抬头,望着何蔓:"是吗,没有谢盛的原因?"

何蔓微愣了一下,看着乔教员那洞若观火的眼神,她低头自嘲地一笑,没有否认:"若说跟谢教员没有关系,那也是不可能的,只是我妈妈突然之间生病，这才是让我下定决心的真正原因。"

"这么说，我倒是相信了。"乔庭远点了点头。

何蔓看着乔庭远这模样，有些愧疚地道："对不起啊，乔教员，我又因为个人感情影响到工作了。"

乔庭远挥了挥手："你说得没错，要知道子欲不养而亲不待是人生最大的遗憾，你妈刚刚做完手术不久，你改回320也好，能好好地照顾她。"

何蔓一听，立马欣喜地问："这么说乔教员同意了？"

乔庭远一笑："如你所说，不影响工作，330不缺少副驾驶，理由也合情合理，我有什么理由不同意呢？"

何蔓开心地道："多谢乔教员。"

"行了，公司也不是不讲人情的。"

乔庭远望着她，说："倒是何蔓，无关于性别，你一直是我比较欣赏的一名飞行员，所以，我不希望任何事情会影响到你的飞行。"

何蔓微怔了一下："乔教员放心，我分得清楚个人感情和工作。"

乔庭远说："那就好，那你准备着去改回320吧。"

"是。"

何蔓站了起来准备出去，刚走到门口，她脚步又停了下来，乔庭远看着她的举动，微怔了一下，问道："还有事？"

何蔓扭过头来，迟疑了一下："乔教员……"

乔庭远看得出来何蔓的欲言又止，他问："有什么事情，你说。"

何蔓深吸气，鼓起了勇气问："谢盛到底为什么突然之间请假这么久？"

如果谢盛是因为要跟陆琳结婚跟她分手，她能理解，那么也能猜到谢盛请假也是为了结婚，毕竟公司的婚假不长，他请长一点时间的假期也正常。可是，这假请了三个月，蜜月也该度完了吧，怎么还没有回来上班的意思？

以她对谢盛的了解，他酷爱飞行，若是没有不能飞行的原因，他是不可能会请假这么久的。

不能飞行的原因？

何蔓心底咯噔了一下，这是她那天跟许璐说完改回320之后想到的，从谢盛跟她分手，处处透露着奇怪。之前她太过于伤心，没有想那么多，可是如今冷静下来，她越发察觉到其中的不对劲。谢盛为什么这么着急地跟她分手，为什么这么着急地跟陆琳结婚？

以她对谢盛的了解，还有日常的相处，他不可能会脚踩两只船，更没有机会来脚踩两只船。

乔庭远微愣了一下，没想到何蔓会问这个："怎么会突然之间问起来这个？"

"之前我飞新加坡的时候，在新加坡撞见了他与陆琳。"她道，"乔教员应该也认得陆小姐吧，听谢盛以前说过，你和陆小姐的父亲还有谢总都是空军飞行员，陆小姐的父亲现在仍然是空军教员。"

乔庭远微微点头："没错，我认得琳琳，这孩子和小盛都是我看着长大的。"

何蔓并不关心这个，她道："我在新加坡的时候，撞见谢盛和陆琳，是在医院门口撞见的。"

乔庭远微愣了一下，问道："医院？"

何蔓点了点头："是医院。"

"你去医院干什么？"乔庭远好奇地问。

何蔓道："我就是在新加坡过夜的时候路过医院。"

"哦。"乔庭远微微点头。

何蔓见乔庭远没有说什么的意思，赶紧道："那个，乔教员，我是想问，你知道他们为什么会出现在医院吗？"

"实不相瞒，谢盛请假之后，我就再也没有见过他，也没有他的消息了。"乔庭远正了正色说，"所以我也不知道。"

何蔓脸色微微一变，咬着下唇问："那谢盛和陆琳是真的结婚了吗？"

乔庭远一听谢盛和陆琳结婚了的消息，他愣了愣，正想说什么，谢震东还没有从外面进来，就听到他说话的声音道："庭远，中午有空一起吃个饭，我们……"

刚说完他就看到了何蔓也在乔庭远的办公室，他微愣了一下："何蔓也在啊？"

何蔓看着谢震东，差一点冲动地想要问谢总谢盛如今到底是怎么回事，只是理智和情绪让她还是强忍了下来，只是打了一个招呼道："谢总好。"

"你找乔经理有事?"

谢震东问:"那你们先聊,我等会儿过来。"

"没事了没事了。"

何蔓赶紧摇头:"谢总和乔经理先说吧,我就先走了。"

说完,便很快就离开了,看着谢震东微愣了一下,扭过头看着乔庭远说:"这孩子过来找你干什么?"

乔庭远说:"是我找她的,她想改回320。"

谢震东找了一个位置坐了下来说:"为什么想改回320?"

"他妈妈生病了,刚做完一个大手术。"乔庭远说,"她说不想发生子欲不养而亲不待的事情,便想着转回320。"

"倒是一个孝顺的孩子。"

谢震东像是想到什么,说:"哎,对了,我刚在门外听她问起来谢盛和琳琳的婚事,这八字还没有一撇的事情她是怎么知道的?"

乔庭远愣了愣,说:"你不知道她与谢盛在一起差不多一年的时间了?"

"什么?"谢震东一下子仿佛被震惊到了,扭过头看着何蔓离开的方向,又看着乔庭远,"这怎么可能?"

乔庭远看不过去了:"你这人!难怪谢盛跟你总是吵架,你说你,有好好地关心过这个儿子吗?公司里面很多人都知道了,你稍稍问一下也能知道啊。"

"这,我还真不知道,平时公司里面也没有人跟我聊这些事情,就偶尔跟你聊起来。不是……你知道为什么不告诉我?"

"谢盛让我别告诉你的,说有机会自己告诉你的。"

"这孩子……"谢震东气不打了一处来,眉头微蹙地道,"我还以为他一直一个人,上一次和琳琳家里面人一起聚聚的时候,还说起他和琳琳小时候定的娃娃亲。"

说到这里的时候,他道:"难怪他没有什么反应,琳琳也不同意,难道琳琳也知道了这两个人在一起了?"

乔庭远点了点头:"听何蔓的意思是。"

"难怪这两个孩子压根就不理会我们所说的娃娃亲。"谢震东揉了揉眉心,像是想到什么,他又抬头道,"那刚刚何蔓说什么谢盛与琳琳的婚事?"

乔庭远说:"她与谢盛三个月前分手了。"

"什么?"谢震东一下子呆在了那里,"三个月前?等等,那不是谢盛查出来左耳耳膜穿孔破裂的时候吗?"

"嗯。"乔庭远点了点头,"然后谢盛跟她分了手,好像还让她误会了他要与陆琳结婚的事情。"

谢震东听到这里的时候,愣了好半天,气得半天说不出来话道:"这个孩子,他真的是,存心想气死我不成,他……"

他话还没有说完,突然之间听到门外一声异响,他和乔庭远互相地看了一眼,走了出来,只见刚刚跑出去的何蔓正在乔庭远办公室外面靠墙站着,手中的包包掉落到了地上,整个人呆在了那里,一脸震惊、不敢相信的样子。

谢震东与乔庭远心底皆是一沉,怕是何蔓在这里什么都听到了。

何蔓看着谢震东与乔庭远两个人从办公室里面出来,她愣在那里,下一秒上前了一步问:"谢总,你刚说什么,谢盛左耳耳膜穿孔破裂?"

谢震东想到乔庭远所说的话,再看着何蔓的时候,一脸的心疼:"进来说吧。"

他那儿子,他太了解了,自以为是,又极为自负骄傲,怕是知道自己耳朵听不见了以后飞不了,所以这才跟何蔓分的手。

回来乔庭远的办公室之后,何蔓这才知道,原来,谢盛在飞纽约出去跑步时候,遇到了两个黑人抢劫一位同胞,出手相助,但不慎被一个黑人给打了左耳一拳,因为当时并没有什么大事,又因为机组在国外过夜,第二天就要回来,所以就并没有看医生,只是在回来落地起飞的时候,谢盛觉得耳朵有些刺痛,他想着休息休息可能会好,可第二天不但觉得刺痛而且还有些耳鸣、听不清的症状,他这才觉得不大好,去看了医生,医院当时给的诊断只是中耳炎。

可他吃了几天药并没有好转,耳朵还出血了,他这才做了一个全面的检查,检查结果他的左耳因为那一拳,耳膜穿孔破裂。

而且那几天他没有当回事,洗澡的时候,水进了耳朵,导致严重感染,还因没有及时医治,导致越发严重,直到左耳失聪,严重的时候压根就听不见。

航医当时就给他下了停飞通知，且告诉他，他的情况已经太过严重，且如今因为感染暂时还无法手术，这种情况极有可能会导致飞不了。

至于他跟陆琳也没有结婚，只是两个人从小一起长大，关系极好，再加上陆琳是新加坡医院的医生，说她所在的医院有治疗这方面的专家，所以他耳朵在感染好了之后，这才跟陆琳去了新加坡，想要医治好他的耳朵。

何蔓听完这些，脸色微微一变，担心地问道："那他现在怎么样了？"

"已经决定在新加坡做手术了，新加坡的专家说十有八九没有问题，但具体的还要等术后的恢复结果才能确定以后还能不能继续飞。"谢震东道。

"那就好。"何蔓担心过后，像是想到什么，她下意识地说，"这么说来，他是因为这个要跟我分手的吗？"

谢震东："依我看，十有八九是这样。"

何蔓一听，突然自嘲地笑了笑说："可是就算是不能飞了，还能做其他的，而且还有一只耳朵能听到啊。"

谢震东怔了一下，他叹了一口气道："你不知道谢盛，他从小好强，且又酷爱飞行，如果他以后不能飞，那只怕比杀了他还令他还难受。"

何蔓听到这里，看着谢震东，在那里咬着唇不说话，原本她还以为谢盛到底是怎么了，如今听到谢总这么一说，知道了所有的原因，担心过后的她只觉得格外可笑，原来，原来谢盛就只是因为这个跟她分手。

这又不是什么生死大病，只是飞不了而已，为什么非要分手不可？想到这里，她心底只有满腔的愤怒和失望，原来，她在师父的眼底竟然是这么不堪的人，竟然是因为他飞不了就会放弃她的人吗？

乔庭远轻咳了一声，担心地道："何蔓，之前不是我不愿意告诉你，而是谢盛不让说，他说如果以后康复了，他自会来求你原谅。"

"求我原谅？"何蔓讽刺一笑，想说什么，可是想到谢总是谢盛的父亲，最后，话到了嘴边，她深吸了一口气，道，"算了，只要他没事就好。"

说完，不等乔庭远说什么，她抬头看着他们道："谢总和乔教员如果没有什么事情，我就先走了。"

说完，何蔓头也不回地就离开了乔庭远的办公室，回到了车上，她那一直紧握着的拳头这才微微地松开，想到谢总所说的事情，她自嘲地笑了笑，她以为是谢盛不爱她了，所以跟她分手。可没有想到会听到这么一个真相，原来，他想分开的原因，竟然只是他以后飞不了了。

她知道不能飞了对于一名飞行员意味着什么，可是，更多的是觉得讽刺。她从进公司就认识了师父，到现在也有三年多了，如今又在一起近一年，难道，她在他的眼里竟然是一个会因为他不能飞就会跟他分开的人吗？

难道两个人在一起，连这一点小小的困难都不能克服吗？

何蔓坐在车里，仔细地想着她与谢盛从在一起到现在所有的点点滴滴，又想到了叶南城，想到了叶南城当年的不辞而别。其实，某种程度上，师父与叶南城是同一类人，极为骄傲，极为自我，却从来都不会考虑到她怎么想的。

所谓的为她好，是真的为她好吗？

不，是他们从来不相信她何蔓也可以独当一面，相信她何蔓并不畏惧两个人在一起所要面对的所有风雨，她只想两个人好好地在一起。

她一直以为师父是了解她的人，可是如今看来，师父也并不了解她，又或者说，师父并没有想象当中那么爱她。

何蔓深吸了一口气，驱车离开了公司，原本，最开始觉得离开330还有一丝的不舍，可是不知怎的，此时竟有些释然。

只是，想到自从她进公司，毕竟是谢盛带着她，这三年多以来，谢盛教她飞行上的知识，远远比她想象中的多。

所以，在去珠海改装前，何蔓请了两天的假来到新加坡，她问过谢总，谢盛是今天动手术，但是手术之前他情绪极为不稳定，谢总说希望她能来看看谢盛，她也觉得师徒一场，她应该来看看他的。

何蔓站在病房外面，刚准备进去，只听到陆琳诧异地叫道："何蔓？"

何蔓微微侧过头来，只见陆琳提着盒饭走了过来，惊讶不已："还真的是你，你怎么会在这里？"

说完，她看着谢盛的病房又看着何蔓，像是想到什么，说："你都知道了？"

何蔓点了点头。

陆琳微叹了一口气："我就说嘛，这事是隐瞒不下去的。"

何蔓没有说什么，只是透过病房的玻璃门窗看着病房里面的谢盛，窗外的阳光斜射在他的身上，清亮温柔，似又带着一抹愁绪。

陆琳看了一眼，把她手中的饭盒递给了何蔓，说："你进去看看他吧，如果阿盛知道你来看他，一定会很开心的。"

何蔓微微侧过头："是吗？"

陆琳点了点头："这三个月以来，你不知道阿盛是有多痛苦煎熬，如果他能在手术前看到你，听到你的安慰和鼓励，肯定会很开心的。"

何蔓轻嘲地笑了笑，并没有说什么，只是推门而入、直到走到了谢盛的身边才停了下来。

谢盛仿佛都没有察觉到有人进来的样子，她心底针扎似的疼痛，想要伸手将他抱在怀里，却又极力地忍住。

而谢盛像是感觉到有人在身边一样，他微微侧过头道："陆琳，你来了？"

话刚刚说完，就刚好看着何蔓站在他的左侧，静静地望着他，那双眼睛黑白分明，亮晶晶地望着他，温柔又带着一丝丝的心疼。

他看着眼前的女孩，如同这冰冷的病房里面的一抹暖阳，让他震惊如雷，心底却是升起了一丝的温暖，又仿佛不敢相信："蔓蔓……"

何蔓望着穿着一身蓝条纹病号服的谢盛，心底波涛汹涌，面色却是格外地平静："师父，你还好吧？"

女孩的声音似乎是有几分低，让他有些听不大清，像是想到自己的耳朵的情况，又侧过来右耳，可又仿佛想掩饰什么，又侧了回来，仿佛是有些闪躲一样："你怎么会在这里？"

何蔓绕过病床来到了他的右边，黑白分明的眼眸静静地盯着他："我都知道了，我是过来看你的。"

女孩站在右边，声音便格外清楚明亮。

谢盛震惊地抬头，又下意识地有些慌乱地垂眸，生硬地道："你知道了什么？"

何蔓看着他那模样："你不必跟我装傻，我知道你左耳耳膜严重穿孔破裂，以后飞不了了，需要动手术。"

谢盛浑身大震，最后，闭上了眼睛。其实，从她出现在这里，他就知道她可能什么都知道了，只是一想到他的左耳如今什么都听不见了，他面色极为难看地道："你知道了又怎么样，你过来干什么？"

何蔓说："你是我的师父，师徒一场，你要手术，我总要来看看你。"

谢盛面色痛苦不堪："可是我如今，还有什么资格做你的师父？"

何蔓道："我记得师父说过，一日为师，终身为师，飞行之路上的每一个前辈都是师父，没有什么有没有资格，师父教过我，就永远是我的师父。"

谢盛痛苦地紧握着双手："可是，可是我以后都飞不了了。"

何蔓说："我听说陆小姐在新加坡找的医生是治疗这方面的专家，十分厉害，曾经有飞行员也是因为耳朵受伤飞不了，最后在他的治疗之下，重新踏上了飞行之路。师父这是不相信自己，还是不相信医生？"

谢盛没想到何蔓知道得这么详细，他呆在了那里："蔓蔓……"

何蔓看着曾经意气风发的师父，再看着他如今的模样，她说："师父，所有的事情我都知道了，我这一次过来也是听说你即将要手术，才特意过来看你的。所以师父，你不要担心，手术一定会成功，到时候好好休养一段时间就可以再重新飞向蓝天。"

谢盛浑身一怔，抬头看着何蔓说："真……真的吗？"

何蔓微微一笑："当然是真的，师父，你应该相信医生的，尤其是陆小姐为你找的医生。"

"是啊，我应该相信医生的，我相信医生。"谢盛说完，抬头看着何蔓，像是想到什么，眼眸闪躲，"只是，蔓蔓，你不怪我吗？"

何蔓反问："怪你什么？"

谢盛不知道该如何回答，何蔓接过他的话："是要怪你跟我分手，还是因为左耳听不见了要怪你？"

谢盛依旧没有说话，只是手中的拳头牢牢地紧握，表情痛不欲生，看着原本想要说什么的何蔓最后微叹了一口气，低声道："行了，你现在感觉怎么样，没事吧？"

谢盛听到何蔓的关心之语，他心底痛苦不已，抬头望着她有些艰难地道："蔓蔓，你真的不生气，你不怪我吗？"

"生气，怪你？"何蔓微怔了一下，她不是生气，怪他，只是觉得很失望罢了,她摇了摇头说,"我知道师父也是为我好。"

"对不起,蔓蔓,对不起,我之前那么伤害你。"谢盛听到这里,终于再也控制不住,心底只有无尽的愧疚,他不断地道,"对不起,对不起,蔓蔓。"

何蔓摇了摇头道:"好了,我是听说师父要做手术,所以过来看看师父的,并不是来听师父说对不起的。"

谢盛此时心底五味杂陈,神色恍惚,只觉得如同做梦一般:"那你呢,蔓蔓,你真的不生我的气吗?"

"没有,早就不生气了。"何蔓摇头,安慰着他,"如今你好好做手术才是最重要的,至于其他的事情,不要考虑那么多。"

谢盛还是觉得格外不真实,正想说什么,陆琳走了进来,打断了他们:"医生来通知,阿盛要准备做手术了。"

何蔓一听,扭过头看着谢盛说:"好了,师父,别想那么多了,你要相信医生,你一定可以重新飞上蓝天的。"

谢盛微微清醒过来,扭过头来看着何蔓还在他的身边,心底的惶惶不安仿佛终于落了下来,点了点头道:"嗯,你会在这里吧?"

何蔓微微一笑:"我既然来看你,肯定会在这里。"

"那就好。"谢盛这才深吸了一口气,跟着护士一起进了手术室。

陆琳看着谢盛神色状态明显好了许多的样子,想到她陪伴了阿盛这么多天都没有让他真正地放松下来,她忍不住地自嘲一笑:"看来还是你过来看望阿盛才有用,我安慰了他这么多天,他还是担心得要死,手术前前后后因为他的紧张也改了两次。"

何蔓看了一眼陆琳:"你找的专家,他也还不放心?"

"他不是不放心我,也不是不放心专家,是害怕自己以后飞不了。"陆琳摇了摇头,"你不知道,他是有多担心以后会飞不了。"

何蔓轻嘲了一声:"怎么会不知道,为了这个都跟我分手呢。"

陆琳叹了一口气:"我早就告诉过阿盛,你可能并不在意的,但是阿盛自己想不开,太过在意。"

何蔓则讽刺一笑:"应该是,说到底,他还是不够爱我吧?"

陆琳摇头,说:"可在我看来,阿盛只是太过于爱你,才会如此选择。何蔓,你不知道,阿盛最开始发现的时候他是有多害怕,可那个时候他的左耳已经渐渐听不到了，所以有时候你的微信和电话他都回得不是很及时，到最后他时时盯着手机，就生怕会错过你的微信和电话。"

何蔓讥讽一笑："那又怎么样，他不还是没有告诉我？"

陆琳则是摇了摇头："他不是不告诉你，只是不敢。"

何蔓盯着陆琳，想到她曾经所说的话："怎么，是担心他不能飞了我就不爱他了，还是以为我何蔓只是那么肤浅之辈，只是因为外界所以为的飞行的光环才喜欢他的？"

陆琳回过神来说："不，不是这样子的。不是因为所谓的光环，而是阿盛以为的他只有这个，阿盛他害怕他不能飞了就配不上你了，他唯一能在你面前骄傲的也就是他的飞行。他害怕的，是他配不上你。"说完她看着何蔓，"何蔓，你年轻、漂亮、聪明、优秀有才华，在这个民航圈内，女飞又屈指可数，追你的人数不胜数，哪个男人能不担心？"

何蔓闻声愣了好半天："你什么意思？"

"何小姐别误会。"

陆琳解释："我的意思是说，你太过于优秀，就算是你能把握好自己的尺度，可追你的人还是数不胜数。阿盛同样也是男人，尽管，我认为他已经十分优秀，可是男人在面对自己心爱的女人时，总是自卑敏感的。"

"你说谢盛自卑敏感？"何蔓有些不敢相信，这怎么不像她认识的谢盛？

"何小姐不相信吧？"陆琳一笑，说，"阿盛看着在飞行上骄傲、专制、冷漠，实则在感情上十分敏感自卑，极为害怕失去，这也是他长这么大从未曾谈过恋爱的原因，因为害怕失去，所以，他宁愿孤独一人。"

何蔓眉头一蹙，说："这怎么可能？"

"怎么不可能？"陆琳看着手术室，说，"何小姐知道阿盛母亲在他小的时候就去世了吧。那个时候，谢叔叔又沉浸于失去妻子的痛苦当中，所以，阿盛小时候就一直寄养在我家，这也就养成了他敏感冷漠又懂事自卑的性格。当有一件事情他不能笃定地握住，他宁愿放手，也不会让自己以后有受伤的机会。"

"面对感情，也是如此。"

何蔓听完所有的事情，沉默了一下，随后讥诮一笑："所以，这就是他选择分手的原因吗？"

陆琳点了点头道:"所以,不管何小姐相不相信,阿盛都是因为太过于爱你,所以才会选择分手。"

何蔓一时间心底乱成了一团,百感交集,想说什么,却又不知道从何说起,只是想到他们分手的原因,总觉得极为可笑。

她自嘲地笑了笑,说:"这么说来,只能说他不够了解我,还是,他以为以后我跟他在一起之后,他再发生个什么事情,还是可以选择分手的?"

陆琳面色微微一变,还想要替谢盛解释道:"何小姐……"

何蔓扭过头来看着她:"我记得陆小姐不是很喜欢谢盛吗?"

陆琳一怔,随后讥讽地笑了笑:"是啊,我是很喜欢阿盛,只是可惜的是,阿盛并不喜欢我。

"其实很早的时候我就知道阿盛并不喜欢我。只是,当年我逃避来到了新加坡,原本以为这些年来我会放弃,可是,我还是不甘心,我想着阿盛也一个人这么多年了,或许会有机会呢。

"刚好这个时候深圳的医院邀请我回国,我就借机回国,却没有想到阿盛已经有女朋友了,当时所有的不甘心就全都冒出来了,我甚至拉来了我爸妈和谢叔叔。可纵使如此,他也依旧还是不喜欢我,我能有什么办法?"

说完她深吸了一口气,看着她笑了笑:"如今我也死心了,所以,我希望阿盛能幸福。何蔓,你也还是喜欢阿盛的吧,不然,也不会来看他吧?"

"喜欢那又怎么样?"何蔓回过神道,"我们都分手了。"

陆琳愣了愣,说:"那你为什么还来看他?"

何蔓冷淡地说:"如你所说,我还喜欢他,我也担心他,而且谢总也希望我过来看看他,可这并不代表我还要跟他在一起。"

陆琳一听,还想要替谢盛说什么,何蔓抬起手腕看了一下时间:"好了,我下午四点的飞机回深圳,我就先走了。"

"什么,你刚来就走?"陆琳愣了一下。

何蔓轻声一笑:"是啊,我就是过来看看他的,如今他也进手术室了,我相信你找的专家肯定能医治好他,所以我也该回去了。"

陆琳道:"不用这么着急吧?"

何蔓摇摇头:"我明天还得去珠海学习,所以今天晚上必须回去,我是趁学习前休息的两天过来的。"

何蔓这么一说,陆琳不好再说什么了,随后便从医院离开了,她早就预约好了车,出来的时候出租车刚好在医院门口等她。

陆琳如此深爱着谢盛,她相信一定是找了最好的专家来医治谢盛的耳朵,让谢盛有机会再一次飞上蓝天,她不用担心。

至于谢盛……

想到陆琳说起谢盛敏感又自卑,何蔓扭过头朝医院的方向看了过来,她应该问问陆琳谢盛的母亲是怎么去世的。

按陆琳话中的意思,谢盛在感情上的敏感和自卑,来源于他母亲当年的去世,他在她的面前仿佛也极少会提起他妈妈和谢总。

可他若是想说,他自己会告诉她,就像陆琳曾经说过的,她并不了解谢盛,她也不了解谢盛的自卑和敏感。可谢盛也是一样,他也一样不了解她。

回到了深圳,陆琳发来微信,说谢盛的手术很成功,好好调养康复,不出意外的话,他应该是可以再一次飞上蓝天了。

何蔓看到这里,微微一笑,随后收拾着前往珠海的东西,她想,谢盛知道这个消息一定会很开心,也就不会再有心理压力了。

如此就好。

一个月后,何蔓从珠海改装完320回到深圳又正式加入了320的机队,她之前就在320的机队,同事领导都格外熟悉,很快地进入了状态。

何蔓办理完手续之后就早早地回了家,早上的时候哥哥打来了电话——说乔乔姐,哦,不,应该是说嫂子了——嫂子的父母过来了,两家人打算一起吃个饭。

之前嫂子家里面的人一直不想见她们家里面的人,还三番五次地打电话催嫂子回去,如今终于松口了,她替哥哥开心,所以自然是不能拖后腿。

吃饭的地方定在欢乐海岸,是沿江人工打造出来的一个集吃喝玩乐逛街于一体的商业中心,中间还有一个大大的喷泉广场,何艾尔到了这里之后就撒欢地跑,何蔓和沈乔一直跟在他的身后,突然之间喷泉广场响起了音乐声,然后有不少年轻的女孩开始跳起舞来。

只见那些女孩一个个地开始朝沈乔递一支支的玫瑰花,沈乔呆在了那里,本能地接了过来,拉着何蔓道:"蔓蔓,这是在干什么?"

何蔓眨了眨眼睛:"我和艾尔到那边看看,嫂子,你在这里等着。"

说完拉着何艾尔离开,沈乔拉都拉不住,倒是很快被那些女孩围住了,一个个地给她送起了玫瑰花。

何艾尔看着这一幕,不明所以,刚想伸手拉沈乔,被何蔓一把拦住,低声道:"嘘,想不想看你爸爸给你妈妈一个大大的surprise?"

何艾尔忽闪着大眼睛看着她:"什么surprise?"

"待会儿看看就知道了。"

何蔓拉着何艾尔道:"来,乖乖地跟着姑姑。"

话刚说完,只见周围的音乐安静下来,而何宁远穿着一身黑色的西装出现在了广场之上,走到仿佛受到了惊吓的沈乔面前跪了下来:"沈乔,从高中到大学毕业直到我工作,我们在一起整整十年,十年的时间,我没有能给你一个婚礼,反而跟你分了手,导致我们分开多年,如今有幸重新相遇,你不知道我是有多感激、多开心。沈乔,我知道过去是我对不起你,今天,我当着你父母的面,还有我家人的面,请你再给我一次机会,沈乔,请你嫁给我,好吗?"

何蔓抬头看了一眼,这才发现不知道何时她妈妈还有沈乔的爸爸妈妈都出现在这里,周围的人不断地起哄着,何艾尔也跑到了她妈妈还有他外公外婆的面前。何蔓看着这一幕,微微勾唇一笑,刚准备鼓掌准备起哄,远远地看到了一个纤瘦的身影扭头离开,她愣了一下,那不是璐璐吗?

何蔓看着何艾尔被她外公外婆牵着,放下心来,赶紧扭过头朝许璐的方向跑了过去:"璐璐……"

许璐微怔了一下,扭过头来眼睛泛红:"蔓蔓,你怎么在这里?"说完,像是想到什么,自嘲地笑了笑,"瞧我问的是什么傻话,宁远说当着家人的面求婚,你是他妹妹,你自然也在了。"

何蔓心疼不已,没想到深圳这么大,竟然让璐璐看到了这一幕:"璐璐……"

许璐打断了她的话,说:"蔓蔓,不要跟着我,也不要安慰我,就让我一个人待一会儿,好不好?"

何蔓脚步一下子止住了。只见许璐扭过头仓皇而逃,何蔓看着她的背影，既心疼又无奈，最后只能叹了一口气，扭过头准备回到吃饭的地方。

一个是她最好的闺密，一个是她嫂子，一个是她哥哥，她能怎么办？

何蔓想着这个事情，低着头走路，突然之间一头撞进了一个人怀里，疼得她揉了揉额头，下意识抬头道："谁啊？"

说完，看见眼前双手插在口袋里，站得笔直的谢盛，她愣在那里，师父？他回国了？

谢盛看着她那微愣的模样，嘴角微微上扬，语气略带亲昵地道："怎么还是跟之前一样，走路不看路的？"

何蔓眉头蹙了一下，却还是关心地问："你回来了？"

谢盛点了点头，满含深情地看着何蔓，最后忍不住地伸出双手将她抱在怀里，低声地道："蔓蔓，我好想你。"

何蔓还没有反应过来就落到了他的怀里，紧接着就听到那如同大提琴般的磁性声音在她的耳边响起，让她微微怔了怔，靠在他的怀里没有动弹，直到感觉到抱着她的那双手臂收得越来越紧，她这才挣扎着将他给推开，后退了几步："师父？"

"蔓蔓？"谢盛愣了愣，望着她说，"怎么了？"

何蔓冷静了一下："你的耳朵怎么样，刚做完手术，能坐飞机了吗？"

谢盛道："也有一个多月的时间了，医生说没事了。落地后我也第一时间去医院做了检查，医生说没影响。"

何蔓微微点头："那就好。"

谢盛望着她那关心又略显冷淡的样子，望着她的时候那幽深的目光有着如深海般的浓情，低声地道："蔓蔓，我很想你。"

何蔓怔了怔，提醒着他道："师父，我们已经分手了。"

谢盛面色变了变，下意识地多了一丝丝的慌乱，他抓住了她的手："蔓蔓，我知道错了。之前都是我的错，是我太自私，是我对不起你，是我伤害了你。我知道错了，蔓蔓，别说分手，好不好？"

从他在新加坡看到她的时候，他就知道他之前是有多浑蛋，所以她还关心他，她还愿意去医院看望他，他就已经很满足了。

以后，他再也不会犯这样的错，他会用余生好好地补偿她。

何蔓抬眸轻声一笑："师父，你忘记了，是你说要分手的。"

谢盛立马道歉："我错了，蔓蔓，我真的错了。我不想分手，我从来都不想跟你分手的,当时,当时我太害怕我以后飞不了了,我……"

何蔓忍不住地笑出声:"太害怕飞不了,所以,就要跟我分手?"谢盛抬头看着何蔓,只见何蔓道:"还是,谢盛,在你的心底,我何蔓就是一个因为连你以后不能飞了这么小的事情就不愿意跟你在一起的人?"

谢盛立马摇头:"不,蔓蔓,是我的问题,是我自己的恐惧不安还有害怕,是我自己的问题,我从来没有这样想你。"

"所以身为你的女朋友,我连知道的权利都没有?"何蔓每次想起这个分手的理由,都觉得格外可笑,"谢盛,你有没有想过,我从来不在意你能不能飞得了。因为我喜欢的那个人是你,不管你飞不飞得了,我喜欢的人都是你。"

"我知道,我都知道。"谢盛说,"蔓蔓,我知道你不在意,但是我在意。"

"蔓蔓,你知道吗,我爸是空军飞行员,小时候,我是在部队大院长大的,我经常看着我爸还有乔叔叔飞行,我看着他们开着飞机飞向蓝天,那个时候就下定决心长大之后,我想成为像我爸和乔教员那样的飞行员。后来,我参加民航飞行员的招飞,所幸在体检的时候过了。蔓蔓,你不知道那个时候我有多开心,我爱飞行,我在意飞行,如果我以后飞不了,我真的不知道我还能做什么,所以,我不能不可以飞,我不可以。"

何蔓听着谢盛的梦想,心底震撼、钦佩,她说:"谢盛,我能理解你对梦想的追逐,我能理解你对梦想的热爱,我曾经也是因为看过珠海航展之后,梦想着成为飞行员的,所以,我非常能理解你对梦想的执着。"

"但是,谢盛,这都不我们分手的理由。"

谢盛心底更加愧疚,只觉得对不起她:"是我自己担心我以后会飞不了,因此不想拖累你。"

何蔓则是讽刺一笑:"你飞不了,如何能拖累我?"

谢盛:"……"

"谢盛,不管你能不能飞得了,你都还是谢盛。"何蔓说,"而且,只是左耳失聪,并不是听不见,我也相信以你的能力,无论做什么,你都会成功,你不会是单单在飞行上……"

"可我并不想做其他的。"谢盛打断了她的话,"从我记事起,看着我爸妈开着飞机翱翔于蓝天之下,守护着祖国的大好河山,我就发誓长大之后我也要开飞机。我从来没有想过做其他的,我只想开飞机,我只想翱翔在蓝天之上。"

何蔓却是眉头一蹙:"你热爱飞行,想要翱翔在蓝天之上没错,但是,你有没有想过,爱飞行,也有另外一种方式,就比如说那些因为各方面的一些因素无法飞向蓝天的,那些机务,那些调度,那些管制,他们也同样热爱着飞行。所以,他们才会在民航系统工作,他们所做的,是在保障我们飞行的安全,他们也同样热爱。"

"热爱飞行,可以有千千万万种方式,而不是非得翱翔在蓝天之上,我们有幸能翱翔在蓝天之上是我们的幸运,但不能说如果我们不能翱翔在蓝天之上,就再也不想做其他的。你这样,不是热爱飞行,而是在钻牛角尖。"

何蔓的话,如同一块石头落在了谢盛的心底,让他再也说不出任何话来,最后,他低下头自嘲地一笑:"蔓蔓,你说得没错,枉费我比你多飞了几年,还是你的师父,可是很多的事情,我看得都还不如你通透。"

"你只是太在意飞行了。"何蔓扭过头道,"在意到,除了飞行,所有的一切,你都不在意,包括我。"

谢盛立马摇头:"没有,蔓蔓,我是太在意你了,太害怕飞不了,所以这才做出那些混账的事情来的,我……"

"好了,师父。"何蔓打断了谢盛的话,她说,"不要再说这些了,既然分手了,那就是真的分手了。以后,我们还是同事,你还是我师父。"

"蔓蔓,对不起,我真的知道错了,你原谅我好不好?"谢盛抓着她的手,不肯松手,他说,"你知道的,我是真的喜欢你。我不是真的想要跟你分手的。"

何蔓看着谢盛那模样,她深吸了一口气:"师父,我相信你是真的喜欢我。可是师父,你相信我是真的喜欢你吗?"

"我相信。"谢盛立马点头。

"不,师父,你不相信。"何蔓摇头,"如果你相信,你当初就不会因为你飞不了就要跟我分手了。

"师父,在我的眼里,不管你能不能飞得了,你都还是我的师父,你都还是我喜欢的那个人,我喜欢上你,也是因为你会在任何我需要的时候,都义无反顾地出现在我身边,我是因为你懂我、爱我、护我而喜欢你。谢盛,我对你的喜欢,只是单纯的喜欢,无关乎任何其他外在的因素和条件。"

"但是师父呢,师父似乎是从来不这样以为的吧。师父以为你飞不了,我就不会喜欢你了,所以要分手,你不觉得这个理由很可笑吗?"

"师父,我们回不到从前,也不可能再回到从前了。"

谢盛看着何蔓这样,莫名地在心底感到慌乱和害怕,他下意识地还想说什么,只见何蔓声音清冷地道:"师父,不要让我像当初躲叶南城一样躲着你,那样,我会很失望的。"

何蔓一句话,止住了谢盛再想要说的话,他就这样子站在那里,看着何蔓扭过头就离开了这里,心沉落谷底。他知道何蔓是有多么的决绝,他更知道他当初莫名其妙地提了分手让她有多伤心。

只是看着何蔓这样,他眉头一蹙,随后深吸了一口气,他不能把她逼急了,毕竟是他带了几年的徒弟,更何况,还有宁远和阿姨呢!

谢盛眼眸一转,看着手机微信上的地址,他来到了旁边的超市,买了几瓶烟酒便过来了,他过来的时候,何蔓已经回到了包厢内,包厢里面也是她哥哥早就请人布置好的环境,浪漫又温馨,她看了一眼,刚刚入座,发现旁边还多了一个位置,她愣了一下看着何宁远说:"哥,还有人吗?"

何宁远刚点头,只见谢盛推门而入,何蔓呆在那里,师父怎么跑这里来了,他怎么知道的?

只见她哥哥站了起来说:"怎么来得这么晚?"

何蔓脸色僵在这里,这么说是她哥叫来的?

而一旁的秦吟秋看到谢盛的时候,愣了一下道:"哎,小盛?"

谢盛看着秦吟秋上前了一步:"对不起,阿姨,之前您生病,刚好碰巧我也生病了,在国外治病,所以一直没有能回来看您。对不起,阿姨。"

秦吟秋一听,立马站了起来打量着谢盛:"什么,你生病了?怎么了,生什么病了,现在怎么样,有没有康复?"

"多谢阿姨的关心,医生检查确定没有什么大事了,可以回国调养,我就第一时间回来了。"谢盛面不改色地道歉道,"倒是阿姨,你的身体怎么样了,真的是对不起,你生病我竟然不在你身边照顾你,实在对不起。"

"哎,这有什么对不起的,你也生病了啊,该是阿姨说对不起的,竟然不知道你生病了。这蔓蔓也真是的,小盛生病了怎么也不说一声,我竟然一点都不知道,还跟我胡说八道。"

"阿姨,这不关蔓蔓的事,是我的问题,是我不让她说的。"

何宁远在一旁看着谢盛那厚着脸皮直接示弱的样子,愣在那里,他还以为谢盛不屑于用这一套呢,没想到谢盛竟然能运用得这么面不改色。

直到沈乔悄悄地拉了拉他的手,他这才回过神来,赶紧道:"好了好了,妈,叔叔阿姨还在这里呢。"

秦吟秋回过神来,一脸歉意地道:"对不起啊,亲家,我没有想到小盛会来,有些激动。"

"没事没事。"

沈乔妈妈摇了摇头,一脸好奇地道:"不过这位是?"

"阿姨好。"

谢盛立马上前了一步,把手中的烟酒递了过来,道:"叔叔阿姨好,我是何蔓的男朋友,也是宁远在公司里面的同事,这是我和何蔓给叔叔阿姨准备的礼物。"

何蔓呆在了那里,从来没有想到谢盛那么高冷的一个人竟然还有……还有这么不要脸的一面,直接就没有回过神来,等听到他说起男朋友的时候,差一点跳了起来,什么男朋友,明明分手了好吗?

不等何蔓说什么,沈乔的爸妈赶紧道:"这怎么好意思,怎么能让你一个孩子破费呢?"

"没有没有,不破费的。今天宁远和嫂子求婚成功,不是好事嘛。"

"这孩子可真懂事。"

沈乔妈妈笑着看着秦吟秋,说:"蔓蔓这男朋友不错啊,懂事又长得帅,还跟宁远是同事,知根知底的,你可放心了。"

"那是那是。"

秦吟秋看着谢盛这样的反应,寻思着可能是两个人吵架,再看着谢盛这么献殷勤,她又向来喜欢谢盛,也喜逐颜开,扭过头指着何蔓说:"就是我这女儿不懂事,脾气差,难为了小盛了。"

何蔓按着桌子起来想要解释什么，只听到何艾尔那好奇不已的声音道："那你以后就是姑姑的老公吗？"

"那肯定是的。"谢盛一听，满意一笑，拿出了一个早就买来的遥控飞机说，"你就是艾尔吧，这是姑夫送你的礼物，你喜欢不喜欢？"

"喜欢。"何艾尔看到了礼物，毫不犹豫地道，"谢谢姑夫。"

何蔓实在是忍无可忍了，拍案而起："谢盛，你够了啊，你……"

可她还没有说完呢，秦吟秋一听她拍桌子的声音，一把拉住了她道："蔓蔓，你这孩子，干什么呢？这么大还敲桌子，还没有艾尔懂事呢！"

何蔓脸色格外难看，何宁远则轻咳了一声道："好了好了，大家先入座吧，咱们先吃饭，怎么样？"

沈乔的爸爸妈妈也回过神来笑了笑道："咱们先吃饭。"

何蔓看着这一幕，差一点呕死，想跳起来说什么，可是看着一桌子人欢声笑语的样子，她实在是说不出来。更何况，今天也算是哥哥与嫂子的订婚宴，她再怎么样也不能破坏哥哥和嫂子的订婚宴。

于是，最后何蔓只能是生着闷气地坐在那里。

谢盛看着何蔓气鼓鼓的样子，轻咳了一声，给她夹了一只虾放在了她的碗里："你喜欢吃的。"

何蔓冷冷地道："现在不喜欢吃了。"

秦吟秋在一旁看着，拉了一把何蔓的手臂，道："你这孩子，今天是你哥和嫂子的大喜日子，怎么这么不懂事呢？"

沈乔妈妈："没事没事，小情侣嘛，很正常的。不过这小盛可是真的疼蔓蔓啊，吟秋以后就可以放心了。"

秦吟秋说："以后乔乔跟宁远在一起你也放心，我以后会盯着他的，他要是敢欺负乔乔，我非打断他的腿不可。"

沈乔妈妈笑了起来说："宁远是一个好孩子，肯定不会的。"

一顿饭下来，谢盛和何宁远插科打诨，何艾尔时不时地语出金句，一家人吃得欢声笑语的，格外开心。

唯有何蔓，食不知味。

因为有妈妈在身边，就连谢盛夹的菜她都不得不吃下去。

谢盛也不敢惹她，吃完之后分两辆车回家，何宁远和谢盛都开了车，所以何宁远带着沈乔还有她父母和何艾尔一起回家，谢盛则送何蔓和秦吟秋回家。

全程何蔓没有说话的机会,她索性放弃,想着到家了之后再跟谢盛好好谈谈,两个人可是分手了。

可显然,谢盛格外识趣,把何蔓和秦吟秋送回了家,立马就溜回家了,压根不给何蔓机会。

行吧,他爱怎么样就怎么样,只要不招惹她就行。

反正分手是他提的,她跟他是铁定分手了。

何蔓这样一想便放宽心了,接下来无论谢盛怎么样求她原谅,她都置若罔闻,好在谢盛的尺度把握得很好,每一次点到即止,想让她拒绝都不行。

第二十一章　我回来了

与此同时,因为320机队原本的队长因为家庭原因,调离了深圳分公司,而此时在身体彻底康复并且通过考试和检查之后,谢盛则重新回到了320的机队,与何蔓的哥哥何宁远一起,一个担任队长,一个担任副队长。

何蔓得到这个消息刚好是她从珠海复训回来的时候,当时还不敢相信,这还是查她的航班时发现她跟谢盛一起飞才发现的。

看到她当班机长的名字是谢盛的时候,她愣了好半天,揉了半天的眼睛,怎么会是师父,他不是在飞330吗?

何蔓反复地确认了好几次,直到遇到了刚好来公司递交资料的谢盛,她这才稍稍清醒过来,只是依旧有些不敢相信。

谢盛看着何蔓,则微微一笑地上前了一步道:"何蔓,你怎么也来公司了?"

何蔓盯着他直接开门见山地说:"你怎么会跟我一起飞?"

"我回320机队了。"谢盛道,"一个月前我就想告诉你来的。"谢盛看着何蔓这样,无奈地道,"但你当时不想理我,我就一直没有机会告诉你。"

何蔓眉宇之间微微带着一抹冷意:"你为什么要回320机队?"

"公司让我回320机队担任副队长。"谢盛回答。

"什么？"

何蔓闻声一愣，想到之前听说的谢盛可能会回320担任队长的事情，再想到她查到的航班，她知道这件事情十有八九是真的了，那黑白分明眼眸带着一抹凉意，冷声地道："谢盛，你这么做有意思吗？"

谢盛听她这么一说，愣了一下："什么意思？"

"330你待得好好的，为什么要回320？"

何蔓说完，冷淡地道："我早就说过了，我们之间分手了就是分手了，不可能会在一起了，你……"

"等等。"谢盛打断了她的话，"你以为我回320是因为你？"

"难道不是吗？"何蔓反问。

谢盛一笑："是有你的原因。当然，这也是公司提出来的，我就想着刚好趁这个机会可以转回320。"

"是吗？"何蔓讽刺一笑，"以前320机队不是没有副队长吗？"

谢盛瞧着何蔓这样，他愣了愣，随即叹了一口气蹙眉道："以前有没有副队长是另外一回事，不过，何蔓，你以为我是借公行私之人吗？"

何蔓面色一变，没有说话。谢盛道："只是公司的邀请，我想着如今你也不在330机队了，我就刚好趁这个机会回320。你要是不相信，可以问你哥。"

"行吧，我知道了。"

何蔓自然没有怀疑他的话，只是想到他以后就在320机队了，就莫名地烦躁，扭过头就直接走了。

她也不知道是怎么了，可能是最近谢盛时不时地出现在她的面前，一副理所当然却又不会强迫她的样子，让她莫名地烦躁。

每一次想拒绝，想说什么的时候，可是他又有合情合理的借口，点到即止，她就连说不的权利都没有。

谢盛看着何蔓那烦躁的样子，想劝什么，话到了嘴边又不知道从何劝起，最后只能是看着她离开。

何蔓回到了家中，忍不住问起了这事，何宁远愣了愣道："确实是公司提的啊，公司也想提升一些年轻的干部。"

何蔓问："那为什么会是谢盛？"

"我建议的啊。"何宁远说,何宁远看着何蔓,仿佛明白她在想什么一样:"之前公司就有意提拔谢盛为330机队的队长,当时谢盛不愿意去330。所以他是有这个能力的,这跟你没有关系。"

何蔓面色有些不大好,低头随意扒口饭道:"我知道了,那我先回去了。"

从她哥哥家中出来,走在小区里面,她想到她最近的心态,揉了揉眉心,从小区里面走了出来,没想到远远地竟然看到了林东飞和叶萌萌。这一片大部分住的是公司里面的人,撞见这很正常,可她发现林东飞和叶萌萌竟然手拉着手。

看着这一幕,她微愣了一下,林东飞已经发现了她:"何蔓。"

何蔓上前了一步,两个人已经飞快地松开了手,她眉宇一挑,说:"你们怎么会在一起?"

去年林东飞养好伤之后,三个月后就恢复了飞行了,何蔓因为去了330机队,再加上又住得远,也就极少见到了。

林东飞轻咳了一声道:"之前住的地方太远了,所以搬到你们对面了。"

何蔓若有所思地"哦"了一声:"那萌萌呢?"

"哎呀,何蔓又不是外人,怕什么啦。"叶萌萌说完,已经抓住了林东飞的胳膊,笑嘻嘻地看着何蔓,"我们在一起了。"

林东飞一听,似又有些无奈又有几分宠溺地看着叶萌萌,说:"你一个女孩子,能不能矜持一些?"

"怎么啦,咱们光明正大地在一起,又不是见不得人。"

"怎么会?你这么漂亮,怎么会见不得人?"

何蔓在一旁听到这里,忍不住地笑出声来,看着林东飞这样,她算是彻底地放下心来了,说:"行了,你们两个,我这个单身狗还在这里呢。"

林东飞在一旁怔了怔,如今公司里面大部分人都知道当初谢教员因为左耳失聪,差一点这辈子都能不再飞的事了,他自然也听说了。

如今谢教员重回公司,进入320机队,想来是已经康复,但是他跟何蔓当初分手之事他也有听宋青扬说过,他说:"你跟谢教员真的分了?"

林东飞刚问完,叶萌萌拉了他一把,扭过头看着何蔓一本正经地说:

"这分手了是好事,以后选择的机会也多了,咱们何蔓这么漂亮,追你的不还多得是?"

何蔓叹了一口气:"算了,暂时我对谈恋爱可没有兴趣。"

"怎么了?"叶萌萌挽着何蔓的手臂,说,"刚刚看你很烦躁的样子,发生了什么事情?"

何蔓没有说话,林东飞心思一怔:"可是因为谢教员回到320机队,并担任320机队副队长的事?"

何蔓闻声一愣,随后叹了一口气:"是啊。"

林东飞笑了笑道:"你还记得我们刚进公司准备飞的时候,公司派谢教员带你时,你当时的反应吗?"

何蔓道:"记得。"

"你现在这样,就跟当初一样。"

林东飞说到这里的时候,最后一笑:"不过,你最后还是因为他的飞行技术乖乖地成为他的徒弟。"

何蔓愣了愣,只见林东飞说:"你看,你任何时候都是把飞行放在第一位。所以,只要是飞行,管他是跟谁飞,又何必想那么多?"

何蔓怔了一下,随后笑了起来:"你说得没错,只是要飞行,管他是跟谁飞,好好飞就是了。"

她望着林东飞:"真没有想到你也能说出这么一番话。"

看来,大家是真的都长大了,都成了一个成熟的飞行员了。

何蔓跟林东飞还有叶萌萌又聊了一会儿,然后这才回家,收拾好东西,定好了闹钟就睡了,如同林东飞所说,只要是飞行,管他跟谁飞,她唯一需要做的就是好好飞行,把乘客平安送到目的地即可。

翌日,何蔓跟谢盛飞的航班是从深圳到长沙,再从长沙到济南,再从济南回长沙,再回深圳的四段。

这四段也是何蔓以前飞320的时候常飞的,所以她很是熟悉。做完了绕机检查,何蔓便跟塔台进行联系要放行指令。

大清早的航班,并没有延误,很快就顺利起飞。

谢盛看着何蔓,满意一笑:"如今飞得越来越好了。"

"多谢机长。"何蔓轻声地感谢。

一个半小时的航班很快到了长沙,半个小时后,又起飞前往济南。从长沙到济南的时间略长,巡航的时候,谢盛看着身边的何蔓,说:"刚刚过站的时候,我让人帮你带了一杯你最喜欢的芝士抹茶,要不要喝?"

"不喝。"

谢盛叹了一口气:"那我喝了。"

何蔓并没有说话,只是低头看着前面气象雷达上的天气时况,济南的天气虽然不错,但是风却有些大,不过还是在可控制范围内。

吃过东西,差不多要落地了,谢盛看了她一眼说:"你来落地吧?"

何蔓看了一眼谢盛:"好。"

随后,她开始做下降前的工作,设定济南的频率和航道,并同时做进近简令:"320进近检查完成,下降检查单。"

"下降检查单。"

谢盛一一检查,并同时根据济南管制的交通指令开始下降,济南管制:"东胜8235,现在下降高度到5000米。"

谢盛:"东胜8235,现在下降高度到5000米。"

何蔓调整设置,同时飞机按照指令下降到五边的区域,此时进近管制让谢盛联系济南塔台,谢盛切换频率联系济南塔台:"济南塔台,东胜8235,建立航道23。"

济南塔台:"东胜8235,可以盲降23落地。"

谢盛:"可以盲降23落地,东胜8235。"

何蔓正准备操作落地之时,济南塔台传来消息:"东胜8235,050度,风速6米,观测地面顺风有点超标。"(顺风超标是指风速5米就属于超标,国外则是顺风10节为超标。)

何蔓在一旁自然也是听到了,这种情况下,必须严守飞行规章和坚持安全红线意识,复飞在空中盘旋等待落地,想到这里,她眉头微微一蹙,只见谢盛在一旁道:"济南塔台,东胜8235复飞。"

随后,谢盛扭过头看着何蔓:"复飞。"

何蔓点了点点头,立马按照复飞的程序开始操作,果断复飞,谢盛则是联系塔台:"东胜8235,已经复飞。"

"东胜8235,济南塔台收到了,保持一边,上升高度900米。"

"保持一边,上升高度900米,东胜8235。"

"东胜8235,加入标准复飞程序等待。"

"加入标准复飞程序等待,东胜8235。"

何蔓调整飞机上升至900米加入标准复飞程序后,济南塔台:"东胜8235,济南塔台更换跑道,预计等待十分钟,准备05号跑道落地。"

谢盛:"济南塔台更换跑道,预计等待十分钟,准备05号跑道落地,东胜8235。"

何蔓一听只是需要更换跑道在空中盘旋等待十分钟左右,稍稍放心。十分钟倒是很快,而且他们的航班比预计也提早到了十分钟,没有造成任何延误。

十分钟后,济南管制员更换好落地跑道,联系谢盛:"东胜8235,现在推出等待,直飞05号跑道朝五边。"

谢盛:"推出等待,直飞05号跑道朝五边,东胜8235。"

得到了再次进近的指令后,何蔓便再一次根据管制指令下降进近五边区域,并建议着陆构型落地,确保安全。

平安落地之后,何蔓微微松了一口气,虽然不是什么大问题,但还是要万事确保小心,不过她这都多久没有复飞了,这刚一跟谢盛飞,竟然就出了问题,谢盛还真是跟她八字不合。

何蔓一想到这个,就更不想搭理谢盛,直到落地,除了正常的工作,何蔓都不想跟谢盛闲聊一句。

落地之后,在乘务组离开了之后,谢盛按捺不住地拉住了何蔓,说:"何蔓,你等等,我们聊聊。"

"聊什么?"何蔓一把甩开了他的手,冷声地问,"你要干什么?"

"我才问你是要干什么呢?"谢盛蹙着眉头问,"以后我们都在320机队了,难不成你打算每一次跟我飞的时候都这样的态度吗?"

"这320的机长不少,也不一定会每一次跟你飞。"何蔓闻声,冷地一笑,"所以,谢队怕是想多了。"

谢盛眉宇微凝:"那排到跟我一起飞了呢?"

何蔓冷地一笑:"那我会出门烧高香看皇历的。"

谢盛愣了一下:"你什么意思?"

"跟你八字不合。"何蔓瞥了一眼谢盛,毫不客气地道,"每一次飞都必然会出现问题,不想跟你一起飞。"

谢盛有些不可思议地问:"所以,今天这复飞,你这是在怪我了?"

何蔓讽刺一笑:"我可不敢。"

"何蔓!"谢盛看着何蔓这样,突然之间神色变得严厉,厉声地道,"你怎么又变得如此幼稚,在飞行上……"

"行了你!"何蔓不像往常一般,而是直接打断了他的话,"我在飞行的时候幼稚了吗,出现失误了,还是怎么了?"

"谢盛,我说这些,是希望你能摆得清楚自己的身份,如果我真的在飞行当中出现什么问题,那是我的问题。可现在,我在飞行当中并没有出现任何的问题,倒是你,是你谢队。"何蔓冷冷地盯着他,说,"现在是你谢盛因为我对你的态度不满,所以在寻找我的错处,还是你谢盛想要借工作之便逼得我对你阿谀奉承?"

谢盛听到这里,一下子面色变得苍白,想到何蔓所说的,原本理直气壮的他脸色变得格外难看:"对不起,你说得没错,我是因为你对我的冷淡,所以,在寻你的错处。对不起,蔓蔓。"

何蔓看着谢盛这样道歉,她莫名地多了一丝愧疚之心,想说什么,随后又深吸了一口气,索性扭过头就离开。

只是她还没有走两步,谢盛道:"只是,蔓蔓,我说这些并没有怪你的意思,我也知道是我的问题。但是,我们以后毕竟在320机队,我不想飞的时候你对我的态度如此冷淡,对不起。"

何蔓停下了脚步,神色淡然地道:"你只需要知道我不会影响飞行就好,我分得清工作与私事,我希望你也能分得清。"

说完,她扭过头就直接离开,独留谢盛一人。

谢盛站在那里,看着决绝离开的何蔓,他讽刺一笑,原本,他以为他还能像之前那般教训她。可如今发现,原来她早已经成熟,而不冷静的那个人,变成了他。

所有的一切皆是他咎由自取,他又能怨得了谁?

想到这里,谢盛自嘲地一笑,原本,以为需要摆正心态的是她,可如今看来,需要摆正心态的是他。

自那之后,谢盛当真将自己的态度和分寸把握得很好,在飞行的时候向来是公事公办的样子，让何蔓微微松了一口气，那种刻意生疏的态度也没有了，变得自然多了。

何蔓上完洗手间准备回驾驶舱的时候，只见三号空姐正端着一杯咖啡在驾驶舱内，正笑着看着谢盛："盛哥，这是我亲自替你准备的咖啡，你来尝尝。"

谢盛微微侧过头："谢谢。"

"不客气，不客气。"那三号空姐立马笑嘻嘻地摇了摇头，"那盛哥，你有什么想吃的？今天我们飞成都，有不少好吃的呢，刚刚过站的时候，他们买了兔头还有串串，很好吃的，你要不要吃呢？"

"我就不吃了。"谢盛摇头，"谢谢。"

三号继续热情地道："哎，客气什么，我们买了很多呀。"

谢盛抬头看了一眼三号："我真的不吃了，你……"

突然之间，谢盛看到了门口的何蔓，不过微怔了一下，他便移开了眼睛，说："你可以问问何蔓吃不吃。"

三号愣了愣，扭过头来看着何蔓站在驾驶舱门口，她笑了笑道："对啊，何蔓，你要不要吃？"

何蔓嘴角一扯："不吃了。"

三号又扭过头对谢盛道："盛哥，何蔓说她不吃呢。"

何蔓看着这一幕，在右座坐了下来，只见谢盛望着眼前的仪表盘，头也不抬地"嗯"了一声。

"那盛哥，我就不打扰你了。"三号看着谢盛那冷淡的样子，有些泄气。刚准备出去的时候，像是想到什么，她又道："对了，盛哥，我们加一个微信吧？"

谢盛眉头微蹙，轻声地道："关机。"

三号锲而不舍："我们航班有Wi-Fi呀，你开机连上就好了。"

何蔓察觉到一丝的不对劲了，她侧过头来看着这三号，这三号是看上了谢盛？

想到这里，她下意识地看向了谢盛，只见谢盛道："没空，头等舱现在这么闲的？"

"没有，没有。"三号尴尬一笑，"那我出去了。"

谢盛说："把门关上。"

一旁的何蔓看着这一幕，嘴角忍不住地微微上扬，她早就知道谢盛是一个钢铁直男，果然，是一个钢铁直男。

就要这样直才好，不然，遇到这些漂亮的空姐，万一按捺不住怎么办？

何蔓正低头胡思乱想着的时候，嘴角微微上扬着一丝的弧度，突然之间听到一个清冷的声音："笑什么？"

何蔓一愣，摇头道："没事，没事。"

她抬头的时候，只见谢盛双眼深情地望着她，看得她心底突地一跳，正当想说什么的时候，只见他瞥了她一眼，便再也没有看她一眼。直到落地，他都再也没有多说什么，仿佛当她只是一个普通的副驾驶一样。

何蔓这才松了一口气，可看着谢盛分得这么清的样子，又莫名地觉得有一丝失落，可是，这一切不正是她所求的吗？

想到他当初的选择，她又自嘲地讽刺一笑，觉得格外失望。她在想，以后她跟他之间如果再遇到什么事情，那谢盛是不是仍然会选择分手？

每每想到这个，她总是无法原谅。

更何况，如今她的飞行也到了关键时候，考完FO4，也将意味着她即将要准备着转左座。所以，这个时候的她不愿想感情之事，也没有资格想。

何蔓敛收起来神色，坐在机组车上闭目养神。

第二十二章　对不起，我错了

一年后，FO4的考试何蔓顺利通过，而检查她的是于一个月前正式成为检查员的谢盛。

他在检查单上签上自己的名字，随后，拿起检查单看着一旁等待的何蔓。他将检查单交给了她，并伸出手来，一脸欣慰道："恭喜你，通过了FO4的考试。"

何蔓看着谢盛交给她的检查单，此时心情大好，也难得没有跟谢盛撑起来，她伸手与谢盛握手道："谢谢。"

终于，不负这一年的努力，顺利地通过了FO4的考试。

这也就意味着,她离成为机长也就更近了一步。

谢盛看着何蔓那脸上掩饰不住的欢喜之意,下意识想要揉揉她的头,只是还没有伸出手来,他便牢牢地攥紧他的拳头掩饰住所有的情绪,面带着微笑地道:"这是你自己能力的见证,是你自己努力的结果。"

"也要谢谢师父。"

何蔓知道,她能一步步顺利通过考试,谢盛在她的背后帮了她很多,也教了她很多。他从来没有因为感情之事而在飞行之上对她降低要求,相反,该骂她的时候还是一样骂,该让她写检讨的时候还是一样。

这样,才能让她保持一个平和的心态对待飞行。

谢盛闻声,只是微微一笑,看着她的时候,一直压抑的情绪仿佛有些控制不住,忍不住出声:"那晚上要一起吃个饭庆祝一下吗?"

何蔓看了一眼时间,她说:"不了,宋青扬和杨柳今天办订婚宴,晚上六点。"

谢盛神色微微有些黯然,她的拒绝仿佛在意料之中。而且宋青扬要订婚的事情他自然也有听说,这样一想,他又打起了精神:"那帮我随一份礼吧。"

何蔓望着谢盛:"你干吗不自己去?"

谢盛:"没有邀请我。"

何蔓说:"那你干吗随礼?"

"因为是你的同学。"谢盛想了想,又说,"不过咱们两个随一份也行,算了,我就不随了,免得他赚了。"

何蔓懒得理谢盛的贫嘴,但凡不飞的时候,他都会时不时地撩拨一下,她早就能做到面不改色了。

何蔓离开之后,谢盛看着如今油盐不进的何蔓,微叹了一口气,他也不敢逼得太紧,怕适得其反,可是如今这样,什么时候才是个头。这都一年的时间了,她半点没有回心转意的意思,莫不是当真不喜欢他了?

可她没有喜欢过旁人,就连叶南城她也是敬而远之啊!对任何事情向来笃定且又自信的谢盛此时真是不知道拿何蔓怎么办才好,他忍不住地揉了揉眉心,摇了摇头,扭过头准备离开。

远远地看到了何宁远,大半年前,何宁远已经与沈乔结了婚,大概是彻底地放下了他父亲的事情,所以结婚之后,他也很快顺利地升了C类教员,以他如今的状态,顶多一年就可以当检查员。

而且不单单是在飞行上,升为队长之后,他的管理水平也日渐体现出来了。320机队在他的带领之下,这一年当中几乎没有发生过什么事故,领导格外满意,可以说如今的何宁远是春风得意。

谢盛看着何宁远,想到了刚刚的何蔓,他上前一步勾了勾何宁远的肩膀:"晚上有事没,一起吃个饭吧?"

"我老婆在家里做好饭了,我回家吃。"

"那我也去你家蹭个饭吧?"

"前两天你不是才去了吗?你怎么如今脸皮越来越厚了?"

"这不是没办法吗?"

"没办法?"何宁远一听他这么说,突然之间像是想到什么,说,"对了,我记得你今天检查我妹妹来的。我妹妹呢?"

谢盛叹了一口气:"宋青扬结婚,她去参加订婚宴了。"

何宁远问:"你怎么不去?"

谢盛道:"我跟宋青扬不是一个机队的,又不熟,我怎么去?"

何宁远说:"以家属的身份去啊。"

"以谁的家属,你妹妹的吗?"谢盛说完,再一次叹了一口气,"你妹妹非得拉黑我不可。"

"活该。"何宁远想到谢盛当初干的事情,忍不住地吐槽,"谁让你因为一个耳朵失聪就要跟我妹妹分手的?"

"少来。"谢盛毫不客气地说,"你当初还不是跟嫂子分手?"

这么一说,何宁远还真没有资格说谢盛。

他说:"行了你,是不是我妹妹又不搭理你了?"

谢盛摇了摇头说:"油盐不进的样子,我根本不知道该怎么办,又不敢逼她。"

"那是肯定不行的,我妹那个人我了解。她自小就是吃软不吃硬的,你越是逼她,只会把她给逼得越远。"

"那我现在这样也没有什么进展啊。感觉她根本不会原谅我一样。还是蔓蔓压根就不会原谅我了,她根本就不喜欢我了?"

"看来,你是真的很喜欢我妹妹。"何宁远看着谢盛这样,微微放心,说,"不过,有一句话我还是要问你。"

谢盛抬头:"什么?"

"就是我曾经犯过的错,你也犯过,但是我知道那是我犯的错,所以我会拼尽一生用力弥补而且不会再犯。"何宁远说完,看着谢盛说,"但是你呢?"

谢盛不过愣了一下,随后摇头:"我早就知道自己的愚蠢了,我比谁都后悔当初的选择。"

何宁远满意地点了点头:"既然如此,那我倒是放心把妹妹交到你的手中。"

"你放心有什么用?"谢盛说,"那也要蔓蔓相信我才行。"

何宁远白了他一眼:"这不是还有我帮你吗?"

谢盛立马抬头:"如何帮我?"

"我刚说了,我妹妹那个人吃软不吃硬。"何宁远说完,看着谢盛道,"所以,只要你懂得示弱,懂得服软,我妹妹一定会吃你这一套的。"

"我这还不够服软啊?"谢盛说。

"你这种服软没激起来她的心疼。"

何宁远说:"你的服软,一定要激起她的心疼。比方说被车撞了,或者被人打了一顿,总之是要让她心疼你。"

谢盛脸都黑了:"行了你,出的什么馊主意?"

"我只是打个比喻,方法不还得你自己想?"何宁远说,"你要是整天过得比她还好,她怎么可能会心疼、担心你。你一定要有你自己的软肋,而且不是旁人能看到的软肋,可以让她心疼的软肋。或者要么是我说的,受个什么伤,这样也能看得出来她是不是还真的喜欢你,心底到底还有没有你的位置。"

"行了,我还是自己想办法吧。"谢盛懒得再搭理何宁远了,白了他一眼,扭过头就走了。

何宁远赶紧叫住了他:"那你还去不去我家吃饭?"

"不吃了。"谢盛挥了挥手,"不破坏你们的二人世界了。"

入夜时分,何蔓参加完宋青扬和杨柳的订婚宴回到小区后,正准备回去，突然之间听到一个凌厉的声音响起："我早就说过了，你想结婚你就结婚，你何必非要我同意！怎么，还是希望我给你证婚？"

何蔓正好路过这里，吓了一大跳，扭过头来的时候发现隔着绿化带那边，怒吼的人竟然是谢盛。

她愣了一下，扭过头看了过来，只见谢总正眉头微蹙地站在谢盛的对面："阿盛，我跟你严姨也都这么多年了，你能不能好好聊聊？"

谢盛冷冷一笑："怎么，合着你跟她这么多年结不了婚，倒成了我的错了？"

"我不是这个意思。"谢震东摇了摇头说，"我只是想说你能不能不要这么固执，咱们父子俩能不能好好聊聊？"

谢盛在旁边的凳子上坐了下来："行，你说。"

谢震东微叹气："当年之事，书曼还只是一个孩子，你妈妈也是主张救她的……"

"我从来没有说过救她不对，救她没有什么问题。"谢盛眉头一拧，冷厉地道，"你不必跟我解释当年之事，当年之事我知道得清清楚楚，她没有错，我妈也只是做了她应该做的而已。如果你是要聊这个，那大可不必。"

"好，我不说这个了。"谢震东赶紧拉住了谢盛，他微叹了一口气道，"那我们就说你严姨。"

谢盛的脸色这才有所好转，而谢震东这才开口道："当年，你严姨已经不小了，你妈妈因为救她而死，她一直愧疚不已。后来，我因为你妈的事情一直迟迟走不出来，也是你严姨到了医院给我磕头认罪，我这才清醒过来，我不能一直沉浸于你妈的死当中，我还有你要照顾。所以，我这才打起精神来。

"但是，我因为严重的心理创伤，只能退伍转民航，那会儿，东胜深圳分公司刚刚成立，正是忙碌的时候。忙碌让我渐渐忘记了你妈妈的死，打起了精神。

"后来，你读初中前后，你严姨就时不时地开始寄钱过来。我当时不知道是谁寄钱过来，四处寻找才发现是她，她说她毕业工作了，她说欠我们家一条命，她要还，我劝说了很久，我说我们家不缺钱，不需要她寄钱，她就没有再寄了。但是从那之后，无论是你的学习资料，还是你的衣服，都是她买来的，她说我一个男人不懂得照顾孩子，我也发现我与你之间的隔阂越来越深，便由着她。可没有想到后来你认出了她，跟我歇斯底里地大吵了一架，她便再也不敢出现在你的面前，我也让她不要再来了，可是她就是不听，她还是在任何时候，我们家需要……"

谢盛已然是不耐烦了，眉头微蹙地冷声抬头："你到底想说什么？"

谢震东怔了怔："阿盛，我说这些是想告诉你，你严姨这些年来一直在照顾着我的生活，无论是我怎么赶她离开，还是你怎么骂她，她都从未曾离开。我就这么眼睁睁地看着她从一个不到二十岁的女孩到现在，不谈恋爱也不结婚，一直照顾着我，还有，照顾着曾经的你。

"阿盛，爸爸已经耽误她太多太多年了，而且，这些年来，爸爸也习惯她在身边照顾了，爸爸想给她一个家了。"

谢盛按捺不住地讽刺出声："说了这么多，还不是你最开始所说的，你们想结婚？"

谢震东看着他："我说这些是想告诉你，你严姨不是一个坏人，她是真心地想要照顾我们父子二人的，你……"

谢盛一听，直接讽刺出声："我都三十多岁的人了，还需要她来照顾？"

"阿盛……"

谢震东还想说什么，谢盛则直接就打断了他的话冷声道："行了，我知道你要说什么了。"

说完，谢盛站了起来道："无非就是她是一个好女人，她照顾你这么多年，你很感动，你想娶她，是吗？我说过，你想娶就娶，你不用征求我的意见，我的意见也不重要。"

"可是你严姨说过，如果你不同意，我们可以一直不结婚的。"谢震东眉头微微一蹙，揉了揉眉心，道，"我也希望你能同意，在你真心同意并祝福之下，我们才结婚。"

谢盛听到这里，按捺不住地讽刺一笑："她脑子没有毛病吧，她……"

可话还没有说完，突然之间一阵阵电话铃声响了起来，他扭过头一看，只见何蔓站在那里正慌乱地拿出手机飞快地挂断。

何蔓尴尬一笑，飞快地把手机给调成了静音模式给揣进口袋里面，没有想到电话会突然之间响起来，害得她在这里偷听被抓了一个正着。

显然，谢震东也发现了何蔓，轻咳了一声道："何蔓啊，你怎么也在这儿？"

何蔓赶紧跑了过来礼貌地打着招呼，很不好意思地道："谢总，我刚回来，正巧看到谢总与师父了，不好意思，我刚刚不是故意偷听的。"

"没事没事，不是什么大事。"谢震东回过神来，微微敛收了神色，看着谢盛的样子，他像是想到什么，眼眸一转，看着何蔓说，"那个，何蔓，我这里还有事就先走了，阿盛这里，你帮叔叔多劝劝他。"

谢盛一把拉过来了何蔓，满脸冷意地道："你不用把何蔓给拉进来。"

谢震东僵在那里。何蔓有些尴尬，她用力地拉了一把谢盛，赶紧打着圆场道："谢总，我知道了，你放心吧。"

谢震东微微松一口气："嗯，你私下就别谢总谢总地喊了，叫我叔叔就好。"

谢盛则是眉头蹙得更深，直接拉着何蔓道："别理他，我们回去。"

何蔓更尴尬了，用力地拽住了谢盛，看着谢震东赶紧笑道："我知道了，谢总，你放心，你先回去吧。"

谢震东点了点头，看着谢盛时想说什么，可话到了嘴边，欲言又止，最后微叹了一口气，扭过头就走了。

谢震东走了之后，何蔓扭过头来看着谢盛，没好气地甩开了他的手，道："谢盛，你干吗，放开我。"

谢盛这一次倒是很快地松开了她的手，声音低沉地道："不好意思。"

何蔓微愣了一下，想到她刚刚偷听到的话，又看着谢盛那模样，有些担心地问："那个，你没事吧？"

谢盛原本想说没事，可望着她，那幽深的眸光又瞬间有收敛着的痛苦之意，他声音低低地道："能陪我喝两杯吗？"

不知怎地，何蔓鬼使神差之下点了点头："可以。"

"去我家喝？"谢盛望着她问。

何蔓一下子稍稍清醒了过来，虽然两个人住在同一个小区，但是自从分手之后，她就再也没有去过他家了，现在要去他家吗？

谢盛低低地道："我不想出去，我不想被人看见。"

这句话让何蔓莫名地心底一紧，想到了她偷听的事情，下意识吞了吞唾沫道："那去你家吧。"

谢盛那生硬的脸庞此时稍稍缓和了几分，莫名地心底多了一丝的愉悦，只是抬头远远地看着他爸爸离开的方向，脸色又沉了下来。

何蔓忍不住地伸手拉着他道："走了。"

到了谢盛的家里，她这才微微恍惚，一时间，站在玄关之处看着谢盛的家里，她愣在那里，没有动弹，还真是既熟悉又陌生的地方啊。

何蔓站在那里正发着呆，突然之间闻到了一阵阵的酒气，她朝厨房的方向看了看，只见谢盛已经打开了酒，咕嘟咕嘟地往肚子里面灌着酒，像喝水一样。

何蔓吓了一大跳，赶紧上前了一步伸手抢过来他手中的酒："你喝水呢？"

话还没有说完，只见谢盛一把抱住了她，她惊呼了一声，只感觉到谢盛整个人一半的力量靠在了她的身边，她赶紧撑住了谢盛道："谢盛，你不会这就喝多了吧，我可撑不住你，你快点给我站稳。"

谢盛依旧牢牢地锁着何蔓不肯松开，整个人埋进了她的颈窝，混合着酒气的灼热气息吹在她的耳边，让她莫名地感觉到耳边微微发烫，推了推谢盛："喂，谢盛，你……"

话还没有说完，只听到谢盛那低沉的声音在她的耳边响起："蔓蔓，蔓蔓……"

何蔓听他那如同大提琴般充满磁性的声音唤着她的名字，如同触到了她心底似的，脸上的神色变得微微缓和而又温柔，低声问道："嗯，怎么了？"

她的声音刚刚一落，谢盛低低地问："你真的不要我了吗？"

何蔓一下子呆在了那里，只感觉到他那一句话如同扎到了她心底似的，让她那柔软的心有一丝丝的疼痛。可那种疼痛不是因为他曾经提的分手，而是因为他此时这般委屈得如同小奶狗的声音，让她疼痛中甚至有一丝丝的心疼。

谢盛牢牢地抱着她，低声地道歉："我错了。"

"蔓蔓，我真的错了。"

"我谁都没有了，除了你，我谁也没有了，你不要不要我好不好？"

何蔓全身僵在了那里，怎么也没有想到向来骄傲又高冷的师父竟然会说出这么软的话，更没有想到他此时会像个小奶狗一样地道歉。

这，这是不是喝多了？

可她记得师父的酒量没这么差啊？

不对，她好像从来没有见过师父喝酒，师父这个人的自制力和自律性向来极强，因为飞行的时候不许喝酒，所以师父极少会喝酒。除了两个人在一起看电影或者约会的时候他会稍微喝一点，但一般也就是喝个一杯就差不多了。

想到这里，何蔓微微侧过头看着谢盛，只见谢盛趴在她的肩头，仿佛睡着了似的，她第一次在想自己是不是对他太过分了。

毕竟，师父也是第一次谈恋爱，他想把他认为最好的他给她，这也很正常。毕竟，从进公司他就是她的师父，一直带着她，如果他不能飞了，那以他对飞行的热爱，他会过得有多痛苦？

这样一想，她似乎突然之间能理解师父当初的选择了。

只是，每每想起这事，她都感觉那件事情如同一根刺扎在她的心底，最后只能是微叹一口气，推了推他道："谢盛，谢盛……"

谢盛没有任何的回话，何蔓眉头微拧，说："你醒醒，我扶你去沙发上躺着。"

谢盛终于有一丝丝的醒意，身子微微站直，何蔓趁他稍稍清醒之际，赶紧把他给扶到了沙发上，整个人这才稍稍地松了一口气，天晓得她身上趴着一个一米八五的男人，她是有多费劲，压得她差一点要摔倒了。

何蔓刚缓了缓，听到一阵翻身的声音，她吓了一跳，赶紧扭过头来挡住了谢盛，只见谢盛只是翻身换了一个舒服的姿势。

她这才放下心来，坐在了沙发下面的地毯之上，透过暖黄的灯光看着躺在那里的谢盛，五官棱角分明，格外深邃，尤其是这样躺着的侧脸。

想到在小区里面听到的话，她微怔了一下，她一直不知道师父的妈妈是怎么去世的。可是从她偷听到的，大概猜得出来：原来，师父的妈妈竟然是为了救如今谢总想要娶的那个女人而死。

难怪，师父不会同意。

想到这里，何蔓忍不住地心疼，下意识地伸手触碰着他的脸颊，这么看来，师父还真的是很可怜啊。

突然之间想到了陆琳曾经说过的，她并不了解谢盛，是啊，她并不了解师父，她对师父一无所知。

她埋怨师父不告诉她，可是，她自己也从未曾主动过想要了解师父。毕竟，没有谁会愿意把自己的伤口展现给旁人看，就连当初的她，不也是一样。这样一想，她是不是真的太自私了？

何蔓微叹了一口气，看着躺在沙发上的师父，她想要回房间替他拿一床被子，可还没有站起来，手被谢盛牢牢地抓住，低声地道："不要，不要走，蔓蔓，不要走……"

那一瞬间，何蔓只觉得心底格外柔软，她按住了他的手，低声道："我不走，我去给你拿床被子。"

"不要，不要走，不要走……"谢盛还是低声地道。

这样的谢盛，让何蔓长期以来努力用生硬冰冷掩饰的内心彻底地软成了一团。看着他这样，她微叹了一口气，只得顺手将他放在沙发上的毯子用单手拿了过来，盖在了他的身上，低声地道："我不走。"

说完了这句话，明显能感觉到躺在那里的谢盛全身舒展了许多，着她的手换了一个舒服的姿势躺着。

何蔓则趴在他的面前，迷迷糊糊地就睡着了。

她没有发现，她睡着了之后，躺在那沙发上的谢盛则睁开了眼睛，看着缩在那里躺成一团的何蔓，他的嘴角上扬。如此看来，何宁远还是了解自己的妹妹的，出的办法还是有用的。

看着她窝在这里睡着的样子，他格外心疼，可更多的是愉悦，最起码，证明了他的蔓蔓心底还是有他的。

谢盛坐了起来，温柔地拦腰将她抱了起来，生怕惊醒了她，将她抱回了房间放在了床上躺下。

何蔓似乎感觉到躺下来舒服多了似的，一个翻身抱住了被子就睡得更香了。

谢盛坐在床头边缘看着躺在床上的何蔓，这一年来他那一颗悬而未决的心仿佛是这才放下，他的蔓蔓，心底还是有他的。

这么一想，他突然之间有一丝丝感谢爸爸了。他也没有想到爸爸会晚上突然之间过来找他又说起要跟严姨结婚的事情。

想到这里，谢盛的脸色微沉，多了一抹寒气。他从来不阻止他再婚，甚至，他再婚他会祝福他，可是为什么非要是她？

他跟她结婚，对得起妈妈吗？

谢盛揉了揉眉心，替何蔓拉了拉被子，便关了房间的门在沙发上躺了下来，好不容易让蔓蔓心稍稍软了一些，他可不想让何蔓误会他利用她的心软。

翌日，何蔓醒过来的时候，发现她躺在了床上，她微愣了一下：等等，她昨天晚上不是在师父家里吗？

随后噌地一下坐了起来，立马掀开了被子，看着自己还是昨天穿着的衣服，微微松了一口气，很快，外面的香气飘了进来，她怔了怔，掀开了被子走到了厨房门口，只见谢盛正在做早餐。

"你醒了？"

谢盛看到何蔓的时候，笑了笑，像是想到什么，他又赶紧解释道："那个早上我醒来的时候，看到你在沙发上睡，就把你抱回房间睡了。"

何蔓轻咳了一声，有些不自在地道："那个，我先回去了。"

谢盛赶紧伸手拉住了她："吃完早餐再回去吧，我快做好了。"

何蔓正准备说什么，谢盛的电话响了起来，他看了一眼何蔓，又看着手机的来电显示，是一个陌生的来电，便只得接了起来："喂，你好，哪位？"

"阿盛吗，我是你严姨……"

电话那头立马说道："我早上来看你爸爸，发现你爸爸晕倒了，刚送到医院，你快过来看看吧？"

"什么，晕倒了？"谢盛脸色一变，立马扯掉了围裙道，"他怎么会晕倒了，在哪家医院？"

严书曼着急地道："就在人民医院，我就在医院里面呢。"

"我马上过来。"谢盛挂断了电话，准备出去，何蔓在一旁听到这里，赶紧伸手将他给拉住了，说，"怎么了，谁在医院里面？"

谢盛脸色难看地道："严姨打电话过来，说我爸晕倒在家，刚送到医院。"

何蔓也是脸色微变，抓着他的手顾不得其他地道："在哪个医院，赶紧走，我跟你一起去。"

谢盛愣了一下，没想到刚刚还说要回去的何蔓会愿意跟他一起去医院，正在他发愣之间，何蔓伸手拉着他说："发什么呆，快走呀。"

谢盛回过神来，再也没有多想，关了火之后，很快就跟何蔓两个人一起出门直接奔向了医院。

第二十三章　突发脑溢血

两个人到了医院的时候,一个保养得很好,看起来三十五岁左右的女人正在手术室门外焦急地来回走着,双手紧握着,神色上有掩饰不住的担心之色。

谢盛奔了上前来,看着她道:"我爸怎么样了?"

"阿盛,你来了?"那女人看着谢盛,仿佛松了一口气,随后急切地道,"医生初步检查说是突发性脑溢血,目前正在抢救。"

谢盛脸色格外地难看,控制不住地问道:"他怎么会突发性脑溢血,他不是一直身体都挺好的吗,怎么会这样?"

"我也不知道。"那女人摇了摇头。

"你不是平时都在照顾我爸的吗,你……"谢盛看着那女人这样,忍不住地责骂了起来。

何蔓一把伸手拉住了他,道:"好了,师父,你别担心,谢总既然进了手术室,现在有医生在呢。"

谢盛一下子微微清醒了过来,想到他刚刚所说的话,脸色格外地难看,有些尴尬地看了一眼对面的女人,他平时那么讨厌这个女人,爸爸生病又关她什么事情,他凭什么责怪她?

只见对面的女人道:"是啊,这位小姐说得是,阿盛,你先别担心,你爸爸吉人自有天相,一定不会有事的。"

"不过这位小姐是?"那女人看着何蔓,好奇地问。

"她叫何蔓。"谢盛回过神来,又给何蔓介绍了一下,说:"何蔓,她是严姨。"

何蔓点了点头打了一个招呼道:"严姨好,我是谢盛的同事,他也是我在公司里的师父,所以我这才叫他师父。"

"这么说你也是飞行员呀。"严书曼看着何蔓连连点头,"真的挺厉害的一个小姑娘。"

"严姨太客气了。"何蔓说完,看着严书曼好奇地问,"那严姨是在哪儿发现谢总晕倒的?"

严书曼叹了一口气:"就是早上我给阿盛他爸爸送早餐的时候,到他家才发现他晕倒在家里的,真的是吓死我了,要是我晚去一点点,真的不知道会发生什么事情。"

谢盛脸色一下子变得格外难看,是啊,如果严姨晚一些去,那就真的不知道会发生什么事情。

再想到昨天晚上他跟爸爸的争吵,莫不是,爸爸是因为跟他大吵了一架,所以才导致他突发性脑溢血?

想到这些,谢盛心一下子沉落谷底,双手的拳头一下子牢牢地攥紧,如果是这样子的话,那他,那他真的是该死。

何蔓听到严书曼这么一说,脸色微微一变,她下意识抓住了谢盛的手,安慰着他道:"没事的,谢总一定会没事的。"

严书曼的目光落到了两个人紧握着的双手之上,她怔了怔,微松了一口气上前安慰着谢盛:"是啊,阿盛,你不用担心,你爸爸的身体向来不错,一定会没事的。而且医生也说了,送来得还算是及时。"

谢盛抬头看了一眼严书曼,神色格外复杂,刚想说些什么的时候,一个穿着白大褂的女人正急匆匆地走过来。

何蔓看了一眼,一下子就认了出来,陆琳!她怎么会在这里,而且还穿着白大褂,难不成她在这家医院工作?

她心底有不少疑问,什么话也没有说,只见陆琳匆匆走过来看着谢盛道:"阿盛……"

谢盛抬起头来道:"陆琳,你怎么来了?"

陆琳说:"早上严姨送叔叔过来的时候我刚好看到了。你也别担心,替叔叔做手术的是我们副院长,在脑溢血方面是一个非常有知名度的专家,叔叔一定会没事的。"

谢盛点了点头:"我知道。"

他过来的时候打听过了,动手术的是医院的副院长,跟他爸爸的关系不错,一定会尽心尽力的。

陆琳扭过头来想要安慰严书曼的时候,看到了坐在谢盛身边的何蔓,她愣了一下,有些诧异,随即一笑道:"何蔓,你也过来看叔叔了?"

何蔓微微一笑:"嗯。"

谢盛扭过头看着何蔓说:"陆琳之前受这家医院的邀请回国,一年前跟我前后回国,现在她在这家医院工作。"

何蔓听到谢盛提起来一年前,就想到了一年前发生的事情,神色变得略微有些冷淡,不过面色上看不出来任何异样地道:"恭喜陆小姐了。"

谢盛坐在她的旁边,还是一下子就察觉到了何蔓的冷淡,下意识地想要解释什么,可是看着严书曼还在这里,他又不知道该如何解释。

此时手术室的大门刚好打开了,只见一个四五十岁的医生从里面走了出来,他身后还跟着几个医生,神色略显得疲倦。

谢盛和何蔓回过神来,马上迎了上前来:"邓叔叔,我爸怎么样了?"

陆琳和严书曼也跟了过来,那为首的邓院长看着他们安慰道:"好了,你们都放心,震东现在已经脱离危险了,暂时没有性命危险。"

谢盛听到这里,这才松了一口气,赶紧问了起来道:"那我爸这是怎么回事,现在他人呢?"

"现在还需要在重症监护室里面观察一晚上的时间,你爸就是年纪大了,容易受刺激,再加上平时可能比较忙,不注意照顾身体,所以这才突发脑溢血。"

谢盛一听到"受刺激"这三个字的时候,脸色一白,邓院长则想到刚刚的情况,在一旁教训道:"不过,阿盛,不是邓叔叔说你,你爸就你一个儿子,你也需要好好地看着点。这一次幸好送来及时,要是晚一点,到时候可就有你后悔的了。"

邓院长还在一旁交代着其他的事情,谢盛在一旁听着脸色格外难看,这么说来,爸爸突发脑溢血,还真的跟他有关系?

想到这里,他浑身僵硬地站在那里,想要做什么,突然之间感觉到手上多了一只手。他微微一怔,侧过头来只见何蔓伸手握着他的手,仿佛极力地想要给他力量,给他安慰似的,温柔地望着她。

他想要让她安心,可是他此时心底乱成了一团。

严书曼看了一眼谢盛的情况,扭过头看着医生一脸感激地道:"多谢邓院长,我们知道了。你放心,以后我们会好好照顾他的,太感谢了。"

陆琳也有些担心地看了一眼谢盛,望着邓院长笑了笑道:"院长放心吧,我们一定会好好照顾好叔叔的。"

"那就好。"

邓院长了解谢盛这个人嘴硬心软,看着他此时不大好受,也没有再说什么,而是点了点头道:"不过你们可以放心,已经脱离危险了,观察两天,再好好地休养休养,做一个全面的检查应该就没事了。"

严书曼赶紧点了点头,还不放心地继续问:"那邓院长,还有什么要注意的吗,我们还要做一些什么吗?"

"没什么了,就是你们家属要好好照顾好病人,让病人保持愉悦的心情,不要刺激到病人,好好休息。"

"好,我们会做到的,那我们现在可以看看病人吗?"

"可以,但不能太久,病人刚做完手术,还需要休息。"

邓院长交代完所有的事情后,就有护士带他们去看谢震东了。此时那个向来雷厉风行的谢总躺在病床之上,身边还输着液,看起来格外虚弱,仿佛再也没有以往的那种威猛和雷厉风行。

何蔓看着微叹了一口气,原来,再强大再厉害的人进到了病房,看起来也是如此虚弱无力和憔悴。

谢总刚做完手术,不能看望太久,所以他们家属很快就出来了。

谢盛全程一言不发,薄唇紧抿,双拳紧握,仿佛在极力地隐忍着什么,但却又看不出来什么。

何蔓在一旁看着他有些担心,却只见谢盛抬头望着陆琳:"陆琳,在哪里交手术费和住院费?"

陆琳看着谢盛这样,微叹了一口气:"我带你去吧。"

"好。"谢盛点了点头,跟着陆琳从病房出来之后又去交了手术费还有住院费,有条不紊地处理着所有的事情。

何蔓想要拉住他,可又不知道该说些什么好,或许让他做一些事情他的心理可能会好受一些,更何况,还有陆琳陪着她。

这样一想,她便垂下了手,再怎么样,那毕竟是他的爸爸,父子之间,哪有什么解不开的仇!

严书曼看着谢盛的背影,则微叹了一口气,却又不知道如何劝说,扭过头看着一旁何蔓,她问:"你叫蔓蔓是吧,待会儿能不能麻烦你劝阿盛回去休息,然后好好地陪陪他,劝他别把这事放在心上?"

何蔓闻声愣了一下,严书曼又道:"这孩子的心思重,有什么事情从来不会说出来,但是其实我知道他很关心他爸爸。他爸爸这一次生病,他一定会很自责,你帮阿姨好好地劝劝他,让他别想不开。"

何蔓回过神来说:"陆小姐的话可能他会听一点。"

"我是看着这孩子长大的。"严书曼一听,却是一笑,她道,"陆小姐与陆盛只是朋友关系,阿盛不会听她的。"

"这,这倒也未必吧。"何蔓尴尬一笑,"陆小姐毕竟是个医生。"

"这个你相信阿姨,阿姨不会看错的。"严书曼却是摇了摇头,"阿盛说到底,也算是我看着长大的。"

何蔓笑了笑:"严姨很关心师父?"

严书曼微叹了一口气:"如何能不关心?"

何蔓想到她听到的事情,想说什么,可是又觉得她的身份说什么都不大适合,索性闭嘴,倒是严书曼,看着何蔓心生好感,直接就打开了话匣子:"阿盛这个人,生性好强,我说什么也不大好说,倒是你,我可是从来没有见过阿盛带过哪个女孩子出现,我在想,阿盛一定很在意你的。"

何蔓听到她这么一说,有些尴尬地道:"其实是我刚好是跟师父在一起,听说了就跟着一起来的。"

刚说完,感觉到不大对劲:咦,她好像是跟师父大清早过来的,那大清早她怎么会跟师父在一起的?

何蔓想再解释,可是感觉仿佛是解释不清了,好在现在已经是晚上了,严书曼并没有在意这个,相反,只是淡淡一笑道:"你跟阿盛是同事,应该也了解他那个人,如果他不是真心地想要带你来,就算是你要跟着一起来,阿盛也会拒绝的。"

"所以,蔓蔓,阿盛一定很在意你。"

何蔓尴尬一笑,不知道怎么解释,严书曼又道:"我看着阿盛长大,从未曾见过他带过女孩子来见他的爸爸,更别说是有女孩子出现在他的身边。所以蔓蔓,你要答应阿姨,一定要好好地劝劝他,让他不要责怪自己,一定要好好的。"

何蔓想到了陆琳,她想说,陆琳不是吗?

可是以她的身份,她说这个实在是尴尬了一些,最后只得点了点头道:"严姨,您放心吧,我会的。"

"那就好。"

严书曼看着何蔓,仿佛是猜到她心底在想什么一样说:"至于陆小姐,你不用担心。震东与陆小姐爸爸以前是关系极好的战友,两个人就像兄妹一样。"

何蔓略有一丝尴尬:"我没有担心。"

严书曼还想再说什么,而此时谢盛交完了费用和陆琳回来了,她没再说什么。谢盛是一个聪明人,他自己的事情应该能自己处理好,也未必会希望她多管闲事。

陆琳走上前来:"好了,费用都交完了,你们也都看过谢叔叔了,要不你们先回去休息吧,有什么情况我第一时间给你们打电话?"

谢盛回过神来,抬头看着陆琳道:"陆琳,你先去忙吧,这里你不用管了,有我和何蔓在这里就好了。"

何蔓一听谢盛这句话,微微抬头,原本刚刚准备想要说离开的话到了嘴边,又吞了回去,莫名地觉得有些开心,他这是把她与他算在一起了?

严书曼也笑了笑,看着陆琳道:"是啊,陆小姐,有什么需要的,我们会再告诉你的。你还要工作,你先忙吧。"

陆琳双手插在口袋里面,坦然一笑道:"既然如此,那我先忙了,有什么事情需要我的,就给我打电话。"

何蔓看了一眼陆琳离开的方向,扭过头来看着谢盛,她略有些担心地道:"那要不我们先回去好好休息一会儿吧,明天再过来看谢总?"

谢盛回过神来摇头:"你先回去休息吧,我想在这里陪陪我爸。"

此时陆琳不在,何蔓已经没有那种不自在的感觉,她看着谢盛劝说道:"现在谢总还在重症监护室里面,你留在这里也没有用,倒不如你跟严姨两个人轮着来,明天再过来看谢总吧?"

"没事,我也不累。"

谢盛摇了摇头:"我想在这里等着他醒过来。"

何蔓微叹了一口气,抬头看着严书曼:"那要不这样,严姨,我和谢盛在这里先陪着谢总,您回去休息休息,明天早上再过来可以吗?

"您放心,我会好好地陪着师父的,好好照顾着他的。"

"那这样也好。"

严书曼知道谢盛的性子固执,不再多说什么,只是扭过头看了一眼谢震东病房的方向,随后就离开了。

严书曼离开了之后,谢盛便在旁边的长凳之上坐了下来,胳膊肘撑着膝盖，头垂了下来，整个人仿佛格外痛苦。

何蔓在他的身边坐了下来，伸手握住了他的手臂："师父……"

谢盛看着何蔓，何蔓能从那一双向来清冷的眼眸当中看到了深深的痛苦和自责之意，看得她心疼，伸手抱住了他："师父，没事的，一定会没事的，谢总一定会没事的，医生不也是说了吗？他没事了。"

谢盛声音低沉而又嘶哑地道："可是他还在重症监护室里面。"

"蔓蔓，你说我爸突发脑溢血，是不是我昨天晚上跟他吵架有关系？"

何蔓立马摇头，握住了谢盛的手认真地道："师父，你千万不要这样想，况且谢总现在不是没事了吗？你之前一直劝我不要一味地沉迷于过去已经发生的事情当中，如今轮到了自己怎么就做不到了？"

谢盛自嘲地一笑："是啊，任何时候，都是劝别人容易，轮到自己的时候就难了。"

"没事的，谢总会好起来的。"

何蔓看着谢盛这样，眼眸一转："不过，师父，你能不能跟我讲讲，你爸爸还有严姨的事情，为什么你不愿意让你爸爸娶严姨呢？"

谢盛一怔，扭过头来看着何蔓，最后，缓缓地道出了谢总还有严书曼以及她妈妈的事情。原来，谢盛的爸爸妈妈还有乔教员以及陆琳的爸爸，他们以前同属于空军飞行员，在他爸妈五周年结婚纪念日时，正巧碰上两个人休假便去了海边休假，可没有想到突然之间遇上了大风浪，一艘载有十几名游客的快艇在返回的途中，突遇特大暴风雨，在靠近海岛附近时突然之间巨浪翻滚，导致翻船。

当时情况格外紧急，且由于另外一队搜救人员在进行搜救的时候伤到了手，导致救援人员不够，等待其他救援人员还需要时间，可是那十几名游客的性命又危在旦夕。海上救援向来是争分夺秒，哪里能等得了？

当时谢总与谢盛的妈妈正巧在海边得知此事，便没有任何的犹豫，直接参与了救援行动，只是当时事故发生地风高浪急，时不时地掀起来的海浪有五六米之高，搜救难度极大。但谢盛爸妈丝毫不顾及自己的安危，参与了救援工作。

而严书曼也在等待救援的人当中，谢盛的妈妈在救严书曼正准备和她一起攀爬索降绳爬回直升机时，突然之间遇到风浪，被卷进了海里。

谢盛嗓音嘶哑："然后，我妈就再也没有回来了。"

何蔓心底震撼，从来没有想到在谢盛的心底藏着这样的往事，更没有想到谢盛妈妈竟然是这么离开的。她下意识地握紧了谢盛的手，只见谢盛双手的拳头紧握：“其实，当时我妈有机会回到直升机的，但是因为严书曼一直无法将安全绳捆绑在自己的身上，我妈便将她死死地推向了索降绳将她牢牢地困在索降绳上，而自己却因为来不及而被风浪卷进了海里。而当时驾驶直升机的是我爸，我爸他……我爸他为了直升机上其他人的安全，就毫不犹豫地驾驶着直升机离开了海面，就这么……就这么任由着我妈被卷进了风浪极大的海里，等救援人员搜救到她的时候，她已经死了。”

何蔓震惊不已，下意识地抱紧了谢盛的手臂，想说什么，只觉得此时所有的语言安慰都显得苍白无力，只能牢牢地抱着他。

只见谢盛用颤抖的声音道：“她……她害死了我妈，如今，还想要取代我妈的位置，嫁给我爸，她……她凭什么，她凭什么？”

“我不会允许的，我绝对不允许。”

何蔓牢牢抱着谢盛：“没关系，你不允许就不允许。师父，你不想原谅就不要原谅，你没有必要勉强着自己，你没有必要非要原谅的。”

“可是我爸也想娶她了。”谢盛说到这里的时候，讽刺一笑，他说，"我爸以前说过，我妈去世之后，他终生不再娶。可如今没有想到，他竟然想要娶她，而且，还因为这个发生了争吵，害得他突发脑溢血。更可笑的是，若是没有她严书曼，我今天可能就见不到我爸爸了。"

谢盛说起这些的时候，觉得格外讽刺，何蔓在一旁听着，此时也不知道如何安慰，唯有紧紧地抱住谢盛。

她低声地道：“师父，我们不要想那么多，我们只需要想，如今谢总还好好的，你爸爸还在，这就好了，是不是？"

谢盛道：“是啊，幸好，他还好，如果他不在了，我在这个世界上，就真的一个亲人都没有了。”

“是啊，谢总还好好的。”何蔓抱住了谢盛，她说，“而且，师父，你永远都不会一个人，你还有我，你还有我呢？”

谢盛浑身一怔，扭过头来看着何蔓，将她牢牢地抱在了怀里，仿佛唯有这样，那一颗空洞的心才能渐渐地被填满。

何蔓在医院里面陪着谢盛，直到第二天谢总从重症监护室里面转到了普通的病房,她这才能明显感觉到谢盛松了一口气,她这才放下心来。

而谢总突发脑溢血的事情自然也传到了公司里面,第二天,公司里面来了不少的领导过来看望谢总。

人多了之后,谢盛的状态好了一些,也就回家了。

一轮飞完后,何蔓再过来医院看望谢总的时候,还没有到病房,就远远地在病房外面看到了陆琳。

她下意识地停下了脚步。说真的,陆琳回国也有一年的时间了,何蔓这一年的时间也带妈妈来这家医院复查过几次,从来没有见到过陆琳,却没有想到谢总这一生病,倒是跟她撞上的次数越来越多了。

陆琳看到何蔓的时候,倒是一笑:"何小姐,你过来看望谢叔叔吗?"

何蔓并没有隐瞒,点了点头。

陆琳侧过头看了一眼病房里面的情况,又扭过头来看着何蔓说:"我刚过去看到严姨也正在陪谢叔叔呢,就出来了。"

何蔓一听严书曼正在陪着谢总,想着要不要晚一点再过来,只见陆琳望着她,说:"医院旁边有一家不错的咖啡厅,要不要一起喝一杯?"

何蔓抬头看着陆琳,说:"好啊。"

两个人很快就来到了医院旁边一家咖啡厅点了两杯咖啡便坐了下来,何蔓喝了一口,抬头望着陆琳道:"陆小姐是有什么话要跟我说吗?"

陆琳摇了摇头:"就是许久不见你和阿盛了,还以为你和阿盛已经和好了。前两天才知道,你们两个还没有和好呢。"

说完,她放下手中的咖啡,望向了何蔓:"何小姐还在生当初的气?"

何蔓歪了一下脑袋,很是不解地问道:"陆小姐这么问,是希望我原谅他,还是不希望我原谅他?"

陆琳说:"当然是原谅他。"

何蔓轻声一笑,毫不掩饰的讽刺之意,她反问道:"可是,陆小姐以什么身份来让我原谅他?"

陆琳脸色微微一僵,何蔓望着她的时候,神色冷漠道:"陆小姐,你该知道,我跟他之间无论如何,都跟你没有关系。"

"我知道。"陆琳回过神来,随即自嘲地一笑,她说,"我早就明白,你们之间无论如何都跟我没有任何关系。"

陆琳说完,她望着何蔓一脸真诚地道:"只是,我知道当初你们之间的分开,多多少少有我的原因。所以,我不希望你们之间因为我有什么不愉快。"

"那陆小姐想多了。"

何蔓说:"一年前我就知道了所有的事情。所以,在此之后,我跟他之间的任何问题,都是因为我和他,与你无关。"

陆琳还想说什么,可话到了嘴边,她想了想,又笑了笑,说:"说得也是,与我无关。"

陆琳说完,抬起手腕看了一眼时间,她说:"我估计着严姨应该和谢叔叔说得差不多了,你应该可以去看谢叔叔了。"

何蔓微微点了点头,她招来了服务员道:"买单。"

陆琳说:"我来请吧。"

何蔓摇头拒绝:"我们,还是AA吧?"

陆琳微挑着眉头,何蔓坦然地道:"陆小姐,不知道我们以后能不能成为朋友。但是最起码,现在我是没有办法跟你做朋友的,所以还是AA吧。"

尽管,她知道当初她什么也没有做,一切的选择皆因谢盛。何蔓也可以不怪陆琳,但她也没有办法做到那么大度与之成为朋友。

陆琳下意识地解释道:"何小姐,我……"

"陆小姐,我知道你现在想说什么。"何蔓打断了她的解释,"你无非想告诉我,你知道谢盛不喜欢你,不会再痴心妄想。"

她盯着陆琳道:"但是,这只是你的骄傲,你还是喜欢着谢盛,你只是一边喜欢着他一边想以朋友的方式出现在他与我的身边。你我同为女人,该明白没有几个女人能接受得了这样的朋友,更何况,是抱着这样目的的朋友。"

说完,她径直离开。

陆琳看着她离开的背影,她自嘲一笑,她的骄傲,原来,她这一点卑劣的目的,对方都看得出来。是啊,同为女人,又怎么看不出来女人这点小心思?

她也清楚地明白,阿盛从来都不喜欢她!

而何蔓回到医院的时候,严书曼还在,她略有些尴尬,感觉自己来得不是时候,正想着要不要离开的时候,谢震东看着她的时候却很是欢喜,说:"何蔓,你来了,来来来,坐一会儿我们聊一下。"

何蔓只得点了点头道:"好。"

谢总如今的状态已经恢复了很多,公司里面过来探望的人也不多了,看得出来他精神很好,她也稍稍放心了一些。

严书曼则很识趣地站了起来:"那你们先聊,我出去买点你喜欢吃的水果。"

谢震东看着严书曼的时候,神色没有那么严肃,格外温和,目送着她离开之后,他扭过头看着何蔓说:"来,坐下说话。"

"是,谢总。"何蔓不禁有几分紧张地道。

"还叫我谢总呢?"

谢震东一笑:"该叫我叔叔了吧?"

何蔓尴尬一笑,说:"是,叔叔。"

"好孩子。"

谢震东满意一笑,看着何蔓像聊家常一样地道:"我听书曼说我手术那天,你是和阿盛一起过来的?"

何蔓乖乖地点了点头:"早上的时候在小区里面碰见了师父,刚好听到严姨给师父打电话说起这件事情,所以就跟着一起来了。"

这一次何蔓可不敢再胡说了,早就找了一个完美的借口:自从她妈妈手术做完之后,她和哥哥便怂恿着妈妈把家里面的房子给卖了,然后她和哥哥又各出了一点钱,在同小区里面买了一套房子,她和妈妈平时就住在这里,也好方便帮哥哥带孩子。

师父也住在那个小区里面,所以遇到这很正常。

谢震东听到何蔓这么说,更加满意了,随后想到了谢盛,他问:"阿盛这两天,不好受吧?"

"这几天我都在飞,不过有时候回来得早我去见了师父,感觉还好。"

谢震东则摇了摇头,道:"他肯定很不好受,尤其是跟我吵了一架之后，我就出了这事，只怕他愧疚得很久。"说完，他叹了一口气道，"说到底，是我这个当爹的不负责任。"

"怎么会？"

何蔓摇头："师父这么优秀这么厉害，也都是谢总教出来的。"

"这我可不敢居功。"

谢震东摇头："他妈妈去世之后，我就极少管他了。他跟我之间话也就越来越少了，有时候，说是父子，连陌生人都不如。"

何蔓赶紧道："但是师父还是很关心叔叔的。"

"我知道，我的孩子我了解。"谢震东笑了笑，看着何蔓说，"不过我一直愁这个孩子的终身大事，没有想到他竟然悄悄地跟你谈了起来。说到这个，叔叔之前也不好，还说想要替他介绍女朋友呢，没想到他竟然有了女朋友了。"

何蔓尴尬一笑："那个叔叔，我们已经分手了。"

"哎，这算什么事！而且我能看得出来，你们对对方都还是有感情的，这和好不是迟早的事吗？"谢震东笑了笑，说，"不过，当初是那小子干的混账事，你可不能轻易地原谅他。"

何蔓听到这里，则忍不住地一笑，她看着谢震东道："那叔叔会怪师父不愿意让你与严姨结婚吗？"

"我怎么会怪他？"谢震东愣了一下，叹了一口气道，"他不同意，我比谁都能理解，只是书曼她……"

说到这里，像是想到什么，他看着何蔓道："说到这个，何蔓，叔叔能不能拜托你，好好劝劝阿盛？"

何蔓微怔着看着谢震东："叔叔？"

"我跟书曼要结婚的事情，你能不能劝劝阿盛？"谢震东说完，他垂下眼眸，道，"当年的事情……"说到这里，他看了看何蔓说，"对了，我们家当年所发生的事情，阿盛是不是告诉你了？"

何蔓点头道："是，师父说，阿姨是为了救严姨才死的。"

谢震东怔了怔，随后一笑："没想到阿盛连这个都告诉你了，看来，阿盛是真的很喜欢你。"

何蔓一听，有些不自在地垂下眼眸，谢震东继续道："只是，其实，当年的事情，也不关书曼的事，当时，她还太小，又在海上漂浮了两三个小时,身心都受到了极大的恐惧,早就没有了体力。所以,这才是无法系上安全绳,导致了阿盛妈妈来不及系上安全绳,被风浪给卷进了海里面。"

何蔓愣了一下,她说:"当时事发已经有两三个小时了吗?"

谢震东点头:"其实,当时原本定的下去救援的人是我,只是当时天空就被黑色的云全部笼罩,黑乎乎的,黑云压顶,浪又特别大,想要在海面上控制直升机极难,阿盛妈妈虽然曾经参加过多次海上的救援行动,且面对海浪有着丰富的经验,但当时救援的直升机跟我们训练的直升机不一样,阿盛妈妈不能确保自己能控制住直升机。而那架救援直升机我曾经开过,十分了解,所以最后商议之下,由我来驾驶直升机,阿盛妈妈和另外几名救援人员来救援……"

说到这里的时候,他手中的拳头微微紧握:"我以为准备得周全,她不会有事,可没有想到,海浪会那么大,会将她直接卷进了海里。而且当时还有暴风即将来袭,我没有办法,为了其他人,我只能放弃阿盛的妈妈驾驶着飞机离开,是我对不起她,是我对不起阿盛的妈妈。"

那天的海面,如同一个巨大的妖兽,仿佛一张口就能将人吞进腹中,恐惧又看不到希望。他在想,或许,他从一开始,就不该同意让阿盛妈妈来救援。

只是,在救援面前,不分男女,在选择入这一行的时候,阿盛妈妈早就做好了心理准备,而且,以她的个性,也绝对不会同意那个时候有性别之分,更何况,当时那架飞机上,还有其他人的性命。

何蔓听着谢震东再一次说起当年的事情,微怔在那里——你看,哪有什么岁月静好?所有的一切,不过是有人在替我们负重前行,在危险灾难来临之际,会义无反顾地出来保护我们的,永远是那些在背后默默替我们负重前行之人。

正说着,严书曼从外面走了进来,只见她满脸泪水地摇头着,显然,刚刚的话她全都听到了。

她一脸愧疚地走了进来,悔恨不已地道:"不,震东,不是你,不是你对不起阿盛的妈妈,是我,是我对不起她,是我对不起她。"

"书曼……"

谢震东没想到严书曼会突然进来,他抬头一脸担心地看着严书曼,只见严书曼道:"当年若不是我没有用,若不是我太害怕了,阿盛的妈妈也就不会死,是我害死了她,是我害死了她。"

"好了,书曼。"

谢震东望着她道:"我早就说过了,这不关你的事情。你当时才十几岁,而且在海上漂浮了两三个小时,早就体力耗尽,你根本没有办法。"

"可若不是我,阿盛的妈妈就不会死。"严书曼泪流满面地摇头,"我欠了你们家一条命,是我欠你们家的。"

"书曼!"谢震东打断了她的话,"这些年来,你偿还得够多的了。而且这一次,如果不是你,只怕我现在已经凶多吉少了,你不要再自责了。"

何蔓大概明白了所有的事情,正想说什么,一抬头就看到了门口站着的谢盛,她微怔了一下:"师父?"

谢震东和严书曼也回过神来,扭过头来看着谢盛,严书曼赶紧擦了擦自己的眼泪:"阿盛……"

"怎么,你还很委屈?"只见谢盛面色冷峻地站在门口,盯着严书曼道,"我妈为了救你而死,你还很委屈?"

严书曼脸色一变,摇了摇头道:"我不是那个意思。"

"那你在这里哭什么?"谢盛冷冰冰地盯着她,"还是怎么,哄得我爸心软了,还想要哄得何蔓也心软,理解你当年的不得已,还是……"

"谢盛!"谢震东脸色一变,厉声地打断了谢盛的话,说,"你在胡说什么呢?"

谢盛立马扭过头来盯着谢震东,冷厉地道:"我说错了吗,她这些年来不就是一直装委屈想要获得所有人的原谅,让自己好心安理得吗?"

严书曼脸色惨白,谢震东脸色极为难看地看着谢盛说:"那你希望你严姨怎么做,啊?是希望她去死,一命偿一命吗?"

谢盛一下子僵在那里,谢震东继续道:"这些年来,你严姨从来都不好过,一直想尽一切办法地补偿着我们父子二人。她从毕业之后就开始照顾着我们父子二人,就算是你怎么骂她、赶她离开,她也毫无怨言,这些年来不谈恋爱,也不结婚,一心一意地赎罪,她更是从来没有想过嫁给我,是我想要跟她结婚,是我想要给她一个名分,是我……"

"震东……"严书曼听到谢震东这么一说,扭过头来看着他,下意识地摇头道,"震东,我说过不用的,我……"

"你可闭嘴吧。"谢盛听到严书曼还这么一说,控制不住地骂道,"你现在这样装着温柔体贴,事事周到,一副为了我爸好的样子,不就是想要让我爸彻底地站到你那边,心疼你的吗?你怎么不去演戏呢你?"

"谢盛,你!"

谢震东听到他的话气到浑身颤抖,一句话也说不出来了,差一点提不上气来,吓得严书曼扭过头来大叫道:"震东,震东,你怎么了,医生,医生……"

谢盛也是脸色一变,一下子闭上了嘴巴,何蔓在一旁看到这里,压根不知道说什么好,只是看着谢盛那清醒过来脸色极为难看的样子,下意识上前了一步,站在他的身边握住了他的手安慰着他。

好在这里是在医院,很快院长就过来了,检查了一下谢总的情况,这才扭过头道:"行了,你们放心,没有什么大事,就是情绪太过于激动。"

说完,他看了一眼病房里面的几个人道:"不过我说阿盛,你是怎么回事,你爸爸这还在医院里面呢,就不能顺着你爸爸一点,非要让你爸爸的情绪这么激动吗!护士站都能听到你们的吵架声了,你们这样子以后让病人出了院可怎么办?"

院长的一番话,病房一下子就安静了下来,谢震东此时也缓了过来,他说:"对不起,老邓,是我自己的问题,我之后会注意的。"

"你也是的,这年纪大了,脾气就别这么大,好好地养着,不然身体怎么能好得起来?"

谢震东点了点头:"是是是,你说得是。"

而谢盛看着谢震东恢复如常之后,微微放心,想到刚刚的情况,他双手拳头牢牢攥紧,扭过头就直接离开了病房,严书曼想说什么可根本不敢说,而谢震东则是下意识地叫道:"阿盛,阿盛……"

何蔓回过神来,赶紧跟着想追出去,刚追了两步又扭过头道:"叔叔,你放宽心,不要把师父的话当回事,我去看看他。"

谢震东赶紧挥了挥手道:"我知道,你赶紧去看看他。"

何蔓点头:"好的,那叔叔,严姨,我先走了。"

从之前师父跟她说的,再到今天听到谢总还有严姨所说的事情,她大概明白了所有的事情,当年之事大概就是严书曼出海游玩,遇到了大风浪,船被风浪掀翻,所有的乘客都掉到了海里。正巧遇上了师父的爸妈在海边度假遇上了这件事情,他们义无反顾地参与了救援行动,在救援之时,因为严书曼泡在海里太久,体力不支,导致她无法系上安全绳,师父的妈妈为了替她系上安全绳,来不及系自己的,被风浪卷进了海中而牺牲。

因为这件事情,这些年来严书曼愧疚不已,一直在赎罪补偿,不曾结婚,无论谢盛对她意见多大,她都没有任何怨言地照顾着谢盛和谢总父子二人。

只是人非圣贤,严书曼多年的照顾,谢总饶是铁石心肠也会心软,更何况这么多年过去了,严书曼一直陪伴在他的身边,他想要给严书曼一个家,这也很正常,只是,有着当年的因素在,师父接受不了,这更正常。

何蔓跟着跑出来之后,谢盛正准备开车离开,她直接就挡在了他的车面前,吓了他一跳,他一脚把刹车给踩死,拉开了车门道:"你干什么?"

"你一个人跑了,把我留在那里算怎么回事?"

谢盛回过神来,一脸愧疚地道:"对不起,上车吧。"

何蔓看了一眼谢盛,没有多说上了副驾驶,然后乖乖地把安全带给系上了。

谢盛在车外看了一眼何蔓那乖巧的样子,满腔的怒气仿佛一下子就消散了,扭过头也上了车,但却并没有开车离开的意思。

何蔓侧过头道:"怎么不走?"

谢盛此时冷静下来,他说:"蔓蔓,我刚刚是不是差一点又把我爸给气病了?"

何蔓想了想,点了点头道:"是。"

谢盛坐在驾驶位,脸色一下子变得格外难看,何蔓道:"师父,我这么说,并没有其他的意思。我知道,要不是你爸爸和严姨说起这些事情也不会刺激到你说出那些话来。只是,师父,我很想问问你,难道你希望当年你妈妈用性命救起来的人是一个不懂得知恩图报之人吗?"

谢盛脸色一僵,呆在那里,何蔓继续道:"师父,你妈妈真的是一个很伟大的人,她为了救人,不顾自己的性命,她是一个英雄,而且,我相信,若是再来一次的话,你妈妈她还是会选择救严姨的。"

说完,她望着谢盛道:"所以,师父,你妈妈没有后悔救了严姨,她从来没有后悔过,你若是一直因为这件事情埋怨严姨,这岂不是不认可你妈妈所做的一切?"

"不,我从来没有因为这件事情埋怨她。"

谢盛摇头:"我也知道,重来一次,我妈妈还是会做这样的选择,我只是,只是没有办法接受她跟我爸在一起。"

"有什么不能接受的?"何蔓坦然地道,"叔叔的年纪大了,你也长大了,有自己的工作。说句现实一点的话,我们经常需要飞,时常不在家,根本没有办法照顾到家人,如果这个时候有一个人愿意来照顾叔叔,岂不是很好的事情?"

"可为什么会是她?"谢盛说,"我比谁都支持我爸再婚,可为什么非她不可?"

"为什么不可以是她?"何蔓反问,"难道就因为当年阿姨救了她吗?如果是这样的话,那在我看来,是她才好呢,这样,不会有别有用心的人靠近叔叔、接近你,她也会真心地照顾叔叔。"

谢盛一怔,何蔓又道:"而且师父,我看得出来,严姨她不是装的,她是真的很不好过。我相信,叔叔也是因为如此,所以才想要取得你的同意再与她结婚,怕也是为了想要让她的心理能好受一些,刚刚我听说她压根就没有想过与你爸爸结婚。所以,我想叔叔不想再辜负她,想要给她一个家。"

想到严书曼,她说:"师父,我听叔叔说,严姨是一个非常受人尊敬的大学老师,她从十七岁被叔叔救起来到现在,便一直备受煎熬,她是背负着赎罪的心情来接近你们父子二人的,她是真心地想要渴求你的原谅,也是真心地想要照顾叔叔的。"

"当然,或许我说的这些很片面,或者因为我不了解,所以只看到了好的一面。但是师父,我说这些不是想要让你原谅严姨,而是希望你能放得下来。"

谢盛听到何蔓这么一说,他下意识摇头:"不,不……"

何蔓问:"什么不?"

谢盛不知道是想到什么,握着方向盘的手牢牢抓紧,说:"严姨她,确实是，确实是很好，她确实是对我爸照顾得很好，以前，也照顾得我很好。只是……只是我一看到她就想到了我妈是怎么死的，所以……所以我就不想见到她。"

"不想见到，就不要见到。"

何蔓握着谢盛的手，认真地道："反正，你跟叔叔也不住在一起，你不想见到，那就不要经常见就好了。"

谢盛抬起头来看着何蔓，只见何蔓一笑，说："师父，叔叔年纪越来越大了，他平时工作压力大，你又不跟他住在一起，他是需要一个真心待他的人来照顾他的，而严姨，则是一个最好的选择。而且，师父，我相信没有人能取代得了你妈妈的位置，永远没有人，你的妈妈，永远是你的妈妈，哪怕严姨真的跟叔叔在一起了，她也取代不了的，你完全不用担心。"

谢盛望着何蔓那黑白分明的眼眸，问："所以，你是劝我同意他们结婚？"

"不是劝你同意，而是跟你分析事实。"

何蔓摇头："我想，师父也不想今天这样的事情再发生，医生不也是说了吗？叔叔的身体除了是受太大的刺激引起来的，更多的还是常年的生活不规矩，还有一些过度劳累等因素才引起来的。"

说完，她低声叹了一口气，道："师父，我只是想告诉你，叔叔身边需要有一个人来照顾他。"

谢盛低声地道："那我可以给他请护工。"

何蔓一听，则是笑了起来："那你问叔叔同不同意嘛。"

谢盛扭过头去，冷哼一声："他肯定不同意。我之前就说让他请个阿姨在家里面照顾他，他就死活不同意，非要闹出来今天这样的事情来。"

何蔓道："那大概是因为叔叔只想要来严姨来照顾吧。"

谢盛看着何蔓，说："严书蔓给你钱了吗，你这么替她说话？"

何蔓白了一眼谢盛："要不是你，我多管这闲事干什么？"

谢盛刚想说什么，眼眸一转，突然之间靠了过来："那你为什么要因为我多管这闲事？"

何蔓一下子紧张了起来，莫名地后退了两步："我，我闲的，不行吗？"

谢盛看着何蔓这样，突然之间仿佛长期以来压在心底的不舒服彻底地消散,他盯着何蔓,一字一句地道:"蔓蔓,我们和好,好不好?"

何蔓一怔,抬头看着谢盛,突然之间看到医院大门口追出来一脸担心的陆琳,她一下子就冷静下来:"不好。"

谢盛脸色一下子变得委屈兮兮的样子,刚想说什么,抬头自然看到了医院门口的陆琳,陆琳显然也发现了他们,然后朝他微微一笑,扭过头便回到了医院里面。

想到了何蔓这几天见到陆琳的不自在,还有一年前发生的事情,他立马抓着何蔓的手道:"蔓蔓,我跟陆琳之间真的没有什么,只是朋友的关系,这些年来我待她也就像妹妹一样,真的没有什么。"

何蔓讽刺一笑:"那你当初不还是因为她要跟我分手,还说你们要结婚了?"

"对不起,蔓蔓。"谢盛赶紧着急地解释,"而且当时要分手的原因也不是因为她,只是,只是我当时耳朵听不见,以后都不能飞。哎,算了,这是什么该死的破理由,但是何蔓,我跟陆琳之间绝对清清白白,我对她没有半点的男女之情。"

何蔓也不想一直抓着旧账不放,只是想到陆琳的心思,她反问:"那陆琳对你呢?"

谢盛一愣,何蔓说:"我相信你对她没有半分的男女之情,但陆琳呢,她对你呢,也没有半分的男女之情吗?你呢,又知道她的心思吗?"

谢盛听到这里,如同一盆冷水浇了下来似的,一下子清醒了不少,他看着何蔓,最后垂下头道:"我知道,其实我之前就隐约知道。但是陆琳一直不在国内,我们见面的机会也很少,所以我也从来没有多想,直到后来,我左耳失聪,我才相信。"

说到这里,他懊恼不已:"其实我知道现在说什么也没有用,这件事说到底,也怪我,我当初不该利用她的,让她有了一丝丝希望。"

说完,他看着何蔓道:"但是在新加坡的时候,我已经跟她解释得很清楚了,我相信以她的聪明,肯定会明白。"

何蔓讽刺一笑:"是吗?"

"我不知道是不是。"谢盛边说边举手保证道,"但是我可以向你保证,我对她真的毫无男女之情,否则也不至于单身三十年才遇到你。"

说完,他拉着她的手,一副可怜兮兮地道:"蔓蔓,我真的只喜欢你。"

何蔓还想生气呢，看着谢盛这样子，所有的气一下子都消了，抽回自己的手挑着眉头问："真的吗？"

"当然是真的。"谢盛立马连连点头。

何蔓冷哼了一声："那得看你以后的表现再说。"

"我一定会好好地表现。"谢盛立马举手道。

何蔓看着他那模样，忍不住地勾了勾嘴角，看着前面的医院，她说："那你要不要回去看看叔叔？"

谢盛看了一眼，神色有一丝不自在地道："明天再来看他吧，免得待会见面我又跟他吵起来。"

何蔓想了想道："也行，回去你也可以好好仔细想想。"

说完，她看了一眼谢盛说："师父，那是你的爸爸，你明明很爱他的。"

谢盛怔了一下。是啊，他明明很爱他的，他又何必非要抓着过去的事情不放，更何况，再选择一次，妈妈仍然会那么选择，他的妈妈就是如此伟大的人。

他扭过头来看着何蔓，揉了揉她的脑袋："师父知道了。"

他当年所教的这个徒弟，已经长大了，懂得安慰和劝解他了，突然之间感觉他赚了。只是，想到他当初所做的事情，再看着她如今的固执，他仿佛能理解了，不过，没关系，经此一事，她的态度已经放松了很多了。

何蔓看着谢盛，脸上的神色也缓和了许多。此时她似乎明白了陆琳所说的话，她说师父看似极为骄傲冷漠，但实则那只是他的保护伞而已，他自卑，害怕失去，所以，他不敢轻易地付出。

此时，她仿佛也能明白他当初的选择。

只是，她需要让他好好地长个记性，不能以后发生什么事情先不说就躲起来逃避，那万一以后结婚了他遇到什么事情还跟她离婚不成？

何蔓微怔了一下，没有想到她竟然会想到跟师父结婚，就仿佛她以后一定会跟他结婚一样。

她摇了摇头，侧过头看着谢盛。师父是一个聪明人，知道该做什么选择，他很爱他的爸爸，经此一事，他也看到了严姨是真心对谢总好的，怕是也不会再反对了。

这样一来，谢总身边有了严姨，以后他也就能放心许多。毕竟，这个世界上，没有人比严姨更加真心待谢总的。

不过此次突发性脑溢血之后，谢总以后再也不能飞了。饶是恢复好出院了之后，也只能在地面上工作，好在他这几年来基本上都是在地面上工作，倒也习惯了。

第二十四章　不予通过F2考试

了结此事，何蔓与谢盛的关系也彻底地缓和了，两个人也能像之前那样嬉笑怒骂，甚至是有些暧昧，叶南城自然也发现了。

何蔓这是什么意思，她原谅了谢盛吗？

叶南城从来没有想过何蔓有一天还会原谅谢盛，毕竟，他当年的选择，她怎么都无法原谅，他以为她也不会原谅谢盛。如果是这样子的话，那他可以理解，可如今怎么就轻易地原谅了谢盛？

叶南城看着在旁边坐着的何蔓，想着看到送她过来参加婚礼时，她和谢盛打情骂俏的样子，他神色沉了沉。

何蔓仿佛什么也没有发现，此时正抬头看着酒店舞台中央举办的婚礼，今天是宋青扬与杨柳的婚礼，他们一帮老同学都过来参加了。

台上的杨柳一身白纱，格外惊艳动人，她从司仪手中接过了话筒，看着宋青扬道："青扬，今天是我们大婚的日子，有些话，我想趁今天大婚的日子告诉你。"

说完，她微停顿了一下，道："青扬，我还记得第一次见到你，那是高一的时候，可能你不记得。但是青扬，我永远记得那一天，你穿着干净的白T恤，穿着运动裤打着篮球就这么走进了我的世界。我想，那大概就是言情小说当中所说的初见少年，从那个时候，我就喜欢上你了，我在想如果这个男孩是我的男朋友，那该多好啊。

"我没有想到后来有一天我会梦想成真，你不知道当你说让我做你女朋友的那一刻，我是有多开心。我当年喜欢的那个男孩，终于成了我的男朋友……"

杨柳说了好多好多的话，台上的宋青扬已经泪流满面，杨柳也是哭着笑着说完了最后的话:"青扬,真的很高兴能成为宋太太,余生我会做好宋太太,永远爱你,护你一生,青扬,我爱你。"

这一幕落到了叶南城的眼底,格外感动。宋青扬这小子艳福不浅,这女孩聪明漂亮,两个人倒是格外般配。

何蔓眼睛噙着泪水,正扭过头找纸巾想要擦眼泪,而跟着林东飞一起过来的叶萌萌也哭得不行,林东飞在一旁哄着她说:"哭什么呢,等回头咱们结婚了我也给你一个盛大的婚礼。"

"那不一样嘛。"叶萌萌说,"人家这是从高中时候的感情。"

叶南城回过神来,看着何蔓神色稍稍缓和了一些,拿了一张纸巾递给了她,何蔓接过纸巾,看到他的时候愣了一下道:"多谢。"

叶萌萌在一旁看到这一幕,伸过头来道:"不过,蔓蔓跟我哥也算是大学就认识的了,也好多年了呀。"

何蔓一眼就看透了叶萌萌的心思,毫不客气地道:"我还跟宋青扬、林东飞都认识了好多年了呢。"

叶萌萌垂头叹了一口气:"我错了。"

何蔓只是笑了笑,抬头看着宋青扬泪流满面地与杨柳许下生生世世的誓言的时候,她突然之间开始也有些向往婚姻。

突然之间,脑海当中浮现了谢盛的身影,微微怔了怔,随后想到了他所提的分手之事,又觉得现在还不大适合。

叶南城坐在一旁听到何蔓的话,则把手中的拳头微微紧握,神色微沉,宋青扬的婚礼结束后已经八九点了,当年的同学提议一起聚聚。何蔓因为明天还要飞,就没有参加,准备直接打个车离开的时候,叶南城也出来了。

何蔓看到他的时候愣了一下:"叶队,你不跟他们继续玩吗?"

"我明天下午也要飞,懒得玩了。"叶南城说完,望着她说,"我喝了一点酒没有开车,方便带着我吗?"

叶南城两年前在她们家小区对面也买了房子,两家距离很近,不过那一片公司里很多人都住在那儿,所以何蔓也没有多扭捏,点了点头道:"上来吧。"

"多谢。"叶南城直接就上了车,系好安全带之后,他看着坐在旁边玩手机的何蔓,又想到了今天在酒店外面的那一幕,谢盛亲昵地捏了捏何蔓的鼻子，何蔓则一脸娇俏地打掉了他的手。

那一幕，让喝了一点酒坐在车里面的叶南城脸色带着一丝阴沉，想要说什么，可看着前面的司机，最终，什么话也没有说，到了他家小区门口的时候，司机提醒着他下车，他摇了摇头："先送她。"

司机倒也明白，很快就先送到了何蔓住的小区。到了自家小区，何蔓下车时，叶南城也跟着下了车："这么近，我待会儿走回去就好了。"

何蔓没有多想，点了点头，她说："那我先回去了。"

叶南城叫住了她："何蔓，我们聊聊吧？"

"有事吗？"何蔓愣了一下，侧过头道。

叶南城抬头望着她，看着她那冷淡的模样，喝了一点酒的他情绪更加激动，控制不住地问道："我看今天是谢队送你来参加婚礼的？"

何蔓点了点头："我车送去保养了，他就送我过来了。"

叶南城仿佛随意聊天般地问："那谢队怎么没有一起来？"

何蔓说："他今天要飞。"

叶南城反问："你怎么知道的？"

"我们住同一个小区，有什么不知道的？"何蔓说到这里，有些诧异地看着叶南城，"倒是叶队，有什么事吗？"

叶南城看着何蔓说起两个人住在同一个小区那亲昵的样子，手中的拳头紧握，低声道："我看到他摸你的头了。"

何蔓愣了一下，略有一丝尴尬，可看着叶南城这样，仍有些百思不得其解地道："有什么问题吗？"

叶南城控制不住地问，"那你们是和好了？"

何蔓听着越发觉得莫名其妙，她看了一眼叶南城，蹙着眉头道："什么和好了，你在胡说什么呢？"

叶南城冷声地道："是我胡说，还是你们不顾影响地在酒店门口打情骂俏？"

何蔓听到这里算是听明白过来了，她脸色一沉，冷厉地问道："这似乎不关叶队的事吧？"

"何蔓！"叶南城一听，目光微微收紧，极力地控制着自己地道，"难道你真的跟他和好了不成？"

何蔓眉头蹙得更厉害了："有没有和好，我想这也不关叶队的事吧？"

叶南城看着何蔓这样，更加愤怒："何蔓，你怎么能跟他和好，难不成你忘记他当初怎么对你的吗？"

"他怎么对我是我跟他的事，这不关叶队的事，叶队在这里操什么心，是不是手伸得太长了一些？"

叶南城不敢相信地问："这么说你真的要原谅他？"

"是又如何？"何蔓实在是被叶南城给烦得不行，冷声地道，"叶队到底想做什么？"

叶南城眼睛有些猩红地盯着她："为什么？何蔓，为什么能原谅谢盛？为什么你可以原谅谢盛犯的错，为什么？"

"叶南城！"何蔓忍无可忍，"你发什么神经呢，我原谅谁那不是我的事吗，关你什么事情！"

叶南城突然之间提高了音量道："那你为什么就不能原谅我？"他闭上了眼睛，痛苦不已，"蔓蔓，为什么，为什么你能原谅谢盛却不能原谅我？"

何蔓愣在了那里，回过神来的时候，她的神色冷淡："因为我还喜欢他，但是早就不喜欢你了。"

叶南城脸色一下子变得格外苍白，何蔓却彻底地冷静下来："叶南城，我愿意原谅谢盛，是因为我还喜欢他，至于你，我都谈不上原谅不原谅了，你我如今只是同事的关系。我以为你早就明白，我也说得很清楚了，可我没有想到，你还是不明白。"

"我想明白了，我也清楚了。"叶南城面色苍白地道，"只是，我以为，谢盛当初那么对你，以你的性子，你绝对不会原谅他。可我没有想到，你竟然还会再原谅他，所以，我就在想，你能原谅她，为什么不能原谅我？"

"因为我喜欢他，但是早就不喜欢你了。"何蔓再一次重复了刚刚的话，她盯着叶南城说，"叶南城，对待不喜欢的人，没有什么原谅不原谅，你于我而言，不过就是同事关系。"

叶南城听到这里，脸上毫无血色，何蔓冷声地道："叶南城，我言尽于此，也希望这是最后一次。"

说完，她转过身头也不回地就进了小区。直到回到了房间，她这才坐下来想到叶南城的问话，最后她微叹了一口气。

是啊,她还喜欢师父,所以,自然是愿意原谅。

当初,不愿意原谅叶南城,终究到底,只是因为不喜欢了。

况且,眼下她真的没有心情考虑这些事情。如今她早就经历够了小时数和落地,正申请转左座FL的考试,也就是机长班,她一心准备的就只有这个。

与此同时,与她一起申请FL考试的还有林东飞。

林东飞在飞行上的天赋渐渐地展现了出来,除了因为私生活一事导致的停飞,他在飞行上从未曾出现过任何差错。何蔓跟林东飞也算是同一批进入公司比较早申请转FL的飞行员。

宋青扬因为刚刚转回小飞机上,还需要半年的时间才能申请FL,而许璐则是在转330的一年后就结婚了,她老公是330的一个机长,以前跟她一起飞过,在许璐转入330之后,就开始狂追她,两个人闪婚。如今许璐怀孕待产,暂时停飞。

所以,她和林东飞算是比较早的,而且转FL后就只能跟飞行教员才能飞了,但这也是进入机长班最重要的时候,所以,她格外慎重。

在确定要申请进入转FL考试之前三个月的时间,她除了日常的飞行和工作,哪里也不去,每天看飞行手册学习。

顺利通过理论考试之后,何蔓迎来了航线考试,林东飞已经于昨天顺利地通过了航线考试,今天轮到她了。

所以她略为紧张,毕竟这是所有的考试环节当中最重要的。

更重要的是,今天航线考试的检查员是叶南城。

想到半个月前参加完宋青扬还有杨柳的婚礼时叶南城所说的话,她面色微微收紧,这半个月以来她都没有再见过叶南城,没想到再见的时候,竟然是他来检查她。

想到这里,她深吸了一口气,然后进入了飞行检查室,看着坐在那里面色如常的叶南城,她将从签派那里领来的资料给了他。

叶南城仿佛压根就忘记半个月前的事情一样,如常地检查,正常的态度,只是那不苟言笑的样子,略带着一丝严肃,时不时地抬头问了何蔓一些问题。

何蔓稳住心神,一一认真地回答,今天的航线检查是从深圳到武汉,这一条航线也是她常飞的,所以很是熟悉,并不担心。

上了飞机后，按照正常的飞行，叶南城在下面做绕机检查，她则是在驾驶舱内部检查，随后便下了飞机做绕机检查。

刚做完绕机检查，她正准备上飞机，突然看到候机楼里面一个小孩子不停地朝着她挥手，她抬头一看，这才发现是艾尔。

而艾尔旁边站着的则是沈乔，何蔓愣了一下，嫂子和艾尔怎么会在机场？

他们去哪里？

何蔓正愣着，她的手机响了起来，是沈乔发过来的微信："早上起来的时候我妈打来电话说我爸的腿摔骨折了，我带着艾尔回去看看，没想到今天是你飞。"

何蔓立马担心地问："怎么样，叔叔没事吧？"

沈乔回："听我妈说没事，但是我不放心，想回去看看。"

说完她又回："我听你哥说过你今天检查考试，是这一趟航班吗？"

何蔓回道："是啊。"

沈乔回了一句："加油。"

何蔓抬起头来，只见艾尔朝她举起双手做了一个加油的姿势，然后又比了一个心，她忍不住地一笑，随后上了飞机。

叶南城正在看着飞行前的资料并同时验收何蔓所做的检查，何蔓站在驾驶舱的门口看着认真飞行的叶南城。

叶南城也算是飞行上少有的天才，更是公司少有的能同时飞320和330的检查员，可以说十分优秀，就连她都不得不佩服。

想到他对飞行的态度，她稍稍心安，他应该不会因为之前的事情而为难她吧？

何蔓正杵在那里，叶南城侧过头来提醒着她："马上就到起飞的点了。"

"马上进来了。"何蔓赶紧进了驾驶舱，同时关上了驾驶舱的门。

今天是她的航线检查，所以全程由她来操作，叶南城来配合，她关上驾驶舱门之后，叶南城便拿出无线麦克风跟管制要放行许可。

"深圳放行上午好，东胜8353，停机位36号桥，请示放行到武汉，通播B已抄收。"

"东胜8353，深圳放行，许可放行到武汉，跑道02L……"

何蔓在一旁随时跟乘务长联系，关闭机舱门，同时联系地面机务用推车将飞机推到滑行道上并启动发动机。

这一系列的操作对何蔓来说驾轻就熟，且今天深圳的天气不错，飞机并没有晚点，直接就准点起飞。

飞机起飞后，便接入了自动驾驶。

一切都很顺利，可没有想到起飞15分钟后，乘务长突然说："机长，不好了，机上有一名六岁半的儿童突然之间呕吐且腹痛不止，我们正在联系飞机上有没有医务人员，并同时正在查看那孩子的情况。但是那小朋友疼得厉害，根本不敢碰一下腹部。"

何蔓眉头微蹙："那机上有没有医务人员？"

"没有。"

乘务长摇头，说完看着何蔓，神色有些凝重地道："而且，何蔓，我看了一下，那孩子是何机长的孩子。"

"什么，艾尔？"何蔓一听到这里，脸色一变，扭过头来说，"你说生病的是我哥的孩子？"

乘务长跟何宁远飞过，是认识沈乔的，她说："对，机组成员正陪同家长一起做孩子的安抚工作，但孩子的情况有些危险。"

"怎么会这样？"何蔓十分担心，下意识地站了起来准备出去，叶南城抬头看着她清冷地问道："你要干什么？"

何蔓回答："我去看看艾尔。"

叶南城望着她："你去能做什么？"

何蔓着急地道："那我现在能怎么办，我又不是医生！"

叶南城眉头一蹙，冷声道："何蔓，你别忘记了，现在是你转FL的航线考试，怎么办，是你来决定的，跟你是不是医生没有关系。"

叶南城的话，如同一盆冷水淋在了她的头上，让她瞬间清醒了过来，坐回了位置上，随后深吸了一口气，冷静地道："飞机刚刚起飞不到二十分钟，我们返航。"

叶南城看了一眼何蔓，则是接过了通信设备跟地面联系："深圳管制，东胜8353，机上有儿童不适，需要立即抢救，申请返航，优先进近落地。"

管制员："东胜8353，深圳管制，可以返航，优先进近落地，另外请问需要医疗服务吗?

"需要!"

"好的。"

何蔓得到肯定返航的消息,整个人松了一口气,同时联系乘务长:"乘务长,艾尔现在怎么样了,情况如何?"

"还是不适,一直在哭,沈女士正在安抚,让你不用担心。"

"我知道,我们航班已经返航,很快落地。"

"好的。"

何蔓跟乘务长沟通过后,深圳管制传来消息:"东胜8353,我们已经安排救护车正在停机坪等候。"

"东胜8353,收到。"

得到了管制确切的消息,何蔓做完下降前的准备,同时操作飞机一步步地落地,看着停机坪上的救护车,她松了一口气,飞机停稳后她立马出了驾驶舱,只见沈乔抱着何艾尔,急得眼眶都红了:"艾尔,没事的,没事的,马上就到医院了……"

何蔓飞快地上前了一步,一脸担心地问道:"嫂子,艾尔怎么样了?"

沈乔红着眼睛摇头:"我不知道,我也不知道怎么回事。"

何蔓赶紧扶着沈乔下飞机边说:"你不要着急,先去医院,救护车已经在下面了,我刚也发信息通知了我哥,也打电话给咱妈了,让咱妈在医院里面等着你。"

沈乔赶紧点了点头:"好,好的。"

何蔓看着沈乔带着艾尔上了救护车,这才回到了飞机上继续考试。

武汉落地后,沈乔也打来了电话,原来是艾尔昨天中午在学校里面吃了不干净的东西,才导致今天飞机上出现的这一幕,如今已经清洗了肠胃,恢复了正常,她和妈妈在医院里面,让何蔓不用担心。

何蔓这才彻底放下心来,在武汉休息了两个小时后,飞机从武汉回来了深圳。只是落地回到了公司时,她看着检查单上不通过几个字时,她脸色一下子变得格外的难看,她飞得没有什么问题啊。

叶南城轻声地道:"航班上发生特殊事情处理不够成熟,习惯性依赖别人的提醒,还不懂得机长的责任和担当,不予以通过FL考试。"

何蔓一下子清醒了过来:"你是说艾尔在飞机上病发的时候?"

叶南城冷淡地道:"没错,虽然你飞得没错,但是你处理事情上却依旧不够成熟,所以这就是我给你不通过的理由。"

何蔓下意识地据理力争:"可是那是我的家人,他生病了,我怎么可能不担心?"

叶南城说:"担心人之常情,可若是没有我提醒,只怕你已经忘记了你是今天的航线机长。"

何蔓一下子语塞,自然也想到了那个提醒,可是她当时只是太担心了而已,而且航线检查不是主要检查技术上的吗?

她的技术上没有任何的问题啊。

叶南城看着何蔓那一脸不服气的样子,轻声地道:"我知道你自认为技术没有任何的问题,但是飞行不止技术,还有你在飞行当中所做的任何选择。你要记住,任何情况,任何理由,都不是你的理由,你自己好好想想。"

何蔓想解释什么,却又不知道从何解释,只能是拿着检查结果扭过头就离开了,刚出了公司,正好遇到了谢盛准备去飞。

谢盛看着她那蹙着眉头一副气鼓鼓的样子,他挑了一下眉头:"怎么了,这么不高兴的样子?"

何蔓说:"考试没有考过,我怎么能高兴得起来?"

谢盛愣了一下:"不应该啊,你理论技术都很扎实,不应该不通过啊。"

何蔓顿时仿佛找到了知音一样道:"是吧,我怀疑叶南城是故意的。"

刚刚交完资料正准备出来的叶南城正巧听到何蔓的话,他无奈地摇了摇头,她这不成熟的性子,怎么能当机长,怎么能进机长班?

谢盛一听何蔓这小孩子语气的样子,忍不住一笑,揉了揉她的脑袋道:"叶南城倒还不至于干这样的事情。"

何蔓诧异地看了一眼谢盛:"你居然还替他讲话?"

谢盛望着何蔓说:"咱要实事求是是不是?再说你认识他可比我认识他久,你觉得他是会故意让人不通过或者让人通过的人吗?"

何蔓微叹了一口气,摇了摇头道:"不是。"

站在拐角处的叶南城眉头一挑，突然发现他的看法也不是全然正确，谢盛这么跟她一聊，她倒是能冷静下来仔细想想所有的原因。

难道是他的方法不对？

不过，让他更没有想到的是谢盛居然替他说话。

"那不就成了吗？"谢盛笑了笑，说，"他不让你通过肯定有不让你通过的理由。而且，你们航班上今天发生的事情，公司已经发短信通知了所有人，我也看到了。是不是因为艾尔生病，所以你有些不大冷静？"

"有一点。"何蔓老实地承认了下来，随后又不服气地道，"但是我飞得很好啊。"

"飞得很好，并不代表你就能通过。"谢盛望着她，"转到FL进入机长班，也就意味着你以后就是航线机长了，航线机长就意味着要承担责任了，也就是说在一架飞机上你是有决策权的，如果你无法冷静下来，那就代表你不能做出正确的决策。这样子的话，别说他不给你过，我也不给你过。"

何蔓一听谢盛这么不客气地说话，倒能理解，只是听着他的话，她忍不住地瞪了他一眼："行了，我知道了！"

说完，就气呼呼地拉着箱子就准备离开了，谢盛一把抓住了她，哄着她："好了，别不高兴了，我知道我的话太直接不大好听。但是我也是希望你能真正地冷静下来，毕竟你早晚还是要当机长的嘛。"

何蔓这个时候已经不生气了，说："我知道了。"

谢盛又道："那等我明天回来带你去看电影好不好？"

何蔓拒绝："不看！"

谢盛一脸委屈地道："蔓蔓……"

何蔓实在受不了谢盛现在时不时在她的面前装委屈的样子，瞪着他说："艾尔生病，我哥这两天在哈尔滨过夜，我还要跟我嫂子和我妈照顾他。"

谢盛回过神来："是啊，那你先好好照顾艾尔，告诉他我明天给他带玩具回来，让他乖乖地听话。"

何蔓道："知道啦。"

谢盛揉了揉何蔓的脑袋，她并不是不成熟，只是太过于重感情，她也不是不知道自己的问题在哪里，只是需要让她静下心来。

不过她也确实是运气不好，这么重要的考试，艾尔居然在她的航线上生病，换作别人，家里有人在飞机上生病，都没有办法做到真正地冷静下来，更何况叶南城的检查向来格外严格。

谢盛看着何蔓离开，拉着飞行箱正准备进去，在拐角处看到了叶南城，他愣了一下，又看着他跟何蔓说话的位置："你都听到了？"

叶南城点了点头："嗯。"

谢盛下意识想要替何蔓解释道："何蔓她……"

"你不用解释。"叶南城阻止了他，"我也在想是不是我对她要求太严格，方式不大对。"

谢盛愣了一下，随后淡笑道："要求严格是好事，机长责任重大，如果要求不严格，怎么能将一架飞机交到机长的手中？"

"看来，这一点咱俩的看法倒是一致。"叶南闻声，轻声一笑，"飞行无小事，决策要冷静果断，何蔓暂时还没有达到这个标准，也没有这个能力。"

谢盛并没有反驳叶南城的话，他说："很快，她就会明白真正的机长班是什么含义，到时候就能通过考试了。"

"你说得没错。"叶南城笑了笑，像是想到什么，他望着谢盛道，"不过，我没有想到你竟然会替我说话。"

谢盛轻声地道："你是一个优秀的飞行员，也是一名优秀的机长，这一点不需要任何怀疑。"

叶南城愣了愣，看着谢盛的时候，由衷地佩服："我似乎明白何蔓为什么会喜欢你，还会在你当初做了那么愚蠢的选择之下，仍然愿意原谅你了。"

谢盛眉宇微挑："我听说，宋青扬和杨柳大婚的那天，你跟着何蔓一起回来的？"

叶南城坦然承认："没错。"

谢盛问："你跟她说了什么？"

"你想知道？"叶南城气定神闲地反问，"那你为什么不问她呢？"

谢盛愣了愣，则冷淡地道："我是想知道，但我不会问她。"

叶南城轻声一笑，说："你不但是一个优秀的机长，还是一个极为聪明、懂得进退的人。"

"多谢夸奖。"谢盛说完,抬起手腕看了看时间,"我还要飞,先走了。"

叶南城看着谢盛的背影,此时长期以来困在心底的纠结仿佛终于释然,随后松了一口气,对于何蔓,他真的是应该放下了。

第二十五章　飞行员的责任

何蔓从公司回到家后,换了一身衣服就来到了医院,此时艾尔已经转到病房来了,除了虚弱一点,脸色苍白一些,人已经恢复了过来了,不疼也不吐了。

沈乔安慰着她说:"艾尔没事了,你不用担心他。"说完,想到了她今天的考试,一脸担心地问道,"倒是你,蔓蔓,你今天的考试怎么样了,通过了没有?"

何蔓尴尬一笑,摇了摇头:"没有。"

沈乔脸色微变:"是不是跟艾尔在飞机上生病有关系?"

何蔓还来不及回答,沈乔就道:"真的是对不起,我不该带着艾尔今天回家的,不该买你那一趟航班的,我……"

何蔓赶紧打断了沈乔的话:"嫂子,你想什么呢,我考试跟你们有什么关系,是我自己的能力问题,跟你们没有关系。"

沈乔想到了她爸爸的事情,她担心地道:"可是……"

何蔓问:"嫂子是担心因为爸爸我才会考试不通过吗?"

沈乔愣了一下,何蔓笑道:"嫂子,爸爸的事情连我哥都能放下,我还不能放下吗?我没有考过,是我自己的问题,跟你和艾尔可没有关系。"

沈乔微松了一口气:"你能这么想就好。"

"当然了。"何蔓说完,望着沈乔道,"对了,艾尔外公呢,怎么样?"

"没事,倒是我妈知道我带着艾尔在飞机上差一点出事,把我给骂了一通。"沈乔揉了揉眉心道,"他们现在坚决不让我回去,还说我尽让人担心。"

"你别担心,等艾尔好了,等我哥从哈尔滨回来,让他陪你一起回去。"何蔓安慰着沈乔。

沈乔点了点头:"嗯。"

何蔓看着艾尔那虚弱的样子,心疼地道:"不过艾尔这事学校怎么说?我听说好几个孩子都肚子不舒服了,这学校怎么回事?"

"学校已经正在全面调查,说会给我们家长一个交代的。"

"那就好。"

艾尔在医院里面观察了两天就回家了,刚好何宁远也回来了。倒是何蔓,想到她的考试没过,她还是有些烦躁。

刚好上个月的时候她请了疗养假,国庆过后,她便一个人买了机票来了马尔代夫,她想一个人散散心。其实她明白自己的问题所在,只是,那毕竟是家人,怎么可能会做到无动于衷?

落地后她正准备前往她订好的酒店,突然听到有人叫住了她:"何蔓吗?"

何蔓愣了一下,只见谢震东与严书曼两个人正诧异地望着她,似乎有些不敢相信会在马尔代夫遇到她。

何蔓也是惊愣在那里:"叔叔,严姨,你们怎么在这里?"

谢震东看到何蔓的时候,惊讶不已:"我们过来度蜜月……"

他话还没有说完,被严书曼给阻止了,有些不好意思地看着何蔓道:"什么度蜜月,就是来度假,就是出来放松放松。"

"这有什么不能说的。"

谢震东爽朗一笑,看着何蔓道:"我和你严姨上个月把结婚证给领了,这婚礼肯定就办不了了。所以打算出来度个蜜月,也算是补偿你严姨的。"

"说什么补偿?"严书曼低声道,"我已经很开心很幸福了。"

何蔓在一旁只感觉到被喂了一嘴的狗粮,却是由衷地祝福:"恭喜叔叔和严姨啊,终于修成正果,太好了。"

"谢谢呀。"

谢震东也笑了笑,随后看着何蔓说:"不过倒是你,你怎么会在这里?"

"我啊?"何蔓完全没有想到会在这里撞见谢总与严姨,她尴尬一笑，说，"也就是出来散散心。"

严书曼关心地问："散散心？发生了什么事情？"

何蔓赶紧摇头："没事，就是刚好休疗养假嘛。"

谢震东在一旁听到何蔓这么一说，他像是想到会这么说："我听庭远说，你要进机长班了，不过航线考试的时候没过。"

何蔓脸色一下子僵在那里，谢震东望着她说："是因为这个，想出来散散心吗？"

"其实也不是啦。"何蔓不敢承认，她说，"就是想来散散心。"

严书曼看得出来何蔓的尴尬，拉住了谢震东说："好了，人家工作压力大，想出来散散心这不是很正常的吗？"

谢震东点了点头，看着何蔓说："你住在哪儿，晚上一起吃饭吧？"

"我订的海上木屋。"

何蔓感激地看了一眼严书曼道："叔叔阿姨住在哪儿？"

"巧了，我们也是海上木屋，晚上一起吃个饭吧。"

何蔓不敢拒绝："好的，谢谢叔叔。"

"行了，别那么拘谨，就当我是你爸爸一样。"谢震东看着何蔓很是满意，他说，"你一个人就跟我们走吧。"

"好的。"何蔓赶紧点了点头。

只是她在想，难不成接下来在马代的五天，她都要跟谢总和严姨在一起吗？

一想到这里，她有些欲哭无泪。她是想出来散散心，不是想要跟两个长辈一起散散心啊，这样她还能想睡到什么时候起就什么时候起吗？

何蔓收拾了一下，叹了一口气，认命地关上了房间的门，来到了跟谢总和严姨约好的饭店来吃饭，她过来的时候，谢总和严姨已经到了。

远远地看着，五十多岁的谢总身体挺拔健朗，而四十多岁的严姨身材纤瘦，两个人坐在那里像三十多岁的人一样，格外养眼。

师父肯定想不到她竟然跟谢总还有严姨在马尔代夫偶遇，还能在一起吃饭，想到这里，她忍不住地笑了笑。

谢震东看着何蔓脸上露出来的笑容，笑道："这就对嘛，年轻人应该多笑笑。"

"多谢叔叔。"何蔓回过神来，谢总和严姨并不像别的家长那么严肃,所以跟他们在一起吃饭的时候倒是格外地放松。

谢震东看着何蔓说:"那你来说说看,考试怎么没有通过?"

何蔓一听,顿时就紧张了起来,谢震东道:"别紧张,庭远一直对你评价极高,说你很聪明,理论技术各方面都不错,但就是心态一直不好。这一次考试没有通过,也是因为这个原因吗?"

何蔓深吸了一口气,点了点头,有些沮丧地道:"师父和叶队都认为我还需要继续磨炼磨炼,但是我觉得人都是有感情的,遇到自己的家人在飞机上出事,怎么可能会做到无动于衷呢?"

"这倒是说得没错。"

谢震东点了点头,望着何蔓说:"不过,你知道飞行员肩章的一杠、两杠、三杠和四杠的含义分别是指什么吗?"

何蔓愣了一下,说:"知道。"

"第一道杠是Profession,专业的意思;第二道杠Knowledge,知识的意思;第三道杠Flying-skill,飞行技术;第四道杠Responsibility,责任。"

这是在刚进航校的时候,他们便都清楚地明白的道理。

谢震东又问:"你现在要转FL进的机长班,你知道代表的是什么吗?"

何蔓说:"Responsibility,责任。"

"没错,Responsibility,责任。"谢震东点了点头,"也就是说飞行安全是每一个转为FL的飞行员必须肩负的责任,虽然在其他阶段你们也会明白飞行的责任,但是你们毕竟还是副驾驶。而当你的晋升考试越来越往上的时候,那就证明你的能力越大,同时,意味着责任也就越大,这是机长区别于飞机上其他机组成员的最重要的一点,成了机长,就成了一架飞机上的管理者。而你,做好准备管理你所需要飞行的每一个飞机了吗?"

何蔓愣了愣,只见谢震东继续道:"飞行员与其他的行业不同,不但要有强健的体魄、丰富的知识储备,还要经过各方面的严格训练和学习,这个学习的过程是从有形书面知识到无形的飞行经验,从公司规章制度到民航法律法规等很多知识,这些都是应该掌握的。随着飞行级别的提升和经验的不断积累,才能在复杂多变的环境中保证飞行安全,其中机长对飞行机组和航空器承担最终责任。也正因此,国际公约和各国国内法都授予了机长在飞行中最高的法律地位和至高无上的权力。

"所以机长不单要有技术,更重要的是,要敢于承担负责,从你决定要转入左座进入机长班起,就要时刻有这样的意识,不因个人的感情因素影响飞行,做不到这个,你便没有资格转入左座进入机长班。"

说到这里,他看着何蔓:"转FL进入机长班,也就意味着你开始承担这样的责任。何蔓,你虽然理论技术都合格了,但你做好了心理准备了吗?"

何蔓听到这些话的时候,心底震撼,其实这些话在航校的时候老师都讲过,但是她从来没有认真用心地去体会每一个字。此时听到谢总这么一说,亲自面临这个问题,她突然就明白了其中的意义,抬头看着谢震东的时候,变得格外坦然:"叔叔,我好像明白了。"

谢震东微微一笑:"明白了什么?"

何蔓说:"我太注重理论和技术的学习,却还没有树立起真正的大局观,更没有明白机长的责任意义。"

"不过叔叔请放心,我会学习的,我会让自己成为一名合格的机长,不辜负飞行,也不辜负叔叔的教导。"

谢震东笑了笑说:"教导什么,这些你们航校老师肯定教过,不过就是你们那个时候没有真正地飞,还不懂得其中的意义。"

"飞行嘛,就是一步步成长的过程,包括理解责任的意义也是一个成长的过程。"

"是,多谢叔叔。"

何蔓笑了笑,刚说完,去洗手间的严姨回来了,她手中还提了几杯饮料:"你们刚刚在聊什么,远远地就看着你们两个一本正经的样子。"

"聊一些工作上的事。"谢震东笑了笑,说,"怎么去了那么久?"

严书曼道:"刚看到有现榨的水果,给我们一人买了一杯,来尝尝。"

此时何蔓一点都不紧张了,她接过饮料笑着道:"谢谢严姨。"

她跟谢总和严书曼吃完了饭之后,就回到房间休息了,这会儿她已经不排斥跟谢总和严姨一起玩了,巴不得跟着谢总多学习一点。

所以她寻思着第二天早上起来看看谢总和严姨有没有什么其他的计划,若是没有什么其他的计划,她就带谢总和严姨出海玩。

谁知道她刚醒过来准备去找谢总和严姨的时候,就收到了他们的微信,说他们接下来自己单独行动,不用管他们,让她自己好好玩,他们已经出门了。

何蔓尴尬一笑,看来谢总和严姨也很嫌弃她啊。

不过人家度蜜月,带一个大灯泡,谁愿意?

她索性就自己约了出海潜水,自从在菲律宾学会潜水之后,她已经从最开始的下潜几米到如今已经能下潜二十多米了,且可以自己独立一个人下潜。

准备好装备换好衣服之后,她看着碧蓝的天空,跳入了水中,一点点地下潜,看着身边时不时地游过的巨大的石斑鱼,成群的梭鱼和鲹鱼,还有映入眼帘的形状各异美丽的珊瑚,看着这些大自然赐予的美景,长期以来一颗焦躁的心仿佛是在此时变得格外平静。

难怪师父这么喜欢潜水呢!

这边算是深海潜水区,过来的人极少,何蔓漫游在水中,看着周围成群的各种鱼在她的身边游动,将她牢牢地包围于其中,她闭上了眼睛,享受着此时的美好。

何蔓静闭了一会儿眼睛,慢慢游回到海面,正准备爬回游艇上,突然看着她的游艇之上多了一个人,她微愣了一下。她是租了一艘游艇自己开出来的,这也是她在菲律宾的时候学会的。

她独自一个人开出来的,那会是谁在她的游艇之上?

何蔓抬头一看,只见谢盛垂着笔直的大长腿坐在游艇的边缘,正垂头望着她,慵懒而又随意地道:"潜上来了?"

何蔓看到他的时候还以为自己眼花了,不可思议地叫道:"师父?"

谢盛好看的薄唇微微上扬:"是我。"

何蔓瞪大了眼睛:"你怎么会在这里?"

谢盛说:"听严姨说在马尔代夫偶遇到了你,我想着国庆已过,现在也不忙了,所以就跟过来了。"

何蔓说:"严姨待你可真是好。"

"那是。"谢盛朝她伸出手来,道,"先上来再说。"

何蔓看着伸出来的手,抬头看着坐在游艇之上的谢盛,仿佛是与那湛蓝的天空融为了一体,让她情不自禁地伸出手来,握着他的手上了游艇。

只是不知道是她脚上的水太多,还是力道太大,刚一上来,她整个人就重重地摔在了谢盛的身上,两个人就这么一起摔倒在了游艇之上。

何蔓惊呼出声,刚想要撑着身子起来,却感觉到腰间被谢盛一拉,又跌倒在谢盛的胸口之上,她撑着双手瞪大着眼睛道:"师父?"

谢盛双手如铁壁般牢牢地环在她的腰间,将她抱得紧紧的,附在她的耳边低声道:"蔓蔓,我好想你呀。"

此时二人靠得极近,谢盛说话时那热气喷洒在她的耳边,灼热而又滚烫,让她不禁脸上发烫了起来,想说什么,可看着谢盛那双幽深的眼睛,仿佛一下子吸引着她沉于其中,无法自拔,难以逃脱。

直到感觉到唇上传了一丝温热之感,她这才微微清醒过来,发现不知何时谢盛吻上了她的唇,她渐渐地沉迷其中,难舍难分。

直到不小心碰到了旁边滚烫的甲板,她稍稍清醒一些,下意识地推开了谢盛,脸上滚烫。

谢盛回过神来,也是轻咳了一声,看着何蔓面色通红的样子,只觉得甚是可爱,又不敢在此时太过于放肆,他揉了揉鼻子,道:"那个,要不再潜一会儿,我也想潜水。"

何蔓不自在地道:"你准备装备了吗?"

谢盛指了指旁边的装备道:"都准备齐了。"

"那先吃点东西再准备下水吧。"何蔓拿过来旁边的毛巾披在了肩上说,"我过来的时候备了不少吃的。"

谢盛点了点头,跟着何蔓一起进了船舱内部,看着船舱里面准备的吃的,他嘴角上扬,看着何蔓说:"这倒是有些像在菲律宾我带你出海潜水的时候,也是租了一艘游艇出海,还准备了这么多吃的。"

"是啊。"何蔓一脸骄傲地道,"不过这一次是我自己开着游艇出来的。"

"是的,蔓蔓最厉害了。"谢盛揉了揉她的脑袋,说,"学什么东西都快,当初潜水证也考得快。"

"是吗?"何蔓反问,"我记得你当初可是鄙视我,觉得我考得慢呀。"

谢盛一副不记得的样子:"有吗?"

何蔓可是记得格外清楚,用力点点头:"当然有。"

谢盛道:"那可能是我当时眼瞎吧。"

真的是自从分手后,她发现师父的脸皮是越来越厚了,真的是!以前在一起的时候,她怎么不知道师父竟然这么不要脸呢?

何蔓跟谢盛潜完水后,躺在游艇上看着湛蓝的天空,她望着谢盛说:"师父,一直没有问过你,为什么你这么喜欢潜水?"

谢盛微怔了一下,说:"大概是因为我妈妈去世的时候我还小,除了对她的死记得比较深之外,也就只有潜水留给我的记忆最深了吧?"

何蔓听到谢盛这么一说,心底揪了一下,有些后悔自己问起来这个话题,谢盛像是知道她在想什么一样,却坦然一笑,揉了揉她的脑袋:"别想那么多,这不是什么不能聊的事情。"

何蔓微微放心了一些,她说:"那,为什么潜水的记忆这么深,是因为潜水是阿姨教的你?"

"倒也不是。"谢盛摇头,看着一眼看不到边际的海面,他说,"我第一次接触到潜水,是我妈带我去的,我妈是一个潜水爱好者。"

何蔓忍不住地称赞:"阿姨可真厉害。"

那个年代潜水,需要一定的勇气和技术。

"是啊,我妈很厉害的。"谢盛说完,随即讽刺地笑了笑,"可惜,她去世的时候我还小,她不能教我,我也还不能学。"

"你现在不是潜得很好吗?"

何蔓望着谢盛:"很多专业的都比不过你。"

谢盛道:"后来,我学会了潜水之后,我也就能明白我妈为什么会那么喜欢潜水了。因为海底的世界和三万英尺高的世界一样,美得让人震撼。"

何蔓伸手握着谢盛的手,低声道:"阿姨看着你喜欢上她曾经喜欢的潜水,一定会很开心。"

谢盛道:"可惜,我对她除了潜水,其他的记忆也越来越模糊了。"

何蔓扭过头来看着谢盛,心疼地道:"师父……"

谢盛说:"她去世的时候,我还太小了,除了记得她死得很惨烈之外,就连潜水,也是模模糊糊的,只是清楚地知道她很喜欢潜水。"

何蔓侧过身子看着谢盛:"还有叔叔呢,他会告诉你阿姨曾经喜欢的东西,还有阿姨是有多爱你。"

谢盛望着她,说:"可是,我关于她的记忆却不多了。"

何蔓捏了捏谢盛的鼻子："那又如何？就算是你不记得了，但你只需要记得，阿姨是爱你的就好了，这个总不会有假。"

谢盛看着眼前撑着身子的女孩，望着那双亮晶晶的眸子，他勾唇一笑说："那是，这一点，毋庸置疑。"

说完，他伸手揽住了她的腰身，刚想翻身将她压在身下，何蔓早就有心理准备，一个打滚从甲板落到了旁边的沙发上站了起来，一脸狡黠："怎么，又想要流氓？"

她指了指天说："我们该回酒店啦。"

谢盛忍不住地勾唇一笑，两个人从海边回到了木屋别墅后，何蔓收拾着东西，像是想到什么，她扭过头看着谢盛说："对了，你酒店订了吗？"

谢盛摇头："没有订。"

何蔓侧过头："那你还不快订？"

谢盛道："酒店房间满了，订不了，其他的地方我不想住。"

何蔓望着坐在沙发上的谢盛："你什么意思？"

谢盛闻声，抬头望着何蔓的时候，笑得如同花孔雀一般："我在你房间加一张床好不好？"

何蔓眉头一蹙，刚准备拒绝，谢盛目光幽幽地说："毕竟，在菲律宾的时候，房间是我订的。"

她白了他一眼说："楼上归你。"

"谢谢蔓蔓。"谢盛笑容灿烂。

何蔓懒得理他，他来得这么仓促，怕是早就打定了主意，好在她的这个海上木屋别墅有两个房间，她道："叔叔和严姨呢，他们回来了没有，晚上要不要一块儿吃饭？"

"不用管他们，他们比我们会玩。"谢盛说完，望着何蔓道，"晚上想吃什么，我带你去吃？"

果然如谢盛所说，她跟谢盛在马尔代夫待了三四天，虽然住在同一个酒店，但是每天谢总和严姨都有自己的行程，根本没有跟他们一起玩。

到第四天的时候，何蔓和谢盛总算是见到了谢总与严姨，还是谢总发过来的微信，喊她和谢盛一起来吃个午饭。

何蔓想着这几天都没有陪着他们玩，就拉着谢盛到了吃饭的地方，他们过来的时候，谢总和严姨已经到了，严姨朝他们挥了挥手道："何蔓，阿盛,这里。"

何蔓跟着谢盛走了过来在对面坐了下来,然后看着谢总与严姨道:"叔叔,阿姨,你们这两天去哪里玩了,怎么都不见你们?"

严姨笑道:"我们去市中心逛了逛,又去骑了水上摩托车,还去潜了水。"

何蔓说:"我跟师父也去潜水了,怎么没有遇到你们?"

"我们跟你们年轻人凑在一起干什么?"严姨笑道,"而且你叔叔的身体也不能玩太刺激的,所以我们就随便潜潜。"

何蔓一听,便问道:"那叔叔这几天身体还好吧。"

"还好还好。"谢总笑了笑,道,"你不用担心。"

谢盛在一旁道:"行了,他就是不想让我们打扰他们的二人世界。"

何蔓尴尬一笑,伸手拉了他一把,刚想说什么,只见谢总微微往后一靠:"这不也正是你的想法吗?"

谢盛抬头道:"那多谢你了。"

"不客气。"谢总倒是毫不客气。

何蔓在一旁听得脸色通红,严书曼看出来何蔓的尴尬,笑着道:"你们父子俩可行了,来,何蔓,看看有什么想吃的。"

何蔓缓解了尴尬,笑着道:"谢谢严姨。"

谢震东也是回过神来,看着何蔓的时候笑道:"何蔓,也别不自在,就当是自己家里的人。"

何蔓嘴角上扬:"可以看得出来叔叔和师父的感情很好。"

谢震东道:"哪里好了!这臭小子脾气跟我年轻时候一模一样,又臭又犟,跟我说不上几句话,我要不是心态好,指不定被他气进医院多少次了。"

谢盛不满意了:"这怨我吗,你自己说话就好听吗?"

"我说话不好听,那我也是当爹的,你是当儿子的。"谢震东说了回来,"当爹的还不能说你几句了?"

谢盛冷哼了一声:"那也要你这个爹靠谱负责任,有这个资格。"

"你这臭小子,你不会说话就给我闭嘴。"谢震东瞪着谢盛,"这么狗脾气,难怪人家何蔓到现在都不肯原谅你。"

严书曼赶紧笑了笑道:"行了行了,你们两父子真的是一见面就吵,这喊阿盛和何蔓过来吃饭不是为了告诉他们咱俩要去夏威夷的吗,你们两个怎么又吵起来了?"

"严姨和叔叔要去夏威夷?"

"是啊,晚上的机票,所以临行之前跟你们吃个饭。"

"晚上就走?"

"嗯,公司也来了新领导,我们又刚领了结婚证,就想着趁这一个月的假好好四处转转,放松一下。"

"那可真的是太好了,叔叔之前一直在工作,如今也是时候可以好好地休息休息,放松放松了。"

一顿饭吃下来,虽然有谢盛和谢总时不时地抬杠,但气氛却格外欢快,吃完饭之后,谢总和严姨就准备回去收拾东西去机场了。

何蔓和谢盛送他们去的机场。办理完登机手续之后,谢震东看着在旁边陪着严书曼的何蔓,又扭过头来看着一旁的谢盛双手插在口袋里面,像个大爷一样,看得他很不满意地道:"你看你这样子,让你来陪我办个登机手续,就这么不耐烦的吗?"

"你还想我怎么样,行李不都托运完了吗?"

"谁要你做什么?我是说你现在这样子什么时候才能把儿媳妇给我哄回来?"

谢震东看着谢盛不说话,忍不住地气不打一处来:"我说你,现在到底是怎么打算的?我可是打听过了,何蔓自从跟你分手之后也没有再谈过,叶南城追她追得那么上心她都没有给过人家丝毫的机会,人家小姑娘这心底分明还有你,你到底在想什么?人家可马上就要当机长了。"

谢盛一听到他提起来叶南城喜欢何蔓的事:"叶南城喜欢她你也知道?"

"叶南城那么优秀的一个飞行员回国,多少公司抛出橄榄枝,他却选择了东胜,还舍近求远地来到了深圳,他的心思昭然若揭,你说我能不知道?"

谢盛微怔了一下,则是一脸的得意:"那又如何,何蔓又不喜欢他。"

"是,人家何蔓是不喜欢他,但是人家也不可能会一直在原地等你,尤其是你们早就分手了,你再这样子拖着犹豫不决,迟早也会像叶南城一样,竹篮打水一场空。"

"行了,我也懒得说你。你能在我告诉你何蔓在马尔代夫之后,第一时间赶到这里来,就证明你不想放弃。但是我告诉你两个人之间老这样拖着可不是办法,你可别辜负了我给你透露的消息。"

谢盛看着正在跟严书曼聊天的何蔓,那女孩自信坦然的样子,他勾唇一笑:"不,不会辜负你透露给我的消息的。"

谢震东瞥了他一眼:"当真?"

"当然,放心吧,你这儿媳妇是跑不掉的。"

对于她,他从未曾想过放弃。

只是他的这个徒弟,太过于敏感,太过于要强,再加上他曾经所干的混账的事,以她那好强的性子,哪能轻易可以原谅得了的?

所以他只能慢慢诱敌,一步步地放网,直到她彻底地放下所有对他的警惕之心方能收网。

如今,看样子,是时候收网了。

"那就好。"谢震东稍稍放心,看着谢盛道,"这些年来我一直担心你这样子的性子没有哪个姑娘能受得了你,毕竟你脾气又臭又硬,平时说话又不好听,爱得罪人,情商还低……"

谢盛在一旁听不下去了,直接就打断了他道:"行了你,我有那么差吗?"

谢震东毫不客气地瞪了他一眼,说完,又叹了一口气道:"当然,这也怪我,是我的问题,你这样的脾气跟我当年一模一样。"

说完,他看着谢盛道:"但是阿盛,你是我的儿子,不管什么时候我都希望你是开心幸福的。以前,我很少在你的脸上能看到开心幸福的笑容,可在你认识了何蔓、跟她在一起之后,我看到了,阿盛,人这漫长的一生,能遇到一个让自己真正感觉到开心幸福的人不容易。所以阿盛,爸爸希望你们不要错过彼此。"

谢盛难得没有跟他互撑回去,而是认真地道:"爸,你放心吧,我一直都知道自己想要的是什么,所以你不用担心。"

谢震东一怔,随后坦然一笑:"是啊,你一直都知道自己想要的是什么,你的目标向来明确。"

他的儿子,虽然情商不高,但却是一个目标很明确的人,一旦确定了目标,很少会放弃,他不用担心。

何蔓看着谢总与严姨手牵着手离开的样子,便和谢盛离开了机场回到了酒店,只是想到谢总和严姨这么大的年纪,两个人还能像谈恋爱一般,忍不住地羡慕:"谢总跟严姨在一起之后,看着好像更年轻了。"

"那是,这不如愿以偿了。"

"你现在还有意见?"

"这怎么会,如今我早就想开了。况且,他现在能安排好他自己的生活,我也就放心了。"

"之前不是还不同意吗?"

谢盛想到他之前死活不同意的态度,便忍不住地轻咳了一声:"那个,那个是之前年轻不懂事。"

何蔓瞥了他一眼:"哦,三十多岁了,还年轻不懂事。"

谢盛看着她那一脸看好戏的样子,倒也不解释了,勾唇一笑:"怎么,最近这么喜欢打我的脸?"

何蔓说:"真香定律,听过没有?"

"是啊,真香定律。"

谢盛说完,那幽深的眼眸如一眼望不到底的深海似的,饱含着浓厚的深情,他说:"那何蔓,你愿意不愿意再给我一次机会?"

何蔓愣了一下,只见他道:"何蔓,当初是我愚蠢、犯傻,太过于在意自己能不能飞而不在意你的感受。但其实在你答应分开之后我就后悔了,我一直在后悔,但是我又太了解你了,我了解我做了这么愚蠢的决定你一定会不愿意原谅我,我想过放弃。但是何蔓,我做不到,我真的做不到。"

他望着何蔓,一字一句中有掩饰不住的颤抖之意:"何蔓,我喜欢你。不,我爱你,蔓蔓,我爱你,你愿意再给我一次机会做我的女朋友吗?"

何蔓听到谢盛此时的表白,一字一句,仿佛触到了她心底最柔软的地方,随后勾唇一笑,回应着他道:"好。"

谢盛正双手紧握着拳头,一脸紧张地望着何蔓,突然之间听到她的那一声"好",他愣了一下:"什么?"

何蔓噘嘴:"没有听到吗?没有听到就算了,我……"

话还没有说完,下一秒,被狂喜不已的谢盛抱到了怀里,欣喜若狂地道:"听到了,听到了,当然听到了。"

何蔓到了谢盛的怀里,只听到谢盛道:"蔓蔓,你不知道,你不知道我有多开心,你放心,以后,以后无论再发生任何事情,我绝对不会再放开你的手,绝对不会。"

"好,我信你。"何蔓低声地道,嘴角有掩饰不住的笑意。师父,你不知道,就算是重蹈覆辙,我也愿意跟你在一起。

是的,就算是重蹈覆辙,她也愿意跟师父在一起。

以前,她以为她不会原谅师父,不会再跟他在一起,她不会如此感情用事。可到现在她才明白,原来,有些人,饶是重蹈覆辙,你还是愿意跟他在一起的。

何蔓与谢盛在马尔代夫玩了几天就回到了深圳。落地的时候,在机场遇到了陆琳,谢盛拉着何蔓的手大大方方地走了过来问:"陆琳,你怎么会在这里,接人吗?"

陆琳看着何蔓和谢盛紧握着的手,想到谢盛前两天难得发的朋友圈,她摇头解释:"不是,我们科室派我去北京一趟,我自己开车过来的,所以就从这里进来了,你们这是刚从马尔代夫回来?"

谢盛点了点头,随后伸手搂着何蔓的肩膀介绍道:"对了,我正式给你介绍一下,何蔓,我的女朋友。"

陆琳看着谢盛说得这般清楚明白的样子,再看着何蔓看着她的时候没有任何介怀的样子,她突然之间释然地一笑:"你前两天发的朋友圈我看到了。"

前两天,谢盛破天荒地在朋友圈发了一组九宫格,是他跟何蔓的合影,朋友圈配文一本正经地道:"给大家正式介绍一下,我的女朋友何蔓。"

她第一时间就刷到了。

如今再看着谢盛脸上的笑容,她此时彻底地释然。其实,阿盛从来没有给过她任何希望,所有的一切,不过就是她一厢情愿。

她再继续一厢情愿,就显得自己有些廉价了。

想到这里,她一脸坦然地道:"恭喜你啊,终于和好了。这下子,可以彻底地放心了吧。"

谢盛笑着点了点头:"那是当然。"

何蔓听着忍不住地伸手拧了一下谢盛腰间的软肉，从他的手臂上挣扎开来，倒是陆琳，伸出手来："何蔓，恭喜你和阿盛了，希望你们幸福。"

何蔓微怔了一下，随即一笑："多谢。"

或许，是谢盛给了她足够的安全感，又或许是这一次她对这一份感情有了足够的信心。所以，再听到陆琳的祝福的时候，她相信，她是真心愿意祝福他们的。

"等我回来有机会请你们吃饭。"陆琳看了一眼时间，说，"不过，现在我得赶飞机了，晚上到北京还有会要开。"

谢盛和何蔓不再多说什么，朝她挥了挥手道："一路平安。"

谢盛又伸手揽着她的肩膀伸过头来问："刚刚干吗掐我？"

"明明知道人家对你的心思，还在人家面前秀恩爱，有没有点良心。"何蔓瞪了一眼谢盛。

"那你小瞧了陆琳了。"

谢盛一笑："陆琳这个人，最爱的是自己，她在我身上看不到希望，就不会一直把心思用在我身上的，我这也是为她好。"

"行行行，你说得有道理。"何蔓白了他一眼，"走啦，回家了。"

"嗯，我们回家。"

陆琳是他从小一起长大的妹妹，他比谁都希望她能获得幸福，只是，她的幸福不在他的身上罢了。

第二十六章　民航辙侨

而何蔓从马尔代夫回来的半年之后，就再一次参加FL的考试，这一次她顺利通过FL，进入了机长班。

转入左座之后，她接下来所有的飞行都必须跟教员飞，而且这是放机长前最关键的时候，所以她时刻都格外注意。

妈妈和哥哥和嫂子也知道她即将面临机长考试，所以极少给她压力，再加上哥哥和嫂子自从结婚之后，感情极好，两个人半个月前还生下了一个女儿，叫何艾乔，光听着这个名字就知道有多甜蜜。

她妈妈看着也开心，而且艾尔已经快八岁了，正在读小学，所以她平时除了逗弄孙女，也没有什么事情，再加上她哥还请了一个阿姨在家，而且小艾乔还太小，离不开妈妈，所以她妈妈空闲下来的时间倒是比较多。何蔓和哥哥就时不时地替妈妈报那种比较轻松的老年旅行团，让她没事自己出去走走。

三天前，她妈妈跟团去了M国游玩，何蔓落地休息的时候打开手机，只见手机连连跳出来新闻。她打开一看，只见新闻上写着M国火山喷发，目前受困在M国的游客有近6万人，其中，中国游客1.7万人。也就是说，相当一部分，甚至可能最多的外国游客，就是中国游客……

何蔓一下子坐直了身子，M国，火山喷发？

她妈妈才去的M国啊！

何蔓吓得立马打开手机上的照片一看，只见前两天湛蓝的天空此时已变得宛如黑夜，浓密的火山灰遮蔽了整个天空，照片当中还有阿贡火山岩浆顺山体滑下，可怕得如同一头巨怪。

她立马拨通了妈妈的手机，谁知道打了半天电话都没有打出去，压根就打不通。何蔓急得不行，正好沈乔的电话打了过来，她赶紧接了起来道："喂，嫂子？"

沈乔的声音从电话那一头传了过来："蔓蔓，你看到新闻了吧？"

何蔓立马道："看到了，你联系上咱妈了吗？"

沈乔说："我刚看到新闻第一时间联系上了咱妈。她说她目前很安全，正在酒店里面，但是信号不大好，时断时续的，不过能确保现在暂时是安全的，她们距离火山喷发的地方还很远。我刚跟你哥说了，让你哥放心，我知道你也很担心，所以也就第一时间给你打电话让你放心，咱妈没事。"

沈乔把她知道的一一告诉了何蔓，何蔓顿时就松了一口气："那就好，不过得赶紧给咱妈买机票回来。"

"我也是这么说的。"

沈乔说完，脸色格外难看地道："只是我看从M国飞出来的所有机票全都没有了，无论是飞哪里的，都没有。"

何蔓脸色一变："怎么会这样？"

沈乔凝重地道："我查了一下，说是M国火山喷发，导致大量的游客涌进了机场要回去,而且火山喷发之地距离机场并不是很远,可能会影响飞行安全。所以M国机场暂时临时性关闭,所有进出M国的航班已经全部取消。"

何蔓心一下子沉入谷底,沈乔说:"不过你先别担心,我刚问过咱妈,她现在在酒店,而且酒店里面各方面挺好的,除了物价临时性暴涨得厉害之外,吃喝是不用担心。而且她们距离火山喷发的地方也有些距离,除了一些人因为火山喷发导致的恐惧全都挤向了机场、火车站发生的踩踏事件外,没有听说因为火山喷发而导致的伤亡,所以只要不乱,咱妈暂时是安全的。我刚我查了一下你哥的航班,四点他就能回来了,等你落地回来之后,咱们商量一下怎么办。"

何蔓冷静下来说:"我知道了。"

挂断了电话,她刷着手机新闻的时候,脸上越发凝重,格外担心,同时看了看机票,果不其然,如同嫂子所说,现在所有进出M国的机票全都没有了,M国的机场也关闭了,这个时候就算是想回来也回不来了。

何蔓正在刷着手机,谢盛从外面走了进来,看着何蔓一直低头刷着手机一脸担心的样子,他有些诧异,把刚刚去候机楼给她买的饮料递给了她说:"怎么了,看什么脸色这么难看?"

何蔓抬头看着谢盛,眉宇微拧地道:"你看看M国的新闻。"

自从她转入左座之后,跟师父一起飞的机会就很多了,毕竟320机队的教员不多,她经常能排到跟师父或者她哥哥一起飞。

谢盛打开了手机,手机上直接就跳出来好几条新闻,全都是关于M国的,上面清楚地写着M国火山喷发之事,他脸色一下子格外难看,说:"我记得你妈三天前去了M国?"

何蔓点了点头,说到这里,她低头刷了一下新闻,沉声道:"而且,我刚刚还联系不上我妈。"

谢盛脸色微变:"情况这么严重了?"

何蔓刷着新闻,脸上有掩饰不住的担忧之色:"嗯,其实都怪我,不关注新闻,还给我妈报什么旅行团。其实早就有通知说M国火山有喷发的迹象,我压根就不关注这些,还给我妈报了旅行团,她……"

谢盛打断了她的话,握着她的双肩道:"好了,蔓蔓,你也是为了让你妈妈可以做自己想做的事情,跟你没有关系,而且现在人不是还没事吗?"

何蔓看着谢盛,稳住心神:"对,你说得没错,我妈现在还好好的。"

"这才对嘛。"谢盛揉了揉她的脑袋,"我看了一下,你妈妈所在的酒店距离那火山喷发之地还很远,你不用担心,我们回去之后,再看看最新的进展想办法。"

何蔓点了点头,她知道,此时再担心也没有办法。

落地后她再一次打开手机,发现因为M国火山喷发之事,导致M国目前竟然有12万旅客全部滞留原地,比起飞前滞留的多了一倍。

原来正是M国旅行的旺季,所以不少人都去了M国,因为火山喷发之事,导致M国的机场也早已水泄不通,各国有不少的旅客在M国的机场等待救援。

这些还不是最重要的,最重要的就是因为太多人都往机场火车站跑,导致发生了多起踩踏事故,造成了不少人受伤,这也就算了。更让人愤怒的是,由于大量旅客滞在M国,所以现在物资供不应求,很多商家坐地起价,就连最普通的食物和饮用水的价格也上涨到了原来的三倍,酒店的住宿费用此时也在不断地上升,越是距离火山喷发地方远的酒店越贵,都是在临时调整价格。

何蔓看着新闻,脸色十分难看,再一次给妈妈打电话,好在电话很快接通了,秦吟秋知道何蔓的担心,安慰着她说:"没事的,我还好,我现在正在酒店里面,好得很,而且大使馆的人也过来看我们了,说会想办法送我们回家的,你不要担心。"

何蔓听到秦吟秋的声音,安心了许多:"那就好,我看酒店的费用还有吃喝的都涨价了,你手上的钱够不够用?"

秦吟秋说:"够用够用,我们居住的酒店是五星级的,没有涨价。"

何蔓稍稍心安:"那就行,你现在哪里都不要去,在酒店里面等大使馆的通知,没有消息不要去机场火车站等人多的地方,我听说那些地方发生了很多踩踏和斗殴的事情,乱成了一团。"

秦吟秋笑着安慰着何蔓说:"放心吧,妈妈知道的,妈妈不会乱跑的。"

何蔓还是不放心,交代了许多的事情,这才把电话给挂断了,谢盛在一旁听着忍不住地伸手揉了揉她的脑袋,道:"别担心,阿姨一定不会有事的。

"而且发生了这么大的事情,政府肯定知道了,国家一定会第一时间救援的,现在肯定也是在商议救援事宜,相信很快就会有消息了。"

何蔓反应过来,稍稍心安:"你说得没错,之前N国内乱爆发,安全形势急剧恶化,国家第一时间将本国公民安全接回家。"

这一刻,她明白了祖国的强大,当在海外遭遇任何危险之时,背后有一个强大的国家可以让人有足够的安全感。

果不其然,第二天终于迎来了一个振奋人心的消息,经由各国大使馆一起商议,M国最后决定,M国国际机场将于早上八点开始开放到晚上八点,开放一个白天的时间让各个国家来接自己的国民回家。

也就是说,救援时间只有一天的时间。

接到了消息,东胜深圳分公司第一时间执行协助滞留M国游客回国任务,何蔓、何宁远、谢盛得到消息,也第一时间跟公司申请执飞深圳前往M国接游客回国的任务。

乔庭远知道何蔓妈妈在M国,便答应下来,由何蔓与乔教员、谢盛和何宁远、叶南城与林东飞一起执飞三架飞机前往M国,协助滞留旅客回国。

同时东胜M国营业部第一时间联合国内其他的航空公司,一起配合大使馆在M国机场开设中国应急柜台,悬挂国旗,为旅客提供服务。

只是在起飞前,突然之间又接到通知,原来刚刚M国那边火山再一次喷发,造成了大量火山灰,影响飞行安全,极有可能会损坏飞机发动机,造成发动机失效,甚至堵塞燃料和冷却系统等相关问题。所以原本准备开发的机场再一次关闭,需要等进一步的通知,才能确定是否能飞行。

何蔓面色惨白,跌坐在凳子之上,谢盛握着她的手道:"你别担心,我查过了,M国的形势正在一点点地稳定,各国大使馆也都在稳定他们的公民,阿姨也在酒店里面好好休息,完全不用担心。"

"可我妈要什么时候能回来?"

"这个不知道,而且现在着急也没有用,我们只能耐心地等通知,这个时候,有很多人跟我们一样担心,我们唯一能做的就是相信。"

何蔓知道,此时也只能这样。只是由于第二次火山喷发,原本以为能回来的游客突然之间又被告知暂时回不来,一时间M国的恐慌达到了一个高点,踩踏暴力事件上升,发生了多起伤亡,事态发展极为严重。

不过好在M国的信号已经恢复了,何蔓倒是一直能跟妈妈联系上,得知妈妈每天在酒店里面待着,哪里也没有去,一直等待通知。何蔓倒是安心了许多,眼下除了等,没有任何的办法。

两天后,终于等来了M国的消息。M国国际机场再一次将于第二天中午十二点开始直到第二天中午十二点,开放一天的时间让各个国家来接自己的国民回家,之后机场是否开放将根据风向及火山喷发,还有火山灰影响情况来决定。

得知通知,早已经准备周全、随时等待的东胜公司再一次派出来何蔓与乔教员,谢盛和何宁远,叶南城与林东飞一起分别执飞三架飞机前往M国。

早上六点半,何蔓等人三个机组在进入各自的飞行准备室前,在会议室里面开了一个会,不光有深圳分公司的领导,还有记者和相关政府工作人员,谢震东站在会议桌的正前方,看着眼前的六个人:"诸位,M国都是各位之前曾多次飞过的,已经很熟悉了,但是现在由于火山灰的情况形势严峻,不好飞,甚至会影响飞行安全。这个时候,体现的就是你们平时的技术和水平,而且我们的同胞正在海外受难,他们正翘首以盼地等着我们带他们回家,所以,请你们务必平安地带他们回家。"

在座等人都是党员,包括后进入公司的何蔓、林东飞也入了党,此时众人抬头,看着谢震东,看着谢震东身后鲜艳的五星红旗如同沸腾的热血,异口同声地道:"是。"

三个机组开完会之后,便各自来到了飞行准备室,M国国际机场中午十二点开放,意味着有各个国家的航班同时起飞前往M国国际机场等待接目前正在M国的游客。

到时候必然会盘旋等待,所以公司与领导决定,提前三个小时起飞,争取第一时间到达,接滞留的旅客回国。

何蔓正在做航前准备,尽管M国是他们常飞的国家,很是熟悉,但是因为是撤侨的特殊航班,所以何蔓格外认真。

乔庭远看了一眼何蔓:"放轻松,正常飞就好。"

"是。"

乔庭远又看着众人:"这一次的撤侨航班是特殊航班,我们要注意时间,避免地面上的时间延误,还有M国由于火山喷发形势不大好,所以我们要加满油飞过去,可以避免少加一点油。同时那边滞留的航班也比较多,估计进近的时候需要盘旋等,大家做好准备工作,认真复习一下火山灰的应急处置程序,其他的就按平常来飞就好。"

"是。"

做完飞行前的准备,何蔓等人便坐机组车前往机场,此时机场地面运行机务和地服等相关运行保障部门也早就做好全面的配合工作。

何蔓上了飞机后,按往常一样做检查驾驶舱内部检查,格外细致,包括加油的时候再三地确认。乔庭远在驾驶舱看到飞机下面的何蔓,勾唇一笑,他第一次飞特殊航班的时候,也是如此郑重严肃认真。

检查完后,何蔓上了飞机,此时地面保障单位已经随时准备好,何蔓则开始跟塔台沟通要放行指令:"深圳放行,上午好,东胜8562,停机位36号桥,请示放行到M国,通播B已抄收。"

"东胜8562,深圳放行,许可放行到M国,跑道02L,龙门一号C离场,起使高度数1500米,离场联系121.1,应答机2960。"

与此同时,乔教员则是联系地面机务,用推车将飞机一步步地推到滑行道上,随后启动发动机。

何蔓随后又调整频率跟管制继续沟通:"深圳地面,东胜8562,准备好,请示推开。"

"东胜8562,深圳地面,可以推出开车。"

飞机推出之后,进入滑行阶段,何蔓随时跟管制沟通,直到起飞:"深圳塔台上午好,东胜8562,02L跑道外等待。"

"东胜8562,可以进02L跑道起飞。"

"可以进02L跑道起飞,东胜8562。"

"东胜8562,祝你们一路平安,接回我们的同胞,再见。"

何蔓闻声,勾唇一笑:"再见。"

与此同时,何蔓拉起侧杆,飞机开始往上爬行,直到接入自动驾驶,她望着机舱之外,湛蓝的天空之下,整个深圳触手可见。

想到此时在M国的妈妈还有同胞们,何蔓收起欣赏的心情,看着手中的iPad,复习着火山灰的应急处置程序。

乔庭远看着何蔓那严肃认真的样子,道:"怎么,很紧张?"

"有一点。"何蔓看着乔教员,从来不掩饰自己心底真正的想法,他是她在飞行之路上真正敬佩之人,是她一直学习的目标,"我第一次飞特殊航班,没想到会是一个撤侨航班。"

"我第一次飞特殊航班的时候也是很紧张,感觉承载着太多的责任和太多人的期待,生怕会做不好。"

"我也是这样,所以这才十分紧张。"

"这个倒不用,只需要按平时正常来飞就好。"

何蔓点了点头,说完好奇地问:"乔教员之前飞过撤侨航班吗?"

"X国动乱的时候,N国地震的时候,还有B国海啸的时候,我们国家都多次撤侨,我都参与其中。"

"这些事情我都在新闻当中看到过,没有想到乔教员竟然也参与其中。"

"对啊,这撤侨航班就意味着有事情发生,这样的事情谁也不想遇到。但是,既然发生了,那我们就要勇敢地去面对,任何时候,都要记得,我们背后有一个强大的祖国,这些撤侨航班也是意味着我们祖国的强大和繁荣昌盛。"

何蔓点头说:"嗯,我们生活一个和平强大的祖国,但其实我也知道,我们的和平强大,是有很多人替我们在负重前行。"

"能懂得这个道理就很不错了。"

乔庭远说完,看着她说:"不过,我们这一代人都老了,也飞不了几年了,以后,就要靠你们年轻人了。"

何蔓摇头:"没有没有,怎么会,乔教员身体还硬朗得很,而且还很年轻,还需要为我们民航培养更多的人才出来。"

乔庭远一笑:"你这彩虹屁拍得不错。"

何蔓嘿嘿一笑:"我这是实话实说。"

"我也是实话实说。"

乔庭远学着她的样子,笑了笑道:"以前我跟你说过少年强则国强,任何时候,你们都要记得这句话,唯有源源不断地涌现爱国有梦想的年轻人,我们的祖国才能越加强大,祖国强大了,我们才有信心立足于世界上任何角落。"

何蔓点头,每一次听乔教员的话,她都觉得格外震撼,仿佛个人的情感也在此时显得格外渺小和苍白:"乔教员放心,我一定不会辜负乔教员的教导的。"

何蔓与乔教员聊着,三个小时的航程很快就过去了,到了M国的时候,刚好十二点整,正好是M国国际机场开放的时间点。

他们算是第一时间赶到的,所以并没有在空中盘旋等待,直接就可以落地。何蔓得到消息,惊喜不已,她立马用英语跟M国的塔台进行联系,"M国进近,东胜8562,保持26 000英尺飞行。"

M国管制用英语回:"M国进近,东深8562,雷达联络,下降到18 000英尺。"

联系上M国管制之后,何蔓彻底地放心做着下降前的准备工作,同时设定M国的频率和航道,做进近简令,并听从M国空管的交通指令开始下降。

M国管制员:"东胜8562,下降9000英尺。"

何蔓:"下降9000英尺,东胜8562。"

M国管制员:"东胜8562,联系M国管制128.65。"

何蔓切换频率联系上管制,联系在M国管制,用英语沟通,根据M国进近管制给予的指令一步步地下降到接近五边的区域。

她看了一眼此时的机舱之外,不远处还能隐约看到喷发的火山之顶乌黑乌黑的,只是靠近机组这边,天气还算不错,何蔓根据程序指令完成了着陆构型的建立,同时切换到人工操作,完成人工操作落地。

落地那一瞬间,何蔓彻底松了一口气,远远地能看到机场候机楼的玻璃窗门之外,密密麻麻地聚集了许多人,乌泱泱的一大片,分不清楚是中国人还是外国人,只是看到他们在飞机要落地那一瞬间,不少人跳了起来,手中扬着国旗飘舞着。那一幕,看得坐在驾驶舱的何蔓忍不住眼眶泛红,激动不已。

与此同时,何蔓他们的飞机落地之后,谢盛与林东飞,何宁远与宋青扬的飞机也在M国的机场先后落地,分别停靠在廊桥之上。

此时撤侨航班的总负责人乔教员在落地之后,便下了飞机,与此同时,谢盛和何宁远还有何蔓、宋青扬与林东飞一起,也跟着下了飞机并同时来到了候机楼。

刚一出来,引起一大片欢呼之声,一个个激动不已:"有人来接我们了,我们国家的飞机来接我们了。"

"是啊，太好了，我们国家的飞机来接我们回家了。"

"我们国家的飞机是第一个到的。"

……

一个个的虽然欢呼不已，但所有人都在东胜M国营业部的工作人员的引领之下有秩序地排着队，一起配合着所有工作人员的工作，没有发生一丝丝骚乱。

而此时，乔教员上前了一步，与东胜M国分公司的工作人员还有驻M国大使馆的工作人员一一握手，询问着滞留旅客的安排。

接下来还有其他航空公司的飞机陆续到达，前前后后，不过十分钟的时间，从中国到达了十架飞机。

何蔓则是焦急地在人群当中四处寻找着，东胜驻M国的工作人员看着何蔓寻找的样子，主动上前了一步道："何小姐是在找秦女士吗？她在那里跟其他的游客一起排队等着呢。"

何蔓顺着工作人员指的方向，只见秦吟秋正在排着队挥动着手叫道："蔓蔓，蔓蔓，妈妈在这里。"

何蔓看到了秦吟秋，一直强忍着的眼泪一下子涌了出来，上前了一步一把抱住了秦吟秋，激动不已道："妈。"

秦吟秋抱住了她，拍了拍她的背道："好了，乖，妈妈没事的，你看，妈妈这不是好得很吗，大使馆保护我们，很安全的。"

旁边跟着秦吟秋一个团的阿姨见状，则羡慕不已地道："吟秋啊，这就是你女儿啊，太厉害了，竟然还会开飞机。"

"是啊是啊，真的太厉害了，她来接我们回家了。"

"小姑娘，你别担心，我们吃得好，睡得好，还有大使馆保护着我们，安全得很，你不用担心你妈妈呢。"

……

何蔓些不好意思地擦拭了一下眼泪："不好意思，让各位见笑了。"

确定了秦吟秋的安全，她便不再多说什么，跟其他阿姨打了一个招呼便回来了。

何宁远和谢盛等人显然也看到了秦吟秋，微微松了一口气，没有上前。很快地就安排了下来，前往各个城市的旅客乘坐各大航空公司从各个城市前往来接应旅客的飞机，一个个在工作人员维持之下，有序地排队前往登机口。

一个个游客看着这一幕,欢呼不已:"哦耶,我们可以回家了。"

"终于可以回家了,太好了,还是我们的国家好。"

"是啊是啊,真的太好了。"

……

一个个中国游客准备登机回家,欢呼、开心不已的模样让不远处其他国家的人看着这一幕,露出来羡慕不已的目光。人群中突然之间唱起了《我和我的祖国》。

随后,所有的人立马齐声高唱了起来:"我和我的祖国,一刻也不能分割。无论我走到哪里,都流出一首赞歌。我歌唱每一座高山,我歌唱每一条河。袅袅炊烟,小小村落,路上一道辙。我最亲爱的祖国……"

正准备上飞机的何蔓等人听到这歌声的时候,微微侧过头来,神色庄严肃穆,《我和我的祖国》是所有国人都会唱的一首歌,表达着对祖国的热爱。

在这异国他乡的机场里,这些曾在不久前经历了火山喷发的灾难的游客,此时深刻地感觉到了祖国的强大。

中国护照虽然不能让你去任何地方,但是,却能从任何有危险的地方带你回家。无论任何时候,中国从来不忘记自己的公民,无论你身在何方,祖国接你回家。

何蔓等人深吸了一口气,返回到了飞机上,立马做着起飞前的准备。此时,M国国际机场也陆陆续续有其他国家的航班到达,所以何蔓他们必须尽快离开。

乘务组组织乘客一一登机,何蔓和乔教员详细地做着绕机检查,M国国际机场的形势不同国内,机场的火山灰虽然并不严重,但还是需要做详细的检查。

做完所有检查之后,乘客一一登机,何蔓便跟M国管制用英语要放行指令:"M国放行,下午好,东胜8566,停机位22号桥,请示放行到中国深圳,巡航高度33 000英尺。"

而乘客已经登机完毕,机舱舱门已经关闭,乔教员同时联系地面机务用推车将飞机推出,根据M国管制给予的指令,飞机一步一步地滑入进入跑道,何蔓则用英语继续跟M国管制联系。

管制员："东胜8566，离地联系119.25，地面风220度 5节，跑道19左可以起飞。"

何蔓："离地联系119.25，可以起飞，跑道19左，东胜8566。"

进入跑道之后，乔教员拉起侧杆，飞机开始往上爬行，何蔓同时紧密地与M国管制保持联系："M国放行，东胜8566，起飞通过800尺，爬升5000尺。"

M国进近管制："东胜8566，这里是M国进近管制，爬升至15 000尺。"

何蔓："爬升至15 000尺，东胜8566。"

随着飞机爬升，接入自动驾驶，看着机窗之外渐渐远离的M国，何蔓与机组彻底地放心了。

他们终于离开M国的境内了。

乔庭远看着这一幕，也是嘴角上扬，看着何蔓，说："可以告诉旅客我们离开M国的境内了，让她们彻底放心了。"

何蔓愣了一下，指着自己："我来广播吗？"

乔庭远点头："嗯，你来广播。"

"好。"

何蔓反应过来，点了点头，拿起了无线麦克风，调整了一下联系上客舱开始广播："女士们，先生们，你们好，感谢你们乘坐东胜航空公司班机，我是本次航班的机长，此时相信您最大的心愿就是回到我们祖国的怀抱，现在很高兴地告诉你们，我们的飞机已经正式离开M国前往深圳，即将回到我们祖国的怀抱。现在，您可以在客舱内好好地休息，如果有什么需要，可以与我们的客舱服务员进行联系，我们全体机组成员很高兴也很激动能来接你们回家，这一趟旅途你们辛苦了，欢迎你们回家。"

随后，何蔓又用英文广播了一遍，结束后，整个客舱中响起了雷鸣般的掌声和欢呼之声，一个个地挥舞着手中的小国旗，高唱着国歌。

何蔓在驾驶舱内清楚地感觉得到大家的激动，这一刻，终于体会到在异国他乡遇到危险之时，有一个强大的祖国是多么重要。

三个小时后，飞机顺利抵达深圳，所有人在踏上祖国这一片土地时，无比心安，何蔓看着他们一个个地面带喜色地下飞机朝他们鞠躬感谢的样子，她才第一次真正明白了飞行的意义，机长的责任之重要，以及祖国的强大。

身为飞行员,她更要承担起社会和国家赋予她的使命与责任还有担当。

第二十七章 大结局

M国撤侨事件过后,何蔓开始认真地准备着机长考试,她知道自己如今的问题在哪儿,所以每一次在飞行之时,认真请教一起飞的教员,克服自己的心理障碍和对旁人的依赖性与情绪激动之时的委屈。

一年之后,何蔓终于迎来了她的机长考试,与她同期的林东飞已经在一个月前顺利地当上了机长。

如今,轮到她了。

所有该准备的,她都准备齐全了,所以要学习的,她也都学习了,如今唯一要做的,就是实践考试。

她的航线考试是从深圳飞往J国,再从J国飞往上海,最后从上海飞往深圳,全程是由她一个人来飞,叶南城检查她的机长考试。

叶南城于半年前通过了放机长检查员的面试,他算是公司年轻一辈的飞行员当中的佼佼者,很多飞行员穷其一生,也达不到他的位置。而他在三十多岁的年纪就到达了这个地步,不得不说,飞行上的天赋,是鲜有人能与之比肩的。

何蔓的航线检查考试时间是明天,刚好她上一轮飞完休息两天。

查到考试之后,何蔓便把自己关在家里面,哪里也没有去,谁也不见地一直在看书学习,虽然这些理论知识她早就烂熟于胸,但她还是不敢有半分的松懈。

从申请机长考试到现在,已经有三个月的时间了,除了副驾驶飞行累计达到4000小时以上的硬性条件之外,她从最开始的面试,到理论考试,到模拟机考试,再到如今的航线考试,她终于迎来了最关键的时候。

所谓航线考试,也就是考一名飞行员在飞行当中的应变能力和责任还有担当,这也是成为机长的最重要的责任之一。

何蔓不敢有半点怠慢,越是临近考试,她越是紧张。

秦吟秋看着待在房间里面又一整天没有出门的何蔓,很是担心,可她也知道,机长考试十分关键,不敢有半分打扰。

只是看着女儿这样累，也格外心疼。

正当秦吟秋在想要不要叫何蔓出来休息一下的时候，谢盛过来了。秦吟秋看到谢盛过来，赶紧上前了一步道："小盛，你来了，可真的是太好了，你快把蔓蔓带出去转转？"

谢盛一愣，很快反应了过来："她还在看书？"

"可不是嘛，这半年的时间，基本上天天都在看书复习，这几天更是天天把自己关在房间里面看书。这样天天看书也不行啊，累坏了可怎么办？"

"阿姨别担心，我去看看她。"

"好的。"

谢盛从外面进来的时候，何蔓正在看一些飞行当中遇到的各种特殊事故和特殊情况下的视频，旁边放着飞行手册还有飞行的模拟图。

何蔓听到推门而入的声音，头也没有抬地道："妈，我不饿，也不渴，也不累，你先不要吵我，我……"

她话还没有说完，谢盛走了过来，挡住了她的iPad，坐到了她的面前来，何蔓看着出现一个男人的身影，微愣了一下，抬头看到了谢盛，她立马面露出来惊喜之色地道："师父，你落地了。刚好，你快来跟我说说放机长航线考试的时候需要注意什么，还有什么我没有想到的。"

谢盛握着她的手道："陪我看个电影吃个饭我就告诉你。"

何蔓下意识地拒绝："等我考完试吧。"

"不行，我听阿姨说你这两天又把自己关在房间里面看书，你必须跟我出去看个电影、吃个饭。"

何蔓知道谢盛和妈妈是担心她，可她明天就要考试了，实在是没有心情，抱着谢盛的手臂撒娇道："师父……"

谢盛毫不客气地拒绝："叫爸爸都没用。"

何蔓："……"

"好了，出来好好放松放松，休息一下。"谢盛揉了揉她的脑袋，"我到时候再指出来你的问题所在，这不比你在家里面看书休息好多了？"

何蔓仔细一想，点了点头："倒也是。"

于是，何蔓乖乖地收拾好了东西，跟着谢盛出来看了最近刚刚上映的电影,看过了电影,谢盛又带着她来吃了她最喜欢吃的潮汕牛肉火锅。

吃饱喝足之后,何蔓迫不及待地看着谢盛道:"师父,你不是说要指点我吗?"

谢盛望着她:"你觉得如今的你,还有什么需要我指点的?就像你之前考理论考试的时候我说过的,如今飞行上的技术理论知识,你都没有任何的问题。你唯一需要调整的问题,就是你的心态,但是这个东西,是任何人没有办法帮你的,你能依靠的只有你自己。"

"我知道,所以我不知道如何调整。"

"不需要如何调整,放轻松就好,这也是我非要拉你出来看个电影、吃个饭的原因,现在有没有觉得没有那么紧张了?"

"好像还真是。"

"所以,你完全不用这么紧绷。其实,所有的副驾驶到了这一步的时候,都不是技术和理论的问题,都是心态的问题。但是这个,是需要自己来调整的,而想要调整好,就是要保持一个正常的心态,就按照正常来飞就好,不能因为考试而特殊对待,要把考试当作平常飞行。"

何蔓愣了一下:"当作平常飞行?"

"没错,所以你不用过分看重每一次考试,你要看重的,应该是你每一次飞行,牢记飞行的安全底线,敬畏飞行。机长考试也是同理,当成每一次的平常飞行即可,正常来飞行就可以了。"

何蔓仿佛明白了什么,她抬头看着谢盛的时候,灿烂一笑:"我好像明白师父话中的意思了。"

"你是一个聪明人。"谢盛笑了笑,说,"不过机长考试是所有的飞行员在副驾驶转为机长的时候最紧张的考试之一,你会紧张这也很正常。但越是如此,越是要保持平静的心态,稳定住自己的情绪,正常飞行就好。"

何蔓用力地点了点头,她道:"嗯,我知道了。"

"乖。"谢盛揉了揉她的脑袋,说,"晚上回去别看书了,好好休息,明天记住,正常飞就好。"

"好的。"

何蔓跟谢盛吃完饭之后,乖乖地听着他的话回去早些休息了,如同他所说,如今的她在技术和理论上挑不出来任何的毛病。所以,她需要做的是好好休息，保持头脑的清醒。

翌日，早上六点钟，何蔓就早早地起来了，从深圳飞往J国的航班是早上九点钟起飞的，虽然J国很近，但也是国际航班，所以还需要过海关，准备的时间也比平时准备的时间多了半个小时。

何蔓提早了十分钟过来，到了签派室领取了今天的飞行资料后，回到了飞行准备室时，乘务组与叶南城也到了。

叶南城看了一眼飞行资料，望着何蔓说："今天的机场有没有特殊的航行通道？"

"有，J国的机场有三条跑道，目前由于内部施工原因，暂时关闭了3L跑道，目前只有两条跑道，1L供起飞，2L供降落。"

叶南城看了一眼手中的资料，微微点了点头，道："继续吧。"

"好的。"

何蔓则跟乘务组开始准备核对乘客资料，做完所有的飞行前的准备工作，机组便乘坐机组车来到了候机楼过海关，然后从候机楼上了飞机。

放好飞行箱之后，何蔓便穿上了反光背心下去做绕机检查，叶南城则做着驾驶舱内部的检查。今天叶南城全程配合何蔓的工作。

确认无误后，乘客开始登机，而叶南城问管制要放行指令："深圳放行早上好，东胜8965，停机位32号桥，请示放行到J国，通播B已抄收。"

"东胜8965，深圳放行，许可放行到J国，跑道02L，龙门一号C离场，起使高度数1500米，离场联系138.5，应答机2680。"

"可以放行到J国，跑道02L，龙门一号C离场，起使高度数1500米，离场联系138.5，应答机2680，东胜8965。"

此时乘务长通知乘客已经陆续登机完毕，申请关闭客舱门，何蔓点了点头："关闭客舱门。"

与此同时，何蔓启动发动机联系机务，将飞机推出，叶南城继续跟管制联系要放行指令，直到飞机一步步地在管制的指引之下，来到了滑行跑道之上。

根据管制给的起飞许可，伴随着轰鸣声，飞机开始缓缓爬升，何蔓参照仪表盘的数据与叶南城一步步地配合，完成了她的整个起飞动作，同时接通了自动驾驶。

叶南城看着何蔓那严肃的样子："别紧张，飞得很好，决策也都做得不错,没有出现任何的问题。"

何蔓微微略松了一口气:"谢谢叶队。"

叶南城看着何蔓这疏离的模样,他揉了揉眉心,不多说什么,站了起来说:"我去一趟洗手间。"

"好的。"

何蔓点了点头,看着叶南城出了驾驶舱后,想到他的态度,她微怔了一秒,随即神色如常。尽管叶南城现在已经不会再像之前那样对她纠缠不休,但是,她也不想再跟叶南城之间有过多的牵扯。

不是她不愿意跟他做朋友,而是不想再给他任何机会。

叶南城这么优秀的人,应该有真正能配得上他的女孩,应该也值得更好的女孩,而不是白白浪费时间在她的身上。

所以,她这才如此冷淡。

深圳直飞J国三个半小时,J国与中国挨着,所以一出中国的边境便到达了J国境内,到达J国境内的时候,飞机也差不多要下降,叶南城用英语跟J国的管制联系:"J国进近,东胜8965,保持28 000英尺飞行。"

J国管制:"J国进近,东胜8965,雷达联络,下降到19 000英尺。"

联系上J国管制之后,何蔓则是在一旁做着下降前的准备工作,叶南城设定J国的频率和航道,做进近简令,并与J国空管的交通指令开始下降。

J国管制员:"东胜8965,下降8000英尺。"

叶南城:"下降8000英尺,东胜8965。"

何蔓则手动调整下降高度,与叶南城配合,同时根据J国管制给予的下降指令,直到接近五边区域,并按照下降程序和仪表盘的数据下降,直到飞机平稳地落到了J国机场,同时飞机脱离跑道并跟随着引导车滑入J国的28号停机位。

乘客陆陆续续地下飞机,何蔓则收拾着东西,并准备着下一段的航程,下一段便从J国回上海,再从上海回深圳。

客舱清洁之后的半个小时后,从J国飞往上海的乘客开始陆陆续续登机。

此时何蔓也做完绕机检查上了飞机,并同时检查叶南城所做的驾驶舱的内部检查,而叶南城继续用英语跟J国管制要放行指令:"J国放行,下午好,东胜8966,停机位36号桥,请示放行到中国上海。"

管制员："东胜8966，可以放行至上海，跑道1L左，使用ROBKA 3J离场，起使高度5000英尺，巡航高度33 000英尺，离场联系181.9，应答机2380。"

叶南城正在跟J国管制要放行指令，此时，客舱乘务长传来消息说："机长，有一位乘客到现在还没有出现，已经广播了两次但迟迟没有登机。"

何蔓闻声，眉头一蹙："那她办理了登机手续吗？"

乘务长说："已经办理了登机手续，而且她的行李已经上了飞机。"

何蔓想了想，说："联系一下机场，看是怎么回事。"

此时，J国管制："东胜8966，你们还不推出吗？"

何蔓用英语回答："J国放行，下午好，我们机上还有一位乘客没有上飞机，想了解一下是怎么回事，我们不想落下任何一位同胞。"

"Ok, let's give you another ten minutes."（好的，再给你们十分钟的时间。）

而此时，乘务长再一次进驾驶舱道："机长，已经了解清楚了，那位乘客姓刘，与同伴一起前来J国旅行，但是由于J国海关人员在她的护照上写下了辱骂之语，刘小姐要求J国海关道歉。但J国海关非但不道歉，相反把她扣留下来，并要求写下保证书说明这辱骂之语与他们J国的海关并无关系。"

"什么？！"

何蔓诧异地扭过头来道："这J国海关怎么能做出这样的事情来？"

"是啊，而且他们同伴说他们的签证日期今天是最后一天。"

乘务长点了点头，说完面色很是难看："如果她今天不能回去的话，只怕会产生滞留问题，甚至没有办法回国。"

何蔓听到这里，则是面色微微冷沉了下来，看了一眼叶南城，申请道："叶队，我想等这位乘客。"

"今天航班所有的一切由你来决定，我全程配合。"叶南城点了点头，"既然你决定等，那我们就等。"

"好的。"何蔓说完，当即立下决定，看着乘务长说，"催促地面工作人员联系是怎么回事。"

乘务长说："但是如此一来，我们的航班必然会延误。"

何蔓道:"没关系,如实跟乘务解释清楚,大家都是同胞,我相信大家都能理解,我也会尽量控制延误的时间。"

"好的。"乘务长点了点头。

乘务长跟乘客说明了情况之后,果然大家都愿意等待。

何蔓想了想,看着叶南城道:"叶队,我想亲自去看看。"

"去吧,注意态度和说话的语气。"

"好的。"

何蔓点了点头,表示明白,这个时候她所说的话、所做的事情全都代表的是公司,所以她必须冷静。

随后她跟乘务长一起从飞机里面出来,来到了登机口,看着J国的地面工作人员,用英语沟通:"你好,我们还有一位旅客未上飞机,据我们查询得知由于你们海关在乘客上的护照写上了辱骂之语,你们的工作人员担心承担责任强迫她写下与他无关的保证书,她因为不同意写下保证书而被你们海关扣押了下来。所以麻烦你们通知领导,尽快放我们的乘客登机。此次由于你们机场海关对我们航班造成的延误,我会如实跟我们公司上报并请贵国机场给予解释,谢谢。"

那机场工作人员面色一变,没有想到何蔓会过问这件事情,赶紧点了点头,用英语回她:"非常抱歉,我立马联系查看是怎么回事,我相信这只是一个误会。"

何蔓微微点头:"是不是误会,之后你们应该与我们的乘客解释,但是我们的航班延误是既定事实,还请尽快解决此事。"

机场工作人员:"好的,我立马查清楚此事,非常抱歉。"

那机场工作人员说完,便拿起对讲机用他们J国的语言联系机场的工作人员查询此事。何蔓经常性地看J国的电影,对J国的语言虽然不是十分精通,但略通一二,能听得出大概的意思是工作人员正在请示领导尽快催促此事。

何蔓微微一笑:"非常感谢,那我等你们的消息。"

说完,她与乘务长并没有上飞机,而是站在登机口等待,大约十分钟之后,J国的机场领导用对讲机亲自联系上了何蔓:"非常抱歉,刚刚已经查清楚了,这是一场误会,乘客已经过了海关,马上登机。"

何蔓态度不卑不亢地用英语回答:"非常感谢贵国机场的配合,至于是不是误会，我相信之后我们的大使馆会与贵国海关联系。"

说完，她将对讲机还给了机场工作人员，并给予道谢。

十五分钟之后，只见一个背着背包的女孩急速地跑到了登机口，一张小脸惊魂未定的样子，像是受到了惊吓。

乘务长赶紧上前了一步，道："刘小姐，你没事吧？"

"没事没事，我刚听同伴发来微信说了，说是你们机组要求等我的。"

刘小姐看到了何蔓和乘务长的时候，她一下子仿佛是看到了亲人一样，眼泪一涌而出，感激地道："真的真的太谢谢你们了，不然我今天不知道被他们海关给困到什么时候，真的太感谢了。"

何蔓微微一笑："你放心，我们都是同胞，飞机是我们国家的领土，你没有违规犯法，我们不会随意让他们拘留我们的乘客，我们一定带你安全回国。"

刘小姐深深地鞠躬地道："太感谢了，刚从他们的海关出来的时候，大使馆也跟他们联系上了，我真的没有想到会这么迅速。"

何蔓扶住了她道："好了，其他的事情就等上飞机说吧，我们的飞机已经晚点半个小时了。"

何蔓等人上了飞机之后，这才是松了一口气，叶南城问："已经上了飞机了？"

何蔓点头："嗯。"

"那就好。"

叶南城说完提醒着她："不过，已经晚点半个小时了，所以，你没有忘记今天是你机长的航线考试吧？"

"没有忘记，有什么责任，我愿意承担。"

"等她是全体机组的决策，而且我相信不会有什么责任。"

何蔓愣了一下，随即一笑，她没有再多说什么，坐了下来戴起来无线麦克风道："那我们回国吧？"

"嗯。"叶南城也是戴上了无线麦克风，与J国塔台再一次取得联系，"J国放行，下午好，东胜8966，停机位E2号桥，请示放行到中国上海。"

管制员："东胜8966，可以放行至上海，跑道1L左，使用ROBKA 3J离场，起使高度5000英尺，巡航高度33 000英尺，离场联系181.9，应答机2380。"

叶南城:"可以放行至上海,跑道1L左,使用ROBKA 3J离场,起使高度5000英尺,巡航高度33 000英尺,离场联系181.9,应答机2380,东胜8966。"

从J国回上海的航班,在晚点了半个小时之后,终于顺利起飞,回到了上海,落地之后,刘小姐与同行的小伙伴看到了何蔓和机组的人员,再一次深深地鞠了躬,然后这才下了飞机。

何蔓看到这一幕,仿佛感觉到肩上承担的责任越来越明显,也越来越重了。或许,这就是机长的责任,这就是飞行的意义。

原本,从开始机长考试就一直紧张不已的何蔓,到落地上海时就彻底地不紧张了,距离她的机场考试还有一段,无论结果如何,她都无愧于心。

从上海回深圳两个小时,再过两个小时,她的考试就结束了。

何蔓深吸了一口气,做完绕机检查之后,又与乘务长了解了一下乘客的情况,乘务长面色微笑地说:"除了有一位34周的孕妇之外,其他的乘客没有特殊情况。"

何蔓问:"怎么肚子这么大还坐飞机?"

"据说是她妈妈生病住院今天手术,她要回去看看,而且了解过这位孕妇的情况,整个孕期身体一直很好,没有发现什么不适的症状,平时也有锻炼,也符合乘机要求。"

"那就好,有乘机医疗许可吗?"

"有的,提供了乘机医疗许可,还有相关的诊断证明书,证明可以乘机的,而且还有家属陪同。"

"那就行。"

何蔓把乘客的资料交给了乘务长,突然她的手机响了起来,是杨柳发过来的微信:"何蔓,听青扬说回深圳的飞机是你飞的,他说你今天考试,加油呀!"

何蔓一愣,回着微信:"是呀,你怎么来了上海?"

杨柳回信息道:"单位组织我们护士站的人来上海学习,我们今天回去。"

何蔓笑了笑,她看了一眼时间,回着微信说:"原来如此,你们差不多可以登机了,我先回驾驶舱了。"

杨柳回着微信道:"好的。"

何蔓回了驾驶舱后,又查验了一下叶南城所做的驾驶舱内部的检查,随后乘客陆续上了飞机,她看了一下气象雷达,深圳那边正在下雨,不过雨势并不大,到后半夜的时候可能雷暴雨,雨势会比较大。

何蔓微微放心,飞机爬升接入自动驾驶之后,她上了个洗手间,从洗手间出来的时候,看到了那个已经孕34周的孕妇,身边还有一个男人在陪伴着,看样子像是她老公,看着这一幕,何蔓放心了不少。

她刚准备回驾驶舱,突然之间感觉到头等舱前排有一位穿着黑色衣服的男乘客略有一丝丝的面熟,她想伸头看一眼,只见那男乘客用一本杂志将自己的整张脸遮挡住,根本看不清。她也没有多想,直接就回到了驾驶舱。

刚坐下来不久,她看了一眼气象雷达,前面即将要穿过云层,便提醒了一下客舱广播提醒旅客。

不过这个云层颠簸得并不是很厉害,很快通过。何蔓正准备查看一下天气实况,突然之间乘务长进来,神色难看地道:"不好了,机长,刚刚颠簸的时候,那个孕妇肚子不适,见红了。"

何蔓脸色一变,神色格外地难看:"怎么会这样,机上广播了没有?"

随后像是想到什么,她说:"对了,深圳南山医院的几个护士在我们的飞机上,快点广播找她们来看看是怎么回事。"

"已经广播了,总共有五位护士,都过来查看情况了。"

"那就好,随时报告客舱的情况。"

"好的。"

乘务长点了点头,不等乘务长出来,一位空姐带着杨柳过来了,她看到何蔓说:"何蔓,我们已经检查过了,那位女士羊水已经破了,而且已经开了两指,可能是先兆早产,需要立马联系医院。"

何蔓面色微沉,她点了点头道:"我知道了,杨柳,麻烦你和你的同事看好那位孕妇,稳住,万万不能让她出事,我们会尽快落地。"

"好的。"

杨柳和乘务长出去之后,何蔓立马决定道:"我们备降到福州。"

叶南城看了一眼何蔓,点了点头道:"好。"

随后,叶南城调整频率,联系上福州管制:"福州管制,东胜8329,机上有一名孕妇,即将生产,需要立即医疗服务,申请备航福州机场,优先进近落地。"

"东胜8329,福州管制,可以备降,优先进近落地,同时已经安排下去,会有救护车在停机坪等候。"

"收到。"

何蔓则在一旁做进近简令:"320进近检查完成,下降检查单。"

叶南城配合着何蔓:"下降检查单。"

核对完下降检查单后,何蔓空管的交通指令开始下降,管制员:"东胜8329,现在下降高度到7500米。"

叶南城:"东胜8329,现在下降高度到7500米。"

何蔓调整飞机下降高度到7500米,继续根据管制给予的指令下降到接近五边的区域,叶南城切换频率联系福州塔台:"福州塔台,东胜8329,建立航道06。"

福州塔台:"东胜8329,可以盲降06落地。"

叶南城:"可以盲降06落地,东胜8329。"

何蔓看着眼前清楚可见的跑道,下达口令:"放轮,襟翼。"

并同时完成了着陆构型的建立,断开自动驾驶,开始人工操作,根据仪表盘上的数据和程序落地,在飞机脱离跑道跟随着引导车来到停机位的时候,旁边有刚刚到达的救护车,飞机停稳之后,便有医生抬着担架上了飞机。

她和叶南城也来到了头等舱,此时头等舱略显拥挤,孕妇躺在两个并排的头等舱的座椅之上,痛苦地惨叫着,灰色的衣裙下面有点污迹,杨柳与另外一个同事正在用专业的手法缓解着孕妇的痛苦。

旁边蹲着的是她的丈夫,牢牢地握着她的手,忧心忡忡地道:"老婆,不要怕,不要怕,我们落地了,已经落地了,马上就到医院了,你不要怕。"

"来来来,让开让开,医生来了,医生来了。"

医生担着担架进来，立马检查了一下孕妇的情况，随后微微松了一口气道："无事，还好飞机上有专业的护士，孕妇并无大碍，诸位不用担心。"

医生这么一说，何蔓这才彻底地放心，其他的人也明显松了一口气，医生则说道："来，快将孕妇抱到担架上去。"

那孕妇的丈夫一听，刚想将孕妇抱起来，不知道是着急还是怎么回事，突然之间腿一软直接就倒在了地上，旁边一个男人扶住了他："小心。"

随后，只见那个男人直接就拦腰将那位孕妇抱了起来，放在了担架之上。

何蔓看着那个男人，一下子呆在了那里，那不是谢盛吗？他怎么会在飞机上？

只见谢盛抱起那孕妇放到了担架上之后，微微侧了侧身，把位置给让开了，医生立马抬着孕妇下了飞机，那孕妇的丈夫在乘务长的扶持之下，也赶紧跟着下了飞机，直接就上了救护车。

众人这才放下心来，何蔓还呆在那里：若是她记得没错，谢盛就是刚刚那个拿杂志盖着脸坐在头等舱的人，她说怎么会看着那么面熟呢，竟然会是师父？

谢盛侧过头来看着她，手在她的面前挥了挥道："看什么呢，看傻了？"

何蔓有些震惊地问："不是，师父，你怎么会在飞机上？"

"我为什么不能在飞机上？"

"不是，师父，你不是今天休息吗？"

谢盛盯着她，那深邃的眼眸如泛起微微涟漪，温柔而又宠溺地道："所以，才有时间来看你啊。"

何蔓一听，顿时就明白过来了，如同触到了心底最软的地方，让她脸上忍不住地带着灿烂的笑容："所以，师父，你是特意来看我的？"

谢盛低声一笑："不然呢？"

何蔓听着他的话，看着他的笑容，如同撩拨到她心底最柔软的地方，让她一时间呆在了那里，再也无法移开自己的眼神，直到站在驾驶舱门口的叶南城轻咳了一声："好了，我们该回深圳了。"

何蔓一下子回过神来，脸色微微泛红，谢盛压低了声音一笑，道："先回驾驶舱吧，还有最后一段呢。"

何蔓看着谢盛，嘴角有掩饰不住的笑意："嗯。"

随后，她便回到了驾驶舱，想到谢盛竟然悄悄地跟在她的飞机上，她还是忍不住觉得甜蜜，看着面前的仪表盘，很快冷静下来，她还在考试呢。

半个小时后，飞机从福州起飞，接了自动驾驶之后，她稍稍放松了一些，一旁的叶南城也揉了揉眉头："你这个当机长的航线考试可真的是一波三折。"

何蔓想到J国海关发生的事情，又想到孕妇之事，她忍不住地一笑："还真是。"

想来，没有几个机长考试能有她这么多波折的吧？

不过，此时想到了跟她在同一架飞机上的谢盛，她脸上露出来一丝丝甜蜜的笑容，师父曾经说过，飞行员一朝只要还在飞，就永远会遇到无限可能的事情，所以任何时候，都不能放松警惕，更需要保持一个清醒的头脑。

叶南城侧过头来刚好看到她脸上那掩饰不住的笑意，想到头等舱的谢盛，他微怔了一下，扭过头来问："对了，听说你和谢盛和好了？"

何蔓闻声，那原本带着笑意的神色变得微淡："都一年了。"

叶南城闻声，唏嘘不已："可真快啊。"

何蔓不知道他是什么意思，正在寻思着该如何回答，叶南城突然之间语调轻快地道："不过，祝福你们。"

何蔓似乎有些不敢相信能从叶南城的口中听到他祝福她跟谢盛，略有些诧异地看向他："祝福我们？"

"是的，祝福你们。"叶南城扭过头来，那双温柔的眸子，望着她的时候格外清明，"何蔓，祝你和谢盛幸福。"

何蔓看着叶南城这么真诚的祝福，总有一种不大真实的感觉，他真的决定放弃，愿意祝福她了吗？

如此一来，再好不过了。

此时的叶南城，正盯着机舱之外的夜空，大抵是下半夜深圳要下雨，所以饶是在一万英尺的夜空之上，什么也看不见，就如同他跟何蔓之间，也早就没有了任何的可能。

　　想到何蔓脸上那甜蜜的笑容，他彻底释然，察觉到她此时的诧异，他仿佛明白她在想什么，侧过头："对了，我申请回北京了。"

　　何蔓一愣，扭过头来看着叶南城有几分震惊地道："什么，回北京？"

　　叶南城点头："对，我妈年纪大了，身体也不大好，她又一直是一个人，我也不放心，就想着回北京照顾她。"

　　尽管叶南城这么说，但是何蔓却清楚地知道叶南城应该不单单是因为这个原因而回去的，毕竟，他已经在深圳买了房子，他妈妈现在也可以来深圳生活。

　　可她什么也没有说。

　　毕竟，他愿意放下，这比什么都好。

　　况且，以叶南城在飞行上的天赋，不应该单单留在深圳，他值得有更好的发展。

　　这样一想，她坦然一笑："既然如此，那回北京也挺好的。"

　　尽管叶南城早就知道何蔓会这么回答，但听到她这么一说还是觉得有些伤心："真的是半点都不挽留我啊？"

　　"有更好的地方，为什么要挽留？"何蔓笑了笑，"更何况，你是回家。"

　　叶南城心底增添了些许失落，却又仿佛早就在预料之中，随后深吸了一口气："是啊，我是回家了。"

　　何蔓想到了谢盛，她扭过头来望着他："叶南城，我也祝你以后越来越好。"

　　叶南城望着何蔓那清亮的双眸，如同初见般闪烁，他笑了笑："放心吧，我会的。谢盛，是一个值得托付终身的人，所以，你和谢盛，也要幸福。"

　　这样，才不辜负我的退出。

　　何蔓认真地点了点头："你放心，我一定会幸福的。"

　　叶南城不再多说什么，谢盛确实是比他想象中的还要优秀。更何况，失去了一次，谢盛会更珍惜，不像他，失去了一次，就彻底地失去了。

　　至于他，想到妈妈的催促，他深吸了一口气，他也是时候该考虑自己的个人问题了，而不是死钻牛角尖。

叶南城笑了笑,说:"对了,你们什么时候结婚?"

何蔓一愣:"还早呢,这不着急。"

叶南城说:"再拖下去,谢盛可就老了。"

何蔓忍不住一笑:"我还年轻就行了。"

"确实。"叶南城不再多说什么,扭过头看着仪表盘,此时格外地轻松,坦然地道,"行了,准备落地了。"

原来,放下,真的不只是放过她,还有就是放过他自己。

此时,他就有从未曾有过的轻松和愉悦。

何蔓此时敛收起来笑意,开始做下降前的准备,并做出下降指令:"320进近检查完成,下降检查单。"

叶南城一一核对下降检查单的项目,核对没有问题之后,叶南城戴上地线麦克风,准备联系深圳管制。

突然之间,只见操纵台上出现发动机过热的警告,何蔓眉头微微一蹙,侧过头看着叶南城神色微凝地道:"叶队,发动机过热警告。"

叶南城自然也是看到了,刚想说什么的时候,只见发动机火警灯就亮了,那红色的火警灯在这晚上八点多的驾驶舱内,显得在驾驶舱内格外刺眼。

何蔓脸色微变,怎么这灯还都亮起来了,她这个机长航线考试,要不要这么折腾的,以后都能当案例讲了。

她没有犹豫,沉声地道:"按火警操作程序实施灭火程序。"

说完,她立马按程序按对过热发动机实施灭火程序,而叶南城则点头,随后立马联系深圳进近:"深圳进近,may day may day may day,东胜8329出现发动机过热引发火警情急情况。"

深圳进近收到消息,第一时间回复道:"东胜8329,深圳进近收到,现在雷达引导优先落地。"

"收到,东胜8329现在做一下紧急处置情况。"

"好的,东胜8329随时保持联系。"

何蔓则继续按照火警的处置程序操作,随后将自动油门断开,同时切断受影响的发动机,保持好飞机飞行状态。

与此同时,启动灭火程序,何蔓看了一眼火警灯,伸手将火警发动机灭火手柄向左转动到底并保持一秒钟,只见那灭火瓶释放灯亮后,这才稍稍放心。

随后她的目光一直紧盯着灭火程序,监控着灭火程序,直到看着那过热的发动机关掉了,她才稍稍安心。过热的发动机关掉了,就意味着要实施单发动机落地,这之前的训练以及每半年的模拟机训练当中都曾训练过。

这些程序早就刻在她的骨子里,于她而言,就如同所有飞行当中可能或者不可能遇到的问题一样,她没有半点慌张,格外沉着冷静,处理完所有的程序后,她抬头看着叶南城:"叶队,我们要实施单发动机落地。"

"好的。"叶南城说完,则扭过头来看着何蔓,严肃地问道,"不过你可以吗?如果不可以,我来接管飞机。"

一旦他来接管飞机,她今天的航线考试成绩可就作废,需要重新再一次参加机长考试,而再一次参加机长考试则需要半年之后才可以申请,等完成航线考试,已经是差不多一年后。

"我可以的。"何蔓自然明白叶南城为何这么问,说完她望着他笃定地道,"但是我之所以这么说,不是因为我现在正在参加机长的航线考试,而是我相信我自己可以做到。"

她是相信自己的技术。她相信自己能做到,而不是盲目地一心只想为了考试而选择这么做,她只是相信,她能保障飞行安全。

叶南城满意地点了点头:"很好,现在我来配合你落地,一旦我发现任何可能存在的问题,我随时会接管飞机。"

"好。"

何蔓说完,继续按照火警应急程序处理操纵飞机,保证飞行的安全,与此同时,叶南城则按下联系客舱乘务长按键:"紧急情况,乘务长请立马进来驾驶舱一趟。"

"是。"很快,乘务长就进来了。

乘务长一进来,自然察觉到驾驶舱紧张的气氛,还有那刺眼的火警灯,她脸色微微一变,叶南城说:"我们飞机现在出现发动机过热引发火警,可能出现紧急情况,好在我们现在已经到了深圳,即将落地,不过落地的时候你们客舱乘务员需要准备一下,听驾驶舱发布口令,随时做好撤离准备。"

乘务长神色变得严肃:"是,我立马出去准备。"

叶南城："好。"

而此时，东胜8329上发生火警之事，自然也飞快地传到了公司的耳中，乔庭远刚好落地回到公司，接到电话听说了这件事情的时候，脸色格外难看，噌地一下站了起来："查出来是什么火警情况了吗？"

"目前得到的消息是发动机过热，已经关掉了一台发动机，8329决定实施单发动机落地。"

"好的，我知道了。"

乔庭远神色凝重地道："立马联系机场消防，同时让地面所有相关部门前往机场随时待命准备。"

"是。"

与此同时，东胜8329航班上出现火警事故一事，自然也传到了秦吟秋的耳中。因为今天是何蔓的机长考试，秦吟秋一直格外担心，刚好何宁远不飞，所以就一直抓着何宁远在查何蔓的航班的情况，自然也知道了何蔓前面航班先是出现在过海关时有人为难乘客问题，紧接着又出现有孕妇在她的航班上生产的事情。

眼下这8329航班上出现火警事故，正在查何蔓航班的何宁远自然也发现了，因为火警事故不同于之前的海关为难乘客和孕妇在航班上生产之事，他飞了这么多年还从未曾遇到过火警事故，却没有想到在何蔓的机长考试航班上竟然发生了这件事情。

所以何宁远查到航班情况的时候，脸色陡然之间一变，格外难看，压根忘记秦吟秋还在身边，站了起来道："什么，8329航班上出现火警？"

此时晚上八点多的时间，一家人吃完晚饭，正在客厅里面看电视等何蔓回来，秦吟秋和沈乔正在一旁逗着躺在沙发上的何艾乔，哄着她玩呢，一听到何宁远说到了8329次航班上的事情，她脸色一变："什么火警，8329航班，这不是蔓蔓从上海回来的航班吗？"

沈乔脸色也变得很难看："宁远，你在说什么，什么火警？"

何宁远这才意识到自己说了什么，他早就查了蔓蔓今天机长考试的航班，妈妈和乔乔自然也都知道了，他正在想怎么说，秦吟秋已经伸手拉住了他："宁远，什么事情，到底发生了什么事情？"

沈乔也道："是啊，宁远，发生了什么事情你快说，别让咱妈担心。"

何宁远知道隐瞒不住，便将手机递了过来，只见公司发过来短信，从上海回深圳的8329次航班继备降福州之后,在回深圳落地的时候,发现发动机过热引发的火警事故,要实施单发动机落地。

秦吟秋和沈乔虽然不是民航系统的人,但是因为何宁远和何蔓的缘故,对这些事故也多多少少有些了解,自然是明白发动机过热引发的火警事故有多严重。

秦吟秋脸色变得惨白:"天啊,蔓蔓……"

何宁远道:"妈,你别担心,另外一个发动机还是好的,单发动机落地,我们不知道训练了多少次,蔓蔓更是明白,她一定能平安顺利落地的。"

沈乔也赶紧安慰着秦吟秋:"妈,我们要相信蔓蔓。"

"对对对,我们要相信蔓蔓,要相信她。"

秦吟秋下意识地点了点头,随后像是想到什么,抓着何宁远的手道:"宁远,我们到机场去等蔓蔓,我们去等她,等她回来。"

沈乔站了起来说:"我也跟着一起去。"

"妈,乔乔,你们都别担心,都不要去。"

何宁远看着秦吟秋和沈乔的样子,直接拒绝道:"我一个人去,我去看看是怎么回事,我会随时跟你们联系的。"

"可是……"

沈乔还想说什么,何宁远握着她的手道:"乔乔,艾乔还小,艾尔明天还要上学,我们都去机场了,他们怎么办?而且机场现在肯定很多人,你们也进不去,还不如在家里面等我的消息。"

沈乔一听何宁远这么说,眉头微蹙,却不再多说什么,秦吟秋也稍稍冷静了下来,只是格外地担心。

何宁远望着她道:"妈,你要相信蔓蔓。"

"好,我相信她,我相信她。"秦吟秋点了点头,她抓着何宁远的手道,"那宁远,有什么情况,你一定要第一时间通知我,知道吗?"

何宁远道:"你放心,我一定会第一时间通知你的。"

"那就好,那就好。"秦吟秋这才稍稍心安。

"好了,妈,乔乔,我走了。"何宁远站了起来,他看着沈乔道,"乔乔,家里面就辛苦你了。"

沈乔挥了挥手:"没事,快去吧。"

何宁远从家里面出来之后，便直接来到了机场，这个时候路上并不塞车，从家里面到机场也就二十分钟的时间。

何宁远过来的时候，乔庭远已经安排好所有的事情，正准备进机场里面，看到何宁远过来，他直接就带着何宁远一起进了机场。

而此时，乘务长出去之后，立马联系客舱乘务员进行准备同时进行准备工作，谢盛正在头等舱闭目养神，突然之间听到乘务长说起故障两个字的时候，他陡然之间睁开了眼睛，只见头等舱的窗帘也拉了起来，外面断断续续的声音传了过来，乘务长正在交代："待会儿你来做机上广播，你们两个负责安抚乘客……"

谢盛站了起来，拉开了窗帘，乘务长刚准备说什么，看到是谢盛，便稍微松了一口气："谢队……"

谢盛直接问："发生了什么事？"

乘务长没有隐瞒谢盛："紧急情况，机长说飞机现在出现发动机过热引发火警，即将迫降，落地时需要听驾驶舱发布口令，随时做好撤离准备。"

"什么？"

谢盛脸色格外难看，下意识抬头看着何蔓，想要推着驾驶舱的门进去，只是还没有伸手，硬生生地缩了回来。

他现在不能出现，她现在一定很紧张，他现在不能乱了她的心神，他相信她有能力处置好。

谢盛深吸了一口气，又逼着自己缩回了手，只是想到今天是何蔓机长航线考试，他揉了揉眉心，还从来没有哪一位机长在放机长的航线考试上遇上像她这么多的问题，她还真的是头一个。

谢盛强迫着自己冷静下来，抬头看着乘务组道："那你们继续，有什么需要我帮忙的，随时说。"

"是，多谢谢队。"

谢盛扭过头来又回来在座位上坐了下来，他现在是乘客，他即使能做什么，他也不能做，而是要相信何蔓，相信叶南城。

毕竟，今天是他们的航班，他们有能力处理好这件事情的。

此时，驾驶舱内，何蔓已经控制了飞行航径，并识别到受影响的发动机以确保不关断能够工作的发动机。

做完所有的紧急处理情况,客舱也同时向驾驶舱报告:"机长,已经做完所有撤离前的准备工作。"

"收到。"叶南城收到之后,则是亲自向客舱进行广播,"女士们,先生们,你们好,我是本次航班的机长,飞机出现紧急情况,落地后我们将做紧急撤离,为了您和他人的安全,请大家不要惊慌,听从乘务员指挥,谢谢您的配合。"

机长广播一结束,整个客舱里面引起来一阵阵的哗然之声,乘客一个个的脸色一变,格外难看:"什么,又出现紧急情况?"

"刚刚备降到了福州,现在又出现紧急情况,什么紧急情况?"

"这是怎么回事,怎么我回个深圳,一趟航班接二连三地出现这么多的事情?"

……

大家议论声不断,乘务长早就做好了准备,立马组织乘务员安抚:"大家请不要激动,我们现在已经到了深圳,飞机正在下降,请相信我们机组,我们一定能平安回到深圳。"

"请大家保持冷静。"

"请大家配合,保持冷静。"

……

但显然,经历了之前备降的事情,如今飞机又发生紧急情况,有些乘客已经开始焦躁不安:"到底发生了什么事情,为什么要做紧急撤离?"

"你们东胜到底在搞什么鬼?"

"我们回个家怎么那么麻烦,你们……"

这些人的话还没有说完,坐在头等舱的谢盛噌地一下站了起来看着客舱内几个大叫的男人,厉声地道:"你们几个吵够了没有,你们害怕,其他人就不害怕吗?"

谢盛的话一下子让那几位闭上了嘴巴,只见谢盛冷声地道:"现在飞机上不是只有你们几位,还有其他的乘客;现在飞机即将落地,为了你和他人的安全,请你们坐下,配合乘务员工作。"

乘务长上前了一步道:"请大家放心,相信我们机组成员,我们受过专业的训练,一定会将大家平安带回家,现在请大家坐回座位上,系好安全带,调直座椅靠背,打开遮光板,请大家配合,谢谢。"

谢盛现在是乘客的身份，他这样子说完之后，再听到乘务长的话，其他人顿时像是回过神来似的，是啊，这些机组都是受过专业训练的，他们应该相信他们。

客舱的乘客很快安静下来，谢盛回到座位上坐了下来，想到驾驶舱的何蔓，他不禁将手中的拳头紧握，只是面色上什么也没有显露，就这样静静地坐了下来。

此时，驾驶舱内，何蔓按照火警应急程序做完所有的准备工作，叶南城也收到了客机乘务长的消息："客舱已经准备完毕。"

"明白，乘务员各就各位。"

与此同时，深圳进近则跟叶南城随时保持联系："东胜8329，雷达现在可以引导落地吗？"

"已经处置完毕，可以雷达引导落地，东胜8329。"

"东胜8329，现在还需要什么帮助吗？"

"现在没有了，请指示优先落地。"

"东胜8329，目前落地深圳的飞机均已避让，地面消防已要到位，你们随时可以落地，塔台这里会随时给予配合。"

"收到，东胜8329。"

何蔓则操纵飞机，叶南城在旁配合，在塔台的指引下一步步地落地："东胜8329，可以盲降06落地。"

"可以盲降06落地，东胜8329。"

何蔓则是深吸了一口气，下达口令："放轮，襟翼。"

随后，手动一步步完成了着陆构型的建立，看着前面不远处跑道上忽闪忽闪的灯光，何蔓握紧了侧杆。叶南城道："Minimums。"

何蔓则是立马下达着陆口令："着陆。"

随后何蔓牢牢地控制住飞机，将飞机对准跑道，随着落地的报警声响起，飞机成功地落到了跑道上，在跑道滑跑之时，飞机自动刹车。

而此时整个机舱之内响起来欢呼之声，一个个兴奋不已："天啊，我们落地了，我们平安落地了。"

"真的平安落地了，太好了。"

……

而此时，叶南城立马向客舱发布紧急撤离指令："开始撤离。"

客舱乘务员发出指令："解开安全带。"

与此同时，另外一名乘务员观察门的内部与外面的情况，随后用力地打开所有紧急舱门，拉动"PULL"手柄，只见滑梯噌地一下弹出，随后不过就短短几秒钟，立马就完成充气。

滑梯充气完毕之后，每个紧急舱门门口的乘务员立马大声下令道："来，到这里来，跳，坐。"

所有的乘客立马根据乘务员的指示一一走到最近的应急舱门，按照乘务员的指示从滑梯上跳了下来。

而此时，驾驶舱内，何蔓与叶南城将飞机稳稳地停在了跑道上后，则是松了一口气，驾驶舱外立马有消防车前来，朝过热的发动机喷出泡沫。

两个人也没有在驾驶舱过多地停留，立马从驾驶舱出来，此时所有的乘客已经陆陆续续地离开飞机，乘务组正在检查客舱。

何蔓还未反应过来，陡然之间落入了一个怀抱当中，她微愣了一下，感觉到那熟悉的气息，她抬头看着谢盛那着急的样子，勾唇一笑道："师父……"

谢盛牢牢抱着她，直到确认她在怀里，那一颗不安的心仿佛这才稍稍安稳一些，立马低头问："你怎么样，你没事吧？"

原来，纵使相信她的技术，相信她的能力，谢盛还是会控制不住自己的担心，更何况，他的蔓蔓，这机长之路，可以说所有的机长没有比她更艰难的吧？

更重要的是，他的蔓蔓，所有的决策，所有的决定，她竟然全都做到了万无一失，他的蔓蔓，是有多厉害！

"没事。"

何蔓摇了摇头，随后像是求表扬似的道："对了，师父，刚刚是我来操纵的飞机哟，怎么样，我厉害吧？"

"厉害，当然厉害。"

谢盛闻声，低头看着她那娇俏的模样，低头刚想要做什么的时候，一旁的叶南城轻咳了一声："我们该下飞机了。"

何蔓和谢盛这才回过神来，尴尬一笑，不敢再耽误什么，立马从飞机上跳了下来。

此时，所有的乘客已经被地面的工作人员有序地组织离开了飞机，远远地看到了消防车对着飞机灭火,早已经明白了所有的事情,再看着到场的航空公司的工作人员,一个个地皆松了一口气。

而此时乔庭远和何宁远也带着公司调查小组的人员走了过来,得知所有乘客安全落地,格外满意。

在所有人包括乘客与乘务组还有何蔓和叶南城与谢盛都下了飞机之后,远远地,何宁远看到了何蔓,飞快地上前了一步道:"蔓蔓……"

何蔓看到何宁远,愣了一下:"哥,你怎么来了?"

"发生了这么大的事情,我怎么能不来,你怎么样,没事吧?"

"你看,我这不是好好的吗?"

何宁远看着何蔓,满意一笑:"我听说了,操纵飞机的是你,简直是太厉害了,不愧是我妹妹。"

"那是。"何蔓扬了扬下巴,说完像是想到什么说,"对了,你来这里咱妈肯定是知道了吧,你有没有告诉她让她不要担心?"

"嗯。"何宁远点了点头,道,"不过你放心,在你们落地第一时间我就打电话告诉她了。"

何蔓说:"那就好,我就是怕她瞎担心。"

何宁远揉了揉她的脑袋,说:"对了,我听说谢盛也在你们的飞机上,他人呢,我怎么没有看到他?"

"他刚刚还跟我在一起呢,应该……"

何蔓扭过头来的时候,这才发现刚刚跟她在一起的谢盛不知道去了哪里,她扭过头来四处寻找着,远远地,只见乔教员走了过来。她立马收回了眼神,跟何宁远一起走了过去:"乔教员……"

乔庭远看着何蔓的时候,笑了笑道:"何蔓,不错不错,厉害了,操作没有半点失误,相当完美。"

何蔓谦虚地道:"谢谢乔教员,我需要学习的地方还有很多。"

站在一旁的叶南城看着这一幕,看着何蔓那稳重的样子,他又想到了她今天从J国乘客被J国海关为难,再到上海孕妇在飞机上突发早产,再到刚刚落地之前经历的飞机发动机过热,她所有一切的表现还有决策,简直是让他无可挑剔。

想到这里,他突然之间想到了在北京初见的那个少女,那个少女有着这个世界最纯真的笑容,天真、灿烂、美好。

再后来,在航校的时候再一次遇到她,才发现她还有另外一面,她好强而又倔强,敏感而又怯弱。他还记得她第一次单飞的时候,她当时又紧张又害怕,但却还是成功地将飞机落到了跑道之上,然后,欢喜不已地冲到了他的面前,道:"叶教员,我是不是成功落地了,我是不是单飞成功了,是不是,是不是?"

他看着那欢喜不已的少女,忍不住地笑了起来:"是,单飞成功了,而且表现很不错,恭喜恭喜。"

想到当初单飞成功的那个少女,再看着如今这个成熟稳重的女孩,他深吸了一口气,当初,那个少女飞行学员,从十年前到现在,如今她也成长为了一个成熟懂事可以独当一面的机长了。

想到这里,叶南城低头看着手中的检查单,他拿出钢笔,在何蔓的检查单上郑重地写上了"通过"二字,然后走了过来盯着何蔓,神色严肃而又认真:"何蔓,恭喜你,顺利通过航线考试。"

何蔓此时完全忘记了自己正在考试,正在跟乔教员说话的时候,听到叶南城这么一说的时候,看着他递过来的检查单,她愣了好半天,不可思议地道:"我通过了?"

"是的,通过了。"

叶南城认真地道:"恭喜你,何蔓,你通过机长考试了。"

何蔓还是一脸的不敢相信:"我,我真的通过了?"

"当然。"叶南城看着她那惊喜而又震惊的样子,微微一笑,"今天的三段,你都表现得非常优异,我即便是再挑剔,也寻不出来你的错处,所以,恭喜你,以后,你就是一名正式的机长了。"

乔庭远刚刚听到了叶南城的报告,看着何蔓那震惊的样子,他在一旁笑道:"我也听说了你今天机长航线考试的几段,就算是我,也挑不出来任何的刺。何蔓,恭喜你了,成为我们深圳分公司的第一位女机长。"

何蔓听到这里,那张震惊的脸上终于有了掩饰不住的惊喜之色,随后,像是想到什么,猛地扭过头来下意识地大叫:"师父,师父,我通过了,我通过机长考试了,我……"

话还没有说完,她这才想起刚刚她都不见师父,师父跑去了哪里?

何蔓四处寻找,看向乘客人群的时候,此时那些乘客正在议论纷纷:"原来是发动机出现了火警,难怪会让我们紧急撤离呢。"

"不过据说今天落地的还是一个女机长呢。"

"是啊,你们看,不就在那里吗,真的太帅了。"

"真的太帅了,简直是帅爆炸了。"

……

何蔓听到这些夸奖之声,有些不好意思,正准备收回眼神的时候,突然之间,她在乘客人群当中的最前方看到了谢盛。她微怔了一下,看着那如玉般的男子,她嘴角上扬起一丝好看的弧度,正准备朝他奔跑过去,只见谢盛扬声道:"诸位,今天我想当着诸位的面请诸位见证一件事。"

一个个看到了谢盛,微愣了一下,就连何蔓也一时间怔在那里,有些不大明白谢盛是想要干什么。

只见那长身如玉般的谢盛扭过头来,那深邃的眼眸牢牢地盯着她,格外郑重地走上前了两步,道:"何蔓,还记得十一年前在飞机见到你,那个时候,我记得你还在读高三。"

何蔓一脸的诧异,谢盛继续道:"再到六年前,在公司里面第一眼见看到你,那个时候我真的很抱歉没有第一眼认出你来。但是你不知道,后来,我是有多高兴,时常觉得自己真幸运,竟然可以成为你的师父。我虽然短短地教了几个月的时间,但是,你却是教会了我更多。

"何蔓,我这个人脾气不好,说话又不好听,还不懂得浪漫,甚至有时候专制,且又自以为是,我原以为我这辈子不会遇到两情相悦的人,我会孤独终老,可是没有想到,我会遇见了你。"

谢盛说完这句话之后,深吸了一口气,直接扑通一声,单膝跪了下来,看得何蔓惊愣了一下,下意识地后退了一步,就连那些乘客也一个个也目瞪口呆地看着谢盛。

谢盛紧张又郑重其事地拿出了一枚戒指,牢牢地盯着何蔓的眼睛道:"何蔓,今天,我正式地当着所有见证你成为机长的乘客和同事的面向你求婚,请你嫁给我,好吗?"

何蔓听到谢盛这么一说,脑子轰轰地仿佛是炸开了似的,几乎不敢相信自己听到了什么,就这样子呆在了那里。她感觉到眼眶微微泛湿,她没有想到像师父那么好面子、又好强且又别扭的人竟然会干出来当众求婚的事情。

何宁远看着这一幕,微愣了一下,随即忍不住地一笑,这小子倒是隐瞒得挺深的啊，难怪跟着蔓蔓的航班呢，这是寻思着准备求婚呢？

何蔓一步步地从飞机上走了下来，走到了谢盛的面前，她扬了扬手中的检查单，一脸欢喜地道："师父，你看。"

谢盛看了一眼，勾唇一笑："意料之中。"

何蔓噘嘴："啊，你对我就这么有信心啊？"

"当然。"

谢盛点了点头，提醒着她说："不过，我还跪在地上呢。"

"啊，对对对。"何蔓扶着谢盛，"那你赶紧起来啊。"

谢盛那如深海般的眸子牢牢地盯着她，嘴角带着笑意："你还没有同意嫁给我呢？"

何蔓一下子回过神来，看着谢盛手中的戒指，她再看着此时跪在地上的谢盛望着她的时候，那深邃的眼眸深情似海，让她心甘情愿地沉沦其中。于是，勾唇一笑，朝他伸出手："傻瓜，我当然愿意，快起来啦。"

谢盛一直攥紧的手终于松开，顺着何蔓的手，一把将何蔓给抱到了怀里，激动不已地道："太好了，蔓蔓……"

他的女孩，终于答应嫁他为妻了。

而此时，周围的乘客还有机场的工作人员和公司的人见状，都发出了欢呼不已的声音，鼓起了掌来。

何蔓落到了谢盛的怀里，不过愣了一瞬间，感觉到谢盛的欢喜，她也心底有压抑不住的欢喜之声，低声地道："师父，我通过机长考试了。"

敬畏生命、敬畏规章、敬畏职责，她明白了这十二个字的力量。

谢盛说："意料之中。"

何蔓嘴角弯弯："那我答应你的求婚，也在意料之中吗？"

谢盛微微松开了何蔓，低头望着她如实地道："这个，没有。"

何蔓看着谢盛，笑道："傻瓜，那我不嫁给你，还嫁给谁？"

谢盛看着女孩笑容灿烂的笑容，低头吻住了她的唇，附在她的唇边道："蔓蔓，谢谢你，还有，恭喜你。"

我的蔓蔓，谢谢你答应嫁给我。

我的蔓蔓，也恭喜你，终于在你最骄傲、最热爱的飞行之路上，成长为一个稳重成熟而又冷静的女机长。

一个月后。

深圳分公司的飞行部大会之上，何蔓与同期一起通过机长考试的另外四个人举办了新机长的授衔与机长宣誓仪式。

东胜航空公司深圳分公司飞行部经理乔庭远与320机队队长何宁远、副队长谢盛、330机长队长叶南城，以及其他分队各个分部的领导出席了此次会议，共同见证了何蔓、林东飞、宋青扬与另外两位机长在飞行道路上最具有重要人生意义的庄严时刻。

此时，每个人都穿着白色的衬衣和黑色的西裤，而乔庭远则亲手替每个人佩戴上了那象征机长的四道杠肩章：

"首先，我代表公司恭喜你们五位通过机长考试并顺利成为机长，这也意味着你们以后要承担更大的责任，希望你们在任何时候都要记得飞行必须安全的红线。面对前辈，要心怀感恩之心，感恩飞行道路上所有机长和教员的栽培和教导。要肩负起机长的责任，对生命负责，对飞行负责，对国家负责，对人民负责。任何时候，都要牢记民航人的三个敬畏，敬畏生命、敬畏规章、敬畏职责。树立大局观，做一个有担当、有责任的中国机长。成为一名机长不是你们飞行道路之上的终点，而是飞行道路上新的起点，要持续学习，不断提高自身能力，好好为公司服务，努力钻研飞行技术和理论，精益求精，争取以后为中国民航培养更多优秀的机长。"

"是。"

何蔓等五位佩戴好机长的四道杠肩章，听完乔教员的教导之后，右手握拳，庄严认真地宣誓："我宣誓，热爱飞行事业，牢记肩负责任，勇担机长重担，承诺将始终保持良好的职业道德素养，遵守规章制度，恪尽职守，牢固树立安全责任意识和大局观，始终敬畏生命、敬畏规章、敬畏职责，确保人机安全，以高度的使命感和责任感，切实履行机长职责，确保飞行安全为公司发展尽责尽力。"

此时，全场响起热烈的掌声。

这一年，何蔓28岁，成为我国最年轻的女机长之一。

后 记

关于这本书，有些话想跟小伙伴们说说。当初，决定写这本书的时候没想到会获得中国作家协会的扶持，个人原因我本打算放弃写这本书了。

再次打开文档，心境已大不相同。我去上海浦东参观了国产大飞机，听了首飞飞行员和诸位老师介绍国产大飞机，为了庆祝改革开放四十年、建党百年，我决定为这本书做大量的调整修改后再出版。

在这里我要非常感谢给予这本书帮助的民航朋友，也要感谢那位可爱、帅气、集美貌、才华于一身的女机长给予我的灵感和建议。因为诸位的帮助，《女机长》才能得到这么多的荣誉和认可，还于2021年建党百年之际先后被"学习强国"、《焦点访谈》和《新闻联播》报道，再次鞠躬感谢。

另外文中关于飞行员级别、规章制度、机长誓言、飞行员责任、飞行员考试、运输活体器官事件、撤侨事件等资料和设定均参考了几大航空公司的飞行手册及规章制度。

最后，祝愿我们的祖国繁荣昌盛，民航事业蒸蒸日上，也恭喜我的蔓蔓，终于成长为一名翱翔在蓝天的女机长。

祝贺你，何蔓。

朋友们，我们下本书再见！

冰可人

2022年10月